Der Hexer und die Henkerstochter

Das Buch

1666 brechen fünfzig Schongauer Bürger zu einer Wallfahrt in das zwei Tagesreisen entfernt gelegene Kloster Andechs auf. Darunter auch Medicus Simon Fronwieser und seine Frau Magdalena, die Tochter des Henkers. Im Kloster lernt Simon den rätselhaften Frater Virgilius kennen, der das Handwerk der Uhrmacherei betreibt. Simon ist fasziniert von den Erfindungen und Automaten des Fraters. Doch schon bald darauf ist der Frater verschwunden, sein Labor zerstört. Jakob Kuisl, der Schongauer Henker, kommt zu Hilfe. Gilt es, einen Mörder zu finden? Die drei Schongauer machen sich auf die Suche. Und unterschätzen dabei die große Gefahr, in die sie sich begeben.

Der Autor

Oliver Pötzsch, Jahrgang 1970, war jahrelang Filmautor beim Bayerischen Rundfunk und lebt heute als Autor in München. Seine historischen Romane um den Schongauer Henker Jakob Kuisl haben ihn weit über die Grenzen Deutschlands bekannt gemacht. Er ist selbst ein Nachfahre der Kuisls, die 300 Jahre lang die berühmteste Henker-Dynastie Bayerns waren.

Von Oliver Pötzsch sind in unserem Hause bereits erschienen:

Die Henkerstochter
Die Henkerstochter und der schwarze Mönch
Die Henkerstochter und der König der Bettler
Der Hexer und die Henkerstochter
Die Henkerstochter und der Teufel von Bamberg
Die Henkerstochter und das Spiel des Todes

Die Ludwig-Verschwörung
Die Burg der Könige

Oliver Pötzsch

Der Hexer und die Henkerstochter

Historischer Roman

List Taschenbuch

Besuchen Sie uns im Internet:
www.list-taschenbuch.de

MIX
Papier aus verantwortungsvollen Quellen
FSC® C083411

Neuausgabe im List Taschenbuch
List ist ein Verlag der Ullstein Buchverlage GmbH, Berlin.
1. Auflage Dezember 2016
2. Auflage 2016

Dieses Werk wurde vermittelt von der Autoren- & Projektagentur
Gerd F. Rumler, München.
Umschlaggestaltung: bürosüd° GmbH, München
Titelabbildung: © Getty Images/Carlos Malvar (Kloster Andechs);
© Arcangel/Diana Debord (Gewand und Hände)
Karten von Kloster Andechs und Bayern: © Peter Palm, Berlin
Satz: LVD GmbH, Berlin
Gesetzt aus der Sabon
Druck und Bindearbeiten: CPI books GmbH, Leck
Printed in Germany
ISBN 978-3-548-61335-2

Für Marian, Wolfgang, Martin,
Vitus, Michi und all die anderen.
Die Kapuze tief ins Gesicht gezogen und
das Schwert in einem fast perfekten
Halbkreis schwingend ...

Kloster Andechs

Kloster

1 Museum Fratrum
2 Refektorium
3 Mönchszellen
4 Priorat
5 Privatoratorium des Abtes (Studierzimmer)
6 Fürstenzimmer
7 Bibliothek

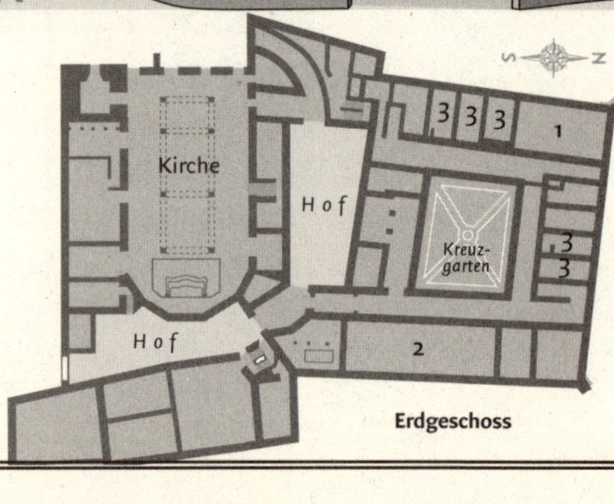

Erdgeschoss

Klosterkirche
Kloster
Brauerei
Kloster-
garten
Hospital
Haus des
Uhrmachers
3 3 3 3 3 4 4
Hof
3
3
5
Erstes Obergeschoss
1
Kirche
Hof
Hof
7
6 6 6 6
S
N
Zweites Obergeschoss

N
S
Straße nach
München
Herrsching
Kiental
Ammersee
Kloster Andechs
Ramsee
Wartaweil
Andechs
Erling
Pilgerweg
Dießen
Machtlfing
Schweden-
insel
Ammer
Raisting
Rott
Pähl
KURFSM. BAYERN
Grünbach
Weilheim
Straße nach Schongau
über den Hohen Peißenberg
0
1
2
3 km

Dramatis Personae

Schongauer Pilger

Magdalena Fronwieser (geborene Kuisl), Henkerstochter
Simon Fronwieser, Schongauer Bader
Karl Semer, Erster Schongauer Bürgermeister
Sebastian Semer, Sohn des Ersten Bürgermeisters
Jakob Schreevogl, Hafner und Schongauer Ratsherr
Balthasar Hemerle, Altenstadter Zimmermann
Konrad Weber, Stadtpfarrer
Andre Losch, Lukas Müller, Hans und Josef Twangler, Maurergesellen

Weitere Schongauer

Jakob Kuisl, Schongauer Scharfrichter
Anna-Maria Kuisl, Frau des Scharfrichters
Die Kuisl-Zwillinge Georg und Barbara
Peter und Paul, Kinder von Magdalena und Simon Fronwieser
Martha Stechlin, Hebamme
Die Berchtholdt-Brüder Hans, Josef und Benedikt
Johann Lechner, Gerichtsschreiber

Kloster Andechs

Maurus Rambeck, Andechser Abt
Bruder Jeremias, Prior
Bruder Eckhart, Cellerar
Bruder Laurentius, Novizenmeister
Bruder Benedikt, Kantor und Bibliothekar
Frater Virgilius, Uhrmacher
Vitalis, Novize und Uhrmachergehilfe
Frater Johannes, Apotheker
Coelestin, Novize und Apothekergehilfe

Außerdem …

Michael Graetz, Erlinger Schinder
Matthias, Schindergeselle
Graf Leopold von Wartenberg, Wittelsbacher Abgesandter
Graf von Cäsana und Colle, Weilheimer Landrichter
Meister Hans, Weilheimer Scharfrichter

Prolog

Erling bei Andechs
Samstag, der 12. Juni Anno Domini 1666, abends

Unter dunklen Gewitterwolken und mit einem saftigen Fluch auf den Lippen ging der Novize Coelestin seinem baldigen Tod entgegen.

Drüben im Westen, jenseits des Ammersees, türmten sich schwarze Wirbel zu einem mächtigen Ungetüm, erste Blitze zuckten, und von fern war leises Donnern zu hören. Wenn Coelestin die Augen zusammenkniff, konnte er über der fünf Meilen entfernten Dießener Klosterkirche bereits graue Regenschwaden erkennen. Es mochte sich nur noch um Minuten handeln, bis das Gewitter über dem Heiligen Berg war, und ausgerechnet jetzt sollte er dem fetten Apothekermönch zum Abendessen einen Karpfen aus dem Klosterweiher fischen. Coelestin fluchte ein weiteres Mal und zog die Kapuze seiner schwarzen Kutte tief ins Gesicht. Was sollte er machen? Gehorsam war eines der drei Gelübde der Benediktinermönche, und Frater Johannes war nun mal sein Vorgesetzter. Ein gelegentlich cholerischer, oft rätselhafter und vor allem gefräßiger Laienbruder, aber trotzdem sein Vorgesetzter.

»*Porca miseria!*«

Wie so oft, wenn er schlechte Laune hatte, wechselte Coelestin in die Sprache seiner Eltern. Er war in einem italienischen Gebirgsdorf jenseits der Alpen aufgewachsen, doch die Wirren des Krieges hatten aus seinem Vater einen Söldner und aus seiner Mutter eine Marketenderin und Hure gemacht. Hier im Kloster am Heiligen Berg hatte Coelestin in der Andechser Klosterapotheke eine Heimat gefunden, und auch wenn ihm die ewigen Litaneien und die nächtlichen Gebete gelegentlich auf die Nerven gingen, fühlte er sich doch geborgen. Er bekam dreimal täglich reichlich zu essen, hatte eine warme, trockene Schlafstatt, und das Andechser Bier galt als eines der besten im ganzen bayerischen Kurfürstentum. Man konnte es in diesen schweren Zeiten wahrlich schlimmer treffen. Trotzdem schimpfte der spindeldürre kleine Novize leise vor sich hin, und das hatte nicht nur mit der Tatsache zu tun, dass er bald ebenso nass sein würde wie die Karpfen im Erlinger Klosterweiher.

Coelestin hatte Angst.

Seitdem er vor drei Tagen diese Entdeckung gemacht hatte, nagte die Furcht an ihm wie ein kleines tollwütiges Tier. Der Anblick war so entsetzlich gewesen, dass ihm beinahe das Blut in den Adern gefror. Noch immer verfolgte ihn das Gesehene in seinen Träumen, und dann wachte er schreiend und schweißüberströmt auf. Einen derartigen Frevel würde Gott nicht unbestraft lassen, so viel war sicher. Die düsteren Wolken, die Blitze am Himmel erschienen Coelestin wie erste Vorboten einer alttestamentarischen Rache, die schon bald über das Kloster kommen würde.

Noch bedrohlicher als die Ketzerei waren allerdings die hasserfüllten Blicke des Mannes. Er hatte Coelestin bei dessen überstürzter Flucht erkannt, zumindest glaubte der Novize das. Die Blicke des Ertappten sagten mehr als tausend Worte. In den letzten Tagen hatten sie ihn wie mit langen Fingern abgetastet, so als wollten sie prüfen, ob Coelestin das Geheimnis verriet.

Coelestin wusste, dass der andere mächtige Fürsprecher hatte. Würde man ihm, dem kleinen Novizen, glauben? Der

Vorwurf war so ungeheuerlich, dass er Gefahr lief, für verrückt erklärt zu werden. Oder, was noch ärger wäre, fortan als Rufmörder zu gelten. Das schöne Leben mit Fleisch, Bier und warmer, trockener Schlafstatt wäre dann vermutlich für immer vorbei.

Trotzdem hatte Coelestin beschlossen zu reden. Gleich morgen würde er dem Klosterrat melden, was er gesehen hatte, und sein Gewissen wäre endlich wieder rein.

Ein mächtiger Donner rollte über das Land, und der fröstelnde Novize spürte erste kühle Regentropfen im Gesicht. Er raffte seine Kutte und beschleunigte seine Schritte. Schon bald hatte er die letzten Häuser von Erling hinter sich gelassen. Felder und Weiden breiteten sich vor ihm aus, hinter einem kleinen Waldstück, umgeben von Zäunen und Buschwerk, lag der Karpfenweiher. Als Coelestin sich umdrehte, sah er über sich auf dem Berg, überragt von dunklen Gewitterwolken, das Kloster stehen – sein Zuhause, das er vielleicht schon bald würde verlassen müssen. Er seufzte und schlurfte die letzten Meter zum Weiher wie zu seiner eigenen Hinrichtung.

Mittlerweile fielen die Tropfen immer schneller vom Himmel, die Oberfläche des Teichs brodelte wie eine giftige Brühe. Coelestin sah die fetten grauen Leiber der Karpfen, die sich zu Dutzenden in dem trüben Wasser wanden. Ihre hungrigen Mäuler schnappten nach den Regentropfen, so als wären sie göttliches Manna, das vom Himmel fiel. Coelestin schüttelte sich vor Abscheu. Er hatte Karpfen noch nie leiden können. Sie waren dumme schleimige Aasfresser, deren Fleisch nach Moos und Verwesung schmeckte. Die Fische erinnerten ihn an die Ungetüme, die er von Bildern mit Jonas und dem Wal kannte. Grässliche Wesen aus der Tiefe, die alles schluckten und fraßen, was vor ihnen im Wasser zappelte.

Zaghaft betrat Coelestin den schmalen, rutschigen Steg

und griff nach dem Kescher, der an einem Molenpfosten lehnte. Die Kapuze tief im Gesicht, duckte er sich gegen die Wand aus Regen und Wind und ließ lustlos das Netz im Wasser hin und her gleiten. Wenn er sich beeilte, war er vielleicht wieder in der Klosterapotheke, bevor auch noch die Hose und die Socken unter der dicken schwarzen Wollkutte klatschnass wurden. In einem anderen Leben hätte er Frater Johannes den Karpfen vermutlich um die feisten Wangen gehauen, aber so war er zum Beten und Gehorchen verdammt. Das war eben der Preis, den er für ein angenehmes Leben bezahlte.

Ein Geräusch ließ den Novizen innehalten, ein leises Knarren, vom Donner beinahe übertönt, so als hätte jemand hinter ihm den Steg betreten. Doch gerade als Coelestin sich umdrehen wollte, zappelte etwas im Netz des Keschers. Mit einem Seufzer der Erleichterung zog er die lange Stange zu sich heran.

»Hab dich«, murmelte er. »Wollen mal sehen, was für ein fetter Brocken ...«

In diesem Augenblick traf ihn etwas Schweres am Hinterkopf.

Coelestin schwankte, taumelte, geriet auf dem vom Regen glitschigen Holzsteg ins Rutschen und fiel schließlich samt Kescher in die brodelnden Wasser des Weihers. Wild schlug er um sich und kämpfte um sein Leben. Wie so viele Menschen seiner Zeit konnte Coelestin zwar einem Hasen die Haut abziehen, einige Hundert Kräuter am Duft unterscheiden und weite Teile der Bibel auswendig vorbeten. Nur eines konnte er nicht – schwimmen.

Der junge Novize schrie und zappelte, er ruderte mit den Armen und strampelte mit den dünnen Beinen, doch sein eigenes Gewicht zog ihn unerbittlich in die Tiefe. Mit einem Mal spürte er den morastigen Grund unter seinen Füßen, er stieß sich ab und tauchte japsend aus dem Wasser auf. Als er in letzter Verzweiflung um sich griff, bekam er plötzlich die Stange des Keschers zu fassen, der vor ihm an der Oberfläche trieb. Der Mönch hielt sich daran fest und zog sich hoch. Zwischen den immer heftiger werdenden Regenschauern sah er auf dem Steg eine vermummte Gestalt stehen, die das andere Ende des Keschers hielt.

»Hab Dank!«, ächzte er. »Du hast mir das Leben …«

In diesem Moment drückte die Gestalt den Kescher nach unten, so dass Coelestin gurgelnd versank. Als er wieder an die Oberfläche kam, merkte er, dass die Stange ihn erneut kraftvoll nach unten presste.

»Aber …«, begann der Novize, da füllte sich sein Mund mit trübem Teichwasser und erstickte seinen letzten verzweifelten Schrei. Lautlos versank er im Weiher.

Während das Leben in perlenden Luftblasen aus seinem Körper wich, fühlte Coelestin noch, wie sich die fetten schleimigen Karpfen an seinen Wangen rieben und in den kurzen Haaren der Mönchstonsur gründelten. Als der sterbende Jüngling endlich auf den Grund sank, hatte er den Mund ebenso weit aufgesperrt wie die Fische um ihn herum, die ihn mit dummen, ausdruckslosen Augen anstarrten.

Der Mann auf dem Steg sah noch eine Weile auf die blubbernden Blasen. Endlich nickte er zufrieden, stellte den Kescher zurück an seinen Platz und machte sich auf den Heimweg.

Es galt, das Werk zu vollenden.

Klosterkirche
Kloster
Kiental
Brauerei
Hospital
Haus des Uhrmachers

Kapitel 1

Zur gleichen Zeit in den Wäldern unterhalb des Heiligen Berges

Der Blitz fuhr vom Himmel wie der Finger eines zornigen Gottes.

Simon Fronwieser erblickte ihn direkt über dem Ammersee, wo er die schaumigen grünen Wogen für den Bruchteil einer Sekunde giftig aufleuchten ließ. Mit dem darauffolgenden Donner begann der Regen herabzurauschen, eine schwarze nasse Wand, und innerhalb weniger Augenblicke waren die Kleider der rund zwei Dutzend Schongauer Pilger tropfnass. Obwohl es erst gegen sieben Uhr abends war, schien plötzlich die Nacht hereingebrochen zu sein. Der Medicus fasste die Hand seiner Frau Magdalena fester, und gemeinsam mit den anderen machten sie sich daran, den steilen Berg zum Kloster Andechs hinaufzusteigen.

»Wir haben Glück gehabt!«, schrie Magdalena gegen den tosenden Regen an. »Eine Stunde früher, und das Gewitter hätte uns ungeschützt auf dem See erwischt!«

Simon nickte schweigend. Es wäre nicht das erste Mal gewesen, dass ein Schiff mit Wallfahrern in den Fluten des Ammersees mit Mann und Maus untergegangen wäre. Jetzt, knapp zwanzig Jahre nach dem Ende des Großen Krieges, waren die Pilgerströme zu dem berühmten bayerischen Kloster so groß wie seit Menschengedenken nicht mehr. In dieser von Hunger, Unwettern, gierigen Wölfen und marodierenden Räuberbanden geprägten Zeit suchten die Menschen besonders dringlich Schutz in den Armen der Kirche. Gelegentliche Wundermeldungen nährten diese Sehnsucht noch, und gerade das Kloster Andechs, gut dreißig Meilen südwestlich von München gelegen, war bekannt für seine uralten wundertätigen Reliquien – aber auch für sein Vergessen spendendes Bier.

Als der Medicus sich noch einmal umdrehte, sah er zwischen den Regenschwaden den vom Wind aufgepeitschten See, dem sie gerade noch entronnen waren. Vor zwei Tagen war er mit Magdalena und einem Trupp Schongauer aus ihrer Heimatstadt aufgebrochen. Die Pilgerfahrt hatte sie über den Hohenpeißenberg nach Dießen am Ammersee geführt, wo sie ein wackliger Kahn zur anderen Uferseite brachte. Nun wanderten sie auf einem steilen, matschigen Pfad durch den Wald auf das Kloster zu, das weit über ihnen dunkel aus den Wolken ragte.

An der Spitze des Zuges trabte auf einem Pferd Bürgermeister Karl Semer, zu Fuß gefolgt von seinem erwachsenen Sohn und dem Schongauer Pfarrer, der sich mit einem großen bemalten Holzkreuz gegen den Sturm stemmte. Dann kamen einige Zimmerleute, Maurer und Schreiner und schließlich der junge Patrizier Jakob Schreevogl, der als einziger Ratsherr neben Semer dem Aufruf zur Wallfahrt gefolgt war.

Simon vermutete, dass es Schreevogl dabei genau wie dem Bürgermeister nicht so sehr um sein Seelenheil, sondern eher um gute Geschäfte ging. Ein Ort wie Andechs mit seinen Tausenden von hungrigen und durstigen Pilgern war wie geschaffen dafür, Geld zu scheffeln. Der Medicus hätte gern gewusst, was der Herrgott von diesem Treiben hielt. Hatte Jesus nicht alle Händler und Geldverleiher aus dem Tempel gejagt? Nun, er selbst hatte in dieser Hinsicht ein reines Gewissen. Schließlich waren er und Magdalena nicht zum Geldverdienen nach Andechs gekommen, sondern allein um Gott für die Rettung ihrer beiden Kinder zu danken.

Unwillkürlich musste Simon lächeln, als er an den dreijährigen Peter und den erst zweijährigen Paul zu Hause dachte. Ob die beiden ihren Großvater, den Schongauer Henker, wohl gerade wieder zur Weißglut brachten?

In diesem Augenblick schlug ein weiterer Blitz krachend in eine nahe stehende Buche ein, und die Menschen warfen sich schreiend zu Boden. Es knackte und knisterte, schon sprangen erste Funken auf andere Bäume über. In Sekundenschnelle schien der ganze Wald zu brennen.

»Heilige Maria, Mutter Gottes!«

Simon sah im Zwielicht, wie der Erste Bürgermeister Karl Semer einige Schritte entfernt auf die Knie fiel und sich mehrmals bekreuzigte. Sein Sohn neben ihm war vor Angst wie versteinert. Mit weit geöffneten Augen starrte er auf die brennende Buche, während um ihn herum die anderen Schongauer vor dem Gewitter in eine nahe Talsenke flohen. Simons Ohren dröhnten von dem markerschütternden Donner, der zugleich mit dem Blitz direkt über ihnen erschallt war. Gedämpft wie durch eine Wand hörte er die Stimme seiner Frau.

»Schnell weg von hier! Dort unten am Bach sind wir in Sicherheit!« Magdalena packte ihren noch zögernden Gatten und zog ihn weg von dem schmalen Steig, an dessen Rand bereits zwei Buchen und eine Reihe kleinerer Tannen in Flammen standen. Simon stolperte über einen morschen Ast, dann rutschte er den flachen, von altem Laub bedeckten Abhang hinunter. Endlich unten angekommen, richtete er sich stöhnend auf, wischte sich ein paar Zweige aus dem Haar und warf einen Blick auf das apokalyptische Chaos um ihn herum.

Der Blitz hatte die mächtige alte Buche genau in der Mitte

gespalten, bis in die Talsenke herab lagen überall auf dem Boden brennende Äste und Zweige. Die Flammen warfen ein flackerndes Licht auf die Schongauer, die stöhnten, beteten oder sich die vom Sturz schmerzenden Glieder rieben. Glücklicherweise schien keiner von ihnen verletzt, auch der Erste Bürgermeister und sein Sohn hatten das Unglück offensichtlich unbeschadet überstanden. Der alte Semer war bereits damit beschäftigt, in der beginnenden Abenddämmerung sein Pferd zu suchen, das samt Gepäck davongaloppiert war.

Simon spürte eine leise Genugtuung, als er ihn laut brüllend durch den Wald hasten sah.

Hoffentlich ist die Mähre samt der dicken Geldbörse durchgegangen, dachte er. *Wenn der fette Sack noch einmal vom Sattel aus ein Halleluja anstimmt, begeh ich eine Todsünde.*

Schnell verdrängte Simon diesen Gedanken, der einer Pilgerreise nicht würdig war. Er verfluchte sich leise, dass er keinen wärmeren Mantel mitgenommen hatte. Das neue grüne Wollcape vom Augsburger Stoffmarkt sah zwar schmuck aus, allerdings hing es nun nach dem Regen wie ein labbriges Tuch an ihm.

»Man möchte fast glauben, Gott hätte was dagegen, dass wir dem Kloster heute noch einen Besuch abstatten.«

Simon Fronwieser drehte sich zu Magdalena um, die das Gesicht gen Himmel gerichtet hatte und sich den Regen über die schlammbespritzten Wangen rinnen ließ.

»Gewitter sind in dieser Jahreszeit ziemlich häufig«, erwiderte er betont beiläufig und bemühte sich, wieder einigermaßen gefasst zu klingen. »Ich glaube nicht, dass …«

»Ein Zeichen ist's!«, erklang von rechts eine zitternde Stimme. Es war Sebastian Semer, der Sohn des Bürgermeisters, der die Finger seiner rechten Hand in einer Schutzgeste vor sich hielt. »Ich habe gleich gesagt, dass wir das Weib zu

Hause lassen sollen.« Er deutete auf Magdalena und Simon. »Wer eine Henkerstochter und einen dreckigen Bader auf eine Pilgerreise zum Heiligen Berg mitnimmt, der kann auch gleich den Beelzebub einladen. Der Blitz ist ein Zeichen Gottes, der uns mahnt, Buße zu tun und …«

»Halt deine freche Gosch'n, Semer-Bub!«, zischte Magdalena und blitzte den Jüngling aus schmalen Augen an. »Was weißt du denn schon vom Büßen, hä? Wisch dir lieber deine Hosen ab, bevor die anderen merken, dass du dich vor Angst angepieselt hast.«

Verschämt glotzte Sebastian Semer auf den dunklen Fleck vorne an seiner weit geschnittenen purpurroten Rheingrafenhose. Dann wandte er sich schweigend ab, nicht ohne Magdalena ein letztes Mal mit einem bösen Blick zu strafen.

»Hört nicht auf ihn. Der kleine Filou ist nichts weiter als ein verwöhnter Zögling seines Vaters.«

Aus der Dunkelheit des Waldes trat nun Jakob Schreevogl hervor. Der Patrizier trug ein enges Wams, hohe Lederstiefel und einen weißen Spitzenkragen, der ein markantes Gesicht mit Knebelbart und Hakennase einrahmte. Der Regen lief in einem feinen Rinnsal von seinem Zierdegen herab.

»Im Übrigen gebe ich Euch recht, Fronwieser.« Schreevogl wandte sich an Simon und deutete zum Himmel. »Im Juni sind solche heftigen Gewitter nichts Ungewöhnliches. Doch wenn die Blitze direkt neben einem einschlagen, glaubt man den Zorn Gottes zu spüren.«

»Oder den Zorn seiner Mitmenschen«, fügte Simon düster hinzu.

Fast vier Sommer war die Hochzeit mit Magdalena nun her, und in der ganzen Zeit hatten nicht wenige Schongauer Bürger Simon spüren lassen, was sie von dieser Ehe hielten. Als Tochter des Scharfrichters Jakob Kuisl war Magdalena eine Ehrlose, der man tunlichst aus dem Weg ging.

Simon nestelte an seinem Gürtel und überprüfte, ob der Sack mit Heilkräutern und medizinischen Instrumenten noch daran befestigt war. Gut möglich, dass er ein paar seiner Arzneien auch während dieser Wallfahrt brauchen würde. Die Schongauer hatten seine Hilfe in den letzten Jahren ziemlich oft in Anspruch genommen. Zwar spukte der Große Krieg nur noch in den Köpfen der Alten, doch die Pest und andere Seuchen waren in den letzten Jahren immer wieder über Schongau gekommen. Im letzten Winter hatte es auch Simons und Magdalenas Söhne getroffen. Aber der Herrgott hatte ein Einsehen gehabt und die beiden Kleinen genesen lassen. In den Tagen danach betete Magdalena viele Rosenkränze und überredete Simon schließlich, mit ihr nach Pfingsten eine Pilgerreise zum Heiligen Berg anzutreten – gemeinsam mit knapp zwei Dutzend anderer Schongauer und Altenstadter Bürger, die auf dem berühmten Dreihostienfest dem Herrgott ihre Dankbarkeit erweisen wollten. Die beiden Kinder hatten Simon und Magdalena in der Obhut der Großeltern zurückgelassen. Eine weise Entscheidung, wie sich der Medicus nach den Vorfällen der letzten Stunde einmal mehr eingestehen musste.

»Sieht so aus, als würde der Regen das Feuer endgültig löschen.« Jakob Schreevogl deutete auf die zerborstene Buche, aus der nur noch wenige Flammen züngelten. »Wir sollten weitergehen. Bis Andechs kann es nicht mehr weit sein. Vielleicht noch ein, zwei Meilen, was meint Ihr?«

Simon zuckte mit den Schultern und sah sich um. Auch die anderen Bäume schwelten nur noch leicht vor sich hin. Dafür war der Regen jetzt so stark geworden, dass man in der Abenddämmerung kaum noch die Hand vor Augen sah. Die Schongauer hatten unter ein paar nahe gelegenen Tannen Schutz gesucht, um den schlimmsten Guss abzuwarten. Nur Karl Semer schien noch immer sein Pferd zu vermissen und tappte irgendwo in der Nähe laut rufend durch den Wald.

Sein Sohn hatte es währenddessen vorgezogen, schmollend auf einem umgestürzten Baumstamm zu hocken und sich mit Hilfe einer mitgebrachten Schnapsflasche die Kälte aus den Gliedern zu vertreiben. Stirnrunzelnd sah Hochwürden Konrad Weber zu dem jungen Stutzer hinüber, schritt aber nicht ein. Der alte Schongauer Pfarrer würde den Teufel tun und sich mit dem Filius des Ersten Bürgermeisters anlegen.

Die Pilger hatten sich gerade ein wenig beruhigt, da schlug erneut, nicht weit entfernt, ein krachender Blitz ein. Wieder stoben die Schongauer wie aufgeschreckte Hühner auseinander und rannten über rutschige Abhänge und Muren weiter hinunter ins Tal. Das Holzkreuz des Pfarrers blieb verdreckt und zersplittert zwischen einigen Findlingen aus Bruchstein liegen.

»Bleibt doch zusammen!«, schrie Simon gegen Donner und Regen an. »Ihr müsst euch auf den Boden werfen! Am Boden seid ihr sicher!«

»Vergiss es.« Magdalena schüttelte den Kopf und wandte sich zum Gehen. »Die hören dich nicht. Und selbst wenn, würden sie wohl kaum einem ehrlosen Bader gehorchen.«

Simon seufzte und eilte gemeinsam mit Magdalena den anderen nach. Neben ihnen lief der Zimmermann Balthasar Hemerle, der noch immer die fast dreißig Pfund schwere Wallfahrtskerze trug. Ihre Flamme war mittlerweile ausgegangen, doch der starke, beinahe sechs Fuß große Hüne hielt sie dennoch so aufrecht wie eine Fahne im Krieg. Neben ihm kam sich Simon noch kleiner und schmächtiger vor, als er ohnehin war.

»Dummes Bauernpack!«, knurrte Hemerle und umrundete mit großen Schritten eine morastige Pfütze. »Ein Gewitter ist's und sonst nichts! Wir sollten aus diesem gottverdammten Wald raus, und zwar schnell. Aber wenn die Angsthasen weiter so rennen, verirren wir uns darin noch ganz!«

Schweigend nickte Simon und hastete weiter. Mittlerweile

war es unter dem dichten Blätterdach stockfinster geworden. Von den meisten Schongauern sah der Medicus nur noch vereinzelte Schemen, von fern waren ängstliche Rufe zu hören, irgendjemand betete laut zu den vierzehn Nothelfern.

Außerdem ertönte jetzt von weiter weg das Heulen von Wölfen.

Simon zuckte zusammen. Die Biester hatten sich in den Jahren nach dem Großen Krieg stark vermehrt, mittlerweile waren sie wie die Wildschweine zu einer wahren Landplage geworden. Einem Trupp von zwanzig entschlossenen Männern hätten die hungrigen Tiere nichts anhaben können, aber für die Schongauer, die vereinzelt durch den Wald irrten, stellten die Wölfe eine echte Gefahr dar.

Zweige schlugen Simon ins Gesicht, und er gab sich Mühe, wenigstens Magdalena und den stämmigen Balthasar Hemerle mit der Wallfahrtskerze nicht aus den Augen zu verlieren. Der Zimmermann war glücklicherweise so groß, dass Simon ihn immer wieder hinter Büschen und niedrigen Bäumen auftauchen sah.

Plötzlich blieb der Hüne wie angewurzelt stehen. Simon taumelte, beinahe wäre er in Hemerle und Magdalena hineingelaufen. Schon wollte der Medicus zu einem Fluch ansetzen, als er erstarrte und spürte, wie sich ihm die Nackenhaare aufstellten.

Direkt vor ihnen auf einer kleinen Lichtung standen mit heruntergezogenen Lefzen zwei Wölfe und knurrten die drei Pilger feindselig an. Ihre Augen waren kleine rote Punkte in der Nacht, die Hinterläufe gespannt zum Sprung. Die Leiber waren dürr und ausgemergelt, so als hätten sie schon lange keine Beute mehr gemacht.

»Bewegt euch nicht!«, zischte Balthasar Hemerle. »Wenn ihr flieht, springen sie euch von hinten an. Außerdem wissen wir nicht, ob noch mehr in der Nähe sind.«

Langsam griff Simon zu seinem Leinenbeutel, in dem er neben anderen medizinischen Instrumenten und einigen Kräutern auch ein rasiermesserscharfes Stilett aufbewahrte. Allerdings war er skeptisch, ob ihm das kleine Messer gegen die zwei ausgehungerten Bestien helfen würde. Magdalena neben ihm machte keinen Mucks, sie starrte nur die Wölfe an. Ein paar Schritte entfernt reckte Balthasar Hemerle die schwere Kerze wie ein Schwert in die Höhe, ganz so, als wollte er damit den Kopf eines der Tiere zerschmettern.

Eine mit Wolfsblut befleckte Wallfahrtskerze!, fuhr es Simon durch den Kopf. *Was wohl der Abt des Klosters dazu sagen würde?*

»Bleib ruhig, Balthasar«, flüsterte Magdalena nach einer Weile des Schweigens dem Zimmermann zu. »Schau dir ihre gesenkten Ruten an. Die Viecher haben mehr Angst vor uns als wir vor ihnen. Lass uns also langsam zurück …«

Im selben Augenblick sprang der größere der beiden ausgehungerten Wölfe auf Simon und Magdalena zu. Der Medicus warf sich zur Seite und sah aus dem Augenwinkel die Bestie an sich vorbeirauschen. Doch kaum war der Wolf auf den Pfoten gelandet, drehte er sich um, um erneut anzugreifen. Das Tier riss sein Maul auf, und Simon erblickte große weiße Reißzähne, von denen der Speichel troff. Wie durch eine Linse hindurch glaubte er, jeden Speicheltropfen einzeln zu sehen. Der Wolf setzte zu einem neuen Sprung an.

Da ertönte von irgendwoher ein Knall.

Einen kurzen Moment glaubte Simon, der Blitz hätte ein weiteres Mal in der Nähe eingeschlagen. Doch dann sah er, wie sich der Wolf vor Schmerzen wand. Er kläffte und winselte, bevor er endlich zuckend zu Boden sank und krepierte. Aus einer Wunde am Hals ergoss sich rotes Blut ins Laub. Der zweite Wolf knurrte noch einmal, dann ergriff er mit einem weiten Satz die Flucht. Eine Sekunde später war er in der Dunkelheit verschwunden.

»Der Herr gab ihm das Leben, und er nimmt es ihm auch wieder. Amen.«

Zwischen den Bäumen tauchte jetzt eine breitgebaute Gestalt auf, die in der einen Hand eine rauchende Muskete und in der anderen eine brennende Laterne hielt. Der Mann trug eine schwarze Kutte und hatte die Kapuze tief ins Gesicht gezogen. Im strömenden Regen sah er aus wie ein zorniger Waldgeist auf der Suche nach Wilddieben.

Schließlich schlug der Fremde die Kapuze zurück, und Simon blickte in das freundliche Gesicht eines Glatzkopfs mit abstehenden Ohren, schiefen Zähnen und adernzerfurchter Knollennase. Er war der wohl hässlichste Mensch, den Simon je gesehen hatte.

»Gestatten, Frater Johannes vom Kloster Andechs«, sagte der fette Mönch und blinzelte die drei verirrten Pilger an. »Ihr habt hier in der Gegend nicht zufällig Blutwurz wachsen sehen?«

Der Medicus, dem Angstschweiß und Regen übers Gesicht liefen, war zu erschöpft, um zu antworten. Er rutschte an einem Buchenstamm zu Boden und sprach ein kurzes Dankgebet.

So wie es aussah, würde er auf dem Heiligen Berg wohl oder übel eine weitere Kerze stiften müssen.

Eine halbe Stunde später wanderten die Schongauer Pilger unter der Führung von Frater Johannes den schmalen Steig hinauf zum Kloster.

Allesamt waren sie verschmutzt, die Kleidung teils zerrissen, teils in Fetzen, einige der Wallfahrer hatten ein paar Kratzer und Beulen davongetragen. Aber ansonsten schienen sie alle unversehrt. Sogar das Pferd des Bürgermeisters war wieder aufgetaucht. Der alte Semer ritt an der Spitze des Zugs, gleich hinter dem fetten Mönch, und versuchte einen würdevollen Eindruck zu machen – was ihm jedoch angesichts des zerbeulten Huts und des schlammverkrusteten Mantels nur annähernd gelang. Der Regen war mittlerweile in ein stetes Nieseln übergegangen, und das Gewitter zog nach Osten weiter, dem Würmsee entgegen. Nur noch von fern war leises Donnern zu hören.

»Wir haben Euch zu danken, Frater«, erklärte Karl Semer mit getragener Stimme. »Wärt Ihr nicht gewesen, hätten sich wohl einige von uns im Wald verirrt.«

»Verflucht dummer Plan, bei einem aufziehenden Gewitter die Straße zu verlassen und den alten Klostersteig zu benutzen«, knurrte Frater Johannes und schob den prall gefüllten Leinensack, aus dem ein paar eiserne Stangen ragten, auf die andere Schulter. »Ihr könnt von Glück reden, dass ich auf der Suche nach Heilkräutern war, sonst hätten euch Wölfe und Blitze den Garaus gemacht.«

»In Anbetracht der aufziehenden Dämmerung hielt ich es für klüger, den … äh, kürzeren Weg zu nehmen«, murmelte der Bürgermeister. »Ich gebe zu, dass …«

»Drauf geschissen.« Frater Johannes drehte sich zu den Pilgern um und betrachtete die große weiße Wallfahrtskerze, die der Zimmermann Balthasar Hemerle noch immer in seinen schwieligen Händen trug.

»Verdammt schwere Kerze, die ihr da habt«, sagte er anerkennend. »Wie weit tragt ihr sie denn schon?«

»Wir kommen aus Schongau«, mischte sich Simon ein, der mit Magdalena dicht hinter dem Mönch lief. Das Wams des jungen Medicus starrte vor Dreck, die roten Hahnenfedern auf seinem neuen Hut waren umgeknickt, und die Lederstiefel aus Augsburg brauchten vermutlich frische Sohlen. »Seit zwei Tagen sind wir unterwegs«, fuhr er müde fort. »Schon gestern bei Wessobrunn haben wir ein Rudel Wölfe heulen hören, aber sie haben nicht gewagt, uns anzugreifen.«

Frater Johannes schnaufte, während er den steilen Steig durch den Wald hinaufschritt. Die Laterne an seiner Hand baumelte hin und her wie ein huschendes Irrlicht. »Dann habt ihr großes Glück gehabt«, brummte er. »Die Bestien werden immer frecher. Hier in der Gegend haben sie schon zwei Kinder und ein Weib gerissen. Und dann plagen uns noch die vermaledeiten Vaganten und Mordbanden.« Er schlug ein hastiges Kreuz. »*Deus nos protegat!* Der Herr schütze uns in diesen dunklen Zeiten.«

Mittlerweile hatte sich der Wald gelichtet. Vor den Schongauern leuchteten warm und heimelig die Fenster des kleinen Dorfes Erling, das direkt unterhalb des Heiligen Berges auf einer Hochebene lag. Simon atmete erleichtert auf und drückte Magdalenas Hand. Sie hatten ihr Ziel unbeschadet erreicht – eine Gnade, die in diesen Zeiten nicht jedem zuteilwurde. Inständig hoffte er, dass es ihren beiden Kindern Peter und Paul in Schongau gut erging. Angesichts der überbordenden Liebe der Großeltern hatte er daran aber eigentlich keine Zweifel.

»Ich hoffe, ihr habt alle ein Quartier«, brummte Frater Johannes. »Ist keine Freude, in diesen klammen Juninächten draußen auf dem Feld zu schlafen.«

»Wir Schongauer Ratsherren kommen im Gästehaus des Klosters unter«, erwiderte Bürgermeister Semer kühl und deutete auf seinen Sohn und den Patrizier Jakob Schreevogl. »Die anderen werden wie vereinbart von den Bauern der Gegend verköstigt. Schließlich ist unsere Reise auch zum Nutzen der Gemeinde, nicht wahr?«

Frater Johannes lachte leise, und sein ohnehin schiefes Gesicht verzog sich zu einer Grimasse. Erneut fiel Simon auf, wie hässlich er war.

»Wenn Ihr die Reparatur des Kirchturms meint, da muss ich Euch enttäuschen«, erwiderte der Mönch. »Den Bauern geht der Zustand des Klosters am nackten Arsch vorbei. Aber der Abt hat Brot und Fleisch all jenen Erlingern versprochen, die einen hilfsbereiten Maurer oder Zimmermann aufnehmen. Es soll also euer Schaden nicht sein.«

Semer nickte zufrieden und tätschelte den Hals seines Pferdes. »Der Herr sei gelobt!«, tönte er. »Auf mein Wort – wenn der Heiland uns gutes Wetter schickt, wird die Kirche schon bald fertig sein.«

Tatsächlich fand das Dreihostienfest, das zu den größten Wallfahrten Bayerns gehörte, erst in gut einer Woche statt. Doch Abt Maurus Rambeck hatte die Pilger der umliegenden Dörfer mittels Boten gebeten, schon früher zum Heiligen Berg zu kommen. Gut einen Monat war es nun her, dass der Blitz in den Kirchturm des Klosters eingeschlagen hatte. Der gesamte Dachstuhl war ausgebrannt, ein großer Teil des südlichen Kirchenschiffs zerstört. Damit das Wallfahrtsfest wie geplant stattfinden konnte, war die Hilfe vieler starker Arme vonnöten. Der Abt hatte den Handwerkern aus der Gegend deshalb Ablass für ein Jahr und außerdem einen guten Lohn versprochen. Ein Angebot, das nicht wenige hungrige Männer aus dem Umland nur allzu gern annahmen. Aus Schongau waren neben den üblichen Pilgern vier Maurer und ein Zimmermann gekommen, in Wessobrunn hatten sich dann noch drei Stuckateure ihrer Gruppe angeschlossen.

»Ich selbst bin wegen … äh, dringender Geschäfte hier«, ließ sich Karl Semer nun vernehmen. »Aber ich bin mir sicher, dass diese fromme Schar –«, er deutete auf den schmutzigen Haufen Schongauer, der gerade ein altes Kirchenlied anstimmte, »– nur allzu gern bereit ist, Euch bei den Bauarbeiten zu unterstützen.«

In den Häusern von Erling waren einige Fenster und Türen

aufgegangen, argwöhnisch starrten die Dorfbewohner die Pilgergruppe an. Ein paar Hunde kläfften. Zu oft hatten Fremde in den letzten Jahrzehnten Tod und Verderben in den Ort gebracht, als dass man sie mit offenen Armen empfangen hätte. Aber wenigstens wurden die Erlinger für die lästigen Gäste diesmal reichlich entschädigt.

»Was ist das für ein Licht dort oben?«, fragte Magdalena unvermittelt und deutete auf das Kloster, das wie eine dunkle Raubritterburg über dem Dorf thronte.

»Ein Licht?« Frater Johannes starrte sie irritiert an.

»Das Licht dort oben im Kirchturm. Habt Ihr nicht selbst gesagt, der Turm sei völlig ausgebrannt und zerstört? Und trotzdem brennt dort oben ein Licht.«

Auch Simon sah nun zum Kloster hinauf. Tatsächlich flackerte über dem Kirchenschiff, dort, wo der Blitz vor vier Wochen in den Glockenstuhl eingeschlagen hatte, ein winziges Licht. Es war mehr ein schwaches Schimmern. Als der Medicus genauer hinblickte, war es plötzlich verschwunden.

Johannes schirmte seine Augen ab und blinzelte. »Ich kann nichts sehen«, sagte er schließlich. »Vielleicht das Wetterleuchten. Dort oben ist jedenfalls keiner, wäre viel zu gefährlich in der Nacht. Der Turm ist zwar zum größten Teil schon wieder aufgebaut, aber das Dachgeschoss und die Treppen sind noch in einem schlimmen Zustand.« Er zuckte mit den Schultern. »Außerdem, was sollte jemand um diese Zeit dort oben zu suchen haben? Die Aussicht genießen?« Er lachte kurz auf, doch Simon hatte das Gefühl, dass sein Lachen künstlich klang. Sein Blick schien leicht zu flackern. Schnell drehte sich der Mönch zu den anderen Pilgern um.

»Ich schlage vor, dass ihr diese Nacht gemeinsam beim Gronerwirt in der großen Scheune schlaft. Morgen werden wir euch dann auf die einzelnen Häuser und Ortschaften verteilen. Und nun gehabt euch wohl.« Frater Johannes rieb sich müde die Augen. »Ich hoffe schwer, dass mein junger Gehilfe mir noch meinen geliebten Karpfen mit Brunnenkresse zubereitet hat. Das Retten verirrter Wanderer macht verflucht Hunger.«

Gemeinsam mit den drei Ratsherren stapfte er auf das Kloster zu. Kurz darauf waren die Männer in der Dunkelheit verschwunden.

»Und nun?«, sagte Simon nach einer Weile und sah Magdalena fragend an. Die anderen Schongauer begaben sich derweil betend und singend zu der frisch gezimmerten Scheune neben dem Wirtshaus.

Noch einmal starrte die Henkerstochter zum dunklen Klosterturm hinauf, dann fuhr sie sich übers Gesicht, als wollte sie einen bösen Traum vertreiben.

»Was schon? Wir werden dorthin gehen, wo wir hingehören.« Mürrisch schritt sie vor Simon her auf das Ende des Dorfes zu, wo ein einzelnes winziges Häuschen am Waldrand stand. Auf dem löchrigen Dach wuchsen Moos und Efeu. Von einem klapprigen Karren vor der Hütte wehte der Geruch von Verwesung zu ihnen herüber. »Im Gegensatz zu den anderen kennen wir hier wenigstens jemand.«

»Nur wen?«, murmelte Simon. »Einen räudigen Abdecker und entfernten Vetter deines Vaters. Na dann, gute Nacht.«

Mit angehaltenem Atem folgte er Magdalena, die entschlossen an die schiefe Tür des Erlinger Schinders klopfte. Einmal mehr dankte Simon dem Herrgott, dass sie die beiden Kleinen daheim bei ihrem Schongauer Großvater gelassen hatten.

Oben im Klosterturm flammte erneut ein Licht auf. Wie ein großes böses Auge leuchtete es noch einmal weit hinaus in die Dunkelheit, so als suchte es etwas Bestimmtes in den Wäldern des Kientals.

Doch weder Simon noch Magdalena bemerkten es.

Die Gestalt im Turm klammerte sich an einem verkohlten Balken fest und ließ sich den Wind durch die Haare wehen. Am Horizont zuckten Blitze – große, kleine, gezackte, gerade … Hier oben, so nahe am Himmel, spürte der Mann die Macht Gottes am deutlichsten. Oder war es eine andere Macht? Eine, die viel stärker war als dieser brave, gutmütige Weltenlenker, der glaubte, dass die Liebe den Menschen heilen konnte, seinen eigenen Sohn aber am Kreuz hatte verrecken lassen?

Die Liebe.

Er brach in hämisches Gelächter aus. Als ob die Liebe irgendetwas bewirken könnte! Konnte sie Menschenleben retten? Konnte sie den Tod überdauern? Wenn ja, dann nur als Stachel in der Brust; eine Wunde, die eiterte und nässte und sich in das Innerste fraß, bis nicht mehr übrig blieb als eine leere Hülle. Ein Madensack, an dem sich die Würmer labten.

Mit leblosen Augen blickte der Mann auf das Häuflein Pilger tief unter ihm, das sich im Gewitter durch den Regen kämpfte, ein frommes Lied singend, buckelnd, betend – ihr Glaube war so stark, dass man ihn förmlich spüren konnte. Hier oben im Turm fühlte er ihn am stärksten, wie einen Blitzstrahl, wie einen Finger des Himmels, der ihn mit göttlicher Kraft versah. Lange hatte er darüber nachgegrübelt, wie er sich seinen Traum erfüllen könnte. Nun stand er kurz vor dem Ziel.

Er stellte die Laterne auf den Boden, sah sich um und begann mit der Arbeit.

Kapitel 2

Sonntagmorgen am 13. Juni Anno Domini 1666,
Schongau im Pfaffenwinkel

Kreuzkruzifix! Nimm deine schmutzigen Saupranken von meinem allerheiligsten Mörser, bevor ich dich ohne Brei ins Bett stecke!«

Der Schongauer Scharfrichter saß am Tisch der Henkersstube und versuchte seinen dreijährigen Enkel Peter daran zu hindern, die zerstoßenen Kräuter aus dem uralten Steintiegel zu essen. Zwar waren die Pflanzen nicht giftig, dennoch vermochte auch Jakob Kuisl nicht zu sagen, was eine Mischung aus Arnika, Johanniskraut, Bärwurz und Brennnessel mit dem Kleinen anstellen würde. Im harmlosesten Fall würde der Bub Durchfall bekommen, was den Henker angesichts der wenigen noch sauberen Leinenwindeln erschaudern ließ.

»Und sag deinem Bruder, er soll die Hühner am Leben lassen. Sonst schlag ich ihm noch mal eigenhändig den Kopf ab!«

Der gerade zwei Jahre alte Paul tapste durch das duftende Binsenkraut, das auf dem Boden unter dem Tisch lag, und streckte kieksend seine Ärmchen nach den Hennen aus, woraufhin diese wild gackernd durch die Stube liefen.

»Himmelherrgottsakrament!«

»Du darfst nicht so streng mit ihnen sein«, erklang plötzlich eine matte Stimme von der Schlafstatt in der offenen

Kammer nebenan. »Denk an unsere Magdalena, als sie klein war. Wie oft hast du ihr gesagt, sie soll die Hennen nicht bei lebendigem Leib rupfen, und sie hat's trotzdem getan.«

»Und dafür jedes Mal eine anständige Tracht Prügel kassiert.«

Grinsend wandte sich Jakob Kuisl seiner Frau zu. Doch als er sie so blass und mit Ringen unter den Augen im Bett liegen sah, wurde er sofort wieder ernst. Ein schweres Fieber plagte Anna-Maria Kuisl seit letzter Nacht. Wie ein kalter Wind war es über sie gekommen, und nun lag sie zitternd unter den dünnen Wolldecken und ein paar löchrigen Wolfs- und Bärenpelzen. Die Mixtur aus dem Mörser sollte ihr, mit heißem Wasser und Honig vermengt, ein wenig Linderung verschaffen.

Jakob Kuisl sah sein Weib besorgt an. Die letzten Jahre waren an Anna-Maria nicht spurlos vorübergegangen. Sie ging mittlerweile auf die fünfzig zu, und obwohl sie immer noch eine schöne Frau war, hatten sich tiefe Falten in ihr Gesicht gegraben. Ihr einst so glänzendes schwarzes Haar war matt geworden und von grauen Strähnen durchzogen. Blass und in die vielen Decken eingewickelt, die nur ihren Kopf freiließen, erinnerte sie Jakob Kuisl an eine weiße Rose, die nach einem langen Sommer zu welken begann.

»Versuch ein bisserl zu schlafen, Anna«, sagte der Henker sanft zu seiner Frau. »Schlaf ist immer noch die beste Arznei.«

»Schlafen? Wie denn?« Anna-Maria Kuisl lachte leise, doch das Gelächter ging schon bald in ein Husten über. »Du brüllst herum, dass es Gott erbarmt«, brachte sie schließlich keuchend hervor. »Und die beiden Kleinen werfen unsere Steinguttöpfe vom Regal, wenn sie nicht jemand auf der Stelle daran hindert. Der Herr des Hauses sieht so was ja nicht.«

»Was zum Teufel …«

Tatsächlich hatte der kleine Peter sich darangemacht, hinter Kuisls Rücken auf die Ofenbank zu klettern und von dort aus nach dem Kompott vom letzten Herbst zu angeln. Gerade eben zog er sich an den grob gezimmerten Fichtenbrettern hoch und griff nach einem der Töpfe mit den eingemachten Kirschen. Das Gefäß entglitt seinen Fingern und landete krachend auf dem Stubenboden, wo sich sein roter Inhalt in alle Richtungen ergoss. Im Haus des Henkers sah es aus wie nach einer missglückten Hinrichtung.

»Schau, Großvater, da ist Blut.« Mit großen Augen deutete Peter auf die Sauerei zu seinen Füßen, schließlich steckte er den Finger in die Pfütze und lutschte daran. »Gutes Blut.«

Jakob Kuisl schlug die Hände über dem Kopf zusammen und fluchte ein weiteres Mal. Schließlich packte er die beiden lautstark protestierenden Quälgeister kurzentschlossen am Schlafittchen und trug sie nach draußen in den Garten. Krachend schloss sich die Tür, und der Henker begann die matschigen Kirschen vom Boden aufzusammeln, wobei er sich von Kopf bis Fuß mit dem roten Saft besudelte.

»Wollen hoffen, dass sie beide in den Brunnen fallen«, brummte er. »Saubande, vermaledeite.«

»So was darfst du nicht sagen«, erwiderte seine Frau vom Bett aus. »Magdalena und Simon würden uns nie verzeihen, wenn den Kleinen etwas zustoßen würde.«

»Magdalena und Simon!« Kuisl spuckte geräuschvoll in die Binsen. »Wenn ich das schon hör! Was müssen sich die beiden auch am Heiligen Berg herumtreiben. Eine ganze Woche lang!« Er schüttelte den Kopf und wischte sich die Hände an seiner abgeschabten Lederschürze ab. »Zwei Rosenkränze in der Altenstadter Basilika hätten allemal gelangt. Für jedes Balg einen.«

»Der Herrgott hat es gut mit uns gemeint, und wir sollten

ihm danken«, mahnte seine Frau. »Auch dir selbst würde eine Wallfahrt nicht schaden, bei all dem Blut der Hingerichteten, das an deinen Fingern klebt.«

»Wenn's an mir klebt, dann auch an jedem einzelnen der gottverdammten Schongauer Ratsherren«, knurrte Kuisl. »Bis jetzt war ich ihnen zum Aufhängen der Diebe und Mörder immer noch gut genug.«

»Das mach allein mit dem Heiland aus.« Anna-Maria hustete ein weiteres Mal und schloss müde die Augen. »Mir ist heut nicht wohl genug, um mit dir zu streiten.«

Draußen waren plötzlich Schritte zu hören. Kurz darauf pochte es energisch an die Tür. Als Jakob Kuisl öffnete, stand vor ihm die Hebamme Martha Stechlin, an jeder Hand einen der beiden greinenden Enkel.

»Bist du noch ganz bei Trost, Kuisl? Ich hab die beiden unten am Weiher ...«, begann sie. Doch dann fiel ihr Blick auf das rot befleckte Hemd des Henkers, und sie stieß einen Schrei aus. »Mein Gott!«, rief sie. »Bringst jetzt schon die Leut in der eigenen Stube um?«

»Schmarren.« Der Henker fuhr verlegen durch seine schwarzen Haare, in denen sich die ersten weißen Strähnen zeigten. »Kirschsaft ist's. Die beiden Bälger haben den Kompotttopf umgeworfen, und ich hab sie deshalb rausgeschmissen.«

Martha Stechlin lachte kurz, doch dann wurden ihre Augen schmal. »Du darfst die Kleinen nicht allein draußen lassen!«, schimpfte sie. »Denk an den Huber-Buben, der erst dieses Frühjahr im Lech ertrunken ist. Und dem kleinen Hans vom Altenstadter Wirt hat neulich ein Fuhrwerk die Glieder zerschmettert. Dass ihr Mannsbilder auch immer so vernagelt sein müsst! Rindviecher, damische!«

Jakob Kuisl schloss die Augen und stöhnte leise. Martha Stechlin war neben seiner Frau und seiner Tochter der einzige

Mensch, der so mit dem Schongauer Henker reden durfte. Meistens brachte die Hebamme dem Henker ein paar Kräuter vorbei und nahm dafür ein wenig zerriebenen Stechapfel oder ein paar Unzen Menschenfett für ihre Patientinnen mit – oder sie blätterte in Kuisls Arzneibüchern. Die medizinische Bibliothek des Henkers und seine Heilkünste waren weit über die Grenzen der Stadt hinaus berühmt.

»Ist das alles, weshalb du gekommen bist?«, knurrte Kuisl Martha Stechlin wütend an. »Um mich wie ein Waschweib anzukeifen?«

»Schafskopf! Wegen deiner kranken Frau bin ich da, weshalb sonst?« Sie schob die beiden jammernden Buben in die Stube und löste einen zerschlissenen Lederbeutel von ihrem Rock. »Bärlapp, Schafgarbe und Johanniskraut hab ich dabei, um ihr Fieber zu senken.«

»Johanniskraut hab ich selber«, brummte der Henker. »Aber bittschön. Hilfe ist immer willkommen.«

Er machte ihr Platz, und die Stechlin ging hinüber in die Kammer, wo Anna-Maria Kuisl mit geschlossenen Augen lag. Offensichtlich war sie mittlerweile wieder eingeschlafen. Während die Hebamme das fieberheiße Gesicht ihrer Patientin mit einem nassen Lappen kühlte, richtete sie das Wort an Jakob Kuisl. »Wo sind überhaupt deine beiden Großen? Wenigstens die Barbara könnte doch auf ihre Neffen achtgeben.«

Brummend setzte sich der Henker zurück an den Tisch und fuhr fort, die Kräuter im Mörser klein zu stoßen. Seine Bewegungen waren gleichmäßig und routiniert.

»Die Barbara hab ich in den Wald zum Melissesammeln geschickt«, murrte er. »Bei Gott, meine Frau ist nicht die Einzige mit Fieber in der Stadt, die Leut rennen mir schier die Tür ein! Und der Georg putzt den Schinderkarren, der starrt vor Dreck und Blut.« Kuisl zerrieb ein paar trockene Kräuter zwischen seinen schwieligen Fingern und ließ sie nachdenklich in den Mörser rieseln. »Jedenfalls soll er das. Wenn ich den Burschen noch einmal beim Rumlungern unten am Lech erwische, setzt's eine Tracht Prügel, an die er noch lange denkt.«

Martha Stechlin lächelte milde. »Ach, Jakob«, erwiderte sie. »Der Bub ist dreizehn. Da hat man anderes im Kopf als Fegen und Putzen. Denk doch an deine eigene Jugend. Was hast du mit dreizehn gemacht?«

»Ich bin in den Krieg gezogen und hab den Schweden den Bauch aufgeschlitzt. Ich hatte keine Zeit für Flausen.«

Eine peinliche Pause entstand, in der keiner etwas sagte.

»So oder so, du solltest deine Enkel wirklich nicht allein draußen lassen«, fuhr Martha Stechlin schließlich fort. »Unten am Weiher hab ich zwei von den Berchtholdt-Buben herumlungern sehen. Wenn ich du wär, dann wär ich schon ein wenig vorsichtiger.«

Jakob Kuisl hieb den schweren Stößel in den Mörser und setzte mürrisch seine Arbeit von vorher fort. »Wie meinst du das?«

»Wie ich das meine?« Martha Stechlin lachte leise. »Das weißt du nur zu gut. Seitdem du den Ältesten der Berchtholdts vor ein paar Wochen im Stadl bei den Kornsäcken ertappt hast, haben sie blutige Rache geschworen.«

»Ich hab ihm nur gesagt, dass das nicht sein Korn ist und er gefälligst die Finger davon lassen soll.«

»Und dafür musstest du ihm gleich zwei seiner Finger brechen?«

Der Henker grinste. »So wird der Sauhund es sich wenigstens merken. Hätt ich's dem Rat erzählt, die hohen Herren hätten ihn zu Rute und Schandgeige verurteilt. Im Grunde hab ich mich damit um meinen eigenen Lohn gebracht.«

Martha Stechlin seufzte. »Sei's drum. Jedenfalls solltest du dich vorsehen. Schon allein der Kinder wegen.« Sie sah ihn ernst an. »Ich hab die Blicke dieser Burschen gesehen, Jakob. Die waren bös wie die Augen Luzifers.«

»Kreuzhimmelsakrament!«

Der Henker hieb den Stößel so fest in den Mörser, dass seine beiden Enkel erschrocken von ihrem Spiel aufsahen. Sie kannten ihren Großvater und wussten, dass er laut und zornig werden konnte. Jetzt schien er besonders zornig, und es war besser, ganz still zu sein.

»Drecksbande allesamt, diese Berchtholdts!«, knurrte Jakob Kuisl. »Nur weil ihr Vater bis zu seinem Tod als Bäckermeister im Rat saß, glauben sie nun, sie könnten sich alles erlauben. Und unsereins soll den Dreck von den Gassen karren und hübsch das Maul halten! Aber damit ist jetzt Schluss! Wenn ich den Hundling von Berchtholdt noch einmal unten beim Stadl erwische, brech ich ihm nicht zwei Finger, sondern gleich beide Hände. Und wenn er meine Enkel anrührt ...«

Seine Stimme stockte. Der Henker ballte die Hände zu Fäusten und ließ die Knochen knacken, während ihn seine Enkel immer noch schweigend anstarrten.

»Wenn die Berchtholdts meinen Enkeln auch nur ein Haar krümmen«, fuhr er leise fort, und seine Stimme klang so schneidend wie eine rasiermesserscharfe Klinge, »dann zerschmetter ich ihnen jeden Knochen einzeln mit dem Wagenrad, schlitz ihnen den Bauch auf und häng ihre Gedärme zum Fenster der Schongauer Fronveste hinaus. So wahr ich Jakob Kuisl heiße.«

Als er die angstgeweiteten Augen der beiden Buben sah, veränderte sich sein Gesicht, und ein gütiges Lächeln breitete sich von einem Mundwinkel zum anderen aus.

»Und wer von euch zwei Hosenscheißern will jetzt mit seinem Großvater Hoppereiter spielen?«

*

Simon wachte auf durch ein Keuchen direkt neben ihm. Als er sich auf dem piksenden, flohverseuchten Strohlager umdrehte, sah er in das blasse Gesicht Magdalenas. Mit dem Handrücken wischte sie sich eben über den Mund.

»Verfluchtes Leibgrimmen«, ächzte die Henkerstochter. »Seit Tagen ist mir schon ganz flau im Bauch.« Sie versuchte aufzustehen, sank aber sofort wieder stöhnend auf die Ofenbank. »Und ein bisserl schwindlig ist mir auch.«

»Kein Wunder, bei dem Qualm hier herin.« Simon hustete und blinzelte hinüber zu der angelehnten Stubentür, durch deren Ritzen schwarze Rauchwolken quollen. »Dein verlauster Vetter kann sich ja nicht mal einen anständigen Kachelofen leisten. Was müssen wir auch bei einem dahergelaufenen Schinder nächtigen, nur weil der zufällig der Vetter deines Vaters …«

»Pst!« Magdalena hielt den Finger vor die Lippen, als Michael Graetz die Stube betrat. Der Erlinger Abdecker war ein dünner, schwindsüchtiger Mann, von dem keiner vermutet hätte, dass er, wenn auch nur über drei Ecken, mit dem robusten Schongauer Henker verwandt war. Sein Hemd war zerrissen und dreckig vom Ruß, der Bart zerzaust, und die Zähne glänzten in dem ausgemergelten Gesicht wie schwarze Kohlestücke. Nur seine Augen leuchteten hell und freundlich, als er seinen beiden Gästen jeweils eine dampfende Holzschüssel hinhielt.

»Hier, esst«, brummte er und versuchte ein schiefes Lächeln. »Gerstenbrei, gesüßt mit Honig und Birnenkletzen. Gibt's nur an Festtagen, und wenn meine liebe Base mich besuchen kommt.«

»Hab Dank, Michael. Aber ich glaub, ich krieg so früh noch nichts runter.« Fröstelnd nahm Magdalena die Schüssel entgegen und wärmte sich ihre Hände. Es war kurz nach Sonnenaufgang, vor den geöffneten Fensterläden stieg Nebel vom

Waldboden auf. Irgendwo in der Nähe meckerte eine Ziege. Trotz des beginnenden Sommers zitterte die Henkerstochter.

»Dieser Juni ist der sakrisch kälteste, an den ich mich erinnern kann«, murrte sie.

Ihr Vetter sah sie besorgt an. »Er mag kalt sein, aber so wie du ausschaust, kommt die Kälte eher von innen.« Schnell schlug er ein Kreuz. »Wollen nur hoffen, dass du dir nicht das verfluchte Fieber eingefangen hast, das zurzeit die Gegend heimsucht. Zwei Erlinger Bauern und eine Magd aus Machtlfing hat der Schnitter diesen Sommer schon geholt.«

»Was redest du da?«, schimpfte Simon. »Die Magdalena hat sich den Magen verdorben, weiter nichts. Ein wenig Anis und Gänsefingerkraut werden sie wieder auf die Beine bringen.«

Verstohlen blickte der Medicus zu seiner Frau hinüber, die wieder unter die dünne, löchrige Wolldecke gekrochen war. Sie hatten zu dritt in der Stube geschlafen, der Schinder auf der harten Bank, Magdalena und Simon auf der wackligen Liegestatt in der Ofennische. Gedankenverloren nahm Simon einen Löffel von dem dampfenden Brei und schickte ein stilles Stoßgebet zum Himmel. Michael Graetz hatte recht. Seit Tagen schon sah Magdalena blass aus, dunkle Ringe lagen um ihre Augen. Er konnte nur hoffen, dass sie nicht wirklich ein Fieber ausbrütete. Der Medicus wusste aus eigener Erfahrung, dass Menschen, die noch am Morgen über einen einfachen Schnupfen klagten, am Abend schon dem Tode nah sein konnten.

»Ich werde dir einen Trank brauen«, sagte Simon, auch um sich selbst zu beruhigen, und nahm einen weiteren Löffel von dem Gerstenbrei. Er schmeckte erstaunlich gut, so süß und gehaltvoll wie ein teures Dessert für verwöhnte Ratsherren. »Eine Arznei aus Gänsefingerkraut, Anis, Kamille und vielleicht ein wenig Schöllkraut …«, murmelte er. Unsicher glitt sein Blick über die Einrichtung der Stube, die fast das gesamte Erdgeschoss des Schinderhauses einnahm. Er sah einen wackligen Tisch, zwei Schemel, ein Bett, eine alte Truhe und ein selbstgenageltes schiefes Kreuz in einer Ecke.

»Ich nehme nicht an, dass du diese Kräuter hier im Haus hast?«, fragte Simon zaghaft den Schinder. »Getrocknet vielleicht, oder als Pulver zermahlen?«

Michael Graetz schüttelte den Kopf. »Kamille wächst bei mir im Garten, aber der Rest ...« Er zuckte mit den Schultern. »Seit meine Frau und meine zwei lieben Kinder vor drei Jahren an der Pest gestorben sind, leb ich hier ganz allein. Ich zieh den toten Kühen und Pferden die Haut ab und bring sie zum Gerber, unten in Herrsching am Ammersee. Ist ein weiter steiler Weg dahin. Da bleibt keine Zeit für mehr als ein paar Rüben und Kohl hinterm Haus.«

»Lass gut sein«, sagte Magdalena. »Das wird schon wieder. Ich setz mich draußen auf die Bank in die Sonne und ...«

»Nichts machst du«, fuhr Simon dazwischen. »Du bleibst hier hübsch liegen, während ich die Kräuter hole. Fragt sich nur ...« Sein Gesicht hellte sich schlagartig auf. »Natürlich, dieser hässliche Mönch von gestern Nacht! Hat er nicht selbst gesagt, dass er Heilkräuter sammelt? Ich werd hinüber zum Kloster gehen und ihn fragen. Ich brauch ohnehin noch ein paar andere Heilpflanzen. Der Andre Losch hat einen bösen Husten, und dem Lukas aus Altenstadt will seine entzündete Hand nicht heilen.« Er nahm einen weiteren hastigen Löffel von dem köstlichen Brei, dann strich er sich seine zerknitterten Kleider glatt und wandte sich zur Stubentür.

»Wag nur nicht aufzustehen!« Mit gespielter Strenge hob Simon den Finger. »Ins Kloster kannst du später auch noch. Sei froh, dass du einen Bader hast, der sich unentgeltlich um dich kümmert.«

»Jaja, ist schon gut, Herr Bader.« Magdalena ließ sich müde zurück auf ihr Lager fallen. »Und wenn du schon gehst, bring ein wenig Rosmarin und frische Binsen mit. In dieser

Stube stinkt es wie im Inneren eines Pferdekadavers. Kein Wunder, dass mir schlecht ist.«

Als Simon das Haus des Schinders verließ, stieg die Sonne gerade über die Wipfel des Kientalwalds. Tau dampfte auf den Wiesen rund um Erling, der Tag versprach angenehm warm zu werden. Auf den Feldern mähten die Bauern mit Sensen die kärgliche Wintergerste.

Simon knöpfte sein Wams zu und stapfte den schmalen, vom nächtlichen Regen schlammigen Weg vom Waldrand hinüber zum Dorf. Das Jahr war bislang viel zu kalt gewesen, bis in den Mai hinein hatte es Frost gegeben. In den letzten Wochen waren dann etliche Unwetter mit sintflutartigen Regenschauern und Hagel über das Alpenvorland gerauscht und hatten die ohnehin nur spärlich wachsenden Ähren niedergedrückt. Die Menschen beteten zum Herrgott, dass die nächsten Monate trockener würden. Den kommenden Winter konnten nur diejenigen überstehen, deren Speicher reichlich mit Korn gefüllt waren.

Der Weg führte zunächst hinter einer Scheune am Ortsrand vorbei und stieg dann steil an, hinauf zum Kloster. Hinter einer niedrigen Mauer erstreckte sich eine gewaltige Anlage mit den unterschiedlichsten Gebäuden. Zur Rechten lagen einige Stadel, die von Apfel- und Zwetschgenbäumen gesäumt waren. Links der breiten schlammigen Gasse duckten sich einige Holzhäuser, aus deren Schornsteinen dicker weißer Rauch quoll. In einem nach vorne offenen Verschlag hämmerte ein Schmied mit lautem Klirren auf einen Amboss ein. Es folgten ein niedriges, nach frischem Brot duftendes Backhaus, eine weiß getünchte Weintaverne und ein großer, mehrstöckiger Steinbau, bevor endlich die Mauern des inneren Klosters auftauchten – ein verwinkeltes Labyrinth, an dessen höchster Stelle die Kirche thronte.

Simon erblickte etliche einfach gekleidete Wallfahrer mit Pilgerstäben, die in Gruppen singend und betend dem Kloster zustrebten. Entweder wollten sie der Kirche einen frühen Besuch abstatten, oder sie hofften einfach nur auf ein kostenloses Frühstück. Auch einige Benediktinermönche mit schwarzen Kutten waren darunter. Andere Patres arbeiteten mit dreckverschmierten Händen in den umliegenden Gemüsegärten oder schoben mit Fässern beladene Fuhrwerke durch die schmale obere Klosterpforte. Simon hielt einen von ihnen auf und fragte nach Frater Johannes.

»Der Apotheker?« Der Mönch sah ihn grinsend an. »Wie ich den hässlichen Burschen kenne, liegt er in seinem Bett und schnarcht zum Gotterbarmen. War schon bei der morgendlichen Laudes nicht da. Na, das wird Ärger geben mit dem Abt. Aber du kannst gern dein Glück versuchen.« Er deutete nach unten auf ein kleines unscheinbares Häuschen neben den Stadeln. »Klopf aber besser fest an. Sonst schläft er bis zur Mittagsvesper.«

Kurz darauf stand Simon vor dem Apothekerhaus unterhalb des Klosters. Es war ein niedriges Gebäude mit schmalen Fenstern und einer Tür aus dickem Eichenholz. Der Medicus wollte schon klopfen, als er von drinnen laute Stimmen vernahm. Es waren zwei Männer, die ganz offensichtlich heftig miteinander stritten. Nur gedämpfte Laute drangen nach draußen. Simon wartete unschlüssig vor dem Haus, als die Stimmen plötzlich näher kamen, dicht gefolgt von einem Scheppern.

Im nächsten Augenblick öffnete sich mit lautem Krachen die Tür, und ein schmächtiger, schwarz gewandeter Benediktiner stapfte nach draußen. Zornig schüttelte er seinen hochroten Kopf; die rechte Hand umklammerte einen mit Elfenbein verzierten Gehstock, mit dem er wie mit einem Degen wild in der Luft herumfuchtelte. Simon bemerkte, dass der

Mönch unter seiner Kutte einen kleinen Buckel hatte und ein Bein nachzog. Gebeugt humpelte der Krüppel von dannen, ein zorniges, mitleiderregendes Männlein, das bald hinter den Apfelbäumen verschwunden war.

Simon war von dem Anblick so gefesselt, dass er erst mit einiger Verzögerung bemerkte, wie jemand hinter ihn trat. Als er sich umdrehte, sah er direkt in die hässliche Fratze des Apothekers.

»Ja?«, brummte Frater Johannes, der mit argwöhnischem Blick in der Tür stand. Der Mönch wirkte ängstlich und gehetzt, sein aufgedunsenes Gesicht war blass wie fahles Mondlicht. Auch ihn hatte der Streit ganz offensichtlich heftig aufgeregt. Endlich blitzte ein Ausdruck des Erkennens in seinen Augen auf.

»Bei der lieben Jungfrau!«, rief er überrascht. »Einer der verirrten Schongauer von gestern Nacht, nicht wahr? Hört zu, wenn ihr euch bedanken wollt, ist das ein schlechter Zeitpunkt. Ich schlage vor, ihr kommt …«

»Meine Frau ist krank, und ich brauche dringend Anis und Gänsefingerkraut«, unterbrach ihn Simon leise. »Außerdem noch ein paar andere Kräuter. Könnt Ihr mir aushelfen?«

Kurz schien der Mönch versucht, dem ungebetenen Gast eine Abfuhr zu erteilen, doch dann überlegte er es sich offensichtlich anders. »Was soll's«, knurrte er. »Ich muss es ohnehin gleich dem Abt melden. Dann kann das Getratsche ja auch jetzt schon anfangen.«

»Welches Getratsche?«, wollte Simon wissen. »Geht es um den Streit, den Ihr gerade mit Eurem Mitbruder hattet? Nicht, dass ich etwas gehört hätte, es ist nur …«

Aber Frater Johannes war bereits im Dunkel des Apothekerhauses verschwunden. Achselzuckend folgte ihm Simon und betrat einen niedrigen Raum, der von einem halben Dutzend traniger Kerzen erhellt wurde. Ein schmaler Streifen

Licht fiel durch die Fensterläden auf einen gewaltigen Apothekerschrank an der gegenüberliegenden Seite. Unzählige kleine Schubladen ragten daraus hervor, alle bestückt mit winzigen handbemalten Schildern aus Pergament. Sie verströmten einen betörenden Duft nach Kräutern. Simon roch Salbei, Rosmarin, Ringelblumen und Kamille. Allerdings glaubte er, dazwischen einen anderen, süßlichen Geruch wahrzunehmen, der ihn kurz würgen ließ. Es roch beinahe wie …

»Was sagtet Ihr noch mal, braucht Ihr für Eure Frau?«, fragte Frater Johannes abrupt. »Gänsefingerkraut?«

»Äh ja, und Anis.« Der Medicus wandte sich wieder dem hässlichen Mönch zu. »Sie hat Leibzwicken, und ihr ist übel. Ich hoffe, es ist nichts Ernstes.«

»Das möge Gott verhüten. Nun lasst mal sehen …« Frater Johannes klemmte sich ein Okular in das rechte Auge, was sein ohnehin furchterregendes Gesicht noch ein wenig furchterregender machte. Dann schritt er nachdenklich den Schrank ab und zog schließlich eine Schublade in Augenhöhe auf. Den Streit mit dem kleinen Mönch schien er mittlerweile vergessen zu haben. »Bei Magengrimmen ist Gänsefingerkraut wirklich ein hervorragendes Mittel«, brummte er und holte ein Bündel Kräuter hervor. »Wobei ich eher Leberwickel und eine Mischung aus Enzian, Tausendgüldenkraut und Wermut bevorzuge. Wisst Ihr denn, in welchen Dosen Ihr die Kräuter verabreichen müsst? Bedenkt immer: *Dosis facit …*«

»*Venenum*. Die Dosis macht das Gift. Ich weiß.« Simon nickte und streckte die Hand zum Gruß aus. »Verzeiht, wenn ich mich noch nicht vorgestellt habe. Mein Name ist Simon Fronwieser. Ich bin der Bader aus dem kleinen Schongau, jenseits des Hohenpeißenbergs. Paracelsus' Spruch von der richtigen Dosis predige ich meinen Patienten beinahe jeden Tag.«

»Ein Bader, der Latein spricht?« Frater Johannes lächelte und drückte die Hand seines Gegenübers. Der Griff des Mönchs war so hart, als hätte er sein Leben lang den Hammer am Amboss geschwungen. Mit dem Okular im Auge glich er einem unförmigen Zyklopen. »Das kommt nicht allzu oft vor. Dann kennt Ihr wohl auch das ›Macer floridus‹, in dem die 85 wichtigsten Heilpflanzen aufgeführt sind?«

»In der Tat.« Simon nickte und stopfte die getrockneten Kräuter in seinen Lederbeutel. »Ich habe in Ingolstadt Medizin studiert. Leider war es mir nicht vergönnt, eine Stelle als Arzt anzutreten. Die ... äußeren Umstände waren nicht entsprechend.« Er zögerte. Der Mönch musste nicht wissen, dass ihm wegen Spielschulden und teurer Kleidung damals das Lehrgeld ausgegangen war.

Anerkennend sah der Medicus sich in dem dämmrigen Raum um. Alles hier war exakt so, wie er es sich für seine eigene Arztstube gewünscht hätte. Der große Apothekerschrank, daneben ein Schreibpult, an den Wänden schwere Eichenholzregale mit Tiegeln und Tinkturen. Ein niedriger Durchgang führte in einen weiteren Raum, der offenbar als Laboratorium diente. Simon erkannte im Zwielicht einen Kamin, in dem ein paar Scheite vor sich hin glimmten, auf dem Sims standen einige rußige Glaskolben. Davor befand sich ein gewaltiger Tisch mit einer Marmorplatte, auf der etwas Langes, Unförmiges lag, das nur notdürftig von einem fleckigen Leintuch verdeckt wurde.

Am unteren Ende des Tuchs schaute ein einzelner bleicher Fuß heraus.

»Mein Gott!«, hauchte Simon. »Ist das ...«

»Mein Gehilfe Coelestin«, seufzte der Frater und rieb sich die von Schweiß nasse Stirn. »Bauern haben ihn mir heute kurz vor Sonnenaufgang vorbeigebracht. Der Unglückliche sollte mir gestern Abend einen Karpfen aus dem Weiher unten am Waldrand bringen. Und was macht der Schafskopf? Fällt vom Steg und ersäuft wie ein junges Kätzchen. Und dann kommt auch noch dieser Scharlatan von Virgilius vorbei und …« Er brach ab und schüttelte den Kopf, ganz so, als müsste er einen bösen Traum vertreiben.

Vorsichtig trat Simon einen Schritt in das Laboratorium und schnupperte. Jetzt konnte er sich auch den süßlichen Geruch von vorhin erklären.

Es war der Gestank beginnender Verwesung.

»Darf ich?«, fragte der Medicus zögerlich und deutete auf die Leiche unter dem Tuch. Von Toten ging für Simon immer eine eigenartige Faszination aus. Steif und leblos waren sie wie anatomische Puppen, die Gott der Welt geschenkt hatte, um an ihnen das Wunder des menschlichen Körpers zu demonstrieren.

»Bitte, bitte«, erwiderte Johannes. Jetzt erst nahm er das Okular ab und steckte es in seine Kutte. »Da Ihr offensichtlich so etwas wie ein Kollege seid, kann ein zweiter Blick sicher nicht schaden. Aber es ist wirklich nichts Ungewöhnliches an ihm. Weiß gar nicht, wie viele Wasserleichen ich bisher in meinem Leben gesehen habe.« Er seufzte und schlug ein Kreuz. »Der Mensch ist eben kein Fisch, sonst hätte ihm Gott Kiemen zum Atmen und Flossen zum Paddeln gegeben.«

Neugierig schlug Simon das feuchte Leinentuch zur Seite und blickte in das weiße, leicht bläuliche Gesicht des jungen Coelestin. Irgendein mitleidiger Dorfbewohner hatte ihm die Augen geschlossen und zwei rostige Kreuzer daraufgelegt, doch sein Mund stand offen wie bei einem nach Luft schnappenden Karpfen. In den dünnen Haaren der Mönchstonsur klebten Laub und Algenreste, grüne Schmeißfliegen umkreisten summend den stinkenden Leichnam. Der tote Novize trug noch immer seine Kutte, die wie ein nasser Sack an seinem Körper hing.

»Ich wollte mit ihm noch eine Weile alleine sein«, sagte Frater Johannes mit belegter Stimme. »Er war immerhin über zwei Jahre mein treuer Gehilfe. Wir haben viel gemeinsam erlebt, Schönes und auch Hässliches …« Er schluckte. »Aber jetzt werd ich wohl hinaufmüssen zum Abt. Also nehmt bitte Eure Kräuter und …«

»Da sind Flecken.«

»Was?« Irritiert sah Frater Johannes den Medicus an, der auf eine Stelle am Schlüsselbein des Toten deutete.

»Hier sind blaue Flecken. Sowohl an der linken wie auch an der rechten Schulter.« Mit einem Ratschen riss Simon die nasse Kutte auf. »Und hier am Brustbein auch.«

»Wird er sich halt beim Sturz ins Wasser geholt haben«, warf der Mönch ein. »Was sagt das schon?«

»Blaue Flecken bei einem, der ins weiche Wasser fällt?« Simon runzelte die Stirn. »Ich weiß nicht.« Akribisch begann er, die Leiche weiter zu untersuchen, bis er schließlich am Hinterkopf fündig wurde.

»Dachte ich's mir doch«, murmelte er. »Eine dicke Beule. Jemand hat Eurem Gehilfen ganz offensichtlich einen heftigen Schlag versetzt. Vermutlich hat man ihn dann so lange unter Wasser gedrückt, bis er ertrank.«

»Mord?«, hauchte Frater Johannes. »Glaubt Ihr das wirklich?«

Simon zuckte mit den Schultern. »Ob Mord oder Totschlag vermag ich nicht zu sagen, aber auf alle Fälle war eine zweite Person mit im Spiel. Vielleicht eine Wirtshausschlägerei? Ein Raubmord?»

»Unsinn! Ein Mönch prügelt sich nicht. Außerdem, warum sollte …« Johannes brach ab und schüttelte seinen feisten Schädel wie ein störrischer Ochse. »Natürlich gibt's immer wieder Gesindel hier in der Gegend. Aber der gute Coelestin war doch nichts weiter als ein kleiner Novize in einer dünnen

Kutte! Der hatte nichts dabei, kein Geld, keine Wertsachen.« Der dicke Mönch hob den Finger, und seine Stimme bekam etwas Singendes. »Wie heißt es so schön in einer weiteren Regel des heiligen Benedikt? Keiner habe etwas als Eigentum. Überhaupt nichts, kein Buch, keine Schreibtafel, kein Griffel, gar nichts. Wer also sollte Coelestin Böses wollen?«

»Hatte er denn Feinde unten im Ort oder hier im Kloster?«, wollte Simon wissen.

Frater Johannes lachte so laut, dass sein runder Bauch auf und ab wippte. »Feinde? Bei Gott, wir sind Mönche! Wir hüten unsere Zunge, wir stehlen nichts, und so der Himmel will, steigen wir auch keinem Weib nach. Was also soll diese Fragerei?« Mit einem Mal wurden seine Augen zu schmalen Schlitzen. »Aber ich sage Euch etwas, Herr Bader. Wenn Ihr Euch Eurer Sache so sicher seid, dann kommt doch mit zum Abt und klärt ihn auf. Bruder Maurus ist ein kluger, belesener Mann. Soll er doch entscheiden, wie der junge Coelestin zu Tode kam.« Grimmig stapfte er zur Tür hinaus. »Wenn der Abt Euch recht gibt, könnt Ihr Euch in meiner Apotheke bedienen, ganz so, als wär's Eure eigene«, brummte er. »Darauf habt Ihr mein Wort. Und jetzt los, bevor mein Novize noch von diesen verfluchten Schmeißfliegen aufgefressen wird.«

Leise fluchend rannte Simon hinterher. Das hatte er nun von seinem losen Mundwerk! Und dabei wollte er doch eigentlich nur auf dem schnellsten Weg zurück zu Magdalena.

Als der Medicus sich ein letztes Mal umwandte, flog eine der Fliegen gerade laut summend in Coelestins Mund. Es hörte sich an, als würde der Leichnam leise vor sich hin murmeln.

Magdalena saß auf der Bank vor dem Schinderhaus und wartete mit wachsendem Ärger darauf, dass Simon aus der Apotheke zurückkam. Über eine Stunde war er bereits verschwunden! Was tat er dort nur so lang? Wahrscheinlich war er mit diesem hässlichen Schwarzkittel in irgendein Gespräch über Alraunenwurzeln oder Seidelbast verwickelt und hatte sie völlig vergessen.

Ungeduldig sah sie Michael Graetz zu, wie er den stinkenden Kadaver eines Pferdes auf seinen Karren hievte. Trotz der anstrengenden Arbeit summte der Schinder ein Landserlied, er schien vollkommen mit sich und der Welt zufrieden. Ihm zur Seite stand ein stämmiger junger Mann, der mit einem Seil den toten Gaul über die Ladefläche zog. Magdalena hatte von Graetz erfahren, dass es sich um seinen Gehilfen Matthias handelte.

Plötzlich musste die Henkerstochter an ihren Vater zu Hause denken, der dort ebenfalls für die Beseitigung der toten Tiere zuständig war. Im Angesicht ihres in Lumpen gekleideten Vetters schwor sich Magdalena einmal mehr, dass ihre Kinder es dereinst besser haben sollten. Peter und Paul würden keine ehrlosen Scharfrichter, keine Schinder oder Folterknechte werden, sondern Ärzte oder Bader, so wie ihr Vater einer war.

Der trockene Pferdemist ließ sie plötzlich niesen, und Michael Graetz warf ihr einen besorgten Blick zu. »Möge der heilige Blasius verhüten, dass dich das Fieber holt«, murmelte er.

»Schmarren!«, zischte Magdalena und schnäuzte sich ausgiebig mit einem Fetzen Tuch aus ihrer Rocktasche. »Ich hab halt niesen müssen, das ist alles. Hört endlich auf, so zu tun, als hätt ich die Pest.«

Der kräftige Gehilfe des Schinders grinste sie an und machte ein undeutliches Geräusch, das Magdalena für ein Lachen hielt.

»Was ist?«, fauchte sie. »Ist irgendetwas an mir komisch? Hängt mir der Rotz aus der Nase? Spuck's schon aus, du Haldodri!«

»Der Matthias kann dir nicht antworten«, erwiderte Michael Graetz anstelle seines Gehilfen. »Er hat keine Zunge mehr.«

»Er hat was?«

Der Schinder zuckte mit den Schultern und sah mitleidig zu dem kräftigen Mann herüber, der sich wieder ganz seiner Arbeit widmete. »Kroatische Söldner haben ihm die Zunge herausgeschnitten, als er noch ein kleiner Bub war«, erklärte Michael Graetz leise. »Sie wollten seinen Vater, den Friedinger Wirt, zwingen, ihnen das Versteck seiner Ersparnisse zu verraten.« Der Schinder seufzte. »Dabei hat der arme Mann gar nichts gehabt! Am Ende haben sie ihn drüben am Erlinger Galgenbichl aufgehängt, und der Junge musste zusehen.«

Magdalena starrte den hochgewachsenen Gehilfen entsetzt an. »O Gott, das tut mir leid. Ich wusste nicht ...«

»Mach dir nichts draus. Er wird's dir schon verziehen haben. Matthias ist ein guter Mann. Ein wenig menschenscheu, aber wir haben ja ohnehin mehr mit den toten Tieren zu schaffen.«

Michael Graetz lachte, und sein Gehilfe stimmte mit einem heiseren Keuchen ein. Verschmitzt grinste er Magdalena an. Er hatte ein schön geschnittenes Gesicht und volle rotblonde Haare, unter dem schwarzen Kittel strotzten Armmuskeln wie die eines Schmiedgesellen.

Wenn sie dir nicht die Zunge rausgeschnitten hätten, wärst du bestimmt der Stenz im Dorf, dachte Magdalena unvermittelt. *Wobei ich mir bei manchen Männern ohnehin wünsche, sie würden öfter ihre Gosch'n halten.*

»Dann nichts für ungut«, sagte sie und stand auf. »Ich glaub, ich werd mir ein wenig die Beine vertreten. Der Simon kommt ja doch nicht mehr.« Mit einem letzten Kopfnicken in Richtung des stummen Gehilfen ging Magdalena über den

Trampelpfad auf das Dorf zu, als gerade die Glocken zu läuten begannen.

»Wo willst du hin?«, rief ihr Michael Graetz zwischen den Glockenschlägen hinterher. »Dein Mann hat gesagt …«

»Mein Mann hat mir gar nichts zu sagen!«, schimpfte Magdalena. »Wenn ich wirklich krank wär, würd er nicht so lange für einen Plausch mit dem Apotheker verschwinden. Und jetzt kümmer dich um dein totes Pferd und lass die Lebenden zufrieden!«

Mit schnellen Schritten strebte sie dem Kloster zu, wo es jetzt, am späten Morgen, von Pilgern und Handwerkern wimmelte. Das Gehen und die frische Luft taten ihr merklich gut. Der Geruch des Schinderhauses hatte sie zu sehr an ihr eigenes Zuhause in Schongau erinnert, an die bösen Blicke und das Zischen der Mitbürger, an das Gefühl, wie es war, eine Ausgestoßene zu sein – ein Leben lang.

Ohne es bewusst zu wollen, war Magdalena den Hügel hinaufgeeilt und stand nun auf dem weiten Klosterplatz, direkt vor der Kirche. Von hier aus der Nähe waren die Schäden durch den Blitzschlag noch gut zu erkennen. Das Dach des Glockenturms war fast gänzlich abgebrannt, und in der Decke des vorderen Seitenschiffs klaffte ein gewaltiges Loch. Überall liefen Maurer mit von Kalk weißen Schürzen, stämmige Zimmermänner und Tagelöhner umher; sie schleppten Steine, zogen eine neue Wand hoch oder verputzten mit Mörtel die bereits gemauerten Stellen. Am Rande der Baustelle entdeckte Magdalena den Altenstadter Zimmermann Balthasar Hemerle, der mit dem Patrizier Jakob Schreevogl in ein ernstes Gespräch vertieft war. Als der Schongauer Ratsherr die Henkerstochter bemerkte, winkte er sie zu sich heran.

»Ihr seht blass aus«, sagte Jakob Schreevogl besorgt. »Geht es Euch nicht gut?«

»Habt Dank«, entgegnete Magdalena unwirsch. »Ich hab

bereits einen Mann und einen Vetter, die mich wie einen Welpen umsorgen. Das reicht.« Sie deutete auf die Kirche, deren Turm noch immer eingerüstet war. »Man mag gar nicht glauben, was so ein Blitz alles anrichten kann«, sagte sie kopfschüttelnd. »Schaut nicht so aus, als würde die Klosterkirche bis zum Dreihostienfest wirklich fertig werden.«

»Es wird in der Tat knapp«, brummte Balthasar Hemerle. »Nur noch sieben Tage. Da können wir bloß die schlimmsten Schäden ausbessern.« Er deutete auf den Ratsherrn an seiner Seite. »Meister Schreevogl hat uns immerhin versichert, dass wir bereits morgen die neuen Ziegel aus seiner Schongauer Brennerei geliefert bekommen.«

Magdalena musterte den jungen Patrizier. »Dann ist der Blitz wenigstens für Euch ein gutes Geschäft. Nicht wahr, Meister Schreevogl?«

»Macht Euch deshalb keine Gedanken. Ich liefere zum Vorzugspreis«, beruhigte sie Schreevogl. »In Augsburg oder Landsberg bekäm ich weitaus mehr. Wenn einer gute Geschäfte macht, dann unser lieber Herr Bürgermeister.« Er zwinkerte verschwörerisch und senkte seine Stimme. »Dreißig Fässer Bozener Wein hat Karl Semer der Andechser Klostertaverne verkauft, außerdem Wachs für Pilgerkerzen, Pökelfisch aus dem Nordmeer und billig gedruckte Bittbriefe, die er den Wallfahrern unterjubeln will. Das Dreihostienfest ist für den Schongauer Bürgermeister besser als jede Ostermesse.«

Magdalena pfiff durch die Zähne. »Das wusste ich noch gar nicht. Und ich hatte mich schon gewundert, was der alte Pfeffersack auf einer Wallfahrt will. Ganz wild war er darauf, dass wir noch gestern Nacht mitten im Gewitter den Heiligen Berg erreichen.«

»Weil er Angst hatte, dass ihm die Münchner und die Augsburger Händler zuvorkommen.« Jakob Schreevogl grinste sie an. »Zurzeit verhandelt der fromme Pilger im Gästehaus des Klosters mit dem Cellerar. Und jemand von den Wittelsbachern soll ebenfalls an Semers Waren interessiert sein. Wobei ich mich wundere, was die kurfürstliche Familie mit all diesem Krimskrams will.«

Die Henkerstochter nickte gedankenverloren. Die Erwähnung der gestrigen Nacht hatte eine Erinnerung in ihr geweckt – den Anblick eines flackernden Lichts oben in der Turmruine. Sie schirmte ihre Augen gegen die Sonne ab und spähte nach oben.

»Finden dort oben eigentlich schon Bauarbeiten statt?«, fragte sie neugierig.

»Im Glockenstuhl?« Der Zimmermann Hemerle schüttelte den Kopf. »Das Gerüst steht zwar bereits, aber wir arbeiten uns von unten hoch. Das wird noch ein gutes Stück Arbeit. Genau dort oben ist der Blitz in den Turm gefahren, da sind nur verkohlte Balken und Trümmer. Ein Wunder, dass bislang noch keine Glocke heruntergerauscht ist.«

Plötzlich fiel Magdalena ein, wie unwirsch Frater Johannes letzte Nacht auf ihre Frage reagiert hatte, ob im Kirchturm jemand mit einer Fackel unterwegs sei. Was hatte der Mönch noch mal gesagt? *Was sollte jemand um diese Zeit dort oben zu suchen haben? Die Aussicht genießen?*

Wieder starrte Magdalena hinauf zur Turmruine. Sie hatte es schon als Kind nicht vertragen, wenn ihr jemand etwas verheimlichte. Und etwas tief in ihrem Inneren verriet ihr, dass Frater Johannes nicht die ganze Wahrheit gesagt hatte. Mit einem Mal erfasste sie wieder ein leichter Schwindel, und sie legte die Hand auf die Schulter des Patriziers.

»Ihr solltet Euch wirklich ein wenig hinlegen«, mahnte Jakob Schreevogl. »Meine Frau, Gott hab sie selig, hatte am Ende ebenso dunkle Augenringe wie Ihr.«

»Kruzitürken, ist hier vielleicht irgendeiner, der mich noch nicht für tot hält?« Zornig wandte sich Magdalena ab. »Gehabt Euch wohl, Ihr Mannsbilder! Und wenn Ihr meinen Herrn Gemahl, den nichtsnutzigen Bader, seht, dann sagt ihm, dass er sein Gebräu selber saufen kann. Ich geh jetzt zum Beten!«

Sie ließ die verdutzten Männer stehen und eilte auf das Portal der Klosterkirche zu. Wenn sie auch nicht so durch und durch gläubig war wie viele andere Schongauer, so war sie doch mit der festen Absicht nach Andechs gekommen, Gott für die vergangenen guten Jahre zu danken. Warum also nicht gleich mit dem Beten anfangen? Vor allem, wenn sie sich so elend fühlte wie jetzt gerade. Vielleicht war an Simons Befürchtungen ja doch etwas dran.

Ihre Schritte führten sie an der Südseite der Kirche entlang, wo der Brand am schlimmsten gewütet hatte. Das Mauerwerk war eingefallen und stark verrußt, das Loch im Dach war mit Leintüchern nur notdürftig abgedichtet, so dass die Sonne in schmalen Streifen ins Innere der Kirche schien. Magdalena atmete tief durch und betrat das alte gotische Gebäude, in dem die Mönche bereits wieder einigermaßen Ordnung geschaffen hatten. Jetzt nach der Morgenmesse hielten sich nur noch wenige Menschen im Inneren auf. Zur Rechten ragte der Hochaltar mit den beiden goldenen Marienstatuen empor. Im Hauptschiff befanden sich vier kleinere Altäre, schmale Durchgänge führten in dunkle, nur von flackerndem Kerzenlicht beleuchtete Seitenkapellen. Auf halber Höhe an der Mauer zog sich eine Empore entlang, wo ein halbes Dutzend Stuckateure gerade damit beschäftigt war, die Fresken von Schmutz und Ruß zu befreien oder die verbrannten Spitzbogenfenster zu erneuern. Keiner der Handwerker schien Magdalena bis jetzt bemerkt zu haben. Sie setzte sich in eine der hinteren Kirchenbänke, schloss die Augen und betete. Doch schon nach kurzer Zeit stellte sie fest, dass sie sich nicht richtig konzentrieren konnte. Ihre Gedanken drehten sich immer wieder um ihren verschwundenen Simon, um Michael Graetz, ihren verlausten Vetter, um das gestrige Gewitter und um das Licht in der Turmruine.

Vor allem um das Licht.

Sie öffnete die Augen und sah sich um. Schon bald entdeckte sie eine Wendeltreppe, die hinauf zur Empore und von dort aus weiter in die Höhe führte.

Vielleicht hinauf in den Turm?

Nur ein paar Minuten, dachte sie. *Wenn ich in ein paar Minuten den Turmeingang nicht gefunden habe, kehre ich um und bete weiter. Versprochen, gütiger Heiland.*

Auf leisen Sohlen verließ Magdalena die Kirchenbank und stieg hinauf auf die Empore. Tatsächlich befand sich dort oben ein niedriger Durchgang, hinter dem ein frisch gezimmertes Gerüst weiter nach oben führte. Die alte Holztreppe war vom Feuer fast gänzlich zerstört. An manchen Stellen konnte man noch die Überreste der Stufen erkennen, doch die meisten der durchgetretenen Bretter ragten nur noch als schwarze Stumpen ins Nichts. Magdalena schlug ein Kreuz und betrat das knarzende Gerüst.

Schon nach wenigen Schritten war die Henkerstochter ganz allein. Von weiter unten konnte sie noch Hämmern und Rufen hören, doch je höher sie stieg, desto gedämpfter wurden die Laute. Durch die nackten, verrußten Fensteröffnungen, die in regelmäßigen Abständen im Turm auftauchten, erblickte Magdalena das grüne Kiental, die Buchenwälder rund um das Kloster und die Baustelle tief unter sich. Die Arbeiter glichen Ameisen, die über den Platz krochen und winzige Steinchen vor sich herschoben.

Die behelfsmäßig gezimmerte Treppe knarrte und schwankte; es gab kein Geländer, an dem man sich festhalten konnte, und Magdalena spürte, wie ihr erneut schwindlig wurde. Meter für Meter ging es weiter in die Höhe. Schweißtropfen rannen ihr in die Augen, und sie verfluchte sich im Stillen für den Einfall, auf einen ausgebrannten, baufälligen Turm zu steigen. Schon wollte sie umkehren, als sie genau über sich in der Decke eine quadratische Öffnung sah. Sie kletterte hindurch und war endlich im Dachgeschoss angekommen, durch dessen kohlschwarze Fensterlöcher ein kühler Wind wehte.

Der Ausblick war gewaltig.

Magdalena hatte schon mehrmals den Gipfel des Hohenpeißenbergs unweit von Schongau erklommen, doch hier oben fühlte sie sich dem Himmel noch ein Stück näher. Weit draußen am Horizont erstreckte sich das schneebedeckte Band der Berge, davor breitete sich die bayerische Voralpenlandschaft mit ihren Wäldern, Mooren und Seen aus. Am Westufer des Ammersees ragte der Turm des Dießener Augustinerklosters empor, links davon erhob sich der Hohenpeißenberg und versperrte die Sicht auf ihre Heimatstadt, die nur wenige Meilen dahinter liegen mochte. Hier vom Kirchturm aus schien alles so nahe zusammengerückt, dass ihre zweitägige Pilgerreise wie ein gemütlicher Spaziergang aussah.

Plötzlich zerrte Wind an Magdalenas Haaren, eine Böe kam auf, und sie klammerte sich an einem Holzbalken fest, um nicht abzustürzen. Als sie sich wieder gefangen hatte, konnte sie endlich das Innere des vom Blitz zerstörten Turmzimmers betrachten.

Die Mauern waren rußgeschwärzt und durch die Hitze teilweise geborsten, hinter den leeren Fenstern schimmerte der blaue Himmel. In der Mitte des Dachstuhls hingen in einem eisenbeschlagenen Holzgerüst drei Glocken, die den Flammen getrotzt hatten. Der Boden ringsherum war zum größten Teil durchgebrannt, so dass Magdalena zwischen den Balken hindurch in die gähnende Tiefe blicken konnte. Ein frisches Seil baumelte vom Glockenstuhl hinab.

Mit einem Mal fiel Magdalena ein, dass sie heute früh bereits Glocken gehört hatte. War es also nur der Turmwärter gewesen, der in der Nacht nach dem Rechten gesehen hatte? Sie runzelte die Stirn. Aber was in aller Welt hatte ein Turmwärter in stockdunkler Nacht hier oben verloren?

Magdalena beschloss, über die Balken hinüber zu den Glocken zu balancieren, von dort aus konnte sie den Raum am besten überblicken. Dabei vermied sie es tunlichst, nach unten zu sehen. Solange sie einen Fuß vor den anderen setzte und die Augen starr geradeaus richtete, fühlte sie sich einigermaßen sicher.

Endlich hatte sie die mächtigen Bronzeglocken erreicht. Sie umklammerte die Kleinste der drei, fühlte das kühle Metall unter ihren Händen und atmete erleichtert auf. Der Schwindel war völlig verschwunden. Es war, als hätte die Anstrengung neue Kräfte in ihr geweckt und sie kuriert. Als sie sich vorsichtig aufrichtete, um auf die andere Seite des Raums hinter den Glocken zu spähen, entdeckte sie mit einem Mal etwas Merkwürdiges.

An der gegenüberliegenden Wand lehnte hochkant eine Art Bahre, an deren Rändern mehrere Metallklammern befestigt waren. Am Boden davor lagen einige blankpolierte Eisenstangen. Irgendetwas quietschte. Als Magdalena den Blick nach oben richtete, sah sie von der Decke direkt über der Bahre einen fingerdicken Draht wie eine Galgenschlinge im Wind hin und her schwingen.

Gerade wollte Magdalena sich der merkwürdigen Konstruktion nähern, als sie ein Geräusch zu ihrer Rechten herumfahren ließ.

Eine schwarze Gestalt raste auf sie zu. Sie glich einer menschgewordenen Fledermaus, die im Gebälk des Turmes geschlafen hatte und nun über den Störenfried herfiel. Der Schemen trug einen schwarzen Umhang und eine Kapuze, so dass Magdalena sein Gesicht nicht erkennen konnte.

Im nächsten Augenblick war er über ihr.

Magdalena taumelte, ihre Hände glitten an dem glatten Metall der Glocke ab, die Füße traten plötzlich ins Leere. Sie fiel durch eine Ritze zwischen den verkohlten Bodenstreben, wobei etwas Scharfes an ihrem Oberschenkel entlangratschte. Im letzten Moment streckte sie die Hände aus und umfasste einen Holzbalken über sich. Die Handgelenke schienen ihr beinahe aus den Sehnen zu springen, aber sie hielt sich mit aller Kraft an dem Balken fest. Während Magdalena wild hin und her schaukelte, starrte sie mit pochendem Herzen hinunter in den Abgrund. Ihr wurde kurz schwarz vor Augen. Da hörte sie Schritte auf der Treppe unter sich, die schwarz gewandete, vermummte Gestalt tauchte auf und hastete die Stufen hinunter. Es sah fast aus, als würde sie fliegen. Einen Augenblick später war der Mann im Hauptschiff der Kirche verschwunden.

Wie ein dünner Ast im Wind schwang Magdalena am Balken hin und her. Sie wusste, dass ihre Kraft nicht mehr lange ausreichen würde. Tränen des Zorns und der Verzweiflung rannen ihr übers Gesicht. Mit letzter Anstrengung hievte sie sich nach oben, als sie plötzlich, nur zwei Armlängen von sich entfernt, das Glockenseil hängen sah.

Würde sie es bis dorthin schaffen?

Zentimeter für Zentimeter arbeitete sie sich auf ihr Ziel zu. Einmal rutschte sie mit der linken Hand ab und konnte sich gerade noch festhalten, doch endlich war sie nahe genug. Mit einem heiseren Keuchen warf sie sich dem rettenden Seil entgegen und hielt sich daran fest. Das Tau krampfhaft umklammert, stürzte sie ein, zwei Meter nach unten, dann gab es einen heftigen Ruck, gefolgt von einem Schaukeln.

Die Glocken des Klosters begannen wie wild zu läuten.

Magdalenas Ohren dröhnten, es war so laut, als würde sie im Inneren der Glocke hin und her geworfen, und der Schwung des tonnenschweren Hohlkörpers ließ sie immer wieder in die Höhe schnellen. Langsam rutschte sie am Seil hinunter zum Grund des Turms, wo bereits einige verblüffte Handwerker standen und mit offenen Mündern zu ihr hochstarrten. Auch Jakob Schreevogl und der Zimmermann Balthasar Hemerle waren darunter.

Magdalena sah, dass sie ihr beide etwas zuriefen, doch alles, was sie hörte, war das wummernde Schlagen der Glocken. Ein immer wiederkehrendes ohrenbetäubendes Brummen, Klirren, Scheppern und Donnern.

Es klang, als riefen die Engel zum Jüngsten Gericht.

Die Glockenschläge wehten hinüber zum Hauptbau des Klosters, wo sie den Andechser Abt Maurus Rambeck für einen Moment in seiner Rede unterbrachen. Doch der Anlass war zu ernst, um lange innezuhalten.

»Also wirklich Mord?« Der Abt zog die rechte Augenbraue nach oben und warf einen kurzen Blick durchs Fenster, so als könnte er auf diese Weise den Grund des Läutens herausfinden. Simon schätzte Rambeck auf ungefähr fünfzig, doch der kahlgeschorene Schädel und die schwarze Benediktinerkutte ließen ihn wesentlich älter wirken. Nach einer gefühlten Ewigkeit wandte der Abt sich wieder seinem Besucher zu. »Wie kommt Ihr auf einen solch abscheulichen Einfall?«

»Ich … äh, ich fand blaue Flecken an den Schulterblättern und an der Brust des Novizen, Hochwürden«, murmelte Simon. »Und eine Beule am Hinterkopf. Ihr könnt den Leichnam gern selbst untersuchen.«

»Das werde ich tun. Darauf könnt Ihr Euch verlassen.«

Simon hielt den Blick gesenkt und beobachtete verstohlen

die vielen Bücher in den Regalen ringsumher. Frater Johannes und er hatten Maurus Rambeck im sogenannten Studierzimmer im ersten Stock angetroffen – einem Raum, der nur dem Abt vorbehalten war. Das Klosteroberhaupt hatte an einem Tisch über einem zerfledderten Buch gebrütet, auf dessen Seiten Simon sonderbare Zeichen erkennen konnte, die ihm vage bekannt vorkamen.

»Sollte Eure Theorie tatsächlich stimmen«, fuhr Maurus Rambeck fort, »dann ist das eine Angelegenheit für den Weilheimer Landrichter. Ein Prozedere, welches ich uns allen nur allzu gern ersparen möchte. Gibt es denn irgendwelche Hinweise, wer der Täter sein könnte?«

»Leider nein«, seufzte Simon. »Aber vielleicht sollte man diesem Fischweiher einmal einen Besuch abstatten, wenn Ihr mir die Bemerkung gestattet.«

»Vielleicht sollte man das tatsächlich.«

Der Vorsteher des Klosters fuhr sich mit der Zunge nachdenklich über die fleischigen Lippen. Maurus Rambeck war ein feister Mann mit hängenden Wangen wie bei einem alten Schoßhund. Seine ganze Erscheinung strahlte eine kaminheimelige Gemütlichkeit aus, nur die Augen verrieten, dass dahinter ein wacher Geist wohnte. Johannes hatte Simon auf dem Weg hinüber in den Klostertrakt erzählt, der Abt habe seine Stelle erst seit wenigen Monaten inne und gelte als einer der klügsten Köpfe Bayerns. Rambeck sprach acht Sprachen fließend und konnte noch einmal so viele lesen. Wie viele andere gebildete Männer seiner Zeit hatte er in Salzburg an der Benediktineruniversität nicht nur Theologie, sondern auch Philosophie, Mathematik und Experimentalphysik studiert. Nachdem er in jungen Jahren als einfacher Mönch dem Kloster gedient hatte, war er später als Dozent erneut an die Salzburger Universität gesandt worden. Sein Ruf zurück nach Andechs hatte im Klosterrat für erheblichen Wirbel gesorgt.

»Ich halte das Ganze für ein Hirngespinst«, fuhr Frater Johannes nun zum ersten Mal dazwischen. »Glaubt mir, Hochwürden, ich habe schon viele Leichen gesehen, und ...«

»Ich weiß, dass du schon viele Leichen gesehen hast, lieber Mitbruder«, unterbrach ihn der Abt. »*Zu* viele, wenn du mich fragst ...«, fügte er bedeutungsschwanger hinzu. »Davon abgesehen mehren sich in letzter Zeit die ärgerlichen Vorkommnisse rund um deine Person, Bruder Johannes. Die Gerüchte um den Blitzschlag, deine Völlereien zur Fastenzeit, nicht zu vergessen die ewigen Streitereien mit Frater Virgilius. Wie ich hörte, gab es erst heute wieder Unfrieden zwischen euch beiden?«

»Woher wisst Ihr ...«, brauste Frater Johannes auf. Doch dann senkten sich seine Schultern, und er fuhr kleinlaut fort: »Nun gut, es ist wahr. Wir hatten Streit, aber es war ein Streit der ... äh ... Wissenschaften. Mehr eine Fachsimpelei. Nichts Ernstes.«

»Der Wissenschaften?« Abt Maurus Rambeck schmunzelte. »Versteig dich nicht, Bruder. Denke immer daran, du bist unser Apotheker, mehr nicht. Heile die Kranken und sorge dafür, dass in deiner Nähe nicht noch mehr Menschen sterben. Das ist alles, worum ich dich bitte. Die Wissenschaft überlass den Studierten.« Er wandte sich wieder Simon zu. »Und nun zu Euch, Bader. Ihr scheint tatsächlich etwas von der menschlichen Anatomie zu verstehen. Vielleicht sogar mehr als unser Apotheker. Warum also nicht?« Maurus Rambeck wiegte kurz den Kopf, als suchte er eine Entscheidung. Schließlich nickte er. »Ich würde mich freuen, wenn Ihr einen kleinen Bericht über diesen Vorfall schreibt. Sagen wir bis morgen? Todesursache, Wunden, et cetera, et cetera, etwas für die Akten, falls wir tatsächlich den Landrichter bemühen müssten. Natürlich gegen Entgelt.« Er zwinkerte, und Simon glaubte, Spott in seinen Augen aufblitzen zu sehen.

»Gern könnt Ihr auch diesem mysteriösen Weiher einen Besuch abstatten«, fuhr er fort. »Oder was auch immer, Ihr habt freie Hand. Danach werde ich entscheiden, wie wir weiter verfahren. Und nun gehabt Euch wohl.« Maurus Rambeck deutete auf das zerfledderte Buch vor sich. »Diese hebräische Abschrift über Heilkräuter des alten Ägyptens ist äußerst erbauend. Ich würde gern noch heute eine Übersetzung davon anfertigen. Und zwar in aller Ruhe.« Seufzend starrte er hinaus aus dem Fenster, von wo aus noch immer vereinzeltes Glockenbimmeln zu hören war. »Und dich, lieber Mitbruder Johannes, bitte ich zu erkunden, was es mit diesem nervtötenden Geläute auf sich hat. Das klingt ja beinahe so, als wären die Schweden wieder vor den Toren.«

»Wie Ihr wünscht, Hochwürden«, murmelte Frater Johannes. »Ich werde gleich nach dem Rechten sehen.« Mit einer Verbeugung verabschiedete er sich vom Abt, nicht ohne Simon noch einen bösen Blick zuzuwerfen.

Der Medicus schluckte. Es sah ganz so aus, als hätte ihm seine berüchtigte Neugier wieder einen Haufen Probleme beschert.

Kapitel 3

Sonntag, der 13. Juni 1666,
Schongau unten im Gerberviertel, vormittags

Jakob Kuisl ertappte die Männer am Zimmerstadel unweit des Lechs.

Es waren etwa ein Dutzend Halbstarke, allesamt picklig und breitgebaut, die vor Kraft und Übermut schier zu bersten drohten. Der Henker erkannte zwei, drei Zimmermannsgesellen aus dem benachbarten Altenstadt und natürlich die drei Berchtholdt-Brüder. Der älteste Berchtholdt war wie so oft der Anführer.

»Schau an, schau an, der Henker führt seine Bälger aus«, knurrte Hans Berchtholdt. Er baute sich vor Kuisl auf und deutete auf die beiden Kinder, die dieser auf seinen massigen Armen trug. Die Buben lutschten verträumt am Daumen und musterten die zornigen Männer aufmerksam, so als erhofften sie sich von ihnen irgendeine Süßigkeit oder ein buntes Spielzeug.

»Lass meine Enkel aus dem Spiel«, sagte Jakob Kuisl und sah sich verstohlen nach einer Fluchtmöglichkeit um. Doch die Burschen hatten mittlerweile einen Ring um ihn gebildet.

Der Henker hatte mit den zwei Kleinen den Vormittag unten am Fluss verbringen wollen, um ein paar Holzschiffchen und Schaufelräder zu schnitzen. Als er in den schmalen Trampelpfad hinter dem Zimmerstadel eingebogen war, hatte er sofort bemerkt, dass schon wieder eine der Ladeluken offen stand. Ein paar Männer saßen mit verschlagenem Blick auf erbeuteten Getreidesäcken, andere kletterten gerade mit einer selbstgenagelten Leiter von der Luke hinab zum Boden. Von vorne und hinten näherten sich jeweils zwei Späher, die bislang Schmiere gestanden hatten, alle mit einem Glitzern in den Augen, das den Henker an den Blick hungriger Wölfe erinnerte. Offenbar hatte Kuisls letzte Drohung nichts genutzt. Berchtholdt und die anderen der Meute waren erneut in den Stadel eingebrochen, um Korn zu stehlen.

»Verschwindet, und ich hab nichts gesehen«, brummte er. »Ich hab meinen guten Tag. Diesmal lass ich euch noch laufen.«

Doch ein kurzer Blick auf Hans Berchtholdt verriet Kuisl, dass er damit nicht durchkommen würde. Der junge Bäckermeister trug die Hand mit den beiden gebrochenen Fingern in einer Schlinge, seine Lippen zuckten vor Zorn und Erregung.

»Ich fürchte, dass wir dich nicht so einfach gehen lassen können«, zischte Berchtholdt. »War ein saublöder Einfall von dir, gerade jetzt hier vorbeizukommen. Wer gibt uns Gewähr, dass du uns nicht beim Rat verpfeifst?«

»Ihr habt mein Wort.«

»Das Wort eines Henkers? Drauf geschissen.«

Gelächter ertönte, und der Bäcker blickte sich selbstsicher nach seinen Gefährten um.

»Na, was ist? Magst vielleicht für deine Schrazn einen Sack Korn aus dem Stadl, Kuisl?«, fuhr Berchtholdt hämisch fort und deutete auf die Enkel des Henkers. »Damit sie mal genauso fette, räudige Scharfrichter wie ihr Großvater werden?«

»Du meinst, damit sie Strauchdieben und Haderlumpen wie dir irgendwann den Strick umlegen und sie oben am Galgenhügel baumeln lassen«, erwiderte Jakob Kuisl mit ruhiger Stimme. »Das ist jetzt schon das zweite Mal, dass ich dich beim Diebstahl erwisch, Berchtholdt. Darauf steht der Strick. Geht allesamt heim, oder es geschieht ein Unglück. Wenn der Gerichtsschreiber das erfährt, macht er mit euch kurzen Prozess.«

Hans Berchtholdt biss sich auf die Lippen. Das war nicht die Antwort, die er erwartet hatte. Dieser alte Bock war eindeutig viel zu vorlaut.

»Und wer ist Zeuge, hä?«, zischte er. »Vielleicht du, Henker?« Er lachte, und es klang wie das Meckern einer Ziege. »Ein Ehrloser, der vor dem Rat aussagt! Glaubst du wirklich, dass der Gerichtsschreiber sich das anhört? Oder sollen vielleicht die zwei Bälger greinen und brabbeln?« Wieder ertönte das Meckern, in das nun auch andere der Männer einfielen. »Wo ist überhaupt ihre lausige Mutter, hä?«, fuhr er mit überschlagender Stimme fort. »Sie und dieser Quacksalber! Sollten sie nicht selbst auf ihre Bälger aufpassen, damit ihnen nichts passiert? Wo sind sie denn, na?«

»Du weißt genau, wo sie sind«, murmelte Jakob Kuisl. »Also lass mich jetzt durch, und …«

»Die ganze Stadt war dagegen, dass eine Ehrlose auf Wallfahrt geht!«, krähte nun der Mittlere der Berchtholdts. Mit seinen neunzehn Jahren war er größer als die meisten anderen, sein zornroter Kopf fuhr wie bei einer Schlange nach vorne. »Eine Henkerstochter, die mit ehrbaren Bürgern zum Heiligen Berg pilgert, noch nie hat es das gegeben! Noch nie! Und nun sieh dir an, was uns der Herrgott als Strafe schickt: Regen und Hagel, der die Felder verheert. Und Mäuse, die unsere Saatkörner auffressen!«

»Das gibt euch noch lange nicht das Recht, in den Zimmerstadel einzubrechen und Getreide zu stehlen.«

»Das Getreide dieser reichen Augsburger Pfeffersäcke? Der bockfüßige Teufel soll sie allesamt holen! Bei allen vierzehn Notheiligen, wir holen uns nur, was uns ohnehin zusteht.«

Jakob Kuisl seufzte leise. Josef Berchtholdt hatte das Bigotte eindeutig von seinem verstorbenen Vater geerbt. Doch tatsächlich waren über Schongau in letzter Zeit einige schlimme Unwetter niedergegangen, und die Mäuse waren zu einer echten Plage geworden. Viele der Felder waren beinahe kahl gefressen. Der Henker hatte seine Tochter gewarnt, mit den anderen Bürgern auf Wallfahrt zu gehen; er wusste, dass es Getratsche geben würde. Aber sie hatte wie so oft nicht auf ihn hören wollen. Jetzt stand Jakob Kuisl hier mit seinen Enkeln unten am Lech und sah sich einem wütenden Mob gegenüber, der nur allzu gern eine Schlägerei angezettelt hätte.

»Wo ist denn dein Henkerschwert, Kuisl?«, keifte jetzt einer der Burschen. »Hast es wohl zu Haus vergessen? Oder willst dir eines schnitzen?« Wieder ertönte hämisches Gelächter. Murrend und zischend schob sich die Meute auf den Scharfrichter zu, der mit dem Rücken zum Zimmerstadel stand.

»Hätte nicht gedacht, dass du dich mit solchem Pack einlässt, Berchtholdt«, knurrte Jakob Kuisl. »Dein Vater würd sich im Grab umdrehen.«

»Halt's Maul, Henker!«, schleuderte ihm der Bäckersohn entgegen. »Wenn mein Vater noch lebte, würd er die ganze Kuisl-Bande aus der Stadt prügeln.«

»Ich bin hier der, der die Leute aus der Stadt prügelt, Berchtholdt. Vergiss das nicht.«

Abschätzend musterte der Henker die Gruppe junger Männer, die ihm den Weg versperrten. Mit seinen vierundfünfzig Jahren war Jakob Kuisl nicht mehr der Jüngste, trotzdem hatten die Menschen noch immer Angst vor seinem Zorn und seiner Kraft. Sie hatten gesehen, wie er einem Räuberhauptmann die Knochen einzeln gebrochen und verurteilten Mördern mit sicherem Hieb den Kopf abgeschlagen hatte. Kuisls blutiger Ruf reichte weit über die Stadt hinaus, trotzdem spürte der Henker, dass seine Autorität zu bröckeln begann. Heute würden kein lautes Wort und kein schneller Hieb mehr ausreichen, um das Pack zu vertreiben.

Vor allem nicht mit zwei brabbelnden, daumenlutschenden Hosenscheißern auf dem Arm.

»Ich sag dir was, Kuisl!«, zischte Hans Berchtholdt, und ein böses Lächeln spielte um seine Lippen. »Du neigst jetzt dein Haupt und bittest demütig um Vergebung für deine Tochter, das nichtsnutzige Henkersweib. Dann lassen wir euch drei vielleicht laufen.«

Hämisches Lachen brandete auf. Der kleine Peter fing zu weinen an, und es dauerte nicht lange, bis auch sein jüngerer Bruder in das Gewimmer einfiel. Jakob Kuisl schloss die Augen und versuchte ruhig zu atmen. Sie wollten ihn reizen, doch er durfte die Kinder nicht gefährden. Was also sollte er tun? Eine Rauferei wollte er seiner Enkel wegen nicht riskieren. Um Hilfe rufen? Bis zur Stadt war es ein ganzes Stück, und das Rauschen des Flusses würde vermutlich jeden Schrei übertönen. Also doch auf die Forderungen Berchtholdts eingehen?

Reumütig senkte Jakob Kuisl sein Haupt. »Ich bitte …«, begann er leise.

Hans Berchtholdt grinste, seine Augen glitzerten wie Eisbrocken. »Demütig!«, zischte er. »Du bittest demütig!«

»Ich bitte demütig«, fuhr der Henker fort. Er machte eine Pause, dann sprach er tonlos weiter: »Ich bitte demütig, dass der Herrgott mir Kraft gibt, einen derartig großen Haufen depperter, vernagelter Hundsfotte zu ertragen, ohne ihnen die Köpfe einzuschlagen. Und jetzt lasst mich um der Heiligen Jungfrau willen durch, bevor ich dem Ersten von euch die Nas'n brech.«

Ein entsetztes Schweigen trat ein. Es war, als könnten die

jungen Gesellen nicht glauben, was sie soeben gehört hatten. Endlich fing sich Hans Berchtholdt wieder.

»Das ... das wird dir noch leidtun«, sagte er mit leiser Stimme. »Wir sind über ein Dutzend, und du bist ein alter Mann mit zwei Kindern auf dem Arm. Jetzt werden die kleinen Bastarde gleich erleben, wie ihr Großvater sehr große Schmerzen ...«

Er brach ab und fasste sich schreiend an die Stirn. Blut quoll unter seiner Hand hervor. Nun brüllten und jammerten auch andere Burschen, sie suchten hinter Karren und Fässern Deckung, während ein Hagel Steine auf sie niederprasselte. Jakob Kuisl blickte sich suchend um. Endlich entdeckte er oben auf dem Dach des Zimmerstadels eine Horde Kinder und Halbwüchsiger, die Kiesel und harte Lehmbrocken auf die Meute niederregnen ließen.

Ganz vorne am Dachfirst stand Kuisls dreizehnjähriger Sohn Georg mit einer Schleuder in der Hand.

Der Henker erschrak. Was hatte der Rotzlöffel hier zu suchen? Sollte er nicht den Schinderkarren im Stall säubern? Reichte es nicht, wenn die beiden Enkelkinder in Gefahr waren?

Kuisl wollte bereits zu einer Strafpredigt ansetzen, als ihm bewusst wurde, dass sein Sohn ihm womöglich gerade das Leben rettete. Noch einmal blickte er hinauf zum Dachfirst. Georg Kuisl sah sehr groß aus für sein Alter, alles an ihm schien wie aus rohem Fels gehauen. Um seine Lippen spross ein erster Flaum, Hemd und Hose schienen viel zu klein für den klobigen Körper.

Wie ich früher, dachte Kuisl. *Er ist beinahe so alt wie ich damals im Krieg. Mein Gott, jetzt muss mich schon mein eigener Bub aus der Schlinge ziehen. Jakob, du wirst alt ...*

»Lauf, Vater!«, schrie Georg. »Jetzt!«

Jakob Kuisl schüttelte die düsteren Gedanken ab, packte

seine beiden greinenden Enkelkinder fester und rannte los. Um ihn herum prasselten noch immer die Steine. Er sah einen Schatten auf sich zuspringen, holte mit dem Bein aus und trat seinem Gegner, einem der jungen Zimmermannsgesellen, mit voller Wucht ins Gemächt. Der Mann sackte stöhnend zu Boden, als schon ein neuer Angreifer auf Kuisl zustürmte. Die beiden Kleinen in seinen Armen schrien jetzt wie am Spieß, Kuisl umfasste sie, duckte sich und rammte dem Gesellen vor ihm den Schädel in den Bauch. Schnell richtete er sich wieder auf und stürmte weiter, hinter sich hörte er Hans Berchtholdt laut brüllen, als den Bäckermeister ein weiterer Stein traf.

»Das wirst du mir büßen, Kuisl!«, keifte Berchtholdt wie besessen. »Du und deine ganze Sippe! Nur ein Wort zum Rat, und ich knöpf mir deine verfluchten Rotzlöffel vor!«

Schon nach wenigen Minuten hatte der Henker die Floßlände hinter sich gelassen und die Lechbrücke erreicht, auf der zwei ahnungslose Schongauer Wächter mit Hellebarden standen. Staunend wandten sie sich zu dem Heranstürmenden um; von dem Kampf hinter dem Zimmerstadel schienen sie bislang nichts bemerkt zu haben.

»Mein Gott, Kuisl!«, rief einer der beiden. »Du rennst ja, als wär dir der Teufel auf den Fersen.«

»Nicht der Teufel, nur die Berchtholdt-Brut«, keuchte der Henker. »Am besten, ihr schaut hinter dem Stadel gleich mal nach dem Rechten. Bevor die Augsburger anfangen, nach ihrem Getreide zu fragen.«

Noch auf der Brücke beschloss Jakob Kuisl, seine Enkel von nun an keinen Moment mehr aus den Augen zu lassen.

*

Als Simon den Andechser Klosterbau verließ, fielen ihm plötzlich siedend heiß die Kräuter für Magdalena ein. Die Kräuter für Magdalena! Er nestelte an dem prall gefüllten Lederbeutel an seinem Gürtel, in dem sich die Heilpflanzen befanden. Dann eilte er auf dem schnellsten Weg hinunter ins Dorf. Im Stillen hoffte Simon, dass Magdalena seine lange Abwesenheit gar nicht bemerkt hatte. Sonst konnte er sich vermutlich auf einiges gefasst machen.

Doch als er zum Haus des Schinders kam, musste er erstaunt feststellen, dass es leer war. Nur ein paar zerzauste Ziegen grasten in dem kleinen Garten vor der Hütte, die Tür stand weit offen. Weder Michael Graetz und sein Gehilfe noch Magdalena waren irgendwo zu sehen.

»Dabei hab ich ihr dreimal gesagt, dass sie liegen bleiben soll«, murmelte Simon verlegen. »Störrisches Weibsbild.« Innerlich stellte er sich schon auf eine gesalzene Strafpredigt ein.

Nach kurzem Zögern beschloss er, wieder hinauf zum Kloster zu gehen. Vielleicht fand er Magdalena ja in der Kirche oder auf der Baustelle. Oben an der Klostermauer traf soeben eine neue Pilgergruppe ein, die von einem der Mönche mit Segenswünschen begrüßt wurde. Unter lautem Singen und Beten zogen die Wallfahrer mit ihren Kerzen langsam hinauf zum Kloster, wo sie vermutlich der Kirche einen ersten Besuch abstatten wollten. Dafür, dass das Dreihostienfest erst in einer Woche stattfand, war bereits etliches Volk zusammengekommen. Die Menschen drängten sich in der schmalen Gasse.

Um dem Trubel zu entgehen, eilte Simon an der Klostermauer entlang, bis er näher am Waldrand ein weiteres offenes Gatter fand. Auch hier stand eine Reihe von Stadeln; Kühe muhten, irgendwo grunzte eine Sau, es roch nach Mist und Biermaische. An der linken Seite eines ausgetretenen Pfads befand sich ein schmuckes Steinhäuschen, das mit seinen frisch gekalkten Mauern und dem hübschen Ziergarten mit Klatschmohn und Margeriten so gar nicht zu den schmutzigen Ställen passen wollte. Dahinter führte eine steile Treppe hinauf zum Kloster.

Simon wollte soeben die ersten Stufen emporsteigen, als ihn ein lauter Knall herumfahren ließ. Während er noch überlegte, woher der Lärm gekommen war, sah er hinter einem der Fensterläden des Steinhäuschens Rauch aufsteigen. Irgendetwas musste im Inneren explodiert sein!

Ohne zu zögern, machte der Medicus kehrt, rannte auf den Eingang des Hauses zu und stieß die Tür auf. Schwarze, nach Schwefel stinkende Wolken schlugen ihm entgegen und raubten ihm die Sicht.

»Ist … ist alles in Ordnung?«, rief er unsicher.

Ein Husten ertönte, gefolgt von einer krächzenden Stimme: »Kein Grund zur Sorge. War wohl eine Prise Schwarzpulver zu viel. Aber soweit ich überhaupt etwas erkennen kann, ist noch alles heil.«

Die Rauchschwaden zogen durch die Tür ab, und vor Simon tauchte der merkwürdigste Raum auf, den er je gesehen hatte. An den Seiten standen grob gezimmerte Holztische, auf denen sich die unterschiedlichsten fremdartigen Apparaturen befanden. Zur Linken erblickte Simon einen silbernen Kasten, in dessen Inneren sich mehrere Zahnräder drehten. Daneben lag ein Puppenarm aus weißem Porzellan, der dazugehörige Kopf rollte soeben über die Tischplatte und blieb erst liegen, als er gegen eine tickende Pendeluhr mit winzigen silbernen Nymphen prallte. Mit schiefem Lächeln glotzte der Kopf Simon an, dann klappten seine Wimpern nach unten, und die Puppe schien zu schlafen. Weiter hinten auf den Tischen glitzerten Dutzende weitere Metallteile, auf die sich Simon keinen Reim machen konnte. Der ganze Raum stank nach Schwefel und verbranntem Metall; die geschlossenen

Fensterläden ließen trotz der hellen Mittagssonne kaum Tageslicht herein. Noch immer lagen weite Teile des Zimmers in trübem Dunst.

»Tretet nur näher«, meldete sich erneut die Stimme aus dem Rauch. »Es gibt nichts, was Ihr in diesem Raum zu befürchten hättet. Nicht einmal den ausgestopften Alligator an der Decke. Übrigens eine echte Rarität aus dem Land der Pyramiden.«

Der Medicus wandte den Blick nach oben und sah an einem Seil einen flügellosen grünen Drachen mit langem Schwanz, der sich langsam im Kreis drehte. Die gläsernen Augen des Ungetüms starrten teilnahmslos auf ihn herunter.

»Mein Gott«, murmelte Simon. »Was ist das hier? Der Eingang zur Hölle?«

Jemand lachte. »Eher zum Paradies. Die Wissenschaft öffnet demjenigen, der sich nicht vor ihr verschließt, ungeahnte Pforten. Kommt doch ein wenig näher, damit ich endlich sehe, mit wem ich die Ehre habe.«

Simon tappte im Dämmerlicht einige Schritte weiter, bis er zur Rechten eine menschengroße Gestalt sah. Erfreut, endlich den merkwürdigen Bewohner des Hauses gefunden zu haben, wandte er sich ihm zu und streckte die Hand aus.

»Ich muss sagen, Ihr habt mir einen gehörigen Schrecken ...«, begann Simon. Doch plötzlich stockte er, sein Herz machte einen Sprung.

Die Gestalt vor ihm war eine Frau. Sie trug ein rotes Ballkleid und hatte die blonden Haare zu einem Nest am Hinterkopf aufgesteckt, wie es vor einigen Jahrzehnten bei Hofe noch Mode gewesen war. Mit vollen roten Lippen lächelte sie Simon an, aber ihr Gesicht war so blass wie das einer Leiche, alles Leben schien daraus verschwunden. Plötzlich klappte ihr Mund auf, und von irgendwo im Inneren ihres Leibes ertönte eine leise, blechern klingende Melodie.

Simon brauchte eine Weile, bis er erkannte, dass es ein Glockenspiel war. Klingelnd und bimmelnd schlugen unsichtbare Klöppel die Töne eines alten Liebeslieds.

»Das ... das ... ist ...«, stammelte er.

»Ein Automat, ich weiß. Es tut mir leid, dass ich nicht mit einer leibhaftigen weiblichen Gesellschaft dienen kann. Dafür wird sich Aurora auch niemals in ein zänkisches altes Weibsbild verwandeln. Sie bleibt immer jung und schön.«

Hinter der lebensgroßen Puppe trat nun ein kleines Männlein hervor. Simon erschrak ein weiteres Mal, als er in ihm den verkrüppelten Mönch erkannte, der mit Frater Johannes vor wenigen Stunden Streit gehabt hatte. Simon grübelte, wie der Mönch geheißen hatte. Der Abt hatte im Klosterrat seinen Namen genannt. Wie war er noch mal gewesen? Frater ...?

»Frater Virgilius«, sagte das bucklige Männlein und streckte seine rechte Hand aus, während es sich mit der anderen auf den elfenbeinverzierten Gehstock mit Silberknauf stützte. Ein scheues Lächeln huschte über sein Gesicht. »Sind wir uns nicht schon begegnet?«

»Heute Vormittag vor dem Haus des Apothekers«, murmelte Simon. »Ich war dort, um Kräuter für meine Frau zu besorgen. Anisum, Artemisia und Gänsefingerkraut gegen ihr Leibgrimmen.«

Eine Sorgenfalte tauchte auf dem kleinen verhutzelten Gesicht des Mönchs auf. Er mochte bereits über fünfzig sein, doch alles an ihm wirkte so zierlich wie bei einem Kind. »Ich erinnere mich«, sagte er mit tonloser Stimme. »Ich hoffe, Frater Johannes konnte Eurer Frau helfen. Er ist ohne Zweifel ein guter Apotheker, nur manchmal etwas ... unbeherrscht.« Wieder erschien ein Lächeln auf seinem Gesicht. »Aber reden wir über Erfreulicheres. Ihr sprecht Latein? Seid Ihr etwa ein Freund der Wissenschaften?«

Simon stellte sich mit kurzen Worten vor, dann deutete er auf die merkwürdigen Apparate um ihn herum. »Dieser Raum ist das Faszinierendste, was ich je gesehen habe. Was für einen Beruf übt Ihr aus, wenn ich fragen darf?«

»Ich bin Uhrmacher«, erwiderte Frater Virgilius. »Das Kloster gibt mir die Möglichkeit, meiner Profession nachzugehen und gleichzeitig ein wenig, äh, zu ... experimentieren.« Er zwinkerte Simon zu. »Ihr wurdet vorher unfreiwillig Zeuge einer Wiederholung von Guerickes Kugelexperiment.«

»Kugelexperiment?« Simon sah den kleinen Mönch ratlos an. »Ich fürchte, ich verstehe nicht ganz.«

Beiläufig deutete Frater Virgilius auf eine kindskopfgroße kupferne Kugel, die sich auf einem verkohlten Tisch hinter ihm befand und Spuren von Ruß aufwies. »Die faszinierende Kraft des Vakuums«, fing er zu erklären an. »Der Erfinder Otto von Guericke setzte einst auf dem Regensburger Reichstag zwei Kugelhälften aufeinander und pumpte die Luft heraus, so dass sich ein Vakuum bildete. Sechzehn Pferde waren nicht imstande, die Hälften wieder auseinanderzuziehen. Nicht einmal mit der zerstörerischen Kraft von Schwarzpulver ist das möglich.« Er seufzte. »*Quod erat demonstrandum.* Mein hasenfüßiger Gehilfe ist vor dem Krach bis hinauf in die Dachkammer geflohen. Vitalis? Viiitaaalis!« Ungeduldig hämmerte der kleine Mönch mit seinem Krückstock auf den Boden, bis aus dem Nebenraum ein scheuer junger Mann auftauchte. Er mochte noch keine achtzehn Jahre alt sein und war von so graziler Statur, dass ihn Simon im ersten Moment für ein Mädchen hielt.

»Das ist Vitalis, ein Novize des Klosters«, stellte ihn Frater Virgilius kurz angebunden vor. »Er macht zwar selten den Mund auf, dafür sind seine Finger so feingliedrig, dass sie auch noch das kleinste Zahnrad in ein Uhrwerk setzen können. Nicht wahr, Vitalis?«

Schüchtern und mit niedergeschlagenen Augen verbeugte sich der Novize. »Ich tue mein Bestes«, flüsterte er. »Habt Ihr einen Wunsch, Meister?«

»Wenn du schon nicht Zeuge des Experiments warst, dann mach dich wenigstens hinterher nützlich«, knurrte Virgilius. »Ich fürchte, wir werden einen neuen Tisch brauchen. Schau doch gleich zu Bruder Martin, ob er in seiner Schreinerei noch einen hat.«

»Sehr wohl, Meister.«

Mit einer letzten Verbeugung begab sich Vitalis nach draußen, während der Mönch sich erneut an Simon wandte. »Und was sagt Ihr nun zu meiner Aurora?« Er deutete auf den Automaten. »Ist sie nicht bildhübsch?«

Simon musterte verstohlen die Puppe, die noch immer unbeweglich lächelnd an seiner Seite stand. Jetzt erst erkannte er, dass sich unter dem Kleid anstelle der Füße kleine Laufräder befanden. »Fürwahr, ein ... ein Wunderwerk der Technik«, murmelte er. »Wenn ich auch gestehe, dass mir die echten Menschen lieber sind.«

»Pah, Mumpitz! Glaubt mir, es wird der Tag kommen, an dem wir echte Menschen nicht mehr von Automaten unterscheiden können.« Frater Virgilius humpelte um die Puppe herum und drehte an irgendwelchen Schrauben an Auroras Rücken, bis erneut die leise Melodie ertönte. Der Automat öffnete den Mund und rollte gleichzeitig wie an unsichtbaren Fäden gezogen durch den Raum. Im Dunkel des Zimmers sah er tatsächlich aus wie eine vornehme Dame auf einer Pariser Ballnacht.

»Glockenspiel, Mund und Räder werden durch Uhrfedern und Walzen angetrieben«, erklärte der Mönch stolz. »Zurzeit arbeite ich daran, dass Aurora auch ihre Hände bewegen und zu einer Bourrée tanzen kann. Wer weiß, vielleicht wird sie ja einmal Briefe schreiben oder Spinett spielen können?«

»Wer weiß?«, flüsterte Simon. Der Automat wurde ihm immer unheimlicher. Es war, als sähe er einem Geist zu, der, von Rachsucht getrieben, schwerelos durch den dunklen Raum glitt.

»Und das Kloster?«, fragte er zaghaft. »Was sagt die Kirche zu Euren Experimenten?«

Frater Virgilius zuckte mit den Schultern. »Abt Maurus ist ein aufgeklärter Mann. Er kann gut zwischen Glauben und Wissenschaft unterscheiden. Außerdem hat das Kloster durchaus auch einen Nutzen von meinen Fähigkeiten.« Selig lächelnd sah er der Puppe zu, wie sie glockenklingend in einem weiten Kreis durch den Raum fuhr. »Aber es gibt natürlich auch Widerstand.«

»Frater Johannes, nehme ich an?«, fragte Simon neugierig.

»Frater Johannes?« Der kleine Mönch wandte den Blick von seinem Automaten ab und starrte Simon verständnislos an.

Entschuldigend hob der Medicus die Hände. »Verzeiht, aber ich sah Euch beide heute Vormittag in einen heftigen Disput verwickelt.«

Es dauerte noch einen Augenblick, dann hellte sich Virgilius' Gesicht schlagartig auf. »Natürlich, Johannes! Ihr habt recht. Wie bereits gesagt, ein unbeherrschter Mann, dem gelegentlich der nötige Weitblick fehlt.« Er senkte den Blick. »Wir hatten schon öfter Streit, aber diesmal hatte ich beinahe ein wenig Angst um meine Gesundheit. Johannes kann sehr jähzornig sein, müsst Ihr wissen. Das mag an seiner Vergangenheit liegen.«

»Was für eine Vergangenheit?«, erkundigte sich Simon. Doch in diesem Augenblick brach das Glockenspiel des Automaten plötzlich ab, und ein hässliches Quietschen ertönte aus seinem Inneren. Frater Virgilius eilte erschrocken zu der Puppe hinüber.

»Verflucht!«, zischte er. »Vermutlich wieder eine lose Schraube irgendwo im Uhrwerk. Warum kannst du nicht einmal ohne eine Störung laufen, störrisches Weibsbild!«

Er knöpfte Auroras rotes Kleid am Rücken auf, und eine eiserne Platte kam zum Vorschein. Leise murmelnd kramte er unter seiner Kutte einen winzigen Schraubenschlüssel hervor und begann den Rücken der Puppe aufzuschrauben. Von einer Sekunde auf die andere schien er Simon völlig vergessen zu haben.

»Es ... es war nett, Euch kennengelernt zu haben«, murmelte Simon und strich sich verlegen die Hände am Rock glatt. »Ich werde wohl dann ...«

»Was?« Virgilius musterte Simon wie einen Unbekannten, der soeben erst den Raum betreten hatte. »Oh, natürlich! Auch für mich war es eine Freude. Wenn Ihr mich jetzt bitte entschuldigt. Ich habe zu tun. Verflixt und zugenäht!« Erneut beugte er sich über den Rücken des Automaten, und Simon wandte sich dem Ausgang zu.

Als der Medicus hinaus ins Freie trat, blendete ihn die Sonne und er musste die Augen abschirmen. Von drinnen ertönte noch immer das Gemurmel des Uhrmachers.

Nur kurze Zeit später setzte wieder die leise Melodie des Glockenspiels ein.

Magdalena nippte an ihrem Becher Gewürzwein und versuchte den Schrecken der vergangenen Stunde in den Griff zu bekommen. Noch immer etwas zittrig, lehnte sie sich auf der harten Eckbank zurück und beobachtete von dort aus das Treiben in der Klostertaverne, die sie aus einer plötzlichen Laune heraus aufgesucht hatte.

Jetzt um die Mittagszeit war das Gasthaus unten am Heiligen Berg brechend voll. Ein paar reich gekleidete Händler ließen sich Wildschweinkeulen und weißes Brot schmecken, der fettige Saft troff ihnen über Bart und Kinn. In einer Ecke saßen ein paar fromme Pilger über einer gemeinsamen Schüssel mit dampfendem Eintopf. Der Rauch von Tabak und Holzfeuer hing schwer über den Tischen, die Luft war erfüllt vom Summen und Brummen vieler einzelner Gespräche.

Nach ihrem Sturz vom Turm hatte Magdalena sich zunächst den besorgten Fragen von Jakob Schreevogl, dem Zimmermann Hemerle und einigen anderen Handwerkern stellen müssen. Das unerwartete Glockenläuten hatte die gesamte Baustelle in Aufruhr versetzt. Unter den Neugierigen befand sich auch Frater Johannes, der die Henkerstochter misstrauisch musterte. Daher beschränkte sie sich darauf, den verdutzten Männern zu erzählen, sie sei aus reiner Neugierde auf den Turm geklettert und dabei ausgerutscht. Noch wusste sie nicht, ob der hässliche Mönch nicht etwas mit dem Vorfall auf dem Turm zu tun hatte. Könnte Johannes vielleicht selbst der vermummte Fremde gewesen sein, der sie hinabgestoßen hatte?

Während sie den Klosterhügel hinabgetaumelt war, hatte Magdalena das einladende Schild mit dem Weinglas über der Tür gesehen und war kurzerhand im Gasthaus eingekehrt. Gerade wollte sie sich einen neuen Becher Wein einschenken, als sie plötzlich Simon in der Tür stehen sah. Der Blick des Medicus wanderte unruhig über die Gäste, bis er Magdalena in der Menge erkannte.

»Hier steckst du also!«, rief er erleichtert aus, als er ihren Tisch erreicht hatte. »Überall hab ich dich gesucht! Wolltest du nicht beim Schinder bleiben, bis ich mit den Kräutern zurückkomme?«

»Ach, und wann ist das?«, fauchte Magdalena zurück. »Am Sankt-Nimmerleins-Tag? Ich hab ja gewartet, aber du bist nicht mehr aufgetaucht!« Sie deutete auf den Krug mit Gewürzwein auf dem Tisch. »Diese Arznei hilft ohnehin mehr als Dost, Eisenkraut und die gesamte Minze aus dem Pfaffenwinkel zusammen. Die schütten hier so viele Kräuter in den Wein, dass du vom Dranriechen schon gesund wirst. Und jetzt setz dich endlich her und hör zu, was mir passiert ist.«

In hastigen Worten erzählte sie Simon von ihrem merkwürdigen Fund oben im Turm und dem Fremden, der sie in den Abgrund gestoßen hatte.

»Eine Bahre mit Eisenklammern und einem dicken Draht, sagst du?«, hakte Simon nach. »Was in Gottes Namen kann das sein?«

»Keine Ahnung. Jedenfalls nichts, was ans Licht kommen soll. Sonst hätte dieser Kerl in der Kutte nicht versucht, mich vom Turm zu stürzen.«

»Woher willst du wissen, dass er dich wirklich vom Turm stürzen wollte?«, wandte Simon ein. »Vielleicht hast du dort oben nur jemanden aufgeschreckt, der dann eilig die Flucht ergriffen hat.«

»Willst du damit sagen, dass ich mir das alles nur eingebildet habe?«

Simon hob entschuldigend die Hände. »Ich will nur nicht, dass wir wegen eines Verdachts falsche Schlüsse ziehen, das ist alles.«

Magdalena senkte ihre Stimme und sah sich verstohlen um. »Wenn du mich fragst, hat dieser hässliche Mönch Johannes seine Finger im Spiel. Weißt du noch, wie er gestern so merkwürdig geschaut hat, als ich ihm von dem Licht oben im Turm erzählt habe? Und erinnerst du dich an den Sack, den er bei sich trug?«

Simon runzelte die Stirn. »Ja, warum?«

»Da waren Eisenstangen drin! Genau solche, wie ich sie oben im Turm gesehen habe, nur kleiner!«

»Stimmt, du hast recht.« Der Medicus pochte nervös auf

den Tisch. »Irgendetwas stimmt nicht mit diesem Mönch. Aber er kann nicht der Mann im Turm gewesen sein. Zu dem Zeitpunkt war Johannes mit mir beim Abt.«

»Du warst beim Abt?«

Simon seufzte. »Du bist nicht die Einzige, die etwas erlebt hat. Wenn wir so weitermachen, rutschen wir wieder in so eine Geschichte hinein, und dein Vater zieht mir die Ohren lang, weil ich nicht auf dich aufgepasst habe. Bis morgen jedenfalls muss ich im Auftrag des Abts einen Bericht über einen möglichen Mord schreiben.«

Aufgeregt berichtete er Magdalena von seinen Erlebnissen im Haus des Apothekers, beim Abt und bei dem seltsamen Uhrmacher. Danach blieb die Henkerstochter eine ganze Weile stumm sitzen. Schließlich schenkte sie sich aus dem Tonkrug einen weiteren Becher Wein ein.

»Eine leibhaftige Frau als Automaten, die statt eines Herzens ein Glockenspiel hat!« Sie schüttelte sich sichtlich angewidert. »Du hast recht, dieser Uhrmacher Virgilius ist wirklich ein merkwürdiger Kauz. Ein grausiger Gedanke, dass jemand einer Puppe Leben einhauchen kann.«

»So seltsam ist das gar nicht«, erwiderte Simon. »Ich habe davon gehört, dass es in Paris und Rotterdam viele solcher Automaten geben soll. Singende Vögel, lebensgroße Trommler, kleine Mohren, die Glocken schlagen ... In der Hansestadt Bremen soll es sogar einen eisernen Wächter geben, der vor den Kaufleuten sein Visier hebt und salutiert.«

»Trotzdem. Mir sind die echten Menschen lieber.« Magdalena runzelte plötzlich die Stirn und deutete mit einem Kopfnicken zur Tür. »Na ja, jedenfalls die meisten.«

Mit erhobenen Häuptern betraten soeben der Schongauer Bürgermeister Karl Semer und sein Sohn die Gaststube. An ihrer Seite ging ein herausgeputzter Herr mit Spitzbart und weißem Kragen, einem gewaltigen breitkrempigen Hut auf dem Kopf und einem Zierdegen am Gürtel. Seine kalten Augen musterten die Gäste, als wären sie nichts weiter als lästige Motten. Schließlich schnippte er mit dem Finger, und der Wirt näherte sich katzbuckelnd.

»O Gott, die Semers!«, stöhnte Simon. »Heute bleibt uns auch wirklich nichts erspart. Sieht ganz so aus, als hätten sie einen Freund gefunden.«

Der Wirt war währenddessen zu den neuen Gästen getreten. »Ah, der Herr Graf von Wartenberg!«, säuselte er und verbeugte sich so tief, als wollte er seinem Gegenüber die Schuhe putzen. »Welche Ehre, einen Abgesandten aus dem Hause Wittelsbach in meiner bescheidenen Herberge begrüßen zu dürfen. Es ist lange her, dass ...«

Mit einer ungeduldigen Handbewegung brachte der Herr mit dem Spitzbart den feisten Wirt zum Schweigen. »Hör Er auf, mir Honig um den Bart zu schmieren, und besorg Er uns lieber ein Séparée«, knurrte er ungehalten. »Ich habe mit diesen beiden Herren etwas Wichtiges zu besprechen.«

»Ganz wie Ihr wünscht, ganz wie Ihr wünscht.«

Unter weiteren tiefen Verbeugungen wies der Wirt dem Graf und den zwei Semers den Weg in einen abgetrennten Trakt der Taverne. Als der junge Sebastian Semer am Tisch von Magdalena und Simon vorbeikam, streifte er sie mit einem angewiderten Blick.

»Schau mal, Vater«, näselte er. »Sogar billige Bader und Henkersdirnen verkehren heutzutage im Andechser Wirtshaus. Der Heilige Berg ist auch nicht mehr das, was er einmal war.«

Karl Semer sah stirnrunzelnd auf die beiden Schongauer herab. »Ich glaube nicht, dass der Wirt weiß, wer sich in seinem Wirtshaus so alles herumtreibt, mein Sohn. In *meiner* Gaststätte wäre so was jedenfalls nicht möglich. Ehrlose haben dort nichts verloren.« Ungeduldig fasste er seinen Filius an der Schulter. »Aber komm jetzt, wir haben Wichtigeres zu tun. Ich habe gehört, dass sie hier einen exquisiten, wenn auch teuren Tokaier ausschenken. Genau das Richtige für einen Geschäftsabschluss.«

Die beiden verschwanden mit dem vornehmen Herrn im Seitentrakt. Simon sah zu Magdalena hinüber, die kalkweiß geworden war und sich auf die Lippe biss.

»Dieses aufgeblasene Semer-Gezücht!«, zischte sie. »Jakob Schreevogl hat mir schon erzählt, dass die beiden hier während des Dreihostienfestes den großen Reibach machen wollen. Schon allein ihr Anblick macht mich krank!«

»Reg dich nicht immer so auf.« Simon strich ihr mitfühlend durchs Haar. »Du kannst es ohnehin nicht ändern. Ich möchte nur wissen, was die Semers mit einem echten Wittelsbacher zu tun haben. Wenn das stimmt, haben sie es wirklich geschafft. Wer Geschäfte mit der Familie des bayerischen Kurfürsten macht, ist fein raus.«

Magdalena schnäuzte sich ausgiebig und nahm dann einen letzten tiefen Schluck aus ihrem Weinbecher. »Vermutlich werden sie dem Grafen irgendwelche Pilgerkerzen und Betbildchen andrehen, die der feine Herr dann für noch mehr Geld weiterverhökert«, murmelte sie. Sie stand auf, streckte ihre Glieder und warf ein paar Münzen auf den Tisch. »Und jetzt lass uns gehen. Die Semers haben mir dieses Gasthaus reichlich vergällt. Und du hast ohnehin noch diesen vermaledeiten Bericht zu schreiben.« Seufzend wandte sie sich zum Ausgang. »Kruzifix, dabei wollt ich doch wirklich nur in Andechs beten!«

Draußen in einem dunklen Winkel vor der Klostergaststätte kauerte eine Gestalt in einer schwarzen Kutte und beobachtete argwöhnisch das Schongauer Ehepaar, wie es den steilen Berg hinab Richtung Erling schlenderte. Der Mann fluchte derb, ganz so, wie er es im Krieg gelernt hatte. Das Fluchen hatte ihm schon immer gutgetan, auch wenn es Gott verbot. Es half, die blutigen Bilder zu vertreiben. Trotzdem blieb ein Rest Unruhe.

Seitdem dieser Bader und sein Mädchen aufgetaucht waren, ging alles drunter und drüber! Zuerst die missglückten Experimente, dann der tote Gehilfe und der Streit mit Virgilius – und was in Gottes Namen hatte das neugierige Weibsbild im Turm verloren gehabt? Hatte sie Verdacht geschöpft? Hatte sie dort oben etwas entdeckt?

Der Mann lächelte und winkte beiläufig, als ein paar singende Wallfahrer an ihm vorbeizogen. Doch die Pilger wichen vor ihm zurück, so als spürten sie, dass von ihm kein Segen ausging. Er war die Angst der Leute bei seinem Anblick gewohnt. Früher war es sein Beruf gewesen, der sie das Fürchten lehrte, heute war es nur noch sein Gesicht. Die Fratze des Teufels im Gewand eines Mönchs, so hatten sie schon gelästert, seit er vor vielen Jahren die Profess empfangen und sein altes Leben abgestreift hatte. Doch sein Gesicht ließ sich nicht abstreifen.

Ebenso wenig wie seine Vergangenheit.

Wütend vor sich hin brummend wie eine fette Schmeißfliege, ging Frater Johannes zurück ins Apothekerhaus, wo ihn Sorgen, Gestank und eine verwesende Leiche erwarteten.

Er wusste nicht, dass dies alles erst der Anfang war.

*

Unterdessen saß Jakob Kuisl am Katzenweiher unweit des Schongauer Henkershauses und schnitzte Flöten aus Schilfrohr für seine Enkel.

Er hatte den Kleinen Dörrobst und ein paar kandierte Nüsse gekauft, die sie nun mit großem Appetit verspeisten.

Ihre Münder waren verklebt von Honig, die Hände starrten vor Dreck und Ruß. Der Henker grinste. Gut, dass ihre Mutter sie so nicht sehen konnte.

Bei dem Gedanken an die Kinder verfinsterte sich sein Gesicht plötzlich wieder. Nicht nur, dass seine Frau krank war, nun drohte auch noch seinen Enkeln Gefahr! Die Warnung von Hans Berchtholdt war unmissverständlich gewesen. Wenn Kuisl den Stadeldiebstahl dem Schongauer Gerichtsschreiber meldete, drohte den Kindern das Schlimmste. Und selbst wenn er nichts unternahm – Hans Berchtholdt hatte vor Rachedurst förmlich geglüht. Wer konnte garantieren, dass er den beiden Kleinen nicht in einem unbewachten Moment hier am Weiher oder unten am Lech auflauerte? Nur ein Stoß, und sie würden in Sekundenschnelle in den Fluten versinken.

Grimmig zog der Henker den Tabakbeutel hervor und begann seine Pfeife zu stopfen. Wie immer, wenn er nachdachte, brauchte er jenes himmlische Kraut, das er sich jeden Monat von ein paar befreundeten Rottleuten aus Augsburg mitbringen ließ. Als die ersten Rauchschwaden gen Himmel stiegen, fühlte er sich bereits merklich ruhiger. Doch gleich darauf riss ihn das Geräusch von Schritten aus seinen Überlegungen.

»Himmelherrgottnocheinmal, kann man denn hier nie seine Ruhe haben!«, brummte Kuisl.

Er fuhr herum und sah seinen Sohn Georg zwischen den Weiden auftauchen. Noch immer trug der Junge die Steinschleuder in den Händen, mit der er vor ein paar Stunden die Berchtholdt-Brüder in die Flucht geschlagen hatte. Ihm folgte seine Schwester Barbara. Ihre schwarzen Locken fielen ihr ungebändigt auf die Schultern, unter der weißen Bluse zeigten sich die ersten Rundungen.

Georg und Barbara waren Zwillinge, doch so verschieden wie nur möglich. Die leutselige Barbara besaß das gleiche vorlaute Mundwerk wie ihre ältere Schwester Magdalena und schien sich schon jetzt zu einer ebensolchen Schönheit zu entwickeln. Georg dagegen war klobig wie ein Stück unbehauenes Holz und so schweigsam wie sein Vater. Als Scharfrichterlehrling half der Dreizehnjährige gelegentlich bei den Hinrichtungen, schon in ein paar Jahren erwartete ihn seine Meisterprüfung – eine standesgemäße Enthauptung.

»Wenn die Mama erfährt, dass du den zwei Kleinen schon wieder Spezereien gekauft hast, wird sie dich ausschimpfen«, mahnte Barbara, während sie lächelnd näher kam. »Sie meint ohnehin, dass du sie zu sehr verwöhnst.«

»Passt nur auf, dass ich euch keine Tracht Prügel verpass, Saubande«, murrte der Henker. »Hab ich dem Georg nicht gesagt, dass er den Schinderkarren saubermachen soll? Und dann treff ich ihn unten am Stadel mit einer Schleuder in der Hand! Was hattest du dort unten eigentlich zu suchen?«

»Spatzen schießen wollt ich mit den anderen«, erwiderte Georg kurz angebunden. Seine Stimme war nicht so tief wie die seines Vaters, aber sie klang bereits genauso grimmig. »Aber dann waren's nur ein paar Galgenvögel, die ich getroffen hab.«

»Du solltest froh sein, dass er dort unten war, Vater«, mischte sich Barbara ein. »Den Berchtholdt hat man noch bis ins Gerberviertel schreien hören. Ich möcht nicht wissen, was der mit unseren Schrazn angestellt hätt, wenn der Georg mit den anderen nicht gekommen wär.«

»Ach was, mit denen wär ich schon fertig geworden«, knurrte der Henker.

»Mit zwölf Mann?« Georg lachte. »Vater, übernimm dich nicht. Du bist nicht mehr der Jüngste.«

»Für die Berchtholdt-Brut reicht's allemal. Im Krieg hab ich solch junge Gockel zu Dutzenden über die Klinge springen lassen. Nicht viel älter als du war ich damals, aber Kraft hab ich für zwei gehabt. Kraft und Scharfsinn, darauf kommt es an!«

Jakob Kuisl zog an seiner Pfeife und sah den Rauchwolken beim Aufsteigen zu. Während Barbara mit den beiden Kleinen hinunter zum Weiher ging, setzte sich sein Sohn neben ihn auf einen Felsen und starrte auf das sich kräuselnde Wasser. Nach einer Weile reichte ihm Jakob Kuisl schweigend die Pfeife hinüber. Georg musste grinsen. Er wusste, dass sein Vater sich niemals für etwas bedanken würde. Doch diese Geste war mehr Dank als tausend Worte. Es war das erste Mal, dass ihn der Alte an seiner Pfeife ziehen ließ. Mit geschlossenen Augen sog Georg den süßlich duftenden Rauch ein und stieß ihn wie ein kleiner Drache wieder aus.

»Wie geht's der Mutter?«, brummte Jakob Kuisl schließlich.

Georg zuckte die Achseln. »Sie schläft viel. Die Stechlin ist jetzt bei ihr. Sie hat ihr einen Sud aus Lindenblüten und Weidenrinde gemacht.«

»Weidenrinde ist gut. Das senkt das Fieber.«

Wieder verging eine Weile, bis Georg sich schließlich räusperte. »Du hast vorher gesagt, ich sei jetzt so alt wie du damals im Krieg ...«, begann er stockend. »Was hast du damit gemeint? Du hast mir nie viel von damals erzählt.«

»Weil's nichts zu erzählen gibt außer Hauen, Stechen und Morden.« Der Henker spuckte braunen Tabaksaft in die Blumenwiese. »Und wer zurückkommt, der hofft bloß, dass ihn der Krieg nicht in seinen Träumen heimsucht. Warum soll ich davon erzählen?«

»Immerhin hast du damals die Mutter kennengelernt«, warf Georg ein. »Und du hast die Welt gesehen.« Er deutete abfällig nach hinten, wo die Mauern der Stadt zwischen den Bäumen zu sehen waren. »Nicht nur dieses kleine stinkende Schongau.«

»Glaub mir, die Welt stinkt überall gleich. Sie riecht nach Tod, Krankheit und Pferdemist. Ob du in Paris bist oder in Schongau, spielt keine Rolle.« Der Henker sah seinen Sohn ernst an. »Wir können nur dafür sorgen, dass sie weniger stinkt. Steck deine Nase in Bücher, Bub. Dort riecht's immer noch am besten.«

Georg seufzte. »Du weißt doch, dass mir die Leserei nicht liegt. Ganz anders als die Barbara, die liest Paré und Paracelsus, als hätt sie's selber geschrieben. Und ich stotter schon beim Paternoster.«

»Schmarren!«, zischte Jakob Kuisl. »Du bist nur zu faul. Ein Henker, der nicht lesen kann, taugt allenfalls zum Schinder! Von was willst du denn leben? Wir Henker töten nicht nur, wir heilen auch. Damit verdienen wir unser meistes Geld. Und wie willst du heilen, wenn du keine Bücher lesen kannst?«

»Ich glaub, ich taug besser zum Töten als zum Heilen, Vater.«

Die Maulschelle erwischte Georg so hart an der Lippe, dass sie aufplatzte und Tropfen von Blut auf seine Lederweste fielen. Benommen rieb er sich das Gesicht, die Pfeife lag vor ihm im Gras.

»Wie kannst du einen solchen Unsinn reden?«, knurrte sein Vater, das Gesicht weiß vor Wut. »Willst du dein Leben lang nur Knochen brechen und Köpfe abschlagen? Willst du ein Ehrloser bleiben, vor dem die Leut weglaufen oder zu dem sie sich nur nachts wagen, um ein Stückerl Henkerstrick oder ein Flascherl Blut zu kaufen?« Jakob Kuisl hob die Pfeife vom Boden auf und klopfte die Asche heraus. »Willst du das? Nur den Mist der anderen aufkehren und ihre Dreckarbeit machen? Ich dacht, ich hätt dich was anderes gelehrt.«

»Aber … aber was bleibt uns denn schon übrig?«, stotterte Georg. »Wir dürfen doch keinen anderen Beruf erlernen.

Henker bleiben Henker, so war es immer. Oder hast du je einen gekannt, der etwas anderes geworden ist?«

Jakob Kuisls Augen wurden plötzlich leer, sein Blick schien weit in die Vergangenheit zurückzureichen.

»Vielleicht ...«, murmelte er. »Ja, vielleicht kannte ich einen.«

Die zappelnden Leiber in den Ästen der Eiche ... Der junge Regimentsscharfrichter schreitet die Reihen der Marodeure ab, einem nach dem anderen legt er die Schlinge um den Hals und zieht die wimmernden Burschen mit seinen starken Armen hinauf in den Wipfel ... Nur Jakob sieht die Tränen auf den Wangen des Henkers, das Zittern, das durch seinen stämmigen unförmigen Körper geht, die lautlos gemurmelten Flüche ... Jakob kennt die Ängste des Mannes nur zu gut. Es sind auch seine eigenen ... In der Nacht liegt der Freund neben ihm, er starrt in den sternenlosen Himmel und spricht einen Schwur, den Jakob vor vielen Jahren selbst gesprochen hat ... Am Morgen ist der Freund verschwunden, nur seine Waffen liegen noch am Feuer. Der Hauptmann flucht wie der Teufel und schickt dem Deserteur einen Suchtrupp hinterher, auch Jakob ist dabei. Als die Männer gegen Mittag kopfschüttelnd zurückkehren, dankt er stillschweigend dem Herrgott. Er wetzt sein Schwert und versucht zu vergessen ...

»Bei Gott, ja«, murmelte Jakob Kuisl nach einer Ewigkeit. »Ich kannte mal einen, der's versucht hat. Nur der Himmel weiß, was er jetzt treibt. Aber er hat's wenigstens versucht. Bloß ich damisches Rindvieh, ich bin zurückgekommen aus dem Krieg und häng weiter die Leut auf.«

Der Henker lachte leise. Dann sog er an der Pfeife, bis das winzige Stück Glut wieder hellrot zu leuchten begann.

»Drauf geschissen!«, fuhr er schließlich fort und deutete mit dem Pfeifenstiel auf seine zwei Enkel, die mit Barbara vergnügt krähend im flachen Wasser herumtollten. Seine Stimme klang jetzt wieder fest und sicher.

»Wär ich nicht hier, dann gäb's euch nicht und die zwei Hosenscheißer auch nicht, nicht wahr? Allein dafür schlag ich gern noch ein paar Köpfe ab.«

Kapitel 4

Montag, der 14. Juni 1666,
frühmorgens in Erling

Mit den ersten Sonnenstrahlen erhob sich Simon stöhnend von seinem piksenden Strohlager im Schinderhaus.

Noch bis spät in die Nacht hatte er an dem Bericht für den Abt geschrieben. Darin nannte er auch die mögliche Tatwaffe, die er gestern Abend noch am Weiher entdeckt hatte. An einem langen Kescher, der am Steg lehnte, waren winzige Spuren von Blut gewesen, die möglicherweise vom Hinterkopf des toten Novizen stammten. Nur einen Verdächtigen konnte Simon nicht präsentieren, ebenso wenig wie ein Motiv.

Gern hätte sich der Medicus noch ein wenig ausgeruht, doch Michael Graetz war unter lautem Getöse bereits vor Sonnenaufgang aufgestanden, hatte seinen Gästen ein Frühstück hingestellt und war dann pfeifend und singend zu einem Bauern in der Gegend aufgebrochen. Danach war an Schlaf nicht mehr zu denken, außerdem gingen Simon immer wieder die Ereignisse des gestrigen Tages durch den Kopf. Also setzte er sich an den klapprigen Tisch und löffelte dort gedankenverloren seinen noch dampfenden Haferbrei.

»Kannst du ein wenig leiser schmatzen? Damit weckst du ja Tote auf.« Magdalena rieb sich verschlafen die Augen und starrte Simon wütend an.

»Nun, wenigstens scheinst du ja auf dem Weg der Besserung, wenn du wieder schimpfen kannst.« Simon deutete grinsend auf die zweite Schüssel Brei. »Frühstück gefällig?«

Magdalena nickte. Sie stand auf und nahm sich von dem Brei. Tatsächlich schien die Henkerstochter wieder genesen, sie aß mit einem Appetit, der Simon an einen hungrigen Wolf erinnerte.

»Ich werde dem Abt noch heute Morgen meinen Bericht vorlegen«, sagte er und wischte sich über den Mund. »Vorher will ich allerdings bei diesem Uhrmacher Virgilius vorbeischauen. Ich hatte den Eindruck, dass er mehr über Frater Johannes weiß, als er mir gestern sagen wollte. Er hat da etwas angedeutet.«

»Glaubst du vielleicht, dass Johannes seinen eigenen Lehrling auf dem Gewissen hat?«, fragte Magdalena. Sie nahm sich eine weitere Portion Brei. »Zuzutrauen wär's der hässlichen Kröte. Jedenfalls hat er Dreck am Stecken, das spür ich.«

»Eigentlich kann uns das alles ja egal sein. Hätte ich dem Abt gegenüber doch bloß mein vorlautes Maul gehalten!« Simon seufzte. »Aber auf einen Besuch mehr oder weniger kommt es nun auch nicht mehr an. Außerdem würd ich dir gern diesen seltsamen Automaten zeigen.« Er stand vom Tisch auf. »Was ist? Willst du mitkommen?«

»Um meine Rivalin zu bewundern? Warum nicht?« Magdalena lachte. »Pass auf! Wenn ich sie nicht mag, zieh ich ihr ein paar Schrauben, und dein komischer Virgilius kann seine Puppe nur noch als teure Vogelscheuche verwenden.«

Kurze Zeit später spazierten sie gemeinsam durch das Dorf, den Klosterhügel hinauf und zweigten dann rechts zum Haus des Uhrmachers ab. Die Sonne war bereits über den Wäldern aufgegangen und strahlte warm und hell auf das frisch verputzte Steingebäude mit dem kleinen Vorgarten. Simon ging an den Margeriten und dem Klatschmohn vorbei zur Tür. Soeben wollte er anklopfen, als er merkte, dass sie bereits einen Spaltbreit offen stand.

»Frater Virgilius?«, rief er in den Raum hinein. »Seid Ihr da? Ich habe jemanden mitgebracht, den ich Euch gern …«

Er brach ab, weil ihm der Gestank von Schwefel und Schießpulver in die Nase drang. Darüber lag noch ein anderer Geruch, den Simon an einem anderen Ort vielleicht sogar als angenehm empfunden hätte.

Es war der Geruch von gegrilltem Fleisch.

»Was ist?«, fragte Magdalena belustigt. »Hast du den Mönch mit seiner Puppe im Bett erwischt?«

»Offenbar hat der Frater wieder experimentiert«, murmelte Simon. »Wollen hoffen, dass es auch diesmal glimpflich verlaufen ist.«

Als er die Tür weiter öffnen wollte, spürte er mit einem Mal einen Widerstand, als ob etwas Schweres direkt dahinterliegen würde. Ächzend drückte Simon gegen die Tür, und der Gestank wurde stärker. Dicke Rauchschwaden quollen aus dem Spalt. Plötzlich schnellte etwas schlangengleich daraus hervor.

Es war ein blasser, aufgedunsener Arm.

Schreiend sprang Simon zurück, er stolperte und landete mitten im Margeritenbeet auf dem Hosenboden. Auch Magdalena war zurückgewichen. Zitternd deutete sie auf den Arm, der nun in Kniehöhe leblos im Türspalt hing. Seine Finger zeigten wie anklagend auf das erschrockene Paar.

»Da … da … muss jemand hinter der Tür liegen«, stotterte Simon und richtete sich langsam wieder auf.

»Und so wie es ausschaut, ist derjenige mausetot.« Magdalena fasste sich ein Herz und drückte erneut gegen die Tür. Mühsam ließ sie sich öffnen, und durch den schwächer werdenden Rauch erblickten sie ein Bild des Grauens. Das Zimmer sah aus, als hätte ein Dämon darin gewütet.

Direkt vor ihnen lag die Leiche des jungen Gehilfen Vitalis. Sein Kopf war merkwürdig abgewinkelt, so als hätte ihm eine schier unmenschliche Kraft das Genick gebrochen; Hemd und Teile der Hose waren verbrannt, darunter war am Rücken und an den Beinen schwärzliches Fleisch zu sehen. Der Arm des Novizen ragte zur Tür hinaus, wie in einem letzten vergeblichen Versuch, dem Tod zu entrinnen. Sein von Feuer entstelltes Gesicht war eine Fratze der Angst, der Mund weit geöffnet, die weißen Augäpfel nach oben verdreht.

»Mein Gott!«, keuchte Simon. »Was ist hier nur passiert?«

Im Raum selbst waren Tische und Stühle umgeworfen, die wertvolle Pendeluhr lag in mehrere Stücke zerbrochen am Boden, die beiden Hälften der Kupferkugel waren in eine Ecke gerollt. Nur das Krokodil baumelte weiter am Seil von der Decke und starrte mit leblosen Augen auf das Chaos unter sich.

»Wenn dieser Virgilius wirklich mit Schießpulver experimentiert hat, dann ist er samt Ladung in die Luft geflogen und hat sich in Rauch aufgelöst.« Magdalena war mittlerweile in den Raum getreten und sah sich vorsichtig um. »Hier ist er jedenfalls nicht.«

Simon bückte sich, um einen kleinen Puppenkopf aufzuheben, der ihm mit zersplitterter Stirn und eingedrückten Augen vor die Füße gerollt war. Ratlos drehte er den Porzellanschädel zwischen den Händen, als ihm plötzlich etwas auffiel.

Die Frauenpuppe! Wo in aller Welt …

Simon tappte noch eine Weile durch den dämmrigen Raum, aber die Figur schien verschwunden. Dafür stieß er in der Mitte des Zimmers auf eine große Lache Blut. Darin lag die zerrissene schwarze Kutte von Frater Virgilius und daneben ein verrußter Schraubenschlüssel.

»Es sieht nicht danach aus, als hätte Virgilius diesen Raum

lebend verlassen«, murmelte er. Ein entsetzlicher Gedanke schoss Simon durch den Kopf, so absurd, dass er ihn gleich wieder in die hintersten Winkel seines Geistes verbannte.

Konnte es sein, dass die Puppe ihren Meister getötet und verschleppt hatte? War so etwas möglich?

Plötzlich knirschte etwas unter seinen Füßen. Als der Medicus sich bückte, hielt er einen kleinen, blutverschmierten Messingring mit zerbrochener Linse in der Hand. Er brauchte einen Moment, um zu erkennen, um was es sich handelte.

Es war das Okular von Frater Johannes. Das Okular, das der Mönch gestern im Apothekerhaus getragen hatte.

Gerade wollte Simon sich zu Magdalena umdrehen, als er zwei schwarz gewandete Gestalten in der Tür erblickte. Es waren Benediktiner, die mit schreckensbleichen Gesichtern auf den toten Vitalis zu ihren Füßen starrten.

»Bei der Heiligen Jungfrau, was ist hier geschehen?«, ächzte der eine, während der jüngere hinüber zu Magdalena blickte und ein Kreuzzeichen schlug.

»Eine Hexe!«, wimmerte er und fiel auf die Knie. »Eine Hexe hat unsere lieben Brüder Virgilius und Vitalis auf dem Gewissen. Herr im Himmel, hilf uns!«

»Äh, das ist nicht ganz richtig«, meldete sich Simon zaghaft aus der Dunkelheit, was die beiden Mönche entsetzt aufschreien ließ.

»Eine Hexe und ihr nach Schwefel stinkender Gevatter!«, zeterte nun der Ältere. »Das ist das Ende der Welt!«

Laut jammernd und klagend rannten sie den Berg hinauf zum Kloster, wo soeben Glockengeläut eingesetzt hatte. Nervös drehte Simon das zerstörte Okular zwischen seinen Fingern hin und her. So wie es aussah, würde er seinen Bericht noch einmal neu schreiben müssen.

Tief unten in seinem Versteck las der Mann die Nachricht, die ihm sein Helfer soeben überbracht hatte. Ein feines Lächeln zog sich über sein Gesicht. Sie hatten den toten Gehilfen gefunden, das Chaos entdeckt, der Uhrmacher war verschwunden; nun würde alles Weitere seinen Lauf nehmen.

Das Einzige, was störte, war dieser neunmalkluge Bader und seine verfluchte Kebse. Was hatten sie auch überall herumzuschnüffeln! War dem Weibsbild oben im Turm vielleicht etwas aufgefallen? Und warum hatte ihr Mann sich gestern am Weiher umgesehen? Die beiden waren wie ein lästiges Furunkel, das juckte und schmerzte. Keine wirkliche Gefahr, aber doch immerhin spürbar. Der Mann beschloss, die beiden noch mehr beobachten zu lassen. Aus Erfahrung wusste er, was man mit schmerzenden Furunkeln machte.

Man schnitt sie heraus.

Erfüllt von neuer innerer Gelassenheit erhob er sich und ging hinüber zu dem schweren Eichentisch, der über und über mit Büchern und Pergamenten bedeckt war. Manche stammten aus fernen Ländern, deren Namen den meisten Menschen nichts sagten, manche waren in Schnörkeln und Runen geschrieben, eines von ihnen sogar mit Blut. Alle waren sie einem Geheimnis auf der Spur, so uralt, dass es zurückreichte in die Anfänge der Menschheit. In die Anfänge des Glaubens, als irgendein fellbekleideter Höhlenbewohner einen glänzenden Stein, ein Knöchelchen oder einen Schädel in den Händen hielt, sich schließlich niederkniete und ihn küsste.

Es war allein der Glaube, der dem toten Ding Leben einhauchte.

Der Mann beugte sich über die Bücher, schloss die Augen und fuhr mit seinen Fingern über die mit Blut geschriebenen Zeilen. Irgendwo in diesen Büchern war die Lösung verborgen.

Er ahnte, dass noch mehr Blut fließen musste, um sie endlich zu finden.

Nur eine Stunde später stand Simon vor dem Klosterrat, der im sogenannten Fürstentrakt im zweiten Stock tagte. An einem langen Tisch am Kopfende des Raums saß der Andechser Abt Maurus Rambeck, rechts neben ihm sein Stellvertreter, der Prior Bruder Jeremias, außerdem der Cellerar, der Novizenmeister und der Kantor, der unter anderem für die Pflege der Bibliothek zuständig war. Düster und vorwurfsvoll starrten sie ihn an, so als wäre es bereits erwiesen, dass er mit dem schrecklichen Mord etwas zu tun hatte.

Simon schluckte. Kurz war ihm, als könnte er schon das brennende Feuer des Scheiterhaufens unter seinen Füßen spüren. In diesem Augenblick beneidete er Magdalena, die als Frau nicht im Klostertrakt zugelassen war. Die Mönche hatten sie bis zum Ende seines Verhörs in einem Nebenbau unter Arrest gestellt. Simon selbst hatte nur wenige Minuten mit dem Abt unter vier Augen reden können, dann waren schon die anderen Mitglieder des Klosterrats erschienen.

»Liebe Mitbrüder«, begann der Abt mit zitternder Stimme. Simon fiel auf, dass Pater Maurus, anders als bei seinem letzten Besuch, einen außerordentlich ängstlichen, ja wirren Eindruck machte. Nervös leckte Rambeck sich über die fleischigen Lippen. »Ich habe euch hier zusammengerufen, weil sich in unseren Reihen ein Mord ereignet hat, so schrecklich und geheimnisvoll, dass es mir schwerfällt, die richtigen Worte zu finden ...«

»Der Teufel!«, unterbrach ihn der Cellerar, ein feister Mönch, dessen Tonsur nur noch von einigen dünnen Härchen umgeben war, die er kunstfertig über die Glatze gelegt hatte. »Es ist der Teufel, der sich diesen weibischen Vitalis geholt hat, und seinen Hexenmeister Virgilius gleich mit! Wie oft habe ich ihn gewarnt, mit seinen verfluchten Experimenten aufzuhören. Und nun hat sich der Satan seiner angenommen!«

»Bruder Eckhart, ich verbiete dir, so von unserem Mitbruder zu sprechen!«, fuhr ihn der Abt zornig an. »Frater Virgilius ist verschwunden, mehr wissen wir nicht. Das Blut in seiner Werkstatt lässt darauf schließen, dass auch ihm ein Unglück widerfahren ist. Mein Gott, vielleicht ist er ebenso tot wie Vitalis ...« Maurus Rambeck brach ab und presste die Lippen aufeinander. Er war sichtlich bewegt.

»Wir müssen das Schlimmste befürchten, Maurus«, murmelte der Kantor und Bibliothekar, der am äußersten Rand des Tisches saß. Sein Haar war schlohweiß, tiefe Falten hatten sich in sein Gesicht gegraben und gaben ihm das Aussehen eines verdorrten Zwetschgenmännchens. »Die Zerstörungen deuten darauf hin, dass ein tödlicher Kampf stattgefunden hat. Fragt sich nur, warum?« Misstrauisch sah er hinüber zu dem kleinen Medicus.

»Ich glaube, es ist an der Zeit, dass der Bader berichtet, was er gesehen hat«, meldete sich nun der hagere Prior, dessen Hakennase und stechende Augen Simon an einen Adler denken ließen.

Ein Adler, kurz bevor er auf die kleine, schreckensstarre Maus im Weizenfeld hinunterstößt, fuhr es Simon durch den Kopf. *Ich kann von Glück reden, dass dieser Jeremias nur der Stellvertreter des Abts ist.*

»Wer sagt uns denn, dass dieser Schongauer nichts mit der Sache zu tun hat?«, fuhr der Prior fort. »Schließlich haben Bruder Martin und Bruder Jakobus ihn und dieses Weibsbild am Tatort angetroffen. Und andere Mönche haben mir verraten, dass der Bader schon gestern bei Virgilius war. Bei ihm und bei Frater Johannes!«, fügte er drohend hinzu.

Alle fünf Mönche musterten nun argwöhnisch Simon, sie

schienen bis in sein Innerstes zu blicken. Erneut spürte der Medicus Feuer an seinen Füßen.

»Gestattet mir bitte, zu erzählen, was sich zugetragen hat«, begann er stockend. »Ich ... ich kann alles erklären.«

Als der Abt wohlwollend nickte, begann Simon zu berichten. Er fing an mit seinem gestrigen Besuch bei Frater Johannes, erwähnte dessen Streit mit Virgilius und holte schließlich das blutverkrustete Okular hervor, das er in der Uhrmacherwerkstätte auf dem Boden gefunden hatte. Abt Maurus Rambeck ließ es sich geben und zeigte es dann den anderen Mönchen.

»Das hier gehört eindeutig Bruder Johannes«, sagte er nachdenklich. »Der Schongauer Bader hat mir schon vor der Sitzung von seinem Verdacht erzählt. Ich habe daraufhin nach Johannes schicken lassen.«

»Und?«, fragte der alte Bibliothekar.

Maurus Rambeck seufzte. »Er ist verschwunden.«

»Könnte er nicht einfach im Wald beim Kräutersammeln sein?«, mischte sich nun der Novizenmeister ein. Er war ein noch jüngerer Mann mit angenehmen Gesichtszügen und wachen Augen, die jedoch leicht gerötet waren. Simon fragte sich, ob er vielleicht geweint hatte.

»Kräuter sammeln am frühen Morgen? Pater Johannes?« Der Cellerar Eckhart lachte hämisch. »Das wäre das erste Mal, dass unser lieber Mitbruder so früh unterwegs ist. Sonst sammelt er doch lieber bei Vollmond und lässt sich danach noch ein paar Humpen Bier schmecken.«

»Ich habe jedenfalls ein paar Männer aus dem Dorf ausgeschickt, um ihn suchen und festnehmen zu lassen«, sagte Maurus Rambeck. »Bevor ich nicht mit ihm geredet habe, möchte ich den Landrichter nur ungern mit dem Vorfall belästigen. Ihr wisst alle, was das bedeuten würde.«

Die Mönche nickten schweigend, und auch Simon konnte

sich vorstellen, welche Folgen ein Besuch des Landrichters haben würde. Auch in Schongau war vor einigen Jahren der kurfürstliche Stellvertreter zu einem Hexenprozess erschienen, samt vielköpfigem Tross und lärmenden Soldaten. Die Stadt hatte noch Monate danach an den Kosten zu tragen gehabt.

»Es geht hier um einen Mord, Maurus«, mahnte der Prior und schüttelte den Kopf. »Wahrscheinlich sogar einen zweifachen, wenn Virgilius verschwunden bleibt.« Er zuckte mit den Schultern, und Simon glaubte, eine leise Genugtuung in seinen Augen funkeln zu sehen. »Ich fürchte, wir werden um den Weilheimer Landrichter nicht herumkommen.«

Der Medicus trat einen Schritt näher und räusperte sich. »Verzeiht, aber vielleicht hat Frater Johannes sogar drei Männer auf dem Gewissen.«

Der Prior runzelte die Stirn. »Wie meinen?«

Zögerlich holte Simon seinen Bericht aus der Tasche und legte ihn dem Rat vor. In kurzen Worten berichtete er von seinem Verdacht zum Tod des Novizen Coelestin.

Eine ganze Weile sagte keiner mehr ein Wort.

Endlich meldete sich der Abt, sein Gesicht war mittlerweile kalkweiß. »Soll das heißen, Bruder Johannes hat zuerst seinen Gehilfen Coelestin umgebracht, dann Vitalis und womöglich noch Virgilius? Aber … aber warum?«

»Das wissen wir doch nur zu gut!«, fauchte Bruder Eckhart. Seine Glatze war rot angelaufen, und kleine Äderchen traten darauf hervor. »Haben die beiden nicht immer wieder gotteslästerliche Experimente betrieben? Johannes *und* Virgilius? Haben wir nicht erst vor zwei Wochen Bruder Johannes verboten, weiter an Dingen zu forschen, die nur Gott allein etwas angehen? Und doch hat er weitergemacht!« Er stand schwer schnaufend von seinem Stuhl auf und schlug mit der Hand so hart auf den Tisch, dass die Mönche erschrocken zu ihm hinüber starrten. »Ich sag euch, was passiert ist: Der brave Novize Coelestin wollte seinen Meister daran hindern, weiter mit Teufelswerk zu experimentieren. Da hat Johannes ihn einfach umgebracht! Schließlich kam es zu einem Streit zwischen den beiden Hexern Johannes und Virgilius, mit Kugeln von Feuer und Schwefel haben sie sich bekämpft, bis sich Virgilius am Ende in Rauch auflöste, zur Hölle fuhr und sein Gehilfe von den Hexensprüchen seines Feindes niedergestreckt wurde!«

»Unsinn«, murmelte der junge Novizenmeister. »Niemand löst sich in Rauch auf. Es muss eine andere Erklärung geben.«

»Denkt an die Wunden des armen Vitalis«, gab der Prior nun zu bedenken. »Gott sei seiner Seele gnädig. Die waren ganz offensichtlich nicht natürlichen Ursprungs.«

»Dafür müsste man sie genauer unter...«, wollte Simon gerade einwenden. Doch der alte Bibliothekar hob die zittrige Hand und fuhr dazwischen.

»Etwas anderes ist in diesem Zusammenhang noch erwähnenswert«, sagte er mit belegter Stimme. »Ihr kennt doch alle diesen Automaten, an dem Virgilius so hängt. Dieses glockenspielende blecherne Weibsbild.«

»Ich hoffe doch sehr, es ist zerstört worden«, brummte Bruder Eckhart. »Das wäre wenigstens ein Lichtblick. Gott allein darf Leben erschaffen, nicht der Mensch.«

»Nun, es ist noch ... schlimmer«, fuhr der Bibliothekar zögerlich fort. »Unsere Brüder Martin und Jakobus haben mir berichtet, dass der ... nun, dass der Automat verschwunden ist.«

»Verschwunden?« Der Prior schüttelte den Kopf. »So wie Virgilius? Aber wie ist das möglich? Diese Puppe ist so groß wie ein Mensch und bestimmt höllisch schwer. Wie kann jemand ...«

»Mein Gott!« Bruder Eckhart stand noch immer, er hatte

die Hände jetzt zum Gebet gefaltet und den Blick theatralisch hinauf zur Decke gerichtet. »Versteht ihr denn nicht, was sich zugetragen hat? Begreift ihr nicht das Grauen?« Seine Stimme zitterte. »Dieses … Wesen! Es ist zum Leben erwacht und hat sich seines Meisters bemächtigt. Irgendwo hier im Kloster treibt ein Golem sein Unwesen! Gott schütze uns!«

Entsetztes Gemurmel war von allen Seiten zu hören, einige der Mönche bekreuzigten sich oder hielten sich an ihren Rosenkränzen fest, und auch Simon spürte, wie ihm ein Schauder über den Rücken kroch. Er musste an den Automaten in der Werkstatt des Uhrmachers denken, an das leblose Gesicht und den auf und zu klappenden Mund, an die leicht falsche Melodie eines Glockenspiels, die aus dem Inneren ertönte. Er sah die Puppe wieder vor sich, wie sie surrend durch den Raum fuhr.

Wie ein Geist, der von Rachsucht getrieben schwerelos dahingleitet, ging es ihm durch den Kopf. *Ewig, nicht aufzuhalten, bis seine Aufgabe erfüllt ist …*

Das Klopfen des Abts brachte Simon wieder zurück in die Wirklichkeit. Maurus Rambeck war aufgestanden und schlug mit der Handfläche mehrere Male zornig auf den Tisch.

»Ruhe!«, rief er. »Werte Mitbrüder, ich bitte um Ruhe!«

Erst langsam kehrte wieder Stille ein. Der Abt atmete durch, bevor er schließlich mit brüchiger Stimme weitersprach: »Wir werden in dieser Angelegenheit wohl erst Klarheit haben, wenn … wenn Frater Johannes wieder unter uns weilt. Davon abgesehen sollten wir froh um jeden Hinweis sein.« Er wandte sich an Simon. »Ich werde Euren Bericht sorgfältig lesen. Außerdem würde ich mich freuen, wenn Ihr auch weiterhin zur Klärung des Falles beitragt. Bis jetzt macht Ihr einen äußerst aufgeweckten Eindruck.«

Prior Jeremias schnappte nach Luft. »Ein ehrloser Bader, der dem Kloster bei einem Mordfall hilft? Lieber Mitbruder, ich bitte dich …«

»Und ich bitte dich, zu schweigen!«, fuhr Abt Maurus Rambeck dazwischen. »Ehrlos oder nicht – dieser Bader hat bisher mehr vernünftige Gedanken geäußert als wir alle zusammen. Ich wäre dumm, wenn ich seine Hilfe nicht in Anspruch nehmen würde. Er soll seinen Bericht fortschreiben.« Rambeck schien kurz in seine eigenen Gedanken zu versinken, seine Hände zitterten erneut. Nach kurzem Zögern wandte der Abt sich wieder Simon zu. »Ach, und noch etwas, Meister Fronwieser. Mir ist zu Ohren gekommen, dass einige der Pilger krank sind. Jetzt, da unser Apotheker nicht mehr zur Verfügung steht, sollte sich jemand anders um sie kümmern …«

Die Aufforderung schwang in der Luft, und Simon nickte ergeben.

»Natürlich, Hochwürden. Ganz, wie Ihr wünscht.«

Na wunderbar!, dachte er. *Bis heute früh war ich noch ein kreuzbraver Wallfahrer, und nun darf ich einen Bericht über einen mysteriösen Mordfall schreiben und mich um sieche Pilger kümmern! Warum bin ich bloß mit Magdalena nicht nach Altötting gegangen!*

Der Abt schloss die Augen und schlug ein Kreuzzeichen. »Dann beten wir nun zu Gott, für unsere toten und verschwundenen Brüder.«

Simon musterte die Mönche, einen nach dem anderen, während Maurus Rambeck zu einem lateinischen Psalm ansetzte. Die Patres hatten die Hände gefaltet, murmelten ihre Gebete und hielten den Blick gesenkt. Es war, als würde von jedem einzelnen von ihnen eine böse Aura ausgehen, die ganz und gar nicht zu der klösterlichen Atmosphäre passen wollte. Plötzlich hob der Prior den Kopf und sah Simon direkt an.

Der Medicus zuckte zusammen. In den Augen von Pater Jeremias glomm ein hasserfülltes Funkeln, das sich bis in Simons Innerstes zu bohren schien.

Frater Johannes rannte durch den Wald, als wäre der Teufel hinter ihm her.

Er stolperte über Wurzeln, rappelte sich atemlos wieder auf, sprang über schlammige Gräben und hastete durchs Dickicht. Längst war seine Kutte am Saum zerfetzt, Disteln und Zweige hingen im Stoff, sein Gesicht war verschwitzt und dreckverschmiert. Tränen liefen dem Mönch über die feisten Wangen, und das Herz schlug ihm bis zum Hals. Außer einem Leinensack mit den wichtigsten Habseligkeiten hatte er nichts retten können.

Johannes fluchte, schimpfte und schluchzte. Sein altes Leben lag hinter ihm, jetzt würde er wieder wie früher auf Wanderschaft gehen müssen. Er wusste nicht, was ihm die Zukunft brachte, er wusste nur, was passierte, wenn sie ihn erwischten. Sie würden ihm die Finger- und Fußnägel ziehen, ihm die Knochen strecken, bis sie aus den Gelenken brachen, sie würden seine Daumen quetschen und seine runzlige Haut mit Schwefelhölzchen rösten – nur um ihn schließlich auf einem großen Haufen aus Holz und Reisig zu verbrennen.

Frater Johannes wusste das alles, weil er Folter und Hinrichtungen kannte. Er hatte schon zu viele aus allernächster Nähe miterlebt. Und ihm war klar, was einem Mörder und Hexer drohte.

Ohne sich umzublicken, rannte der dicke Apotheker durch das Kiental. Mittlerweile war es früher Vormittag, die Sonne stach unbarmherzig durch die Äste und Zweige. Wie die meisten anderen Mönche war Johannes in aller Herrgottsfrühe durch lautes Geschrei und Gejammer geweckt worden. Etwas Furchtbares musste passiert sein, und er hatte eine dunkle Ahnung, was es war. Also hatte er sich heimlich zum Haus des Uhrmachers begeben, aus dem gerade dieser Bader und sein Flittchen traten, beide weiß wie die Wand. Den Gesprächsfetzen konnte er entnehmen, was sie drinnen entdeckt hatten, dann fiel auch schon sein Name.

In diesem Augenblick wusste Frater Johannes, dass es kein Zurück mehr gab. Sie würden alles herausfinden. Die Experimente, den Brand im Turm, sein früheres Leben …

Verflucht seist du, Virgilius!

Also war Johannes in sein Häuschen geschlichen, hatte Proviant, eine Decke und sein altes Holzkreuz zusammengerafft und war Richtung Kiental gerannt. Nun lief er durch die schmale, versteckte Schlucht, die im Volksmund Ochsengraben hieß und durch die im Großen Krieg viele Erlinger vor den Schweden geflohen waren. Gelegentlich musste Johannes mit geraffter Kutte durch den Kienbach waten, irgendwo in der Ferne hörte er Hunde bellen und ein Horn erklang. Waren sie ihm etwa schon auf den Fersen?

Er verdrängte den Gedanken und hastete blindlings weiter. Wenn er es hinunter bis nach Mühlfeld oder Wartaweil schaffte, hatte er vielleicht eine Chance. Dann konnte er mit einem Fischer nach Dießen übersetzen und von dort aus weiter Richtung Landsberg laufen. In Landsberg hatte er Freunde, die ihm helfen konnten. Vielleicht gab es ja irgendwo ein stehendes Heer, dem er sich anschließen konnte. Leute mit seiner Erfahrung wurden immer gebraucht.

Vor ihm wurden die Bäume nun lichter, unten im Tal konnte er bereits den See blau schimmern sehen. Das Ziel, der kleine Fischerhafen unweit des Mühlfelder Schlösschens, schien greifbar nah zu sein! Frater Johannes trat aus dem Wald, als plötzlich ein Knall ertönte. Eine Kugel zischte nur eine Handbreit an seinem Ohr vorbei. Keuchend warf sich der Mönch in den Dreck.

»Da ist sie ja, die hässliche Kröte! Du hattest recht, er ist tatsächlich durch den Ochsengraben geflohen.«

Ein Mann mit rauchender Muskete trat hinter den Bäumen hervor, bald darauf tauchten ein zweiter und ein dritter auf. Alle drei waren sie erfahrene Jäger, die beim Kloster in Lohn und Brot standen. Johannes kannte sie. Im Wirtshaus tuschelten sie gelegentlich hinter seinem Rücken, sie mochten es nicht, wenn er in ihrem Revier Kräuter sammelte und das Wild aufscheuchte. Für sie war er ein fetter, hässlicher Pfaffe, der fraß, was eigentlich ihnen zustand. Ein Monstrum, ein Kinderschreck, der nur durch seine Kutte geschützt wurde.

Heute war der Tag der Abrechnung gekommen.

»Es heißt, du hättest drei deiner Mitbrüder auf dem Gewissen, du Molch«, knurrte der älteste der Männer und stupste den vor ihm liegenden Frater mit dem Fuß an. In seinen Augen glomm Jagdlust. »Mit den drei Pfaffen hast du leichtes Spiel gehabt, aber wir sind aus anderem Holz geschnitzt.« Er lachte und wandte sich an seine Freunde. »Na, was ist? Wollen wir die fette Kröte noch einmal hüpfen sehen?« Als die anderen zustimmend johlten, hielt er die Muskete nach oben und drückte ab. Ein Schwarm Spatzen flog zornig tschilpend Richtung Kloster.

Benommen von Lärm und Angst stemmte sich Frater Johannes in die Höhe und taumelte auf ein Gerstenfeld zu. Dahinter lag der See, kleine Boote schaukelten darauf, fast konnte man das Wasser riechen. Als er zu laufen begann, tauchte am Horizont zwischen tief hängenden Wolken das Dießener Kloster auf. Rauschend bogen sich die Ähren unter seinen Schritten.

Die Welt ist so schön, dachte er. *Warum sind die Menschen darin nur so grausam? Oder lassen sie mich am Ende doch davonkommen?*

Erst als Johannes die Hunde hinter sich kläffen hörte, wusste er, dass es wirklich vorbei war.

Magdalena kauerte auf dem Boden des staubigen Vorratskellers und sah den Fliegen zu, die im Licht der kleinen Fensterluke auf und ab schwirrten. Eine Zeitlang war sie noch zornig im Kreis gegangen, doch mittlerweile brütete sie in einer Ecke und verfluchte ihren Gatten, der sie in diese verhängnisvolle Lage gebracht hatte.

Nachdem Simon zum Abt gebracht worden war, hatten ein paar finster dreinblickende Gesellen Magdalena schweigend abgeführt. Seitdem wartete die Henkerstochter im Keller der Klostermeierei auf ihr weiteres Schicksal. Es roch nach altem Käse und vergorener Milch, in einer Ecke stapelten sich schimmlige Regalbretter und löchrige Behälter aus Weidenrinde, ansonsten war der Raum leer. Eine massive Holztür mit einem dicken Riegel war der einzige Zugang.

Nachdenklich fuhr sich Magdalena durch die Haare und versuchte den intensiven Geruch, der von den alten Käsekörben ausging, zu verdrängen. Sie konnte sich eigentlich nicht vorstellen, dass man sie und Simon des Mordes an dem Uhrmachergehilfen anklagen würde, nur weil sie die Leiche gefunden hatten. Doch ganz sicher war sie sich auch nicht. Die Art, wie die beiden Mönche schreiend vom Tatort weggelaufen waren, hatte ihr gezeigt, wie aufgeheizt die Stimmung im Kloster war. Magdalena musste zugeben, dass all die merkwürdigen Vorkommnisse – der bestialisch ermordete Gehilfe, sein verschwundener Meister und ein ebenfalls vom Erdboden verschluckter Automat – sogar sie selbst an Teufelswerk denken ließen.

Gerade wollte sie aufstehen, um sich ein wenig die Beine zu vertreten, als vor der Tür Schritte zu hören waren. Gleich darauf wurde der Riegel zurückgeschoben, und ein zerzauster Frater Johannes taumelte herein. Er stürzte zu Boden und blieb leblos neben ihr liegen.

»Viel Vergnügen mit dem Weibsbild vom Bader, du Molch!«, spottete einer der beiden Männer, die mit Musketen draußen im Gang standen. »Aber lass noch was von ihr übrig. Nicht, dass du sie am Ende auffrisst wie den Uhrmacher.« Gelächter ertönte, dann schloss sich krachend die Tür.

Eine Weile war nur der keuchende Atem des Apothekers zu hören. Schließlich beugte sich Magdalena zu ihm hinunter und berührte ihn sacht an der Schulter.

»Wie ... wie geht es Euch?«, fragte sie zaghaft. »Braucht Ihr ...«

Plötzlich stemmte sich Frater Johannes hoch und starrte sie wortlos an. Mit einem leisen Schrei machte Magdalena einen Satz rückwärts. Das ohnehin schon hässliche Gesicht des Mönchs war grün und blau geschlagen, ein Auge war zugeschwollen, von den dicken Lippen tropfte Blut auf den staubigen Boden. Johannes sah aus wie ein Untoter vom Andechser Klosterfriedhof. Er robbte in eine Ecke des Kellers und hielt sich die aufgequollene Nase.

»Hab schon ... Schlimmeres überstanden«, nuschelte er. »Und das ist nichts verglichen mit dem, was mir noch blüht. Ich weiß, was mir bevorsteht.«

Argwöhnisch musterte Magdalena den zusammengekrümmten Mönch. Simon hatte das Okular des Apothekers am Tatort gefunden, außerdem war ihr Gatte Zeuge eines Streits zwischen Johannes und dem Uhrmacher gewesen. Sein ganzes bisheriges Verhalten machte den Apotheker verdächtig. Vermutlich war er der Mörder von zwei, wenn nicht sogar drei Menschen. Doch als Magdalena ihn nun so vor sich sah, zusammengeschlagen und blutend wie ein waidwundes Tier, überkam sie mit einem Mal Mitleid. Sie riss ein Stück ihrer Schürze ab und reichte es ihm.

»Hier, nehmt. Man sieht ja sonst gar nichts mehr von Eurem hübschen Gesicht.«

Johannes lächelte schwach, seine Fratze glich im Dämmerlicht der einer schlecht zusammengenähten Puppe. »Danke«, murmelte er. »Ich weiß selbst, dass ich nicht der Schönste bin.«

»Ob Ihr deshalb auch gleich ein Mörder seid, wird sich erst zeigen.« Magdalena schob sich wieder in ihre Ecke des Raums und sah zu, wie Johannes sich das Gesicht abtupfte. Summende Fliegen versuchten, sich auf seiner blutigen Lippe niederzulassen. Johannes verscheuchte sie mit den Händen, doch sie kamen immer wieder zurück. Magdalena musste unwillkürlich an einen stoischen geprügelten Ochsen denken.

»Du musst die Frau dieses Schongauer Baders sein«, sagte der Mönch nach einer Weile. Er sah nun wieder halbwegs menschlich aus. »Geht es dir besser? Dein Mann meinte, du würdest an Leibgrimmen leiden.«

Magdalena lachte verzweifelt. »Danke der Nachfrage. Aber ich glaube, das ist zurzeit mein geringstes Problem.« Sie seufzte. »So wie es ausschaut, sitzen wir beide im gleichen Boot. Man verdächtigt uns des Mordes an dem Uhrmachergehilfen.«

»Keine Sorge, du bist bald wieder frei.« Johannes winkte ab. »Die wollen mich und sonst keinen.«

»Und? Haben Eure Ankläger recht?«, fragte Magdalena leise. »Seid Ihr ein Hexer und ein Mörder?«

Der hässliche Mönch musterte sie lange. »Glaubst du allen Ernstes, ich würd es dir auf die Nase binden, wenn ich's wirklich wäre?«, sagte er schließlich. »Und selbst wenn ich nicht der Mörder bin, aber andere dunkle Geheimnisse kenne – warum sollte ich dir davon erzählen? Wer sagt mir, dass du mich nicht verrätst?«

Kopfschüttelnd lehnte sich Magdalena zurück an die

Mauer. »Ob ich Euch verrate oder nicht, spielt ohnehin keine Rolle. Vermutlich wird man schon morgen den Landrichter rufen, dann bringt man Euch nach Weilheim in die Fragstatt. Man zeigt Euch die Instrumente, und wenn Ihr immer noch nicht redet, werdet Ihr's spätestens dann tun, wenn die ersten Knochen knacken.«

Frater Johannes atmete tief durch. Magdalena sah, wie er zitterte. »Du kennst dich erstaunlich gut aus, Badersfrau«, murmelte er. »Fast so, als hättest du so eine Tortur selbst schon einmal erlebt.«

»Das nicht, ich hab nur meinem Vater immer gut zugehört.«

»Deinem Vater?« Zum ersten Mal wirkte Johannes sichtlich verwirrt.

»Er ist der Schongauer Scharfrichter Jakob Kuisl.«

»Jakob *Kuisl*?«

Plötzlich ging eine Veränderung in dem Benediktiner vor. Sein Gesicht wurde aschfahl, die Augen weiteten sich, er murmelte leise vor sich hin. Erst nach einiger Zeit hörte Magdalena heraus, dass es Gebete waren.

»O mein Herrgott, ich habe gezweifelt, verzeih mir!«, flehte Johannes. »Ich war ein Narr, ein ungläubiger Thomas! Doch du schicktest mir ein Zeichen, Ehre sei Gott in der Höhe! Das ist ein Wunder! Ja, ein Wunder!«

Er fiel auf die Knie, wiegte den Kopf hin und her und umklammerte das kleine Holzkreuz, das an einer Kette um seinen Hals hing.

»Bei allen Heiligen … was … was habt Ihr?«, fragte Magdalena vorsichtig. Hatten Schmerzen und Angst den Mönch wahnsinnig gemacht? »Was hab ich denn gesagt?«

Endlich hob Frater Johannes seinen Kopf.

»Du … du … bist ein Engel«, begann er feierlich. »Ein Engel, der im Auftrag des Herrn unterwegs ist.«

Er ist wirklich wahnsinnig geworden, durchfuhr es Magdalena. *Vielleicht sollte ich nach den Wachen rufen, bevor er über mich herfällt?*

Sie lächelte unsicher. »Ein … ein Engel?«

Frater Johannes nickte eifrig. »Ein Engel. Geschickt, um mir die Ankunft Jakobs zu verkünden.« Er sah sie ernst an, plötzlich war jeder Wahnsinn aus seinem Blick verschwunden.

»Bei Gott«, flüsterte er. »Dein Vater ist der Einzige, der mir jetzt noch helfen kann.«

*

Rauchwolken stiegen in den Schongauer Himmel wie die Schemen unruhiger kleiner Geister.

Genau wie gestern saß Jakob Kuisl am Ufer des Katzenweihers und blickte auf das grüne Wasser, in dem man noch vor hundert Jahren Kindsmörderinnen ertränkt hatte. Kuisl mochte diesen einsamen Ort, denn nur selten verirrten sich Menschen hierher. Der Weiher galt als verflucht, zu viele arme Seelen hatten darin den Tod gefunden. Die Schongauer erzählten sich, in Vollmondnächten höre man hier die Toten weinen und schreien. Doch Kuisl hatte noch nie jemanden gehört – im Gegenteil, der Platz am Weiher strahlte eine Stille aus, die der Henker in der nahen Stadt allzu oft vermisste.

Jakob Kuisl brauchte Ruhe. Er überlegte, was er mit den Berchtholdt-Brüdern anstellen sollte. War es ratsam, zum Gerichtsschreiber zu gehen und ihm von den Diebstählen im Stadl zu erzählen? Früher hätte Kuisl keine Sekunde gezögert, doch nun waren da seine zwei Enkel, denen Gefahr drohte. Aber würden die Berchtholdts sich wirklich an unschuldigen Kindern vergreifen?

Sosehr Jakob Kuisl sich auch bemühte, Klarheit zu schaffen, seine Gedanken wanderten immer wieder zurück in die Vergangenheit. Das gestrige Gespräch mit seinem Sohn Georg hatte Erinnerungen wachgerufen, an den Krieg, die vielen Toten, die Schlachten, vor allem aber den einzigen wahren Freund, den er in seinem ganzen Leben bislang gehabt hatte. Gemeinsam waren sie durch Pech und Schwefel gegangen, beim Angriff hatten sie nebeneinander in der ersten Reihe gestanden. Sie waren beinahe gleich alt gewesen, wie Brüder.

Vor allem aber hatte sie ein Schicksal verbunden, das sie von allen anderen Menschen abgrenzte.

Jakob Kuisl starrte auf das Wasser, in dem sich die Weiden am Ufer spiegelten. Der bittere Geschmack von Schießpulver breitete sich plötzlich über seinen Gaumen aus, von fern meinte er Waffenklirren und Geschrei zu hören.

Es war, als blickte er in einen Tunnel, an dessen anderem Ende ein verschwommenes Bild erschien.

Trommeln schlagen, Flöten spielen, es riecht nach Rauch und gebratenem Hammelfleisch. Der achtzehnjährige Jakob wandert von Lagerfeuer zu Lagerfeuer. So weit er auch blickt, sieht er bunte Zelte, daneben die mit fleckigem Leinen bespannten Wagen der Marketenderinnen, die hastig ausgehobenen Schanzgräben und dahinter die Stadt, die sie schon morgen stürmen werden.

Ob er morgen noch leben wird?

Seit fünf Jahren ist Jakob nun mit dem Heer unterwegs. Aus dem einst pickligen Trommlerjungen ist ein breitschultriges Mannsbild geworden, ein gefürchteter Kämpfer, der mit seinem Bihänder immer in der ersten Reihe steht. Der Oberst hat ihm den Meisterbrief vom Langen Schwert ausgestellt, man fürchtet Kuisl, auch weil man weiß, was dieses Schwert eigentlich ist. Ein Blutsäufer, eine magische Klinge, die stöhnt und ächzt, wenn die Schlacht beginnt.

Ein Henkersschwert.

Mit der auf den Rücken geschnallten Klinge stapft er durch das Lager. Die Söldner, die ihn kennen, weichen ihm aus, manche schlagen ein Kreuz. Der Sohn des Henkers ist hier nicht gern gesehen, man achtet ihn, man respektiert ihn, aber man liebt ihn nicht.

Plötzlich spürt Jakob Blicke zwischen seinen Schulterblättern. Er dreht sich um und sieht den hässlichsten Burschen, der ihm je begegnet ist. Das Gesicht aufgequollen wie eine Schweinsblase, die Augen glubschig, der Mund schief. Wie eine fette Kröte kauert der Fremde am Lagerfeuer. Jakob braucht eine Weile, bis er erkennt, dass der andere lächelt.

»Eine schöne Klinge, fürwahr«, sagt der Bursche. Seine Stimme klingt weich und klug, sie scheint so gar nicht zum Gesicht zu passen. »Wird ein hübsches Sümmlein gekostet haben. Oder hast sie gestohlen, na?«

»Was geht's dich an?«, brummt Jakob. Er will sich schon abwenden, als der andere hinter sich greift und unter ein paar Lumpen sein eigenes Schwert hervorzieht. Es ist ein fast eineinhalb Schritt langer Bihänder, ohne Spitze, mit Blutrinne und kurzer Parierstange, es ähnelt auf fast unheimliche Weise dem Schwert Jakobs.

»Hab die Klinge von meinem Vater geerbt, den der Teufel geholt hat«, sagt der Hässliche grinsend. »In Reutlingen, wo ich herkomm, sagt man, sie schreit nach Blut am Tag der Hinrichtung. Aber seit ich ein kleiner Bub bin, hab ich sie noch nie schreien hören. Schreien tun immer nur die anderen.«

Jakob lacht leise. Es ist das erste Mal seit langem.

»Jetzt werden die Reutlinger ihre Drecksarbeit wohl alleine machen müssen«, knurrt er. »Geschieht ihnen ganz recht, den fetten Pfeffersäcken.«

Als der Hässliche nickt und mit seinen Patschhänden an-

dächtig über die frisch geschärfte Klinge streift, weiß Jakob, dass er einen Freund fürs Leben gefunden hat.

Der Schongauer Scharfrichter warf einen Stein in den Weiher. Kleine Wellen breiteten sich ringförmig aus, und das Bild im Wasser verschwand. Mit klopfendem Herzen stand Kuisl auf und machte sich auf den Heimweg.

Es war nicht gut, zu viele alte Erinnerungen zu wecken.

*

Eine ganze Weile starrte Magdalena den Mönch in der Andechser Kerkerzelle ungläubig an.

»Ihr … Ihr kennt meinen Vater?«, fragte sie schließlich.

Frater Johannes kniete noch immer vor ihr. Jetzt schlug er ein Kreuz und richtete sich schwerfällig auf.

»Sagen wir, ich kannte ihn«, murmelte er. »Besser als meinen eigenen Bruder. Doch dass er wieder Scharfrichter in Schongau geworden ist, das wusste ich nicht. Wir haben uns vor über dreißig Jahren aus den Augen verloren.« Er lachte und hob die Hände zum Himmel. »Es ist ein Wunder, dass ich nun seine Tochter treffe! Vielleicht wird doch noch alles gut.«

Magdalena blickte ihn skeptisch an. »Selbst wenn Ihr ihn kanntet, warum soll jetzt alles gut werden? Wie könnte Euch mein Vater helfen?«

»Du hast recht.« Frater Johannes seufzte und kauerte sich wieder in seine Ecke. »Wahrscheinlich brenne ich schon bald auf dem Scheiterhaufen. Aber wenn einer helfen kann, dann dein Vater, glaub mir. Ich nehme nicht an, dass er etwas von seinem Scharfsinn eingebüßt hat, oder?«

Magdalena musste lächeln. »Nichts von seinem Scharfsinn und auch nichts von seiner Sturköpfigkeit. War er denn schon immer so?«

»Er war der verflucht sturste Hund im ganzen Regiment. Ein großer Kämpfer und schlau wie eine ganze Horde Jesuiten.« Johannes grinste, dann fing er zu erzählen an: »Wir kannten uns seit der Schlacht von Breitenfeld. Beide waren wir Henkerssöhne und beide auf der Flucht vor unserem alten Leben. Der Krieg macht alle gleich. Gibt keinen besseren Ort, um neu anzufangen. Wir haben uns auf Anhieb verstanden.« Er lachte, und die geschwollene Lippe platzte erneut auf. Fluchend wischte er sich das Blut vom Mund. »Ich hab sehr bald die Stelle eines Rutenknechts bekommen und mich dann bis zum Profoss hochgedient, zum Scharfrichter unserer Kompanie. Dein Vater hat es trotz seines ehrlosen Stands zum Feldweibel gebracht, das ist nur wenigen einfachen Leuten gelungen. Er war so verflucht schlau, dass er beinahe jeden Diebstahl in seinem Regiment aufgeklärt hat. Jeden unerlaubten Raubzug, jede Vergewaltigung.« Das Gesicht des Fraters verdüsterte sich. »Ich durfte die armen Brüder dann aufknüpfen. Noch heute seh ich sie in meinen Träumen in den Baumwipfeln zappeln. Mein Gott, wie ich das hasste!«

Eine Zeitlang war draußen vor dem Fenster nur das Tschilpen der Spatzen zu hören.

»Ist das der Grund, warum Ihr Mönch geworden seid?«, fragte Magdalena schließlich. »Weil Ihr das Töten nicht mehr ertragen habt?«

Johannes nickte zögerlich. »Jakob ... er ... er konnte einfach besser mit dem Tod umgehen«, begann er stockend. »Er war wie ich von zu Hause geflohen, weil er kein Henker werden wollte, aber im Grunde ist er immer einer geblieben.« Abwehrend hob Johannes die Hände. »Kein Blutsäufer, das nicht. Eher ein ... ein ... Erzengel. Der Erzengel Michael, der mit seinem Schwert herniederkommt, um das Böse zu besiegen. Ich konnte das nicht ... dieses ständige Strafen und Töten ...«

Der Frater schlug die Hände über dem Kopf zusammen, um seine Tränen zu verbergen. »Am Ende bin ich desertiert. Ohne ein Abschiedswort bin ich gegangen und jahrelang umhergeirrt, bis ich hier in Andechs vor über zehn Jahren eine Bleibe gefunden habe. Die Apothekerapprobation war gefälscht, aber den damaligen Abt hat das nicht gekümmert. Für Pater Maurus Friesenegger zählte nur, dass ich mich mit den Kräutern auskenne. Auch der neue, Maurus Rambeck, weiß von meiner Vergangenheit. Aber wenn die anderen davon erfahren ... Ein Henker als Mönch und Apotheker!« Er lachte verzweifelt. »Was soll's! Nun ist ohnehin alles egal.«

Auf Knien rutschte er hinüber zu Magdalena, die dem Apotheker bislang schweigend zugehört hatte.

»Bitte!«, stammelte er. »Du musst deinem Vater sagen, dass ich in Schwierigkeiten bin. Das ist meine einzige Hoffnung! Sag ihm ... sag ihm, der hässliche Nepomuk braucht seine Hilfe.«

»Nepomuk?« Magdalena stutzte. »Ist das Euer richtiger Name?«

»Nepomuk Volkmar. So bin ich getauft.« Stöhnend richtete der Mönch sich auf. »Der Name ist ein Fluch, ich habe ihn bei meiner Profess zum Frater abgelegt.«

In diesem Augenblick waren erneut Schritte zu hören. Die Tür öffnete sich quietschend, und Simon betrat den Raum. Mitfühlend sah er hinüber zu Magdalena, für den Mönch an ihrer Seite hatte er kaum einen Blick.

»Es tut mir leid, dass es so lange gedauert hat«, sagte er achselzuckend. »Aber der Abt hatte noch ein paar Fragen. Nun ist alles geklärt.« Er lächelte. »Wir sind frei.«

»Simon«, begann Magdalena und deutete auf Nepomuk Volkmar. »Dieser Mönch hier kennt meinen Vater. Er ...«

»Das wird ihm jetzt auch nichts mehr nutzen«, unterbrach

Simon rüde. »Für Andechs ist der Weilheimer Scharfrichter zuständig, nicht der Schongauer.« Flüsternd fuhr er fort: »Davon abgesehen wüsste ich nicht, was dein Vater hier ausrichten könnte, außer einem schnellen, halbwegs erträglichen Tod.«

»Simon, du verstehst nicht. Nepomuk war …«

»Alles, was ich verstehe, ist, dass du dich gerade fröhlich mit einem mutmaßlichen Dreifachmörder unterhältst und die Wachen draußen schon ganz misstrauisch gucken«, zischte Simon. »Also lass uns jetzt bitte von hier verschwinden, bevor der Abt es sich anders überlegt und uns doch noch wegen Mitwisserschaft einsperrt.«

Nepomuk Volkmar sah hoffnungsvoll zu Magdalena hinüber. »Du wirst deinen Vater doch benachrichtigen, ja?«, murmelte er. »Du lässt mich nicht im Stich?«

»Ich werde …«, begann Magdalena, doch Simon zog sie schon nach draußen. Die Tür schloss sich langsam. Das Letzte, was Magdalena im Kerker sah, war das zerschlagene, flehende Gesicht des hässlichen Apothekers.

Dann fiel die Pforte krachend zu.

Draußen im Sonnenlicht, unter einem blauen Himmel, über den ein paar vereinzelte Schäfchenwölkchen zogen, schien die Welt eine gänzlich andere zu sein. Von fern drang das Singen von Pilgern zu ihnen hinüber, Schmetterlinge flatterten über die Wiesen am Rande des Klosters.

Magdalena setzte sich auf ein verfallenes Mauerstück und starrte Simon zornig an. »Du hast mich nicht mal ausreden lassen!«, zischte sie. »Mach das nicht noch einmal. Ich bin nicht irgendeines deiner früheren Flitscherl. Ich bin deine Frau, merk dir das, verflucht noch mal!«

»Magdalena, es war doch nur zu deinem Besten. Die Wachen …«

»Jetzt hältst *du* mal deine Gosch'n und hörst *mir* zu«, unterbrach sie ihn rüde. »Dieser Mann dort drinnen ist vermutlich der beste Freund meines Vaters, und er wird, wenn nicht ein Wunder geschieht, schon bald als Hexer und Mörder gefoltert und verbrannt. Kannst du dir vorstellen, was geschieht, wenn ich meinem Vater nichts davon erzähle? Kannst du dir ausmalen, was er mit dir anstellt, wenn du mich daran hinderst?«

»Sein bester Freund?«, fragte der Medicus verdutzt. »Wie kommst du darauf?«

In kurzen Worten berichtete Magdalena Simon vom früheren Leben des Fraters, von seiner Zeit als Kompaniescharfrichter im Krieg und von der Freundschaft zu ihrem Vater. Als sie geendet hatte, blickte der Medicus skeptisch drein.

»Und das nimmst du ihm ab? Glaubst du nicht eher, dieser Mann greift einfach nach jedem Strohhalm?«

»Er kannte Einzelheiten aus dem Leben meines Vaters, Simon. Er ... er hat ihn besser beschrieben, als ich es könnte.« Magdalena starrte in die Ferne, wo sich über dem Ammersee ein neues Gewitter ankündigte. »Ja, ich glaube ihm.«

»Nun gut«, lenkte Simon ein. »Vielleicht kennt er ihn tatsächlich. Aber deshalb ist er noch lange nicht unschuldig.« Er packte seine Frau fest an der Schulter. »Magdalena, alle Beweise sprechen gegen ihn! Das Okular am Tatort, der Streit mit dem Uhrmacher, seine ganze Art ... Und hast du nicht selber gesagt, er habe sich merkwürdig verhalten? Denk nur an diese komischen Stangen, die er im Wald bei sich trug. Auch im Klosterrat haben sie erzählt, dass er gotteslästerliche Experimente betreibt.«

Magdalena sah ihn erstaunt an. »Gotteslästerliche Experimente?«

»Sie ... sie haben nichts Genaues gesagt«, erwiderte Simon zögerlich. »Aber offenbar hat dein Nepomuk schon öfter

Streit mit Virgilius gehabt. Dabei ging es wohl auch um irgendwelche Experimente.«

»Diese merkwürdige Bahre und die ganzen Drähte oben im Glockenstuhl«, murmelte Magdalena. »Könnte das ein solches Experiment sein?«

Simon zuckte mit den Schultern. »Ich weiß es nicht. Die Mönche haben sich sehr bedeckt gehalten. Überhaupt ist dieser ganze Klosterrat eine Versammlung äußerst merkwürdiger Gestalten.« Er zählte an den Fingern ab. »Der Cellerar ist ein fetter Eiferer, der den Apotheker am liebsten noch heute brennen sehen will. Der Prior hat irgendwas gegen mich, und der alte Bibliothekar blieb seltsam kühl, so als wäre ihm das alles gleichgültig. Nur dem Novizenmeister ging der Tod der beiden Gehilfen nahe. Ich glaube, er hat sogar geweint. Jedenfalls waren seine Augen ganz rot.«

Ausführlich berichtete er von dem Treffen mit den Obersten des Klosters und von der Aufregung, die entstanden war, als die Mönche von dem verschwundenen Automaten hörten.

»Dieser stumpfsinnige Cellerar glaubt doch tatsächlich, der Automat wäre so eine Art Golem, der nun auf dem Heiligen Berg sein Unwesen treibt!«, sagte Simon kopfschüttelnd. »Man könnte fast meinen, hier oben wäre die Zeit stehengeblieben. Dabei sind solche musizierenden Automaten doch mittlerweile gang und gäbe.«

»Ein Golem?«, fragte Magdalena. »Was ist das?«

»Ein lebloses Ding, dem ein Mensch Leben eingehaucht hat.« Simon griff gedankenverloren nach einem Stück Mauerstein und zerbröckelte ihn in der Hand. »Während meiner Studienzeit in Ingolstadt habe ich darüber mal was gelesen. ›Golem‹ ist das hebräische Wort für ›Ungeformtes‹. Einige jüdische Rabbis sollen angeblich in der Lage sein, aus Lehm einen seelenlosen Diener zu erschaffen. Dafür braucht es aber sehr komplizierte Rituale.« Er schüttelte den Kopf. »Das ist natürlich Unfug, aber für starrgläubige Christen ein gefundenes Fressen, die Juden einmal mehr zu leibhaftigen Teufeln zu erklären. Der Cellerar hatte jedenfalls fast Schaum vor dem Mund, und auch der Bibliothekar war gleich Feuer und Flamme. Wenn ich mich recht entsinne, hat er dieses Thema überhaupt erst aufgebracht.«

»Und was, wenn einer aus dem Klosterrat etwas mit den Morden zu tun hat?«, fragte die Henkerstochter nachdenklich.

Simon lachte verzweifelt. »Vielleicht gleich der Abt persönlich? Magdalena, gib es auf. Dieser Apotheker war es, ganz sicher! Er ist kein Hexer, das nicht. Aber bestimmt gibt es einen ganz einfachen Grund, warum er zum Mörder wurde. Wir kommen nur nicht drauf. Neid auf einen Kollegen, Rache ... Wer weiß? Frater Johannes hat dir einen Floh ins Ohr gesetzt, und jetzt ist dir jedes Mittel recht, um ihn zu entlasten.«

»Du hast nicht mit ihm geredet«, flüsterte Magdalena. »Nepomuk ist ein Getretener, einer, der immer auf der Flucht war. Er hat den Beruf des Henkers aufgegeben, weil er das Grauen nicht mehr ertragen hat. So einer bringt keine drei Menschen um. Außerdem war es nicht Nepomuk, der mich vom Turm gestoßen hat. Du hast selbst gesagt, dass er mit dir zu dieser Zeit beim Abt war.«

Simon seufzte. »Dein Wort in Gottes Ohr. Was also willst du tun?«

»Was schon? Ich werde hinunter zum Erlinger Gasthaus gehen und einen Boten nach Schongau schicken.« Magdalena schwang sich von der Mauer und schlenderte Richtung Dorf. »Stell dich schon mal darauf ein, dass mein Vater hier bald nach dem Rechten sieht.«

»Das hat mir gerade noch gefehlt!«, stöhnte Simon. »Nicht nur, dass ich dem Abt weiter Rechenschaft über den Mord ablegen muss, jetzt schnüffelt mir auch wieder mal mein Schwiegervater hinterher.«

Magdalena wandte sich grinsend um. »Bis jetzt hat er jedenfalls immer Rat gewusst. Also stell dich nicht so an. Du hättest dir ja auch eine andere Familie zum Einheiraten suchen können.«

Sie zwinkerte ihm zu, dann lief sie über die blühenden Wiesen hinunter nach Erling. Im Westen erklang ein erstes fernes Gewittergrollen.

Irgendwo, tief im Inneren des Heiligen Berges, klickte und ratterte es.

Der Automat zog unaufhörlich seine Bahnen, er rumpelte über Kiesel und Steine, eckte gelegentlich an einem überhängenden Balken an, doch er fuhr stoisch weiter. Der Gang, durch den er rollte, war uralt. Er war in den Berg gehauen worden, lange, bevor hier ein Kloster stand. Zu einer Zeit, als noch das Schwert regierte und der Glauben in blutigen Messen gefeiert wurde – mit brennenden Körben, in denen Kriegsgefangene zappelten, oder auf schwarzen zerkratzten Altären. Seitdem war der Glaube gewachsen. Er hatte seine Gestalt verändert, doch das hatte ihm nicht geschadet. Im Gegenteil, in seinem neuen Gewand hatte er Weltreiche gestürzt und Kaiser gekrönt. Seine Kraft war größer denn je.

Der Mund der Puppe klappte auf und zu, immer wieder, ein ewig grinsender, lebensgroßer Nussknacker. Aus ihrem Inneren erklang eine leise Melodie, die durch die Gänge hallte und sich an den Felsen brach, bis sie überall gleichzeitig zu sein schien.

Es war ein Liebeslied, doch hier in der einsamen Tiefe des Berges klang es traurig.

Traurig und unheimlich.

Kapitel 5

Montag, der 14. Juni Anno Domini 1666,
spätabends in Schongau

Der Schongauer Henker starrte auf die Nachricht in seiner Hand und spürte, wie sein Herz schneller schlug. Es kam selten vor, dass ihm ein Bote einen Brief persönlich überbrachte. Allein die Berührung eines Scharfrichters konnte einen ehrbaren Mann in gewissen Gegenden Ruf und Anstellung kosten. Das Dokument musste also wichtig sein.

»Woher kommt das?«, fragte Kuisl den berittenen Kurier, der mit gesenktem Blick vor ihm stand und mit der rechten Hand eine heimliche Schutzgeste machte. Seine Kleidung troff vom Gewitterregen, der in den letzten Stunden über Schongau niedergegangen war.

»Aus … aus Andechs«, murmelte der Bote. »Vom Heiligen Berg. Der Brief ist von Eurer Tochter.«

Jakob Kuisl grinste. »Dann hat sie bestimmt einiges Geld draufgelegt, damit du den Umweg über das Henkershaus machst.«

»Ich war ohnehin auf dem Weg nach Schongau«, erwiderte der andere stockend. »Gleich morgen früh geht es weiter nach Augsburg. Davon abgesehen verfügt Eure Tochter über eine … nun, erstaunliche Überredungsgabe. So gar nicht wie …«

»Wie eine dumme Henkersdirn? Ist es das, was du sagen wolltest?«

Der Bote zuckte zusammen. »O Gott, nein! Ganz im Gegenteil, sie ist ein äußerst gesprächiges und sehr einnehmendes Frauenzimmer!«

»Das hat sie von ihrer Mutter«, knurrte Kuisl wieder etwas gefälliger. »Immer reden. Auch wenn's gar nichts zum Reden gibt.«

Der Henker kramte ein paar Münzen hervor und wollte sie dem Boten in die Hand drücken, doch dieser winkte ab. »Äh, ist nicht notwendig«, stammelte er. »Eure Tochter und dieser Bader haben das schon beglichen. Gehabt Euch wohl.« Ängstlich verbeugte er sich und verschwand draußen in der nasskalten Dämmerung.

»Jaja, du mich auch«, brummte Kuisl. Dann begab er sich mit dem Brief hinein in die Stube, wo seine Frau soeben von einem neuen Hustenanfall geschüttelt wurde. Ihr Fieber war in den letzten zwei Tagen zwar nicht weiter gestiegen, aber auch kein bisschen zurückgegangen. Noch immer lag Anna-Maria Kuisl im Dämmerzustand auf der Ofenbank. Wenigstens schliefen die zwei Kleinen endlich oben in der Kammer. Peter und Paul hatten den ganzen Abend auf ihrer kranken Großmutter herumgetollt.

»Gibt es Nachricht von Magdalena?«, keuchte die Henkersfrau. »Ich hoffe, es ist nichts Ernstes?«

»Den Boten jedenfalls hat sie hübsch um den Finger gewickelt.« Mit seinen klobigen Händen brach der Henker das einfache Wachssiegel und entfaltete das Papier. »Wird also nicht so …«

Er stockte, nur seine Lippen bewegten sich lautlos weiter. Schließlich musste er sich auf einen Schemel setzen.

»Was hast du?«, fragte seine Frau. »Ist doch etwas passiert?«

»Nein.« Kuisl raufte sich die Haare »Es ist nichts. Jedenfalls nicht das, was du denkst. Es ist etwas … anderes.«

»Himmelherrgott, jetzt lass dir doch nicht immer alles aus der Nase ziehen, verfluchter Schongauer Sturschädel!«

Eine weitere Hustenattacke überkam die Henkersfrau. Als sie sich ein wenig beruhigt hatte, fuhr Jakob Kuisl stockend fort: »Magdalena ... sie ... sie hat offenbar den hässlichen Nepomuk getroffen. Fast dreißig Jahre lässt dieser Sauhund nichts von sich hören, und dann taucht er so mir nichts, dir nichts in Andechs auf. Den Hals könnt ich dem fetten Wiesel umdrehen.«

»Nepomuk? *Der* Nepomuk?«

Der Henker nickte. »Er steckt in der Klemme. So wie es ausschaut, ist er Mönch geworden.« Er spuckte in die Binsen, dann zog er seine Pfeife hervor und entzündete sie an einem brennenden Kienspan.

»Nepomuk, ein Mönch!«, knurrte er schließlich. »Eher geht doch eine Sau durchs Nadelöhr, als dass ein Henker Pfaffe wird. Der Nepomuk war immer schon ein schlauer Hund, hat viel gelesen und sich für das Regiment die merkwürdigsten Dinge ausgedacht. Aber für das Töten war er viel zu weich. Wer weiß, vielleicht wäre er in einem anderen Leben wirklich ein guter Pfarrer geworden ...« Er stockte. »Jedenfalls wollen sie ihm im Kloster drei Morde und Hexerei anhängen. Er bittet mich zu kommen und ihm zu helfen.«

Anna-Maria Kuisl richtete sich vorsichtig im Bett auf. »Und? Worauf wartest du noch?«

»Worauf ich wart?« Der Henker lachte grimmig. »Darauf, dass du wieder gesund wirst! Außerdem kann ich ja schlecht meine zwei Enkel hier allein lassen.« Er nahm einen tiefen Zug von der Pfeife. »Ich hab dir doch von den Berchtholdts erzählt. Denen trau ich's zu, dass sie ihnen ein Leid antun, wenn ich nicht da bin. Allein, um mir wegen dem Stadldiebstahl zu drohen.«

Anna-Maria Kuisl schien nachzudenken. Eine Zeitlang

waren nur ihr rasselnder Atem und das vereinzelte Donnern eines fernen Gewitters zu hören.

»Dann nimm sie mit«, sagte sie schließlich.

»Was?« Jakob Kuisl schreckte aus seinen düsteren Gedanken hoch.

»Unsere Enkel Peter und Paul. Nimm sie mit.«

»Aber ... aber ... wie stellst du dir das vor?«, brachte der Henker mühsam hervor. »Ich soll meinen Freund vor der Hinrichtung retten und gleichzeitig wie eine alte Amme die Kinder hüten?«

»Die Magdalena und der Simon sind doch auch da. Sollen die sich um sie kümmern. Das sind schließlich ihre Eltern.«

Der Henker wiegte den Kopf. Die Idee seiner Frau war nicht so übel. Die Stechlin konnte sich zurzeit nicht um seine Enkel kümmern; dafür war die Hebamme, gerade jetzt nach dem Weggang Simons, viel zu sehr mit den Kranken im Ort beschäftigt. Das Fieber hatte nicht nur Anna-Maria Kuisl in der Gewalt. Und seinen halbwüchsigen Kindern Georg und Barbara traute Kuisl noch nicht über den Weg. Die beiden hatten zu viel Flausen im Kopf, sie konnten die Kleinen nicht zuverlässig vor den Berchtholdts schützen. Blieb nur noch der Vorschlag seiner Frau ...

»Wenn ich gehe«, begann er zögerlich, »was wird dann aus dir? Du bist krank. Wer wird sich um dich kümmern, wenn ich nicht da bin?«

»Das macht die Stechlin«, erwiderte Anna-Maria Kuisl. »Die kennt sich mit dem Heilen beinahe genauso gut aus wie du. Und der Georg und die Barbara sind ja auch noch da. Was soll also ...«

Wieder musste sie husten, und der Henker sah seine Frau sorgenvoll an.

»Du bist das Teuerste, was ich hab, Anna«, murmelte er. »Ich würde mir nie ...«

»In drei Teufels Namen, nun geh schon!«, fauchte ihn seine Frau an. »Dieser Nepomuk war einmal dein bester Freund. Wie oft hast du mir von ihm erzählt! Willst du, dass er brennt, während du nur ein paar Meilen entfernt Kamillentee braust?«

»Nein, das nicht, aber ...«

»Dann schleich dich endlich, du Schafskopf, und nimm deine Enkel mit.« Sie zog sich die löchrige Wolldecke bis zum Hals und schloss die Augen. »Und jetzt lass mich schlafen. Wirst sehen, morgen geht es mir schon wieder besser.«

Zusammengesunken wie ein Hefekloß saß Jakob Kuisl auf seinem Schemel und blickte hinüber zu seiner kranken Frau. Fast dreißig Jahre waren sie nun zusammen; Kuisl hatte Anna-Maria damals aus einem Dorf bei Regensburg mitgenommen, das Söldner seines eigenen Regiments verwüstet hatten. Und auch, wenn sich die beiden oft anblafften und anknurrten wie zwei alte Köter, so waren sie sich doch immer nah gewesen. Die Ausgrenzung durch die Schongauer Bürger, die Liebe zu ihren Kindern, die tägliche gemeinsame Arbeit – all das hatte sie zusammengeschweißt. Jakob würde es nie aussprechen, das musste er auch nicht, weil Anna es ohnehin wusste: Auf seine eigene bärbeißige Art liebte der Henker seine Frau mehr als sich selbst.

Leise, um Anna-Maria nicht zu wecken, stand Jakob Kuisl vom Schemel auf. Er ging hinüber in die Kammer, wo sich der Arzneischrank, ein paar der Folterinstrumente und eine Truhe mit seinen alten Waffen aus dem Krieg befanden. Kuisl zögerte kurz, dann öffnete er den verwitterten, abgeschabten Kasten, der ihn die letzten vierzig Jahre begleitet hatte. Zuoberst lag die von Motten zerfressene Landseruniform, deren einst grelle Farben mittlerweile blass und ausgewaschen waren. Darunter befanden sich der Säbel, die Luntenschlossmuskete und zwei gut geölte Radschlosspistolen.

Nachdenklich fuhr Kuisl über den Lauf der Pistole, während die Erinnerungen an früher auf ihn einprasselten. Er schloss die Augen und sah sich selbst an der Seite Nepomuks, seines besten Freunds, wie sie in erster Reihe gegen die Schweden marschierten …

Eine gelbe Linie am Horizont, die schnell näher kommt … Trommeln und Pfeifen, dann die Schreie, wenn sich die Linie auflöst und in einzelne Menschen verwandelt. Feindliche Söldner, die mit langen Spießen, Schwertern und Degen gegen sie anrennen, dahinter die geschlossene Reihe der Musketiere, das Mündungsfeuer, das Klagen und Jammern der Verwundeten und Sterbenden … Jakob riecht den Pulverdampf, er schaut hinüber zu Nepomuk, und er sieht die Angst in dessen Augen. Aber da ist noch etwas anderes, ein tierisches Funkeln, eine Schwärze, tief wie der Abgrund zur Hölle, und plötzlich merkt Jakob, dass er in einen Spiegel blickt.

Was er dort sieht, ist die Lust am Töten.

Jakob schüttelt sich, greift zum Schwert und schreitet auf die schreienden Feinde zu. Ruhig und mit klarem Blick verrichtet er sein Handwerk, das er doch niemals wieder ausüben wollte.

Das Handwerk eines Henkers.

Mit einem Krachen klappte Jakob Kuisl die Truhe zu, so als könnte er damit die Geister wegsperren, die er soeben geweckt hatte. Als er sich über die Stirn wischte, merkte er, dass sie feucht von kaltem Schweiß war.

*

Wie Tränen rannen die Regentropfen an den Butzenglasscheiben des Andechser Klostergasthofs entlang.

Simon starrte hinaus in die Dämmerung, wo schemenhaft eine Gruppe singender Gestalten den Berg hinauf zur Abendmesse zog. Auch Magdalena hatte beschlossen, den Gottesdienst zu besuchen und für die Genesung ihrer beiden Kinder im letzten Jahr zu danken. Schließlich waren sie und Simon nur deshalb nach Andechs gekommen.

Der Medicus seufzte leise. Diese Wallfahrt entwickelte sich mehr und mehr zu einem wahren Alptraum. Nicht nur, dass sie beide schon wieder in einen Mordfall verwickelt waren und sein brummiger Schwiegervater bald hier auftauchen würde – nun wurden auch noch immer mehr Pilger von einem merkwürdigen Fieber heimgesucht. Es ging einher mit Mattigkeit, Kopfschmerzen und Leibgrimmen. War dies etwa die gleiche Krankheit, die auch Magdalena zu schaffen gemacht hatte?

Simon hatte der Bitte des Abts entsprochen und den ganzen Tag damit zugebracht, Kranke in einem Nebenbau des Klosters zu behandeln. Aus den drei oder vier Fällen war mittlerweile ein gutes Dutzend geworden. Viele von ihnen hatten rötliche Flecken auf der Brust und eine graugelb belegte Zunge. Die ersten Patienten hatte der Medicus noch umsonst behandelt, doch im Laufe des Tages war er dazu übergegangen, wenigstens von den besser betuchten Kranken ein paar Münzen zu verlangen.

Nun hatte er einen Teil seines Verdiensts in einen Krug heißen Gewürzweins umgesetzt. Simon trank, lauschte dem Geklapper aus der Küche und brütete vor sich hin. Verzweifelt versuchte er sich einen Reim auf all die merkwürdigen Vorkommnisse der vergangenen zwei Tage zu machen, doch er kam keinen Schritt voran.

Gerade wollte Simon sich einen neuen Becher einschenken,

als ihn jemand an der Schulter berührte. Er drehte sich um und blickte direkt in das schmierig grinsende Gesicht des Schongauer Bürgermeisters. Im Gegensatz zu ihrem letzten Treffen im Klostergasthof war Karl Semer diesmal äußerst freundlich.

»Fronwieser!«, rief er aus, ganz so, als würde er einen alten Freund begrüßen. »Gut, dass ich Euch treffe. Es heißt, der Abt habe Euch ins Vertrauen gezogen, was diese leidigen Morde angeht. Stimmt das?«

Simon blieb argwöhnisch. So leutselig war der Bürgermeister nur, wenn er etwas wollte. »Mag schon sein«, murmelte er. »Warum wollt Ihr das wissen?«

»Nun ...« Karl Semer machte eine dramatische Pause, dann setzte er sich neben Simon und winkte dem Wirt. »Von dem guten Tokaier, den wir gestern hatten!«, befahl er barsch. »Zwei Gläser, aber schnell!«

Als der Wirt unter mehrmaligen Verbeugungen den Wein gebracht hatte, wartete Semer noch ein wenig. Erst dann fuhr er flüsternd fort: »Diese ganzen Vorkommnisse sind äußerst unerfreulich. Bei den Wallfahrern munkelt man bereits von Hexerei, irgend so eine belebte Puppe soll durch das Kloster schlurfen und die Mönche umbringen.« Er lachte leise. »Was für ein Unsinn! Aber glücklicherweise habt Ihr den Täter ja schon, nicht wahr? Dieser hässliche Apotheker soll's gewesen sein. Ist denn, äh ... bald mit einem Prozess zu rechnen?«

»Die Ermittlungen sind noch nicht abgeschlossen«, erwiderte Simon kurz angebunden. »Es ist nicht gesagt, dass Frater Johannes wirklich der Täter ist. Der Abt erbittet sich ein paar Tage Bedenkzeit, bevor er den Weilheimer Landrichter von dem Vorfall in Kenntnis setzt.«

Karl Semer winkte ab. »Reine Zeitverschwendung, wenn Ihr mich fragt. Der Apotheker war's, das ist so sicher wie das

Amen in der Kirche. Besser, er brennt noch heute als morgen.«

»Wie könnt Ihr Euch so sicher sein?«

»Nun, ich … habe meine Quellen.« Der Bürgermeister lächelte breit. »Ich weiß, dass man das Okular dieses Unholds am Tatort gefunden hat. Er ist geflohen. Und außerdem …« Er beugte sich verschwörerisch vor. »Der Prior hat mittlerweile seinen Apothekerschrank durchsuchen lassen. Dabei hat man einige verbotene Arzneien gefunden, die auf Hexenwerk schließen lassen. Tollkirsche, Bilsenkraut, Stechapfel, auch das berüchtigte Rote Pulver, das man aus den Mumien Hingerichteter gewinnt …«

Simon rollte mit den Augen. »Tollkirsche ist in geringen Dosen bei Fieber durchaus hilfreich. Und Bilsenkraut mischen nicht wenige Mönche nach wie vor in ihr Bier.«

»Aha, und das Rote Pulver, hä? Was ist mit dem Roten Pulver?«

»Herr Bürgermeister, darf ich fragen, warum Ihr so erpicht darauf seid, den Mönch brennen zu sehen?« Simon rückte unwillkürlich ein Stück von Semer ab. Das Glas Wein vor sich hatte er noch nicht angerührt.

»Ist das nicht offensichtlich?«, zischte Karl Semer. »In genau sechs Tagen ist das Dreihostienfest. Da werden die Pilger in Scharen auf den Heiligen Berg kommen! Was würde wohl geschehen, wenn der Täter bis dahin noch nicht gefasst ist, na?«

»Lasst mich raten«, sagte Simon. »Das Gerücht von einem mordenden Automaten würde die Runde machen, es kommen weniger Pilger und Ihr bleibt auf Euren Kerzen, Votivbildern und Weinkaraffen sitzen. Ist es das?«

Der Bürgermeister zuckte zusammen. »Wer hat Euch gesagt, dass …«, fuhr er den Medicus an. Dann hatte er sich wieder unter Kontrolle.

»Mir geht es allein um das Wohl der Wallfahrer!«, jammerte er. »Seht das doch ein, Fronwieser. Angst und Schrecken auf dem Heiligen Berg! Was würde der Heiland dazu sagen?« Er schüttelte bedauernd den Kopf. »Es wäre wirklich wünschenswert, wenn Ihr den Abt davon überzeugen könnt, den Fall abzuschließen. Und zwar noch vor dem Dreihostienfest am nächsten Sonntag.« Sein Blick bekam etwas Lauerndes. »Es soll Euer Schaden nicht sein. Ich habe mächtige Fürsprecher, die gewiss bereit sind, die eine oder andere Summe …«

Abrupt stand Simon vom Tisch auf. »Danke für das Gespräch, Herr Bürgermeister«, sagte er leise. »Aber leider muss ich nun an einem weiteren Bericht für den Abt schreiben. Davon abgesehen erwarten wir schon morgen die Ankunft meines Schwiegervaters, es gibt also noch einiges zu tun.«

Das Gesicht Karl Semers wurde aschfahl. »Jakob *Kuisl*?«, flüsterte er. »Aber … aber was will der denn hier?«

»Ihr wolltet doch einen Henker, nicht wahr?«, erwiderte Simon lächelnd. »Nun kommt eben einer, noch dazu der verflucht beste und schlauste im ganzen Pfaffenwinkel. Er wird diese Morde sicher aufklären können. Davon abgesehen …« Er zuckte mit den Schultern. »Gerade ein Scharfrichter hat eine Wallfahrt bitter nötig, meint Ihr nicht auch? Und nun gehabt Euch wohl.«

Simon schob Karl Semer das nicht angerührte Weinglas hin und begab sich zum Ausgang. Der Bürgermeister blieb wie erstarrt sitzen.

Schließlich griff Semer zu dem Glas und leerte es in einem Zug.

Magdalena zitterte und zog den dünnen Wollumhang enger um sich. In der kalten Klosterkirche fiel es ihr schwer, sich auf ihre Gebete zu konzentrieren. Außerdem überkam sie kurz wieder die Übelkeit der vergangenen Tage. Sie konnte wirklich nur hoffen, dass dies nicht von der Krankheit herrührte, die zurzeit im Kloster umging.

In dem heillos überfüllten Gebäude war es auch an diesem Juniabend kühl und feucht wie in einer Felshöhle. Durch das nur notdürftig abgedichtete Dach des Südflügels fuhr ein stürmischer Wind. Böen pfiffen so laut in den hohen spitzbogigen Fenstern, dass das lateinische Gemurmel der Messe gelegentlich darin unterging. Die meisten der Wallfahrer und Einheimischen störte das nicht sonderlich, da sie die Worte ohnehin nicht verstanden. Trotzdem lauschten sie andächtig dem Andechser Abt, der den Gottesdienst heute persönlich leitete.

Der Grund für diese besondere Messe saß ganz vorne, einige Reihen vor den gewöhnlichen Gläubigen. Graf Wartenberg thronte gemeinsam mit seiner Familie unter einem geschnitzten Baldachin. Die zwei blassen, dicklichen Kinder gähnten und vertrieben sich die Zeit mit Neckereien, wobei sie von ihrer jungen Mutter immer wieder ermahnt wurden. Einer der Knaben mochte etwa acht Jahre alt sein, der jüngere saß daumennuckelnd auf dem Schoß der adretten jungen Gräfin. Der Graf, ein Mann in den Vierzigern, mit buschigen Augenbrauen und einem stechenden, arroganten Blick, musterte die Einrichtung der Kirche, als überlegte er sich schon, was davon demnächst in den Kronschatz der Wittelsbacher wandern sollte.

Auch wenn Magdalena schon viele Kirchen gesehen hatte, erfüllte sie das Andechser Kloster doch mit Ehrfurcht. Sie wusste, dass hier auf dem Heiligen Berg einige der wichtigsten Reliquien der Christenheit aufbewahrt wurden. Dementsprechend respekteinflößend war die Einrichtung. An den Seiten und auch im Hauptschiff befanden sich zahlreiche Altäre, und Türen führten zu weiteren Kapellen. Mächtige

Säulen trugen das hohe Deckengewölbe, bunte Kirchenfenster leuchteten überall im Kerzenschein.

Mehr noch aber als der üppige Prunk beeindruckten Magdalena die vielen Kerzen, die Pilger über all die Jahrhunderte mitgebracht hatten, und die überall in der Kirche aufgestellt worden waren. An den Wänden hingen zahllose, vom Alter teils vergilbte Votivbilder, die von wundersamen Errettungen zeugten.

»Agnus Dei, qui tollis peccata mundi, miserere nobis ...«

Der Andechser Abt sprach die heiligen Worte, und um Magdalena herum fielen die Menschen demütig auf die Knie. Auch sie selbst kniete nieder und hielt den Kopf gesenkt. Trotzdem spähte sie immer wieder zu Maurus Rambeck, der einen äußerst nervösen Eindruck machte. Mehrmals hatte er sich verhaspelt oder den Faden verloren, sein Gesicht war leichenblass, er wirkte gehetzt. Ob es an den Ereignissen der letzten Tage oder an dem hohen Besuch lag, vermochte Magdalena nicht zu sagen. Auch sie selbst hatte Schwierigkeiten, sich auf das Beten zu konzentrieren.

»Domine, non sum dignus, ut intres sub tectum meum. Sed tantum dic verbo, et sanabitur anima mea ...«

Magdalena murmelte mit den anderen die Worte vor der heiligen Kommunion und sah verstohlen hinauf zu der Empore, wo die versammelten Kirchenoberen saßen. Simon hatte ihr die Mitglieder des Kirchenrats ein wenig beschrieben, und so glaubte Magdalena den fetten Cellerar, aber auch den weißhaarigen Bibliothekar und den sensiblen Novizenmeister zu erkennen. Tatsächlich wirkte Letzterer, ein noch verhältnismäßig junger Mann, seltsam in sich gekehrt, seine Augen waren gerötet. Ab und zu zog er ein seidenes Tuch hervor, um sich über das Gesicht zu wischen, bis er von einem hakennasigen Mönch zu seiner Rechten einen groben Stoß erhielt. Magdalena brauchte eine Weile, um zu erschließen, dass dies der Prior sein musste. Er zischte dem Novizenmeister etwas zu, woraufhin dieser sein Tuch wegsteckte und ein leises Gebet murmelte. Auch die anderen Mitglieder des Rats wirkten seltsam angespannt.

Irgendetwas ist hier faul, dachte Magdalena. *Oder hat der Tod der zwei jungen Gehilfen und das Verschwinden eines Fraters die Mönche wirklich so mitgenommen?*

Endlich kam der Abt zum Ende. Er hob die Hände zum Segensgruß, und begleitet von lautem Orgelspiel drängten die Pilger nach draußen. Magdalena blieb noch eine Weile sitzen und beobachtete, wie Maurus Rambeck von der Apsis hinunter ins Kirchenschiff ging und sich vor dem Grafen Wartenberg verbeugte. Sie wechselten einige Worte miteinander, dann wandte sich der Graf seiner Familie zu und schickte sie ganz offensichtlich auf ihre Zimmer. Schließlich begaben sich Graf und Abt über eine Treppe hinauf auf die mittlerweile leere Empore, wo sie bereits der Prior erwartete. Murmelnd standen die drei Männer eine Weile beisammen, bevor sie endlich gemeinsam durch eine kleine Tür verschwanden. Es entging Magdalena nicht, dass sich vor allem der Prior dabei immer wieder vorsichtig umsah.

Was in aller Welt ging hier vor?

Nach kurzem Zögern stand Magdalena auf und näherte sich vorsichtig der Treppe, die zur Empore führte. Jetzt nach der Abendmesse war die Kirche fast leer. Nur ein paar Ministranten waren noch unterwegs und löschten die zahlreichen Kerzen. Es wurde merklich dunkler.

Die Henkerstochter blickte sich noch einmal um, dann schlich sie die ausgetretenen Stufen hinauf.

»Wohl verlaufen, was?«

Über ihr, gelehnt an das Geländer, stand ein breitschultriger Mönch und schaute argwöhnisch auf sie herab. Es war der Cellerar, und er war sichtlich schlecht gelaunt.

»Die Empore und der Chor gehören allein den Mönchen. Sie steht Kirchenbesuchern nicht offen«, knurrte er. »Vor allem Weibsbildern nicht. Was also hast du hier zu suchen?«

»Ich … ich suche die heiligen Reliquien, um davor zu beten«, stotterte Magdalena. »Den ganzen weiten Weg vom Bodensee bin ich zu Fuß hierhergekommen, um ihrer teilhaftig zu werden.«

»Dummes Weib!«, schimpfte der Mönch. »Meinst du, der Heiltumsschatz steht hier einfach so rum, wo ihn jeder stehlen kann?« Er deutete zu der kleinen Tür, durch die die Kirchenoberen und der Graf verschwunden waren. »In der Heiltumskapelle ist er verwahrt, nur wenige haben Zugang zu ihr. Wenn du die Heiligen Drei Hostien sehen willst, musst du schon bis nächsten Sonntag warten.«

»Und der hohe Herr, der gerade mit zwei Eurer Mitbrüder hier hochgekommen ist?«, fragte Magdalena ganz wie ein einfältiges Bauernmädchen. »Der darf den Schatz sehen?«

»Graf Wartenberg?« Der Cellerar lachte. »Natürlich. Als Wittelsbacher verwahrt er immerhin den dritten Schlüssel. Und jetzt schleich dich, bevor ich dir Beine mache.«

»Den dritten Schlüssel?« Magdalena war sichtlich erstaunt. »Welchen …«

»Schleich dich, hab ich gesagt!« Der Mönch kam jetzt drohend auf sie zu. »Neugierige Evastöchter, aus der Kirche sollte man euch alle schmeißen! Natterngezücht!«

Magdalena hob abwehrend die Hände und huschte nach unten. Unter mehrmaligem Kreuzschlagen und devoten Verbeugungen verschwand sie schließlich aus dem Blickfeld des Cellerars.

Draußen vor dem Kirchenportal spuckte sie kräftig aus und murmelte einen Fluch. Dieser fette, impotente Mönch würde es noch bereuen, sie so behandelt zu haben! Etwas hier war faul, und sie würde verdammt noch mal herausfinden, wer und was hinter all diesen seltsamen Vorkommnissen steckte.

Magdalena schlang sich den Wollumhang um den fröstelnden Körper und atmete tief durch. Der Platz vor dem Kloster war mittlerweile leer und verlassen, nur die Haufen von Mauersteinen und die Säcke mit Kalk und Mörtel erinnerten daran, dass hier tagsüber eine belebte Baustelle war. Im nahen Wald rauschten die Bäume im Wind, vereinzelte Tropfen fielen auf das Pflaster.

Gerade wollte Magdalena die breite Gasse zum Gasthaus hinuntergehen, um Simon von den Neuigkeiten zu berichten, als ein leises Geräusch sie innehalten ließ. Es war so dezent, dass sie es zunächst für das ferne Zwitschern einer Nachtigall hielt. Schließlich erkannte sie, was es wirklich war.

Irgendwo hinter dem Kloster ertönte eine Melodie.

Magdalena zuckte zusammen. Es war ein Glockenspiel! Hatte Simon nicht erzählt, dass dieser verschwundene Automat in seinem Inneren ein Glockenspiel eingebaut hatte? Unwillkürlich musste sie an den Golem denken, von dem die Mönche gesprochen hatten und der nun im Kloster sein Unwesen treiben sollte.

Was hatte Simon noch mal gesagt? *Ein lebloses Ding, dem ein Mensch Leben eingehaucht hat … Dafür braucht es aber sehr komplizierte Rituale …*

Einen Augenblick zögerte sie noch, dann machte sie sich auf die Suche, um den Ursprung der Melodie zu ergründen. Das Geräusch schien von rechts zu kommen, wo eine alte Mauer den Kirchplatz von der Wildnis dahinter trennte. Sie fand ein kleines Gatter, hinter dem einige verwitterte Stufen zu einem Pfad rechts an der Mauer entlang führten. Links davon gähnte eine steile Schlucht, die bereits zum Kiental gehörte. Etwas entfernt ragten die dunklen Umrisse einer Kapelle auf.

Kurz glaubte Magdalena, das Geräusch nicht mehr zu hören, aber dann war es wieder da. Es ertönte irgendwo vor ihr, zwar leise, aber doch deutlich vernehmbar. Auch ein Rattern und Surren glaubte sie zu vernehmen. Die Henkerstochter blieb stehen und hielt den Atem an. Angestrengt lauschte sie. Die Melodie war jetzt ganz nah, nicht vor oder hinter ihr, sondern ... unter ihr.

Magdalena blieb wie versteinert stehen. Tatsächlich schien das Geräusch irgendwo aus dem Inneren des Heiligen Berges zu kommen. Sie sah sich in der Dämmerung nach einer Felsnische oder Höhle um, konnte aber nichts Derartiges entdecken. Während sie noch suchte, wurde die Melodie wieder leiser, so als würde sich ihr Urheber langsam entfernen.

Plötzlich vernahm sie ein Zischen, und im gleichen Moment streifte sie etwas am Hals. Es brannte, als hätte sie eine fette Pferdebremse gestochen. Magdalena fasste sich an die Stelle und spürte Feuchtigkeit. Als sie ihre Hand im Mondlicht betrachtete, war sie rot von Blut.

Was geht hier vor? Schießt etwa jemand auf mich? Aber ich habe doch gar keinen Knall gehört ...

Für weitere Überlegungen blieb keine Zeit. Wieder ertönte ein Zischen, und Magdalena warf sich in letzter Sekunde auf den Boden. Über ihr schlug etwas in den Baumstamm ein. Jetzt war sie sich sicher, dass es Schüsse sein mussten. Sie rappelte sich auf und rannte geduckt den Pfad entlang. Ein letztes Mal rauschte etwas zischend an ihr vorüber und ließ den Mörtel in der Mauer aufspritzen, dann hatte Magdalena das Gatter erreicht. Getrieben von nackter Panik hetzte sie auf den leeren Kirchplatz. Beinahe fürchtete sie, der Automat würde ratternd und surrend hinter den Kalksäcken auftauchen, den Mund weit geöffnet, um sie zu verschlingen. Doch als sie sich umdrehte, war da nichts. Nur Dunkelheit und das Rauschen der Zweige im Wald hinter der Mauer.

Atemlos lief sie die Gasse hinunter, wo Simon gerade aus der Taverne trat.

»Magdalena!«, rief er erleichtert aus. »Ich hab mir schon Sorgen gemacht. Die Messe ist doch schon lang …« Dann erst sah er sie genauer an. »Mein Gott!«, hauchte er. »Du blutest ja! Was ist geschehen?«

Magdalena griff sich an den Hals, der noch immer nass von Blut war. Etwas hatte ihr die Haut aufgerissen, und die Wunde brannte höllisch. Auch der Kragen ihres Umhangs war mit Blut getränkt.

»Der Automat … er ist … irgendwo unter uns …«, brachte sie noch hervor. Dann knickten ihr die Beine weg. Angst, Blutverlust und Erschöpfung forderten ihren Tribut, und sie brach ohnmächtig zusammen.

Das Letzte, was sie wahrnahm, war, dass Simon sich über sie beugte. Sein Mund klappte lautlos auf und zu, wie bei einer Puppe, irgendwo tickten gigantische Zahnräder.

Dann umfing sie Schwärze.

Kapitel 6

Dienstag, der 15. Juni Anno Domini 1666, vormittags auf dem Ammersee

Das Boot schaukelte und tanzte so heftig auf den Wellen, dass Jakob Kuisl alle Mühe hatte, seine Enkel am Ertrinken zu hindern. Trotz des blauen Himmels wehte über dem Ammersee ein starker Wind, der kleine Schaumkronen auf das Wasser zauberte und die Gischt wie feinen Regen über den ganzen Kahn verteilte. Die Kinder schrien vor Vergnügen und versuchten immer wieder, sich den starken Armen ihres Großvaters zu entwinden, um sich über die Reling zu stürzen.

»Zwei wahre Plagegeister hast du da. Deine Enkel?« Der alte Fährmann grinste und schwang seinen Körper im Takt des Ruderns vor und zurück. Sein wettergegerbtes Gesicht war von der Anstrengung rot gefärbt, während er die Ruderblätter tief ins Wasser tauchte. Trotzdem löcherte er den Henker weiter mit Fragen. Seit dem Beginn ihrer Fahrt in Dießen hatte er noch keine einzige Minute geschwiegen.

»Willst sie wohl drüben in Herrsching aussetzen?«, hakte er spöttisch nach. »Oder verscherbelst du sie gleich an einen wandernden Hausierer?«

»Wenn's so weitermachen, schenk ich sie dem Kloster als fette Engel überm Altar. Dann müssen sie wenigstens stillhalten.«

Jakob Kuisl bleckte die Zähne und drückte beide Kinder

sanft unter die Ruderbank, wo sie sich unter Gekicher und Gepruste in ein stinkendes Netz einwickelten. Peter spielte mit einem alten Fischkopf, während der kleine Paul mit seinen Patschhänden nach ein paar lebenden Krebsen in einem Korb griff. Immerhin gaben sie jetzt Ruhe. Doch an eine gemütliche Pfeife während der Überfahrt war trotzdem nicht zu denken.

Schnaufend wischte sich der Henker den Schweiß von der Stirn. Er hatte sich mittlerweile bereits ein Dutzend Mal gefragt, ob es wirklich eine so gute Idee gewesen war, die beiden Enkel nach Andechs mitzunehmen. Schließlich ging es um das Leben seines einst besten Freundes, der wegen Mordes und Hexerei dort im Kerker saß. Nun, spätestens oben auf dem Heiligen Berg würde die Narretei ein Ende haben, dann konnte Kuisl die Kinder endlich ihrer Mutter übergeben. So wäre Magdalena wenigstens beschäftigt und würde nicht wie so oft ihre Nase in Dinge stecken, die sie nichts angingen.

Nachdenklich blickte Jakob Kuisl zurück auf das Dießener Ufer, das kleiner und kleiner wurde. Der Turm der Klosterkirche war jetzt nur noch so lang wie seine Hand, dahinter ragten die Wessobrunner Anhöhe und der Hohe Peißenberg empor. Mit zwei Pferden, die der Henker sich von den betuchten Schreevogls geliehen hatte, war er zusammen mit seinem Sohn Georg in aller Früh von Schongau aufgebrochen. Während Georg mit den Pferden wieder heimkehrte, hatte Kuisl in Dießen nach einem Boot Ausschau gehalten. Der alte Fährmann wusste nichts von Kuisls Beruf, und das war auch besser so. Einen leibhaftigen Henker hätte kein Fischer der Welt auf seinen Kahn gelassen, die Seeleute galten ohnehin als besonders abergläubisch. Und auch Kuisls Fährmann hatte bei dem stärker werdenden Wind bereits mehrmals zum heiligen Petrus, dem Patron der Fischer und Seefahrer, gebetet.

»Pilgerst wohl nach Andechs mit den zwei Kleinen?«,

fragte der alte Fischer jetzt. Als er keine Antwort erhielt, fuhr er inbrünstig fort: »Wir sollten täglich zur heiligen Mutter Gottes beten, dass wir so nah an diesem gesegneten Ort leben, fürwahr! Bestimmt zehnmal war ich schon oben auf dem Heiligen Berg. Glaub mir, ich habe mehr Reliquien gesehen, als in dieses Boot passen.«

Und trotzdem ersaufen die Leut auf dem See, dachte Jakob Kuisl. *Da hilft alles Beten nichts.*

Mit leisem Schaudern dachte der Henker an eine Gewitternacht vor einigen Jahren, als ein großes Pilgerschiff mit Mann und Maus auf dem Ammersee untergegangen war. Nur zwei Kinder wurden damals gerettet. Die Leute sprachen von einem Wunder, so als könnte damit die Trauer über die dreißig Ertrunkenen gemildert werden.

»Am wertvollsten sind natürlich die Heiligen Drei Hostien«, plauderte der Fischer munter weiter, ohne sich an der Schweigsamkeit seines Gegenübers zu stören. »Die werden nur einmal im Jahr am Dreihostienfest gezeigt. Aber es gibt auch das Siegeskreuz Karls des Großen, einen Zweig aus der Dornenkrone Christi, die Hälfte seines Schweißtuchs, den Gürtel Mariens, das Brautkleid der heiligen Elisabeth, die Stola des heiligen Nikolaus und …« Er hielt einen Moment lang inne und senkte verschwörerisch die Stimme. »Die Vorhaut unseres Heilands, die ihm die verfluchten Juden im zarten Alter von …«

»Kümmer dich lieber ums Rudern, sonst helfen uns alle schönen Reliquien nichts«, unterbrach ihn der Henker und deutete zum Himmel. »So wie es ausschaut, braut sich da oben bereits ein neues Gewitter zusammen.«

Der Fährmann zuckte zusammen und tauchte die Ruder tief ins Wasser ein. Tatsächlich schob sich von Westen her eine dunkle Wolkenbank auf den See zu.

»Verdammte Unwetter!«, fluchte der alte Mann. »Hab selten so viele erlebt wie in den letzten Wochen. Wenn das so weitergeht, steht bald kein Halm mehr auf den Feldern. Der Herr zürnt uns. Möchte nur wissen, warum.«

»Vermutlich straft er die unermüdlich Plappernden«, murmelte Kuisl. »Vielleicht solltest du mal wieder nach Andechs zur Wallfahrt gehen. Dort oben kann man wenigstens nicht ersaufen.«

»Aber vom Blitz erschlagen werden!« Der Fährmann lachte und schob seinen Hut in den Nacken. »Glaub mir, so oft wie dort oben schlägt nirgendwo der Blitz ein. Erst vor ein paar Tagen hab ich ihn wieder in die Turmruine einfahren sehen. Fast hätte man meinen können, die Turmspitze hätte den Blitz angezogen. Grün und blau hat's geflimmert wie beim Jüngsten Gericht. Ich dachte schon, der ganze Berg steht in Flammen. Wenn du mich fragst, das liegt an diesem neuen Abt. Steckt seine Nase einfach zu viel in Bücher, anstatt für unser aller Seelenheil zu beten.«

Während der Fischer weitergackerte wie ein altes Huhn, erreichten sie die Herrschinger Bucht auf der anderen Seite des Sees. Rechts davon befand sich der kleine Ort Wartaweil, von dem aus die Pilger sich auf den anstrengenden Weg Richtung Kloster machten.

Das Wasser war hier merklich ruhiger, auch der Wind wehte nur noch als laues Lüftchen. Jakob Kuisl sah mindestens zwei Dutzend Fischerboote, die an fauligen Molen festgebunden waren, Fischer flickten am Ufer müde ihre Netze. Dahinter ragte zwischen grünen Buchenwäldern der Heilige Berg auf.

»Und wie willst du nun mit den zwei Bälgern zum Kloster hochkommen?«, fragte der alte Mann neugierig. »Der Weg ist ziemlich steil.«

»Lass mich nur machen. Ich hab schon größere Kerle zum Gebet geschleift.«

Der Fischer blickte ihn verwirrt an. »Wie meinst du das?«

»Vergelt's Gott.« Jakob Kuisl drückte dem Alten ein paar Münzen in die Hand, dann hievte er den jammernden Peter in eine Holzkraxe, die er sich ächzend auf den Rücken schnallte. Den kleinen Paul schnürte er sich mit einem fleckigen Tuch vor den Bauch, von wo aus der Zweijährige neugierig die schaukelnden Boote beobachtete.

»So, jetzt bring ich euch zu eurer Mutter«, brummte der Henker. »Und hör verflucht noch mal auf, mir den Fischkopf in die Haare zu schmieren!« Jakob Kuisl pflückte Peter den stinkenden Kadaver aus den Händen, warf das Stück ins Wasser und stapfte den Steg entlang auf die Anlegestelle von Wartaweil zu.

Schon bald hatte der Henker die wenigen Häuser hinter sich gelassen und betrat den schattigen Wald, der den Klosterberg von allen Seiten umgab. Er hatte sich für einen verlassenen Seitenpfad entschieden, um nicht noch einmal von einem pilgernden Dampfplauderer heimgesucht zu werden. Den Kindern schien der wiegende Schritt ihres Großvaters zu gefallen, sie quiekten vor Vergnügen; immer wieder deutete Peter auf Vögel und Eichhörnchen, die auf Ästen am Wegesrand saßen und neugierig auf das schwankende sechsarmige Ungetüm unter ihnen starrten. Währenddessen gab der dreijährige Bub den Tieren Phantasienamen und sang mit hoher, dünner Stimme ein kleines Liedchen.

»Maikäfer flieg, dein Vater ist im Krieg, deine Mutter ist im Pommernland …«

»Was bringt dir deine Mutter auch für einen Blödsinn bei!«, schimpfte Kuisl. Trotzdem brummte er schon bald leise mit; der kleine Paul war unterdessen durch das ständige Schaukeln und Singen im Tuch eingeschlafen.

Steil stieg der ausgetretene Pfad nun in die Höhe. Während

er ihm schwitzend und keuchend folgte, musste Jakob Kuisl daran denken, wie viele Pilger vor ihm hinauf zum Heiligen Berg gepilgert sein mochten. Es hatte Zeiten gegeben, da waren es allein an Pfingsten über vierzigtausend. Auch jetzt zum Dreihostienfest wurden wieder ganze Heerscharen erwartet. Der Henker konnte sich vorstellen, dass ein im Kloster eingesperrter Hexer das fromme Treiben empfindlich störte. Vermutlich wollte man seinem Freund Nepomuk deshalb schon in den nächsten Tagen den Prozess machen.

Jakob Kuisl beschloss, den Weg abzukürzen, und beschleunigte seine Schritte. Er verließ die schmalen Serpentinen, die sich den Berg hinaufschraubten, und stieg senkrecht empor. Gelegentlich traf er auf alte verwitterte Stufen, moosbewachsene Steine, die aus dem Buchenlaub hervorragten. Doch meistens musste er sich durch kniehohes Dickicht kämpfen. Weiter vorne lagen einige Felsen in einem Rund, fast so wie das Fundament eines Turms. Der Henker legte den Kopf in den schweißverklebten Nacken und versuchte zu erahnen, wie weit es noch bis zum Kloster sein mochte.

»Schau, Großvater, eine Hex. Tust du die verbrennen?« Peter zeigte nach rechts, wo ein besonders großer, bestimmt acht Schritt hoher Felsen auf einer Lichtung stand. Eine knorrige Linde wuchs darauf, die im Schatten der Bäume tatsächlich aussah wie eine krumm gebeugte alte Frau.

»Schmarren, Bub«, knurrte Kuisl. »Das ist kein Hex, das ist …«

Erst dann erkannte er, was der Junge eigentlich gemeint hatte. Am Fuße des Felsens befand sich der Eingang zu einer Höhle. Ein kleines Feuer schwelte vor der Öffnung, dahinter saß eine alte grauhaarige Frau, die sich jetzt langsam an einem Stock aufrichtete. Sie war barfuß und trug ein schmutziges, löchriges Gewand, das um die Hüfte mit einer Kordel zusammengeschnürt war. Mühsam humpelte die Greisin auf den Henker und seine Enkel zu. Als sie ihm gegenüberstand, blickte Kuisl in milchig weiße Augen. Die Alte war ganz offensichtlich blind.

»Der Herr schütze dich«, murmelte die Frau und streckte zitternd ihre Hände aus. »Bist du's, Frater Johannes? Hast du mir wieder ein wenig Bucheckerngrütze gekocht?«

»Ich … ich bin nur ein Pilger auf dem Weg nach Andechs«, erwiderte Kuisl stockend. »Sag, Alte, führt dieser Weg zum Kloster?«

Die Greisin zuckte zusammen, erst nach einer Weile entspannte sie sich wieder.

»Du hast große Sünde auf dich geladen«, flüsterte sie. »Große Sünde! Ich spüre das. Der Teufelsfelsen hat dich zu mir gelockt, nicht wahr?«

»Der Teufelsfelsen?« Kuisl schüttelte den Kopf. »Weib, ich hab jetzt keine Zeit für deine Spinnereien. Hier sind zwei Bälger, die ihre Mutter brauchen. Also, was ist? Führt dieser Weg nun …«

»Dies ist der Eingang zur Hölle!«, zischte die Frau plötzlich und deutete auf die Höhle hinter ihr. Ihre Stimme bekam jetzt etwas Hartes, das Weiß ihrer Augäpfel schien von innen her zu leuchten. »Ich wache darüber, weil der Satan zurück auf die Erde kommt. Doch ich habe keine Macht über ihn. Er singt, er ächzt, er stöhnt, ich kann ihn des Nachts hören, wenn er seinen pestbeuligen Leib durch die Gedärme des Bergs schiebt.« Sie griff mit ihrer ausgezehrten Hand nach Kuisl, so dass dieser unwillkürlich einen Schritt zurückwich. »Hab acht, Wanderer! Ich spüre, dass du auf den Pfaden Luzifers wandelst. Wer bist du? Ein Söldner, der Unglück auf sich geladen hat? Ein Mörder? Wie viele Menschen hast du auf dem Gewissen? Sag, wie viele?«

»Ich bin der Schongauer Scharfrichter«, knurrte Kuisl. Er spürte, wie sich ihm die Nackenhaare aufstellten »Frag die

Ratsherren, die führen Buch. Und jetzt lass mich durch. Bevor ich noch einen Menschen mehr umbring.«

Der Henker wischte die Hand der Alten beiseite und eilte an ihr vorbei.

Zornig stampfte die Greisin mit ihrem krummen Gehstock auf. »Es ist kein Zufall, dass der Herrgott dir diesen Weg gewiesen hat!«, schrie sie ihm hinterher. »Erkenne die Wahrheit, Henker! Das Jüngste Gericht ist nah! Ich kann die Dämonen graben hören. Sie wühlen sich durch das Erdreich, sie stecken ihre langen Klauen durch das modrige Laub! Bald sind sie hier, schon bald! Tu Buße, Henker! Schon bald wird dich das Unglück wie ein Blitz treffen!«

Die Kinder fingen nun zu weinen an, und Jakob Kuisl hastete weiter den steilen Pfad empor, bis die Stimme der Alten nur noch als fernes Echo zu hören war. Sein Herz schlug rasend schnell, und das lag nicht nur an der Anstrengung. Die Greisin hatte irgendetwas tief in ihm berührt, etwas Schwarzes, Dunkles am Grunde seiner Seele. Es war, als würden all die Toten der vergangenen Jahrzehnte, die Gefolterten, Geräderten, Gehängten und Geköpften gleichzeitig um Vergeltung schreien. Er musste an seinen Tagtraum gestern Abend denken, an die Erinnerungen vom Krieg, die ihm durch den Kopf geschossen waren.

Wie viele Menschen hast du auf dem Gewissen? Sag, wie viele?

Zum ersten Mal seit langem spürte Jakob Kuisl echte Angst.

Er schüttelte sich und eilte weiter den ausgetretenen schattigen Pfad entlang. Zweige schienen nach ihm zu greifen, Blätter streiften sein Gesicht. Die Kinder greinten und jammerten, und Peter riss ihn immer wieder an den Haaren, wie ein zorniger kleiner Gnom, ein Nachtmahr, der auf seinen Schultern tobte.

Kuisl taumelte vorwärts, beinahe wäre er gestürzt, dann endlich schob er einen letzten grünbelaubten Ast beiseite und blickte auf eine sonnige Lichtung mit Wiesen und Feldern, auf denen hellbraune Gerstenähren im Wind wogten. Dahinter lag im grellen Licht des frühen Nachmittags das Kloster.

Das Grauen war verschwunden.

Plötzlich musste der Henker laut lachen. Er hatte sich wie ein Kind ins Bockshorn jagen lassen. Von einem alten Weib, das etwas von Rache und Vergeltung faselte! Was war nur mit ihm los? Es war wirklich Zeit, die Kinder Magdalena zu überlassen und sich ganz auf sein eigentliches Vorhaben zu konzentrieren. Bevor er sich noch selbst in einen ängstlichen Buben verwandelte, der sich vor Ammenmärchen grauste.

Mit neuem Mut wanderte Jakob Kuisl entlang der Felder auf das Kloster zu. Doch insgeheim beschloss er, in den nächsten Tagen zu beten und um Vergebung zu bitten.

Nicht dass er wirklich daran glaubte, aber es konnte auf alle Fälle nicht schaden.

Magdalena wachte auf vom rasselnden Husten eines alten Mannes, der zu ihrer Rechten auf einer einfachen Holzpritsche lag. Der Greis röchelte, dann spuckte er einen grünen Batzen Schleim in die Binsen auf dem Boden.

Angewidert wandte sich die Henkerstochter ab. Seit gestern Nacht lag sie nun hier in einem Seitentrakt des Klosters – einem aufgelassenen Pferdestall, den der Abt für die Kranken zur Verfügung gestellt hatte. Waren es am frühen Morgen nur eine Handvoll Patienten gewesen, hatte sich ihre Zahl in den letzten Stunden dramatisch erhöht. Magdalena schätzte, dass bestimmt zwei Dutzend stöhnende, schnarchende und jammernde Pilger in dem provisorischen Hospiz untergebracht waren. Sie lagen in flohverseuchten Betten oder auf ein paar Strohballen auf dem Boden, wo sie sich zitternd in dünne

Wolldecken hüllten. Das alte feuchte Gemäuer stank nach Mist und menschlichen Exkrementen. Von draußen ertönte der Gesang der Wallfahrer, die dem Kloster zustrebten, um für eine gute Ernte, ein gesundes Kind oder einfach für ein friedliches Jahr ohne Krieg, Hunger und Krankheit zu beten.

Vorsichtig tastete Magdalena nach dem nach Kräutern duftenden Verband um ihren Hals. Die Wunde war nicht tief gewesen, das seltsame Geschoss hatte sie nur gestreift. Trotzdem hatten sie Erschöpfung und Blutverlust kurzzeitig ohnmächtig werden lassen. Fast noch schwerer wog der Schrecken vor dem Unbekannten, der ihr gestern Nacht an der Klostermauer aufgelauert hatte.

Der Unbekannte und die seltsame Melodie.

War es der gleiche Mann gewesen, der sie einen Tag zuvor vom Kirchturm gestoßen hatte?

»Na, zurück unter den Lebenden?« Simon beugte sich lächelnd über sie und reichte ihr eine Schüssel mit dampfender Hafergrütze. »Mein Mohnsamentrank hat offenbar ganz gut gewirkt. Es ist schon nach Mittag. Mit ein paar Unterbrechungen hast du über sechzehn Stunden geschlafen!«

»Ich ... ich hatte es wohl nötig«, erwiderte Magdalena noch ein wenig benommen. »Dafür bin ich nun aber auch verdammt hungrig.« Mit sichtbarem Appetit fiel sie über die Grütze her. Erst nachdem sie noch den letzten Rest mit dem Finger ausgewischt hatte, lehnte sie sich seufzend zurück.

»Das war gut«, murmelte sie. »Sehr gut. Fast so gut wie der Brei von meinem Vetter, dem räudigen Schinder.« Plötzlich wurde ihr Gesicht ernst. »Ich sollte froh sein, dass ich überhaupt noch lebe und etwas essen kann«, fügte sie leise hinzu.

Simon streichelte ihr über die verschwitzte Stirn. »Ich hab dir einen Umschlag mit Hirtentäschel, Zinnkraut und Ringelblumen gemacht«, sagte er fürsorglich. »Die Wunde am Hals sollte gut verheilen. Allerdings hast du gestern Nacht noch eine Menge wirres Zeug geredet. Was ist denn eigentlich passiert?«

Magdalena seufzte. »Wenn ich das nur wüsste!« Dann erzählte sie Simon von ihren Beobachtungen während der Abendmesse, von der seltsamen Melodie und den Schüssen aus dem Hinterhalt.

»Es war das Lied dieses Automaten von Frater Virgilius?« Simon sah sie skeptisch an. »Bist du sicher?«

Magdalena zuckte mit den Schultern. »Auf alle Fälle war es ein Glockenspiel. Und es kam irgendwo aus dem Berg, von ... von unten.« Plötzlich schien sie wieder zu frieren. »Glaubst du, dass dieser Automat wirklich seinen Meister und den Lehrling getötet hat und nun irgendwo unter uns nach weiteren Opfern sucht? Dass er ein ... Golem ist?«

»Unsinn«, erwiderte Simon. »Das sind nichts weiter als Schauergeschichten. Gott allein kann Leben erschaffen. Ich vermute eher, dass diese Mönche etwas damit zu tun haben.«

Magdalena grinste triumphierend. »Dann glaubst du jetzt auch, dass der hässliche Nepomuk unschuldig ist. Ich hab's doch gleich gesagt!«

»Du meinst Frater Johannes?« Simon reichte Magdalena einen Krug Wasser, aus dem sie in gierigen Zügen trank. »Wenn er nicht wirklich ein Hexer ist, dann sitzt er nach wie vor in dem alten Käsekeller«, fuhr er nachdenklich fort. »Also kann er auch gestern Nacht nicht auf dich geschossen haben. Vielleicht war es ja nur ein Jäger, der dich für ein versprengtes Wild gehalten hat. Immerhin war es ziemlich dunkel.«

»Simon, mach dich nicht lächerlich! Schau ich aus wie ein Wildschwein?« Magdalena schüttelte den Kopf und zuckte zusammen, weil die Wunde wieder zu brennen begann. »Das war kein Jäger, das war dieser Unbekannte! Manchmal glaube ich wirklich, du hältst mich für ein überspanntes Weibsbild.«

Simon lächelte. »O Gott, nein, das würde ich niemals wagen! Aber es ist schon so, dass du zurzeit ein wenig ... nun ja ... überanstrengt wirkst.«

»Himmelherrgott, ich habe mich selten so klar gefühlt!«, brauste Magdalena auf. »Aber wenn du noch einmal sagst, dass ich krank bin, werd ich's vermutlich wirklich!«

Doch Simon war bereits wieder in Gedanken versunken, er schien sie gar nicht gehört zu haben. »Die Mönche benehmen sich in der Tat äußerst merkwürdig«, fuhr er stockend fort. »Dieses ganze Gerede im Klosterrat über gotteslästerliche Experimente von Johannes und Virgilius! Was haben die Patres nur damit gemeint? Und was hat der Abt mit dem Prior und einem Wittelsbacher so spät nachts noch in der Reliquienkammer zu schaffen? Du hast gesagt, Maurus Rambeck sei während der Messe sehr aufgeregt gewesen ...«

»Genau wie der junge Novizenmeister«, warf Magdalena ein. »Der sah ganz verheult aus und bekam vom Prior einen Rüffel. Und dieser fette Cellerar hat oben auf der Empore Wache gehalten. Wenn du mich fragst, die hüten irgendein Geheimnis und haben Angst, dass jemand davon erfährt.«

»Aber Graf Wartenberg?« Simon runzelte die Stirn. »Was in Gottes Namen hat der Wittelsbacher damit zu schaffen?«

»Der Cellerar meinte, Wartenberg habe den dritten Schlüssel.«

»Den dritten Schlüssel?« Kopfschüttelnd erhob sich Simon und streckte sich. »Das wird alles immer verworrener. Dabei habe ich hier alle Hände voll zu tun. Dieses verfluchte Fieber ist wie eine Seuche.« Er deutete zum Eingang, wo zwei Pilger gerade einen weiteren Kranken hereinschleppten. Der in grobes Leinen gekleidete Bauer war leichenblass, sein mattes Stöhnen vereinte sich mit dem Jammern und Röcheln der übrigen Patienten.

»Im Grunde ist diese Wallfahrt ein einziger großer

Seuchenherd!«, schimpfte Simon. »Seit Jahren predigen ich und dein Vater, dass es keine der Erde entweichenden Dämpfe sind, die die Leute krank machen, sondern dass die Menschen sich untereinander anstecken! Tausende werden in den nächsten Tagen nach Andechs kommen und dieses Fieber mit sich in ihre Städte und Dörfer tragen. Die Leute sollten besser zu Hause beten!«

»Dafür ist es jetzt zu spät, Meister Fronwieser. Wir können nur dafür sorgen, dass die Menschen wieder gesund heimkehren.«

Simon drehte sich um und sah Jakob Schreevogl, der ein apathisch wirkendes Kind hereintrug. Schweißperlen rollten über die Stirn des Jungen, seine Augen waren geschlossen.

»Die Eltern meinten, hundert Rosenkränze und eine gestiftete Kerze würden ihr Kind schon genesen lassen!«, schimpfte der Ratsherr. »Glücklicherweise konnte ich sie überreden, den Bub wenigstens während der Mittagsmesse in Eurer Obhut zu lassen. Es ist eine Schande!« Vorsichtig legte er den Knaben auf einen Strohballen in der Ecke des niedrigen Gewölbes. Müde lächelnd sah er Simon an. »Wenn ich kranke Kinder sehe, muss ich immer daran denken, wie Ihr meine kleine Clara damals geheilt habt, Fronwieser. Ich hoffe, Ihr könnt auch diesem Buben helfen. Jedes Kind ist ein Geschenk Gottes.« Der junge Ratsherr nestelte an seinem Gürtel und warf dem Medicus einen klimpernden Beutel zu. »Hier, nehmt. Eigentlich wollte ich mit dem Geld eine armlange Bienenwachskerze und einen neuen Beichtstuhl stiften, aber ich habe das Gefühl, dass die Münzen hier besser aufgehoben sind.«

»Habt ... habt Dank«, murmelte Simon und wog den Beutel in seinen Händen. Es mochten gut und gern dreißig Gulden darin sein. »Ich werde mir vom Abt die Erlaubnis einholen, davon Arznei und sauberes Bettzeug zu besorgen.«

Schreevogl winkte ab. »Entscheidet das alleine. Der Abt hat zurzeit wirklich andere Sorgen. Das Gerücht von diesen abscheulichen Morden macht die Runde. Außerdem soll irgendein beseelter Automat im Kloster sein Unwesen treiben. Wenn Bruder Maurus Rambeck nicht aufpasst, wird es hier am Dreihostienfest von ängstlichen Schäflein nur so wimmeln.« Er zwinkerte Magdalena zu, die sich mittlerweile im Bett aufgerichtet hatte. »Aber so wie ich Euch kenne, wisst Ihr beide darüber ohnehin schon mehr als ich.«

»Wenn wir was vom Mörder wissen, seid Ihr der Erste, der's erfährt. Versprochen.« Magdalena streckte sich ein letztes Mal und stand auf. Sie schwankte noch leicht, doch ansonsten schien sie wieder genesen. »Und jetzt entschuldigt uns kurz. Ich möchte ...«

Sie brach ab, als ein Schatten auf ihr Gesicht fiel. Etwas Großes stand in der Tür und verdunkelte die Sonne. Es war ein Mann mit einem schwarzen Mantel um die breiten Schultern, einem grob geschnitzten Wanderstab in der schwieligen Hand und auf dem Kopf einen Schlapphut, der sein Gesicht verbarg. Der Riese beugte sich hinab und setzte behutsam zwei kleine Buben ab, die nun fröhlich krähend auf Magdalena zustolperten.

»Schaut so aus, als könnte jetzt endlich auch der Paul laufen«, brummte der Henker. »Wurd auch Zeit. Dachte schon, der würde bis zum Sankt-Nimmerleins-Tag wie ein Wurm durch unsere Stube kriechen.«

»Mein Gott, Vater!«, schrie Magdalena und rannte auf ihre Kinder zu, die sie stürmisch umarmten. Erleichtert lachte sie auf. In der ganzen Aufregung hatte sie den Brief, den sie gestern noch per Kurier nach Schongau geschickt hatte, völlig vergessen. Nun, da ihr Vater und ihre Kinder bei ihr waren, fühlte sie, dass alles gut werden würde.

»Lasst eure Mutter am Leben, Saubande!«, schimpfte

Jakob Kuisl und hob spielerisch drohend den Finger. »Ihr erdrückt sie ja noch. Man mag gar nicht glauben, dass die beiden bis gerade eben an meinem Rockzipfel gehangen sind.«

»Eine Mutter kann eben auch der beste Großvater nicht ersetzen.« Lächelnd kam Simon auf seinen Schwiegervater zu und reichte ihm die Hand. Als der Henker sie kräftig umfasste, spürte Simon seine Knöchel knacken. Die Kraft des Schongauer Scharfrichters erstaunte ihn immer wieder von neuem.

»Schön ... dass Ihr so schnell gekommen seid, Jakob«, brachte Simon zwischen zusammengebissenen Zähnen hervor. »Allerdings dachten wir, ohne Kinder wäre es ...«

»Das würd euch so passen«, unterbrach ihn Kuisl unwirsch. »Der kranken Großmutter die beiden Schreihälse lassen und sich selbst ein schönes Leben in der Fremde machen. Nichts da, die Magdalena soll sich gefälligst selber um ihre Schrazn kümmern.«

»Die Mutter ist krank?« Mit den beiden Kindern auf dem Arm näherte sich Magdalena besorgt ihrem Vater. »Aber warum bist du dann ...«

»Soll ich vielleicht meinen Freund im Stich lassen!« Kuisl winkte mürrisch ab. »Außerdem ist es, glaub ich, nichts Ernstes. Nur ein blöder Husten, wie ihn zurzeit viele in Schongau haben. Ich wollt ja bleiben, aber ...« Er stockte kurz, dann fuhr er barsch fort: »Deine Mutter ist eben ein stures Weibsbild! Sie hat mich förmlich aus dem Haus geworfen, als sie das vom Nepomuk gehört hat.«

»Nepomuk? Freund?« Jakob Schreevogl hatte bislang schweigend neben den Kuisls gestanden. Jetzt sah er den Henker verwirrt an. »Ich fürchte, ich verstehe das alles nicht. Und überhaupt, was macht Ihr hier in Andechs, Kuisl? Ist der Scharfrichter etwa auf Wallfahrt gegangen?«

»Äh ... ich fürchte, das ist eine längere Geschichte, werter Ratsherr«, mischte sich Magdalena ein. »Ich erzähl sie Euch ein andermal. Zunächst habe ich eine kleine Bitte an Euch.«

»Und die wäre?«

Magdalena deutete auf die röchelnden und jammernden Kranken um sie herum. »Könntet Ihr Euch die nächste Stunde um Simons Patienten kümmern? Die Familie Kuisl hat einiges zu besprechen.«

Der Patrizier sah sie verdutzt an. »Ich? Aber ich weiß gar nicht, wie ...«

»Im Grunde ist es ganz einfach.« Magdalena drückte Jakob Schreevogl einen Lumpen und einen Eimer frisches Wasser in die Hand. »Wischt ihnen den Schweiß von der Stirn, wechselt gelegentlich die Wadenwickel und seht dabei ernst und belesen aus. Glaubt mir, die meisten Ärzte machen auch nichts anderes.«

Sie nahm ihre beiden Kinder an der Hand und verließ mit Simon und dem Henker das stinkende Hospiz, während der Patrizier ihr mit offenem Mund hinterherstarrte.

Gemeinsam stiegen die Kuisls die steile gepflasterte Gasse hinauf zur Klosterkirche, um einen ruhigen Ort zum Reden zu finden. Aber schnell merkten sie, dass das nicht leicht werden würde. Zahllose Besucher der soeben beendeten Mittagsmesse kamen ihnen entgegen. Magdalena fiel auf, dass es seit gestern bedeutend mehr Wallfahrer geworden waren. Bis zum Dreihostienfest waren es noch fünf Tage, doch bereits jetzt tummelten sich auf den Wegen rund um das Kloster so viele Menschen wie sonst nur an Kirchweih.

Die Wallfahrer schienen von überall her zu kommen. Magdalena hörte viele fremdartige Dialekte, von denen sie nur das Schwäbische und das Fränkische kannte. Sie sah mehrere Pilgergruppen aus einzelnen Dörfern, die fest zusammenblieben. Es gab ärmlich gekleidete Tagelöhner ebenso wie brave

Handwerker und feiste Patrizier, die angeekelt und mit gerafften Hosen über dampfende Haufen von Pferdemist stolzierten. Immer wieder stimmte jemand ein kirchliches Lied an, und die anderen fielen ein.

»Kommt, ihr Sünder, kommt gegangen. Schaut den wahren Gottessohn …«

Simon und ihr Vater hatten die beiden Kinder mittlerweile huckepack genommen, um leichter durch die Menge zu kommen. Magdalena spürte, wie sie das Singen und Beten ringsumher ruhig und friedvoll machte. Es roch nach Weihrauch, gebratenem Fisch und Straßenstaub. Irgendwo krähte ein Bub nach seiner Mutter.

»Wie hast du uns in dem Gewühl überhaupt gefunden, Vater?«, fragte Magdalena unvermittelt, während sie durch die Menschenmenge hoch zur Kirche schritten.

»Ich war unten beim Vetter Graetz«, brummte der Henker. »Zuerst war da nur so ein stummer rothaariger Bauerntrottel, der mich nicht reinlassen wollte. Aber schließlich ist der Michael mit seinem Schinderkarren gekommen. Der hat mir dann gesagt, dass mein grundgütiger Schwiegersohn sich selbst hier in Andechs um die Kranken kümmert.«

»Weiß denn der Graetz, warum Ihr hier seid?«, erkundigte sich Simon besorgt. »Vielleicht ist es zurzeit besser …«

»Für wie blöd hältst du mich eigentlich? Für den Graetz bin ich auf Pilgerreise. Das hat ihm gleich eingeleuchtet. Meint wohl, ich könnt es brauchen.« Ungeduldig klatschte Kuisl in die Hände. »Aber jetzt ist endlich Schluss mit dem Getratsche! Sagt mir lieber, was mit dem hässlichen Nepomuk geschehen ist und was ihr um Himmels willen damit zu schaffen habt.« Er sah sich wütend um. »Verfluchtes Gewimmel. Ich weiß schon, warum ich sonst nie auf eine Wallfahrt geh.«

»Ich glaube, ich weiß einen Ort, wo wir ungestört sind«,

erwiderte Magdalena grinsend, die wusste, wie empfindlich ihr Vater auf große Menschenansammlungen reagierte. Eine öffentliche Hinrichtung war allein deshalb schon für ihn immer ein Graus. »Folgt mir!«, rief sie den anderen zu. »Ich wollte euch ohnehin etwas zeigen.«

Sie überquerte den überfüllten Kirchplatz mit seinen Steinhaufen und Kalksäcken und strebte dem kleinen Gatter zu, das sie gestern Nacht entdeckt hatte. Gefolgt von den anderen betrat sie den schmalen Pfad jenseits der Klostermauer, der nach einem kleinen Fußmarsch zu einer Kapelle im Wald führte. Schon bald wurde der Lärm der Menge leiser, nur ein einzelner grimmiger Holzfäller kam ihnen entgegen, dann waren sie endlich allein. Die Kinder krabbelten vergnügt über ein paar herausgebrochene Mauerstücke, und Simon gab ihnen ein paar Tannenzapfen und Bucheckern zum Spielen.

»Hier habe ich gestern die Melodie gehört«, sagte Magdalena leise.

»Welche gottverfluchte Melodie?«, knurrte Kuisl. »Jetzt red schon, Mädchen, bevor ich dir Daumenschrauben ansetzen muss.«

Magdalena ließ sich auf einem umgefallenen Baumstamm unweit der Kapelle nieder und begann zu erzählen, was sie und Simon die letzten drei Tage erlebt hatten. Sie berichtete von den beiden Toten, vom Blutbad in der Werkstatt des Uhrmachers und dem verschwundenen Automaten samt seinem verschollenen Meister. Auch die zwei Anschläge auf ihr Leben erwähnte sie.

»Irgendjemand hat hier an der Mauer auf mich geschossen«, endete sie schließlich. »Das Merkwürdige ist nur: Ich habe gar keinen Schuss gehört. Nur so ein Zischen.«

»Ein Zischen? Vielleicht war's ein Armbrustbolzen …« Nachdenklich suchte ihr Vater die umliegenden Bäume ab. Vor einer nahen Buche blieb er plötzlich stehen und kratzte mit dem Finger etwas aus dem Stamm. Stirnrunzelnd hielt der Henker eine Bleikugel in die Höhe. »Die hier ist frisch«, brummte er. »Ein ziemlich großes Kaliber. Bist du wirklich sicher, Mädchen, dass du keinen Schuss gehört hast?«

»Vater, ich mag störrisch und verbohrt sein, aber ich bin nicht taub.«

»Seltsam.« Jakob Kuisl rieb die schwere verformte Bleikugel zwischen seinen schwieligen Fingern. »Es gibt eigentlich nur eine Waffe, die dafür in Frage kommt. Aber sie ist sehr selten und wertvoll. Ich hab sie nur ein einziges Mal im Krieg gesehen.«

»Also war's doch dieser Nepomuk!«, warf Simon aufgeregt ein. »Schließlich war er ein Söldner und …«

»Schmarren!« Der Henker spuckte angewidert aus. »Der Nepomuk saß zu der Zeit doch längst im Kerker. Das habt ihr mir selbst erzählt, also bleibt hübsch bei der Wahrheit. Einen Sündenbock suchen diese windigen Mönchlein, das ist alles! Wenn sie nicht selbst die Finger mit im Spiel haben.«

»Trotzdem«, gab Simon zu bedenken. »Irgendetwas verheimlicht uns Euer Freund Nepomuk. Offensichtlich hat er mit dem Uhrmacher Virgilius Experimente betrieben, bevor dieser dann verschwunden ist.«

Jakob Kuisl rieb sich nachdenklich seine große Nase. »Dann sollte ich mit Nepomuk wohl mal ein ernstes Wörtchen reden.«

»Und wie willst du das tun?«, fragte Magdalena. »Willst du als Schongauer Henker einfach an der Kerkertür des Klosters anklopfen und fragen, ob du den Gefangenen ein bisserl foltern und aushorchen darfst? Für Andechs ist der Weilheimer Landrichter zuständig, vergiss das nicht. Wenn der hohe Herr erfährt, dass du in seinem Gau unterwegs bist, landest du schnell selber auf der Streckbank.«

»Mir wird schon irgendwas einfallen«, murrte Jakob Kuisl.

»Mir ist noch immer etwas eingefallen. Und jetzt lasst uns endlich zu meinem Vetter Michael gehen.« Er wandte sich dem Gatter zu. »Die Kinder haben Hunger und ich auch. Ihr werdet sehen, mit einem vollen Bauch und einer rauchenden Pfeife denkt sich's immer noch am besten.«

Gemeinsam traten sie hinaus auf den Kirchplatz, der noch immer voller Pilger war. Die Handwerker hatten in der Zwischenzeit das Areal nahe dem Südflügel der Kirche mit Seilen abgesperrt, um in Ruhe mit den Bauarbeiten fortfahren zu können. Viele der Wallfahrer blickten besorgt hinauf zu dem löchrigen, verkohlten Dach; es gab vereinzeltes Murren, weil auch das Kirchenportal kurzfristig blockiert war. Simon beobachtete, wie sich eine Gruppe zornig lamentierender Pilger um den Eingang versammelte.

»Eine Woche bin ich von Augsburg hergelaufen!«, schimpfte ein alter Mann. »Eine ganze verfluchte Woche! Und jetzt lassen sie mich nicht mal in die Kirche. Eine Schande ist das!«

»Beten wir, dass das Kloster wenigstens bis zum Dreihostienfest wieder in seinem alten Glanz erstrahlt«, meldete sich sorgenvoll ein reich gekleideter Patrizier. »Noch schaut es ja nicht danach aus. Sollen wir etwa hier zwischen Mörtelsäcken und Steinbrocken prozessieren? Für was hab ich eigentlich meinen Zehnten gezahlt, hä?«

»Wir haben uns schon überlegt, ob wir wieder heim nach Garmisch gehen«, erwiderte ein altes Weiblein mit zittriger Stimme. »Erst das Fieber, das hier wütet, und dann soll auch noch irgend so ein Monstrum im Kloster sein Unwesen treiben.«

»Ein Monstrum?«, fragte der Greis neben ihr mit wohligem Schauern. »Red schon, was hat es damit auf sich?«

»Nun, man sagt ...«, begann die alte Frau. Doch sie brach ab, als eine Prozession Benediktiner aus einem Seiteneingang der Kirche kam. Einige von ihnen trugen qualmende Weihrauchfässchen, die sie unter lautem Singen hin und her schwenkten. Die Menge sank auf die Knie, und die Mönche zogen erhobenen Hauptes an ihnen vorbei. Simon erkannte unter ihnen den Abt, den fetten Cellerar, den Novizenmeister, aber auch den hakennasigen Prior Jeremias. Kurz bevor die Pater das Hauptgebäude des Klosters betraten, spürte Simon, wie der Prior ihn voller Abscheu musterte. Dann waren die Mönche im Inneren verschwunden.

Nachdenklich rieb sich der Medicus die Stirn. Der Abt, der Prior und auch all die anderen aus dem Klosterrat – irgendetwas schienen sie vor ihm zu verbergen. Aber wie sollte er je davon erfahren? Dieses Kloster war wie ein verwunschener Ort, zu dem nur einige wenige Auserwählte Zugang erhielten. Wie also sollte er jemals zu dem inneren Zirkel vordringen können? Simon fluchte leise.

Seine Gedanken wurden unterbrochen, als ein weiterer großer Mönch mit heruntergezogener Kapuze den anderen hinterhereilte. Für einen kurzen Moment glaubte der Medicus, seinen Schwiegervater in Benediktinerkutte vor sich zu sehen. Doch dann stellte er fest, dass es nur Pater Martin, der breitgebaute Schreiner, war, der gestern ihn und Magdalena bei dem toten Uhrmachergehilfen entdeckt hatte.

Plötzlich durchzuckte Simon eine Idee.

Nur wenige Auserwählte …

Er musste unwillkürlich grinsen. Es schien, als hätte er endlich eine Möglichkeit gefunden, wie er mehr über die Mönche und ihre Geheimnisse im Kloster herausfinden konnte. Es bedurfte noch einiger Vorbereitungen, aber dann sollte seinem Plan eigentlich nichts mehr im Wege stehen.

Allerdings glaubte er nicht, dass sein Schwiegervater von der Idee allzu begeistert sein würde.

Noch lange, nachdem die drei Schongauer verschwunden waren, starrte ihnen der Mann hasserfüllt hinterher.

Er hatte sie von seinem Versteck aus belauscht und war schließlich in der Menge auf dem Kirchplatz untergetaucht. Ein seltsames Kribbeln erfasste ihn, als er, verborgen unter seiner Kutte, dem großen breitschultrigen Mann nachblickte. Dieser grobschlächtige Riese war gar nicht so dumm, wie er aussah! Er hatte ganz offensichtlich die Waffe erraten, und er stellte die richtigen Fragen. Der Mann würde sich vor ihm in Acht nehmen müssen. Leise hastete er zurück hinter die Klostermauer – wie eine fette Erdkröte, die nur kurz an die Oberfläche gekommen war, um sich an der Sonne zu wärmen. Erst im schattigen dunklen Wald des Kientals fühlte er sich wieder sicher. Trotzdem blieb ein leises Gefühl der Angst, dass sein Vorhaben misslingen könnte.

Nun waren es schon drei, die im Kloster herumschnüffelten! Wenn er nicht aufpasste, war bald halb Andechs hinter ihm her. Dieses Mädchen hatte ihm bereits zweimal in die Suppe gespuckt. Ein drittes Mal würde ihr das nicht gelingen, dafür würde er schon sorgen! Er musste das nächste Mal nur sorgfältiger vorgehen. Vielleicht ein Gift, eine lautlose Klinge in der Nacht, eine Nachricht, die sie in eine Falle lockte ... Es gab so viele Möglichkeiten.

Das nächste Mal musste er seinem Gehilfen noch deutlicher einschärfen, wie wichtig es war, dass das Mädchen verschwand. Manchmal war der Bursche einfach zu feinfühlig. Doch Gefühle waren wie giftige Dämpfe, sie umnebelten einen, und ehe man ihrer gewahr wurde, war es zu spät. Er selbst wusste, was Gefühle anrichten konnten. Zu oft hinterließen sie ein Loch in der Seele, das man nicht mehr stopfen konnte.

Leise ertönte von weit entfernt die altbekannte Melodie. Der Mann spürte, wie mit ihr die alte Sicherheit zurückkehrte. Nichts konnte ihn mehr aufhalten. Auch dieses Schongauer Pack nicht.

Nur noch fünf Tage, dann würde sein Traum endlich in Erfüllung gehen.

Kapitel 7

Dienstag, der 15. Juni Anno Domini 1666,
nachmittags in Erling

»Ich soll *was*? Seid's ihr narrisch?«

Der Schongauer Henker hatte sich im Haus des Schinders gerade seine zweite Pfeife angezündet. Doch als Simon nun zögernd seine Bitte vortrug, ließ er sie wie ein Stück Dreck zu Boden fallen. Schnell hob Magdalena sie auf, bevor ihre beiden Kinder das rauchende Stöckchen näher in Augenschein nehmen konnten. Sie hatten in der engen Stube bereits einen Tonkrug zerdeppert und den Kornkasten ausgeleert.

»Nun, ich glaube, es ist die einzige Möglichkeit, wie wir mehr über dieses Kloster und seine Bewohner erfahren können«, erwiderte Simon zögerlich. »Außerdem hat Magdalena recht. Wenn Ihr mit Eurem Freund Nepomuk sprechen wollt, dann sicher nicht als pilgernder Scharfrichter.«

»Aha, aber als stinkender Mönch, ja?« Jakob Kuisl spuckte aus. »Vergesst es. Ich kann ja nicht mal das vollständige Credo beten, geschweige denn so buckeln wie diese Pfaffen.«

»Das musst du doch auch nicht«, flötete Magdalena mit sanfter Stimme. »Ein wenig Demut würde schon reichen. Du wirst sehen, du gibst einen hervorragenden Mönch ab.« Sie drückte ihrem Vater die kokelnde Pfeife in die Hand und lächelte ihn aufmunternd an, was dieser mit einem Grunzen quittierte.

»Was ist schon dabei?«, fuhr sie fort. »Simon wird dich einfach als wandernden Franziskanermönch vorstellen, der ihm bei der Pflege der Kranken hilft. Der Abt ist zurzeit froh um jeden, der ihm eine Sorge abnimmt. Und seitdem dieses seltsame Fieber ausgebrochen ist und dein Nepomuk im Karzer hockt, wird diese Wallfahrt sowieso immer mehr zu einem Zug der Siechen und Kranken. Keiner verlangt von dir Lieder und Gebete, du sollst einfach nur die Augen offen halten.«

»Ein Henker als *Mönch*!« Jakob Kuisl spie den Namen so verächtlich aus, dass seine Enkel erschrocken auf den Schoß ihrer Mutter krabbelten. »Kommt nicht in Frage. Darauf fällt nicht mal ein Blinder rein. Es muss einen anderen Weg geben.«

Simon sah hinüber zu Magdalena und seufzte leise. Er hatte gewusst, dass es nicht leicht sein würde, seinen Schwiegervater von dem Plan zu überzeugen. Die Idee war ihm gekommen, als er den stämmigen Bruder Martin in seiner Kutte unter den Benediktinern entdeckt hatte. Das Gewand war die perfekte Tarnung, um mehr über den inneren Zirkel der Andechser Mönche herauszufinden. Ihn selbst kannten die Brüder bereits, aber sein Schwiegervater schien ohnehin die bessere Wahl zu sein. Brummig und schweigsam wie er war, hätte er ebenso gut dem Schweigeorden der Kartäuser angehören können. Schon heute Mittag hatte Simon deshalb Magdalena in seinen Plan eingeweiht. Seitdem hatten sie darauf gewartet, dass ihr Vetter, der Schinder, gemeinsam mit seinem rothaarigen stummen Gesellen das Haus verließ und sie in Ruhe mit ihrem Vater reden konnten.

Von Ruhe konnte allerdings nur bedingt die Rede sein, denn die beiden Kleinen waren ständig damit beschäftigt, sich gegenseitig an den Haaren zu ziehen oder weitere Tonschüsseln vom Regal zu werfen.

»Himmelherrgott, Magdalena!«, brauste Simon auf.

»Kannst du denn nicht mal dafür sorgen, dass die Kinder Ruhe geben, wenn Erwachsene etwas Wichtiges zu besprechen haben?«

»Ach, und warum macht das der Herr Vater nicht selbst?« Magdalena nahm den kleinen Paul auf den Schoß, der greinte, weil ihm sein Bruder einen geschnitzten Holzesel weggenommen hatte. »Könntest dich ohnehin mehr um deine Söhne kümmern.«

»Alles zu seiner Zeit«, erwiderte Simon leicht genervt. »Jetzt geht es wohl erst mal darum, mehr über ein paar der Mönche herauszufinden.« Nach einem letzten bösen Blick wandte er sich wieder seinem Schwiegervater zu.

»Seht selbst, wir haben für alles gesorgt. Was also soll schiefgehen?«

Dezent schob der Medicus die schwarze Kutte hinüber zu Jakob Kuisl, die er in einer Kiste im Gästebau des Klosters aufgestöbert hatte. Sie war mottenzerfressen und an den Rändern leicht schimmlig, doch wenigstens passte die Größe einigermaßen. Nachdem Magdalena ein paar kleine Änderungen vorgenommen hatte, wirkte sie wie die passende Kleidung eines wandernden Bettelmönchs.

»Die Minoriten tragen beinahe die gleichen Kutten wie die Benediktiner«, erklärte Simon mit Engelsgeduld. »Keiner wird merken, dass wir ein wenig nachgeholfen haben. Und wenn Ihr die Kapuze tief ins Gesicht zieht, erkennt Euch nicht mal Eure eigene Frau.«

»Lass meine Anna aus dem Spiel, verlauster Schwiegersohn«, brummte der Henker drohend. »Ich dulde nicht, dass ...«

»Himmelherrgott, Vater!«, unterbrach ihn plötzlich Magdalena und schlug so energisch auf den Tisch, dass der kleine Paul wieder zu wimmern begann. »Siehst du denn nicht, dass wir nur so mehr herausfinden können über diese Morde? Es geht um *deinen* Freund, der schon bald auf dem Scheiterhaufen brennen wird, nicht um unseren!« Sie stand energisch auf und begab sich mit den beiden Kleinen zur Tür. »Aber bitte, wir können gern allesamt wieder nach Hause gehen und uns das Strafgericht von weitem anschauen. Der Simon und ich müssen nicht hier sein. Dann beten wir halt in der Basilika von Altenstadt zum lieben Heiland.«

»Äh, du vergisst, dass der Abt mich um einen weiteren Bericht gebeten hat«, murmelte Simon. »Wenn wir beide jetzt einfach gehen, schaut das sehr nach einer Flucht aus. Immerhin waren wir bis vor kurzem selber noch verdächtig. Man wird uns suchen und uns zusammen mit Nepomuk den Prozess machen. So wie der Prior mich immer wütend anstarrt, würde er mich vermutlich lieber heute als morgen brennen sehen.«

»Bleib gefälligst da, freches Weibsstück«, knurrte Jakob Kuisl und winkte seiner Tochter, die noch immer an der Tür stand. Dann entfaltete er angewidert die schwarze löchrige Kutte und starrte sie an. »Da pass ich nie im Leben rein.«

»Ich kann den Saum unten an den Rändern noch auslassen«, sagte Magdalena hoffnungsvoll und kam zurück an den Tisch. »Und eine hübsche weiße Kordel hab ich auch schon besorgt, die reicht sogar für deinen dicken Schmerbauch. Soll das heißen, du machst es?«

Der Henker zuckte mit den Schultern. »Niemals wird es klappen, dass ich mich damit ins Kloster schleich. Niemals! Vergesst das. Aber vielleicht reicht der Mummenschanz ja aus, um ein paar Worte mit dem Nepomuk zu reden. Habt ihr zwei Schlaumeier auch an einen Rosenkranz gedacht, hm?«

Simon hielt sich die Hand vor den Mund, damit sein Schwiegervater ihn nicht grinsen sah. Jakob Kuisl war der größte Sturschädel im gesamten Pfaffenwinkel, aber darüber hinaus war er auch der beste Freund, den man haben konnte. Insgeheim hatte der Medicus immer darauf vertraut, dass der Henker den hässlichen Nepomuk nicht im Stich lassen würde. Triumphierend griff er unter den Tisch und holte einen geschnitzten Holzrosenkranz hervor, was Kuisl mit einem gefälligen Grunzen erwiderte.

»Dann sollten wir jetzt in aller Ruhe besprechen, wie wir gleich vor den Abt treten«, sagte Simon erleichtert. »Schließlich muss Maurus Rambeck die Erlaubnis geben, dass ein Minoritenbruder sich in seinem Kloster um die Kranken kümmert.« Er zog eine kleine Bibel aus der Rocktasche und zwinkerte seinem Schwiegervater zu. »Darüber hinaus kann es nicht schaden, ein paar Psalmen auswendig zu lernen. Nur für den Fall, dass Ihr beten müsst und nicht wisst, wie das geht.«

Der Henker beugte sich nach vorne und tippte Simon auf die Brust. »Glaub mir, mein Junge«, knurrte er leise. »Wenn dein schöner Plan schiefgeht, wirst du selber beten müssen. Oder tu's am besten jetzt schon.« Er stand auf und zog sich die modrig riechende Kutte über. »Wenn mich auch nur ein Mönchlein erkennt, sitzen wir alle so tief in der Scheiße, dass uns nicht mal die Erzengel persönlich da wieder rausholen können.«

Nur eine Stunde später stiegen Simon und der Henker die steilen Stufen hinauf zum Studierzimmer des Andechser Abts, das sich im ersten Stock des Osttrakts befand. Magdalena war mit den Kindern derweil im Schinderhaus geblieben, wo die beiden Kleinen die lang vermisste Mutter nicht mehr aus den Augen ließen. Zuvor jedoch hatte die Henkerstochter die löchrige Mönchskutte länger gemacht und die schlimmsten Stellen von Schmutz gesäubert.

Jakob Kuisl trug nun das schwarze Gewand eines Minoriten, um den Bauch baumelte eine weiße Kordel, und an seinem Hals hing ein hölzerner Rosenkranz, der wie ein Pendel hin und her schaukelte. Anerkennend musterte Simon seinen Schwiegervater, der in der Kutte wie das fleischgewordene Strafgericht Gottes aussah. Jakob Kuisl hätte einen guten Pfarrer abgegeben, wobei Simon bezweifelte, dass von ihm sehr viel Milde zu erwarten wäre. Nun, zumindest würde er seine Schäflein gut im Griff haben.

»Diese Kutte kratzt wie die Krallen von Dämonen!«, fluchte der Henker. »Ich versteh wirklich nicht, wie die Pfaffen so was tagein, tagaus anhaben können.«

»Ihr vergesst, dass sich Mönche auch gern selbst geißeln und auf Knien durch die Kirche rutschen«, mahnte Simon grinsend. »Vom Fasten mal ganz zu schweigen. Der Schmerz führt ganz offensichtlich zu Gott.«

»Oder zur Wahrheit.« Jakob Kuisl wischte sich den Schweiß von der Stirn. »Vielleicht sollte ich die Kutte bei meiner nächsten Tortur verwenden.«

Mittlerweile hatten sie die Tür zum Studierzimmer des Abtes erreicht. Simon klopfte zaghaft an. Als keine Antwort kam, drückte der Medicus probeweise die Klinke, woraufhin sich die hohen Flügel der Tür fast wie von selbst öffneten. Die Abendsonne schien mild durch die verglasten Fenster und warf ihr Licht auf die Reihe von Regalen, die sich über die gesamte Rückwand zogen. Davor saß an seinem Schreibtisch Maurus Rambeck und brütete über einem Stapel Bücher. Der Abt schien ihr Kommen gar nicht bemerkt zu haben.

»Äh, Hochwürden?«, meldete sich Simon vorsichtig. »Verzeiht die Störung, aber …«

Erst jetzt schreckte Maurus Rambeck hoch. Eine einzelne kleine Schweißperle rollte über seine Stirn und tropfte auf ein Blatt Papier vor ihm. Eilig schob der Abt einige der Bücher zur Seite.

»Ah, der Bader aus Schongau«, murmelte Rambeck und versuchte ein schmales Lächeln. Einmal mehr fiel Simon auf, wie blass der Abt seit gestern war. Seine rechte Hand zitterte leicht, als er sie zum Segensgruß hob. »Habt Ihr etwas Neues über die beiden bemitleidenswerten Toten erfahren? Eine Spur vielleicht, die uns weiterführt?«

»Das nicht, Hochwürden.« Simon schüttelte bedauernd den Kopf. »Ich werde mir die Leichen aber noch heute genauer ansehen. Zurzeit bin ich zu sehr mit den kranken Pilgern beschäftigt.«

»Die kranken ... Pilger?« Der Abt machte einen ratlosen Eindruck. Tatsächlich schien er in seiner eigenen Bücherwelt gefangen.

»Nun, dieses Fieber, das in Andechs um sich greift«, versuchte Simon zu erklären. »Es ist wohl eine Art Nervenfieber, auch wenn ich noch nicht genau weiß, um welche Krankheit es sich genau handelt. Ich komme jedenfalls mit dem Behandeln kaum hinterher. Vor allem, da Frater Johannes nicht zur Verfügung steht ...« Er machte eine kleine Pause, dann fuhr er fort: »Glücklicherweise habe ich jetzt einen Kollegen gefunden, der mir helfen kann. Natürlich nur, wenn Ihr es gestattet.« Mit weit ausholender Geste deutete Simon auf Jakob Kuisl, der mit heruntergezogener Kapuze und verschränkten Armen wie ein schweres Möbelstück neben ihm stand. »Bruder ... Jakob. Er ist ein reisender Franziskanermönch, der sehr bewandert ist in den Heilkünsten. Nicht wahr, Bruder Jakob?«

Der Abt schien Jakob Kuisl erst jetzt wahrzunehmen. Sein Blick streifte kurz die stämmige Gestalt in der Kutte, dann nickte er.

»Gut, gut«, murmelte er gedankenverloren. »Wir können in der Tat jede Hilfe gebrauchen.«

»Äh, Bruder Jakob würde auch gern an den Messen teilnehmen und die Bibliothek besuchen«, hakte Simon nach. »Er hat schon viel über Eure Bücher gehört. Da sollen ja wahre Schätze darunter sein. Ist es nicht so, Jakob?« Er schielte hinüber zu seinem Schwiegervater und gab ihm einen kleinen Stoß mit dem Fuß, doch der Henker schwieg stoisch weiter. »Nun, wie auch immer ...«, fuhr Simon schließlich fort, »ist es ihm gestattet, die Klosterräume zu betreten? Ihr habt mein Wort, dass ...«

»Natürlich. Und nun lasst mich bitte alleine.« Maurus Rambeck hatte sich schon wieder seinen Büchern zugewandt. Mit der Hand machte er eine Bewegung, als würde er eine lästige Fliege verscheuchen. »Ich habe zu tun. Viel zu tun.«

»Ganz wie Ihr wünscht.«

Simon verbeugte sich, nicht ohne einen letzten Blick auf die Seiten des Buches zu werfen, das aufgeschlagen vor dem Abt lag. Doch alles, was er erkannte, war, dass es in einer seltsamen, krakeligen Schrift verfasst war. Die Buchstaben waren verwischt und schienen vor sehr langer Zeit niedergeschrieben worden zu sein. Als der Abt bemerkte, dass Simon immer noch vor ihm stand, klappte er es abrupt zu.

»Ist noch etwas?«, schnarrte Rambeck.

»Nein, nein ... Ich war nur ein wenig verträumt.« Simon zog den immer noch schweigenden Jakob Kuisl zur Tür. »Ich melde mich, sobald ich eine neue Spur habe. Gehabt Euch wohl solange.« Er verbeugte sich ein letztes Mal, bevor sich die schwere hohe Eichenholztür hinter ihnen wieder schloss.

Draußen auf dem Gang atmete der Medicus kurz durch, dann wandte er sich zornig an seinen Schwiegervater.

»Als ich Euch bat, als Mönch die Augen offen zu halten, war mir nicht klar, dass Ihr gleich ein Schweigegelübde abgelegt habt«, zischte Simon. »Gott sei Dank war der Abt viel zu nervös, um sich über einen taubstummen Franziskaner zu wundern.«

»Wieso taubstumm?«, brummte Jakob Kuisl. »Du hast doch genug für zwei geredet.« Er runzelte die Stirn. »Aber du hast recht. Irgendetwas stimmt mit diesem Pfaffen nicht. Hast du das Buch auf seinem Tisch gesehen, das er so schnell vor unseren Blicken verbergen wollte?«

Simon nickte. »Ja, aber leider konnte ich die Buchstaben nicht entziffern.«

»Es war Hebräisch«, erwiderte der Henker kurz angebunden. »Die alte Sprache der Juden. Ich hab ein solches Buch mal in den Händen gehabt. Was der Abt wohl darin gesucht hat?«

»Nun, Maurus Rambeck ist dafür bekannt, dass er die alten Sprachen studiert«, warf Simon ein. »Er war lange Jahre an der Salzburger Benediktineruniversität. Vielleicht haben wir ihn wirklich nur bei der Arbeit gestört.«

»Ha, Arbeit! So wie der ausgesehen hat, steht ihm das Wasser bis zum Hals. Der war blass wie vor der eigenen Hinrichtung. Bei so was kenn ich mich aus.« Jakob Kuisl stieg eilig die Treppe hinab, wobei er tunlichst darauf achtete, nicht auf den Saum seiner Kutte zu treten. »Und jetzt komm schon, bevor Hochwürden es sich noch anders überlegt und mit uns die Abendmesse lesen will.«

»Wo … wo wollt Ihr denn so schnell hin, Kuisl?«, flüsterte Simon und hastete dem Henker hinterher.

»Na, wohin schon?« Jakob Kuisl drehte sich kurz um, in der Schwärze unter der Kapuze konnte Simon einen Moment lang seine Augen funkeln sehen. »Zum hässlichen Nepomuk natürlich. Schließlich haben wir uns seit dreißig Jahren nicht mehr gesehen. Und du schaust dir in der Zwischenzeit noch einmal die beiden Leichen an. Vielleicht findest du ja was, was dir bis dahin noch nicht aufgefallen ist.«

Kuisls Finger kneteten die Perlen des Rosenkranzes, als wären es Daumenschrauben. »Ich schwör dir, ich werd rausfinden, wer meinen Freund zum Sündenbock machen will«, sagte er leise. »Und bei Gott, dann kann derjenige froh sein, dass ich nicht der Scharfrichter dieses Gaus bin, sondern nur ein Henker im lausigen Mönchskostüm.«

Mit tief ins Gesicht gezogener Kapuze stapfte Jakob Kuisl auf die alte Klostermeierei zu, wo sein Freund Nepomuk noch immer gefangen gehalten wurde. Mittlerweile war die Sonne nur noch ein roter Ball, der westlich des Ammersees in den Wolken versank, und die Luft wurde mit einem Mal unangenehm frisch, so dass der Henker unter der dünnen Kutte zu frösteln begann. Zum wiederholten Male verfluchte Kuisl seinen Schwiegersohn für dessen Idee, auch wenn er mittlerweile insgeheim zugeben musste, dass der Plan sogar aufgehen konnte. Nun, spätestens jetzt würde sich zeigen, wie viel Simons Einfall wirklich wert war.

Vor dem Eingang zur Meierei lungerten zwei Wachen, denen Kuisl ansah, dass sie sonst einem anderen Beruf nachgingen. Vermutlich waren es klösterliche Jäger, die man zum Wachdienst abkommandiert hatte. Gekleidet in grüne Umhänge lehnten sie an ihren Musketen und starrten gelangweilt hinauf in den klaren Himmel, wo soeben der Abendstern aufging. Fackeln brannten in eisernen Körben links und rechts der Tür. Als die beiden Wachleute den Henker kommen hörten, schreckten sie zusammen und nahmen Haltung an.

»Wer da?«, rief der eine von ihnen, ein feister Mann mit beginnender Glatze.

»Der Herr sei mit euch und erleuchte euren Weg«, brummte Jakob Kuisl und kam sich im nächsten Augenblick selten dämlich vor. Ihm war, als wäre das Wort ›Henker‹ auf seiner Stirn eingebrannt. Doch die beiden Wachen entspannten sich und nickten ihm freundlich zu.

»Seid gegrüßt, Pater«, antwortete der Dicke. »Und danke für Euren Segen. Wobei ein Hühnerschlegel auch recht hilfreich wäre.« Er kicherte leise, dann blickte er auf Kuisls weiße Kordel, und sein Lachen verstummte. »Augenblick mal. Ihr seid ...«

»Ein wandernder Franziskanermönch, in der Tat«, vollendete der Henker den Satz. »Der unselige Bruder dort drinnen verlangt nach der Beichte. Der Abt selbst hat mich hergeschickt.«

»Ach, und warum macht das keiner *unserer* Mönche?«, warf der jüngere der beiden Wachmänner ein. In seinen Augen glitzerte Argwohn. »Und außerdem, wer seid Ihr überhaupt, hä? Ich hab Euch hier noch nie gesehen.«

»Weil ich eben ein wandernder Franziskanermönch bin, du vernagelter Trottel!«, zischte Jakob Kuisl. Er schloss kurz die Augen, weil er merkte, dass er aus der Rolle fiel. Die Wachleute sahen sich erstaunt an.

»Glaubt ihr denn wirklich, einer der Benediktiner würde der armen Kreatur dort drinnen die Beichte abnehmen?«, fuhr Kuisl sanfter fort. »Vergesst nicht, er hat drei ihrer Mitbrüder auf dem Gewissen! Aber ihr könnt gern zum Abt laufen und nachfragen.« Er deutete auf das erleuchtete Zimmer im zweiten Stock des Klosters. »Ich war gerade eben erst bei ihm. Bruder Maurus brütet wie so oft über seinen alten Büchern. Aber sprecht nicht so laut mit ihm. Hochwürden hat heute starke Kopfschmerzen.«

»Das ... das geht schon in Ordnung«, meldete sich nun der Dicke und klopfte seinem Freund beruhigend auf die Schulter. Offenbar hatte er keine Lust darauf, einen vielbeschäftigten, kopfwehgeplagten Abt mit neugierigen Fragen zu löchern. »Wir stehen ja draußen vor der Tür«, murrte er. »Wirst den Unhold schon nicht wegzaubern.« Er lachte unsicher, dann schob er den schweren Holzriegel zur Seite und ließ den

Henker an sich vorbei. Jakob Kuisl griff sich eine der Fackeln von der Wand und schlurfte in den dunklen Kerker.

»Der liebe Herrgott segne euch«, brummte er. »Und schiebt euch eure Musketen in den Arsch, ihr naseweisen Drecksbüttel«, fügte er so leise hinzu, dass ihn die Wachen draußen nicht mehr hören konnten.

Kaum hatte er den Raum betreten, schlug dem Henker der beißende Geruch alten Käses entgegen, vermischt mit dem Gestank von Urin und weiterem Unrat. In Regalen an der Wand stapelten sich zerfranste Körbe, darunter kauerte eine zusammengekrümmte Gestalt in einer zerrissenen Kutte. Als der hässliche Nepomuk das Geräusch des zuschnappenden Riegels hörte, schrak er auf und erhob sich mühsam. Noch immer war sein Gesicht geschwollen von den vielen Schlägen, die ihm seine Verfolger verabreicht hatten. Mit seinem gesunden Auge blinzelte er den Ankömmling an, doch wegen der plötzlichen Helligkeit schien er zunächst nicht viel erkennen zu können.

»Schickt ihr mir jetzt schon den Beichtvater?«, krächzte er. »Dann sparen wir uns also den leidigen Prozess, ja? Gut so, dann komm ich wenigstens nicht auf die Streckbank, bevor ihr mich verbrennt.«

»Keiner wird dich auf die Streckbank legen«, flüsterte Jakob Kuisl. »Und brennen wird ein anderer. Dafür sorg ich schon.«

»Wer … wer seid Ihr?« Nepomuk Volkmar richtete sich nun ganz auf. Mit seiner zerschürften Hand schirmte er das Gesicht gegen die Helligkeit ab, so dass er die riesige Gestalt des Franziskaners vor sich erkennen konnte. Plötzlich schlug der Mönch seine Kapuze zurück, und Nepomuk stieß einen leisen Schrei aus.

»Mein Gott, Jakob!«, keuchte er. »Bist du's wirklich? Nach all den Jahren! Dann sind meine Gebete tatsächlich erhört worden!«

»Wenn du weiter so laut brüllst, wirst du bald dein letztes

Gebet sprechen«, zischte Kuisl. »Sei um Gottes willen still, bevor die beiden Trottel da draußen noch misstrauisch werden.« Ohne weitere Erläuterung begann er monoton Wortfetzen vor sich hin zu murmeln.

»Ventram porcinum. Bene exinanies, aceto et sale, postea aqua lavas, et sic hanc impensam imples ...«

Nepomuk Volkmar stutzte. »Warum sagst du ein lateinisches Kochrezept für Schweinemägen auf?«

»Weil mir gerade nichts anderes Lateinisches einfällt, du Schafschädel«, flüsterte Kuisl. »Das stammt aus einem alten zerfledderten Wälzer von meinem Dachboden. Die Wachen denken, ich nehm dir die Beichte ab, also halt gefälligst den Mund.«

Er murmelte noch eine Weile vor sich hin, wobei er immer leiser wurde und schließlich ganz verstummte. Ein breites Grinsen zog sich über sein Gesicht.

»Du bist nicht schöner geworden in den letzten dreißig Jahren«, sagte Kuisl schließlich und drückte seinen Freund an die breite Brust.

»Und du nicht dünner«, ächzte Nepomuk. »Wenn du weiter so zulangst, brauch ich keine Streckbank mehr.« Er senkte den Kopf, und ein leises Schluchzen war zu hören. »Aber was soll's? Wenn nicht bald etwas passiert, ist es ohnehin besser, wenn du mich auf der Stelle zerquetschst.«

Jakob Kuisl ließ ihn los und setzte sich auf eine umgekippte Holzkiste. »Du hast recht«, brummte er. »Wir haben nicht viel Zeit für alte Erinnerungen. Das holen wir später, wenn dies alles hier vorbei ist, bei einem Glas Wein nach. Einverstanden?« Lächelnd winkte er Nepomuk zu sich her. »Erzähl mir lieber, was passiert ist. Aber denk dran, wenn ich dir helfen soll, muss ich die ganze Wahrheit erfahren. Bis jetzt kenn ich die Geschichte nur von meiner Magdalena, und die trägt gern ein bisserl dick auf.«

In kurzen Worten fasste Kuisl zusammen, was ihm seine Tochter und Simon heute Mittag berichtet hatten. Dann sah er seinen Freund auffordernd an.

»Sag, Nepomuk«, knurrte er. »Hast du mit diesen Morden was zu schaffen? Du weißt, es ist keine Schande zu töten. Wir beide haben das oft genug gemacht. Aber immer war dabei das Gesetz auf unserer Seite.« Sein Gesicht verdüsterte sich. »Das Gesetz oder der Krieg.«

»Glaub mir, Jakob, ich bin unschuldig! Jedenfalls an den zwei Morden.« Ächzend ließ sich Nepomuk auf dem Boden nieder und zog die Beine ganz nahe an seinen Körper heran. »Ich weiß nicht, wer die beiden Novizen auf dem Gewissen hat. Aber ich habe eine düstere Ahnung, was der Grund für ihren Tod gewesen sein könnte.«

»Dann red endlich, oder ich spann dich eigenhändig auf die Streckbank.«

Der Frater raufte sich die wenigen Haare und atmete tief durch. Schließlich begann er zu erzählen, während Jakob Kuisl schweigend zuhörte.

»Frater Virgilius und ich haben uns in den letzten Jahren oft unterhalten«, flüsterte Nepomuk. »Wir sind so etwas wie Freunde geworden, wahrscheinlich, weil wir die gleiche Leidenschaft teilen. Nämlich das Forschen an unbekannten Dingen, das Nichthinnehmen von ungeprüften Wahrheiten.« Der Mönch lächelte verträumt, dann fuhr er fort: »Hat nicht Gott selbst befohlen, wir sollten uns die Erde untertan machen? Doch dafür müssen wir sie zuerst verstehen. Schon damals im Krieg habe ich in mein Büchlein immer Notizen gemacht, erinnerst du dich? Über die Sprengkraft von Schießpulver, das richtige Abstützen von Schanzgräben, ein Fallbeil zum schmerzlosen Enthaupten … Leider hat sich keiner für meine Pläne interessiert.«

»Warst zwar ein lausiger Henker, aber dafür ein schlauer

Kopf«, warf Jakob Kuisl grinsend ein. »Nur eben ein bisserl zu verträumt fürs Töten. Hättest einen guten Studiosus an einer Universität abgegeben, aber leider hat der liebe Herrgott andere Pläne mit dir gehabt.«

Nepomuk Volkmar nickte. »Verfluchte Henkerei! Ich hab geglaubt, der Krieg würde die Menschen gleich machen. Aber dann war ich doch wieder nur ein räudiger Scharfrichter, so wie mein Vater und Großvater vor mir!« Er seufzte tief. »Als ich dann hier im Andechser Kloster unterschlüpfen konnte, schien ich endlich am Ziel meiner Träume zu sein. Meine Arbeit als Apotheker erlaubte es, dass ich mich auch anderen Studien widmen konnte.« Nepomuk dämpfte seine Stimme und sah sich verschwörerisch um. »Vor allem den Studien der *tonitrua et fulgura*.«

»*Tonitrua et fulgura*? Des Gewitters, meinst du?« Jakob Kuisl runzelte die Stirn. »Was gibt's da schon groß zu forschen?«

Der Frater lachte leise, es klang wie das Gemecker eines alten Ziegenbocks. »Ha, weißt du, wie oft der Blitz hier auf dem Heiligen Berg einschlägt? Weißt du das? Bis zu einem Dutzend Mal im Jahr! Wenn die Menschen Glück haben, glimmen nur ein paar Schindeln, aber oft steht ein ganzes Gebäude in Flammen oder eben der Kirchturm. Vor zwanzig Jahren ist hier sogar mal ein Kugelblitz wie der Leibhaftige durch die Kirche gesaust! Nur der Herrgott alleine hat verhütet, dass Schlimmeres geschehen ist.« Nepomuks Stimme überschlug sich nun fast. »Die Mönche hier läuten eine Glocke, damit das Gewitter vorbeizieht und einen anderen Ort trifft, sie beten und singen, aber noch nie hat sich jemand Gedanken gemacht, wie man den Blitz wirklich *bannen* kann. Bannen!«

»Bannen?«, erwiderte der Henker skeptisch. »Nun klingst du wirklich wie ein Hexer, Nepomuk.«

Der Frater schüttelte eifrig den Kopf. »Du verstehst nicht, Jakob. Man muss den Blitz unschädlich machen, indem man ihn mit Eisen anzieht. Das ist keine Hexerei, sondern die erwiesene Wahrheit. Schon die Pharaonen aus der Bibel wussten das, ich habe es selbst in alten Pergamenten gelesen! Wir haben es nur vergessen!«

Ein Lächeln spielte über Kuisls Lippen. »Deshalb also die Eisenstangen, die du im Wald bei dir hattest! Magdalena hat mir davon erzählt.«

»Ich hab sie bei Gewitter immer an einzelnen erhöhten Punkten aufgestellt. Es funktioniert, Jakob! Der Blitz schlägt immer in sie ein!« Nepomuk war jetzt von seiner eigenen Rede so gebannt, dass er aufgesprungen war und nur mühsam seine Stimme bändigen konnte. »Nur noch ein paar Experimente, dann wäre ich am Ziel gewesen! Ein paar Tage vor der schrecklichen Feuersbrunst in der Kirche habe ich deshalb solche Eisenstangen oben im Turm befestigt. Ein Draht führte von dort bis hinunter zum Friedhof. Ich war mir sicher, dass ich den Blitz so in die Erde bannen könnte. Aber leider …« Der Frater brach ab und kauerte sich entmutigt auf den schmutzigen Boden.

»Leider hast du dabei die ganze Kirche angezündet, du Esel«, fuhr Jakob Kuisl fort. »Kein Wunder, dass deine Mitbrüder nicht gut auf dich zu sprechen sind.«

Nepomuk schüttelte den Kopf. »Sie … sie ahnen nur etwas, aber sie wissen es nicht. Nur Virgilius habe ich von dem Experiment erzählt. Er war sofort hellauf begeistert und hat mich ständig mit Fragen gelöchert. Meinte, es gäbe jemanden, dem meine Studien sehr helfen würden. Als er vor zwei Tagen wieder davon anfing, hab ich ihn kurzerhand rausgeworfen. Ich hatte einfach Angst, dass der Abt die Wahrheit herausfinden könnte. Virgilius hat getobt und gezetert.«

»Der Streit zwischen dir und dem Uhrmacher.« Kuisl

nickte. »Ich hab davon gehört. Deshalb glauben die Mönche auch, dass du mit seinem Verschwinden was zu tun hast. Außerdem hat man dein Okular bei ihm gefunden.«

»Bei Gott, ich schwöre, ich weiß nicht, wie das dort hingekommen ist! Vielleicht habe ich es irgendwo liegen gelassen, und jemand hat es dann bei Virgilius als Köder ausgelegt.« Nepomuk Volkmar bedeckte mit beiden Händen sein geschwollenes Gesicht, sein ganzer Körper zitterte. »Und mit Virgilius' Verschwinden habe ich auch nichts zu tun! Mein Ehrenwort!«

»Und dieser verfluchte Automat?«, hakte Kuisl nach. »Meine Tochter meinte, sie hätte ihn irgendwo in den Tiefen des Klosters gehört. Weißt du etwas davon?«

Nepomuk zuckte mit den Schultern. »Ich weiß nur, dass dieser Automat Virgilius' liebstes Spielzeug war. Wenn ihn jemand gestohlen hat, muss er seinen Erbauer tatsächlich vorher umgebracht haben. Freiwillig würde Virgilius seine Aurora niemals herausrücken.« Verzweifelt rang er die Hände. »Irgendjemand will mir Böses, Jakob! Du musst mir helfen! Ich habe Angst, Angst wie noch nie in meinem Leben! Du weißt selbst, was mir droht, wenn man mich der Hexerei überführt. Sie werden mich erst hängen, dann ausweiden und vierteilen, und schließlich meine blutigen Reste in die Flammen werfen.« Er sah den Henker hoffnungsvoll an. »Bevor es so weit kommt, verschaff mir wenigstens einen kurzen, sauberen Tod. Versprochen?«

»Keiner stirbt hier, wenn ich es nicht will«, knurrte Jakob Kuisl. »Mein Schwiegersohn hat mir erzählt, dass sie mit dem Prozess bis nach dem Dreihostienfest warten wollen, um die Pilger nicht zu verunsichern. Wir haben also noch ein paar Tage Zeit, den wahren Täter zu finden. Und so wahr ich Jakob Kuisl heiße, ich werde ihn finden.« Noch einmal beugte er sich ganz nah zu seinem Freund. »Wichtig ist nur, dass du mir nichts verschwiegen hast. Kann ich dir wirklich vertrauen, Nepomuk?«

Der Frater schlug ein Kreuz und hielt die Hand zum Schwur hoch. »Bei allen Heiligen und der Jungfrau Maria, ich spreche die Wahrheit!«

»Dann bete laut weiter.« Jakob Kuisl richtete sich auf, schlug die Kapuze über den Kopf und wandte sich zum Ausgang. »Schließlich sollen unsere zwei Bauernlümmel dort draußen weiter glauben, dass du auf dem Weg ins reinigende Fegefeuer bist.«

»Isicia fomentata. Pulpam concisam teres cum medulla siliginei in vino infusi …«

Während der Henker weiter lateinische Kochrezepte vor sich hin murmelte, klopfte er energisch an die Tür. Schon bald schob jemand den Riegel zur Seite, und der feiste Wachmann ließ ihn hinaus.

»Na, hat er's zugegeben?«, fragte der Dicke neugierig. »Hat er die zwei Frischlinge abgestochen, den Uhrmacher weggezaubert und sich mit dem Automaten gepaart?«

Jakob Kuisl blieb kurz stehen und starrte den Mann aus dem Dunkel seiner Kapuze an. Plötzlich hatten die beiden Wachen das klamme Gefühl, keinem Beichtvater, sondern Gevatter Tod persönlich gegenüberzustehen.

»Der Teufel versucht die Menschen in mannigfacher Gestalt«, ertönte die brummige Stimme des Henkers. »Doch oft kommt er im einfachen Gewand. Er braucht keinen Schwefel, keine Hörner und keinen Bocksfuß. Und er muss sich, bei Gott, auch nicht mit Automaten paaren, ihr blökenden Schafschädel. Wie deppert seid ihr eigentlich?«

Ohne ein weiteres Wort schlurfte Jakob Kuisl hinaus in die sternenklare Nacht.

Unterdessen war Simon auf dem Weg ins Totenreich.

Der Medicus hatte kurz bei den kranken Pilgern im Seitentrakt vorbeigesehen, die sich noch immer in der Obhut Jakob Schreevogls befanden. Der junge Patrizier hatte seine Aufgabe erstaunlich gut gemeistert und noch ein paar weitere Schongauer zu Krankenpflegern abkommandiert. Jetzt herrschte in dem provisorischen Hospiz eine trügerische Nachtruhe, die nur von gelegentlichem Husten und Stöhnen unterbrochen wurde. Mittlerweile waren schon zwei ältere Frauen an den Folgen des Fiebers gestorben, und noch immer konnte der Medicus nicht sagen, was der Ursprung der Krankheit war. Sie begann mit Mattigkeit und Kopfschmerzen, später kamen Fieber und Durchfall hinzu. Außerdem traf sie alle Menschen gleichermaßen – starke Erwachsene ebenso wie Alte und Kinder.

Unwillkürlich musste Simon an seine eigenen beiden Buben denken. Er schüttelte den Gedanken ab und konzentrierte sich ganz auf das, was vor ihm lag. Spontan hatte er beschlossen, die zwei Mordopfer noch einmal näher in Augenschein zu nehmen. Morgen früh konnte er sich dann wieder um die Lebenden kümmern.

Mit klammem Herzen stieg er die steile Treppe hinunter in den Bierkeller des Klosters, in den man durch ein Nebengebäude direkt neben dem Sudhaus gelangte. In dem Felsengang herrschte eine Kühle, die einen vergessen ließ, dass draußen bereits der Sommer angebrochen war. Hier unten, tief in den steinernen Eingeweiden des Berges, wurde seit fast zwei Jahrhunderten das Bier aufbewahrt, das während der heißen Monate nicht gebraut werden konnte. Simon schlug den Kragen seines Mantels hoch, trotzdem zitterte er leicht.

Die Kälte in den Gängen und Kellern von Andechs war nicht nur zum Lagern von Bierfässern und Vorräten geeignet, auch die Toten fanden hier oft ihre vorübergehende Ruhe, bevor sie auf dem Klosterfriedhof begraben wurden. Mit den Leichen der beiden Novizen war man ebenso verfahren – vor allem deshalb, um vor dem Dreihostienfest jegliche Unruhe zu vermeiden. Die Beerdigung von zwei Opfern eines vermeintlichen Hexenmeisters und Massenmörders hätte unter den Pilgern sicherlich für wildeste Gerüchte gesorgt. Doch Simon roch schon beim Betreten des Lagerkellers, dass man das Begräbnis nicht mehr lange würde hinauszögern können.

Seine Nase führte ihn vorbei an mannshohen modrigen Fässern, die in niedrigen Felsnischen standen. Wasser tropfte von der Decke und bildete Pfützen auf dem festgetrampelten erdigen Boden. Simons Schritte hallten durch das Gemäuer, während er mit einer Fackel den schmalen Gang vor sich erleuchtete. Von irgendwoher war das Quieken von Ratten zu hören.

Schließlich hatte der Medicus das Ende des Gewölbes erreicht. In der linken Ecke stand statt eines Fasses ein abgewetzter Holztisch, auf dem zwei in weißes Tuch gehüllte Bündel lagen. Simon atmete noch einmal tief durch, dann steckte er die Fackel in einen Felsspalt und schlug das erste Laken zur Seite.

Der Gestank war so heftig, dass er sich einen Moment lang wegdrehen musste, um sich nicht zu übergeben. Schließlich wendete er sich wieder der Leiche zu.

Es war Coelestin, der Gehilfe des Apothekers, den der Medicus schon vor zwei Tagen näher in Augenschein genommen hatte. Mittlerweile hatte sich die Totenstarre wieder gelöst; dort wo das Blut abgesackt und geronnen war, befanden sich überall violette Flecken. Doch die Wunde am Hinterkopf war noch immer gut zu erkennen. Simon war sich nach wie vor sicher: Der Gehilfe war von einem Unbekannten niedergeschlagen und dann unter Wasser gedrückt worden.

Nachdem er nichts weiter Auffälliges entdecken konnte, zog der Medicus auch das zweite Tuch zur Seite. In der Zwischenzeit hatte er sich an den Gestank einigermaßen gewöhnt, doch der Anblick des toten Uhrmachergehilfen ließ ihn trotzdem erschauern. Der einst so schöne Vitalis sah aus, als hätte ihn der Höllenhund persönlich in den Klauen gehabt. Sein Kopf war in einem unnatürlichen Winkel zur Seite gebogen, die Haut am Rücken und an den Beinen fast vollständig verkohlt, die rechte Hand so verbrannt, dass einige der Finger offensichtlich schon abgefallen waren. Noch immer ging von der Leiche ein beißender Brandgeruch aus.

Simon fragte sich, welche Macht ein solches Feuer entfacht hatte. Bei einer Hinrichtung auf einem Scheiterhaufen vor gut zehn Jahren hatte der Medicus schon einmal eine verkohlte Leiche gesehen, doch damals war der auf Kindsgröße zusammengeschrumpelte Körper überall gleichmäßig verbrannt gewesen. Hier hatte das Feuer offensichtlich nur am Rücken, am Gesäß und an der hinteren Fläche der Oberschenkel gewütet. Simon beugte sich über die verbrannten Stellen und klopfte mit dem Finger auf das harte, schwarze Fleisch.

Plötzlich stutzte er. In einigen Hautritzen fanden sich Spuren eines weißen Pulvers, dessen Herkunft er sich nicht erklären konnte. Simon schabte mit dem Fingernagel daran und hielt sich die Krümel vors Gesicht. Angeekelt rümpfte er die Nase. Das Pulver roch nach altem Knoblauch.

War etwa doch Hexerei im Spiel? Konnte so etwas möglich sein?

Als der Medicus den teils verbrannten Kopf noch einmal abtastete, entdeckte er nach einer Weile eine Delle im Schädel, beinahe an der gleichen Stelle wie bei dem armen Coelestin. Simon zögerte. War der Uhrmachergehilfe etwa auf die gleiche Weise erschlagen worden? Oder hatte er sich die Wunde bei einem Sturz zugezogen? War Vitalis vielleicht durch einen Hieb getötet worden, *bevor* dieses dämonische Feuer über ihn hergefallen war?

Gerade wollte Simon die Verletzung näher in Augenschein nehmen, als plötzlich die Fackel aus der Felsritze rutschte und zischend auf den nassen Boden fiel. Ein letztes Flackern erhellte das Gewölbe, dann war der Keller in absolute Dunkelheit getaucht.

»Verflucht!«

Simon tastete blind nach dem Tisch, um nicht die Orientierung zu verlieren. Seine Hand berührte den kalten Körper des Apothekergehilfen, und unwillkürlich wich er zurück. Er trat einen hastigen Schritt nach hinten, kam ins Stolpern und schlug mit dem Kopf hart an ein Bierfass. Sein Sturz dröhnte durch die Stille, dann war es wieder so still wie auf dem Grunde eines Sees.

Simon spürte, wie sein Herz schneller schlug. Er war sich sicher, dass er den Weg zurück an die Oberfläche auch ohne Fackel finden würde. Trotzdem verursachte ihm der Gedanke, mit zwei Leichen allein in einem stockfinstren Keller zu sitzen, ein leichtes Flattern in der Magengegend. Er stand vorsichtig auf und wollte sich gerade an den Fässern entlang zum Ausgang tasten, als er verstört innehielt.

Eine der beiden Leichen leuchtete.

Es war der Körper des jungen Vitalis, von dem ein merkwürdig grünliches Glimmen ausging. Es war so schwach wie das Leuchten von Glühwürmchen, trotzdem verlieh es der Leiche einen unheimlichen Schimmer, der Simon die Haare zu Berge stehen ließ.

Hin- und hergerissen zwischen Angst und Faszination starrte der Medicus auf den leuchtenden Toten, als plötzlich von jenseits des Tisches ein grollendes Rumpeln ertönte. Es klang, als würde sich irgendwo im Berg ein steinerner Golem erheben.

Das war zu viel für Simon. Er taumelte einige Schritte nach hinten, dann drehte er sich entsetzt um und rannte in der

Finsternis Richtung Ausgang. Noch einmal rumpelte es. Simon stolperte, fing sich wieder und prallte mit der Stirn gegen die Kellertür. Ohne auf den Schmerz zu achten, tastete er panisch nach der Klinke. Endlich fand er sie, stürzte in den Treppenaufgang dahinter und konnte weiter oben mattes Mondlicht erkennen. Als er sich ein letztes Mal umwandte, sah er noch einmal das Glimmern ganz hinten im Bierkeller, dann hastete er die Stufen nach oben und blieb nicht eher stehen, bis er sich vor dem Sudhaus unter dem sternenklaren Nachthimmel befand.

Er war zurück unter den Lebenden.

Es dauerte eine ganze Weile, bis Simon sich so weit beruhigt hatte, dass er einen vernünftigen Gedanken fassen konnte. Hatte er dort unten wirklich Hexerei gesehen? Sein Verstand versuchte ihm dies mit aller Macht auszureden, doch auf der anderen Seite war eine grünlich leuchtende Leiche selbst für einen studierten Medicus ein harter Brocken. Und was hatte dort unten gerumpelt? Hatten sich die beiden Toten erhoben, um sich an ihrem Mörder zu rächen?

Simon spürte, dass er noch nicht sofort zu Magdalena und den Kindern zurückkehren konnte. Zunächst brauchte er wieder einen halbwegs klaren Kopf. Wie gern hätte er jetzt einen Becher seines geliebten Kaffees getrunken, doch leider war dieses orientalische Gebräu in der Andechser Klostertaverne noch unbekannt. Außerdem hatte Simon keine Lust, dort möglicherweise auf den Schongauer Bürgermeister und seinen Sohn zu treffen. Und Jakob Kuisl war vermutlich immer noch bei seinem Freund Nepomuk in der alten Käserei. Wo also sollte er hingehen?

Sein Blick glitt über die teilweise erleuchteten Fenster des Klosters, als ihm der einzige Platz einfiel, der ihm ein bisschen Geborgenheit und vielleicht auch Aufklärung versprach.

Die Bibliothek.

Seit frühester Jugend liebte Simon Bücher. Sie waren für ihn wie Grenzsteine, die die Welt aufteilten in eine dunkle und eine helle Seite. Vielleicht konnten ihn die Bücher auch diesmal wieder auf die helle Seite zurückführen. In Büchern ließ sich für vieles eine Erklärung finden, vielleicht auch für einen grünlich leuchtenden Toten. Simon nickte entschlossen. Wenn ihn jemand in der Bibliothek ansprechen sollte, würde er einfach sagen, dass er noch an dem Bericht für den Abt arbeitete.

Er ging zurück zum Hauptbau, der um diese Zeit noch offen stand, und stieg die breiten Stufen in den zweiten Stock des Südtrakts empor, wo ein Gang zu einer hohen zweiflügligen Tür führte.

Ehrfurchtsvoll öffnete er sie und schaute ins Paradies.

Die fast vier Schritt hohen Wände waren bis zur Decke vollgestellt mit Nussholzregalen, in denen sich ein Buch ans andere reihte. Es gab armdicke, verstaubte Wälzer aus Pergament, neuere Folianten aus Papier und dünne Kladden, die mit roten Bändern verschnürt waren. Simon erkannte auf einigen der Buchrücken goldene Lettern, andere waren mit dünnen Krakeln beschriftet oder trugen einen schlichten Einband aus Leder. Der ganze Raum roch nach edlem Holz, Staub und jenem unbestimmten Duft, der von altem Pergament und Tinte ausging.

Simon musste unwillkürlich schlucken. So viele Bücher hatte er erst einmal im Steingadener Prämonstratenserkloster gesehen, und das war schon eine ganze Weile her. Vermutlich war hier in Andechs so viel Wissen archiviert wie sonst im gesamten Pfaffenwinkel nicht.

Langsam schritt der Medicus die Regale ab und warf einen Blick auf einzelne Titel. Er entdeckte Paracelsus' »Große Wundarzney« und daneben eine fünfbändige Gesamtausgabe von Dioscurides' »Materia Medica«. Ungezielt begann Simon darin zu blättern, merkte aber schon bald, dass er auf diese Weise nicht fündig werden würde. Nach einer Weile legte er die dicken Wälzer beiseite und begann wieder, an den Buchreihen entlangzuwandern.

Zu seiner großen Freude stieß er am Ende eines Regals in Kopfhöhe auf ein eher unscheinbares Büchlein, das offensichtlich die Andechser Klostergeschichte behandelte. Simon war sich im Klaren darüber, dass er darin nichts über leuchtende Leichen erfahren würde. Aber die Ereignisse der letzten Tage hatten ihm deutlich gemacht, dass dieses Kloster mehr als nur ein Geheimnis hütete. Vielleicht war die Lösung all dieser seltsamen Vorkommnisse ja in der Vergangenheit zu suchen.

Nach kurzem Zögern griff Simon nach dem Ledereinband und machte es sich an einem schweren polierten Kirschholztisch in einem gepolsterten Sessel gemütlich. Er wusste selbst nicht genau, warum er gerade zu diesem Werk gegriffen hatte. Die Seiten waren in einem altertümlichen, leicht pathetischen Latein geschrieben, so dass der Medicus eine Weile brauchte, bis er hineinfand. Doch sein abgebrochenes Studium an der Ingolstädter Universität hatte wenigstens dafür gesorgt, dass er das Buch nach einiger Zeit halbwegs fließend lesen konnte.

Merkwürdigerweise begann die Chronik nicht wie erwartet mit der Gründung des Klosters, sondern weit davor. Simon erfuhr, dass auf dem Heiligen Berg zunächst eine Burg der Grafen von Andechs gestanden hatte, die jedoch von ihren Konkurrenten, den Wittelsbachern, zerstört worden war. Offenbar waren die Andechser Grafen einst ein mächtiges Geschlecht gewesen, das über weite Teile Bayerns und sogar über Teile des südlichen Tirols geherrscht hatte. Doch irgendwann hatten die Wittelsbacher die Vormacht über Bayern erlangt.

Die Chronik sprach in diesem Zusammenhang von »*schnödem feigen Verrat*«, ging aber zunächst nicht weiter darauf ein. Unwillkürlich musste Simon an den Grafen von Wartenberg denken, mit dem die beiden Semers gestern in der Taverne gesessen hatten. Auch Wartenberg war ein Wittelsbacher, und hatte dieser fette Cellerar nicht erzählt, der Graf besäße den dritten Schlüssel? Was für einen gottverfluchten Schlüssel? Simon seufzte. Je mehr er sich in die Angelegenheit vertiefte, umso komplizierter wurde alles.

Ein schabendes Geräusch ließ ihn aufschrecken. Die hohe Tür hatte sich geöffnet, und herein trat mit gekrümmtem Rücken der alte Bibliothekar. Als Bruder Benedikt Simon erblickte, schien der Mönch einen Moment lang verunsichert, dann hatte er zu seiner alten Arroganz zurückgefunden.

»Was habt Ihr hier verloren?«, schnarrte er. »Die Bibliothek ist allein den Mönchen vorbehalten.«

»Ich weiß«, erwiderte Simon bedauernd. »Aber der Abt hat mir erlaubt, in der Bibliothek meinen Bericht über die merkwürdigen Todesfälle zu verfassen. Er meinte, hier fände ich vielleicht einen Anhaltspunkt. Schließlich habt Ihr eine hervorragende Sammlung medizinischer Werke.« Das war dreist gelogen, aber der Medicus hatte das Gefühl, dass Maurus Rambeck gerade andere Sorgen hatte, als eine Notlüge zu berichtigen.

Tatsächlich schien der Bibliothekar sich mit Simons Ausrede abzufinden. »Die medizinischen Kenntnisse der Benediktiner sind in der Tat unerreicht«, sagte der Mönch stolz. »Sie gehen zurück auf das uralte Wissen der Babylonier, Ägypter und Griechen. Wir waren es, die die Kunde der Gifte und Heilpflanzen, die Vielzahl der Anwendungen und Diagnosen über all die Jahrhunderte bewahrt haben. Sicher habt Ihr bereits die ›Naturalis historia‹ von Plinius Secundus dem Älteren entdeckt?«

»Äh, ich gebe zu, dass ich noch nicht …«

»Ach, sieh an. Soweit ich weiß, ist die Andechser Chronik aber kein medizinisches Werk.« Bruder Benedikt hatte sich in der Zwischenzeit genähert und musterte argwöhnisch das Buch, in dem Simon soeben noch geblättert hatte.

Der Medicus lächelte so freundlich, als wollte er damit Eis schmelzen. »Verzeiht, aber mich hat einfach die Neugierde geritten. Schließlich habe ich nicht oft Gelegenheit, ein so ehrwürdiges Gemäuer zu betreten. Wie alt ist dieses Kloster noch mal?«

»Gut zweihundert Jahre«, erwiderte Benedikt grimmig. »Augustinerchorherren haben es gegründet, aber schon bald haben wir Benediktiner hier das Sagen gehabt.«

»In der Tat? Ich hätte vermutet, das Gebäude ist weitaus älter. Die vielen Keller, diese verwitterten Mauern …«

»Es gab hier einmal eine Burg und eine Kapelle«, gestand der Bibliothekar. »In dem Kirchlein wurde einst der Heiltumsschatz mit den Heiligen Drei Hostien verwahrt. Aber davon steht schon lange nichts mehr.«

»Und wo sind die Heiligen Drei Hostien jetzt?«, fragte Simon neugierig. »Schließlich sollen sie ja schon in ein paar Tagen Tausenden von Pilgern gezeigt werden.«

Pater Benedikt musterte ihn weiter argwöhnisch. »Na, wo schon? Gut verwahrt in der Heiligen Kapelle natürlich. Und dort bleiben sie auch bis Sonntag. Dann erst werden sie vom Erker der Kirche aus den Wallfahrern gezeigt.«

»Ist es nicht merkwürdig, dass diese zwei schrecklichen Morde und all diese anderen merkwürdigen Vorkommnisse just vor dem Dreihostienfest geschehen sind?«, sagte Simon leise. »Fast sieht es so aus, als will irgendjemand, dass dieses Fest nicht zustande kommt.«

»Das Fest kommt zustande, darauf könnt Ihr Euch verlassen.« Kurz glaubte Simon eine winzige Unsicherheit im Blick des alten Mönchs zu erkennen, dann hatte Benedikt sich wieder unter Kontrolle. »Seit Hunderten von Jahren werden die Heiligen Drei Hostien in einer versiegelten Monstranz dem Volk genau an diesem Tag gezeigt«, murmelte er. »Sie haben Brand, Überfälle und den Großen Krieg überstanden, und sie werden auch diese verfluchte Hexerei überstehen. Keiner kann sie rauben, geschweige denn wegzaubern.« Er richtete sich auf, und seine Augen begannen zu leuchten, als würde er einen uralten Zauberspruch sprechen. »Drei Schlüssel versperren den Eingang zur Heiltumskapelle. Nur der Abt, der Prior und ein Wittelsbacher können gemeinsam die Kammer öffnen. Die Hostien ruhen dort also wohl verwahrt. Keine Sorge, niemand wird die ehrwürdige Zeremonie stören.«

Simon zuckte zusammen. Noch einmal musste er daran denken, was Magdalena ihm von ihrem Kirchenbesuch erzählt hatte.

Der Wittelsbacher verwahrt den dritten Schlüssel ...

Hatte Magdalena nicht beobachtet, dass der Abt während der Messe mächtig beunruhigt gewesen war? Danach war er gemeinsam mit dem Prior und dem Grafen Wartenberg oben in der Heiltumskammer verschwunden. Gab es vielleicht wirklich eine Verbindung zwischen den Morden und den Heiligen Drei Hostien?

»Ich fürchte, Ihr werdet Eure medizinischen Studien morgen weiter betreiben müssen«, unterbrach der Bibliothekar Simons Gedanken. »Ich schließe jetzt die Räume hier. Wenn Ihr mich fragt, Ihr solltet Euch ohnehin lieber um die kranken Pilger kümmern und diesen Satan von Apotheker dem Weilheimer Landrichter überlassen.« Er schlurfte zur Tür hinüber. »Bruder Maurus hätte den Richter schon längst rufen sollen. Gerede hin oder her, aber es darf nicht sein, dass wir weiter einen Hexer in unseren ehrwürdigen Räumen beherbergen. Die Angelegenheit muss so schnell als möglich aus der Welt.«

»Was die Hexerei angeht ...«, warf Simon ein. »Bruder Eckhart sprach in diesem Zusammenhang von einem Golem. Ihr habt nicht zufällig ein Buch darüber?«

Mitten im Gehen blieb der Bibliothekar ganz plötzlich stehen und drehte sich zu Simon um. »Habe ich nicht gerade gesagt, Ihr sollt Euch eher um die Kranken kümmern?«, knurrte er. »Aber da Ihr schon fragt – ja, es gibt ein solches Buch.«

»Äh, dürfte ich es zufällig einsehen?«

Pater Benedikt lächelte schmal. »Das ist leider nicht möglich. Der Abt persönlich hat sich das Buch ausgeliehen.«

Simon versuchte sich nichts anmerken zu lassen, trotzdem zuckte er leicht zusammen.

Das jüdisch geschriebene Buch auf dem Tisch des Abts!, fuhr es ihm durch den Kopf. *Es ist ein Buch über die Beschwörung von Golems!*

»Ihr habt recht«, seufzte Simon schließlich und erhob sich mit einem Achselzucken. »Ich sollte mich um meine Patienten kümmern.« Er entschied, dem Bibliothekar nichts über seine merkwürdige Entdeckung an der Leiche des Novizen zu erzählen. Irgendetwas sagte Simon, dass er dem alten Mann nicht vertrauen durfte. Im Grunde durfte er niemandem hier vertrauen. »Die Sache gehört vor ein Inquisitionsgericht«, gestand er reumütig ein. »Ich habe mich schon viel zu lange damit aufgehalten. Trotzdem vielen Dank für Eure Erläuterungen.«

Ohne dass Pater Benedikt es bemerkte, schob er schnell die Andechser Chronik unter seinen Rock und begab sich zum Ausgang. Die Worte des Bibliothekars hatten in ihm das Bedürfnis geweckt, mehr über die Vergangenheit des Klosters zu erfahren. Entschlossen ballte Simon die Hände zu Fäusten, während er leicht dümmlich lächelte und dem Mönch nach draußen folgte. Es war eine Unart von ihm, dass er vor allem dann neugierig wurde, wenn man ihm das Neugierigsein verbot.

Welches Geheimnis ist hinter diesen Mauern verborgen? Oder unter ihnen?

Mit steifem Rücken stieg Simon vorsichtig die Treppe hinunter, die ganze Zeit misstrauisch beäugt von Pater Benedikt. Erst draußen im Freien wagte er wieder auszuatmen. Mit klopfendem Herzen zog der Medicus die Chronik hervor und wischte über den ledernen, von seinem eigenen Schweiß feuchten Einband. Dann zog sich ein Grinsen über sein Gesicht.

Wenigstens würde er heute Nacht noch einiges zu lesen haben.

Nachdem Magdalena die Kinder zu Bett gebracht hatte, saß sie müde von den Anstrengungen des Tages in der Stube des Schinderhauses und rührte gedankenverloren in einem Becher mit dampfendem Gewürzwein. Fast eine Stunde lang hatte sie Gutenachtlieder gesungen und war nun dementsprechend heiser. Besonders der dreijährige Peter wollte zurzeit überhaupt nicht zur Ruhe kommen und verlangte ihr einiges ab. Nachdem die Kinder die letzten Tage von ihr getrennt gewesen waren, klebten sie nun wie die Kletten an ihr. Wenigstens die Übelkeit der vergangenen Tage war mittlerweile verschwunden, wenn sie sich auch noch immer ein wenig flau im Magen fühlte.

Gern hätte Magdalena ihre Sorgen mit ihrem Mann geteilt, aber wie so oft war Simon ganz in seine eigenen Pläne und Gedanken vertieft. Die Henkerstochter seufzte leise. Gerade jetzt hätte sie ein wenig Beistand gut gebrauchen können. Noch immer trug sie dort, wo die lautlose Kugel sie in der Nacht zuvor gestreift hatte, einen Verband um den Hals. Zwar schien die Wunde gut zu heilen, doch was blieb, war die Angst, der Unbekannte könnte noch einmal zuschlagen. Oder hatte Simon recht, und sie bildete sich dies alles nur ein? War der Fremde auf dem Turm vielleicht nur irgendein versoffener Mönch gewesen, den sie in seinem Rausch gestört hatte? Und der Schuss im Dunkeln nichts weiter als der Querschläger aus dem Gewehr eines Jägers? Waren das alles nur dumme Zufälle?

Gedankenverloren nahm Magdalena einen weiteren Schluck Gewürzwein. Schinder Michael Graetz war auf einen oder zwei Humpen Bier ins Erlinger Wirtshaus gegangen. Ihr einziger Trost war deshalb der stumme Matthias, der ihr gegenüber auf der Ofenbank kauerte. Einmal mehr fiel ihr auf, wie hübsch der Geselle war. Er mochte Anfang zwanzig sein, und mit seinen kräftigen Armen, dem schwarzen, vorne offenen Kittel und den roten Haaren ähnelte er ein wenig einem aus dem fahrenden Volk, das gelegentlich auch in Schongau haltmachte, Lieder sang oder mit Bällen jonglierte.

Magdalena hatte von Graetz erfahren, dass der rothaarige Bursche nicht sprechen konnte, weil ihm als Kind Soldaten die Zunge herausgeschnitten hatten. Deshalb erwartete sie auch nicht, von ihm angesprochen zu werden. Trotzdem war es seltsam, mit jemandem im Raum zu sitzen, der einen anstarrte, ohne auch nur ein einziges Wort mit einem zu wechseln.

»Willst du denn nicht mit deinem Meister zechen gehen?«, fragte Magdalena, um wenigstens irgendetwas zu sagen. »Es war ein anstrengender Tag, und deine Kehle wird ziemlich trocken sein.«

Der stumme Gehilfe schüttelte den Kopf, während ein würgender Laut sich seiner Kehle entrang. Er deutete auf Magdalenas Becher mit Wein.

»Iiicht … gut«, stammelte er.

»Du trinkst nicht?«, hakte sie nach.

Matthias lächelte selig, weil er verstanden worden war.

»Und warum nicht?«

Der hübsche rothaarige Bursche schien ein wenig zu überlegen, dann verwandelte sich sein Gesicht in eine drohende Grimasse, während er die Finger wie Klauen abspreizte.

Unwillkürlich rückte Magdalena am Tisch ein wenig zur Seite. »Ach, du verträgst es wohl nicht?«, fragte sie zögernd.

Matthias seufzte und verdrehte die Augen, so als wäre er betrunken. Schließlich griff er zu einem Krug Wasser und trank ihn schlürfend in einem Zug leer.

»Aaaahhh«, machte er und rieb sich den Bauch wie nach einem guten Mahl. »Meckt ... esser. Iiieel ... esser!«

»Hast ja recht«, murmelte Magdalena. »Der Alkohol verwandelt die Mannsbilder bisweilen in Bestien. In lüsterne Bestien oder in schnarchende Bären.« Sie lachte verlegen, und der gutaussehende Gehilfe starrte sie unverhohlen an. Plötzlich spürte sie die Enge der Stube wie eine zweite Haut um sich herum. Ihr wurde heiß, und die Röte schoss ihr ins Gesicht. Unvermittelt stand sie auf.

»Sag mal«, begann sie verlegen. »Meinst, du könntest kurz auf die zwei schlafenden Schrazn aufpassen? Ich mag noch einmal raus an die Luft, und wenn du ohnehin nicht ins Wirtshaus gehst ...« Sie lächelte ihn an, und Matthias schien einen Moment lang verwirrt zu sein. Hinter seiner Stirn arbeitete es, so dass Magdalena bereits annahm, der Schindergeselle wäre nicht nur hübsch, sondern leider auch leicht beschränkt. Doch schließlich nickte Matthias, auch wenn er von Magdalenas Vorschlag nicht sonderlich begeistert schien.

»Dann ... dann bis später«, sagte sie leise. »Und danke schön auch.«

Sie schlang sich ihr Tuch um und stand gleich darauf draußen vor der Tür. Dort, in der Kühle der Nacht, musste sie beinahe über sich lachen. Was war nur mit ihr los? Offensichtlich hatten sie die Ereignisse der letzten Tage so mitgenommen, dass sie jetzt sogar schon ein stummer Schindergeselle aus dem Gleichgewicht brachte. Außerdem setzten ihr die Kinder mehr zu, als sie zunächst angenommen hatte. Vor allem, wenn der Vater mit wichtigeren Dingen beschäftigt war.

Magdalena atmete die kalte Luft ein, dann beschloss sie, hinauf zum Kloster zu gehen und nach ihrem Gatten Ausschau zu halten. Es ärgerte sie, dass Simon mal wieder abends aus war, während sie sich um die Kinder kümmerte. Eigentlich hätte er schon längst wieder zurück sein müssen, möglicherweise würde sie ihn ja unterwegs treffen.

Vom Wirtshaus her wehte der Gesang betrunkener Männer zu ihr herüber. Auf den Feldern rund um das Dorf brannten hier und da kleine Feuer, viele Pilger verbrachten die Nacht im Freien. Mittlerweile hatten wohl mehrere Hundert Menschen zu Füßen des Heiligen Berges ihr Lager aufgeschlagen.

Magdalena machte einen Bogen um die Feuer und die freundlich leuchtende Gaststube und stieg den steilen Weg hinauf zum Heiligen Berg. Sofort wurde es stiller. Die Steinmauer des Klosters, auf der sie und Simon erst gestern Mittag noch in der warmen Sonne gesessen hatten, war jetzt ein schwarzes Band vor einem noch dunkleren Hintergrund. In den Hecken links und rechts des Weges knackste es, einmal glaubte Magdalena sogar Schritte zu hören. Sie hastete den Pfad entlang, bis sie endlich durch eine Pforte ins Innere des Klostergeländes gelangte. Auch hier war es im Gegensatz zum lauten Leben tagsüber seltsam ruhig, nur eine Glocke schlug irgendwo. Zwei Betrunkene kamen ihr von der Klostertaverne entgegen, aber selbst sie torkelten schweigend an ihr vorbei.

Schließlich hatte sie den Platz vor der Kirche erreicht und hielt nach Simon Ausschau. Wo mochte er nur sein? Eigentlich hatte er nur kurz mit ihrem Vater zum Abt gehen wollen, doch seitdem waren bestimmt drei Stunden vergangen! Hatten sie vielleicht gemeinsam den hässlichen Nepomuk im Kerker aufgesucht?

Grübelnd starrte Magdalena auf die Steinhaufen und Kalksäcke, die überall auf dem Vorplatz lagen. Handwerker hatten Gerüste an den Wänden der Kirche und am Portal aufgestellt, um von dort aus das Dach auszubessern. Ein Kater huschte maunzend über die Bretter, auf der Suche nach seiner Liebsten. Lächelnd blickte Magdalena nach oben, wo das Tier gerade in einer Mauerritze des Turms verschwand.

Mit einem Mal fiel ihr ein, dass sie immer noch nicht wusste, was die merkwürdige Konstruktion oben im Kirchturm zu bedeuten hatte. Sollte sie jetzt noch einmal nachsehen? Vielleicht würde sie auf diese Weise ja herausfinden, ob ihr Sturz vom Glockenstuhl wirklich nur ein dummer Zufall gewesen war.

Entschlossen öffnete Magdalena das Kirchenportal einen Spaltbreit und schlüpfte ins Innere. Die Kirche war menschenleer. Sie griff sich eine der flackernden Kerzen, die zu Dutzenden auf einem der vielen Nebenaltäre brannten, und stieg vorsichtig die Stufen zur Balustrade hinauf. Von dort führte die notdürftig geflickte Wendeltreppe weiter nach oben in den Turm.

Magdalena ging so weit wie möglich auf der Innenseite und setzte vorsichtig einen Fuß vor den anderen. Die Dunkelheit hatte zumindest den Vorteil, dass sie im Licht der Kerze nur wenige Meter vor sich erkennen konnte. So blieb ihr der schwindelerregende Ausblick erspart. Schritt für Schritt stieg sie mit klopfendem Herzen in die Höhe, bis sie endlich die obere Plattform mit den drei Glocken erreicht hatte. Vorsichtig hielt sie die Kerze hoch und sah sich um.

»Was zum …?« Magdalena hielt sich die Hand vor den Mund, um nicht laut loszuschreien.

Die Bahre mit den Metallklammern war verschwunden. Ebenso die Eisenstangen.

Um ganz sicherzugehen, umrundete die Henkerstochter die gesamte Plattform, doch die seltsame Konstruktion hatte sich tatsächlich in Luft aufgelöst. Nur noch ein Stück Draht baumelte von der Decke im Wind.

Magdalena schimpfte leise vor sich hin. Irgendjemand musste die Bahre in den letzten zwei Tagen entfernt haben! Jetzt würde sie wohl nie erfahren, was es mit der Apparatur auf sich hatte. Fluchend trat sie gegen eine der schweren Kirchenglocken, was das Eisen jedoch keinen Millimeter in Schwingung versetzte. Dann stieg sie wieder nach unten und verließ leise die Kirche, nicht ohne sich ein letztes Mal vor dem Hauptaltar mit den zwei Marienstatuen zu verbeugen.

Verzeih den späten Besuch, heilige Mutter Gottes, betete sie lautlos. *Aber schließlich willst du doch auch wissen, was dort oben in deinem Turm vor sich geht. Oder weißt du es am Ende längst?*

Als Magdalena unter dem Baugerüst vor dem Haupteingang hindurchschritt, nahm sie plötzlich eine Bewegung wahr. Im gleichen Moment fiel etwas Großes, Schweres auf sie herab. Instinktiv sprang sie einen Schritt zur Seite und spürte noch, wie ein formloses Ding ihre rechte Schulter streifte. Es zischte, und ein hüfthoher Sack mit Kalk landete direkt neben ihr auf dem Boden, wo er aufplatzte und seinen Inhalt über den Boden ergoss.

Alles war so schnell gegangen, dass Magdalena kaum Zeit zum Luftholen geblieben war. Mit klopfendem Herzen lehnte sie an einer Gerüststange und starrte auf den Sack, von dem nun in der mondhellen Nacht eine Staubwolke aufstieg.

War das etwa wieder nur ein Zufall gewesen? Leise verfluchte sie sich dafür, dass sie in der Dunkelheit durch die Kirche geschlichen war. Verdammt, sie hatte zwei kleine Kinder, die sie brauchten, und sie schnüffelte hier irgendeinem Wahnsinnigen hinterher!

»Ist alles in Ordnung?«

Die Stimme war von rechts gekommen, dort, wo der Eingang zur Kirche lag. Ein Mönch näherte sich Magdalena. Erst als er beinahe vor ihr stand, erkannte sie den Novizenmeister Pater Laurentius.

»Ich habe Lärm gehört«, erklärte er. »Ich hoffe nur, es ist nichts passiert? Ihr seid ja kalkweiß.«

»Kalk ist das treffende Wort«, ächzte Magdalena und deutete auf den geplatzten Sack zu ihren Füßen. »Dieses Trumm da hätte mich fast erschlagen.«

Der Pater sah besorgt nach oben. »Muss wohl vom Gerüst gefallen sein. Ich habe schon heute Mittag gesagt, dass man Absperrungen anbringen muss. Als wenn nicht schon genug passiert wäre in letzter Zeit!« Er seufzte, dann blickte er Magdalena streng an. »Ihr solltet Euch um diese Zeit aber auch wirklich nicht mehr auf dem Kirchplatz aufhalten. Was macht Ihr hier überhaupt?«

Wie bereits gestern Abend in der Kirche fiel Magdalena Laurentius' feingeschnittenes Gesicht auf. Seine Finger waren lang, mit sauberen Nägeln, die in der Dunkelheit matt schimmerten.

»Ich … ich suche meinen Mann«, stammelte sie. »Es ist der Schongauer Bader, der sich hier um die Kranken kümmert. Ihr habt ihn nicht zufällig gesehen?«

Sofort veränderte sich das Gesicht des Paters. »Ach, der Bader, der sich unentgeltlich um die kranken Pilger kümmert?«, erkundigte er sich freundlich. »Ein wahrer Christenmensch. Seid gewiss, dafür hat er sich einen Platz im Himmelreich verdient.«

»Danke, aber ich glaube, die nächsten Jahre würde er gern noch auf Erden wandeln.« Magdalena zog sich das Tuch fester um die Schultern. »Und das ist in Eurem Kloster zurzeit nicht so einfach.«

Der Pater zuckte zusammen. »Ihr habt recht«, murmelte er zögerlich. »Es sind furchtbare Tage. Zuerst der junge Coelestin und dann ...« Seine Stimme brach, und er drehte sich zur Seite.

»Ihr standet dem Uhrmachergehilfen Vitalis wohl sehr nahe?«, fragte Magdalena besorgt.

Pater Laurentius nickte mit zusammengebissenen Lippen. Erst nach einer Weile antwortete er: »Ich bin hier der Novizenmeister. Alle meine Zöglinge stehen mir nahe, ich bin für die Ausbildung eines jeden einzelnen verantwortlich.« Laurentius seufzte. »Aber mit Vitalis war es noch etwas anderes. Er war sehr ... feinfühlig. Oft hat er mich abends noch besucht und mir seine Sorgen erzählt.« Die langen Wimpern des Paters begannen zu flattern, und Magdalena sah eine einzelne Träne über sein Gesicht rollen.

»Hatte Vitalis denn Ärger mit seinem Meister?«, erkundigte sie sich neugierig.

Der junge Mönch zuckte mit den Schultern. »Ich weiß es nicht. Zum Ende hin war er sehr verschlossen, irgendetwas muss vorgefallen sein. Bei unserem letzten Treffen schien er mir etwas beichten zu wollen, aber dann beschloss er, doch zu schweigen. Es war wohl Aurora, die ihm so Angst machte.«

»Aurora?«

»Nun, der Automat seines Meisters«, erklärte Laurentius. »Vitalis war der Meinung, die Puppe würde leben. Oft erzählte er mir, dass sie sich in der Nacht von alleine bewegte, zischte und flüsterte, fast wie ein menschliches Wesen. Er fühlte sich von ihren Blicken auf Schritt und Tritt verfolgt.«

Magdalena schüttelte sich. »Eine grauenhafte Vorstellung!«

»Nicht wahr? Vitalis meinte, die Puppe berge irgendein

schreckliches Geheimnis. Am Abend vor seinem grausigen Ende sagte er zu mir: ›Sie wird ihn in den Tod reißen. Ihn und uns alle.‹« Pater Laurentius nickte nachdenklich. »Genau das waren seine Worte: ›In den Tod reißen‹. Nun sieht es ganz so aus, als habe sich seine Prophezeiung erfüllt. Weiß der Himmel, was dieses Geschöpf mit dem armen Vitalis und seinem verschwundenen Meister angestellt hat!« Er schlug ein hastiges Kreuz und verbeugte sich. »Es ist schon spät, bis zur Laudes sind es nur noch ein paar Stunden. Wollen wir hoffen und beten, dass diese Hexerei bald ein Ende hat. Gott sei mit Euch!« Mit dem letzten Satz wandte der Novizenmeister sich ab und verschwand in der Nacht.

Magdalena sah seinem Schatten noch eine Weile nach, dann schritt sie eilig den steilen Klosterweg hinunter Richtung Dorf. Inständig hoffte sie, dass Simon in der Zwischenzeit heimgekehrt war. Dieses Kloster wurde ihr immer unheimlicher, und in ihrem Kopf ertönte noch lange die leise Melodie des Automaten.

Ein schrilles, nicht enden wollendes Glockenspiel.

Eine halbe Stunde später waren alle drei Kuisls ins Haus des Schinders zurückgekehrt. Gemeinsam saßen sie nun in der geheizten Stube und brüteten vor sich hin. Der Henker hatte sich seine dritte Pfeife angesteckt, und der Tabak qualmte mit dem feuchten Ofenfeuer um die Wette. Kuisls Vetter Michael Graetz war von seinem Wirtshausbesuch noch nicht wieder da, und sein stummer Geselle schien verschwunden, obwohl Magdalena ihn gebeten hatte, auf die Kinder aufzupassen. Ein Umstand, der den dreien sehr gelegen kam. Schließlich gab es einiges zu besprechen.

»Blitzexperimente?«, fragte Simon ungläubig. »Euer Freund Nepomuk hat tatsächlich an Blitzen geforscht?«

Jakob Kuisl nickte und nahm einen tiefen Zug von seiner

Pfeife. Noch immer trug er die dreckige Mönchskutte, die ihm wie ein nasser Sack am Körper klebte. Sie schien ihn gehörig zu jucken. »Er wollte die Blitze bannen«, brummte er schließlich, nachdem er sich ausgiebig gekratzt hatte. »Keine so blöde Idee, wenn ihr mal überlegt, wie oft allein in unserem schönen Schongau schon der Blitz eingeschlagen hat. Vom Kirchturm hat Nepomuk einen Draht hinunter zum Friedhof gelegt, und dann ist tatsächlich der Blitz hineingefahren. Leider ist dabei gleich der ganze Turm in Brand geraten.«

»Moment mal«, warf Magdalena ein. »Dort oben war vorgestern zwar so ein Draht, aber auch eine merkwürdige Bahre. Doch die war verschwunden, als ich heute Nacht noch einmal hinaufgegangen bin. Nur der Draht hing noch von der Decke.«

Sie hatte Simon noch auf dem Heimweg getroffen und bislang darauf verzichtet, ihm und ihrem Vater von dem heruntergefallenen Kalksack zu erzählen. Mittlerweile wusste sie selbst nicht mehr, ob ihre ständige Angst vor Anschlägen nur ein Hirngespinst war. Jetzt, im hellen Licht der Schinderstube, kam ihr alles nur noch wie ein ferner Spuk vor.

»Vielleicht stammt diese Bahre im Glockenstuhl ja wirklich nicht von Nepomuk, sondern von einem Unbekannten, der sich dessen Idee zu eigen gemacht hat«, überlegte Simon.

Magdalena runzelte die Stirn. »Und wer sollte das sein?«

»Was weiß ich?«, erwiderte Simon ratlos. »Der ganze innere Klosterrat macht einen ziemlich verdächtigen Eindruck. Vor allem der Abt selbst. Dein Vater und ich haben ihn dabei ertappt, wie er in einem Beschwörungsbuch über Golems gelesen hat.« Angestrengt wedelte er den Tabakqualm zur Seite. »Wer auch immer es ist, wir kommen zu spät. Dieser Unbekannte hat offensichtlich sämtliche Beweise entfernt, weil ihm der Boden unter den Füßen zu heiß wurde. Und nun …«

Simon hustete, dann wandte er sich zornig an seinen Schwiegervater. »Verdammt, Kuisl!«, schimpfte er. »Könnt Ihr nicht *einmal* diese leidige Raucherei lassen? Wer soll denn bei all dem Qualm nachdenken können?«

»Ich zum Beispiel«, knurrte der Henker. »Solltest es auch mal probieren, dann wär dir einiges klarer. Gerade jetzt hab ich wieder ein paar hervorragende Gedanken.« Er grinste und nahm einen besonders tiefen Zug. »Nepomuk hat mir nämlich erzählt, dass Virgilius von so einem Unbekannten gesprochen hat. Es gäbe da jemanden, der sich für die Blitzexperimente interessieren würde, meinte er.«

»Der Abt!«, rief Magdalena dazwischen. »Vielleicht braucht er zur Erschaffung des Golems ja einen gewaltigen Blitz, und Virgilius sollte ihm dabei helfen?«

Der Henker spuckte in die Binsen. »Schmarren! So einen Golem gibt es nicht. Ich glaube an hartes Eisen, an eine gut geknotete Galgenschlinge und an die Bosheit der Menschen, aber nicht an einen Mann aus Lehm. Das sind nichts weiter als die Gräuelgeschichten irgendwelcher Pfaffen, um den Menschen Angst zu machen.« Er schüttelte störrisch den Kopf. »Leider können wir Virgilius nicht mehr zu diesem seltsamen Unbekannten befragen, weil er sich nämlich in Feuer und Rauch aufgelöst hat.«

»Ähm, apropos Feuer.« Simon räusperte sich. Er zögerte eine Weile, bevor er weitersprach: »Bitte haltet mich nicht für verrückt, aber ich habe da eine sehr seltsame Entdeckung gemacht. Langsam beginne auch ich an Hexerei zu glauben.« Stockend berichtete er den anderen von seinem seltsamen Erlebnis mit dem glimmenden Toten im Andechser Bierkeller und von seiner eigenen überstürzten Flucht.

»Du sagst, es war ein weißes Pulver, und die Leiche hat grünlich geleuchtet?«, fragte Jakob Kuisl schließlich.

Simon nickte. »Es war ein ganz leichtes Glimmen, so wie

von Glühwürmchen. Ich kann mir einfach keinen Reim darauf machen.«

»Aber ich«, erwiderte der Henker trocken. »Ich hab von so einem Phänomen schon mal gehört.«

»Und?« Simon richtete sich neugierig auf. »Was ist es?«

Jakob Kuisl grinste seinen Schwiegersohn an. »Ha, was nur? Ich fürchte, dafür hab ich heut eindeutig zu wenig geraucht. Mein Kopf arbeitet zu langsam, und leider darf ich ja hier drin nicht mehr qualmen …« In aller Seelenruhe fischte er eine Laus unter seinem Gewand hervor und stopfte sie in die Glut seiner Pfeife, wo sie knackend zerplatzte.

»Vater, lass den Schmarren und sag uns endlich, was du weißt!«, zischte Magdalena. »Sonst steck ich's der Mutter, dass du schon bei deiner dritten Pfeife bist.«

»Schon gut, schon gut.« Der Henker winkte ab. »Es ist vermutlich Phosphor.«

»Phosphor?« Simon sah seinen Schwiegervater ungläubig an. »Was in drei Teufels Namen ist Phosphor?«

»*Phosphorus mirabilis*. Ein Stoff, den erst vor kurzem ein Apotheker in einer Stadt namens Hamburg entdeckt hat, du nichtsnutziger Studiosus«, blaffte Jakob Kuisl. »Hättest wohl doch noch ein wenig an der Ingolstädter Universität bleiben sollen.« Er lehnte sich selbstzufrieden zurück und sog an seiner Pfeife. »Eigentlich hat dieser Apotheker ja wie so viele andere den Stein der Weisen gesucht. Aber herausgekommen ist ein leuchtender Stoff, eben *phosphorus*. Ich hab in einem meiner Bücher von Athanasius Kircher davon gelesen. Im Dunkeln leuchtet er leicht grünlich, aber er hat auch noch eine andere, äußerst tödliche Eigenschaft.«

»Und die wäre?«, fragte Magdalena.

Der Henker verschränkte die Arme vor der breiten Brust. »Nun, er brennt wie Zunder. Es reicht, wenn man ihn in der Sonne liegen lässt. Wenn Phosphor einmal Feuer gefangen hat, ist er nicht mehr zu löschen, und er hinterlässt grauenhafte Wunden.«

»Soll das heißen, der arme Vitalis ist mit diesem ... diesem Phosphor übergossen worden?«, flüsterte Simon. »Aber warum nur?«

»Vielleicht, weil jemand will, dass die Andechser Pfaffen an Hexerei glauben?«, knurrte Jakob Kuisl. »Hast du nicht selbst gesagt, dass dieser Vitalis einen eingeschlagenen Schädel hatte? Vermutlich hat ihn jemand auf ganz herkömmliche Weise umgebracht und dann mit Phosphor bestreut, um seinen Tod wie Hexenwerk aussehen zu lassen. Mit Nepomuk hat man dann schnell einen Sündenbock gefunden.«

»Und sein Okular?«, gab Simon zu bedenken. »Es hat immerhin am Tatort gelegen.«

»Jeder hätte es dort hinlegen können«, unterbrach ihn Magdalena. »Mein Vater hat recht! Ein verschwundener Automat, ein vom Erdboden verschluckter Uhrmacher, ein bestialisch verbrannter Gehilfe – das alles sollte wie ein Werk Satans aussehen. Vielleicht einfach, um Angst zu schüren? Wenn ihr mich fragt, dieser Unbekannte hat ziemlich dick aufgetragen. Seitdem steht ganz Andechs kopf.« Sie zögerte kurz. »Fragt sich nur, welchen Nutzen jemand hat, wenn hier unter den Pilgern eine Panik ausbricht?«

Durch den Tabakdunst hindurch starrte Simon auf das Kreuz im Herrgottswinkel der Schinderstube. Plötzlich schlug er laut auf den Tisch.

»Ich hab's!«, rief er.

»Himmelherrgott, Simon!«, zischte Magdalena. »Sei gefälligst leise. Du weckst die Kleinen noch auf!«

»Es muss mit dem Dreihostienfest zusammenhängen!«, sagte Simon, nun mit gedämpfter Stimme. »Jemand will dieses Fest stören. Schon jetzt überlegen sich einige Wallfahrer, wieder nach Hause zu gehen. Sie haben von den schrecklichen

Morden gehört und haben Angst vor diesem Automaten, der durch das Kloster schleichen soll. Wenn das so weitergeht, wird das Fest vielleicht gar nicht zustande kommen. Jedenfalls wird es dann keine frohe, gottgefällige Feier mehr.«

»Und warum sollte jemand so etwas machen?«, fragte Magdalena skeptisch. »Was hätte er davon?«

Simon seufzte. »Ich fürchte, dafür wissen wir noch zu wenig von diesem Kloster. Aber das kann sich ändern.« Grinsend zog er den ledernen Band hervor, den er die ganze Zeit unter seinem Rock verborgen hatte. »Ich habe mir diese Chronik aus der Bibliothek, nun ja ... ausgeliehen. Vielleicht finden wir darin eine Erklärung. Schließlich sind die Heiligen Drei Hostien die wichtigste Reliquie in Andechs.«

»Dann lies meinetwegen, ich ruh mich derweil von dieser saublöden Maskerade aus.« Jakob Kuisl zog sich die stinkende, verschwitzte Kutte über den Kopf und warf sie angewidert in eine Ecke. »Ich hoff nur, dass der Mummenschanz bald ein Ende hat.«

In diesem Augenblick öffnete sich knarrend die Tür, und herein trat ein rotgesichtiger, von Alkoholdunst umwehter Michael Graetz. Der Erlinger Schinder hatte ganz offensichtlich im Wirtshaus ein paar Humpen Bier zu viel getrunken, er schwankte leicht und blickte staunend in die Runde.

»Zwickt's mich«, murmelte er schließlich mit schwerer Zunge. »Ich glaub, ich hab gerade noch durchs Fenster einen riesigen Mönch in der Stube gesehen. Und jetzt ist er wie durch Zauberei verschwunden.«

»Einen Mönch? In deiner Stube?« Der Henker lachte, und nur in Magdalenas und Simons Ohren klang es ein wenig zu laut. »Liebster Vetter, eher steigt ein Pfaffe auf einen Misthaufen, als dass er ehrlosen Häusern wie den unseren einen Besuch abstattet.« Jakob Kuisl deutete auf die abgeschlossene Truhe an der Wand neben dem Herrgottswinkel. »Und nun lass sehen, ob du für deine Familie noch einen Willkommenstrunk hast. Damit sich dein Rausch auch wirklich lohnt.«

Gedämpftes Licht drang durch die angelehnten Fensterläden des Schinderhauses, doch die Gestalt draußen auf der vom Nachttau nassen Wiese scheute die Helligkeit und zog es vor, im Dunkeln zu bleiben. Sie strich um die Weißdornbüsche, die das Haus vom Wald trennten, und lugte vorsichtig über die stachligen Zweige.

Der Mann ballte die Fäuste, so dass die Knöchel weiß hervortraten. Der Meister würde böse sein, sehr böse, denn er hatte ein weiteres Mal versagt! Dabei hatte ihm der Meister heute Mittag noch einmal klargemacht, dass diese neugierige junge Frau den ganzen Plan zunichtemachen konnte. Sie schnüffelte einfach zu viel herum. Und was war schon ein Leben, wenn man dafür viele andere retten konnte?

Der Mann atmete tief durch, um seine gewohnte Ruhe wiederzufinden. Er hatte im Großen Krieg so viele Menschen sinnlos sterben sehen, dass sich ein Panzer wie von Eis um sein Innerstes gelegt hatte. Nur manchmal spürte er noch etwas. Es war ein Gräuel, dass ihm das gerade mit ihr passieren musste! Vermutlich war es ihre Schönheit, die ihn schwach werden ließ. Oder vielleicht auch ihr Lachen, das gerade jetzt wieder von dem erleuchteten Haus bis zu ihm herüberdrang. Er hatte den Sack Kalk ganz bestimmt auf sie werfen wollen, aber im letzten Moment hatte eine höhere Macht seine Hand ein wenig zur Seite geschoben. Ebenso, wie diese Macht gestern Nacht die Flinte einen Zentimeter nach rechts gedrückt hatte.

Der Mann hinter den Weißdornbüschen stieß ein leises Wimmern aus. Schon jetzt graute ihm davor, dem Meister vom Scheitern des Attentats zu berichten. Der Herr würde zetern und toben, und was noch schlimmer war: Er würde ihm seine Liebe entziehen.

Weiter leise vor sich hin jammernd, kroch die Gestalt zurück in den Wald, wo sie schon bald von der Dunkelheit verschluckt wurde.

Der Mann musste seine Schuld beichten.

Kapitel 8

Mittwoch, der 16. Juni Anno Domini 1666,
morgens in der Andechser Messe

Die Franziskanerkapuze tief ins Gesicht gezogen, saß Jakob Kuisl auf einem der hinteren Plätze des Chorgestühls und beobachtete von dort aus die anderen Mönche.

Leise zischte der Henker einen Fluch, der so gar nicht zu der heiligen Umgebung passen wollte. In den frühen Morgenstunden hatte er sich von Magdalena überreden lassen, die Morgenmesse zu besuchen und die Augen offen zu halten. Dieses Teufelsweib hatte seine eigene Sturköpfigkeit geerbt! Nach langem Hin und Her hatte Kuisl schließlich schimpfend klein beigegeben und sich auf einen weiteren Tag in der albernen Maskerade eingelassen. Insgeheim musste er sich ohnehin eingestehen, dass seine Neugier geweckt war. Außerdem ging es um das Leben seines besten Freundes.

Aufmerksam sah sich der Henker in der Kirche um. Das Gotteshaus war bis auf den letzten Platz besetzt; Kinder jammerten, nicht wenige Menschen husteten und schnieften, irgendwo schlug eine Tür zu. Die Messe hätte schon vor einer guten Viertelstunde anfangen sollen. Unten im Kirchenschiff murmelten die vielen Hundert Pilger unruhig vor sich hin.

Auch die Pater oben im Chor waren sichtlich irritiert. Sie tuschelten miteinander, und der Henker entnahm den leisen

Gesprächsfetzen, dass sie alle gemeinsam auf den Abt warteten und auf den Prior, der den Gottesdienst heute leiten sollte. Als Jakob Kuisl noch einmal nach unten sah, bemerkte er, dass auch der Platz des Grafen leer war. Seine Frau versuchte die lärmenden Kinder zu bändigen und blickte immer wieder hinüber zum Kirchenportal, so als hoffte sie, dass ihr Gemahl jeden Augenblick eintreten würde.

Der Henker lehnte sich in der harten Kirchenbank zurück und versuchte so wenig wie möglich aufzufallen. Ein Vorhaben, das bereits durch seine beträchtliche Körpergröße zum Scheitern verurteilt war. Als er vor einer halben Stunde die obere Balustrade betreten hatte, war es unter den Mönchen zu einigem Trubel gekommen. Bruder Eckhart hatte seine Mitbrüder schließlich missmutig darüber aufgeklärt, dass der große fremde Mönch ein Minorit auf der Durchreise war, dem der Abt tatsächlich den Aufenthalt im Kloster genehmigt hatte.

Mittlerweile hatte sich die Aufregung um seine Anwesenheit gelegt, und die neugierigen Blicke waren weniger geworden. Auf diese Weise war es dem Henker möglich, die Gespräche der anderen zu belauschen.

»Das hat es noch nie gegeben, dass sowohl der Abt wie auch der Prior die Morgenmesse verschlafen!«, schimpfte gerade leise ein dürrer Mönch zu Kuisls Rechten, und sein Banknachbar, ein älterer Glatzkopf, nickte zustimmend.

»Wollen wir nur hoffen, dass es nichts Schlimmeres ist«, flüsterte der Kahle. »Hast du gesehen, wie Bruder Maurus gestern Abend bei der Cena aussah? Ganz blass und atemlos war er. Wenn du mich fragst, ist es dieses Fieber, das umgeht. Möge Gott verhüten, dass wir schon bald wieder einen neuen Abt wählen müssen!«

»Nun, dann bekäme der Prior endlich die Stelle, auf die er schon so lange spechtet.« Der hagere Mönch kicherte leise.

»Wenn ihn nicht selbst das Fieber geholt hat. Schließlich fehlt er ebenso.«

»Pst, sei still! Schau, sie kommen eben aus der Reliquienkammer.«

Der Glatzkopf deutete auf eine niedrige Tür zur Rechten des Chorgestühls, aus der soeben der Abt und der Prior traten. Sofort spürte Kuisl, dass etwas nicht in Ordnung war. Sowohl Maurus Rambeck wie auch Pater Jeremias sahen aus, als hätten sie soeben den Leibhaftigen höchstselbst erblickt. Sie waren bleich, Schweißperlen standen ihnen auf der Stirn. Rambecks Lippen zitterten, als er sich hinunterbeugte zu dem alten Bibliothekar, der in der vordersten Reihe des Chorgestühls saß. Der Abt flüsterte dem Greis etwas ins Ohr, woraufhin dieser zusammenzuckte und ebenso erbleichte. Der Prior hatte sich in der Zwischenzeit an Bruder Eckhart und an den jungen Novizenmeister gewandt, der vor Entsetzen die Hand vor den Mund schlug.

Der Henker runzelte die Stirn. Was in drei Teufels Namen ging hier vor?

In diesem Augenblick dröhnten unten die schweren Flügel des zuschlagenden Kirchenportals. Graf Wartenberg hatte das Gotteshaus betreten, er wirkte über die Maßen erbost. Sein ganzer Körper schien vor Wut zu beben, während er sich mit schnellen energischen Schritten zu seinem Platz begab und dort in den gepolsterten Sessel fallen ließ. Als sich seine Frau besorgt zu ihm beugte, stieß er sie mit einer herrischen Geste beiseite und stierte dumpf vor sich hin. Bis oben ins Chorgestühl konnte Jakob Kuisl sehen, wie die Augen des Grafen zornig funkelten.

Was ist bloß geschehen?, dachte der Henker. *Ist wieder jemand umgebracht worden?*

Gerade wollte Kuisl wieder dem Gespräch der Mönche zu seiner Rechten lauschen, als er beobachtete, wie sich Abt und

Prior gemeinsam mit dem Cellerar Eckhart und dem alten Bibliothekar erneut zu der niedrigen Tür am anderen Ende der Balustrade begaben und in Richtung der Heiligen Kapelle verschwanden. Der Novizenmeister war derweil über eine Treppe hinunter ins Kirchenschiff geeilt und eröffnete mit zittriger, aber lauter Stimme die Messe.

»In nomine patri et filii et spiriti sancti, Amen …«

Die Pilger erhoben sich, und hinter dem Chorgestühl setzte die Orgel ein. Inbrünstig sangen die vielen Hundert Wallfahrer miteinander das Laudate Deo, gemeinsam mit den einfachen Mönchen, die sich verwundert ansahen. Offenbar wussten auch sie nicht, was in der Zwischenzeit vorgefallen war.

Einen kurzen Augenblick noch blieb der Henker sitzen, dann hatte er seinen Entschluss gefasst. Laut hustend und rotzend, erhob er sich, wobei er so tat, als quälte ihn ein plötzlicher Brechreiz. Die Hand vor dem Mund, drängte er sich durch die Reihen der Mönche, die allesamt ängstlich vor ihm zurückwichen. Ein jeder fürchtete mittlerweile, sich bei einem seiner Mitbrüder mit dem Fieber anzustecken. Der unbekannte Minorit schien ebenfalls an der verfluchten Krankheit zu leiden, und nur allzu bereitwillig machte man ihm deshalb Platz.

Schon nach kurzer Zeit hatte Jakob Kuisl das Ende des Chors erreicht. Soeben schloss sich die kleine Tür hinter dem fetten Cellerar; der Henker eilte zu dem Durchgang, blieb jedoch kurz davor stehen. Just in dem Moment, als die Mönche im Chor zum Gebet niederknieten und die Köpfe senkten, drückte er die Klinke und folgte den vier Kirchenoberen lautlos ins Allerheiligste.

Kaum hatte Kuisl die Tür hinter sich geschlossen, drang der Gesang der Wallfahrer nur noch dumpf an seine Ohren. Eine einzelne Fackel an der Wand erhellte ein winziges Treppenhaus, in dem uralte durchgetretene Steinstufen nach oben führten. Von dort ertönten die aufgeregten Stimmen der Benediktiner. Sie hallten, so als stünden die Mönche in einem nahe gelegenen Gewölbe.

Vorsichtig schlich Jakob Kuisl die wenigen Stufen hinauf. An den Wänden des Treppenhauses hingen unzählige gerahmte Bilder, die von wundersamen Errettungen einzelner Wallfahrer kündeten. Der Henker würdigte sie keines Blickes, er lauschte aufmerksam auf die Stimmen vor sich, die jetzt immer näher kamen.

Plötzlich sah er vor sich einen kleinen Raum mit einer schweren eisernen Tür an der Stirnseite, die zusätzlich durch Nägel und Metallstreben verstärkt war. Drei bunte Wappen prangten in Kopfhöhe des Portals, an der Wand lehnten neben einer Truhe drei eiserne Stangen, die offensichtlich als Riegel dienten. Kuisl konnte an den Seiten der Tür die dazugehörigen Schlösser erkennen.

Auf Zehenspitzen schlich der Henker die letzten Meter durch den Raum und bemerkte zu seiner Erleichterung, dass die eiserne Tür nur angelehnt war. Durch einen schmalen Schlitz konnte er in den Raum dahinter schauen, der von zwei winzigen vergitterten Fenstern nur schemenhaft erhellt wurde. Kuisl hielt den Atem an.

Vor ihm befand sich tatsächlich die Heilige Kapelle.

Es handelte sich um eine steinerne, beinahe würfelförmige Kammer, die an drei Seiten mit kleinen Nischen und Regalen versehen war. Darauf standen die unterschiedlichsten Gegenstände – Kelche, Kreuze und Kästchen, teils so sehr verrostet und grün angelaufen, als würden sie schon seit Urzeiten hier liegen. An der Stirnseite befand sich ein kleiner Altar mit einem roten Samttuch, vor dem sich die vier Kirchenoberen versammelt hatten.

Jakob Kuisl brauchte eine Weile, um zu erkennen, was ihn an dem Bild störte: Der Altar war leer.

Die Mönche davor schienen in einen heftigen Disput verwickelt zu sein. Sie hoben die Hände, rauften sich die Haare und bekreuzigten sich dabei immer wieder, als gelte es, das Böse zu vertreiben. Gerade ertönte der laute Bass von Pater Eckhart, dem Cellerar.

»Aber das ... das ist unmöglich!«, zeterte er. »Kein Sterblicher kann die Monstranz mit den Hostien gestohlen haben, nicht aus dieser Kammer!«

»Und doch ist es geschehen, du Dummkopf!«, erwiderte der Prior. »Also lasst uns gemeinsam überlegen, wie das passiert sein könnte. Und zwar bevor jemand dort draußen etwas mitbekommt. Das hier kann uns alle den Kopf kosten!«

»An deiner Stelle hätte ich auch Angst um meinen Kopf«, murmelte der alte Bibliothekar. »Schließlich hattest du einen der drei Schlüssel, die es zum Öffnen der Kammer braucht. Nicht wahr?«

Der Prior lief rot an. Einen Moment lang schien er drauf und dran, dem Greis an die Gurgel zu gehen, dann beließ er es dabei, ihm seinen Zeigefinger in die Brust zu rammen. »Willst du damit sagen, dass *ich* mit dem Verschwinden der Hostien etwas zu tun habe? Du vergisst, man braucht immer drei Schlüssel, um die Kammer zu öffnen! Die anderen zwei Schlüssel haben Bruder Maurus und der Graf. Glaubst du allen Ernstes, dass wir drei uns zusammengetan haben, um die Hostien zu stehlen? Glaubst du das?«

»Hört auf, Brüder!«, ertönte nun die müde Stimme des Abts. Er sah aus, als hätte er mit seinem Leben bereits abgeschlossen und erwarte nun das ewige Feuer der Verdammnis. »Es bringt nichts, wenn wir uns hier gegenseitig Vorhaltungen machen«, fuhr er leise fort. »Wir sollten lieber überlegen, was wir tun, wenn die Hostien bis zum Dreihostienfest in vier Tagen nicht wieder aufgetaucht sind.«

Der Prior schüttelte den Kopf, als könnte er es immer noch

nicht begreifen. »Wie ist das nur möglich?«, jammerte er. »Als wir gestern Abend mit dem Grafen die Reliquienkammer öffneten, war noch alles an seinem Platz. Und nur ein paar Stunden später sind die Hostien verschwunden! Aus einem Raum mit vergitterten Fenstern, der von drei Riegeln mit drei unterschiedlichen Schlüsseln versperrt wurde! Bei Gott, ich schwöre, dass ich den meinen keinen Moment lang aus den Augen gelassen habe.« Er kramte nach einer Kette, die um seinen Hals hing. Daran baumelte ein einzelner Schlüssel. »Sogar im Schlaf trag ich ihn!«

Nun zog auch der Abt einen Schlüssel unter seiner Kutte hervor. »Das Gleiche gilt für mich«, erklärte er matt. »Wo der Graf seinen Schlüssel aufbewahrt, weiß ich allerdings nicht. Gestern Abend und auch heute Morgen trug er ihn jedenfalls an seinem Gürtel.«

»Warum habt ihr zwei mit dem Grafen den Raum heute früh überhaupt noch einmal aufgesucht, hä?«, fragte der Bibliothekar. »Eigentlich hätte die Kammer doch bis zum Fest versperrt bleiben sollen.«

Prior Jeremias seufzte. »Weil es der Graf so wollte. Er meinte, er müsse vor der Messe noch mal beten, und zwar vor dem Allerheiligsten. Wie willst du einem Wittelsbacher diese Bitte abschlagen? Du weißt selbst, dass wir dem Kurfürsten auf Gedeih und Verderb ausgeliefert sind.«

»Ihr hättet ihn schon gestern nicht in die Kammer lassen sollen!«, schimpfte der Bibliothekar. »Das hat ihn nur auf dumme Gedanken gebracht! Was hat der Graf überhaupt so früh hier verloren? Normalerweise taucht er doch erst zum Dreihostienfest auf!«

»Das ist in der Tat seltsam«, räumte der Prior ein. »Gestern war es allerdings Maurus' Idee, die Reliquienkammer noch mal aufzusuchen. Wieso eigentlich, Maurus?«

»Verflucht! Weil ich das dumpfe Gefühl hatte, dass irgendetwas nicht stimmt«, ertönte die zittrige Stimme des Abts. »Und wie man sieht, hat mich dieses Gefühl nicht getäuscht. Überhaupt, was soll eigentlich diese misstrauische Fragerei? *Du*, Jeremias, kannst doch froh sein, wenn die Hostien verschwunden bleiben! Wenn das hier rauskommt, bin ich meinen Posten als Abt los. Und ich weiß genau, dass du nur darauf wartest, in meine Fußstapfen zu treten.«

»Verleumdung!«, brauste Prior Jeremias auf. »Nichts als Verleumdung! Wir hätten schon längst den Weilheimer Landrichter rufen sollen. Hier läuft alles aus dem Ruder! Sieh doch endlich ein, dass du die Kontrolle über all diese Vorfälle verloren hast.«

»Wie kannst du es wagen ...«, begann der Abt, doch in diesem Augenblick blieb Jakob Kuisl mit seiner Schulter an einem der vielen Votivbilder hängen und der schwere Rahmen fiel scheppernd zu Boden. Der Henker biss sich auf die Lippen, um nicht laut loszufluchen. Doch der Schaden war nicht mehr gutzumachen.

»Still!«, zischte der Bibliothekar. »Da draußen ist jemand!«

»Das ist der Golem!«, jammerte Bruder Eckhart. »O Gott, er kommt, uns zu holen! Das ist unser Ende! Heilige Maria, bitte für uns, jetzt und in der Stunde ...«

»Sei still, du Idiot«, unterbrach ihn der Prior. »Lass uns lieber sehen, was dort draußen vor sich geht.«

Leise wie ein Schatten löste sich Jakob Kuisl von der Wand und eilte die Treppe hinab, während hinter ihm Schritte ertönten. Schon wenige Augenblicke später war er durch die niedrige Tür geschlüpft und reihte sich wieder unter die Mönche ein, die mittlerweile der Predigt des nervösen Novizenmeisters lauschten.

Kuisl kniete nieder, faltete die Hände und bewegte lautlos die Lippen, so als würde er ein Gebet murmeln. Doch in seinem Kopf begann es bereits zu arbeiten. Mühsam versuchte der Henker all die Informationen der letzten Viertelstunde zu einem Ganzen zusammenzusetzen. Wie Fetzen eines Buches flatterten sie durch sein Hirn und entglitten ihm jedes Mal, wenn er glaubte, zwei passende Teile gefunden zu haben.

Konzentriert nagte Jakob Kuisl an seinen Lippen, seine Zähne schoben sich hin und her wie große Mahlsteine. Zum ersten Mal bedauerte es der Henker aufrichtig, dass Mönche während der Messe nicht rauchen durften.

»Es sind drei Riegel!«, sagte Simon aufgeregt, während er im hinteren Teil des stinkenden Krankensaals einen Sud aus Weidenrinde aufgoss. »Drei Riegel, die nur durch drei unterschiedliche Schlüssel von drei unterschiedlichen Personen geöffnet werden können. In dieser Chronik aus der Klosterbibliothek wird alles genau beschrieben. Die Heilige Kapelle ist vermutlich die sicherste Reliquienkammer in ganz Bayern.«

In Gedanken versunken rührte der Medicus die kochende braune Brühe um. Magdalena strich derweil eine nach Harz duftende Salbe auf Tücher, um sie später den Patienten um die Brust zu wickeln. Schon seit einer guten Stunde kümmerten sich die beiden Schongauer nun um die zahlreichen kranken Wallfahrer. Der Saal war mittlerweile bis auf das letzte Bett besetzt, und immer wieder kamen neue Patienten hinzu.

Seufzend strich sich die Henkerstochter eine Locke aus der Stirn und streckte ihr schmerzendes Kreuz durch. Der stumme Geselle Matthias war so freundlich gewesen, ihre beiden Kinder wenigstens für eine Weile zu übernehmen. Mit Gesten hatte er Magdalena zu verstehen gegeben, dass er mit den beiden Kleinen Honig vom Klosterimker holen würde. Sie hoffte, dass er diesmal zuverlässiger war als die Nacht zuvor. Vermutlich waren die beiden Gören jetzt schon von Kopf bis Fuß mit Honig bekleckert.

»Mittlerweile befinden sich in der Heiligen Kapelle wohl

ein paar hundert Reliquien«, fuhr Simon nun begeistert fort, während er den Rindensud durch ein Sieb goss. Die halbe Nacht hatte er in der Andechser Chronik gelesen. Der Medicus war blass und hatte Ringe unter den Augen, aber wie so oft hatte ihn das Studieren alter Bücher in einen Zustand höchster Erregung versetzt. »Unter den Heiltümern sind auch das Siegeskreuz Karls des Großen und das Brautkleid der heiligen Elisabeth«, berichtete er aufgeregt. »Doch das Wertvollste sind immer noch die drei heiligen Hostien! Die waren schon hier, als auf dem Berg noch eine Burg stand, und das ist schon viele Hundert Jahre her. Bei der Zerstörung der Burg wurden die Hostien dann mit den anderen Reliquien versteckt und tauchten erst viel später wie durch ein Wunder wieder auf. Seitdem liegen sie in jener Kammer. Gut verwahrt in einer silbernen, achtzehn Pfund schweren Monstranz, die allein vermutlich so viel wert ist wie ein Teil dieses Klosters.«

»Was macht diese Hostien eigentlich so heilig?«, wollte Magdalena wissen, während sie weiter die klebrige Salbe auf die Tücher strich.

Simon runzelte die Stirn und versuchte sich zu erinnern. »Nun, zwei stammen offenbar von Papst Gregor dem Großen, der vor sehr langer Zeit auf ihnen Gotteszeichen entdeckt haben will. Später hat Papst Leo eine weitere Hostie hinzugefügt. Auf ihr soll das blutige Monogramm Jesu Christi erschienen sein. Seit der Klostergründung pilgern deshalb viele Tausend Menschen jedes Jahr hierher zum Dreihostienfest, um sich die Heiltümer zeigen zu lassen. Es heißt, Gott würde einen erhören, wenn man nur lang genug vor ihnen betet.«

»So wie du das sagst, klingt es, als glaubst du nicht ganz daran«, erwiderte Magdalena schnippisch. »Sind wir nicht selbst nach Andechs gepilgert, um zu den Hostien zu beten?«

»Ehrlich gesagt, fand ich vor allem die Vorstellung verlockend, mit dir allein, ohne die beiden Kleinen, eine ganze Woche zu verbringen. So wie früher.« Simon seufzte. »Und jetzt hab ich nicht nur die Kinder, sondern auch noch meinen mürrischen Schwiegervater am Hals.«

»Bis jetzt hat mein Vater immer für alles eine Lösung gewusst«, erwiderte Magdalena lächelnd. »Sei froh, dass wir ihn haben.«

»Vielleicht hast du ja recht.« Schlagartig hellte sich Simons Miene auf. »Wenigstens weiß ich jetzt ein bisschen mehr, was diese Krankheit angeht. Ich war heute früh noch mal im Apothekerhaus, um einige Arzneien zu holen. Der Prior und die Seinen haben wirklich alles auf den Kopf gestellt, um irgendwelche Hexenkräuter zu finden. Den Rest haben sie Gott sei Dank nicht angerührt.« Er grinste. »Ich habe in Nepomuks Schrank unter anderem Jesuitenpulver gefunden. Wirklich die beste Medizin, um Fieber zu senken! Allerdings reicht es gerade mal für eine Anwendung. Tja, und unter Nepomuks Büchern habe ich dann das hier entdeckt.« Der Medicus zog ein dickes, in Leder gebundenes Werk hervor. »Voilà! Dieser Wälzer stammt von einem gewissen Girolamo Fracastoro, und er beschreibt ziemlich genau die Symptome, die wir hier haben. Mattigkeit, Kopfschmerzen, Fieber – aber auch die roten Punkte auf der Brust und die graugelb belegte Zunge.«

»Sagt dein Signore Fracasdingsbums auch, wie man diese Krankheit heilt?«

»Äh, so weit ist die Wissenschaft leider noch nicht, aber …«

»Ich fürchte, deine Erklärungen müssen noch ein wenig warten«, unterbrach ihn Magdalena. »So wie mein Vater dort drüben dreinschaut, möchte er mit uns sicher nicht über Arzneien debattieren.«

Sie deutete zur Tür, wo soeben Jakob Kuisl erschienen war. Wie ein großes Schiff pflügte der Henker durch das niedrige

Gewölbe auf sie beide zu. Er machte einen äußerst mürrischen Eindruck.

»Wir müssen reden«, knurrte Kuisl. »Etwas Unvorhergesehenes ist passiert. Und ich bin sicher, es hängt mit diesen Morden zusammen.«

Eine Viertelstunde später saßen Simon und Magdalena auf einem Mauerstück unweit des Hospitals, während der Henker unruhig vor ihnen auf und ab ging. Kuisl hatte ihnen in kurzen Worten von dem Diebstahl der Heiligen Hostien erzählt und von dem Gespräch, das er in der Heiligen Kapelle belauscht hatte. Für die gelegentlich vorbeiziehenden Wallfahrer sah es so aus, als würde ein schlechtgelaunter Mönch zwei Pilgern ins Gewissen reden.

»Aber ... aber das ist ja schrecklich!«, hauchte Magdalena. »Wenn die Hostien bis zum Fest nicht wieder auftauchen, werden die Menschen bestimmt vermuten, dass der Golem sie gestohlen hat. Ganz Andechs wird ein einziger Hexenkessel sein!«

»Vermutlich ist es genau das, was dieser wahnsinnige Mörder will«, erwiderte Simon.

Magdalena sah ihn fragend an. »Glaubst du denn, dass es einen Zusammenhang gibt zwischen den beiden Morden, dem verschwundenen Virgilius und dem Diebstahl der Hostien?«

»Jedenfalls würde das gut zu unserem Unbekannten passen«, erwiderte Simon achselzuckend. »Dieser Teufel will ganz offensichtlich Panik schüren unter den Wallfahrern. Zuerst die Morde und der Automat, jetzt der Diebstahl ... Fragt sich bloß nach wie vor, was der Wahnsinnige damit bezweckt.«

Jakob Kuisl hielt in seinem Marschieren inne und wischte sich unter der Kapuze den Schweiß von der Stirn. »Panik schüren? Ich bin mir da noch nicht sicher«, brummte er. »Vielleicht geht es doch um etwas ganz anderes. Vergesst nicht, dieser Virgilius hat davon gesprochen, dass sich irgendjemand für diese verfluchten Blitzexperimente interessiert. Ich jedenfalls …«

»Pssst!« Magdalena drückte die Hand ihres Vaters und deutete verstohlen zum Ende der Gasse, wo soeben zwei weitere Wallfahrer auftauchten. Es waren der Schongauer Bürgermeister Karl Semer und sein Sohn. Zielstrebig ging der ältere Patrizier auf Simon zu, ohne auf die beiden anderen zu achten. Im letzten Augenblick gelang es Jakob Kuisl, die Kapuze tief ins Gesicht zu ziehen.

»Fronwieser, gut, dass ich Euch hier treffe«, begann der Bürgermeister herrisch. »Ich bin sicher, unser Gespräch vor zwei Tagen war ein großes Missverständnis.« Lächelnd streckte er die Hand aus, die Simon ignorierte.

»Nun, wie auch immer«, fuhr Karl Semer fort und strich sich verlegen mit der Hand über den Rock. »Sagt, habt Ihr in letzter Zeit noch einmal mit dem Abt geredet? Für mich ist Hochwürden ja nicht zu sprechen, und auch Graf Wartenberg scheint äußerst verstimmt. Zuerst kommt er zu spät in die Messe, und dann verlässt er sie auch noch früher und schlägt die Tür zu. Wisst Ihr vielleicht, was dort vorgefallen ist?«

Simon verschränkte die Arme vor der Brust. »Tut mir leid, aber ich habe die ganze Zeit im Hospital zu tun«, erwiderte er tonlos. »Ich kann Euch wirklich nicht weiterhelfen.«

Semer seufzte. »Wenn nicht mir, dann vielleicht meinem Sohn.« Er deutete auf Sebastian Semer, der mit zornig funkelnden Augen an der Seite des Bürgermeisters stand. Offensichtlich hatte Sebastian noch mehr als sein Vater unter diesem Bittgang zu leiden.

»Mein Filius wird schon bald die Geschäfte in Schongau

übernehmen«, säuselte Karl Semer. »Die Geschäfte, und wohl auch bald mein Amt. Wenn Ihr mir helft, soll es Euer Schaden nicht sein, Fronwieser.« Seine Stimme bekam plötzlich etwas Drohendes. »Aber wenn das Geschäft mit dem Grafen nicht zustande kommt, wenn meine Investitionen in das bevorstehende Pilgerfest ein Verlust werden sollten, dann ...« Er machte eine dramatische Pause. »Ich kann Euch das Leben mehr als schwermachen, Herr Bader. Steuern, die Erlaubnis zum Heilen, vom Amt verlangte Approbationen ... Habt Ihr überhaupt so eine Approbation, Meister Fronwieser?«

»Ihr wagt es, uns zu drohen?«, zischte Magdalena. »Das haben schon ganz andere versucht!« Ihre Stimme war jetzt so laut, dass sich einige vorbeigehende Wallfahrer zu ihnen umdrehten. »Denkt immer dran, Semer«, fuhr die Henkerstochter leiser fort. »Auch Ihr werdet irgendwann die Hilfe eines Arztes brauchen. Und dann gnade Euch Gott, dass mein Mann nicht zum falschen Medikament greift.«

»Kusch, Henkersdirn!« Der Bürgermeister würdigte sie keines Blickes und starrte stattdessen in die Ferne. »Natterngezücht! Dankbar sollte ein Weibsbild wie du sein, dass es einen Bader heiraten darf. In anderen Orten würden sie dich für solche Worte an den Schandpfahl oder gleich auf den Scheiterhaufen schicken. Also, was ist, Fronwieser?« Auffordernd streckte Semer das Kinn nach vorne und wandte sich wieder an Simon. »Sorgt Ihr nun endlich dafür, dass der Landrichter dem dämonischen Apotheker den Prozess macht und hier Ruhe einkehrt? Oder wollt Ihr lieber mit Eurem ehrlosen und zanksüchtigen Weib aus der Stadt gejagt werden?«

Gerade wollte Simon zu einer harschen Erwiderung ansetzen, als er neben sich ein leises Knacken hörte. Er blickte zur Seite und bemerkte entsetzt, wie sein Schwiegervater die Fäuste ballte, so dass die Knöchel weiß hervortraten. Unter der Kapuze sah Jakob Kuisl aus wie der leibhaftige Tod, kurz bevor er die Sense schwingt.

Mein Gott, Kuisl, bleibt ruhig!, fuhr es Simon durch den Kopf. *Wenn der Semer Euch jetzt erkennt, ist alles aus! Dann haben wir einen weiteren Prozess am Hals, und der Weilheimer Henker darf seinen eigenen Kollegen züchtigen.*

Der Schongauer Bürgermeister schien Simons Blick bemerkt zu haben. Irritiert sah er hinüber zu dem riesigen Mönch mit der heruntergezogenen Kapuze und runzelte die Stirn.

»Kennen wir uns irgendwoher?«, fragte Karl Semer an Kuisl gewandt. »Ich habe Euch im Kloster noch nie gesehen. So eine Statur wäre mir aufgefallen.«

»Ein … ein reisender Minorit, der mir bei den Kranken hilft«, stammelte Simon, bevor Kuisl etwas erwidern konnte. »Bruder Ja… Jakobus«, verbesserte er sich schnell noch. »Ein großartiger Heiler. Wir danken Gott, dass wir ihn haben.«

Die Augen des Bürgermeisters ruhten weiter auf dem schweigenden Jakob Kuisl.

»Komisch«, murmelte Semer. »Kommt mir irgendwie bekannt vor, Euer Heiler.« Er wandte sich an seinen Sohn. »Was meinst du?«

Sebastian Semer zuckte gelangweilt mit den Schultern. »Ich weiß nicht. Für mich sehen diese Mönche alle gleich aus.«

»Sei's drum.« Endlich drehte sich Karl Semer wieder zu Simon und Magdalena um. Er schien den Minoriten unter der Kapuze bereits vergessen zu haben. »Überlegt Euch gut, ob Ihr Euch mit mir anlegen wollt, Fronwieser«, drohte er erneut. »Bislang hat der Schongauer Rat Eure Baderstube mit Wohlgefallen betrachtet. Doch das kann sich schnell ändern. Was wird man wohl in München dazu sagen, dass der Schongauer Bader eine Ehrlose geheiratet hat? Ein Bader, dem noch dazu die Approbation fehlt.«

Simon tat so, als würde er in sich zusammenfallen. »Also gut«, seufzte er. »Ihr habt gewonnen. Ich werde mit dem Abt sprechen. Aber nun muss ich mich wirklich wieder um die Kranken kümmern.«

»Gut, gut.« Karl Semer lächelte schmal. »Ich sehe, wir verstehen uns. Ich komme heute Abend wieder. Und nun gehabt Euch wohl.« Angewidert deutete er auf Magdalena. »Dem Vater dieses Weibsbilds werde ich irgendwann noch mal befehlen, ihr die Zunge herauszuschneiden. Bevor sie Euch noch um Kopf und Kragen redet.«

Magdalena fuhr zornig hoch, doch Simon brachte sie mit einem warnenden Blick zum Schweigen.

»Ich ... ich werde selber dafür sorgen, dass sie auf ihr Mundwerk ein wenig achtgibt«, erwiderte er schnell. »Versprochen.«

»Dann ist ja gut.«

Mit einem angedeuteten Nicken entfernte sich der alte Semer, gemeinsam mit seinem Sohn. Plötzlich drehte der Bürgermeister sich noch einmal zu Simon um.

»Ach, Fronwieser, da fällt mir ein ...«, begann er zögernd. »Habt Ihr nicht gesagt, Euer Schwiegervater würde nach Andechs kommen? Ich habe ihn noch nicht gesehen. Ist er denn schon aufgetaucht?«

Simon erstarrte innerlich, trotzdem versuchte er seine Stimme so ruhig wie möglich klingen zu lassen. »Seine ... seine Frau ist leider zu krank. Er wird wohl in Schongau bleiben müssen.«

Ein schmales Lächeln breitete sich auf Semers Lippen aus. »Wirklich zu schade«, erwiderte er. »Dabei hätte dem alten Sturschädel eine Wallfahrt sicher gutgetan. So etwas lehrt einen Demut, findet Ihr nicht? Ein jeder sollte wissen, wo sein Platz ist.«

Ohne eine Antwort abzuwarten, verschwand der Bürgermeister durch eine schmale Tür in der Mauer. Zurück blieben eine wutschnaubende Magdalena und ihr Vater, der so laut mit den Zähnen mahlte, dass Simon eine Gänsehaut bekam. Kuisls Gesicht unter der Kapuze war kalkweiß.

»Verfluchte Patrizierbrut«, murmelte der Henker tonlos. »Glauben, wir Ehrlosen sind nichts weiter als Dreck. Ich bete für den Tag, an dem ich einen von denen auf der Streckbank habe.«

»Schlappschwanz!« Magdalena funkelte Simon zornig an. »Und so was will mein Mann sein! Wieso gibst du vor dem Pfeffersack klein bei?«

»Weil ich ein Gemetzel verhindern wollte, du dumme Gans!«, zischte Simon. »Kannst du das denn nicht verstehen? Wenn es zum Streit gekommen wäre, wäre dein Vater dem alten Semer doch sofort an die Gurgel gesprungen und dafür auf dem Schafott gelandet. Verflucht! Warum müsst ihr Kuisls bloß immer so verdammt sturköpfig sein?«

Magdalena schwieg trotzig, doch ihr Vater lachte leise. Offenbar hatte er sich wieder ein wenig beruhigt.

»Du hast recht, Simon«, brummte er. »Vermutlich hast du dem Semer und mir damit das Leben gerettet.«

Mit gemächlichen Schritten stapfte Kuisl auf den Eingang zum Hospital zu. »Bruder Jakobus!«, lachte er. »Ein reisender Minorit und Heiler! Simon, Simon, wo hast du nur das Fabulieren gelernt?« Grinsend winkte er den anderen beiden, ihm zu folgen. »Und jetzt zeigt euch euer Bruder Jakobus mal, wie man einen anständigen Fiebertrank anrührt. Nicht so ein Dreckszeug, wie es ein lausiger Bader zusammenpanscht.«

Ein paar Stunden später tollte Magdalena mit ihren zwei Kindern über eine der vielen Blumenwiesen unweit des Klosters. Der fast dreijährige Peter rannte hinter einem Schmetterling her, während sein jüngerer Bruder Paul Blumen und wilde Kräuter rupfte und sich genießerisch in den Mund steckte. Sorgsam achtete seine Mutter darauf, dass keine giftigen darunter waren.

Magdalena atmete den Duft des frühen Sommers ein und versuchte all die Sorgen der letzten Tage zu vergessen. Simon und ihr Vater saßen mittlerweile wieder in der Stube des Schinders und brüteten über dem Hostiendiebstahl. Ihr Vater schien von einer Art Fieber ergriffen; die Pläne zur Rettung seines Freundes Nepomuk ließen ihn alles andere vergessen. Auch seine beiden Enkel.

Peter und Paul hatten eine ganze Weile am Rockzipfel ihres Großvaters gezerrt. Als Kuisl sie jedoch auch nach längerem Quengeln nicht auf den Schoß genommen oder durch die Luft geworfen hatte, waren sie dazu übergegangen, ihre Mutter zu drangsalieren. Seufzend hatte Magdalena schließlich aufgegeben und war mit ihnen ins Freie gegangen. Jetzt musste sie feststellen, dass der Spaziergang auch für sie eine Wohltat war.

Leise vor sich hin summend, wanderte sie mit den Kindern am Waldrand entlang, zeigte ihnen die ausgerupften Federn eines Buntspechts oder warf zur Freude der Kleinen mit Tannenzapfen nach ein paar verschreckten Eichhörnchen. Das Lachen der Kinder steckte Magdalena an, und so fühlte sie sich zum ersten Mal seit Tagen wieder richtig glücklich.

Doch dann gingen ihr die hasserfüllten Worte des Schongauer Bürgermeisters noch einmal durch den Kopf.

Kusch, Henkersdirn!

»Hure« und »Natterngezücht« hatte Karl Semer sie genannt. Für ihn war sie nichts anderes als eine vorlaute ehrlose Kebse, die sich in Kreisen bewegte, die weit über ihrem Stand waren. Vor Magdalenas Vater hatte Semer immerhin Respekt und vermutlich sogar ein wenig Angst, doch dessen

Tochter war für ihn nichts weiter als eine Hure. Beklommen dachte Magdalena daran, was sein würde, wenn ihr Vater irgendwann einmal nicht mehr da war. Würden die Schongauer sie dann aus der Stadt jagen?

Das Weinen des kleinen Paul riss sie zurück in die Wirklichkeit. Er war gestürzt und hatte sich das Knie an einem moosigen Stein aufgeschlagen. Während Magdalena tröstend auf ihn einredete, nahm sie ihn auf den Arm und sah sich dann nach ihrem Ältesten um. Ihr Herz machte einen Satz.

Peter war verschwunden.

Hektisch drehte Magdalena sich im Kreis und suchte mit ihren Augen den Waldrand und die Wiese ab, doch der Bub war nirgendwo zu sehen.

»Peter!«, rief sie laut gegen das Jammern ihres jüngeren Sohns an. »Peter, wo bist du? Hast du dich versteckt?«

Irgendwo schrie ein Eichelhäher, Bienen summten in der Luft, ihr Jüngster greinte, sonst war nichts zu hören. Magdalena spürte, wie ihr Atem schneller ging.

»Peter!«, schrie sie noch einmal und rannte in den Wald hinein. »Das ist kein Spiel mehr! Bist du hier irgendwo? Mama sucht dich!«

Mit ihrem zweiten Sohn auf dem Arm stolperte sie über einige Wurzeln und tauchte dann immer tiefer ein in das Dickicht der Bäume. Der Wald empfing sie wie ein schweigendes Heer von Riesen. Plötzlich blieb sie stehen, direkt vor ihr fiel ein Hang beinahe senkrecht in die Tiefe. Ein paar Meter unter ihr lagen Felsen, welke Blätter und tote Äste.

O Gott!, fuhr es ihr durch den Kopf. *Lass das nicht wahr sein! Lass ihn nicht dort runtergefallen sein!*

Einen kurzen Moment glaubte sie, den Körper ihres Sohnes wie eine zerbrochene Puppe zwischen den Ästen zu sehen. Doch erleichtert stellte sie fest, dass es nur ein morscher Baumstamm war. Aber dann kroch erneut die Angst in ihr hoch. Peter musste gar nicht dort unten liegen, sein Verschwinden konnte auch eine ganz andere Ursache haben.

Was war, wenn dieser Golem ihn sich geschnappt hatte?

Magdalena kniff die Lippen zusammen, um nicht laut aufzuheulen. Simon und auch ihr Vater hatten ihr zwar erzählt, dass es keine Golems gab. Aber in den letzten Tagen waren zu viele Dinge passiert, die sie auch nie für möglich gehalten hätte. Ihr Herz schlug jetzt so schnell, dass der kleine Paul sie verstört ansah.

»Mama?«, fragte er vorsichtig. »Mama weint?«

Magdalena schüttelte den Kopf. »Der Peter …«, sagte sie so ruhig und freundlich wie nur irgend möglich, »er ist weg. Wir müssen ihn suchen. Hilfst du mir suchen?«

»Peter bei Mann?«, erkundigte sich Paul. Als seine Mutter ihn verständnislos ansah, fragte er noch mal. »Peter bei großen Mann?«

»Bei … bei welchem *Mann*?« Kurz war Magdalena so entsetzt, dass sie den Jungen beinahe fallen gelassen hätte. »Sag schon, Paul! Von welchem Mann sprichst du?«

»Netter Mann. Hat süße Beeren.«

»O Gott!« Magdalenas Stimme klang jetzt schrill. »Verflucht, Paul! Welcher Mann hat euch Beeren gegeben?«

»Da, der Mann.« Paul deutete nach unten, wo am Fuß des Hanges ein hoher, fast mannshoher Felsen zu sehen war. Dahinter ertönte leises Kindergelächter. Im nächsten Moment tauchte hinter dem Steinbrocken der strahlende Peter auf, jemand trug ihn auf seinen Schultern.

Es war der stumme Matthias.

Magdalena fühlte, wie ihr ein tonnenschwerer Stein vom Herzen fiel. Tränen der Erleichterung liefen ihr über die Wangen, und sie lachte befreit auf. Wie hatte sie nur annehmen können, dass ein Spukwesen ihren Sohn in seiner Gewalt hatte! Dieses Kloster machte sie noch ganz verrückt.

»Ach, *den* Mann meinst du!«, sagte sie zu ihrem jüngsten Sohn und winkte Peter und Matthias zu. Peters Hosen waren schmutzig und verklebt mit nassem Laub, sein Hemd hatte einen Riss, doch ansonsten schien er unversehrt. Fröhlich winkte er zurück.

»Mama!«, krähte er. »Hier bin ich, Mama! Bin runtergefallen, aber der Mann hat mir geholfen.«

»Du ... du Miststück von einem Lausejungen!«, brach es aus Magdalena heraus. Sie versuchte, trotz der Erleichterung streng zu klingen. »Hab ich dir nicht hundertmal gesagt, dass du nicht von mir weglaufen sollst? Schau selbst, wie du aussiehst!«

»Der Mann hat mir geholfen«, erwiderte Peter stoisch, und Matthias stieß ein lautes Grunzen aus, das wohl eine Art Begrüßung darstellen sollte. Einmal mehr fiel Magdalena auf, wie einnehmend der stumme Schindergeselle war. Mit seinen rotblonden Haaren und dem breiten Brustkorb wirkte er dort unten beinahe wie der heilige Christophorus mit dem Jesuskindlein auf den Schultern.

»Mann hin oder her«, drohte Magdalena und suchte nach einer Stelle, wo sie mit Paul im Arm gefahrlos den Hang hinuntersteigen konnte. »Heute Abend geht's jedenfalls ohne süßen Brei ins Bett, hörst du?«

Endlich hatte sie eine etwas flachere Stelle gefunden, die es ihr erlaubte, auf dem nassen Laub langsam nach unten zu gleiten. Am Grunde der Talsenke angekommen, empfing sie ein grinsender Matthias. Er verbeugte sich leicht, so dass sie ihren Ältesten in die Arme schließen konnte.

»Nie wieder läufst du mir weg, verstanden?«, schimpfte Magdalena auf Peter ein, während sie ihn fest an ihre Brust drückte. »Nie wieder!«

Der stumme Matthias grinste sie immer noch an. Dann nestelte er in seiner Hosentasche und hielt ihr schließlich mit auffordernder Gebärde eine Dörrpflaume unter die Nase. Erst jetzt fiel Magdalena auf, dass der Mund ihres Ältesten über und über mit Pflaumenresten verschmiert war.

»Ah, jetzt wird mir alles klar!«, lachte sie. »Du bist hier runtergefallen, und der Matthias hat dich mit Dörrzwetschgen getröstet. Kein Wunder, dass ich nichts von dir gehört habe. Wie auch, wenn dein Mund voll Süßigkeiten ist!«

Peter schnappte ihr die süße Frucht vor der Nase weg und verschlang sie gierig. Als sein jüngerer Bruder zu jammern anfing, gab ihm Matthias ebenfalls eine Pflaume, die Paul sich sogleich in den Mund stopfte.

Gemeinsam spazierten sie nun unten am Hang entlang, vorbei an moosigen Felsen und Buchen, deren grünes Laub in der Mittagssonne schimmerte. Nach dem überstandenen Schrecken fühlte sich Magdalena wie neugeboren. Mittlerweile durfte der kleine Paul auf Matthias' Schultern reiten, und Peter ging an seiner Hand. Die Kinder schienen den stummen Gesellen aufrichtig zu mögen. Matthias deutete auf Vögel im Wald, ließ Blätter wie Regen durch die Luft wirbeln und verzog sein Gesicht zu den komischsten Grimassen, so dass die Kinder kieksten und lachten. Unwillkürlich musste Magdalena lächeln.

Hoffentlich erfährt das hier niemals der Simon, dachte sie. *Ich weiß gar nicht, wann die Kinder bei ihm das letzte Mal so gelacht haben. Er hat einfach zu wenig Zeit für sie.*

Nach einer Weile kamen sie an eine Felsgruppe, die aussah, als wäre sie der letzte Überrest eines verfallenen Mauerrings. Weiter hinten erhob sich eine Art Felsnadel. Peter ließ die Hand des stummen Matthias los und eilte auf die Felsen zu, um hinaufzuklettern. Oben angekommen, balancierte er am Rand des Runds entlang. Doch plötzlich blieb der Junge wie angewurzelt stehen.

»Was hast du, Peter?«, fragte Magdalena besorgt. »Stimmt was nicht?«

»Da vorne, Mama.« Peter deutete auf einen weiteren Felsbrocken, der sich noch ein gutes Stück entfernt befand. Von weitem sah er aus wie der riesige Kopf eines Trolls. Die Stimme des Jungen klang jetzt leise und verängstigt. »Schau, Mama! Da ist wieder die Hex. Ich hab Angst vor der Hex.«

»Was für eine Hex?«

Mit klopfendem Herzen eilte Magdalena hinüber zu dem Felsring, gefolgt von Matthias und dem kleinen Paul. Als sie ihn zur Hälfte umrundet hatte, sah sie am Fuß der Mauer eine alte Frau in einem zerfetzten Gewand stehen. Ihr Oberkörper war gekrümmt wie unter einer furchtbaren Last. Die weißhaarige Greisin wandte sich ihr zu, und Magdalena erkannte an den milchigen leeren Augen, dass sie blind war.

»Die Kinder!«, flüsterte die Frau, und ihre Stimme klang wie das Heulen des Windes. »Die Kinder sind in großer Gefahr. Jemand will ihnen Böses. Ich spüre das!«

»Was … was redest du da, Weib?«, fragte Magdalena und schob sich näher an Matthias. »Wer will meinen Kindern Böses?«

Mit einem zornigen Grunzen stapfte der stumme Hüne auf den Felsring zu und zog den vor Angst starren Peter zu sich herunter. Der Bub konnte den Blick nicht von der Alten in dem löchrigen Gewand abwenden.

»Das Böse ist überall!«, jammerte die Greisin jetzt. »Ich bewache den Eingang zur Hölle, doch das Böse hat sich längst in unseren Kammern und Stuben breitgemacht! Ich kann es nicht mehr aufhalten. Hütet euch, Kinder! Hütet euch!«

Blind vorwärts tastend, taumelte die Alte nun auf Matthias, Magdalena und die Kinder zu. Mit ihren langen schmutzigen Fingernägeln schien sie nach dem kleinen Paul greifen zu wollen. Der Schindergeselle gab ihr einen Schubs, so dass sie nach hinten umfiel und im nassen Laub landete.

»Weh euch!«, schrie sie wie von Sinnen. »Weh euch! Das Böse greift um sich, ich kann es in den Eingeweiden des Bergs rumoren hören. Ich höre sein Lied, jede Nacht! Das Ende ist nah!«

Verstört fasste Magdalena ihre Kinder an der Hand und ging Schritt für Schritt rückwärts, zurück zu dem Hang, wo sie hergekommen waren.

»Hör zu, Alte«, versuchte die Henkerstochter zu beschwichtigen. »Wir wollen dir nichts tun. Es tut mir leid, wenn wir dich erschreckt haben.«

Magdalena murmelte besänftigend, während sie mit den Kindern immer weiter zurückwich. Die Frau war ganz offensichtlich verrückt. Doch gerade die Verrückten sprachen oft Flüche, die später in Erfüllung gingen. Das sagten jedenfalls die Alten, und vielleicht war ja etwas Wahres daran.

Noch immer jammerte die Greisin, doch mittlerweile war ihr Gerede in ein bloßes Gestammel übergegangen. Zusammengekrümmt lag sie am Boden, und Magdalena hoffte, dass Matthias sie nicht versehentlich verletzt hatte. Schon wollte sie wieder auf die Frau zugehen, um zu sehen, ob ihr nicht doch etwas fehlte, da packte sie der Schindergeselle mit einem knurrenden Laut an der Schulter und zog sie zurück. Er machte eine Geste, die andeuten sollte, dass die Greisin nicht ganz bei Trost war, und zeigte nach hinten zum Kloster. Sein Blick war eine deutliche Warnung. Sämtliche Freundlichkeit war daraus verschwunden.

»Eggehn … esser eggehn …«, stammelte er.

»Du hast recht, Matthias«, seufzte Magdalena. »Besser wir kehren um, bevor sie den Kindern noch was antut. Hier können wir nicht mehr helfen. Sie lebt in ihrer eigenen Welt.«

Mit einem letzten besorgten Blick wandte sie sich ab und eilte mit Matthias und den Kindern zurück zum Hang. Eine Weile lang war noch das Wimmern der Alten zu hören, dann herrschte wieder die Stille des Waldes. Schon bald fingen die Kinder wieder an zu lachen, nach wenigen Minuten schienen sie die seltsame Begegnung vergessen zu haben. Eine weitere Viertelstunde später hatten sie sich gemeinsam den Hang hochgekämpft und standen nun wieder am Waldrand vor der duftenden Blumenwiese.

Magdalena atmete auf. Es war, als wäre sie aus einem bösen Traum erwacht.

»Wer in Gottes Namen war das?«, fragte sie Matthias. Doch der Geselle zuckte nur mit den Schultern und wandte sich mit einer auffordernden Geste zum Gehen.

Zu viert eilten sie über die Wiese auf die Klostermauer zu, hinter der seit heute früh erneut Gruppen von Wallfahrern laut betend um die Kirche zogen. Inmitten einiger Pilger entdeckte Magdalena plötzlich ihren Vater. Diesmal war er ohne Mönchskutte unterwegs, er machte einen abgehetzten Eindruck. Als Kuisl seine Tochter sah, stapfte er mit energischen Schritten auf sie zu.

»Wo in drei Teufels Namen bist du gewesen?«, knurrte er und strich seinen Enkeln geistesabwesend über den Kopf. »Simon und ich haben uns schon Sorgen gemacht.«

»Ich war mit dem Matthias und den Kindern im Wald«, versuchte Magdalena ihren Vater zu besänftigen. »Ihr Mannsbilder wart ja völlig in euer Gespräch vertieft.«

»Ist das der Geselle vom Graetz?« Jakob Kuisl sah den rothaarigen Hünen abschätzend an. »Na, dann warst du ja wenigstens nicht ohne Schutz. Trotzdem halt ich es für besser, wenn du in Zukunft nicht mehr in den Wald gehst.«

»Ach, ihr wollt mich wohl einsperren, der Simon und du?« Magdalena hatte wieder zu ihrer alten Selbstsicherheit zurückgefunden. »Das könnt ihr vergessen!«, raunzte sie. »Ich geh dahin, wo's mir passt!«

Kurz überlegte sie, ihrem Vater von der seltsamen Begegnung mit der wahnsinnigen Greisin zu erzählen. Doch dann entschloss sie sich, den Mund zu halten. In der jetzigen Lage wäre das nur Wasser auf die Mühlen ihres Vaters gewesen. Stattdessen wandte sie sich im Flüsterton an ihn. »Pass du lieber auf, dass dich der Semer hier draußen nicht sieht. Sonst kommt der noch auf dumme Gedanken.«

»Pah!«, blaffte der Henker. »Der Semer kümmert mich so viel wie ein feuchter Arschwisch.« Er spuckte demonstrativ auf den Boden. »Und jetzt gehst du mal dahin, wo's *mir* passt. Ganz im Gegensatz zu dir dummem Weibsbild haben wir zwei Männer nämlich nachgedacht.«

»Aha, und was ist dabei rausgekommen?«

»Das würd ich lieber mit dir alleine besprechen. Am besten auch ohne die Kinder.«

Noch einmal musterte der Henker den stummen Matthias. »Meinst du, dein starker Wächter schafft es, die beiden Bälger runter zum Schinderhaus zu bringen und ein wenig auf sie aufzupassen?«

Magdalena schnaubte. »Besser als du und der Simon zusammen.«

Die Kinder schmollten, doch als sie der Schindergeselle mit zwei weiteren Dörrpflaumen lockte, folgten sie ihm schließlich bereitwillig. Erst als die beiden Kleinen mit Matthias hinter der nächsten Ecke verschwunden waren, wandte sich der Henker wieder an seine Tochter.

»Und?«, fragte sie neugierig. »Was habt ihr vor?«

Der Henker grinste und zog die eingerollte Mönchskutte hervor, die er bislang unter seinem Umhang versteckt hatte.

»Bruder Jakobus und der heilige Simon werden der Reliquienkammer noch einmal einen Besuch abstatten«, sagte er in spöttischem Ton. »Ich muss dort etwas überprüfen. Glaubst du, du schwaches Weibsbild kannst uns die Schwarzkittel solange vom Leib halten?«

»Wenn du ein schwaches Weibsbild willst, musst du woanders suchen.«

Der Henker seufzte. »Dann eben nur Weibsbild. Hauptsache, die Pfaffen glotzen dir und nicht uns hinterher.«

Lächelnd schloss sich Magdalena ihrem Vater an, der schon auf dem Weg hinüber zur Kirche war. So wie es aussah, hatte er nun endgültig Feuer gefangen.

Vor dem Kirchenportal trafen die beiden Kuisls auf Simon, der seine Frau ungeduldig erwartete.

»Kannst du dir vorstellen, was für Sorgen …«, begann er, doch Jakob Kuisl unterbrach ihn mit einer harschen Geste.

»Sie war mit dem Matthias unterwegs, und sie lebt ja noch. Also lasst uns die Sache vergessen.«

»Mit dem stummen Matthias vom Graetz?« Simon starrte seine Frau ungläubig an. »Was hast du denn mit dem zu schaffen?«

»Nun, wenigstens kümmert er sich um die zwei Buben, während der Herr Vater lieber seine Nase in Bücher steckt«, blaffte Magdalena.

»Augenblick mal, das mach ich doch nur, weil wir hier einen Mord aufklären müssen! *Du* hast doch gesagt …«

»Ruhe jetzt!«, herrschte der Henker die beiden Streithähne an. »Zanken könnt ihr euch in Schongau noch lange genug. Jetzt wird erst mal dem Nepomuk geholfen, und dafür muss ich mir diese Heilige Kapelle genauer anschauen. Also lasst uns jetzt da reingehen, Himmelkreuzsakrament!«

Er öffnete die Tür zur Kirche, in der sich jetzt um die Mittagszeit verhältnismäßig wenig Pilger aufhielten. Etwa zwei Dutzend von ihnen knieten betend und mit geschlossenen

Augen in den hinteren Bänken. Weiter vorne am Hochaltar war ein einzelner Mönch damit beschäftigt, die nächste Messe vorzubereiten. Zu ihrem Entsetzen bemerkte Magdalena, dass es sich um Bruder Eckhart, den Cellerar, handelte.

»Na wunderbar«, flüsterte sie. »Der fette Sack hat mir schon einmal eine Abfuhr erteilt. Ich glaube kaum, dass der sich von mir ablenken lässt.«

»Du musst es wenigstens versuchen«, zischte Simon. »Wir brauchen nur zwei Minuten, um über die Treppe hoch zum oberen Chor und zur Tür zu kommen. Wenn Eckhart so lange wegsieht, reicht uns das schon.«

»Zwei Minuten?« Die Henkerstochter zog die Brauen hoch. »Das kann eine halbe Ewigkeit sein. Aber bitte, ich werd mir Mühe geben.«

Magdalena befeuchtete ihre Finger mit Weihwasser aus dem Becken am Eingang, schlug ein Kreuz und knickste brav. Dann begab sie sich nach vorne Richtung Apsis, wo Bruder Eckhart gerade damit beschäftigt war, den Kelch der heiligen Kommunion mit einem Tuch zu reinigen. Als er die junge Frau auf sich zukommen sah, drehte er sich demonstrativ weg.

»Äh, Hochwürden ...«, begann Magdalena, doch der Cellerar reagierte nicht.

»Ich war heute bei der Kollekte nicht da, würde aber gern etwas für den Bau des Klosters spenden«, versuchte es Magdalena erneut. Endlich hob der feiste Mönch seinen Kopf.

»Du kannst das Geld gern mir geben«, erwiderte er hochtrabend. »Ich werde es seinem wohlgefälligen Zweck zuführen.«

Versaufen wirst du es, du aufgeblähter Weinbeutel, dachte Magdalena, während sie weiter lächelte.

»Wie Ihr meint, Hochwürden«, erwiderte sie in naivem Ton. »Darf ich Euch zuvor noch etwas fragen?«

Der Cellerar sah sie misstrauisch an. »Bist du nicht das Weibsbild, das ich kürzlich von der Empore vertrieben habe?«, erkundigte er sich. »Diejenige, die so viel über unsere Reliquienkammer wissen wollte?«

»Äh, ja«, gab Magdalena nach einigem Zögern zu. »Diese Reliquien ... sie ... sie bedeuten mir viel.« Sie setzte einen leicht entrückten Gesichtsausdruck auf. »Ich träum sogar von den Reliquien! In meinen Träumen kommen Karl der Große und die heilige Elisabeth an mein Bett und sprechen mit mir. Sie sagen mir, wenn das Vieh krank ist und wenn die Milch sauer wird. Und wirklich, wenn ich am nächsten Tag in den Topf schaue, ist die Milch sauer! Ein Wunder!«

»Ein ... Wunder, fürwahr. Und jetzt lass mich weiter den Kelch putzen für die nächste Messe.« Offensichtlich war der Cellerar derartige Geschichten von Gläubigen gewohnt, sein Misstrauen schien verschwunden. Magdalena blickte sich verstohlen um und sah, wie Simon und ihr Vater gerade die Treppe zum Mönchschor hinaufstiegen. Sie musste sich etwas einfallen lassen.

»Dieses ... dieses Bild dort hinten«, kicherte sie und deutete spontan auf irgendeines der Gemälde, die im hinteren Teil der Apsis hingen. »Da ist ja eine Maus drauf! Die kriecht dem Pfarrer wohl gleich in die Stola.«

»Ungebildete! Du weißt ja wirklich überhaupt nichts!« Bruder Eckhart war jetzt von den Altarstufen herabgetreten und kam kopfschüttelnd auf sie zu. Zu ihrer großen Erleichterung stellte Magdalena fest, dass er ihr tatsächlich zu dem Bild folgte.

»Was du hier siehst, ist die berühmte Maus, die uns Christen vor langer Zeit wieder zum Heiltumsschatz führte. Siehst du? Sie trägt einen Pergamentfetzen zwischen den Zähnen.«

Dankbar für die Ablenkung beugte sich die Henkerstochter zu dem vom Alter grau eingefärbten Gemälde, auf dem eine Messe dargestellt war. Auf dem Bild huschte eine winzige Maus unter dem Altar hervor, sie hielt tatsächlich ein Stück Pergament im Maul.

»Nachdem die Burg, die früher hier stand, zerstört worden war, schien der Schatz verschwunden«, fuhr Bruder Eckhart belehrend fort. »Mönche hatten ihn vor dem Altar der Burgkapelle vergraben, das Versteck wurde vergessen. Doch eine Maus zerrte ein Pergament aus dem Versteck hervor, auf dem einige Reliquien verzeichnet waren. So wurden die Heiltümer wiedergefunden. *Das* ist ein Wunder.« Er lächelte spöttisch. »Und nun gib mir endlich deine fromme Gabe und kehr zurück zu deiner sauren Milch.«

»Ach ja, die fromme Gabe ...« Magdalena lächelte verkrampft und beobachtete gleichzeitig aus dem Augenwinkel, wie Simon und ihr Vater oben vor der Tür zur Heiltumskammer standen. Unglücklicherweise schienen sie sie nicht öffnen zu können.

Verflucht! Was macht ihr da? Wie lange soll ich mich hier eigentlich noch zur dummen Henne machen!

Magdalena beugte sich hinunter und nestelte an ihrem Mieder, als ob sich zwischen ihren Brüsten ein paar Münzen befänden. Gierig starrte der Cellerar auf den unverhofften Anblick.

»Vielleicht, äh ... könntest du dem Kloster auch auf andere Weise zu Diensten sein«, murmelte er und leckte sich die Lippen. »Es soll dein Schaden nicht sein. Als Cellerar habe ich den Schlüssel zum Vorratskeller und auch noch zu ein paar tieferen Gängen. Dort gibt es Wein, Speck, Wurst und bestimmt ein kleines Plätzchen, wo wir zwei allein sein können.«

»Zum Beten?«, fragte Magdalena und klimperte mit den Wimpern.

Der Cellerar lachte. »Du kannst gern auch beten dabei. Das stört mich nicht.«

In diesem Augenblick sah die Henkerstochter zu ihrer Erleichterung, wie Simon und ihr Vater oben durch die geöffnete Tür verschwanden. Sofort wandelte sich ihre Miene.

»Na, was ist nun?«, fragte Bruder Eckhart lüstern. »Wollen wir zwei beten gehen?«

»Wisst Ihr was, Hochwürden?«, zischte Magdalena. Sämtliche Naivität war nun aus ihrem Gesicht verschwunden. »Ihr seid mir zu alt, zu fett und zu hässlich. Und ich bezweifle stark, dass Ihr zu dieser Art von *Beten* überhaupt noch in der Lage seid. Ich glaube, ich spende doch lieber auf die herkömmliche Weise.« Sie zog einen einzelnen rostigen Kreuzer hervor und warf ihn dem verdutzten Cellerar vor die Füße. »Und nun gehabt Euch wohl, die heilige Elisabeth erwartet mich zur nächsten Audienz.«

Sie machte auf dem Absatz kehrt und scharwenzelte hinaus zur Kirchentür, nicht ohne sich ein letztes Mal vor den beiden Marienstatuen verneigt zu haben.

Als Simon die Klinke drückte und feststellte, dass die Tür oben auf der Empore verschlossen war, unterdrückte er einen leisen Fluch. Es sah ganz danach aus, als wären sie umsonst gekommen.

»Natürlich abgesperrt!«, flüsterte er. »Das hätten wir uns ja auch denken können.« Er blickte hinunter ins Kirchenschiff, wo Magdalena soeben mit dem Cellerar nach hinten in die Apsis ging. »Am besten, wir machen kehrt, bevor meine Frau sich noch um Kopf und Kragen redet.«

»Nichts da«, brummte der Henker. »Schau nur zu, dass uns keiner beobachtet. Den Rest mach ich.« Er zog einen kleinen gewundenen Draht hervor und begann damit im Schlüsselloch herumzunesteln. »Mit so was sperr ich manchmal auch die Fußketten in der Schongauer Fronveste auf, wenn ich den Schlüssel mal wieder verlegt hab«, erklärte er, während er den Draht langsam hin und her drehte. »Das wird nicht lang dauern. Na, wer sagt's denn?«

Ein leises Klicken ertönte, dann schwang die Tür auf, und sie schlüpften hinein.

»Das wird Euch aber bei den Schlössern oben am Eingang zur Heiligen Kapelle nicht viel weiterhelfen«, gab Simon zu bedenken, während sie die gewundene Treppe vorbei an den Votivbildern nach oben eilten. »Die sind von anderer Sorte.«

»Schafskopf, das weiß ich selbst. Ich will ja auch nicht *rein* in die Kapelle, ich will mir nur den Vorraum ansehen.«

Simon sah seinen Schwiegervater verdutzt an. »Den Vorraum? Wieso denn das?«

»Das wirst du gleich merken.«

Mittlerweile standen sie in der kleinen Kammer vor der Heiligen Kapelle. Gedämpftes Sonnenlicht fiel durch das einzige, verschlossene Fenster an der Nordwand, die Luft roch abgestanden und modrig. Im Gegensatz zu Kuisls letztem Besuch waren an der mit Eisen verstärkten Tür zur Kapelle die schweren Holzbalken-Riegel diesmal vorgelegt. Sie zogen sich in Kopf-, Bauch- und Kniehöhe quer darüber und waren jeweils mit einem großen Schloss versperrt.

Simon deutete auf die drei Wappen, die auf der Tür prangten. »Das weiß-blaue Wittelsbacher Wappen, Adler und Löwe für Andechs und der heilige Nikolaus für den Prior als Verwahrer des dritten Schlüssels«, erklärte er. »So steht es auch in der Chronik. Es ist mir allerdings ein Rätsel, wie man aus einer solchen Kammer etwas stehlen kann. Gibt es drin denn Fenster?«

Jakob Kuisl nickte. »Drei Stück, aber die sind allesamt mit Eisenstreben vergittert.«

»Wie um Himmels willen soll man aus einem solchen

Raum eine mehrere Pfund schwere Monstranz mit drei Hostien entwenden?«, fragte Simon ungläubig. »Die Schlösser waren unberührt, sagt Ihr. Und sowohl Abt wie auch Prior behaupten, dass sie ihre Schlüssel nicht aus den Augen gelassen haben. Für den Grafen gilt wohl dasselbe. War vielleicht wirklich Hexerei im Spiel?«

»Schmarren!«, raunzte der Henker. »Hexerei ist eine Erfindung des Teufels, mit der er uns die Augen verkleben will. Das hier ist Menschenwerk.«

»Dann gibt es eigentlich nur zwei Möglichkeiten«, erwiderte Simon. »Entweder jemand hat es irgendwie geschafft, alle drei Schlüssel für eine Nacht an sich zu nehmen, oder der Täter ist einer der drei Schlüsselträger. Dann musste er sich nur zwei weitere Schlüssel besorgen, um hier einzudringen.«

»Vielleicht war es ja ganz anders.« Aufmerksam sah sich der Henker in dem fast leeren Vorraum um. Überall hingen Votivbilder mit wundersamen Errettungen, links unterhalb des Fensters stand eine einzelne eiserne Truhe. Jakob Kuisl bückte sich und öffnete sie.

»Leer«, murmelte er nachdenklich. »Vermutlich werden mit dieser Truhe von Zeit zu Zeit ein paar der Reliquien weggeschafft.«

Simon nickte. »Ich habe davon gelesen. Allein während des letzten Großen Krieges sind die drei heiligen Hostien mehrmals nach München transportiert worden, weil man mit einem Raubzug der Schweden rechnete. Jedes Mal hat man sie dann wieder zurückgebracht.«

»Und jetzt sind sie ganz verschwunden.« Der Henker klappte die Truhe zu. »Aber ich glaub, ich weiß nun, wer sie hat.«

»Wie bitte?« Simon blieb kurz der Mund vor Staunen offen stehen. »Ihr wisst, wer sie hat?«

Jakob Kuisl grinste seinen Schwiegersohn an. »Du etwa

nicht? Wenn du eins und eins zusammenzählst, ist die Sache doch so klar wie Weiberpisse. Simon, Simon …« Er schüttelte bedauernd den Kopf. »Ich weiß wirklich nicht, was man euch an diesen Universitäten beibringt. Das Denken jedenfalls nicht.«

Simon rollte mit den Augen. Es war nicht das erste Mal, dass ihn sein Schwiegervater aufzog, weil er als Medicus zwar studiert hatte, der Henker aber über das größere Wissen verfügte. Offensichtlich konnte es Jakob Kuisl nicht verwinden, dass seinem ehrlosen Stand der Zugang zur Universität verwehrt war.

»Seid Ihr dann wenigstens so gütig und weiht mich in Eure Kenntnisse ein?«, fragte Simon mit spöttischem Unterton. »Oder muss ich dumm sterben?«

»Eine Sache muss ich noch nachprüfen«, erwiderte der Henker barsch. »Schließlich wollen wir herausfinden, ob unser Hostiendieb auch für die Morde verantwortlich ist. Solange wirst du dich noch gedulden müssen.« Er wandte sich zur Treppe. »Und jetzt raus hier, bevor dieser fette Cellerar noch auf den Gedanken kommt, hier oben die Votivbilder abzustauben. Wenn uns wer auf der Empore sieht, war ich einfach beim Beten, und du hast mich händeringend wegen eines Patienten gesucht. Schließlich bereitet dir ja nicht nur das Denken, sondern offenbar auch das Heilen Schwierigkeiten.«

Jakob Kuisl stapfte treppab, und obwohl er Simon den Rücken zukehrte, glaubte der Medicus zu wissen, dass ein selbstzufriedenes Grinsen auf Kuisls Gesicht lag. Leise schimpfend folgte Simon ihm. Es gab Tage, an denen er seinen Schwiegervater am liebsten eigenhändig auf die Streckbank gespannt hätte.

Es sollte weitaus länger dauern als erhofft, bis Simon von Jakob Kuisl endlich Aufklärung erhielt.

Tagsüber kümmerte der Medicus sich mit Magdalena weiterhin um die Kranken. Unterstützung bekamen sie dabei von Jakob Schreevogl, der ein paar unerschrockene Tagelöhner dafür bezahlt hatte, ihnen beim Aufstellen neuer Betten in einem Nachbarraum zu helfen. Außerdem sorgten zwei Mägde aus dem Dorf dafür, dass immer frisches Wasser und die notwendigen Kräuter zur Verfügung standen. Bedingung war allerdings gewesen, dass Simon die Räume mit Beifuß und Johanniskraut ausräuchern ließ. Er selbst glaubte zwar nicht, dass dies die Ansteckungsgefahr in irgendeiner Weise minderte, aber nur unter dieser Voraussetzung hatten die Männer und Frauen überhaupt zugestimmt, dem Bader zur Seite zu stehen. Von den Mönchen hatte sich bislang noch keiner blicken lassen.

Immer wieder blätterte Simon in dem Buch Girolamo Fracastoros, um mehr über die mysteriöse Krankheit zu erfahren. Der italienische Gelehrte vertrat die Ansicht, dass Krankheiten nicht – wie gemeinhin angenommen – über üble Gerüche verbreitet wurden, sondern durch winzige Bestandteile in der Nahrung, im Wasser oder in der Luft. Konnte dies auch der Grund für die Andechser Seuche sein?

Als die Abendsonne nun ihre letzten warmen Strahlen durch die winzigen Fenster des Krankensaals schickte, erinnerte das Knurren seines Magens Simon daran, dass er seit heute Vormittag nichts mehr gegessen hatte. Er legte seine schmutzige Baderschürze zur Seite, benetzte sein Gesicht mit frischem Wasser und sah sich nach Magdalena um, die einem etwa sechsjährigen Mädchen gerade einen fieberlindernden Sirup einträufelte. Ihre beiden eigenen Kinder spielten in einer Ecke mit ein paar Krippenfiguren, die ein Holzschnitzer statt eines Entgelts gespendet hatte.

»Ich komme um vor Hunger«, gestand Simon stöhnend. »Was ist? Wollen wir gemeinsam auf einen Eintopf und ein, zwei Gläser Wein in die Klostertaverne gehen? Hier gibt es zurzeit ohnehin nicht viel zu tun. Die Leute husten und rotzen, ob wir nun da sind oder nicht.«

Magdalena sah besorgt hinüber zu Peter und Paul. »Ich glaub, ich geh mit den Kleinen lieber ins Schinderhaus«, sagte sie und wischte sich die Hände an der Schürze ab. »Die zwei sind schon viel zu lang unter all den Kranken gewesen. Außerdem müssen sie ohnehin bald ins Bett.« Sie deutete auf Paul, der sich müde die Augen rieb. »Aber geh du ruhig allein, das macht mir nichts aus.«

Simon grinste. »Weil du gern wieder mit deinem stummen Helfer zusammen bist?«

»Mit dem Matthias?« Magdalena schüttelte lachend den Kopf. »Mach dir deshalb keine Sorgen. Du redest vielleicht manchmal ein wenig zu viel, aber einen Mann, der nur schweigt, den könnte ich auch nicht ertragen.« Sie nahm die zwei gähnenden Kinder am Arm und zwinkerte ihrem Ehemann an der Tür noch einmal zu. »Aber fesch ist er schon, der Matthias.«

Bevor Simon etwas erwidern konnte, war sie in der aufkommenden Dämmerung verschwunden. Der Medicus sah noch bei ein paar der Kranken nach dem Rechten, dann begab auch er sich hinaus in den Abend, wo ihn ein warmer Wind empfing. Erneut knurrte sein Magen. In stiller Vorfreude steuerte Simon auf die Taverne unterhalb des Klosters zu, als ihm eine Gestalt entgegenkam.

Viel zu spät erkannte er, dass es Karl Semer war.

Verflucht!, fuhr es Simon durch den Kopf. *Den hatte ich ganz vergessen!*

»Werter Bürgermeister«, begann er und zuckte entschuldigend mit den Achseln. »Ich weiß, das Gespräch mit dem Abt. Aber leider bin ich noch nicht …«

»Vergesst es«, unterbrach ihn Karl Semer. Sein maliziöses

Lächeln zeigte Simon, dass der Bürgermeister mit einer Überraschung aufwarten konnte. »Ich habe mittlerweile mit dem Prior sprechen können«, fuhr Semer fort. »Und siehe da – Hochwürden ist genau der gleichen Ansicht wie ich. Er hat noch diesen Nachmittag nach dem Weilheimer Landrichter schicken lassen. Ich bin sicher, dass der Richter schon morgen hier sein wird, um den Hexer seiner wohlverdienten Strafe zuzuführen.«

»Aber ... aber ...«, stammelte Simon.

»Der Abt? Es war nicht nötig, ihn zu fragen.« Karl Semer pulte gelangweilt zwischen den Zähnen und entfernte einen Fleischfaden. »Wird es zum Prozess kommen, sind Maurus Rambecks Tage ohnehin gezählt«, fuhr er süffisant fort. »Der Landrichter wird es nicht gern sehen, dass ihm so abscheuliche Taten verheimlicht wurden. Man wird Druck auf die Mönche ausüben. Vermutlich tritt Rambeck vorher selbst zurück. Der Prior scheint jedenfalls ein würdiger Nachfolger zu sein.«

Simon biss sich auf die Lippen und starrte den Bürgermeister schweigend an. Ebenso wie Karl Semer wusste er, dass mit der Ankunft des Landrichters Nepomuks Schicksal besiegelt war. Es würde zur Folter, zum Geständnis und schließlich zum Urteil kommen. Ein anderer Weg war nicht vorgesehen.

»Ich ... ich werde wie vereinbart meinen Bericht für das Kloster schreiben.« Simon bemühte sich, so selbstbewusst wie möglich zu klingen. »Es gibt noch viele Unstimmigkeiten, die geklärt werden müssen.«

»Tut das, tut das«, erwiderte Karl Semer. »Ich glaube zwar kaum, dass der Landrichter den Äußerungen eines Schongauer ... Baders« – er verzog spöttisch die Mundwinkel – »viel Aufmerksamkeit schenken wird, aber bitte. Und wenn Ihr glaubt, dass Ihr damit den Prozess, aus welchen Gründen auch immer, in die Länge ziehen könnt ...« Semer zuckte abfällig mit den Schultern. »Vor dem Dreihostienfest wird dieser Apotheker ohnehin nicht verbrannt, dafür mahlen die Mühlen der Justiz leider zu langsam. Aber wenigstens wissen wir dann, wer es war, und in diesem Kloster kehrt wieder etwas Ruhe ein. Denn Ruhe, Meister Fronwieser ...« Er tippte Simon mit seinem fleischigen Finger auf die Brust. »Ruhe ist die oberste Bürgerpflicht, und nebenbei die erste Regel beim Geschäftemachen. Und nun gehabt Euch wohl.«

Semer wandte sich ab, und Simon sah, dass er die Klostertaverne ansteuerte, wo vermutlich sein Sohn und vielleicht auch der Wittelsbacher Graf auf ihn warteten. Der Schritt des Bürgermeisters war trotz seiner Körperfülle leicht, beinahe beschwingt.

Ganz plötzlich hatte der Medicus keinen Appetit mehr.

Als die Dämmerung sich wie eine dunkle Decke über das Kloster gelegt hatte und endlich Ruhe in den Gassen einkehrte, schlich eine große Gestalt auf das Haus des Uhrmachers zu. Sie trug eine Mönchskutte und hielt in der rechten Hand eine Laterne, die sie mit einer Blende so weit abgedunkelt hatte, dass nur noch ein schmaler Schlitz Licht auf den Boden fiel. Die Gestalt sah sich ein letztes Mal nach allen Seiten um, dann drückte sie vorsichtig mit den Fingern gegen die angekohlte Tür, bis diese sich leise quietschend öffnete.

Der Henker nickte befriedigt. Die Angst der Mönche vor dieser mutmaßlichen Spukstätte war so groß, dass sich offenbar noch keiner die Mühe gemacht hatte, das Haus für spätere Untersuchungen abzusperren und zu versiegeln. Vielleicht lag es aber auch daran, dass sich die merkwürdigen Ereignisse im Kloster zurzeit überschlugen. Jakob Kuisl hoffte, an diesem Ort etwas zu finden, was all diese Ereignisse miteinander verband. Den Diebstahl der Hostien, die Morde und den verschwundenen Uhrmacher mit seinem Automaten. Kuisl glaubte mittlerweile zu wissen, wer die Reliquien aus der Heiligen Kapelle gestohlen hatte, doch der Grund dafür war ihm nach wie vor ein Rätsel. Etwas tief in seinem Inneren sagte ihm, dass im Haus des Uhrmachers die Lösung verborgen sein könnte. Es war dieses Kitzeln in seiner ehrfurchtsgebietenden Nase, das ihn immer dann befiel, wenn sein Unterbewusstsein schon einen Schritt weiter war als sein Verstand.

Auch jetzt juckte seine Nase wieder, und zwar höllisch.

Leise schlich der Henker ins Innere des Hauses. Er schob die Blende vor seiner Laterne nun so weit auf, dass ein schmaler Kegel Licht den Raum wenigstens teilweise ausleuchtete. Alles war offensichtlich noch unverändert so wie an jenem Mittag vor vier Tagen, als Simon und Magdalena hier den toten Uhrmachergehilfen gefunden hatten. Tische und Stühle lagen teilweise zerborsten am Boden, überall verstreut befanden sich Scherben von Reagenzgläsern und verkohlte Metallteile. Ein abgetrennter Puppenkopf starrte Jakob Kuisl aus einer Ecke heraus an.

Etwas knarrte, und der Henker blickte erschrocken zur Decke. Über ihm hing an einem Seil der ausgestopfte Drache, von dem ihm Simon bereits erzählt hatte. Einen Moment lang beäugten sich Henker und Krokodil wie zwei Gleichgesinnte. Hässliche, mythenbeladene Wesen, vor denen die Menschen Angst hatten und über die sie Schauergeschichten erzählten.

Was hast du wohl von dort oben gesehen, stummes Untier?, dachte Kuisl. *Was in drei Teufels Namen ist hier vorgefallen?*

Er drehte sich mit der Laterne im Kreis, bis er schließlich den Brandfleck an der Tür fand, wo der junge Uhrmachergehilfe seinen grausamen Tod gefunden hatte. Eine weitere, fast mannsgroße Brandstelle befand sich in der Mitte des Raums;

hier hatte sich das Feuer in den hölzernen Boden gefressen. Die Dielen knarrten bedenklich, als der Henker darüber hinwegschritt. Er kniff die Augen zusammen, um in dem diffusen Licht besser sehen zu können. Dann versuchte er den Tathergang zu rekonstruieren.

Irgendjemand hat den armen Burschen mit Phosphor übergossen. Vitalis ist zur Tür geeilt, er wollte fliehen, dann kam der tödliche Schlag auf den Kopf. So muss es gewesen sein. Doch wo sind der Automat und sein Meister? Was hat man mit ihm gemacht? Ist er tot?

Vorsichtig tappte Jakob Kuisl durch den dunklen Raum, auf der Suche nach irgendetwas, das ihm weiterhelfen würde. An der Rückwand befand sich ein großer verrußter Kamin, durch den der Wind pfiff. Rechts davon schloss sich eine weitere Kammer mit einem schmalen Bett an, vermutlich die Schlafstätte des Gehilfen. Eine Treppe führte von dort ins obere Stockwerk, wo nach Kuisls Einschätzung der Wohnbereich des Uhrmachermeisters sein musste.

Der Henker stieg die schmalen, ausgetretenen Stufen hinauf und gelangte in einen Gang, von dem zwei Türen abzweigten. Hinter einer lag die Schlafkammer mit einem Schemel und einem Nachttopf. Der andere Raum war interessanter: Hier befand sich auf mehreren Regalen eine gutsortierte Hausbibliothek.

Lautlos pfiff Jakob Kuisl durch die Zähne. Er hatte in seinem Haus in Schongau zwar selbst eine stattliche Büchersammlung, allerdings waren es hauptsächlich Werke, die sich mit der Heilkunde beschäftigten. Die Bücher hier schienen eher technischer Natur zu sein.

Der Henker zog einige der wertvollen Folianten hervor und blätterte gedankenverloren darin. Darunter waren griechische Werke aus Pergament, von Heron von Alexandria, Homer und Aristoteles, allesamt in lateinischer Übersetzung, aber es gab auch neuere Bücher – von Descartes, Cardano und einem gewissen Salomon de Caus.

Dessen Werk war besonders zerlesen, mehrere Stellen waren rot angemerkt. Beim schnellen Durchblättern stellte Jakob Kuisl fest, dass Salomon de Caus offenbar mit der Kraft des Dampfes experimentiert und geglaubt hatte, auf diese Weise technische Apparate antreiben zu können. Mittlerweile bedauerte es der Henker, mit Frater Virgilius nie ein Gespräch geführt zu haben. Der Uhrmacher schien ein interessanter Mann zu sein.

Oder gewesen zu sein, dachte Kuisl. *Wer sich mit derlei ketzerischem Wissen beschäftigt, macht sich in einem Kloster jedenfalls schnell Feinde.*

Nachdenklich stellte der Henker das Buch zurück und ging die schmale Stiege wieder hinunter ins Erdgeschoss, wobei er das flaue Gefühl hatte, irgendetwas übersehen zu haben. Noch einmal ließ er seinen Blick über den zerstörten Raum gleiten. Zerborstene Stühle, Scherben, der Puppenkopf in der Ecke, der schaukelnde Drache über ihm, der ihn anzugrinsen schien …

Was in drei Teufels Namen stimmte hier nicht?

Plötzlich ertönte von draußen ein Geräusch, und der Henker zuckte zusammen. Schritte kamen auf das Haus zu! Mit einer schnellen Bewegung löschte Jakob Kuisl die Laterne und lehnte sich an die Wand des Labors, so dass er gänzlich vom Schatten verschluckt wurde.

Die Schritte näherten sich zielstrebig der Tür, doch mit einem Mal hielten sie inne. Der Unbekannte draußen schien zu zögern.

Himmelkreuzsakrament, was für ein Schafsschädel bin ich bloß!, durchfuhr es Kuisl. *Ich hab die Tür nur angelehnt, sie steht einen Spaltbreit offen!*

Eine Zeitlang herrschte Stille, der Henker hörte nur seinen

eigenen unterdrückten Atem. Doch nach einer Weile waren draußen wieder die Schritte zu hören. Laut scharrten sie über den Kiesweg im Vorgarten, dann entfernten sie sich, schneller und schneller. Jemand lief davon.

Ohne weiter nachzudenken, stürmte der Henker zur Tür, riss sie auf und starrte in die Nacht hinaus – doch draußen auf der Gasse war nichts außer einer Katze, die ihn von einem Mäuerchen aus anfauchte. Irgendwo im Dunkeln huschten Schritte über den festgetretenen Lehmboden, eine schattenhafte Gestalt verschwand hinter der nächsten Ecke, dann kehrte wieder Ruhe ein.

Leise fluchend zog Jakob Kuisl von außen die Tür hinter sich zu und machte sich auf den Heimweg. Wie hatte er nur so blöd sein können, seine Anwesenheit zu verraten! Kuisl war sicher, dass irgendjemand den gleichen Gedanken gehabt hatte wie er und vorgehabt hatte, im Haus des Uhrmachers nach einer Spur zu suchen. Nur wer? Der wahre Hexer? Oder nur ein neugieriger Mönch oder ein junger Bursche aus dem Ort bei einer Mutprobe? Nun würde er es wohl nie erfahren.

Grimmig stapfte er die staubige Gasse hinunter nach Erling, während ihm zwei kalte Augen hasserfüllt nachstarrten. Das Weiß der Augäpfel leuchtete geisterhaft in der Finsternis, schließlich wandte sich der Mann ab und verschmolz mit der Nacht.

Kapitel 9

Donnerstag, der 17. Juni Anno Domini 1666,
vormittags in Erling

Die Weilheimer Kutsche kam früher als erwartet.

Schon kurz nach der Zehnuhrmesse rollte vom Tal her ein Zug von drei Wagen durch Erling. Auf dem vorderen Wagen saßen ein halbes Dutzend Soldaten mit Musketen, die von ihrer erhöhten Plattform aus wichtigtuerisch auf die Dorfbewohner herabblickten. Es folgte eine gefederte Kutsche mit Verdeck, die von zwei schwarzen Rössern gezogen wurde. Zur Linken und Rechten dieses vornehmen Gefährts ritten vier weitere Musketiere. Der dritte Wagen, der dahinter folgte, war hingegen ein einfacher Ochsenkarren, auf den man einen robusten, mannshohen Holzverschlag genagelt hatte.

In diesem Kasten würden die Soldaten den Hexer nach Weilheim eskortieren.

»Verdammt, Simon! Du hast recht gehabt!«, knurrte Jakob Kuisl und spuckte einem der vielen Zuschauer neben ihm direkt vor die Füße. Noch immer trug der Henker die Mönchskutte. Wegen seiner Größe und seines finsteren Blicks sahen immer wieder einige der Umstehenden zu ihm hinüber. »Sie machen kurzen Prozess mit dem Nepomuk«, schimpfte er. »Warum hab ich nicht noch einmal mit ihm geredet!«

Nach seiner Erkundungstour gestern Nacht war der Henker noch allein im Wald gewesen. Doch anders als sonst war ihm diesmal kein rettender Einfall gekommen. Simon hatte ihn schließlich in aller Herrgottsfrühe grimmig und pfeiferauchend an einem Bach unweit des Schinderhauses entdeckt.

Nun stand der Medicus neben seinem Schwiegervater und Magdalena in der gaffenden Menge und versuchte an den vielen Menschen vorbei einen Blick auf die Kutsche zu erhaschen. Er war zwei Köpfe kleiner als Jakob Kuisl und hatte Mühe, überhaupt etwas von den Vorbeifahrenden mitzubekommen. Zu allem Überfluss trug er auch noch den kleinen Paul auf den Schultern, der ihn immer wieder an den Haaren zog. Pauls Bruder Peter rannte derweil mit ein paar anderen Buben einem aufgescheuchten Huhn hinterher. Nur widerwillig ließ er sich schließlich von seiner Mutter an der Hand nehmen.

»So wie es aussieht, ist tatsächlich der Landrichter persönlich erschienen!«, rief Simon gegen die lauten Stimmen um ihn herum an. »Wer hätte das gedacht?«

Er deutete auf die Kutsche, in deren Fenster sich jetzt ein blasses, feistes Gesicht mit Knebelbart zeigte. Eine runzlige Hand, an deren Finger mehrere Goldringe glitzerten, winkte huldvoll der Menge zu.

»Was für ein eitler Geck!«, fuhr Simon wesentlich leiser fort. »Ich hab den Grafen schon einmal in Schongau bei einem Treffen mit unserem Schreiber erlebt. Das ganze Jahr über treibt sich der Alte auf höfischen Jagden herum. Aber einen Prozess gegen einen Hexer lässt sich Seine Exzellenz natürlich nicht entgehen. Davon wird man in vielen Jahren noch berichten.«

Tatsächlich hielt sich der Graf von Cäsana und Colle die meiste Zeit in München auf und ließ die Arbeit in Weilheim von seinem Verwalter erledigen. Ein Umstand, den die Bürger nicht unbedingt bedauerten. Aber heute schienen die Erlinger nach Pomp und Gloria geradezu zu gieren. Es kam nicht oft vor, dass ein hochgestellter Adliger samt Soldaten und Anhang dem kleinen Dorf einen Besuch abstattete; noch dazu, um den »Hexer von Andechs« zu arretieren, wie der einstige Apothekermönch Frater Johannes mittlerweile hieß.

»Das wird ein spektakuläres Volksfest in Weilheim geben, wenn es tatsächlich zur Hinrichtung kommt«, murmelte Magdalena. »So viele Menschen!«

Ihr Vater musterte abfällig die grölende Menge. Kuisl hatte noch nie verstehen können, warum Menschen Freude bei der Hinrichtung eines Menschen empfinden konnten – auch wenn er damit sein Geld verdiente.

»Selbst wenn der Andechser Abt wollte«, brummte er schließlich, »er könnte den Prozess nicht verhindern. Für Fälle wie diesen ist Weilheim zuständig. Auf dem Erlinger Galgenbichl unten beim Graetz hängen sie höchstens ein paar Straßenräuber.«

Mittlerweile nahm der Umzug beinahe Volksfestcharakter an. Neben den Erlingern hatten sich nun auch viele Wallfahrer den drei Wagen angeschlossen, deren Kutscher Mühe hatten, sich einen Weg durch die Menge zu bahnen. Meter für Meter schob sich der Wagenzug den Berg hinauf auf das Kloster zu. Kinder und kläffende Hunde liefen ihm voraus, die Menschen deuteten auf den hölzernen Kasten und malten sich in ihrer Phantasie bereits aus, was mit dem Hexer geschehen würde.

»In Augsburg haben sie mal einen Zauberer in siedendem Wasser gekocht«, nuschelte ein alter Bauer verschwörerisch. »Der hat stundenlang geschrien, dann hat er einen Fluch gemurmelt und ist mit Blitz und Donner zur Hölle gefahren.«

»Wenn sie vorher gestehen, werden sie nur verbrannt«, erwiderte einer der herbeigelaufenen Knechte mit wichtigtuerischer Stimme, so als wäre er jeden Tag Zeuge eines Hexenprozesses. »Manchmal erwürgt sie der Henker vorher oder hängt ihnen ein Säckchen mit Schießpulver um, aber nur, wenn er einen guten Tag hat.«

Ein altes Weiblein kicherte. »Dann seh ich schwarz für den Andechser Hexer. Der Weilheimer Henker ist nämlich ein echter Teufelskerl. Der hat noch keinen einzigen guten Tag in seinem ganzen Leben gehabt. Wenn der jemanden auf der Streckbank hat, dann schreit der arme Hund so laut, dass du's noch im Seefelder Schloss hörst.«

Die Umstehenden lachten, während Simon leichte Übelkeit verspürte. Er war zwar schon einige Male bei einer öffentlichen Hinrichtung dabei gewesen, von denen die meisten sogar sein eigener Schwiegervater durchgeführt hatte. Doch die bevorstehende Vollstreckung versprach, besonders grausam zu werden. Der Medicus wusste, dass Hexern und Zauberern meist die schlimmsten Todesstrafen drohten. Er hatte von einem Fall in München gehört, bei dem die vermeintlichen Ketzer erst mit glühenden Zangen gezwickt worden waren, anschließend hatte man sie gerädert und zum Schluss auf dem Scheiterhaufen verbrannt. Zauberer wurden gevierteilt, gekocht, lebendig begraben und in früheren Zeiten sogar gepfählt. Offenbar schien erst die vollständige Vernichtung ihres Körpers den bösen Bann brechen zu können.

Mittlerweile hatte der Zug den Platz vor der Klosterkirche erreicht. Die Soldaten sprangen vom Wagen und bildeten eine Gasse, damit der Weilheimer Landrichter ohne Gedränge in die Kirche gelangte. Offenbar wollte Seine Exzellenz noch die Messe besuchen, bevor er sich den lästigen Pflichten der Gefangenenüberführung widmete. Würdevoll, wenn auch ein wenig zittrig stieg der etwa sechzigjährige Graf von Cäsana und Colle über eine kleine Trittleiter aus der Kutsche, seine ganze Gestalt strahlte jahrzehntelang gewachsene Macht aus. Der durch rotes Fleisch, Bier und Wein aufgedunsene Bauch steckte in einem samtenen Rock, darüber thronte eine etwas zu steife Halskrause, die ihn sein Kinn herrisch nach vorne recken ließ. Am Portal der Kirche wurde der alte Herr vom wesentlich jüngeren Wittelsbacher Grafen Wartenberg und dem Prior in Empfang genommen. Pater Jeremias verbeugte sich und sprach einige Grußworte.

»Ist das nicht eigentlich Aufgabe des Abts?«, fragte Magdalena. »Wo ist der überhaupt?«

Simon runzelte die Stirn. »Offenbar verschieben sich die Machtverhältnisse im Kloster gerade schneller, als man einen Rosenkranz beten kann. Ich bin gespannt, ob der Prior dem Landrichter auch von den verschwundenen Hostien berichtet oder darauf hofft, dass sich der Diebstahl bis zum Fest noch aufklären lässt. Schaut mal, da!«

Simon deutete auf drei Mönche, die aus der Kirche gekommen waren und sich nun nacheinander vor den zwei Grafen verbeugten.

»Sieh an, der Bibliothekar, der Novizenmeister und der Cellerar«, flüsterte Magdalena. »Ein Herz und eine Seele! Nun ist der Klosterrat ja vollzählig, bis auf den Abt. Wenn ihr mich fragt, hat mindestens einer von denen dort Dreck am Stecken.« Sie schüttelte den Kopf. »Allesamt studierte Leut, aber das Böse macht eben nicht vor den Universitäten halt. Im Gegenteil, je belesener, desto ausgschamter.«

Plötzlich schien ihr Vater neben ihr zu erstarren. Schließlich schlug er sich an die Stirn und grunzte abfällig. »Ich Hornochse!«, schimpfte er. »Warum hab ich nicht eher dran gedacht! Ich muss noch mal zum Nepomuk, bevor es vielleicht zu spät ist.«

»Jetzt?« Simon starrte ihn entsetzt an. »Aber die Weilheimer Soldaten! Vermutlich sind ein paar von denen schon unten bei der Klostermeierei. Die werden fragen, wer Ihr seid, und dann ...«

»Es muss sein!«, unterbrach ihn der Henker barsch. »Wahrscheinlich werden sie den Nepomuk noch heute in die Weilheimer Fronveste schaffen. Dann kann ihm keiner mehr helfen. Ich kenn den Scharfrichter dort. Bei Meister Hans redet jeder, auch wenn er nichts zu sagen hat.«

»Aber was willst du denn noch von Nepomuk?«, fragte Magdalena. »Dich von ihm verabschieden?«

»Schmarren! Fragen muss ich ihn was. Und betet zu Gott, dass er die Antwort weiß. Schon viel früher hätt ich ihn darauf ansprechen sollen.«

Simon sah seinen Schwiegervater besorgt an. »Ansprechen auf was?« Der kleine Medicus tippte den um zwei Köpfe größeren Mann auf die Brust. »Ihr sagt, Ihr wisst, wer die Hostien gestohlen hat. Also, wer war's? Himmelherrgott, spannt uns doch nicht so lange auf die Folter!«

Jakob Kuisl grinste, doch seine Augen hatten dabei einen traurigen Glanz. »Auf die Folter zu spannen gehört nun mal zu meinem Handwerk«, erwiderte er leise. »Wenn ich euch brauch, sag ich schon rechtzeitig Bescheid. Bis dahin ist es besser, wenn ihr so wenig wisst wie möglich. Sonst kommt ihr bloß auf dumme Gedanken.«

Ohne ein weiteres Wort schob der Henker einige der Pilger zur Seite und wandte sich zum Gehen. Simon und Magdalena sahen seine große Gestalt mit ausgreifenden Schritten davoneilen wie ein Schiff, das durch stürmische See schaukelt, dann war er in der Menge verschwunden.

»Wo ist der Großvater?«, fragte Peter und zerrte widerwillig an der Hand seiner Mutter. »Warum ist er schon wieder weg, Mama?«

Magdalena seufzte. »Dein Großvater ist ein sturer Hund. Wenn der sich was in den Kopf gesetzt hat, kann ihn nicht mal der Papst persönlich davon abhalten.« Sie beugte sich zu ihrem Ältesten hinab und fuhr ihm gedankenverloren durch die Haare. »Tu mir einen Gefallen, ja? Werd später nicht genauso vernagelt wie er.« Unwillkürlich musste die Henkerstochter lächeln. »Wobei ich befürchte, dass das leider in der Familie liegt.«

Jakob Kuisl rannte an den vielen Zuschauern und Wallfahrern vorbei, wobei er leise vor sich hin fluchte und sich selbst mehrmals ein Rindvieh schimpfte. Endlich war ihm eingefallen, was ihn gestern Nacht im Haus des Uhrmachers so irritiert hatte. Er konnte nur noch hoffen, dass es nicht zu spät war.

Doch als er endlich atemlos an der Klostermeierei ankam, stellte er enttäuscht fest, dass tatsächlich bereits einige der Weilheimer Soldaten dort Position bezogen hatten. Die großen Kerle in ihren Waffenröcken und mit Hellebarden und Musketen bewaffnet wirkten weitaus respekteinflößender als die Andechser Jäger, die den Apotheker bis vor kurzem noch bewacht hatten. Trotzdem musste Jakob Kuisl versuchen, zu Nepomuk vorzudringen. Er überlegte kurz, dann entschied er sich für die frechste aller Möglichkeiten.

Tief zog der Henker die Kapuze ins Gesicht und näherte sich, unablässig lateinische Gebete murmelnd, den vier Soldaten, die ihn misstrauisch beäugten.

»He, du! Schwarzkittel!«, bellte einer von ihnen. Der Mann trug einen versilberten Brustpanzer und schien offenbar der Anführer der Wachmannschaft zu sein. »Was hast du hier zu suchen?«

»Befindet sich in diesem Kerker der Mönch Frater Johannes, auch genannt der Hexer von Andechs?« Jakob Kuisl versuchte, so befehlsgewohnt wie möglich zu klingen. Er richtete sich zu seiner ganzen Größe auf und musterte streng jeden einzelnen Soldaten.

»Äh … wer will das wissen?«, erwiderte der Hauptmann, der jetzt ein wenig eingeschüchtert klang.

»Henricus Insistoris vom Augsburger Dominikanerkonvent St. Magdalena. Der Bischof bat mich, diesen Fall für die Kirche zu examinieren.«

Das war so dreist gelogen, dass Kuisl nur darauf hoffen konnte, den Hauptmann allein durch sein selbstbewusstes Auftreten zu überrumpeln. Eigentlich trugen Dominikaner weiße Tuniken unter ihren schwarzen Kutten, und auch den Namen hatte sich der Henker von einem ihm bekannten Inquisitor geliehen. Um keinen Widerspruch aufkommen zu lassen, stapfte Kuisl weiter unverdrossen auf die Kerkertür zu.

»Nun, was ist jetzt?«, fragte er barsch. »Seid ihr taub, oder hat euch der Hexer bereits die Ohren weggezaubert?«

»Aber ... aber ... der Landrichter ...«, meldete sich zaghaft der Hauptmann.

»Hat davon Kenntnis erhalten. Keine Sorge, die Kirche wird das Hohe Gericht nur beraten, alles Weitere ...« Abrupt blieb der Henker vor dem Soldaten stehen und starrte auf einen größeren Leberfleck auf dessen unrasierter Wange. »Dieses Mal ...«, erkundigte sich Kuisl, scheinbar äußerst besorgt. »Wie lange habt Ihr das schon?«

Der Hauptmann wurde blass, nervös strich er sich über den Fleck, während seine drei Kollegen ihn neugierig beobachteten und miteinander tuschelten. »Nun ... seit meiner Kindheit, also, wenn man so will, äh ... schon immer.«

Kuisl fuhr mit dem Finger langsam die Umrisse des Muttermals nach. »Es erinnert an einen Raben, findet Ihr nicht? Ich kannte mal eine Hex, die fast genau ein solches Muttermal trug. In Landsberg haben wir sie vor einigen Jahren verbrannt.«

Das Gesicht des Hauptmanns war jetzt kreideweiß. »Bei Gott, Ihr glaubt doch nicht ...«, stammelte er, doch Kuisl drückte sich schon an ihm vorbei.

»Lasst lieber den Glauben aus dem Spiel, wenn es um Teufelswerk geht«, sagte er beiläufig. »Und nun öffnet diese Tür. Ich möchte den Verdächtigen einer ersten Befragung unterziehen. Oder soll ich zuerst Euch befragen?«

In Sekundenschnelle schob der Hauptmann den Riegel zur Seite und öffnete die Pforte zum Verlies. Jakob Kuisl trat blinzelnd ein, seine Augen brauchten eine Weile, um sich an das Dämmerlicht zu gewöhnen. Schließlich sah er hinten an der Wand den hässlichen Nepomuk kauern. Als der Mönch seinen Freund erkannte, richtete er sich ächzend auf.

»Jakob!«, krächzte er. »Ich dachte schon, du hättest mich …«

»Psssst!«, machte Kuisl und hielt sich den Finger vor die Lippen. Nach hinten gewandt rief er: »Ich werd Euch rufen, wenn ich eine kräftige Hand für meine Befragungen brauchen sollte. Bis dahin lasst uns zwei alleine.«

Nur zu bereitwillig schlossen die Soldaten die Tür. Von draußen ertönte Gemurmel und ein leiser Befehl des Hauptmanns, das Maul zu halten. Der Henker grinste.

»Ich wollt schon immer mal so neunmalklug daherreden wie ein Studierter«, sagte er leise. »Ist gar nicht so schwer. Nichts als gestelzte, hohle Worte, aber trotzdem kuschen die Leut!« Er zog die Kapuze in den Nacken und wischte sich feixend den Staub der Gasse vom Gesicht. »Jetzt werden sich die vier dort draußen erst mal in aller Ruhe ihre Leberflecken anschauen. Ich hoff nur, es ist keiner von denen so schlau und rennt zum Landrichter.«

Nepomuk sah seinen Freund entsetzt an. »Zum Landrichter? Soll das heißen, die Soldaten dort kommen vom Landrichter?«

Kuisls Miene wurde schlagartig ernst. »Ich fürchte, ich hab schlechte Nachrichten für dich, Nepomuk. Sie wollen dich noch heute nach Weilheim bringen. Es tut mir leid, aber ich hab es nicht verhindern können.«

Keuchend brach Nepomuk zusammen und vergrub sein Gesicht zwischen den Händen. »Dann ist alles aus!«, flüsterte er. »Der Weilheimer Scharfrichter wird mich peinigen. O Gott, Jakob, ich hab solche Angst! Nicht den Tod fürcht ich, aber die Schmerzen. Wir beide wissen doch, was jetzt kommt. Die Streckbank, die glühenden Zangen, das Schwefelfeuer ...«

»Halt's Maul und hör mir zu!«, unterbrach ihn der Schongauer Henker barsch. »Wer bist du? Der Sohn eines Scharfrichters oder eine Maus?« Er zog den Freund zu sich hoch und sah ihm in die Augen. »Erinner dich an den Krieg, Nepomuk. Erinner dich an Breitenfeld! Es gibt immer Hoffnung!«

Nepomuk nickte, sein Blick wurde starr. Er wusste, was der Schongauer Henker meinte. In der Schlacht von Breitenfeld war damals fast das ganze Heer Tillys von den Schweden aufgerieben worden; gerade mal sechshundert Soldaten waren von dem einst 40 000 Mann starken Heer übriggeblieben. Kuisl und Nepomuk hatten nur überlebt, weil sie sich unter einem Haufen Leichen versteckt hatten. Die ganze Nacht lang hatten sie in der Nähe die Schreie der Verwundeten gehört, die von den feindlichen Soldaten abgestochen wurden.

»Du hast Breitenfeld überlebt«, knurrte Kuisl. »Und du wirst auch das überleben. Uns Henker hat der Teufel selbst getauft, da braucht es schon mehr als billigen Jahrmarktsspuk, um uns in die Hölle zu schicken.«

Dann erzählte er Nepomuk von dem Diebstahl der Hostien aus der Heiligen Kapelle und dem Gespräch zwischen den Mönchen, das er belauscht hatte. Der Apotheker hörte ihm mit offenem Mund zu.

»Wenn der Landrichter nur einen Funken Verstand besitzt, dann wird er sehen, dass es zwischen den Morden und dem Diebstahl einen Zusammenhang gibt«, fuhr Kuisl fort. »Und die Hostien kannst du nicht gestohlen haben. Da hättest du schon aus dem vergitterten Fenster hier fliegen müssen.«

Nepomuk nickte grimmig. »Genau das werden sie behaupten.«

Eine Weile sagte keiner etwas. Nur das Summen der Fliegen und das leise Tuscheln der Soldaten draußen im Gang war zu hören. Beide wussten sie, dass Nepomuk recht hatte. Sie hatten es beide zu oft selbst erlebt, dass Vernunft und Logik in einem Hexenprozess keine Rolle spielten.

»Verstehst du, Jakob?«, flüsterte der Apotheker. »Das hier ist nicht der Krieg, das ist schlimmer. Der Krieg folgt blutigen Gesetzen, doch der Glaube ist wie ein irres Rind. Wenn er einmal losgelassen wurde, ist er nicht mehr zu halten.«

Wieder schwiegen beide. Als der Henker schließlich fluchend gegen einen der Käsekörbe trat, krachte es so laut, dass die Soldaten draußen kurz ihren Schwatz unterbrachen.

»Trotzdem. Du musst durchhalten, verstehst du?«, zischte Jakob Kuisl endlich, als er sicher sein konnte, dass draußen keiner Verdacht geschöpft hatte. »Wenigstens ein paar Tage! Sie werden dir die Folterinstrumente erst zeigen und sich dann langsam steigern. Du weißt, wie es zugeht. Gesteh auf keinen Fall! Wenn du gestehst, ist alles aus!«

Nepomuk lachte verzweifelt. »Und was willst du tun, um mich dort wieder rauszuholen? Etwa auch zaubern?«

»Schmarren! Ich werde dem Landrichter den wahren Hexer liefern. Doch dazu muss ich noch etwas in Erfahrung bringen, bei dem du mir helfen kannst.«

Die ohnehin glubschigen Augen des Mönchs wurden noch ein wenig größer. »Weißt du denn, wer der Hexer ist?«, keuchte Nepomuk.

»Ich glaube immerhin zu wissen, wer der Hostiendieb ist.«

Jakob Kuisl drückte seinen Freund auf eine der Holzkisten

an der Wand, setzte sich neben ihn und erzählte in kurzen Worten, was er herausgefunden hatte. Als er geendet hatte, nickte Nepomuk nachdenklich.

»Das … das ist unglaublich«, flüsterte er schließlich. »Aber so könnte es tatsächlich gewesen sein. Und was kann ich nun für dich tun?«

Der Henker senkte die Stimme und sagte es ihm. Es war keine Minute zu früh. Draußen näherte sich bereits quietschend der Ochsenkarren mit der hölzernen Kiste.

Nur wenig später erhob sich Jakob Kuisl in dem dämmrigen Kerker und sah seinem Freund noch einmal tief in die Augen.

»Halt durch«, flüsterte er. »Alles wird gut. *Dum spiro spero.* Solange man atmet, ist Hoffnung.« Kuisl lächelte verlegen. »Das haben die zum Tode Verurteilten in Schongau manchmal auf ihre Kerkerwand geschrieben. Ein schönes Sprüchlein, auch wenn es meist nichts gebracht hat. Wollen wir beten, dass es wenigstens diesmal zu einem guten Ende führt.« Dann wandte der Henker sich ab und klopfte an die verschlossene Tür.

»He, dort draußen!«, rief er herrisch. »Das erste Verhör ist beendet. Ihr könnt jetzt wieder aufmachen!«

Der Riegel glitt zur Seite, und der Hauptmann öffnete die Tür. Dabei hielt er sein Gesicht abgewandt, so dass Kuisl keinen weiteren Blick auf sein Muttermal werfen konnte. Auch die anderen Soldaten verbargen sich im Hintergrund. Offenbar hatte jeder von ihnen irgendwo am Körper einen auffälligen Leberfleck.

»Der Herr erleuchte uns auf unseren schwierigen Pfaden!«, knurrte Kuisl und schlug ein Kreuz. »Wir werden in Weilheim mit den Verhören fortfahren müssen. Aber leider erhärtet sich der Eindruck, dass hier Hexerei im Spiel ist. Vielleicht mehr, als wir zurzeit ahnen.« Er beugte sich verschwörerisch zu dem Hauptmann herunter. »Der Teufel schlüpft gern in die Haut von Mönchen. Von Mönchen und auch von Soldaten, wusstet Ihr das?«

Mit energischen Schritten und hochaufgerichtetem Körper stapfte der selbsternannte Inquisitor von dannen, während unter lautem Getöse der Tross mit Kutsche, Ochsenkarren und Soldaten vor der Meierei haltmachte. Die Büttel stiegen gemächlich ab und steuerten auf die Taverne zu, um dort ihr wohlverdientes Mittagsbier zu trinken. Offenbar war der Transport des Gefangenen doch nicht so eilig, als dass man nicht vorher noch seinen Durst stillen konnte. Keiner der Männer beachtete den großen Mönch, der schweigend an ihnen vorbeistolzierte.

Schon hinter der nächsten Ecke schürzte Jakob Kuisl die Kutte und rannte wie vom Teufel getrieben hinunter nach Erling ins Schinderhaus. Mittlerweile hatte der Henker eine Idee, wie er den Hostiendieb überführen konnte. Seine Vermutungen waren richtig gewesen. Nun galt es, den Täter in die Falle zu locken.

»Hast du Papier und Tinte?«, fragte Kuisl atemlos seinen Vetter, der soeben ein totes Kalb von seinem Karren schob.

Der Schinder grinste und deutete auf den stinkenden Kadaver. »Wenn du noch ein paar Wochen wartest, kannst du von mir auch feinstes Pergament haben. Ein echter Glücksfall! Ich hab das Vieh ...«

»Red ned so blöd daher und gib mir irgendeinen Fetzen«, unterbrach ihn Kuisl. »Ich schreib keine Bibel, sondern nur einen Brief.«

Sein Vetter zog die Augenbrauen hoch. »Einen Brief? An wen denn?« Plötzlich hellte sich sein Gesicht auf. »Ach, an deine Anna-Maria natürlich! Richt doch der kranken Frau Gemahlin einen Gruß von mir aus.«

»Das ... das werd ich. Und jetzt das Stück Papier, schnell.«

Jakob Kuisl zuckte kurz zusammen, als er an seine Ehefrau zu Hause dachte. Ob es Anna-Maria schon wieder besserging? Oder war der Husten etwa noch stärker geworden? Doch dann kehrten seine Gedanken wieder zurück zu Nepomuk. Wenn er recht hatte, konnte er seinen Freund vielleicht schon bald retten und nach Schongau zu seiner Frau zurückkehren. Schweigend folgte er dem Schinder ins Haus, wo ihm Michael Graetz stolz Papier, Feder und ein Tintenfass überreichte.

»Hier, nimm«, sagte er. »Ist vom stummen Matthias. Der schreibt manchmal was auf, wenn ich ihn nicht versteh. Ich selber kann grad mal meinen Namen schreiben. Mehr braucht's nicht, um den Viechern die Haut abzuziehen. Anders als ihr belesenen Henker, aber ihr zieht ja auch eher den Menschen die Haut ab.« Er lachte und begab sich wieder hinaus zu dem toten Kalb.

Jakob Kuisl setzte sich derweil an den wackligen Tisch und begann mit sauberen, geraden Buchstaben ein paar Zeilen zu verfassen. Es war nur eine kurze Nachricht, hastig auf ein Stück Papier geschrieben, doch Kuisl hoffte, dass sie ihren Empfänger trotzdem aus seinem Versteck hervorlocken würde.

Sorgfältig faltete er den Brief mehrmals und begab sich dann wieder hinauf zum Kloster, um ihn an der richtigen Stelle abzugeben.

Es war eine Nachricht an den Hexer.

Verfolgt von einem brummenden Untier rannte Magdalena mit den Kindern an den Gerstenfeldern unweit von Andechs entlang.

Simon hatte sich Kornähren in die Ärmel geschoben, die wie lange Finger daraus hervorragten; er wackelte komisch mit dem Kopf und stieß in regelmäßigen Abständen ein tiefes Knurren aus. Grollend brach er durch ein niedriges Gebüsch am Feldrand.

»Ein Bär!«, quiekte der dreijährige Peter und stolperte über seine eigenen kleinen Füße. »Der Vater ist ein böser Bär!«

»Wohl eher ein dummer Tanzbär«, erwiderte Magdalena und half ihrem Ältesten auf. »Außerdem fehlt ihm zum Bären die richtige Größe.«

Der jüngere Paul sah seinen Vater an, als wäre er sich noch nicht sicher, ob sich dieser nicht doch urplötzlich in ein Monstrum verwandelt hatte. Mit seinen von Holundersaft verklebten Fingern zeigte er auf Simon, der mittlerweile vor seinen Kindern kniete.

»Papa, lieber Bär?«, fragte Paul ängstlich.

Simon nickte und breitete lächelnd die Arme aus. »Der liebste Bär im ganzen Wald. Du brauchst dich nicht zu fürchten.«

Nach der Ankunft des Weilheimer Landrichters hatten sie zu viert einen Spaziergang unternommen, der sie über die Felder rund um Andechs führte. Zum ersten Mal seit langem waren sie als Familie unter sich, ohne Pilger und ohne knurrigen Schwiegervater, der einmal mehr seine eigenen Pläne verfolgte. Die Junisonne schien mild vom Himmel, es roch nach dem Rauch eines fernen Köhlerfeuers, hoch über den Feldern kreiste ein Bussard auf der Suche nach einer unvorsichtigen Maus. Bislang hatten die Kinder ausgelassen zwischen den Mohnblumen am Ackerrand getobt, doch als ihr Vater plötzlich als wütendes Untier zwischen den Ähren aufgetaucht war, war die Stimmung gekippt.

»Wie kannst du den Kindern nur so einen Schrecken einjagen!«, schimpfte Magdalena ihren Mann jetzt aus. »Schau dir den Paul an! Der ist immer noch wie zu Stein erstarrt!«

»Tut mir leid. Ich … ich dachte, die Kinder freuen sich«,

stammelte Simon und riss sich die Gerstenhalme aus der Jacke.

»Bär? Papa Bär?«, fragte Paul erneut und hielt sich an seiner Mutter fest.

»Ha, sieht das nach Freude aus?«, hakte Magdalena nach. »Heut Nacht kann er wieder nicht schlafen.«

Simon hob entschuldigend die Hände zum Himmel. »Ist ja gut, ich habe verstanden. Soll nicht mehr vorkommen!« Er schüttelte den Kopf. »Was ist eigentlich mit dir los? So ängstlich kenn ich dich ja gar nicht.«

»Vermutlich wärst du auch ängstlich, wenn irgendein Wahnsinniger ständig versucht, dich umzubringen.«

Simon seufzte. »Dann glaubst du immer noch, dass dieser Schatten auf dem Turm und der Querschläger im Wald keine Zufälle waren?«

»Himmelherrgott, das war kein Querschläger!«, fuhr ihn Magdalena an. »Wie oft muss ich dir das noch sagen! Und dieser … dieser heruntergefallene Sack galt auch mir.«

»Welcher heruntergefallene Sack?«

Magdalena zögerte. Noch immer hatte sie Simon nichts von dem Kalksack auf dem Baugerüst erzählt, der sie vorgestern Nacht beinahe erschlagen hätte. Litt sie vielleicht doch nur unter Verfolgungswahn? Als sie ihm nun davon berichtete, schwieg Simon eine Weile und sah den Kindern beim Spielen zu. Schließlich wandte er sich mit entschlossener Miene an seine Frau.

»Ich weiß immer noch nicht, was ich davon halten soll«, sagte er leise. »Aber wenn du wirklich Angst hast, dann lass uns zurück nach Schongau gehen. Noch heute. Dort bist du sicher.«

»Und meinen Vater hier alleine lassen?« Magdalena schüttelte den Kopf. »Kommt gar nicht in Frage. Er wird langsam alt, und er braucht uns mehr, als er sich selbst eingestehen mag. Außerdem hast du selbst gesagt, dass du noch diesen verfluchten Bericht für den Abt verfassen musst, wenn wir uns nicht selbst verdächtig machen wollen. Also bleiben wir vorerst hier.« Sie riss eine Ähre aus und zerrupfte sie in ihre Einzelteile. »Mir wäre allerdings schon sehr geholfen, wenn sich der Herr Vater ein wenig mehr um seine Kinder kümmern würde. Erzähl den Buben lieber abends eine Gutenachtgeschichte und steck deine Nase nicht immer in die Bücher und die Angelegenheiten anderer Leute.«

Zornig trat Simon gegen einen Wackerstein am Feldrand. »Du tust ja fast so, als würde mir das Spaß machen«, schimpfte er. »Dabei helf ich doch auch nur deinem Vater!«

»Wenn's nur hier in Andechs so wäre.« Magdalena blickte starr geradeaus, wo die Schwalben niedrig über die Felder flogen. »Aber in Schongau ist es doch genauso. Tagaus, tagein kümmerst du dich um die Kranken und vergisst dabei die Gesunden. In manchen Wochen wissen die Buben gar nicht mehr, wie du eigentlich aussiehst. Manchmal glaub ich, du bist gar nicht richtig da.«

»Das ist mein Beruf, Magdalena«, blaffte Simon zurück. »Du hast einen Bader geheiratet, keinen Bauern, vergiss das nicht. Der kann den ganzen Winter lang seinen Kindern Geschichten in der warmen Stube erzählen, aber krank werden die Leute immer. Tag und Nacht, zu jeder Jahreszeit.« Trotzig verschränkte er die Arme vor der Brust. »Aber du kannst gern mit diesem stummen Matthias zusammenziehen. Den scheinen die Kinder ja ohnehin schon mehr zu mögen als mich. Und schimpfen kann er ohne Zunge auch nicht.«

»Mein Gott, wie kann man nur so bösartig sein!« Angewidert wandte Magdalena sich von ihm ab. »Dieser Mann hat als Kind im Krieg mehr durchgemacht, als du dir überhaupt vorstellen kannst! Und nur weil er stumm ist, muss er noch lange nicht dumm sein. Schau nur meinen Vater an. Der redet auch nur, wenn er was zu sagen hat. Nicht wie ihr siebengscheiten Studierten, die bloß reden, damit der Mund auf- und zugeht.«

»Ich hab dir schon hundertmal gesagt, vergleich mich nicht mit deinem sturschädligen Vater! Ich bin Arzt und kein Henker!«

»Und ich bin eine Henkerstochter.« Magdalena blickte grimmig geradeaus, wo die Kinder gerade ein leeres Vogelnest untersuchten. Aus der Ferne sahen sie noch kleiner und verletzlicher aus als ohnehin schon. »Und meine Buben sind die Enkel eines ehrlosen Henkers«, flüsterte sie. »So was klebt wie Pech an einem, das wird man niemals los. Niemals.«

In diesem Augenblick tauchte hinter dem Gerstenfeld eine flirrende Gestalt auf. Zunächst war sie im blendenden Sonnenlicht nur undeutlich zu sehen, doch als sie näher kam, gewann sie langsam an Kontur. Es war ein riesenhafter Mönch, der dort durch die Ähren schritt. Unwillkürlich musste Magdalena an den Schnitter Tod denken, der die Menschenhalme mit seiner Sense mäht.

Als Jakob Kuisl vor ihnen stand, bemerkte Magdalena in seinen Augen ein Feuer, das sie nur allzu gut kannte. Es war eine Mischung aus Stolz, Abscheu und Trotz. So sah er oft vor den Hinrichtungen aus.

»Ich hab mit dem Nepomuk geredet und mir ein paar Gedanken gemacht«, brummte der Henker und zerdrückte geistesabwesend ein paar Getreidekörner zwischen den Fingern. »Es ist so weit. Heute Nacht fangen wir den wahren Hexer.«

Unten in der Klostermeierei wurde krachend der Riegel zurückgeschoben. Gleich vier Weilheimer Soldaten drängten sich in den niedrigen stickigen Raum und blickten angewidert auf das zitternde Bündel zu ihren Füßen.

»Hoch mit dir, du Stück Vieh!«, zischte ihr Anführer. »Jetzt hat sich's ausgeschlafen. Wir bringen dich in die Weilheimer Fronveste, wo sich der Scharfrichter um dich kümmert. Draußen vor der Tür wartet schon deine vornehme Karosse.«

Die anderen Soldaten lachten. Sie zerrten den wimmernden und um sich schlagenden Mönch hinaus ins Freie, wo der Ochsenkarren mit dem hölzernen Kasten stand. Weiter hinten warteten der Wagen für die Soldaten und die Kutsche des Landrichters.

Nepomuk musste blinzeln, es war schon länger her, seit er zuletzt die Sonne gesehen hatte. Endlich erkannte er neben der Kutsche den Landrichter selbst. Er stand neben dem Prior, mit dem er offensichtlich gerade ein längeres Gespräch geführt hatte. Gemeinsam näherten sie sich nun dem vor Dreck starrenden Mönch. Nepomuk roch selbst seinen eigenen Unrat, in dem er vier Tage lang gelegen hatte.

»Das also ist der berühmte Hexer von Andechs«, sagte der Graf von Cäsana und Colle und musterte den Apotheker wie ein gefangenes seltenes Tier. Er zwirbelte seinen grauen Bart und wandte sich an den Prior.

»Es ist gut, dass Ihr Uns Bescheid gegeben habt. So etwas kann nicht Sache des Klosters bleiben. Es bedarf einer genaueren Untersuchung. Ich verstehe gar nicht, warum der Abt sich nicht schon früher an das Weilheimer Gericht gewendet hat.«

»Hochwürden Maurus Rambeck ist ein ausgezeichneter Gelehrter«, erwiderte der Prior achselzuckend. »Allein, es fehlt ihm manchmal an einer gewissen, nun ja … Übersicht.«

Graf von Cäsana und Colle nickte. »Ich verstehe. Nun, dafür finden wir sicher eine Lösung.«

Nepomuk hatte dem Gespräch bislang schweigend zugehört. Nun wandte er sich an seinen ehemaligen Vorgesetzten.

»Bruder Jeremias«, flehte er. »Du kennst mich schon lange. Glaubst du wirklich, dass ich für diese Morde …«

»Was ich glaube, spielt keine Rolle«, schnarrte der Prior. Seine Augen waren plötzlich eiskalt. »Ob du schuldig oder unschuldig bist, kann allein der Prozess entscheiden.«

»Aber die Sache ist doch schon entschieden!«, brach es aus Nepomuk heraus. »All diese Menschen hier haben sich doch bereits ein Urteil gebildet. Du weißt, was jetzt kommt, Bruder! Der Henker wird mich peinigen, du darfst das nicht zulassen. Bitte …«

Doch der Prior hatte sich bereits von ihm abgewandt und ging mit dem Grafen wieder hinüber zur Kutsche.

»Ich habe vollstes Vertrauen, dass das hohe Gericht von Weilheim zu einem gerechten Urteil kommen wird«, hörte Nepomuk Bruder Jeremias sagen. »Kann ich Seine Exzellenz noch zu einem Glas Wein in den Fürstensaal oben im Kloster überreden?«

»Liebend gern, Hochwürden. Aber ich fürchte, das müssen wir auf ein andermal verschieben«, erwiderte der Graf. »Wir haben noch einige ausstehende Steuern in den umliegenden Ortschaften einzutreiben. Ich bin sicher, wir werden uns bald wiedersehen. Vielleicht trinken wir den Wein ja dann schon im Zimmer des neuen Abts.«

Er lachte, und das Gespräch der beiden wurde leiser und leiser, je mehr sie sich entfernten. Nepomuk atmete tief durch, dann wandte er sein Gesicht dem blauen Himmel zu, über den ein paar weiße Wolken als Vorboten eines Gewitters zogen. Der Mönch wusste, es war vielleicht das letzte Mal, dass er einen solchen Himmel sah. Von nun an konnte ihm nur noch sein Freund Jakob helfen.

Nepomuk hoffte inständig, dass der Schongauer Henker mit seiner Vermutung recht hatte. Doch ihm war auch klar, wie gering trotz allem die Chance war, jetzt noch Folter und

Scheiterhaufen zu entgehen. Die Meute hatte ihren Schuldigen gefunden, warum sollte man sich also noch große Gedanken um den wahren Täter machen? Noch dazu, wenn dieser Täter so einflussreich und mächtig war, wie Nepomuk annehmen musste.

Mit einem Mal wurde der Mönch ganz ruhig, das Zittern hörte auf, und er murmelte ein lautloses Gebet.

»Lieber Herrgott, du bist überall. Sei auch in mir, mach mich stark für das, was kommt. Gib dem Weilheimer Henker eine ruhige Hand und leuchte dem Schongauer Scharfrichter auf seinem Weg. Egal, was kommt, ich bitte um deinen Segen.«

»Auf geht's, du hässliche Kröte! Das Feuer wartet schon.«

Laut krachend öffnete ein Soldat mit einem Brecheisen die Vorderseite der Kiste so weit, dass Nepomuk gerade hindurchpasste. Wie ein Schlachtkalb hoben sie ihn gemeinsam auf den Wagen und zwängten ihn in den Verschlag. Das Hämmern von Nägeln ertönte, dann herrschte um Nepomuk herum wieder Dunkelheit. Durch ein paar Ritzen an der Oberseite fiel gerade so viel Licht, dass er die Umrisse der Kiste erahnen konnte. Sie war schmal und niedrig. Gebückt kauerte er darin und roch den starken Duft nach frischem Fichtenholz.

»Heda, ihr Ochsen, zieht!«

Rumpelnd setzte sich der Wagen in Bewegung. Nepomuk musste sich an den Wänden des Kastens festhalten, um nicht hin und her geschleudert zu werden. Nach einer Weile konnte er draußen Stimmen hören, es waren böse, zornige Stimmen, und sie wurden immer mehr.

»Hängt den Hexer! Hängt und verbrennt ihn! Wie in der Hölle soll er brennen!«

»He, Mönchlein, zauber dich doch einfach aus der Kiste raus! Oder kannst du das nicht?«

»Fluch über dich, du Tier! Heilige Maria, strafe ihn mit Schmerz und Pein. Lass ihn lange schreien auf dem Scheiterhaufen!«

Plötzlich klatschte etwas von außen gegen die Kiste. Es folgte ein Prasseln wie von Steinen und dann ein Rumsen, als hätte etwas Schweres den Verschlag getroffen. Der Lärm draußen war mittlerweile zu einem Orkan angeschwollen. Stimmen, Schreie, das Prasseln von weiteren Steinen, die Menge schien zu toben.

»Hört gefälligst auf!«, brüllte von irgendwoher der Anführer der Soldaten. »Dieser Mann wird seiner gerechten Strafe nicht entgehen. Aber es wird der Landrichter sein, der ihn straft. Nicht ihr!«

Nepomuk zog die Beine ganz nah an den Körper und drückte seine Hände gegen die Ohren, um nichts mehr hören zu müssen. Trotzdem spürte er, wie die Kiste immer wieder getroffen wurde.

Mein Gott, dieser Verschlag ist gar kein Gefängnis, er dient zu meinem Schutz!, dachte er. *Ohne die Kiste hätten mich die Leute wahrscheinlich schon längst in Stücke gerissen.*

Erst nach einiger Zeit wurden die Erschütterungen weniger, schließlich hörten sie ganz auf. Als Nepomuk die Hände wieder herunternahm, war draußen nur noch das Quietschen der Wagenräder und Vogelgezwitscher zu hören. Drosseln, Finken und Amseln sangen im Wald um die Wette. Ein schmaler Streifen Sonne fiel durch ein Astloch im Bretterverschlag direkt auf Nepomuks Gesicht.

Es war ein wunderschöner Tag.

Doch mit einem leisen Donnern kündigte sich bereits das nächste Gewitter an.

Nur ein paar Stunden später zogen drei vermummte Gestalten durch die Gassen unterhalb des Klosters, sie duckten sich gegen den Regen, der von schräg vorne unablässig gegen ihre Wollumhänge prasselte. Ein Blitz zuckte vom Himmel, dicht gefolgt von ohrenbetäubendem Donner. Es war weit nach Einbruch der Dämmerung, und nur noch oben im Kloster brannten einige Lichter, sonst herrschte stockdunkle Nacht. Simon sah besorgt nach oben und kniff die Augen gegen den Regen zusammen.

»Hätten wir nicht ein wenig später erst aufbrechen können?«, murrte er. »Das ist die Sintflut! Wenn wir nicht aufpassen, werden wir noch hinunter ins Kiental gespült.«

Der Schongauer Henker blickte sich verächtlich nach ihm um. »Bist du aus Salz und löst dich auf? Das hier ist nur Wasser, kein Pech und auch kein Schwefel. Dein schöner Rock wird wieder trocknen, und das Leben geht weiter.«

Simon nieste demonstrativ. »Gesund ist es auf alle Fälle nicht, bei einem solchen Wetter durch den Regen zu stapfen.«

»Ihr hättet auch beim Schinder in seinem warmen Häuschen bleiben können«, knurrte Kuisl. »Wär ohnehin besser gewesen. Ein windiger Bader und meine eigene Tochter, was für ein Begleittrupp! Wenn ich jetzt ein paar meiner Männer aus dem Krieg bei mir hätt, wär mir bedeutend wohler.«

»Wir sind aber nicht im Krieg, sondern in Andechs!«, schimpfte Magdalena, die dicht hinter Simon ging und unter ihrem nassen Tuch kaum zu erkennen war. »Und wenn du ein anständiger Feldwebel wärst, dann hättest du deinen Trupp wenigstens in deine Pläne eingeweiht. Wer ist denn nun der verfluchte Hexer?« Sie redete sich immer mehr in Rage. »Himmelherrgott, seit gestern schon hältst du uns hin! Gib zu, es macht dir Spaß, uns so lange auf die Folter zu spannen.«

Jakob Kuisl grinste. »Lass deinem Vater doch die kleine Freude. Davon abgesehen ist es nur zu eurem Besten, nicht so viel zu wissen. Mitwisser leben in Andechs zurzeit gefährlich. Also werdet ihr euch noch ein klein wenig gedulden müssen.«

Schweigend folgten Simon und Magdalena dem Henker hinauf zum Kloster. Ihr Streit von heute Mittag war sofort vergessen gewesen, als Jakob Kuisl ihnen berichtet hatte, sie würden vielleicht noch heute Nacht den Hostiendieb entlarven. Der Schinder und sein stummer Geselle Matthias passten unterdessen auf die zwei schlafenden Buben auf. Magdalena hatte den beiden Männern einfach erzählt, sie und Simon müssten sich noch einmal um die kranken Pilger kümmern. Doch jetzt in der Stille und der Dunkelheit, die nur von den gelegentlichen Blitzen erhellt wurde, fragte die Henkerstochter sich, ob das Schinderhaus in einer solchen Nacht nicht der bessere Aufenthaltsort gewesen wäre.

Plötzlich bog Jakob Kuisl scharf rechts ab, und schon nach wenigen Augenblicken war den beiden klar, welches Ziel er ansteuerte.

»Die Werkstatt des Uhrmachers!«, stöhnte Simon. »Was um Himmels willen wollen wir denn da?«

»Ich hab jemanden dort hinbestellt«, erwiderte der Henker, ohne sich umzudrehen. »Hab ihm eine Nachricht geschickt, und wenn ich recht hab, wird er dort auftauchen.«

»Und wenn nicht?«, fragte Magdalena.

»Dann fahr ich nach Weilheim, reiß dem Scharfrichter den Kopf ab und hol den Nepomuk eigenhändig aus der Fronveste.«

Magdalena zuckte zusammen. »Dann lass uns nur hoffen, dass du recht hast. Ich will meinen Vater nämlich in Zukunft nicht in Einzelteilen an allen Ecken Weilheims besuchen müssen, hübsch aufgespießt und mit Teer bestrichen.«

Die Fassade des Uhrmacherhauses, die in der hellen Sonne so freundlich gewirkt hatte, machte jetzt bei Regen und Dunkelheit einen düsteren Eindruck. Geduckt und etwas schief kauerte das Gebäude mit seinem Vorgarten und der niedrigen Mauer zwischen den Klosterschuppen wie ein Fremdkörper, der nicht zu den übrigen Anwesen passte. Die Tür sah verschlossen aus, doch als Jakob Kuisl dagegendrückte, schwang sie knarrend auf.

Der Henker zog eine Laterne unter seinem nassen Mantel hervor und schaute auf die unheimliche Szenerie vor ihm. Das Krokodil an der Decke, die zerborstenen Möbel, die Brandflecken am Boden – alles war noch genauso, wie er es letzte Nacht vorgefunden hatte.

»Wir haben noch ein wenig Zeit«, sagte Jakob Kuisl. »Ich hab unseren Freund erst zum Elfuhrläuten herbestellt. Aber ich dachte, es kann nicht schaden, wenn wir ein wenig eher hier sind.« Er grinste. »Nicht, dass wir noch eine böse Überraschung erleben.«

»Welchen Freund?«, fragte Simon und schüttelte sich das Wasser aus den Haaren. »Bei allen Heiligen, jetzt redet doch endlich! Ich kann mir wirklich Besseres vorstellen, als bei einem blitzzuckenden Gewitter durch ein Spukhaus zu schleichen, in dem ein Mann bei lebendigem Leib verbrannt und ein anderer vermutlich von einem Golem entführt wurde!«

Ohne zu antworten, winkte Jakob Kuisl seinen Schwiegersohn hinüber zu der schmalen Stiege, die nach oben führte. »Komm schon, du Hasenfuß!«, sagte er verschmitzt lächelnd. »Ich zeig euch was, was euch gefallen wird. Versprochen.«

»Euer Wort in Gottes Ohr. Wenn's denn unbedingt sein muss.«

Zu dritt gingen sie über die Schlafkammer des Gehilfen nach oben in die kleine Bibliothek, die Jakob Kuisl am Vorabend entdeckt hatte. Als Simon die Regale mit den vielen Büchern sah, änderte sich seine Laune schlagartig. Jegliche Angst war verflogen. Begeistert zog er einige der Wälzer hervor und begann darin zu blättern.

»Das … das ist ein wahrer Schatz!«, hauchte er. »Seht nur!« Er hielt einen fleckigen Folianten empor. »Das ›Opus Maius‹ des Franziskaners Roger Bacon, mit Illustrationen. Das muss ein Vermögen wert sein! Und hier Agrippas ›De occulta philosophia‹!«

»Wunderbar«, erwiderte Magdalena trocken. »Nur leider sind wir nicht zum Lesen hier, sondern um einen Verrückten zu fangen. Also stell die gottverdammten Bücher zurück ins Regal und hör auf, herumzuschreien.«

»Ist ja gut, ich dachte nur …«

Plötzlich fiel Simons Blick auf den vorderen Buchdeckel des »Opus Maius«, in dem ein goldfarbener Stempel prangte.

Sigillum universitatis paridianae salisburgensis …

»Ein Buch aus der Salzburger Universität?« Der Medicus runzelte die Stirn. »Aber wieso …« Etwas an dem Stempel irritierte ihn, doch gerade, als er ihn genauer betrachten wollte, ertönte von unten aus dem Erdgeschoss ein Geräusch. Es war das Knarren der Eingangstür, und nur einen Augenblick später schlugen die Kirchenglocken die elfte Stunde.

»Ah, unser Freund kommt«, sagte der Henker. »Ich hab mich wohl doch nicht getäuscht. Lasst uns nach unten gehen und ihn begrüßen.«

Leise schlich Kuisl die Stiege hinunter in die Schlafkammer des Gehilfen, dicht gefolgt von Simon und Magdalena. Unten angekommen, näherten sie sich auf Zehenspitzen der angelehnten Tür, die in die Werkstatt führte. Als Simon durch den Schlitz linste, sah er zunächst nur ein Leuchten, das wie ein Irrlicht durch den Raum huschte. Plötzlich war eine leise, heisere Stimme zu hören.

»Virgilius?«, flüsterte sie. »Virgilius, bist du hier? Hast du die Monstranz?«

Simon zuckte zusammen. Die Stimme kam ihm bekannt vor, und nun sah er auch den Mann dazu. Es war ein Mönch in schwarzer Kutte, der mit dem Rücken zu ihnen stand und mit einer Fackel den Raum ableuchtete. Die Kapuze trug er tief ins Gesicht gezogen, seine Gestalt war vorgebeugt, so als würde er wie ein eifriger Spürhund den Boden absuchen.

»Mein Gott, der Hexer!«, flüsterte Magdalena. »Das ist der Mann, den ich oben im Turm …«

Simon hielt ihr die Hand vor den Mund, doch es war zu spät. Der Unbekannte hatte sie gehört. Kurz wandte er den vermummten Kopf in ihre Richtung, dann rannte er mit hastigen Schritten auf den Ausgang zu.

»Bleib stehen, du Hundsfott!«, rief ihm Magdalena nach. »Wart nur, ich werd dich lehren, was es heißt, eine Henkerstochter vom Turm zu werfen!«

Sie griff nach einer der beiden kupfernen Kugelhälften, die vor ihr auf dem Boden lagen, und warf sie dem Mann hinterher. Es gab ein dröhnendes Geräusch, so als würde eine Glocke schlagen, der Mönch taumelte noch einige Schritte nach vorne, schließlich stürzte er und blieb offensichtlich benommen am Boden liegen. Die Fackel rollte zur Seite und erlosch mit einem letzten Flackern, dann herrschte im Raum undurchdringliche Schwärze. Auch vom Henker und seiner Laterne war nichts mehr zu sehen.

Simon war für einige Sekunden wie erstarrt, verzweifelt versuchte er, in der Dunkelheit vor sich irgendetwas zu erkennen. Endlich glaubte er einen Schemen ausmachen zu können. Er griff nach der zweiten Kugelhälfte und rannte, gefolgt von Magdalena, zu der Stelle, wo sich ein menschenförmiger Schatten schwankend bewegte. Offenbar war der Mann gerade im Begriff, sich wieder aufzurichten. Ein leises Stöhnen ertönte.

»Stehen bleiben!«, rief Simon hinein in die Dunkelheit. »Im Namen des Klosters, Ihr seid verhaftet!«

Der Schatten kam nun hinkend und schnaufend auf sie zu.

Simon schwang die mehrere Pfund schwere Kupferschüssel in der Absicht, sie bei der geringsten Gegenwehr auf den Schädel des Hexers niedersausen zu lassen.

Mit einem Mal drehte sich der Mann um und rannte erneut auf den Ausgang zu. Magdalena eilte ihm nach, doch der Unbekannte holte mit dem Arm aus und versetzte ihr einen Stoß, der sie zurücktaumeln ließ.

»Simon, halt ihn auf!«, keuchte sie. »Er darf uns nicht entwischen!«

Simon hob die Kugelhälfte über seinen Kopf und wollte sie soeben werfen, als sich plötzlich ein weiterer großer Schatten vor die offen stehende Tür schob.

Es war der Schongauer Henker.

»Aufhören, sofort!«, rief er. »Alle drei! Oder ich prügel euch so windelweich, dass ihr nur noch auf Knien durch die Kirche rutschen könnt! »

Mit der linken Hand schloss Jakob Kuisl krachend die Tür, die rechte hob die Laterne empor und leuchtete direkt in das Gesicht des Mönchs, dem während des Kampfes die Kapuze vom Kopf gerutscht war.

Als Simon den Mann endlich erkannte, musste er die Lippen zusammenpressen, um nicht laut aufzuschreien.

Es war der Andechser Abt, und er war sehr zornig.

Kapitel 10

Donnerstag, der 17. Juni Anno Domini 1666,
kurz vor Mitternacht in Andechs

Seid gegrüßt, Hochwürden«, sagte Jakob Kuisl und kam mit der Laterne näher, so dass Simon und Magdalena das schweißgebadete, fahle Gesicht des Abts sehen konnten.

Maurus Rambeck keuchte, seine Kutte war vom Kampf staubbedeckt und unten am Saum zerrissen, ein dünner Faden Blut rann ihm über die Stirn. Trotzdem versuchte er die Würde auszustrahlen, die seinem Amt angemessen war.

»Was … was fällt euch Pack ein!«, zischte er, während er stöhnend aufstand und sich die Wunde am Kopf rieb. »Ein Angriff auf den Andechser Abt! Seid ihr wahnsinnig? Das kann euch alle miteinander den Kopf kosten!«

»Oder Euch«, erwiderte der Henker trocken. »Das wird sich noch zeigen. Übrigens, wenn Ihr Euren leiblichen Bruder Virgilius sucht, dann muss ich Euch enttäuschen. Er ist nicht hier, die Nachricht war von mir.«

»Leiblicher … Bruder?« Simon blieb vor Staunen einen Moment lang die Luft weg. Noch immer konnte er es kaum begreifen, dass es tatsächlich der Andechser Abt war, der hier wie ein geprügelter Straßenräuber vor ihnen stand. Sollten sie sich getäuscht haben? War das alles ein großes Missverständnis? Dann drohte ihnen allerdings wirklich eine satte Strafe.

Schließlich hatten sie den höchsten Würdenträger des Klosters soeben beinahe umgebracht.

»Hochwürden, ich … ich verstehe nicht …«, setzte der Medicus neu an.

»Vielleicht mag der Abt uns ja selbst erklären, was er hier zu suchen hat«, unterbrach ihn Jakob Kuisl. »In meinem Brief heute Mittag hab ich mich nur als sein Bruder Virgilius ausgegeben und geschrieben, dass die Monstranz mit den Hostien hier versteckt ist.« Er spuckte lautstark aus. »Dass sich Hochwürden so ganz allein in die Höhle des Löwen begibt, zeigt, dass er wahrscheinlich viel mehr weiß als wir alle zusammen. Auch über den Hostienraub. Schließlich hat er die Reliquien ja selbst gestohlen. Nicht wahr? »

Maurus Rambeck zuckte kurz zusammen, seine Augen flackerten, dann hatte er sich wieder unter Kontrolle. »Was für ein Unsinn!«, fauchte er. »Überhaupt, was soll das alles hier? Ich verlange Aufklärung, werter Herr Bader!« Drohend wandte er sich an Simon. »Nichtsahnend betrete ich als Vorsteher des Klosters dieses Haus und werde von einer Bande rauer Gesellen überfallen!«

»Äh, als Bande würde ich uns nicht bezeichnen, Hochwürden«, entgegnete Simon, noch immer sichtlich verwirrt. »Die Frau zur Linken ist meine Gattin, und der Mönch hier …«, er deutete auf Jakob Kuisl, »das ist, wie Ihr bereits wisst, Bruder Jakobus. Ein Franziskaner, der mir bei meinen Krankenbesuchen hilft.«

»Zur Hölle mit Bruder Jakobus!«, fluchte der Henker. »Jetzt ist endgültig Schluss mit dieser albernen Maskerade! Ich bin der Schongauer Scharfrichter, und Euer werter Herr Bader ist mein Schwiegersohn.«

Jetzt war es Maurus Rambeck, der reichlich verwirrt aussah. »Schongauer Scharfrichter? Schwiegersohn? Aber warum …«

»Das erklären wir Euch später«, mischte sich nun Magdalena ein. »Jetzt wüsste ich zunächst gern mal, warum der Abt nach diesem Virgilius sucht.«

Jakob Kuisl stellte die Laterne auf einen umgeworfenen Tisch und verschränkte die Arme vor der Brust. »Himmelherrgott, weil er eben sein Bruder ist!«, knurrte er. »Das hab ich doch bereits gesagt. Nepomuk hat es mir heute Mittag erzählt. Er war einer der wenigen, die das wussten. Virgilius selbst muss es ihm verraten haben. Die beiden Rambecks haben gemeinsam an der Salzburger Universität studiert.«

Simon stöhnte leise. »Deshalb die Bücher oben! Sie stammen aus der Universität. Verflucht, ich wusste, dass auch der Abt dort einige Jahre war! Als ich den Stempel im ›Opus Maius‹ von Roger Bacon sah, hätte mir klar sein müssen, dass es eine Verbindung zwischen den beiden gibt.«

»Wenn's dich tröstet, lieber Schwiegersohn«, erwiderte Jakob Kuisl. »Auch ich hab eine Weile gebraucht, um mich daran zu erinnern. Du selbst hast es mir erzählt, damals, als wir den Abt das erste Mal besucht haben. Dem heiligen Antonius sei Dank ist es mir heute Mittag wieder eingefallen.«

Einige Sekunden sagte keiner etwas, alle Blicke ruhten auf dem Andechser Abt, der nach wie vor stocksteif im Raum stand. Seine Augen funkelten, die Lippen waren zwei schmale Striche. Doch plötzlich ging eine Veränderung in ihm vor. Er schien innerlich zu schrumpfen, alle Autorität fiel von ihm ab, und zurück blieb ein ängstlicher Mann in einer zerrissenen Kutte. Simon musste daran denken, wie angespannt der Abt in den letzten Tagen gewesen war.

»Mein ... mein Bruder war immer der Klügere von uns beiden«, sagte Maurus Rambeck nach einer Weile leise. Er ließ sich auf einen der wenigen Stühle fallen, die noch heil geblieben waren. Die anfängliche Wut war nun ganz aus seiner Stimme verschwunden. »Schon als Kind hat Virgilius unserem Vater Löcher in den Bauch gefragt. Später haben wir zunächst gemeinsam in Salzburg studiert, doch dann haben wir uns aus den Augen verloren. Er war in Paris, in London, in Rotterdam, dort eben, wo man in den Forschungen schon viel weiter ist und die Wissenschaft nicht nur für eine Ausgeburt des Satans hält.« Er lachte verzweifelt. »Ich selbst habe hier in Andechs mein Gelübde als einfacher Mönch abgelegt und Virgilius später die Stelle als Uhrmacher verschafft. Doch das sollte keiner wissen, das Ganze hätte schnell nach Vetternwirtschaft ausgesehen.« Geistesabwesend drehte Rambeck an einem Siegelring an seiner Hand.

»Leider musste ich schon bald darauf erneut nach Salzburg, diesmal als Lehrer«, fuhr er schließlich seufzend fort. »Man hatte mich für höhere Aufgaben vorgesehen. Virgilius blieb hier in Andechs. Als ich vor ein paar Monaten dann als Abt an dieses Kloster berufen wurde, war das vor allem für den ehrgeizigen Prior ein schwerer Schlag.«

»Wie es zurzeit aussieht, wird es ihm immerhin gelingen, der nächste Abt zu werden«, erwiderte Simon. »Die Idee, den Weilheimer Landrichter zu benachrichtigen, stammt jedenfalls von Pater Jeremias höchstpersönlich.«

Maurus Rambeck nickte. »Ich weiß. Gern hätte ich den Prozess noch ein wenig länger hinausgezögert, auch aus ...« Er stockte. »Nun, aus eigenem Interesse.«

»Ihr selbst habt die Hostien gestohlen, nicht wahr?«, brummte der Henker. »Und ich hab auch schon eine Ahnung, warum.« Er zog seine Pfeife hervor und machte es sich auf einem verkohlten, wackligen Stuhl gemütlich.

Der Abt lächelte ihn an. »Für einen ehrlosen Henker seid Ihr erstaunlich scharfsinnig«, sagte Rambeck und tastete die Beule ab, die sich mittlerweile unter seiner Tonsur gebildet hatte. »Darf ich fragen, wie Ihr das herausgefunden habt?«

»Das würde mich auch interessieren.« Magdalena wischte

sich Staub und ein paar verbliebene Regentropfen aus dem Gesicht und ließ sich neben ihren Vater auf einem der angekokelten Stühle nieder. »Ich finde, du hast uns jetzt lang genug hingehalten.«

Es dauerte eine Weile, bis Jakob Kuisl mit dem Zunderkästchen seine Pfeife entzündet hatte. Draußen ertönte ein fernes Donnern, das Gewitter zog langsam weiter. Erst als die ersten Rauchschwaden das Krokodil an der Decke umwehten, begann der Henker zu sprechen.

»Mir war ziemlich schnell klar, dass die Hostien nicht von irgendeinem gemeinen Straßendieb aus der Kammer gestohlen worden sind«, sagte er schließlich. »Es gab keine Hinweise auf einen Einbruch, und schließlich war die Tür mit drei Riegeln versperrt, für die man auch noch drei unterschiedliche Schlüssel brauchte. Wie hätte der Dieb an alle drei Schlüssel kommen sollen?«

»Aber offensichtlich ist es ihm doch gelungen«, warf Simon ratlos ein. »Wenn nicht …« Plötzlich hellte sich sein Gesicht auf. Er schlug sich an die Stirn. »Verflucht, wie konnte ich nur so blöd sein!«

»Das hab ich mich allerdings auch schon gefragt, lieber Schwiegersohn«, erwiderte Jakob Kuisl. »Ich jedenfalls hab dich immer für ein wenig schlauer gehalten.«

Simon warf ihm einen zornigen Seitenblick zu, dann begann er laut zu überlegen. »Der Dieb brauchte keinen Schlüssel, weil er nämlich einer der drei Personen war, die am Montagabend noch in die Heilige Kapelle gegangen sind!«, flüsterte er aufgeregt. »Lasst mich raten, Hochwürden. Ihr habt den Raum als Letzter verlassen und im Weggehen noch die Monstranz unter die Kutte gesteckt. Es war dunkel, keiner hat etwas bemerkt. Als die anderen dann bereits die Treppe hinuntergingen …«

»Hat unser guter Abt die Monstranz einfach in die große

Truhe im Vorraum gestopft und sie später in der Nacht dort abgeholt«, unterbrach ihn der Henker ruppig. »Deshalb wollte ich noch einmal in die Heilige Kapelle. Ich hatte einen Verdacht, aber mir war klar, dass der Dieb diese schwere Monstranz nicht in die Kirche hinunter hätte tragen können. Das wäre aufgefallen. Also musste er sie irgendwo verstecken.« Kuisl grinste. »Von wegen Zauberei! Die größten Rätsel haben oft die einfachsten Lösungen.«

Maurus Rambeck seufzte. »Es war so simpel, dass ich mich nachher selbst fragte, warum es keinem aufgefallen ist«, sagte er kopfschüttelnd. »Aber das ganze Gerede von Hexerei und Teufelswerk hat meine Mitbrüder blind gemacht für das Naheliegendste. Sie wollten lieber an einen Golem glauben.«

»Aber habt Ihr nicht selbst an einen Golem geglaubt?«, fragte Simon. »Noch vor kurzem sah ich Euch ein Buch darüber lesen.«

»Woher wisst Ihr ...« Der Abt schaute erstaunt auf, einen Moment lang glaubte Simon, eine leichte Verunsicherung bei ihm zu bemerken. Dann zuckte Rambeck die Achseln. »Ich gebe zu, dass mich das Gerede angesteckt hat. Schließlich ist Virgilius' Automat verschwunden. Aber ein Golem?« Er schüttelte den Kopf. »Ein Ding aus stinkendem Lehm, das den obskuren Gesetzen der Magie folgt? Unsinn! Wie mein Bruder, so glaube auch ich ausschließlich an Gott und die Gesetze der Mechanik.«

»Augenblick mal, das geht mir zu schnell«, unterbrach Magdalena den Abt und sah ihren Vater fragend an. »Es hätte doch jeder der drei Schlüsselträger der Dieb sein können. Warum warst du dir so sicher, dass es gerade der Abt war, der die Hostien gestohlen hat?«

Der Henker grinste und nahm einen tiefen Zug von seiner Pfeife. »Als ich gestern den drei Mönchen in die Heilige Kapelle gefolgt bin, hat Prior Jeremias erzählt, dass es Bruder

Maurus war, der am Montagabend unbedingt noch in die Reliquienkammer wollte«, sagte er selbstzufrieden. »Dafür gab es eigentlich keinen Grund. Die Kapelle hätte bis zum Dreihostienfest geschlossen sein sollen. Außer natürlich – man braucht etwas daraus.«

Simon wischte Staub und Scherben von einem der Schemel und setzte sich dem Abt gegenüber. Das Klopfen des Regens gegen die Butzenscheiben war nun in ein leises Tröpfeln übergegangen.

»Nun gut«, begann der Medicus zögerlich und wandte sich an Rambeck. »Jetzt wissen wir, dass Ihr die Hostien gestohlen habt. Aber ich kann mir immer noch keinen Reim drauf machen, was Ihr damit bezweckt. Und vor allem – was hat das alles mit Eurem Bruder zu tun?«

»Ich hab so eine Ahnung«, brummte Jakob Kuisl. »Aber besser, Hochwürden, Ihr erzählt uns das selbst.«

Der Abt setzte sich nun aufrecht in seinen Stuhl und musterte jeden Einzelnen von ihnen. Einen kurzen Augenblick war wieder seine alte Arroganz zu spüren. »Sagt mir einen Grund, warum ich das tun sollte«, blaffte er. »Virgilius ist mein Bruder, nun gut. Dass ich es geheim gehalten habe, ist kein Verbrechen. Und was die Sache mit dem Hostiendiebstahl angeht ...« Er machte eine drohende Pause. »Wem wird man wohl mehr glauben? Einem dahergelaufenen Bader, einem ehrlosen Henker und seiner ebenso ehrlosen Tochter oder doch eher dem ehrwürdigen Abt von Andechs? Noch dazu, wo man bereits einen Schuldigen gefunden hat? Warum also sollte ich nicht jetzt auf der Stelle die Wachen rufen?«

»Weil Euch dann keiner hilft, Euren Bruder zu finden«, erwiderte Jakob Kuisl tonlos.

Als der Abt schwieg, beugte sich der Henker nach vorne und sah Maurus Rambeck mit schmalen Augen an. Seine

Stimme war jetzt so leise, dass Simon und Magdalena sie kaum noch hören konnten.

»Nicht wahr, deshalb seid Ihr doch hier? Weil Ihr hofftet, Euren Bruder zu finden, der sich in den Händen des wahren Hexers befindet.« Kuisl lehnte sich wieder zurück und saugte genüsslich an seiner Pfeife. Als er weitersprach, zog sich ein breites Grinsen über sein Gesicht.

»Aber glaubt mir, wenn jemand Virgilius findet, dann bin ich es. Das Leben Eures Bruders gegen das von Nepomuk. Ich würde sagen, das ist ein fairer Handel.«

Von seinem Versteck aus starrten die Augen des Hexers hasserfüllt auf die Gruppe, die im Labor des Uhrmachers rund um eine Laterne saß.

Im flackernden Lichterschein sah der Mann, wie dieser verfluchte Henker mit Maurus Rambeck sprach und der Abt in sich zusammenfiel. Der Hexer zischte wie eine Schlange und verdrehte dabei die Augen. Er hätte dem Abt wirklich mehr Würde zugetraut, doch so, wie es aussah, ließ er sich von dieser Bande tatsächlich einschüchtern.

Der Hexer hatte das ganze Gespräch belauscht. Dieser Scharfrichter und seine Sippe waren wirklich schlauer, als er zunächst gedacht hatte. Aber sie waren nicht schlau genug, um ihm das Wasser zu reichen. Keiner war das. Sein Problem war vielmehr, dass er mit einem Helfer gestraft war, der nicht einmal die simpelsten Aufträge ausführen konnte! Dreimal schon war ihm dadurch diese Henkersdirn entwischt. Doch nun zeigte sich, dass nicht sie oder dieser verweichlichte Bader, sondern der Scharfrichter die größte Gefahr darstellte.

Der Hexer leckte sich die trockenen Lippen. Er hätte diesen Kuisl schon viel früher aus dem Weg räumen lassen sollen. Aber der Schongauer Scharfrichter war gefährlich, ein heruntergefallener Kalksack würde sicher nicht reichen, und eine direkte Auseinandersetzung erschien dem Mann zu riskant. Verdammt, diese ganze Kuisl-Familie lag wie ein Fluch auf ihm!

Plötzlich begann der Hexer zu grinsen; er musste aufpassen, dass er nicht zu glucksen anfing, so gut war die Idee. Es gab tatsächlich noch eine weitere Möglichkeit. Eine Schande, dass er darauf nicht früher gekommen war! Damit ließen sich vermutlich alle Probleme auf der Stelle beseitigen. Er musste sofort Anweisung geben, den Auftrag auszuführen.

Bis dahin hieß es warten.

Unsichtbar wie ein Schatten lauschte der Hexer von seinem Versteck aus weiterhin dem Gespräch im Uhrmacherhaus.

Maurus Rambeck saß eine ganze Weile wie versteinert da, während der Regen in dünnen Rinnsalen an den Butzenscheiben hinunterlief. Draußen schlug die Turmuhr Mitternacht. Erst als die letzten Schläge verklungen waren, wandte der Abt sich wieder Jakob Kuisl zu.

»Ihr wollt meinen Bruder finden?«, fragte er skeptisch. »Ihr, ein ehrloser Henker aus Schongau?«

»Er ist vielleicht ehrlos, aber das verflucht schlauste und stärkste Mannsbild im gesamten Pfaffenwinkel«, erwiderte Magdalena. »Wenn Ihr wüsstet, was mein Vater in seinem Leben schon geleistet hat, würdet Ihr nicht so neunmalklug daherreden.«

Der Abt hob in einer Geste der Entschuldigung die Hände und lächelte schmal. »Verzeiht, junge Dame, ich wollte Euren Vater nicht beleidigen.« Resigniert zuckte er die Achseln. »Überhaupt, was soll's! Es sieht nicht so aus, als könnte ich mir gerade aussuchen, wer mir zur Seite steht. Vermutlich wird ohnehin schon bald Pater Jeremias mein Amt übernehmen.«

»Wenn wir Euch helfen sollen, dann müsst Ihr uns schon mehr erzählen.« Simon beugte sich in seinem wackligen Stuhl vor. »Also sagt uns endlich, was mit Eurem Bruder geschehen ist!«

»Wie Euer Schwiegervater schon sagte – er ist entführt worden.« Maurus Rambeck vergrub sein Gesicht in den Händen. Er schluchzte leise, bevor er weitersprechen konnte. »Irgendein Verrückter hat ihn in seiner Gewalt. Ich sollte ihm die Hostien besorgen, sonst würde er meinen Bruder umbringen, hat er gedroht!«

»Soll das heißen, Ihr habt die Hostien nur gestohlen, um Euren Bruder zu retten?«, fragte Magdalena mitfühlend.

Der Abt nickte und rieb sich die vor Müdigkeit blutunterlaufenen Augen. »Dieser ... dieser Hexer, oder wie immer man ihn nennen will ... er wusste, dass nur ich oder jemand der beiden anderen Schlüsselträger die Heilige Kapelle betreten darf. Also hat er meinen Bruder entführt und mir eine Nachricht geschickt – zusammen mit dem hier.«

Maurus Rambeck griff unter seine Kutte und zog ein kleines Bündel hervor, das er sorgfältig auseinanderfaltete. Als Simon den Inhalt sah, zuckte er unwillkürlich zurück. In dem fleckigen Tuch befand sich ein bereits schwarz angelaufener Finger, an dem noch ein paar einzelne Sehnen hingen. Ein silberner, mit Gravuren verzierter Ring steckte daran. Erst jetzt bemerkte Simon, dass es der gleiche Ring war, den auch der Abt trug.

»Das ist der Ring mit unserem Familienwappen«, hauchte der Abt. »Die Rambecks sind ein altes Geschlecht. Nach uns wird es aussterben.« Er blickte Simon verzweifelt an. »Versteht Ihr? Dieser Wahnsinnige macht vor nichts halt! Erst bringt er den Gehilfen des Apothekers um, weil der vermutlich zu viel wusste, dann den jungen Vitalis, als dieser seinen Herrn verteidigen wollte! Ich *musste* ihm die Hostien besorgen!«

»Woher konnte der Hexer denn sicher sein, dass es die richtigen Hostien waren?«, fragte Simon ungläubig. »Ihr hättet ihm doch irgendwelche geben können, und ...«

»Deshalb die Monstranz, verstehst du nicht, du Schafschädel?« Jakob Kuisl schnaubte und blickte verärgert hoch zur Decke, wo das Krokodil noch immer im Zugwind hin- und herschwang. »Hochwürden sollte dem Hexer zum Beweis die versiegelte Monstranz bringen.«

Maurus Rambeck nickte. »Ich habe die Monstranz Montagnacht, gleich nach der Messe, hier im Haus meines Bruders in den Kamin gestellt. So lautete die Anweisung. Virgilius sollte dann wieder freigelassen werden, und die leere Monstranz stünde im Kamin.« Er lachte leise. »Keiner hätte etwas gemerkt! Ich hätte einfach andere Hostien in die silbernen Formen getan und die Monstranz am Festtag wieder in die Kapelle geschmuggelt. Auf dem gleichen Weg, wie ich sie gestohlen hatte.«

»Doch leider wollte Graf Wartenberg am nächsten Morgen ja unbedingt noch mal in der Kapelle beten – und so ist alles aufgeflogen.« Simon rieb sich seine klammen Arme. Er hatte zu frösteln begonnen, und das lag nicht nur an dem vom Gewitterregen klitschnassen Rock. Angewidert starrte er auf den schwarz angelaufenen Ringfinger, der noch immer auf dem Schoß des Abts lag.

»Dieser Verrückte hat sein Versprechen offensichtlich nicht gehalten«, sagte der Medicus schließlich. »Euer Bruder ist nach wie vor verschwunden.«

»Er ... er ist nicht wieder aufgetaucht. Ebenso wenig wie die Monstranz«, erwiderte Maurus Rambeck stockend. »Gestern Nacht wollte ich hier im Haus nach Virgilius Ausschau halten, doch dann hörte ich ein Geräusch und bekam es mit der Angst.«

»Das war nur ich«, knurrte der Henker. »Ihr hättet ruhig

reinkommen dürfen. Hätte uns allen viel Zeit und Mühe erspart.«

»Ihr? Aber weshalb ...« Der Andechser Abt wirkte einen Moment lang irritiert, dann sprach er traurig weiter: »Wie auch immer – als ich diese Nachricht heute bekam, dachte ich, jetzt würde alles wieder gut. Aber nun sieht es so aus, als wäre alles verloren. Monstranz und Hostien sind wie vom Erdboden verschluckt, das Amt geht an Pater Jeremias, und mein Bruder ist vermutlich tot!« Schluchzend brach er zusammen.

Magdalena streichelte ihm sanft über die Schulter, wie einem kleinen Kind. »Ihr dürft nicht aufgeben«, sagte sie leise. »Vielleicht wird noch alles gut. Mein Vater hat schon ganz andere Männer vor dem Verderben bewahrt.«

»Und ebenso vielen auf dem Schafott den Kopf abgeschlagen«, erwiderte Jakob Kuisl. »Ich will nur hoffen, dass Ihr uns die Wahrheit gesagt habt.«

Rambeck hob den Kopf. »Bei der Jungfrau und allen Heiligen, es ist die Wahrheit. Nichts als die Wahrheit!«

»Nun gut.« Der Henker stand auf und klopfte seine erkaltete Pfeife am Stuhl aus. »Dann lasst uns jetzt handeln. In drei Tagen ist das Dreihostienfest. Wenn wir bis dahin die Monstranz nicht gefunden haben, ist hier ohnehin die Hölle los. Und wenn wir in drei Tagen keinen Täter haben, seh ich auch für den Nepomuk schwarz. Der Weilheimer Scharfrichter ist ein Sauhund, der fackelt nicht lang.«

»Und mein Bruder?«, fragte der Abt hoffnungsvoll.

Jakob Kuisl pflückte mit seiner rechten Pranke den schwärzlichen Zeigefinger von der Kutte des Mönchs und betrachtete ihn mit fachkundigem Blick.

»Ein sauberer Schnitt«, sagte er anerkennend. »Wer so arbeitet, der will von seinem Opfer noch länger etwas haben. Der will nicht, dass es verblutet. Gut möglich also, dass Euer

Bruder noch lebt. Vielleicht bekommen wir schon bald ein weiteres Stück von ihm.«

Sorgfältig legte der Henker den Finger zurück in den Schoß des leichenblassen Abts und wandte sich zum Gehen. Als sein massiger Körper die offene Tür verdeckte und das Mondlicht aussperrte, war der Raum für kurze Zeit in eine tiefe, fast undurchdringliche Schwärze getaucht.

*

Nepomuk Volkmar starrte auf die mit Blut und Kot verdreckte Wand seines Weilheimer Kerkers. Er saß erst seit ein paar Stunden in diesem Loch, doch schon jetzt dachte er an die Andechser Klostermeierei zurück wie ans Paradies.

Die Zelle im sogenannten Faulturm war ein quadratisches, acht Schritt tiefes Loch, in das er mit einer Leiter steigen musste. Die Leiter hatten die Büttel danach wieder hochgezogen und das Loch mit einer Falltür verschlossen. Seitdem kauerte Nepomuk in einer Ecke und versuchte nicht daran zu denken, was ihm in den nächsten Tagen bevorstand. Der Kerker war gerade so breit, dass er im Sitzen die Beine ausstrecken konnte, in dem dürftig aufgeschütteten, dreckigen Stroh wimmelte es von Flöhen, Asseln und anderem Ungeziefer. Außerdem roch es so stark nach Unrat, dass Nepomuk sich während der ersten Stunden beinahe hätte übergeben müssen.

Das Schlimmste aber waren die Ratten.

Sie kamen aus Dutzenden unsichtbarer Löcher im Gestein gekrochen, krabbelten ihm über Arme und Beine und balgten sich zu seinen Füßen um die paar Stücke schimmliger Brotrinde, die ihm die Wachen hinuntergeworfen hatten. Nepomuk hatte Ratten noch nie leiden mögen, es gab Leute, die glaubten, dass sie die Menschen krank machten. In diesem

Kerker aber steigerte sich seine Abneigung zu grenzenlosem Hass. Ihre funkelnden Augen ließen die Biester bösartig und intelligent aussehen, ihm war fast so, als würden sie sich über sein Schicksal lustig machen. Ihr Fiepen klang wie das Geschrei hoher Stimmen, die über seinen schmerzvollen, langsamen Tod höhnten.

Du bist ein Hexer, Nepomuk! Der Weilheimer Henker wird dich mit glühenden Zangen zwicken, er wird an deinen Gliedern so lange reißen, bis sie dir aus den Gelenken springen, er wird dir jeden Fingernagel einzeln herausziehen, und am Ende wirst du brennen. Du wirst brennen, Nepomuk! Schreiend wirst du brennen!

Nepomuk schüttelte sich, um dem Alptraum zu entrinnen. Ohne Licht hatte er bereits jetzt sämtliches Zeitgefühl verloren. Wie spät mochte es sein? Mitternacht? Oder dämmerte schon der Tag? Die Fahrt von Andechs nach Weilheim mochte drei oder vier Stunden gedauert haben. Sie waren mit dem Ochsenkarren in Schrittgeschwindigkeit gefahren, und in den Dörfern, die sie passierten, hatten immer wieder Leute am Straßenrand gestanden und auf die Kiste mit dem Hexer gestarrt. Nepomuk hatte durch die Ritzen hindurch die Gesichter der Menschen sehen können; Gesichter von Bauern, die den merkwürdigen Zug mit einer Mischung aus Abscheu, Angst und Erregung vorüberfahren sahen. Nicht wenige hatten ein Kreuz geschlagen oder mit den Fingern ein Zeichen gegen das Böse gemacht.

Nepomuk musste an seine letzte Begegnung mit Jakob Kuisl denken. Sein Freund hatte ihn gebeten, nicht die Hoffnung zu verlieren. Doch wie sollte man in dieser Hölle noch hoffen? Und überhaupt, was konnte ein ehrloser Schongauer Scharfrichter schon ausrichten, wenn der Weilheimer Landrichter höchstpersönlich, der Andechser Abt, der Prior, wenn die ganze Welt ihn auf dem Schafott sehen wollte? Nepomuk schloss die Augen und floh in einen Dämmerzustand. Bilder von besseren Tagen tauchten in seinem Inneren auf und halfen ihm, die Angst ein klein wenig beiseitezuschieben. Doch plötzlich wurden auch diese Erinnerungen von Blut überschwemmt ...

... Er und Jakob auf einem Schlachtfeld im Winter bei Breisach am Oberrhein, die Leichen von Schnee bedeckt, wie kleine Hügel in der sonst kahlen Landschaft. Tagelang sind sie durch zerstörte, ausgestorbene Dörfer geritten, durch verbrannte Städte, in denen gebeugte Kreaturen die Karren mit Pestleichen durch die Straßen ziehen, oft sind diese Gestalten die einzigen Lebenden in einer sonst leeren Welt. Nepomuk hat die Bibel gelesen, er kennt die Prophezeiung des Johannes. Ist dies die Apokalypse? Manchmal fragt er sich, wie er und Jakob das alles aushalten, ohne zu Tieren zu werden wie so viele andere. Es sind wohl ihre langen Gespräche abends am Lagerfeuer, das Streiten über Gesetze der Mechanik, über Medizin und Moral, es sind die vielen Bücher, die sie aus verkohlten Ruinen gerettet haben, und auch der Glaube, den Nepomuk spürt, wenn er vor dem besudelten Altar einer kleinen Dorfkirche kniet. Während Nepomuk betet, wartet Jakob draußen auf ihn. Der Sohn des Schongauer Scharfrichters will nicht beten zu einem Gott, der dies alles zulässt. Jakob sagt, er glaube an seinen Verstand und das Gesetz, sonst nichts.

Doch wenn Nepomuk schließlich mit andächtiger Miene aus der Kirche zurückkommt, meint er in den Augen seines Freundes beinahe so etwas wie Neid zu sehen ...

Ein schabendes Geräusch über ihm ließ Nepomuk aufschrecken. Als der Mönch den Blick nach oben richtete, sah er in der Dunkelheit einen schmalen Streifen Licht, der größer und größer wurde. Jemand öffnete die Luke. Draußen dämmerte offenbar schon der Morgen.

Nepomuk hielt sich die Hand vor die Augen. Das wenige Licht reichte aus, ihn zu blenden. Erst nach einer Weile sah er blinzelnd weit über sich einzelne Gesichter. Es waren keine Wachsoldaten, sondern die Köpfe fremder Menschen, gekleidet in die einfachen Gewänder von Bauern und Handwerkern. Etwa ein halbes Dutzend von ihnen starrte hinab in das Loch und versuchte dort unten etwas zu erkennen. Einige von ihnen glaubte Nepomuk bereits gestern Nachmittag gesehen zu haben, als er unter dem wüsten Geschrei der Menge aus der Kiste gezerrt und in den Weilheimer Faulturm gebracht worden war.

»He! Lebt der überhaupt noch?«, fragte einer der Männer mit rundem Mondgesicht. »Der bewegt sich ja gar nicht, und sehen kann ich auch nichts. Ich will mein Geld zurück, wenn der nicht mehr lebt.«

»Schmeiß mal einen Stein runter, dann wirst es ja sehen«, meldete sich ein bärtiger Mann an seiner Seite. »Aber sei vorsichtig, sonst triffst du ihn am Kopf, und uns entgeht eine schöne Hinrichtung!«

Die anderen lachten, Nepomuk konnte auch Kindergeschrei hören. Dann sah er plötzlich einen glühenden Punkt auf sich zurasen. Geistesgegenwärtig warf der Apotheker sich zur Seite, wobei er mit der Schulter an der rauen Felswand entlangschrammte. Blind vor Schmerz schrie er auf. Neben ihm fiel eine Fackel zu Boden und flackerte blakend vor sich hin. Glücklicherweise war das Stroh so feucht, dass es nicht zu brennen anfing.

»Schaut, wie hässlich er ist!«, schrie das Mondgesicht. »Die Soldaten haben recht gehabt. Er sieht wirklich aus wie eine fette Kröte!«

»He, Hexer!«, ertönte die keifende Stimme einer Frau.

»Kannst du fliegen? Flieg doch zu uns hoch! Oder hast du keinen Besen mehr?«

Wieder schrien und lachten die Leute. Nepomuk vergrub den Kopf in seinen Händen und gab sich Mühe, alles um ihn herum auszublenden. Doch da rauschte schon ein weiterer Gegenstand auf ihn zu. Diesmal war es ein Lehmklumpen, der ihn am Rücken traf. Schmerz brandete in ihm auf, es folgten weitere kleine Steine, außerdem ein paar matschige Rüben und Kohlköpfe. Und dann setzte ein wahrer Hagel aus unterschiedlichsten Geschossen ein.

»Hier, friss, fette Kröte, friss!«, zeterte die Frau. »Friss, damit du groß und stark wirst für die Tortur!«

»Weg da! Schert euch zum Teufel!« Die nun ertönende tiefe Stimme war die eines Mannes, der es gewohnt war, Befehle zu geben. »Hört gefälligst auf. Ihr bringt ihn mir ja um!«

Die Menge murrte, doch der Hagel endete. »Wir haben gutes Geld gezahlt, um den Hexer zu sehen!«, jammerte der Bärtige. »Und jetzt sollen wir ihn nicht mal bewerfen dürfen?«

Mittlerweile wagte Nepomuk, wieder nach oben zu blicken. Die Fackel im Stroh war erloschen. Doch im fahlen Licht des Schachts erkannte der Mönch eine Gestalt, die ganz in Schwarz gekleidet war. Nur seine welligen, nach hinten gekämmten Haare waren schlohweiß, so als wäre der Mann weit vor seiner Zeit gealtert. Er mochte um die vierzig sein und trug ein enges Wams, das sein breites Kreuz und die starken Arme besonders zur Geltung brachte. Nun beugte er sich zu dem Loch hinunter und hielt eine Fackel in die Tiefe, so dass Nepomuk einen kurzen Blick auf seine Augen erhaschen konnte. Unwillkürlich zuckte er zurück. Die Augen des Mannes funkelten ebenso rot wie die Augen der Ratten unten in seinem Kerker, und ebenso bösartig. Der Unbekannte musterte ihn wie ein Stück Schlachtvieh.

»Macht noch einen guten Eindruck«, brummte er. »Gott sei Dank.« Dann wandte er sich an die Menge, die sich offensichtlich irgendwo hinter ihm drängte. »Versaut mir bloß nicht mein Geschäft!«, sagte er drohend. »Wenn ihr ihn totschlagt, bekomm ich meinen Verdienst von euch. Und ich versprech euch, das wird nicht billig. Verstanden?«

»Ist schon gut, Meister Hans«, meldete sich eine eingeschüchterte Stimme. »Wir … wir haben's nicht so gemeint. Aber er ist doch ein Hexer, da machen ihm ein paar Lehmbrocken sicher nichts aus.«

»Schmarren!«, zischte der weißhaarige Mann. »Glaubt mir, ich kenn die Zauberer. Wenn sie erst einmal im Loch stecken, schreien und bluten sie wie wir. Mir ist noch keiner davongeflogen.«

Er warf einen letzten prüfenden Blick hinunter zu Nepomuk, so als taxierte er, wie viel er mit dem Schinden dieses Körpers verdienen konnte. Dann schob sich der Deckel über das Loch, der Streifen Licht wurde schmaler und schmaler. Schließlich war die Zelle wieder in vollständige Dunkelheit getaucht.

»Kommt morgen wieder, Leute!«, hörte Nepomuk gedämpft die Stimme des Mannes durch das faule Holz hindurch. »Wenn es nach dem Landrichter geht, fangen wir schon morgen mit der Befragung an. Für einen Kreuzer pro Mann lass ich euch in den Hof, da könnt ihr den Hexer dann schreien hören.«

Schritte ertönten, wurden leiser, schließlich war nur noch das höhnische Fiepen der Ratten zu hören.

Morgen schon, Nepomuk! Morgen werden sie dir die Nägel ziehen und die Beine quetschen! Schlaf wohl, Nepomuk. Träum vom Paradies, denn schon morgen beginnt die Hölle.

Der Mönch, der einst selbst ein Henker gewesen war,

drehte sich zur Seite und weinte wie ein kleines Kind. Er wusste, dass er in den roten Augen des Weilheimer Scharfrichters seinen eigenen Tod gesehen hatte.

Nepomuk hatte soeben Meister Hans kennengelernt.

Kapitel 11

Freitag, der 18. Juni Anno Domini 1666,
frühmorgens im Wald von Andechs

Schon in den frühen Morgenstunden ließen die Kuisls den Trubel hinter sich und spazierten an der Klostermauer entlang, die längs des Kientals nach Nordosten führte. Der Schongauer Henker trug seine beiden Enkel abwechselnd auf den Schultern, wo sie wie von einem schwankenden Schiff aus staunend hinunter ins Tal schauten und ihren Großvater gelegentlich an den Haaren zogen. Simon und Magdalena gingen voraus. Vor allem die Henkerstochter sah sich dabei immer wieder vorsichtig um. Es war tatsächlich nicht einfach, an einem so belebten Pilgerort wie Andechs ein ungestörtes Plätzchen zum Reden zu finden.

»Seitdem ich weiß, dass dieser Verrückte noch irgendwo frei rumläuft, hab ich keine ruhige Minute«, gestand sie seufzend. »Vielleicht hätten wir für unser Gespräch doch die Kirche oder die Taverne wählen sollen. Da ist wenigstens was los.«

»Damit uns jeder belauschen kann?« Simon schüttelte den Kopf. »Solange wir nicht wissen, wer alles für diese merkwürdigen Vorfälle verantwortlich ist, ist es besser, wenn so wenige Menschen wie möglich etwas davon mitbekommen. Mittlerweile trau ich keinem mehr hier im Kloster. Diese Pfaffen sind ein einziger Haufen von Lügnern und Intriganten.«

Schweigend gingen sie weiter an der verwitterten Klostermauer entlang. Trotz des frühen Morgens kamen ihnen immer wieder Wallfahrer entgegen, die sich an der Heilquelle der nahe gelegenen Elisabethkapelle die Augen gewaschen hatten. Das Rinnsal sollte bei Blindheit und jeder Art von Sehschwäche helfen. Simon hatte das Gefühl, dass auch seinen müden Augen ein wenig erfrischendes Wasser guttun würde. Er hatte noch bis spät in die Nacht in der Andechser Chronik geblättert, aber auch dort keinen Hinweis gefunden, wer hinter der Entführung des Uhrmachers Virgilius stecken könnte.

Endlich war rechts in der Mauer ein rostiges Gatter eingelassen. Als Simon neugierig die Klinke drückte, schwang es quietschend auf. Dahinter standen lange Reihen von verwitterten, schiefen Steinkreuzen, vor denen teils mit Efeu überwachsene Erdhügel lagen.

»Der Andechser Klosterfriedhof«, murmelte Simon. »Na wunderbar. Hier stört uns hoffentlich keiner.«

Tatsächlich war auf dem mit Gras, Feldblumen und Mohn bewachsenen Gelände kein Mensch zu sehen. Ein paar wilde Tauben hatten sich auf den Grabkreuzen niedergelassen, und die Kinder jagten ihnen lachend hinterher. In der Mitte stand ein verlassener Brunnen, auf dessen Rand einige Eidechsen in der Sonne dösten. Es herrschte eine friedliche Stille, die nach dem Trubel der Wallfahrer seltsam unwirklich schien.

Jakob Kuisl steuerte eine steinerne Bank unweit der Klostermauer an und holte seine Pfeife hervor. Während er die kalte Asche herausklopfte, winkte er Simon und Magdalena zu sich.

»Unter den Toten spricht sich's immer noch am ungestörtesten«, sagte er. »Jetzt lasst uns gemeinsam überlegen, wie wir dem Abt und dem Nepomuk helfen können.«

Simon setzte sich neben seinen Schwiegervater, während

Magdalena auf einem umgestürzten Grabstein Platz nahm und von dort aus die Kinder im Blick behielt.

»Wir wissen immer noch nicht, was dieser Verrückte eigentlich mit den Hostien will«, begann Simon. »Bislang deutet alles darauf hin, dass er im Kloster Angst und Schrecken verbreiten möchte. Die grausigen Morde, der verschwundene Automat, jetzt die gestohlenen Reliquien …« Er seufzte. »Eines ist klar: Wenn die Hostien bis übermorgen nicht auftauchen, wird sich die Unruhe der Pilger weiter steigern. Man wird das als böses Zeichen betrachten. Gut möglich, dass unter den Wallfahrern sogar eine Panik ausbricht.«

»Na, wenigstens haben sie mit Nepomuk jetzt ihren Bösewicht«, brummte der Henker. »Sie werden ihn so schnell wie möglich foltern und hinrichten, um die Sache aus der Welt zu schaffen.«

Magdalena warf ärgerlich mit einem Stein Richtung Friedhofsmauer. »Dabei ist doch klar, dass Nepomuk die Hostien gar nicht gestohlen haben kann!«, empörte sie sich. »Schließlich war er zu diesem Zeitpunkt schon im Kerker!«

Ihr Vater grunzte und stopfte gemächlich seine Pfeife. »Dann hat sich der Nepomuk halt rausgezaubert. Glaubt mir, das schert keinen. Hauptsache, es gibt einen Sündenbock, damit die Leut stillhalten.«

»Wenn es nicht Nepomuk war, wer kommt sonst noch in Frage?« Simon zählte die Verdächtigen einzeln an den Fingern ab. »Zunächst natürlich der Prior. Schließlich will er Abt werden, und nach dem, was inzwischen vorgefallen ist, wird er wohl bald Rambecks Amt übernehmen.«

Magdalena zog die Augenbrauen hoch. »Ich weiß nicht. So ein Aufwand, nur um den jetzigen Abt in Verruf zu bringen?«

»Lass mich doch erst mal ausreden.« Simon zählte weiter. »Also der Prior. Dann der alte Bibliothekar. Oben in der Andechser Bibliothek hat er sich mir gegenüber merkwürdig verhalten. Er wollte partout nicht, dass ich dort herumstöbere. Und er ist Mitglied des Klosterrats und damit im inneren Zirkel derer, die die Geheimnisse des Klosters kennen.«

»Ebenso wie der Cellerar und der Novizenmeister!«, stöhnte Magdalena. »Der Kreis der möglichen Verdächtigen wird größer und größer.« Sie sah hinauf zum Kirchturm, wo soeben zur nächsten vollen Stunde geläutet wurde. »Eines weiß ich inzwischen: Der Mann oben im Glockenstuhl, der mich hinuntergeschubst hat, das war nicht der Abt. Ich habe mich gestern von der schwarzen Kutte täuschen lassen. Es war ein jüngerer Mann. Jung und beweglich.«

»Dann vielleicht doch der Novizenmeister? Das wird ja immer verworrener.« Simon rieb sich erschöpft die Schläfen. »Vielleicht war es ja auch jemand ganz anderes, und wir sind auf dem Holzweg. Verflucht!«

»Steht denn in diesem Buch nichts, was uns weiterhelfen könnte?«, fragte Magdalena ihren Mann. »Die halbe Nacht hast du darüber gesessen, während ich den Paul dreimal in den Schlaf gesungen hab!«

Simon ignorierte den unterschwelligen Vorwurf. »Die Andechser Chronik ist in einem sehr altertümlichen Latein geschrieben«, erklärte er. »Das braucht eben seine Zeit. Bislang hab ich nur erfahren, dass hier einmal eine Burg der Grafen zu Andechs und Meranien stand, die später von den Wittelsbachern zerstört wurde. Seitdem sind sie das herrschende Geschlecht in Bayern, auch über Andechs. Deshalb hat dieser Graf Wartenberg ja einen der drei Schlüssel zur Reliquienkammer.«

»Augenblick mal!«, rief Magdalena. »Könnte es nicht sein, dass sich die Wittelsbacher die Hostien unter den Nagel reißen wollen? Das muss sie doch ärgern, dass die Reliquien immer noch hier im Kloster sind, wo sie dieses Land doch schon vor Jahrhunderten in ihren Besitz gebracht haben.«

»Tatsächlich haben die Wittelsbacher immer wieder versucht, die Reliquien nach München zu holen«, erwiderte Simon nachdenklich. »Vor ein paar Hundert Jahren waren die Hostien dort sogar für längere Zeit in der herzoglichen Kapelle aufbewahrt. Bis zu sechzigtausend Wallfahrer sollen da jede Woche gekommen sein. Hat bestimmt eine Menge Geld in den Stadtsäckel gespült. Aber der Graf als Hostiendieb?« Der Medicus wog den Kopf. »Ich weiß nicht. Wenn überhaupt, dann würde er jemanden damit beauftragen. Und was sollen die Hostien in München, wenn man sie nicht einmal öffentlich zeigen kann, weil sie ganz offensichtlich gestohlen wurden?«

»War nur so ein Gedanke«, schmollte Magdalena. »Vielleicht fällt dir ja etwas Besseres ein.«

»Kruzitürken, so kommen wir nicht weiter!«, mischte sich nun Jakob Kuisl ein, der bislang schweigend seine Pfeife gestopft hatte. »Wir tappen im Dunkeln wie ein Mann, der nachts den Weg zum Scheißhaus sucht. Ich sag euch, was wir machen.« Er deutete auf Simon. »Du findest mehr über diesen Grafen raus. Vielleicht ist der Gedanke meiner Tochter ja doch nicht so damisch, wie er sich zunächst anhört. Und ich werd in Gottes Namen noch mal in diese stinkende Mönchskutte schlüpfen und mich im Kloster umschauen.«

»Und ich?«, fragte Magdalena neugierig.

»Du kümmerst dich endlich einmal um deine Schrazn.« Mit der rauchenden Pfeife zwischen den Zähnen stand Jakob Kuisl auf. »Wird ohnehin Zeit, dass die Bälger gehorchen lernen«, nuschelte er und deutete in Richtung der Kinder. »So wie es ausschaut, graben sie eben einen Toten aus.«

Tatsächlich waren die beiden Buben gerade damit beschäftigt, mit ihren Händen in der Erde eines frischen Grabs zu wühlen. Der kleine Peter hatte bereits eine beachtliche Mulde geschaufelt.

»Nicht!«, schrie Magdalena und rannte auf die erschrockenen Kleinen zu, die sich keiner Schuld bewusst waren. Ihre Mutter zog sie eilig von dem Grab weg.

»Seid ihr wahnsinnig!«, schimpfte sie. »Was ist, wenn die Mönche sehen, wie ihr Saububen einen ihrer Brüder …« Sie stockte, als sie den Namen auf dem Holzkreuz las, das hinter dem frischen Grabhügel in die Erde gesteckt war.

Requiescat in pace, Filius Vitalis, 14. 9. 1648–15. 6. 1666

Es war das Grab des jungen Uhrmachergehilfen.

»Schau an«, sagte Magdalena leise. »Da hat man sich ja richtig beeilt, den Ärmsten unter die Erde zu bringen. Eine große Beerdigung kann das nicht gewesen sein.«

Neben dem aufgeschütteten Erdhügel befand sich ein zweites frisches Grab. Es verwunderte Magdalena nicht, dass dort laut Holzkreuz der Novize Coelestin, der Gehilfe des Apothekers, begraben lag. Sie winkte Simon und ihren Vater herbei. Gemeinsam starrten sie einen Moment lang schweigend auf die beiden Gräber.

»Verflucht!«, zischte Simon. »Sie müssen sie in aller Eile gestern begraben haben. Dabei wollte ich noch einmal die Wunden und dieses merkwürdige Phosphorleuchten untersuchen. Vielleicht habe ich beim ersten Mal ja etwas übersehen.«

Magdalena gab den beiden Kindern einen Klaps und setzte ihnen nach, als sie über einen weiteren Grabhügel klettern wollten. »Das war bestimmt der Prior!«, rief sie im Vorbeilaufen. »Der will nicht, dass wir hier weiter herumschnüffeln. Aber das kann er vergessen.«

»Zum Schnüffeln müsstet ihr jetzt jedenfalls gehörig tief graben«, knurrte Jakob Kuisl. Der Henker ließ seinen Blick über den Friedhof schweifen. »Im Übrigen wird hier in letzter Zeit verdächtig oft gestorben. Ich kann sechs, nein, sieben frische Gräber zählen.«

»Das ist sicher dieses verfluchte Fieber«, erwiderte Simon

achselzuckend. »Allein gestern sind zwei der Wallfahrer unter meinen Händen gestorben. Vermutlich hat man sie in aller Eile hier verscharrt, um jede Aufregung zu vermeiden.«

»Und was ist mit diesem hier?«

Jakob Kuisl ging ein paar Meter weiter und blieb vor einem frischen Grab stehen. Die Erde darauf war schwarz und feucht.

»Was soll damit sein?«, fragte Simon. »Ein weiteres Grab, na und?«

»Schau dir das Kreuz an.«

Erst jetzt bemerkte der Medicus das schiefe Holzkreuz, das hinter dem Erdhügel fast verborgen war. Mit zusammengekniffenen Augen las er den Namen auf der Tafel.

R. I. P., Pater Quirin, 7. 12. 1608–2. 5. 1666

»Ich kann immer noch nicht erkennen, was daran ungewöhnlich sein soll«, sagte Simon. »Der Mann ist im würdigen Alter von fast sechzig Jahren gestorben. Gott hat sich seiner angenommen, und ...«

»Die Erde darauf ist frisch«, unterbrach ihn Kuisl. »Wie kann sie frisch sein, wenn dieser Mann vor über einem Monat beerdigt wurde?«

Simon blieb vor Staunen einen Moment der Mund offen stehen. »Ihr ... Ihr habt recht«, flüsterte er. »Es sieht so aus, als wäre das Grab erst gestern ausgehoben worden.«

»Oder man hat es noch einmal aufgeschaufelt. Schau.« Der Henker deutete auf eine Stelle am Rand des Grabs. »Hier ist bereits ein wenig Gras darübergewachsen, aber daneben ist die Erde schwarz und feucht. Außerdem gibt es Spuren.«

»Spuren?«

Simon beugte sich nach unten und erkannte, dass sich tatsächlich Schuhabdrücke am Rande des Grabs befanden. In einiger Entfernung verloren sie sich im hohen Gras.

Plötzlich sah der Medicus etwas Weißes zwischen den Halmen leuchten. Als er sich danach bückte, hielt er ein vom Tau und Regen nasses Taschentuch in den Händen. Es war aus feinster Seide und hatte an einer Ecke ein winziges Monogramm aufgestickt.

A.

Simon zuckte zusammen, als ihm klarwurde, woran ihn dieser Buchstabe erinnerte.

A für Aurora.

»Mein Gott!«, flüsterte er. »Kann das sein?« Mit dem Taschentuch in der Hand eilte Simon zurück zum Henker und berichtete ihm, was er mittlerweile befürchtete.

»Du meinst, dieses Tüchlein stammt wirklich von dem Automaten?«, fragte Jakob Kuisl skeptisch. »Dieser Golem soll letzte Nacht hier gewesen sein und hat nach dem Toten gegraben? Glaubst du das wirklich?«

Simon rieb den nassen Fetzen nachdenklich zwischen seinen Fingern. Das Tuch roch noch leicht nach Parfum. »Ich weiß, das klingt verrückt«, sagte er. »Aber vielleicht ist an diesen Gerüchten über Golems doch etwas dran. Vielleicht spukt diese Puppe wirklich im Kloster.«

»Schmarren!«, blaffte der Henker. »Ich glaub an das Böse, aber nicht an Geister. Böse sein können wir Menschen ganz allein, da brauchen wir keinen Spuk dazu. Wirst sehen, auch dafür wird es eine Erklärung geben.« Er zog so stark an der Pfeife, dass Simon die Glut knistern hören konnte. Der Medicus spürte förmlich, wie es in seinem Schwiegervater brodelte. So klang es oft, wenn der Henker nachdachte.

»Und jetzt pack dieses verfluchte Tüchlein schleunigst weg, bevor du noch deine Frau damit narrisch machst. Die hat ohnehin eine Heidenangst wegen dieses sogenannten Hexers.« Kuisl stapfte hinüber zum Ausgang, wo Magdalena mit den Kindern bereits wartete.

Mit einem leisen Schaudern steckte Simon das Taschentuch unter seinen Rock und lief dem Henker hinterher. Kaum hatten sie das Gatter hinter sich geschlossen, wären sie beinahe in den Schongauer Ratsherrn Jakob Schreevogl hineingerannt. Der Patrizier keuchte, er brauchte einige Zeit, um wieder zu Atem zu kommen.

»Hier seid Ihr also, Fronwieser!«, brachte er schließlich hervor. »Ich habe Euch bereits überall gesucht. Glücklicherweise hat Euch einer der Pilger unten an der Mauer erkannt. Ihr müsst sofort mitkommen.«

»Gibt es denn neue Kranke?«, fragte Simon voller Vorahnung.

Der Ratsherr nickte. »In der Tat. Diesmal ist es allerdings kein Geringerer als der Sohn des Grafen persönlich. Ihr solltet Euch beeilen, Fronwieser. Der Graf ist nicht besonders geduldig.« Jakob Schreevogl senkte die Stimme. »Und Gott verhüte, dass Euch der Knabe unter den Händen wegstirbt. Es sind schon ganz andere Ärzte wegen Kurpfuscherei gehenkt worden.«

Simon folgte Jakob Schreevogl, der ihn auf dem schnellsten Weg zum Wohnbereich des Klosters brachte. Magdalena, ihr Vater und die Kinder blieben schon bald zurück. In aller Eile rief Simon ihnen zu, dass sie sich im Haus des Schinders wiedertreffen würden. Diesen Hausbesuch musste er wohl oder übel allein machen.

Der Graf war in den sogenannten Fürstenzimmern im zweiten Obergeschoss des Osttrakts untergebracht – ein Bereich, der allein den Wittelsbachern vorbehalten war. Ein hohes Portal, das von zwei Wärtern flankiert wurde, öffnete sich zu einem stuckverzierten Gang, von dem mehrere Räume abgingen. Jakob Schreevogl führte Simon in das hintere rechte Zimmer, in dem vor einem mannshohen Spiegel ein Bett mit Baldachin und watteweichen, mit Daunen gefüllten

Kissen thronte. Es roch angenehm nach Thymian und Minze. Nach den Tagen in dem provisorisch eingerichteten Hospital, das sonst als Pferdestall diente, kam Simon dieses Krankenzimmer beinahe wie ein Schloss vor.

Die Armen verrecken auf flohverseuchtem Stroh und die Reichen in ihren Daunenbetten, dachte Simon. *Aber gestorben wird überall. Der Tod macht keine Ausnahmen.*

In der Mitte des Bettes lag der jüngere Sohn des Grafen Wartenberg. Unter dem Berg von Decken und Kissen sah der ungefähr vierjährige Bub so leichenblass aus, als würde der Schnitter schon bald nach ihm greifen. Seine dicklichen rosa Wangen waren eingefallen, die Augen mit den langen Wimpern hielt er geschlossen; er zitterte am ganzen Leib und schrie in regelmäßigen Abständen leise auf. Neben ihm kniete gramgebeugt der Graf und hielt die Hand seines Sohnes. Als der Wittelsbacher den Schongauer Medicus kommen sah, erhob er sich zornig.

»Da ist Er ja endlich!«, zischte Graf Wartenberg, wobei er nicht Simon, sondern Jakob Schreevogl mit stechendem Blick visierte. Seine Augen unter den buschigen Brauen glitzerten kalt. »Ich will nur hoffen, dass sich das Warten gelohnt hat. In der Zwischenzeit hätte ich meinen Martin genauso gut nach München bringen lassen können, um ihn dort von einem *richtigen* Arzt untersuchen zu lassen.«

»In seinem Zustand halte ich das nicht für ratsam, Euer Exzellenz«, erwiderte Jakob Schreevogl mit fester Stimme. »Außerdem habt Ihr mit Meister Fronwieser einen der fähigsten Ärzte im ganzen Pfaffenwinkel.«

»Im Pfaffenwinkel vielleicht!«, höhnte der Graf, und ein starker Geruch von Seife und teurem Parfum wehte zu Simon herüber. »In dieser Wildnis hier mit seinen schafschädligen Bauern mag ein reisender Bader ja schnell als Wunderarzt gelten, in München bleibt er ein Quacksalber.«

Simon räusperte sich. Die Arroganz seines Gegenübers trieb ihm die Zornesröte ins Gesicht, trotzdem versuchte er ruhig zu bleiben. »Eure Exzellenz kann seinen Buben gern nach München bringen lassen, wenn er meinen Fähigkeiten nicht traut«, meldete er sich nun zu Wort. »Dort gibt es sicher studierte Doktoren, die dem Jungen für viel Geld ein Purgativ verabreichen oder ihn zur Ader lassen.«

Erst jetzt schien der Graf den Bader überhaupt zu bemerken. Er drehte sich zu Simon um und musterte ihn argwöhnisch. Eine ganze Weile sagte keiner etwas.

»Würde Er ihn denn zur Ader lassen?«, fragte der Graf schließlich.

Simon beugte sich hinunter zu dem Jungen. Fragend sah er den Grafen an. »Darf ich?«

Als Wartenberg wohlwollend nickte, öffnete Simon das schweißnasse Hemd des Knaben und fühlte nach dessen Herzschlag. Er sah ihm in die blutunterlaufenen Augen und ließ sich seine Zunge zeigen. Sie war genauso graugelb belegt wie bei den übrigen Kranken, auch die rötlichen Flecken auf der Brust waren die gleichen. Schließlich schüttelte Simon entschlossen den Kopf.

»Nein, auf keinen Fall würde ich ihn schröpfen«, erwiderte er selbstbewusst. »So wie es aussieht, hat das Fieber den Buben über die Maßen geschwächt. Er braucht jeden Tropfen Blut, um wieder gesund zu werden.«

»Interessant.« Graf Wartenberg rieb sich gedankenverloren die schmalen Lippen, während er Simon durchdringend anstarrte. »Dabei sind es doch die am höchsten dotierten Ärzte mit dem besten Ruf, die ihren Patienten immer wieder Blut abzapfen, um die bösen Säfte abzuleiten. Haben die etwa alle unrecht?«

»Die Viersäfte-Lehre Galens mag sich bei vielen Krankheiten als nützlich erweisen«, antwortete Simon vorsichtig.

»Aber bei einem Fieber sollten wir die Hitze besser durch kalte Umschläge abführen. So verfahre ich auch bei meinen anderen Patienten.« Er tastete noch einmal nach dem Puls des Knaben, der so schwach wie der eines kleinen Vogels war. »Außerdem ist Hitze nichts Schädliches. Der Körper kämpft mit der Krankheit, und das macht ihn warm. Ich würde Eurem Martin stattdessen viel Flüssigkeit verabreichen, vielleicht einen Sud aus Angelika, Fieberklee und Holunder. Möglicherweise auch Schafgarbe und Fenchel. Man müsste sehen, worauf der kindliche Körper besser anspricht.«

Graf Wartenberg hob erstaunt die Augenbrauen. »Er scheint sich wirklich gut auszukennen mit den Arzneien. Meister Schreevogl hat mir offenbar nicht zu viel versprochen, als er Ihn mir heute in der Taverne empfahl.«

Und mich damit in Teufels Küche brachte!, dachte Simon. *Danke recht schön, Meister Schreevogl! Wenn mir der Junge unter der Hand wegstirbt, kann ich gleich mit Nepomuk zusammen aufs Schafott steigen.*

Dann fiel ihm jedoch ein, dass er ohnehin mehr über den Grafen und seine Absichten in Erfahrung bringen wollte. Vielleicht war es ja Gottes Fügung, dass er sich um den Buben kümmern sollte. Während der Behandlung ließ sich sicher das eine oder andere herausfinden. Davon abgesehen – waren Magdalena und er nicht deshalb hier in Andechs, um dem Heiland für die Heilung ihrer eigenen Söhne zu danken? Der Junge vor ihm war nicht viel älter als Peter.

»Ich würde mich gern des kranken Buben annehmen«, sagte er schließlich zum Grafen. »Erlaubt Ihr es mir?«

Wartenberg blickte besorgt auf seinen Sohn, der gerade eben wieder im Schlaf aufschrie. Er drückte die Hand des Jungen und streichelte ihm über die fieberheiße Wange. »Habe ich denn eine Wahl?«, murmelte er. »Er hat ja recht, Fronwieser. In München bin ich umgeben von geldgierigen

Blutsaugern und studierten Dickwänsten, die das Dozieren mit dem Heilen verwechseln. Außerdem glaube auch ich nicht, dass der Junge die Reise dorthin überstehen würde. Also werde ich ihn wohl Seiner Obhut anvertrauen müssen.« Abrupt stand er auf. »Er hat freie Hand. Geld soll keine Rolle spielen. Wenn Er Gulden für Arzneien oder seine Auslagen braucht, meld Er sich. Außerdem hat Er Tag und Nacht freien Zugang zu diesem Zimmer.« Plötzlich kam der Graf ganz dicht an Simon heran, so dass der Medicus noch einmal dessen strenges Parfum riechen konnte. »Wenn der Junge allerdings stirbt, dann lass ich Ihn als Quacksalber an den höchsten Zinnen der Klostermauer aufhängen, als Exempel für zukünftige Fälle«, sagte er leise. »Und Er wird lange zappeln, dafür sorge ich. Hat Er mich verstanden?«

Simon nickte, wobei er sichtlich blasser im Gesicht wurde. »Ihr … Ihr könnt Euch auf mich verlassen, Euer Exzellenz«, erwiderte er. »Ich werde alles tun, um das Leben Eures Kindes zu retten. Lasst mich nur kurz hinüber ins Hospital gehen, um die nötigen Arzneien zu holen.«

Graf Wartenberg entließ ihn mit einer unwirschen Handbewegung, und Simon begab sich unter mehrmaligen Verbeugungen mit Jakob Schreevogl nach draußen.

»Was habt Ihr mir da nur eingebrockt«, zischte Simon dem Ratsherrn zu, als sie endlich außer Hörweite waren. »Als hätte ich zurzeit nicht genug andere Sorgen!«

Schreevogl drückte die Hand des Medicus. »Meister Fronwieser«, begann er leise. »Habt Ihr die vom Weinen geröteten Augen des Grafen gesehen? Dieser Mann ist nichts weiter als ein Vater, der Angst um sein Kind hat! So wie ich damals um meine Clara. Erinnert Ihr Euch?«

Simon nickte zögerlich. Tatsächlich hatte er Schreevogls geliebte Stieftochter vor einigen Jahren einmal von einer ähnlich schweren Grippe geheilt. Allerdings hatte ihm damals ein seltenes Medikament zur Verfügung gestanden, das er nur durch Zufall erworben hatte. Diesmal würde er mit den üblichen Arzneien auskommen müssen.

»Als der Graf mich heute früh in der Klostergaststätte ansprach, ob ich einen guten Arzt wüsste, habe ich sofort Euren Namen genannt«, sprach Jakob Schreevogl weiter. »Ich konnte nicht anders. Ich bin sicher, Ihr werdet den Knaben heilen.«

»Ach, und was ist mit den übrigen Kranken, die nicht das Glück haben, dass ihr Vater ein Graf ist?«, erwiderte Simon zornig. »Wer soll sich um die Armen kümmern, während ich dem verwöhnten Bürschlein hier Honig und Salbei einträufel?«

»Ich dachte, Eure Frau ...«, begann Schreevogl.

»Vergesst meine Frau. Die muss auf unsere zwei Bälger aufpassen.«

Der Patrizier lächelte. »Dann wird wohl meine Wenigkeit Euch ein wenig zur Seite stehen müssen.«

»Ihr?« Simon sah sein Gegenüber skeptisch an. »Ein Ratsherr als Badergehilfe?«

»Bevor ich fünfmal betend um die Kirche laufe, verrichte ich lieber im Hospital Gottes Werk«, erwiderte Schreevogl trocken. »Und hat Eure Frau nicht selbst gesagt, im Grunde sei das Heilen nicht allzu schwierig? Mittlerweile habe ich sogar Geschmack daran gefunden. Man kommt sich, nun ja ...«, er zögerte, bis er das passende Wort gefunden hatte, »man kommt sich *gebraucht* vor. Jedenfalls mehr, als wenn man in Hinterzimmern Verträge über die Lieferungen von Tongeschirr aushandelt.«

Simon musste unwillkürlich lachen. »Da mögt Ihr recht haben. Spannender als das ist das Heilen allemal. Und ein wenig Hilfe kann ich wirklich gebrauchen.« Er gab dem Ratsherrn die Hand. »Dann auf gute Zusammenarbeit, werter Herr Bader. Wollen wir hoffen, dass dieser Alptraum so bald als möglich zu Ende geht und wir nach Schongau zurückkehren können.«

Schreevogls Lächeln erstarb plötzlich, und er schlug ein Kreuz. »Lasst uns deshalb gemeinsam zu Gott beten. Dieser Ort beherbergt fürwahr mehr Flüche, als ein einzelnes Kloster bewältigen kann.«

Ziellos schlenderte Magdalena mit ihren beiden Kindern durch die belebten Gassen vor dem Kloster, nachdem auch ihr Vater davongeeilt war, um sich ein weiteres Mal als Mönch umzuschauen. Nur sie selbst schien keine Aufgabe zu haben. Es ärgerte sie, dass Simon so schnell das Weite gesucht hatte, auch wenn ihr klar war, dass er den Krankenbesuch beim Grafen allein machen musste. Trotzdem wünschte sie sich einmal mehr, er würde öfter bei seiner Familie sein.

Seufzend ließ sich Magdalena von Peter zu einem der vielen Stände mit Heiligenbildchen, Kerzen und kleinen Rosenkränzen ziehen. Läden dieser Art waren in den letzten Tagen rund um den Heiligen Berg wie Pilze aus dem Boden geschossen. Zu kaufen gab es meist handtellergroße Votivtafeln für den Herrgottswinkel in der heimischen Stube, überteuerte Glasbilder des Klosters, außerdem Kerzen, Rosenkränze, schlecht gedruckte Bibelverse und etliche Fraisenketten, an denen winzige zusammengefaltete Zettel mit Bittsprüchen hingen. Magdalena erinnerte sich an ihr Gespräch mit Jakob Schreevogl vor einiger Zeit, bei dem er ihr erzählt hatte, dass sowohl der Schongauer Bürgermeister wie auch der Graf mit diesem religiösen Krimskrams glänzende Geschäfte machten. Doch wenn der Sohn des Grafen wirklich so krank war wie zu befürchten, dann würden dem Wittelsbacher alle seine Geschäfte nichts nützen. Der Tod hatte sich mit Gulden noch nie bestechen lassen.

Im letzten Augenblick erwischte Magdalena ihren Peter, als er gerade nach einem der Rosenkränze griff. »Himmelherrgott, lass das los!«, schimpfte sie. »Das ist nichts zum Spielen!« Gröber als beabsichtigt zog sie ihren älteren Sohn von dem Stand weg, woraufhin dieser zu plärren anfing. Auch der jüngere der Buben begann sofort zu weinen.

»Vater! Wo ist der Vater?«, greinte Paul. »Ich will zum Vater und zum Großvater!«

»Da muss ich dich enttäuschen«, giftete Magdalena. »Die Herren der Schöpfung sind mal wieder mit wichtigeren Dingen beschäftigt. Ihr müsst schon mit eurer Mutter vorliebnehmen.«

Als das Weinen nicht aufhörte, griff sie entnervt in ihren Rock und holte ein paar kandierte Früchte hervor. Sofort beruhigten sich die beiden, und Magdalena ging weiter neben einer Schar Pilger in grauen Büßergewändern her, die sich einmal mehr betend und singend auf dem Klostervorplatz für die nächste Messe einfanden.

Magdalena kniff die Lippen zusammen, um nicht laut zu fluchen. Sie kam sich so nutzlos vor! Es schien, als hätte jeder um sie herum eine Aufgabe, nur sie selbst war zum Kinderhüten verdammt. Hinzu kam, dass sie am Morgen erneut Übelkeit verspürt hatte. Sie hatte Simon nichts davon gesagt, um ihn nicht noch mehr zu beunruhigen. Doch heimlich hatte sie in einem polierten Kupferteller ihre Zunge betrachtet. Zu ihrer Erleichterung war diese nicht graugelb belegt gewesen. Was sie auch quälte, wenigstens schien es sich nicht um das Nervenfieber zu handeln.

So in Gedanken versunken war Magdalena, dass sie die Hand auf ihrer Schulter erst nach einer Weile bemerkte. Erschrocken fuhr sie herum und blickte in das freundlich lächelnde Gesicht von Matthias, dem Schindergesellen. Er neigte neckisch den Kopf und zog eine Grimasse, was die Kinder mit lautem Lachen quittierten.

Auch Magdalena musste lächeln. Die Buben schienen den stummen Burschen wirklich ins Herz geschlossen zu haben – ebenso wie sie selbst, wie sie sich einmal mehr eingestehen musste.

»Gott zum Gruß, Matthias«, sagte Magdalena freundlich. Und auch wenn sie wusste, dass sie keine Antwort erhalten würde, fügte sie neckisch hinzu: »Na, was ist? Schaust nach einem schönen Rosenkranz für deine Liebste?«

Matthias stieß ein Grunzen aus und rollte mit den Augen, so als würden ihm die Weibsbilder ohnehin alle auf die Nerven gehen. Magdalena lachte laut auf, sie mochte das Mienenspiel des stummen Gesellen, das sie an die Gaukler erinnerte, die einmal im Jahr zur Kirmes ihr kleines Schongau besuchten.

»Hast du Lust, mit mir auf die Wiesen hinter dem Kloster zu gehen?«, fragte sie ihn aus einer Laune heraus. Es war noch früh am Tag, die Kinder noch nicht müde, und sie wollte weg von den vielen, nach Weihrauch stinkenden Menschen, die sie mit ihrer demütigen Gottesfurcht einschüchterten. »Komm schon, wir pflücken einen Strauß Blumen für dein Mädchen, wenn du denn eines hast.«

Matthias zögerte kurz, dann lachte er kehlig und nahm die johlenden Kinder auf seine breiten Schultern. Gemeinsam gingen sie zum kleineren Nordtor, hinter dem sie nach links zu den Blumenwiesen am Waldrand abzweigten. Die Buben grabschten nach Käfern und Libellen, die im hohen Gras umherschwirrten.

Magdalena pflückte derweil gedankenverloren ein paar Margeriten. *Eigentlich sollte mir die ja der Simon schenken*, dachte sie traurig, *aber daraus wird ohnehin nichts.*

Als sie den Kopf endlich wieder hob, sah sie nur wenige Meter entfernt eine mannshohe verwitterte Mauer aufragen. Die grob gehauenen Steine umschlossen ein kleines rechteckiges Grundstück, das direkt an den Wald grenzte; dahinter türmten sich schroffe Felsen. Der Eingang war ein rostiges, mit Efeu umranktes Gatter mit einem mächtigen Schloss. Neugierig ging Magdalena auf die Mauer zu, als sie hinter sich ein warnendes Grunzen hörte. Der stumme Matthias hatte sich ihr genähert und schüttelte warnend den Kopf.

»Ist es vielleicht verboten, dort hineinzugehen?«, fragte Magdalena neugierig. »Aber warum denn?«

Matthias überlegte eine Weile, dann riss er ein paar Kräuter heraus, roch mit genießerischer Miene daran und deutete schließlich auf das Kloster.

»Räuta von ... Ööőönchen ...«, stammelte er.

»Das ist der Kräutergarten des Klosters?«, erkundigte sich Magdalena. »Ist es das, was du sagen willst?«

Als der stumme Geselle nickte, zuckte die Henkerstochter mit den Schultern. »Und warum sollte ich da nicht hineingehen dürfen? Nur weil die Pfaffen immer so ein Geheimnis um ihre Heilpflanzen machen? Du musst wissen, Matthias, in Schongau bin ich eine Hebamme. Wahrscheinlich verstehe ich von den Kräutern da drin mehr als alle Andechser Mönche zusammen.« Sie nahm ihre Kinder bei der Hand und führte sie hin zum Gatter. »Kommt mit, die Mama zeigt euch jetzt einen Zaubergarten.«

Matthias schüttelte wild den Kopf, doch Magdalenas Neugier war mittlerweile geweckt. Wenn dies wirklich der Kräutergarten des Klosters war, wäre es interessant zu sehen, was dort alles wuchs. Vielleicht gab es ja die eine oder andere Heilpflanze, die sie nicht kannte oder die im Wald nur schwer zu finden war.

Magdalena ignorierte die ärgerlichen Laute des Gesellen und drückte die Klinke des Gatters. Zu ihrer Freude war es nicht verschlossen und öffnete sich mit einem leisen Quietschen. Schon nach wenigen Schritten umwehte sie der betörende Duft von Kamille, Salbei und Minze. Der Garten wirkte von innen weitaus größer, als es von außen den Anschein gemacht hatte. Das lag vor allem an den vielen mit Bohnen und Flaschenkürbissen bewachsenen Rankgittern, die sich entlang der Beete zogen und die Anpflanzung in ein Labyrinth verwandelten. Kleine Mäuerchen, die zum Sitzen einluden und auf denen Eidechsen in der Sonne dösten, waren mit blühendem Steinkraut bewachsen. Dazwischen breiteten sich Rabatten mit Stauden und Kräutern aus, die streng nach Sorten aufgeteilt waren. Magdalena erkannte die herkömmlichen Heilpflanzen wie Weinraute, Wermut und Fenchel, entdeckte aber auch andere, seltenere Exemplare. Sie zerrieb die aromatisch riechenden Blätter von Odermennig und Ambrosia und roch an den Blüten der Schwertlilie, die einen betörenden, alles überlagernden Duft verströmten.

Die Kinder balancierten derweil auf den kleinen Mauern und jagten die Eidechsen. Magdalena bemühte sich, sie nicht aus den Augen zu verlieren. Auch wenn dieser Garten wie ein Paradies auf Erden wirkte, so wusste sie doch, dass auch in diesem Paradies verbotene Früchte wuchsen. Viele der Pflanzen hier waren hochgiftig und wurden nur in kleinen Dosen als Arznei eingesetzt.

Schritt für Schritt tauchte sie tiefer in den Garten ein. Der stumme Matthias war ihr nicht gefolgt; offenbar schien ihm irgendetwas hier Angst zu machen, auch wenn sie partout nicht wusste, was das sein konnte. Aber vielleicht hatte er auch einfach nur Respekt vor den Mönchen, die offenbar mit Argusaugen über ihren Klostergarten wachten.

Genau in der Mitte der Anlage erwartete Magdalena eine Überraschung.

Verborgen hinter Rosenstöcken befand sich ein steinernes Wasserbecken, das von vier Bänken umringt war. Im Becken selbst stand die mannsgroße marmorne Figur eines Fabelwesens. Die Statue stellte einen bärtigen Mann mit Bocksfuß und Hörnern dar, der den Mund spöttisch gespitzt hatte und eben im Begriff zu sein schien, auf einer seltsamen Flöte zu blasen. Mit toten Augen blickte er hinüber zum Wald, dorthin, wo die Felsen an den Garten heranreichten.

Magdalena setzte sich auf eine der Bänke und betrachtete staunend die Statue. So etwas hatte sie noch nie gesehen. Das Wesen sah ein wenig aus wie einer der Teufel auf den abschreckenden Höllenbildern in den Kirchen des Pfaffenwinkels. Aber im Gegensatz zu diesen wirkte diese Figur fast freundlich, sie lächelte schelmisch. Was in aller Welt hatte eine solche Statue in einem Kloster verloren?

Plötzlich stutzte die Henkerstochter. Es war sicher nur eine Einbildung, trotzdem kam es ihr kurz so vor, als hätte sich der Kopf der Statue ein klein wenig in ihre Richtung bewegt. Das Lächeln des Fabelwesens erschien ihr mit einem Mal nicht mehr so freundlich, sondern eher koboldhaft, so als sänne es über einen bösen Streich nach.

Und dann war sich Magdalena mit einem Mal sicher – das Haupt der Statue drehte sich!

Der steinerne Teufel wandte ihr sein Gesicht zu. Langsam, aber unerbittlich nahm sein Blick sie gefangen, fast so, als wollte er ihr etwas sagen. Hatte sich sein Mund nicht sogar ein wenig geöffnet? Wie erstarrt saß Magdalena auf ihrer Bank, in Erwartung, dass das Wesen plötzlich zu sprechen anfing.

Im nächsten Augenblick schoss ein fingerdünner Wasserstrahl aus dem Mund des Teufels und traf sie direkt ins Gesicht.

Schreiend fiel Magdalena rücklings von der Bank. Die Kinder blickten sich erschrocken zu ihr um. Magdalenas Mieder war klitschnass, ihr Hintern schmerzte vom jähen Sturz ins Kräuterbeet, doch ansonsten schien sie unverletzt.

»Es tut mir leid. Ich wollte Euch wirklich nicht so sehr erschrecken«, erklang mit einem Mal eine Stimme von irgendwoher hinter den Rankgittern. »Aber die Versuchung war einfach zu groß. Mein Bruder hatte immer großen Spaß an dieser Vorführung.«

Magdalena drehte sich zu der Stimme um – und sah keinen Geringeren als den Abt zwischen den Gittern hervortreten.

»Aber Hochwürden«, begann sie stockend. »Ich meine ... wieso ...«

»Ich kam hierher, um ein wenig nachzudenken«, unterbrach sie der Abt lächelnd. »Über mich und meinen Bruder. Eigentlich ist dieser Garten ja für Wallfahrer verboten. Wer dennoch eintritt, der muss sich eben auf so manche Überraschung einstellen.«

Mittlerweile hatte sich Magdalena wieder ein wenig gefangen. Sie rückte ihr nasses Mieder zurecht und nahm zusammen mit ihren Kindern wieder auf der Steinbank Platz.

»Verzeiht«, sagte sie verlegen. »Aber als Hebamme wollte ich einfach wissen, welche Kräuter in Eurem Garten wachsen. Ich muss schon sagen, ich bin beeindruckt.«

Der Abt schmunzelte. »Von was? Von den Kräutern oder von unserem Faun?«

»Faun?«, fragte Magdalena ratlos.

Maurus Rambeck deutete auf die Statue mit den Hörnern und dem Bocksfuß. »So nannten die Römer früher dieses Wesen. Ein wilder Mann im Wald, der den Rausch und den Tanz liebt. Es gibt Leute, die ihn mit unserem Teufel gleichsetzen. Aber das ist natürlich Unsinn.« Er setzte sich neben Magdalena auf die Bank. »Mein Bruder hat ihn über die Alpen hierherbringen lassen und ein wenig, nun ja ... verändert.« Er zwinkerte Magdalena zu. »Der Kopf lässt sich über eine Apparatur in alle Richtungen bewegen, das Wasserspucken wird mittels eines komplizierten Pumpsystems in Gang gesetzt. Aber Genaueres dürft Ihr mich dazu nicht fragen. Solche Art von Wasserspielen war immer ein Steckenpferd meines Bruders.« Maurus Rambeck stand auf und nahm Magdalena bei der Hand. »Kommt mit, ich werde Euch etwas zeigen, was auch den Kindern gefallen dürfte.«

Sie wandelten gemeinsam durch das Labyrinth der Rankgitter und Mäuerchen, bis sie plötzlich vor einer kleinen Grotte standen. Sie befand sich genau an der Stelle, wo die Felsen an den Garten heranreichten. Im Dunkel der Höhle konnte Magdalena ein weiteres Becken erkennen. Etwa ein Dutzend brusthohe Marmorstatuetten standen am Rand des Bassins. Ebenso wie der Faun waren sie auf eine seltsame Art anders, sie schienen nicht zur Kulisse eines Klosters zu passen. Eine Figur trug einen Dreizack in der Hand, eine andere einen Blitz, daneben gab es auch schöne Frauen, die Spiegel oder einen Jagdspeer trugen.

»Die alten griechischen Götter«, erklärte Maurus Rambeck. »Natürlich gibt es sie nicht, doch sie dienen unserem Garten als Zierde. Virgilius hat diese Grotte entworfen, ebenso wie den Faun und noch ein paar weitere Apparaturen in unserem kleinen verwunschenen Kräutergarten. Alles nach den Bauplänen längst verstorbener Gelehrter.« Er beugte sich zu Magdalena. »Es gibt Leute, die behaupten, die Menschheit sei damals in der Heilkunde, aber auch in den übrigen Wissenschaften viel weiter gewesen. Für Virgilius war es das Schönste, hier in der Abgeschiedenheit seiner Leidenschaft nachzugehen – dem Automatenbau. Seht selbst.«

In einer Nische der Grotte zog der Abt einen versteckten eisernen Hebel, und wie durch Magie begannen die Figuren, sich auf einem unsichtbaren Band um das Becken zu drehen. Dazu ertönte leise die Musik eines Glockenspiels. Die Kinder lachten und deuteten mit ihren Fingerchen auf das Schauspiel, nur Magdalena verspürte eine seltsame Beklemmung. Erst nach einer Weile wusste sie, was sie ängstigte.

»Das ist die Musik, die ich in der Nacht gehört habe!«, rief sie erschrocken aus. »Die Musik, die erklang, als mich unten an der Klostermauer jemand niederschießen wollte!«

»Niederschießen?« Der Abt sah sie erstaunt an.

»Dieser Hexer, oder was auch immer er ist. Er hat bereits ein paarmal versucht, mich aus dem Weg zu räumen.«

In kurzen Worten erklärte Magdalena Pater Maurus, was sie in den letzten Tagen erlebt hatte. Als sie fertig war, sah der Andechser Abt sie skeptisch an.

»Und Ihr glaubt wirklich, dass das derselbe Mann war, der auch meinen Bruder entführt hat?«

Magdalena nickte, während sie noch immer dem Glockenspiel lauschte. »Derselbe Mann – wenn wir auch noch nicht wissen, wofür er diese Hostien braucht.« Sie zögerte. »Oder dasselbe Wesen.« Magdalena musste an ihr Gespräch mit ihrem Vater und Simon auf dem Friedhof heute Morgen denken. Vielleicht war es ja wirklich ein Golem oder irgendein belebter Automat, der im Kloster sein Unwesen trieb. Schließlich hakte sie nach: »Euer Bruder hat sich wohl sehr für Automaten interessiert?« Die Henkerstochter deutete auf die sich im Kreis drehenden Statuen. »All das hier, und dann diese Puppe bei ihm zu Hause! Was haben eigentlich seine Mitbrüder dazu gesagt?«

Der Abt lächelte. »Man duldet den Teufel, solange er für das eigene Wohl sorgt, nicht wahr? Virgilius hat viel für das Kloster getan. Er hat für fließendes Wasser in den einzelnen Kemenaten gesorgt, hat einen Ofen gebaut, der die meisten Räume beheizt. Sein Glockenspiel und seine drehenden Figuren haben oft die düsteren Tage hier erhellt.« Rambecks Blick ging ins Leere. »In letzter Zeit begann er sich dann für Blitze zu begeistern«, murmelte er. »Frater Johannes hat wohl in dieser Hinsicht einige Forschungen angestellt, über die sie sich austauschten. Unglücklicherweise schlug genau zu diesem Zeitpunkt einmal mehr der Blitz in den Kirchturm ein.«

»Äh, ich weiß«, erwiderte Magdalena. »Ein wirklich dummer Zufall. Schade, dass es gegen Blitzschlag noch kein Mittel gibt.« Sie erinnerte sich daran, was ihr Vater von dem Gespräch mit Nepomuk erzählt hatte, beschloss aber darüber zu schweigen, um den Apothekermönch nicht noch mehr zu belasten.

Der Abt seufzte. »Bestimmt wüsste Virgilius auch dafür eine Lösung.«

Magdalena bemühte sich, das Gespräch in eine andere Richtung zu lenken. »Hatte er denn als Uhrmacher einen Feind im Kloster?«

»Einen?« Maurus Rambeck lachte leise. »Der Aberglaube ist unter Mönchen eine weitverbreitete Krankheit, müsst Ihr wissen. Solange ich hier im Kloster war, habe ich versucht, Virgilius davor zu schützen. Aber hinter seinem Rücken haben sie sich schon damals die Mäuler zerrissen. Vor allem Pater Eckhart, unser jetziger Cellerar. Für den ist selbst eine simple Turmuhr Teufelszeug.« Er runzelte die Stirn. »Später, als ich erneut nach Salzburg an die Universität ging, war es merkwürdigerweise vor allem unser Bibliothekar, der ihm hier das Leben schwermachte. Obwohl der es eigentlich besser wissen müsste. So viel wie Bruder Benedikt in seinem langen Leben schon gelesen hat.«

Von der Kirche her schlug die Glocke elf Uhr vormittags. Pater Maurus schlug sich an die Stirn. »Ich Narr! Vertändel hier meine Zeit, während meine Mitbrüder auf mich warten! Ich muss sofort hinüber in die Sakristei, um die Liturgie vorzubereiten.«

Noch einmal bemühte er sich um ein Lächeln. »Solange ich Abt bin, werde ich dafür sorgen, dass alles seinen gewohnten

Gang geht. Keiner soll mir später nachsagen, ich sei ein schlechter Vorsteher gewesen.«

»Und was ist mit den Hostien und der Monstranz?«, hakte Magdalena nach. »Wenn die Reliquie nicht bis zum Fest zurück ist …«

»Die Reliquie wird zurück sein«, unterbrach sie der Abt, »und wenn nicht diese, dann eben eine andere Monstranz und andere Hostien. Es ist der Glaube, der all diese Dinge zu Heiltümern werden lässt, nicht wahr? Glaube, Liebe, Hoffnung – das sind seit jeher die christlichen Tugenden, an denen wir uns festhalten sollten.«

»Das heißt, das Dreihostienfest wird übermorgen auf alle Fälle stattfinden?«, fragte Magdalena.

Pater Maurus sah sie verwundert an. »Natürlich. Es hat noch immer stattgefunden. Wir können all die gläubigen Menschen doch nicht enttäuschen.« Er seufzte. »Wobei ich selbst diesmal wohl nicht die Messe leiten werde. Der Weilheimer Landrichter hat mir zu verstehen gegeben, dass er es begrüßen würde, wenn in Zukunft Pater Jeremias mehr Verantwortung im Kloster übernimmt.« Achselzuckend wandte er sich ab. »Aber im Grunde ist mir das nur recht. Solange das Schicksal meines Bruders nicht geklärt ist, bin ich ohnehin nicht ganz bei der Sache.«

Er zog einen weiteren versteckten Hebel im Gemäuer, und quietschend blieben die kleinen Statuen stehen. Auch die Musik hörte schlagartig auf.

»Ich muss Euch jetzt bitten zu gehen«, sagte der Abt.

Maurus Rambeck schritt voraus und winkte Magdalena und den Kindern, ihm zu folgen. »Bleibt besser hinter mir. Der Garten ist zwar klein, aber trotzdem wie ein Labyrinth.«

Sie gingen vorbei an den bewachsenen Rankgittern und sonnenbeschienenen Mäuerchen, bis sie wieder zum Gatter kamen.

»Es hat mich gefreut, Eure Bekanntschaft gemacht zu haben, Henkerstochter«, sagte Pater Maurus, wobei er in Gedanken schon ganz weit weg zu sein schien. »Vielleicht können wir das nächste Mal ja ein wenig länger hier im Garten plaudern. Nicht über so düstere Dinge, sondern nur über Kräuter und Arzneien.«

Magdalena verbeugte sich förmlich. »Wer weiß, vielleicht ja dann gemeinsam mit Eurem Bruder?«

Der Abt lächelte, sein Blick jedoch ging ins Leere. »Wer weiß? Ich werde dafür beten.« Er zog einen schweren Schlüssel hervor und verschloss das Gatter. Dann wandte er sich schweigend ab und ging durch die blühenden Blumenwiesen auf das Kloster zu.

Magdalena sah ihm noch lange nach, bis seine gramgebeugte Gestalt schließlich im Schatten des Kirchturms verschwand.

Kapitel 12

Freitag, der 18. Juni Anno Domini 1666,
mittags in Andechs

Die Kutte kratzte und juckte, und Jakob Kuisl glaubte, darin den Schweiß von mindestens einem Dutzend fetter Mönche zu riechen. Trotzdem zog er sich die Kapuze über, während er den Weg zum Klosterbau hinüberstapfte. Er hatte sich unten im Schinderhaus umgezogen, war aber gleich darauf wieder auf den Heiligen Berg zurückgekehrt. Die vielen Wallfahrer, die mittlerweile Erling und die umliegenden Ortschaften bevölkerten, machten ihm bereitwillig Platz, und nur die wenigsten wunderten sich, warum der Franziskaner so unchristlich fluchte.

Der Henker wusste nicht, wonach er oben im Kloster suchen sollte. Aber die Zeit drängte. Vermutlich würden sie schon heute in Weilheim mit der ersten Befragung seines Freundes anfangen. Bis zum Scheiterhaufen war es dann nicht mehr weit. Wenn er nicht bald irgendeine Spur entdeckte, die ihn zum wahren Hexer führte, würde der unschuldige Nepomuk einen grausamen, sehr schmerzvollen Tod sterben.

Oben angekommen, sah Kuisl, dass wohl schon bald eine weitere Messe begann. Jetzt, so kurz vor dem Dreihostienfest, gab es täglich bis zu einem halben Dutzend Gottesdienste. Die ersten Wallfahrer strebten bereits auf das mit Gerüsten umstellte Eingangsportal der Kirche zu.

Skeptisch sah Kuisl zu dem noch immer offenen Dach und der aus frischen Balken gezimmerten Turmspitze empor. So wie es derzeit um das Gebäude bestellt war, würde es wohl nicht bis zum Dreihostienfest fertig. Vor allem dann nicht, wenn die Maurer gleich reihenweise wegen dieser mysteriösen Krankheit das Bett hüten mussten. Kuisl hatte gehört, dass immer mehr Männer von der Baustelle mit Fieber daniederlagen.

Soeben betrat eine größere Gruppe Benediktiner die Kirche. Der Henker wollte ihnen schon folgen, aber dann fiel ihm ein, dass dies ein günstiger Zeitpunkt war, die Zellen der Mönche aufzusuchen. Vielleicht ließ sich ja in den Schlafkammern und den übrigen Wohnräumen des Klosters irgendetwas herausfinden, was ihn weiterbrachte.

Den Kopf tief gesenkt wie zum Gebet, eilte Kuisl durch die innere Pforte in den Klosterhof und von dort weiter durch ein offen stehendes Portal in den Osttrakt des dreistöckigen Gebäudes. Der Henker hatte zwar keine Ahnung, wo die einzelnen Zellen der Mönche lagen, doch glücklicherweise waren die meisten Klosterräume jetzt während der Messe leer. Nur ein uralter Mönch fegte mit gebeugtem Rücken das Refektorium, wo die Brüder dreimal täglich ihre Speisen einnahmen. Der Greis bemerkte ihn nicht, und so ging Kuisl weiter durch die Gänge, monoton seine lateinischen Gebete murmelnd: »*Dominus pascit me nihil mihi deerit, in pascuis herbarum adclinavit me …*«

Von fern waren die Orgel und die Gesänge der Gläubigen zu hören, die jedoch merklich leiser wurden, je mehr Kuisl sich von der Kirche entfernte.

Das Kloster war ein trutziges Geviert mit einem Innenhof, den Kuisl verschwommen durch die hohen Butzenglasfenster erkennen konnte. Der Henker hatte beschlossen, sich zunächst im Erdgeschoss umzusehen und sich dann durch die weiteren Stockwerke nach oben zu arbeiten. So lange, bis er etwas gefunden hatte oder erwischt wurde. Trotz seiner Verkleidung und der gemurmelten Gebete machte sich Jakob Kuisl keine Illusionen: Sollten ihn die Mönche in einer der Klosterzellen entdecken, würde er schon eine sehr gute Ausrede brauchen, um wieder freizukommen.

Mittlerweile hatte er über mehrere Gänge das Geviert zur Hälfte umrundet. Noch immer hatte er keinen Raum gesehen, der ihn bei seiner Suche weitergebracht hätte. Er passierte das Museum Fratrum, einen stuckverzierten Raum mit kleinen Putten an der Decke und gepolsterten Sitznischen, der den Laienbrüdern zur Muße und zum Beten diente; außerdem die Küche und eine kleine Hausbibliothek, die aber nur über eine magere Auswahl kirchlicher Schriften verfügte.

Als Jakob Kuisl schon fast aufgeben und in den ersten Stock hinaufgehen wollte, tat sich vor ihm plötzlich ein weiterer Gang auf, von dem in regelmäßigen Abständen niedrige hölzerne Türen wegführten. Im Gegensatz zum Prunk in den vorherigen Räumen wirkten sie auffällig schlicht.

Kuisl drückte die Klinke der ersten Tür und bemerkte erleichtert, dass sie nicht verschlossen war. Schon der erste Blick genügte ihm, um festzustellen, dass sein Eindruck ihn nicht getäuscht hatte. Dies hier war eindeutig eine Mönchszelle.

Im Inneren des kargen höhlenartigen Raums befanden sich nichts weiter als ein Bett, eine Truhe und ein Schemel unter einem grob geschreinerten Tisch. Darauf lagen neben einem mit ausgelaufenem Wachs verklebten Kerzenstummel einige pergamentene Unterlagen. Als Kuisl sich darüber beugte, erkannte er, dass es sich um Aufzeichnungen über Klostereinkäufe handelte. Aufgelistet waren die Kosten von Holzbalken, Nägeln, Ziegel und Mörtel. Auch eine Fuhre Steine war verzeichnet.

Ein Grinsen zog sich über das Gesicht des Henkers. Es handelte sich offensichtlich um die Bilanzen der Klosterbaustelle. Und für Geldangelegenheiten war bei den Mönchen eigentlich immer der Cellerar zuständig. Tatsächlich entdeckte Kuisl schon bald die Unterschrift des klösterlichen Verwalters.

Gott zum Gruß, Pater Eckhart! Ihr habt sicher nichts dagegen, dass ich mich mal kurz umschaue?

Der Henker warf einen weiteren flüchtigen Blick auf die Unterlagen, konnte aber nur noch mehr Bilanzen und Abrechnungen entdecken. Schließlich wandte er sich der Truhe zu. Zu seiner großen Freude war sie nicht abgeschlossen. Allerdings war der Inhalt doch sehr übersichtlich. Kuisl stieß auf eine zweite Mönchskutte, eine fleckige Bibel und eine Geißel, an deren mit Blei gespickten Seilenden noch getrocknetes Blut klebte. Angewidert drehte der Scharfrichter die unterarmlange Peitsche in seinen Händen. In Schongau verwendete er ein ähnliches Instrument, um mehrmals verurteilte Galgenvögel aus der Stadt zu prügeln. Die Vorstellung, dass sich jemand freiwillig dieser schmerzhaften Prozedur aussetzte, fiel Kuisl schwer. Welche Phantasien peinigten den fetten Cellerar, dass er sie mit dieser Geißel austreiben musste? Allerdings hatte der Henker auch schon davon gehört, dass es Menschen gab, denen solche Qualen Spaß machten. In seiner Schongauer Folterkammer war ihm allerdings noch nie so einer begegnet.

Enttäuscht legte Kuisl die Geißel zurück in die Truhe, schloss diese sorgsam und ging zurück in den Gang. Dann drückte er die Klinke zur nächsten Mönchszelle.

Auch diese war nicht abgeschlossen. Kuisl ging hinein und machte die Tür hinter sich zu, um zufällig Vorbeikommende nicht misstrauisch zu machen. Neugierig sah er sich um. In dem kargen Raum befanden sich exakt die gleichen Möbelstücke wie in der vorherigen Kammer; der Tisch jedoch war bis auf eine Kerze, eine Feder und ein Tintenfass leer.

Als Kuisl die Truhe am Boden öffnen wollte, stellte er fest, dass sie diesmal verschlossen war. Routiniert kramte er in seinen Taschen unter der stickigen Mönchskutte. Er hatte mit derartigen Problemen gerechnet und sich deshalb vom Erlinger Schinder noch ein paar Eisenstücke zurechtbiegen lassen.

Mit zusammengepressten Lippen bohrte der Henker in dem Schlüsselloch, bis ein leises Schnarren erklang. Das Ganze hatte nicht länger als zwei Minuten gedauert. Grinsend öffnete Kuisl den Deckel und zog zunächst eine weitere Kutte aus der Truhe hervor. Ein leichter, fast nicht mehr wahrnehmbarer Duft von Rosenöl wehte ihm entgegen.

Unter der Kutte lag ein dünnes Büchlein, das von einem gewissen Ovid verfasst war. In geschwungenen Lettern lehrte es laut Titel nichts Geringeres als die *Ars amatoria,* die Liebeskunst. Kuisl hatte weder von dem Dichter noch von dem Buch je etwas gehört, doch als er die lateinischen Verse durchblätterte, stellte er schnell fest, dass sie erotischen Inhalts waren. Der Henker hielt seine große Nase an Kutte und Buch und schnupperte ausgiebig. Der Geruch nach teuerem Parfum, den er vorher wahrgenommen hatte, ging von keinem der beiden Gegenstände aus. Wie ein Hund beugte sich Jakob Kuisl nun über die Truhe und schnüffelte weiter. Der Duft kam eindeutig von dort. Entweder er war in das Holz eingedrungen oder …

Plötzlich stutzte der Henker. Er sah die Truhe von außen an, dann wieder von innen. Kein Zweifel, sie war nicht so tief, wie sie sein sollte. Mit einem der Eisenhaken stocherte er in der Ritze zwischen Boden und hinterer Seitenwand, als der hölzerne Untergrund mit einem Mal nachgab und sich nach oben klappen ließ. Unter dem doppelten Boden lagen etliche

Bündel von Briefen, die je zu einem Dutzend mit seidenen Bändern verschnürt waren. Ein intensiver Geruch nach Rosen entströmte ihnen.

Schau an, liebes Mönchlein, dachte Kuisl grimmig. *Was immer du für ein Geheimnis hütest, jetzt wird es gelüftet.*

Vorsichtig horchte Jakob Kuisl, ob sich jemand im Gang näherte. Doch alles, was er vernahm, waren die leisen Stimmen der Pilger, die in der Kirche das Glaubensbekenntnis sprachen. Bis zum Ende der Messe waren es bestimmt noch fünfzehn Minuten.

Mit spitzen Fingern zog der Henker einen der Briefe unter dem Seidenband hervor und öffnete ihn. Es war ein Liebesbrief, der sich in heißen Schwüren und Bekenntnissen an keinen anderen als den Novizenmeister Pater Laurentius wandte. Kuisl überflog die Zeilen, bis er bei der Unterschrift angelangt war.

»Dein Dich über alles liebender Vitalis …«

Nachdenklich rieb Jakob Kuisl das parfümierte Papier zwischen seinen Pranken. Tatsächlich, der Gehilfe des Uhrmachers! So wie es aussah, waren sich Vitalis und der Novizenmeister mehr zugetan gewesen, als es sich für keusche Benediktiner gehörte. Hatte Pater Laurentius vielleicht seinen Geliebten ermordet, weil der ihn verraten wollte? Steckte er auch hinter der Entführung des Uhrmachers? Wie auch immer – die Briefe aus dem Geheimversteck waren tödliches Gift in den Händen von Menschen, die bereit waren, sie skrupellos einzusetzen. Kuisl selbst hatte zwar noch keinen sodomitischen Mönch hingerichtet, aber er wusste von anderen Fällen, dass solchen armen Kreaturen mindestens der Scheiterhaufen drohte, wenn sie nicht sogar lebendig begraben wurden.

In diesem Augenblick vernahm der Henker Schritte auf dem Gang, die sich langsam näherten. Schnell packte er die

Briefe zurück in die Truhe, schob den doppelten Boden darüber und schloss den Deckel. Doch als er hinaus in den Gang eilen wollte, merkte er, dass es dafür bereits zu spät war. Die Schritte waren beinahe bei ihm angelangt, nun konnte man auch vereinzelte Gesprächsfetzen hören. Offensichtlich handelte es sich um zwei Männer. Kuisl stellte sich hinter die Tür und hoffte, dass die Männer vorübergehen würden.

Dummerweise blieben sie genau vor der Tür stehen.

»Was fällt dir ein, mich während der Messe für ein Gespräch zu entführen!«, vernahm Kuisl eine krächzende Stimme. »Lass dir einen guten Grund einfallen, Laurentius, warum ich die heilige Kommunion verpasse.«

Eine weiche, weinerlich klingende Stimme antwortete: »Bruder Benedikt, ich weiß nicht, wem ich noch trauen kann. Ich habe dir doch von der Melodie dieses Automaten erzählt.«

»Und, was ist damit?«, kam es barsch zurück.

»Ich habe sie wieder gehört, an genau derselben Stelle! Du weißt, was das bedeutet. Diese Puppe, sie ist irgendwo dort unten!« Die weiche Stimme wurde so leise, dass Kuisl sie fast nicht mehr hören konnte. »Und sie sucht uns, Benedikt! Sie weiß, was wir verbrochen haben.«

Jakob Kuisl zuckte zusammen. Wenn er die Namen der Männer richtig verstanden hatte, standen direkt vor der Tür niemand anders als der Bibliothekar Benedikt und der Novizenmeister Laurentius! Er hielt den Atem an und betete, dass die beiden nicht in die Zelle wollten.

»Ich weiß nicht, wovon du sprichst«, entgegnete nun Pater Benedikt. »Außerdem ist doch längst erwiesen, dass Johannes die Morde auf dem Gewissen hat. Das mit dem Golem haben wir doch nur verbreitet, damit keiner während des Fests dort unten rumschnüffelt. Und jetzt glaubst du schon selbst daran, du Narr! »

»Und die Hostien?« Pater Laurentius lachte verzweifelt.

»Die hat Johannes wohl mit Geisterhänden von seinem Kerker aus gestohlen? Ich sage dir, das war der Golem, dieser verfluchte Automat von Virgilius!«

»Unsinn!«, blaffte der Bibliothekar. »Vielleicht hat Johannes ja einen Komplizen gehabt, was weiß ich? Es gibt jedenfalls einen Täter, und damit ist es gut. Die Hostien sind das geringste Problem. Wir werden sie einfach durch andere ersetzen, und dann können wir in Ruhe weitermachen.«

»Du vergisst die Monstranz. Auch sie ist verschwunden. Die Leute wissen, wie sie aussieht.«

Jakob Kuisl musste sichergehen, dass die Männer hinter der Tür auch wirklich die waren, die er vermutete. Er beugte sich hinunter zum Schlüsselloch. Tatsächlich sah er nun durch die winzige Öffnung hindurch den alten Bibliothekar, der sich mit seinen gichtigen Fingern gerade nachdenklich über die Lippen rieb.

»Die Monstranz stellt allerdings eine gewisse Schwierigkeit dar«, murmelte er. »Wir werden so schnell keine ähnliche auftreiben. Aber ich bin sicher, dass das im allgemeinen Trubel des Fests untergehen wird.«

»Wie kann man nur so kalt bleiben!« Jetzt konnte Jakob Kuisl auch den Novizenmeister erkennen, der händeringend im Gang auf und ab schritt. »Zwei Männer sind tot, wahrscheinlich sogar drei, und unter uns treibt ein Monstrum sein Unwesen! Wir hätten diese Keller niemals nutzen dürfen! Nun wird alles ans Licht kommen!«

»Nichts wird ans Licht kommen, wenn du Ruhe gibst!«, zischte Pater Benedikt. »Außerdem kann uns ohnehin nichts geschehen. Den Zugang zu den Katakomben haben Bruder Eckhart und ich gestern eigenhändig mit einer schweren Steinplatte verschlossen, nur zur Sicherheit. Da kommt nichts mehr raus, egal, was dort unten ist.«

»Du weißt, es gibt andere Eingänge«, warf Laurentius

ängstlich ein. »Auf den Plänen sind sie verzeichnet. Können wir diese Eingänge nicht auch versperren?«

Pater Benedikt zuckte mit den Schultern. »Das wird schwer möglich sein. Die Pläne sind verschwunden.«

»Verschwunden?« Bruder Laurentius hob die Hände zum Himmel, sein Gesicht war nun kalkweiß. »Warum in Gottes Namen sind die Pläne verschwunden?«

»Verflucht, ich weiß es nicht!«, erwiderte Benedikt barsch. »Ich hatte sie in meiner Kammer, zusammen mit vielen anderen Büchern und Unterlagen. Als ich gestern nach ihnen sah, waren sie weg! Ich hatte schon einen von euch in Verdacht, oder vielleicht Maurus …«

»O Gott, du glaubst, der Abt ist uns auf die Schliche gekommen?«

»Wenn es so wäre, dann hält er sich ziemlich bedeckt. Vielleicht machen ihm aber auch all die anderen Vorkommnisse so zu schaffen, dass er sich nicht weiter darum gekümmert hat. Umso besser für uns. Und nun hör mal gut zu.« Bruder Benedikt bohrte seinen knotigen Finger in die Brust des Novizenmeisters, so dass dieser erschrocken zurückwich. »Du hast immer gut profitiert von unserem kleinen Geheimnis. Hast dir dort unten dein Liebesnest für Vitalis gebaut und immer hübsch die Hand aufgehalten, wenn es etwas zu verteilen gab. Also halt jetzt gefälligst den Mund. Was auch immer dort unten ist, es wird schon bald verhungert sein oder durch irgendein Loch entflohen. Denk dran, es gibt bereits einen Hexer, und der heißt Frater Johannes! Schon bald brennt der Scheiterhaufen, die Wallfahrt ist vorbei, und dann können wir so weitermachen wie bisher. Aber nur, wenn du ruhig bleibst. Verstanden? Nur, wenn du ruhig bleibst!«

Bruder Laurentius nickte zögerlich. »Ver… verstanden.«

»Dann geh jetzt in deine Kemenate und ruh dich ein wenig

aus. Du wirst sehen, danach hörst du auch keine Melodie mehr.«

»Vielleicht hast du ja recht. Ich … ich bin müde. Das alles hier ist ein wenig zu viel für mich.«

Mit Entsetzen sah Jakob Kuisl, wie die Klinke nach unten gedrückt wurde und sich die Tür einen Spaltbreit öffnete. Er wich zurück an die Wand neben dem Eingang. Die Stimmen erklangen nun merklich lauter.

»Ich werde jetzt zurück in die Kirche gehen und sagen, dass du krank bist«, sagte der Bibliothekar. »Danach werden wir in aller Ruhe …«

Mit einem Mal hielt er inne. Viel zu spät bemerkte Jakob Kuisl, dass sein großer Fuß rechts hinter der Tür hervorragte.

»Was zum Teufel …«, begann Bruder Benedikt. Doch in diesem Augenblick knallte ihm die Tür mitten ins Gesicht. Schreiend ging der Mönch zu Boden und hielt sich die blutende Nase. Auch der Novizenmeister taumelte nach hinten. An die Wand des Ganges gelehnt, beobachtete er mit schreckgeweiteten Augen, wie ein Riese aus seiner Zelle rauschte und auf den Ausgang zueilte.

»Halt ihn auf!«, kreischte Pater Benedikt. »Halt diesen falschen Franziskaner auf! Von vornherein wusste ich, dass man ihm nicht trauen kann. Er ist der Teufel in Menschengestalt!«

Pater Laurentius machte einige zaghafte Schritte, doch die letzten Worte des Bibliothekars hatten ihn offenbar noch ängstlicher gemacht, als er ohnehin schon war. Er fiel auf die Knie, schlug ein Kreuz und sah zu, wie der schwarzgewandete Hüne durch das Portal davonhastete.

Nach ihrem Treffen mit dem Abt in dem verwunschenen Klostergarten eilte Magdalena mit ihren Kindern auf dem schnellsten Weg zum Hospital. Das Gespräch mit Pater Maurus, seine Geschichten über alte Götter und rasselnde Automaten, ging ihr nicht mehr aus dem Kopf. Sie hatte das dringende Bedürfnis, mit Simon zu reden. Vielleicht fand er ja Zeit für einen kleinen Spaziergang, und sie konnte die Buben solange bei Matthias lassen.

Als sie den ehemaligen Pferdestall betrat, stellte sie schnell fest, dass wieder neue Kranke dazugekommen waren. Darunter waren auch einige der Schongauer Maurer, die sich stöhnend in ihren Betten wälzten, während Jakob Schreevogl von einem zum anderen ging und kalte Umschläge verteilte. Der Patrizier hatte sich in den letzten Tagen merklich verändert. Sein einst so sauberes Wams war mit Schmutzflecken übersät, ebenso die Hose, die an einer Stelle einen langen Riss zeigte. Trotzdem machte Schreevogl, wie er so durch die Reihen der Kranken schritt, einen fast fröhlichen Eindruck. Er hob den Kopf und sah Magdalena mit wachen Augen an.

»Ach, Magdalena!«, rief er. »Ihr sucht sicher den Simon.« Mit einem Becher dampfenden Suds in der Hand deutete er nach hinten. »Er ist dort hinten und mischt einige Arzneien zusammen. Ich fürchte nur, er wird nicht viel Zeit für Euch haben.«

»Das wird sich noch zeigen, ob mein Mann keine Zeit für mich hat«, stieß Magdalena gepresst hervor. Es klang ärgerlicher, als sie beabsichtigt hatte.

Mit den beiden Buben auf dem Arm zwängte sie sich an einigen der Betten vorbei. Endlich entdeckte sie Simon im hintersten Winkel des Stalls, wo er an einem Tisch mehrere Sorten gemahlener Kräuter auf einer kleinen Waage abwog und anschließend in einen Tiegel warf. Er wirkte konzentriert, seine Augen waren kleine Schlitze, die Brauen zuckten nervös. Soeben häufelte er vorsichtig das grünliche Pulver von der Waage auf einen kleinen Löffel.

»Simon, ich muss mit dir reden. Der Abt …«, begann Magdalena.

Der Medicus zuckte ob des plötzlichen Geräuschs zusammen und verstreute das Pulver auf dem Tisch.

»Himmelherrgott, Magdalena!«, fluchte er. »Wie kannst du mich nur so erschrecken? Schau selbst, was du angerichtet hast. Jetzt kann ich mit dem Wiegen noch mal von vorne anfangen! Du weißt doch selbst, wie selten der Angelikawurz ist.«

»Verzeihung, dass ich dich angesprochen habe, obwohl ich nur deine Frau bin«, erwiderte die Henkerstochter schnippisch. »Ich dachte, der Herr hätte vielleicht Zeit, gemeinsam mit mir und seinen Kindern einen kleinen Spaziergang zu machen. Wenn er überhaupt noch weiß, dass er Kinder hat.« Demonstrativ hielt sie ihm die beiden Buben entgegen. »Hier, darf ich vorstellen, euer Vater.«

Simon sah sie verständnislos an. Er schien mit den Gedanken schon wieder ganz woanders. »Spaziergang?«, murmelte er schließlich. »Weißt du überhaupt, was ich hier mache? Wenn ich den Sohn von diesem Grafen nicht heile, werden wir nie wieder einen Spaziergang machen, weil ich dann nämlich tot bin. Und zurzeit steht sein – und damit auch mein teures – Leben auf Messers Schneide.«

»Simon«, versuchte es Magdalena diesmal in mitfühlendem Ton. »Glaubst du nicht auch, dass das hier alles zu viel für dich ist? Die Sache mit meinem Vater und diesem Hexer, die Morde, die vielen Kranken und jetzt auch noch der Bub des Grafen! So ein Spaziergang könnte …«

»Wenn das hier vorbei ist, geh ich mit dir und den Kindern meinetwegen bis zum Mond.« Simon sah sie mit geröteten Augen müde an. »Aber bis dahin werdet ihr wohl ohne mich auskommen müssen. Tut mir leid, aber das hier geht jetzt vor.« Ein hastiges Lächeln huschte über seine Lippen. »Ich habe in der Zwischenzeit übrigens weiter in diesem Buch von Girolamo Fracastoro gelesen. Das ist wirklich hochinteressant! Ich glaube, ich bin kurz davor, das Geheimnis dieser Krankheit zu lüften. Wenn ich nur wüsste …«

»Meister Fronwieser, kommt schnell! Wir haben einen neuen Kranken!«

Achselzuckend wandte sich Simon ab und eilte auf den Eingang zu, wo Jakob Schreevogl gerade eine ältere Frau stützte, die sich offenbar kaum noch auf den Beinen halten konnte. Sie murmelte leise Gebete, die immer wieder von hartnäckigem Husten unterbrochen wurden.

»Bringt sie nach hinten zu mir, Schreevogl!«, rief Simon. »Hier ist ein Bett frei geworden, von jemandem, der letzte Nacht gestorben ist.«

Mit schmalen Lippen sah Magdalena zu, wie ihr Mann die mit Stroh gefüllten schmutzigen Kissen aufschüttelte und sich dann wieder an den Tisch begab, um von neuem mit dem Wiegen zu beginnen.

»Jeweils drei Unzen Berberitze und Fieberklee, zwei Unzen Angelika …«, murmelte er, ohne aufzuschauen. Er schien Magdalena bereits wieder vergessen zu haben.

Die Henkerstochter stand noch eine Weile schweigend da, mit jeder Hand hielt sie eines ihrer Kinder. Sie drückte sie so fest, dass sie nach einiger Zeit zu wimmern begannen. Schließlich wandte sie sich ab und ging mit den beiden Kleinen auf den Ausgang zu.

»Kommt, ihr zwei«, sagte sie mit matter Stimme, die Augen starr geradeaus gerichtet. »Der Papa hat heut keine Zeit. Er muss mal wieder anderen Leuten helfen. Wir wollen sehen, ob der Matthias mit euch spielen kann.«

*

Ein Dutzend Meilen entfernt fingen sie in Weilheim mit der Folter an.

Die Büttel hatten die Luke zu Nepomuks Kerker gegen Mittag geöffnet und eine Leiter heruntergelassen. Ganz kurz überlegte der Mönch, sich einfach zu weigern und nicht hinaufzusteigen. Aber vermutlich hätten sie ihn dann mit Schlägen Sprosse für Sprosse hochgeprügelt, also kletterte er lieber freiwillig über das mit Blut und Unrat beschmutzte Holzgestell auf das Tageslicht zu.

Nepomuk blinzelte in die hellen Strahlen der Sonne, die durch die schmalen Fenster in den Faulturm fielen. Als sich seine Augen an das Licht gewöhnt hatten, erblickte er vor sich vier Wachen und Meister Hans. Der Weilheimer Scharfrichter wischte sich die schlohweißen Haare aus der Stirn und musterte sein Gegenüber mit stechenden roten Augen, so als wollte er abschätzen, wie viel Schmerzen der Delinquent vertrug.

»Der Weilheimer Landrichter will die Sache schnell aus der Welt schaffen«, sagte er mit einer angenehm wohltönenden Stimme, die so gar nicht zu dem weißhaarigen Ungetüm von Mann passen wollte. »Ist mir nur recht, dann fließt auch schneller Geld. Abführen.«

Meister Hans winkte einen der Wachmänner herbei, der eine fast drei Schritt lange Stange trug, an der vorne ein mit Eisendornen gespickter Ring befestigt war. Nepomuk hatte ein derartiges Instrument noch nie zuvor gesehen.

»Da du laut Auskunft des Klosters ein Hexer bist, werden wir alles tun, damit du uns nicht berühren kannst«, erklärte Meister Hans in knappen Worten. Er klappte den Ring am Ende der Stange auf, legte den stachelbesetzten Bügel um Nepomuks Hals und verschloss ihn sorgsam wieder. Die Dorne schabten an Nepomuks Haut, so dass schon bald die ersten Blutstropfen am Eisen herabrannen. Der Mönch ahnte: Sollte er auch nur die geringste Gegenwehr leisten, würden sich die Stacheln tief in sein Fleisch graben und seinen Hals wie sprödes Leder aufschlitzen.

»Gehen wir«, sagte Meister Hans und schlug krachend die Falltür zum Kerkerloch zu. »Die Zwickzangen müssten mittlerweile glutrot sein.«

Der Wächter zog kurz an der Stange, woraufhin Nepomuk mehrere Schritte nach vorne taumelte. Fast wäre er gestürzt und in die Dorne gefallen. Doch dann fing er sich wieder und tappte so vorsichtig wie ein Ochse im Joch den Männern hinterher. Sie schleppten ihn einen langen dunklen Gang entlang, von dem immer wieder Kerkertüren wegführten, hinter denen Wimmern und Stöhnen zu hören war. Einmal sah Nepomuk eine verkrüppelte Hand mit nur drei Fingern, die durch eines der Gitter zu winken schien.

Meister Hans ging neben Nepomuk, den Blick geradeaus gerichtet. Er summte ein altes, bekanntes Landserlied, das Nepomuk von früher her kannte.

»Ich war früher Profoss im Krieg«, ächzte Nepomuk, während er vorantaumelte. »Hab selbst etliche Fahnenflüchtige hingerichtet, auch eine Hex war darunter. Ein altes wirres Weib, ich hab nie geglaubt, dass sie eine war.« Hoffnungsvoll drehte er den Kopf Richtung Scharfrichter. »Schau mich an! Glaubst du denn wirklich, dass ich ein Hexer bin?«

Meister Hans zuckte mit seinen muskulösen Schultern. »Was ich hier glaube oder nicht, spielt keine Rolle. Die hohen Herren glauben's, und ich werd dich so lange torquieren, bis du es am End selber glaubst.«

Sie stiegen mittlerweile eine gewundene steinerne Treppe hinunter. Durch ein Fenster sah Nepomuk die Hügel und Wälder vor Weilheim, grüne Buchen und Eichen wiegten sich im Sommerwind. Die Fronveste mit dem Faulturm stand am westlichen Rand der Stadtmauer, links tauchten nun in Nepomuks Blickfeld die Alpen auf. Es war ein schöner föhniger Tag, der einem das Gefühl gab, bis ins Unendliche schauen zu können. Das Fenster verschwand, und die Treppe wand sich weiter hinab in die Tiefe der Festung.

»Ich komm aus einer Reutlinger Henkersfamilie«, wandte Nepomuk sich noch einmal an den Weilheimer Scharfrichter. »Den Volkmars. Gut möglich also, dass in unseren Adern das gleiche Blut fließt.« Er versuchte ein Grinsen, das ihm in seinem dornigen Schraubstock jedoch schrecklich misslang. »Schließlich sind wir ehrlosen Henker über ein paar Ecken alle miteinander verwandt, nicht wahr, werter Vetter?«

Diesmal sah Meister Hans nicht einmal hoch. Er blieb nur kurz stehen und griff Nepomuk plötzlich zwischen die Beine, so dass dieser sich wimmernd zusammenkrümmte. Die Stimme des Weilheimer Scharfrichters waberte leise durch das felsige Gemäuer.

»Hör zu, Hexer, du kannst gern jammern und weinen. Von mir aus auch deine Unschuld beteuern oder mich lauthals verfluchen«, sagte Meister Hans leise. »Aber hör um Himmels willen auf, mir Honig um den Bart zu schmieren. Es ist mir egal, ob du mit mir oder mit einem Besenstiel verwandt bist. Ich hab eine Familie zu ernähren, und ich spar mein Geld Kreuzer für Kreuzer, Heller für Heller, um mir irgendwann einmal das Bürgerrecht zu kaufen. Also erwarte von mir kein Mitleid.«

Meister Hans ließ das Gemächt des Mönchs los und gab den Wachen ein Zeichen, weiterzugehen. Gedankenverloren hob der Weilheimer Henker die Finger und begann zu zählen, während Nepomuk sich noch immer krümmte.

»Für deine Folter bekomm ich gut und gern drei Gulden«, rechnete Meister Hans vor. »Fürs Verbrennen verlang ich zehn. Wenn ich dich vorher noch ausweide, legt der Rat sicher noch was drauf. Und dein Blut, deine Finger und deine Augen, die mach ich auch noch zu Geld. Ich mahl daraus ein Pulver, das gegen jede Art von Zauberei schützt. Die Leute zahlen gut dafür.«

Endlich huschte so etwas wie ein schmales Lächeln über das Gesicht des Weilheimer Scharfrichters. »Du bist mein großer Gewinn, Hexer, verstehst du?«, zischte er. »So was wie dich bekomm ich nur alle paar Jahre. Also halt jetzt deine Gosch'n und geh weiter. Und hör endlich auf, mein Freund sein zu wollen, *Vetter*!«

Meister Hans spuckte auf den Boden, dann öffnete er die schwere, mit Holzbohlen verstärkte Tür am Ende der Treppe und trat ein.

»Das meiste hier solltest du ja schon kennen«, sagte er teilnahmslos. »Was für ein glücklicher Zufall, dass ich einen Kollegen peinigen darf. Das erspart mir endlose Erklärungen.«

Nepomuk sah sich um, und ein fiebriges Zittern ergriff seinen ganzen Körper. Beschämt spürte er, wie ein warmes Rinnsal an seinen Beinen entlanglief.

Sie waren in der Folterkammer angelangt.

Kapitel 13

Samstag, der 19. Juni Anno Domini 1666,
vormittags in Andechs

Dumpf vor sich hin brütend, eilte Simon den kurzen Weg vom Klosterbau zurück zum Hospital. Er bemerkte weder das Zwitschern der Vögel in den Bäumen über ihm noch die frommen Gesänge der Pilger. Auch den Streit mit Magdalena hatte er für den Moment vergessen. Seine Gedanken kreisten nur noch um den kranken Grafensohn.

Simon ahnte: Wenn ihm nicht bald etwas einfiel, würde seine Karriere als Medicus schon bald an den Zinnen der Klostermauer enden.

Den ganzen Morgen hatte er am Bett des jungen Wittelsbachers zugebracht, doch das Fieber des Buben war kein bisschen zurückgegangen. Schlimmer noch – wie bei vielen anderen seiner Patienten hatte der Medicus auch hier die roten Punkte auf der Brust entdeckt, die Girolamo Fracastoro in seinem Buch so detailliert beschrieb. Simon wusste mittlerweile, dass die Wahrscheinlichkeit, an dem Nervenfieber zu sterben, besondern bei Kindern außerordentlich hoch war. Damit war auch seine eigene Lebenserwartung dramatisch gesunken. Graf Wartenberg machte jedenfalls nicht den Eindruck, als würde er seine Drohung, einen überführten Quacksalber zu hängen, wieder zurücknehmen. Zur Sicherheit hatte Simon den Patrizier Jakob Schreevogl bei dem kranken Buben gelassen. Der Schongauer Ratsherr sollte ihm unverzüglich Bericht erstatten, wenn sich die Lage verschlechterte.

Dabei war der Junge nicht Simons einziges Problem. Während der Medicus sich an den vielen Wallfahrern in den Gassen unterhalb des Klosters vorbeidrängte, fiel ihm erneut seine schmollende Frau ein. Magdalena war seit ihrem Streit gestern Mittag im Hospital verschlossen wie eine Flussmuschel, sie hatte nur das Nötigste mit ihm gesprochen und sich ansonsten ganz den Kindern gewidmet. Warum konnte sie nur nicht verstehen, dass ihm gar keine andere Wahl blieb!

Ein plötzlicher Lärm riss Simon aus seinen trüben Gedanken. Es waren Schreie, die vom Hospital her kamen. Der Medicus beschleunigte seinen Schritt und sah schon bald eine Gruppe Mönche, die sich laut jammernd vor dem Eingang drängte. Zwischen sich trugen sie ein großes Bündel, und Simon begriff erst ein paar Augenblicke später, dass es sich um einen leblosen Menschen handelte. Offensichtlich war der Mann tot oder zumindest schwer verletzt, denn seine Mitbrüder schleppten ihn mit vereinten Kräften wie ein geschlachtetes Schwein hinein ins Hospital. Eine immer größer werdende Menge von Wallfahrern staute sich vor dem Eingang und versuchte einen Blick auf das Geschehen zu erhaschen.

»Aus dem Weg, Leute!«, schrie Simon und schob herrisch die Gaffer zur Seite. »Ich bin der Arzt hier. Macht doch endlich Platz!«

Widerwillig wichen die Menschen zurück und ließen den Medicus eintreten. Sofort schob Simon die Tür zu und verschloss sie mit einem schweren Balken. Von draußen waren zornige Rufe und wildes Klopfen zu hören.

»Hat der Golem sich ein neues Opfer geholt?«, ertönte eine ängstliche Stimme. »Nicht wahr, es war der Golem!«

»Ich hab die Wunden dieses Mannes gesehen!«, keifte eine Frau. »Ich schwöre euch, die waren nicht von dieser Welt!«

»Leute, geht heim!«, versuchte Simon die Menge durch die Tür hindurch zu beruhigen. »Wenn wir Genaueres wissen, wird man euch das sicher mitteilen. Hier drinnen sind kranke Menschen. Ihr wollt euch doch sicherlich nicht anstecken?«

Dieses letzte Argument schien die Gaffer zu überzeugen. Es folgten noch einige wütende Rufe, dann entfernte sich der Mob grummelnd.

Simon eilte zu dem Verletzten, den die Benediktiner auf das nächstbeste leere Bett gehievt hatten. Die anderen Kranken starrten mit schreckensweiten Augen auf den neuen Patienten, und endlich konnte auch der Medicus einen Blick auf den Mann werfen. Simon zuckte zusammen, als er ihn schließlich unter all dem Schmutz und Blut erkannte.

Es war kein anderer als der Novizenmeister Pater Laurentius.

Schon nach wenigen Augenblicken wusste Simon, dass der Mönch vor ihm nicht mehr lange zu leben hatte. Sein Atem ging flach, das Gesicht war eingefallen wie das eines Sterbenden. Wesentlich erschreckender waren allerdings die Wunden, die sich über seinen ganzen Körper zogen. Die Kutte war an vielen Stellen verbrannt, darunter zeigten sich schwärzliche Stellen, wo einmal Haut und Fleisch gewesen waren. Es dauerte nur kurz, bis Simon klarwurde, wo er diese Art von Verletzung schon einmal gesehen hatte: am Körper des jungen Vitalis, den irgendein dunkles, abgrundtief böses Wesen mit dem Höllenpulver Phosphor bestreut hatte.

Tatsächlich waren auch diese Verbrennungen so stark und so zahlreich, dass sich der Medicus fragte, wie Pater Laurentius überhaupt noch leben konnte. Der Mönch stöhnte leise vor sich hin, immer wieder schien er ein einzelnes Wort zu murmeln. Erst nach einer Weile hörte Simon heraus, dass Laurentius nach Wasser verlangte. Offensichtlich war er noch bei Sinnen.

Eilig griff Simon sich einen mit verdünntem Wein gefüllten Beutel und träufelte dem Verletzten Tropfen für Tropfen zwischen die spröden Lippen.

»Was ist passiert?«, fragte er die umstehenden Benediktiner, die sich immer wieder bekreuzigten und teilweise auf die Knie gefallen waren.

»Wir … wir haben ihn im Wald gefunden«, flüsterte einer der Brüder. »Unten im Ochsengraben, im Kiental. Neben … dem hier.« Er zog einen löchrigen Sack hervor, an dem Flecken von getrocknetem Blut klebten.

»Und?«, fragte Simon und deutete auf den verschlissenen Beutel. »Habt ihr bereits hineingesehen, was drin ist?«

Ein anderer, sehr junger Mönch schüttelte zögernd den Kopf. »Wir … wir wagen es nicht. Es ist etwas Schweres, vielleicht eine dieser Eisenstangen, mit denen der unselige Frater Johannes immer unterwegs war. Bestimmt hat der neugierige Laurentius den Sack geöffnet, und ein Feuerstrahl …«

»Gib schon her, du abergläubische Kröte.« Ungeduldig ließ sich Simon den Sack reichen und öffnete ihn vorsichtig. Was er sah, ließ ihn unwillkürlich zurückweichen. »Mein Gott!«, flüsterte er. »Wie ist das möglich?«

Neugierig kamen die Mönche ein Stück näher. Als sie schließlich erkannten, was sich in dem Beutel befand, fielen sie allesamt auf die Knie und schlugen mehrfach ein Kreuz.

Zwischen dem fleckigen Stoff leuchtete silbern eine kunstfertig gearbeitete Monstranz. Sie war der Turmspitze eines Doms nachempfunden, zwei Engel wachten links und rechts einer handgroßen Kuppel, in der sich drei runde versiegelte Gefäße befanden.

Drei Gefäße für drei heilige Hostien.

»Gesegnet seist du, Jesus Christus! Die heilige Monstranz, die heilige Monstranz! Sie ist hier unter uns!« Die Mönche warfen sich jetzt bäuchlings auf den Boden und murmelten ihre Gebete. Auch die Kranken, die bei Bewusstsein waren, fielen in den Sermon ein. Erst jetzt wurde Simon klar, dass die einfachen Brüder und Pilger ja gar nicht wussten, dass die wertvollste Reliquie des Klosters vor ein paar Tagen gestohlen worden war. Für sie war diese Monstranz in einem Leinensack, gefunden neben einem Schwerverletzten, schlicht ein göttliches Zeichen. Ein Zeichen jedoch, von dem sie nicht sagen konnten, ob es Gutes oder Schlechtes verhieß.

»Holt den Abt und den Prior!«, rief einer von ihnen. »Sie sollen das Wunder mit eigenen Augen sehen.«

Der jüngste der Mönche öffnete die Tür und rannte hinaus, der immer noch wartenden Menge entgegen. »Die Monstranz! Sie ist dort drin, ein Wunder! Sie ist von allein aus der Heiligen Kapelle in den Wald geflogen. Ein Wunder!«, schrie er immer wieder.

Simon seufzte und verschloss erneut den Eingang mit dem schweren Riegel. Spätestens in einer Stunde würden wohl sämtliche Gläubige von hier bis zum Hohen Peißenberg von dem seltsamen Fund erfahren haben. Nun, wenigstens war das gute Stück wieder aufgetaucht. Welche Rolle der Novizenmeister allerdings dabei spielte, war ihm noch völlig unklar.

Simon eilte erneut an das Bett des Schwerverletzten, der mittlerweile in eine Art Dämmerschlaf gefallen war. Als der Medicus sich über ihn beugte, öffnete Laurentius plötzlich die Augen und fing erneut an zu murmeln. Simon musste sich tief zum Mund des Mönchs hinabbeugen, um etwas verstehen zu können.

»Der ... der Automat ...«, röchelte er. »Er ist dort unten. Feuer ... Feuer ...«

Simon spürte, wie sein Herz schneller schlug. Er erinnerte sich an das weiße Taschentuch mit dem Monogramm auf dem Friedhof. Konnte es tatsächlich sein, dass ein belebter

Golem in Andechs sein Unwesen trieb? War so etwas möglich? Zitternd fühlte er nach Laurentius' Stirn. Sie war glühend heiß. Vielleicht sprach der Mönch ja nur im Fieberwahn.

»Redet Ihr von Virgilius' Automaten? Was meint Ihr mit ›dort unten‹?«, fragte Simon ungeduldig. »Habt Ihr auch die Monstranz von dort? Sprecht doch endlich!«

»Der ... der Automat ... er hat sie gehabt ... Er spuckt Feuer, weißes Feuer ... Flammen greifen nach mir, Höllenflammen, das Fegefeuer tobt durch die Finsternis ...«

Die Stimme des Novizenmeisters wurde schwächer und schwächer. Schließlich verstummte sie ganz, und sein Kopf fiel zur Seite. Simon fühlte nach dem Herzschlag, noch war er schwach vernehmbar. Doch der Medicus bezweifelte, dass Laurentius die nächsten Stunden überleben würde. Die Verbrennungen waren einfach zu stark.

»Im Namen der Kirche, öffnet diese Tür!«

Ungeduldiges Klopfen ließ Simon herumfahren. Einer der Mönche hatte bereits den Balken zurückgeschoben, die Pforte schwang auf, und herein traten der Prior und der alte Bibliothekar. Vom Abt war zu Simons Erstaunen nichts zu sehen.

Sofort eilten die beiden Kirchenoberen auf die Monstranz zu, die ein besorgter Mitbruder mittlerweile auf eine kleine Truhe gestellt hatte. Wie vor einem Altar fiel Pater Jeremias vor dem schlichten Holzkasten auf die Knie und hob die Hände zum Himmel.

»Heilige Maria Mutter Gottes, lasst uns für dieses Wunder danken!«, begann der Prior in einem leiernden Singsang. »Verruchte Diebe haben versucht, die heilige Monstranz zu stehlen, doch sie sind mit göttlichem Feuer bestraft worden.« Er deutete auf den ohnmächtigen Pater Laurentius und malte anschließend mit den Fingern ein Kreuzzeichen in die Luft.

»Nun endlich kommen ihre bösen Pläne ans Licht!«, fuhr

er mit sich überschlagender Stimme fort. »Frater Johannes und dieser unselige Novizenmeister haben gemeinsam Unheil über das Kloster gebracht, doch Gott selbst hat sie gerichtet. Jetzt wendet sich wieder alles zum Guten. Dafür lasst uns danken. Amen!«

»Amen.« Murmelnd fiel der Chor aus Mönchen und Kranken ein in das Dankesgebet, während Simon irritiert zwischen der Monstranz und dem schwerverletzten Pater Laurentius hin und her blickte. Sollte der Novizenmeister wirklich der von ihnen gesuchte Hostiendieb sein? Hatte Laurentius den Bruder des Abts entführt? Und überhaupt – wo war Maurus Rambeck?

Als die Stimmen der Gläubigen endlich verstummt waren, wandte sich Simon leise an den Prior. »Eigentlich hatte ich erwartet, den Abt hier anzutreffen. Schließlich dürfte es ihn auch interessieren, dass die Monstranz im Wald aufgefunden wurde – zusammen mit dem Novizenmeister, den Ihr als Hauptverdächtigen nennt.«

»Der Abt ruht«, entgegnete der Prior kühl. »Es ging ihm in letzter Zeit nicht besonders gut, wie Ihr sicher wisst. Ich hielt es für das Beste, ihn nicht zu wecken.«

Und dich selber zum großen Retter der Heiligen Drei Hostien aufzuschwingen!, ging es Simon durch den Kopf. *Du intrigantes Schwein tust wirklich alles, um so schnell wie möglich der nächste Abt zu werden.*

»Was macht Euch denn so sicher, dass Pater Laurentius wirklich die Hostien stehlen wollte?«, hakte Simon nach.

Der greise Bibliothekar, der bislang schweigend neben dem Prior gestanden hatte, räusperte sich. »Ich bitte Euch, das liegt doch auf der Hand!«, sprach er so laut, dass alle Umstehenden mithören konnten. »Der Sack mit der Monstranz lag neben ihm; er selbst trägt Wunden, die ihm nur auf überirdische Art zugefügt werden konnten.«

»Nebenbei die gleichen Wunden, die auch der junge Novize Vitalis hatte«, fuhr Simon dazwischen. »Hat den etwa auch der liebe Herrgott mit seinem Zorn niedergestreckt?«

Pater Benedikt sah ihn mit stechenden Augen an. »Spottet nicht«, drohte er. »Denkt lieber an die Offenbarung des heiligen Johannes. Wie heißt es dort noch mal?« Er machte eine dramatische Pause, bevor er seine Stimme durch den Raum dröhnen ließ. »Und der Engel nahm das Räucherfass und füllte es mit Feuer vom Altar und schüttete es auf die Erde. Und da geschahen Stimmen und Donner und Blitze und ein Erdbeben!«

Der Bibliothekar schwieg eine Weile, um seine Worte auf die Mönche und die Kranken angemessen wirken zu lassen. Erst als ehrfürchtiges Schweigen eingetreten war, fuhr er mit ernster Stimme fort: »Ich wollte es eigentlich geheim halten, aber die Umstände erfordern wohl, dass es ans Licht kommt. Der Klosterrat vermutet schon lange, dass der unselige Vitalis mit seinem Novizenmeister ein, nun ja … widernatürliches Verhältnis hatte.«

Erschrockene Rufe erklangen, doch Pater Benedikt hob gebieterisch die Hand, um weiterzusprechen. »Ja, die beiden waren gottverfluchte Sodomiten! Gut möglich also, dass der Herr oder einer seiner Engel die zwei Ketzer mit heiligem Feuer bestraft hat.«

»Ach, und den Novizen Coelestin hat der Herr dann wohl vorsorglich ertränkt?«, fuhr Simon entrüstet dazwischen.

»O Gott, nein. Was denkt Ihr!« Pater Benedikt blieb ruhig, ein leichtes Lächeln umspielte seine Lippen. Es machte ihm ganz offensichtlich Spaß, den ungläubigen Bader öffentlich vorzuführen. »Der arme Coelestin ist ganz schlicht von seinem Lehrmeister, Frater Johannes, umgebracht worden. Wahrscheinlich hat der Novize von Johannes' Plan erfahren, den Uhrmacher zu ermorden. Die zwei hatten ja, wie wir alle wissen, des Öfteren Streit. Johannes konnte es einfach nicht ertragen, dass Virgilius der bessere Wissenschaftler war. Also hat er Virgilius erschlagen und den Mitwisser Coelestin zuvor ertränkt.« Benedikt hob die Hand wie ein Lehrmeister am Stehpult, während die übrigen Mönche wie gebannt an seinen Lippen hingen. »Damit ist dieser Fall wohl geklärt«, schloss er mit lauter Stimme. »Am Ende gab es zwei Verbrechen. Vitalis und Laurentius haben sich der Sodomie hingegeben und sind von Gott selbst gerichtet worden. Der Novize Coelestin wie auch Virgilius hingegen starben nicht durch Zauberei, sondern allein durch die Hand eines verruchten Mörders.«

»Ein Mord, den Ihr nicht beweisen könnt«, warf Simon ein. »Die Leiche des Uhrmachers wurde schließlich nie entdeckt. Vielleicht lebt er ja noch?«

Nun war es der Prior, der lächelte. Pater Jeremias fuhr sich genüsslich über die Zunge, bevor er zum letzten Stoß ansetzte.

»Da muss ich Euch enttäuschen, werter Bader«, erwiderte er süffisant. »Virgilius' bedauernswerte Überreste sind mittlerweile aufgetaucht. Frater Johannes hatte sie in den Brunnen des Klosterfriedhofs geworfen, wo sie justament heute früh gefunden wurden.« Er machte eine einladende Geste in Richtung Ausgang. »Ihr könnt einen Blick darauf werfen, Meister Fronwieser. Pater Benedikt wird Euch gern begleiten. Wir sollten Gott jedenfalls dafür danken, dass dieser Fall nun endlich geklärt ist und das leidige Schnüffeln ein Ende hat.«

Andächtig schritt der Prior auf die Monstranz zu, verbeugte sich tief davor und trug sie schließlich mit erhobenen Händen zur Tür hinaus, wo die Reliquie mit lautem Jubel empfangen wurde.

Die Heiligen Drei Hostien kehrten zurück in den Schoß der Kirche.

Der Brunnen befand sich auf dem Friedhof gleich neben dem Kloster.

Simon dachte an seinen gestrigen Aufenthalt hier. Noch immer strahlte der Ort mit den verwitterten Steinkreuzen und efeubewachsenen Grabhügeln eine Ruhe aus, die im krassen Gegensatz zum lärmenden Treiben jenseits seiner Mauern stand. Warm und hell schien die Sonne auf die vielen Grabsteine mit ihren verblassten Schriften, zwischen den Wegen wuchs das Gras so dicht wie sonst nirgends in der Gegend.

Es heißt, dass Knochen einen guten Dünger abgeben, dachte Simon. *Wie viele Mönche mögen hier in den letzten Jahrhunderten begraben worden sein?*

Sie hatten die Leiche gleich neben dem Brunnen ins Gras gelegt und ein Leintuch darüber gebreitet; Fliegen umschwirrten das Bündel, das so klein war, dass Simon darunter eher ein Kind als einen erwachsenen Mann vermutete. Als der Bibliothekar das Tuch mit spitzen Fingern zur Seite schlug, wusste der Medicus auch, warum.

Der Körper des Mannes vor ihm war am ganzen Leib schwärzlich verbrannt, die Gestalt verkrümmt und gleich einer ausgedörrten Zwetschge zusammengeschrumpelt. Das, was vom Mund noch übrig war, stand offen wie zu einem letzten Schrei, die Zähne dahinter schimmerten gelblich weiß. Pater Benedikt bückte sich und hob ein verkohltes Stück Holz hoch. Erst auf den zweiten Blick erkannte Simon, dass es sich um den einst elfenbeinverzierten Spazierstock von Virgilius handelte. Unter einer rußigen Schicht war der mittlerweile verformte Silberknauf noch immer zu erkennen.

»Das dürfte wohl Beweis genug sein«, sagte Benedikt und warf den Stock angewidert in die blühende Wiese. Die zwei Benediktiner, die ihn begleitet hatten, wichen erschrocken zur Seite. »Ich bin froh, dass wir diese grausigen Morde nun endlich aufgeklärt haben«, fuhr der Bibliothekar fort. »Die Leute brauchen also keine Angst mehr vor einem Golem in tiefen Verliesen, einem Automaten in der Klostergruft oder was auch immer zu haben. In seinem Hass auf den Kollegen hat Frater Johannes den Automaten samt dessen Erbauer einfach verbrannt und hier in den Brunnen geworfen. Lasst uns jetzt also wieder gehen und dem Toten seine letzte Ruhe gönnen.«

»Wer hat den Toten gefunden?«, fragte Simon.

Der Bibliothekar lächelte. »Es mag Euch erstaunen, aber es war der Abt selbst, der mit einem Bediensteten heute früh auf die Leiche stieß. Wollt Ihr seinen Fund etwa in Zweifel ziehen? Wohl kaum. Dann lasst uns jetzt endlich …«

»Einen Augenblick noch.« Simon beugte sich über die verkohlte Leiche und untersuchte sie oberflächlich. Leider waren die einzelnen Körperteile so verunstaltet, dass man nicht erkennen konnte, ob schon vor dem Tod eine Verletzung vorgelegen hatte. Das Gesicht glich dem eines grob geschnitzten, ins Feuer geworfenen Holzmännchens. Eine Ähnlichkeit mit dem lebenden Virgilius war nicht mehr festzustellen. Simon tastete die verkrümmten Arme ab, bis er an der rechten Hand doch noch eine Entdeckung machte.

An der Hand fehlte ein Finger.

Der Finger, den uns der Abt samt Ring vorgestern Nacht gezeigt hat!, dachte Simon. *Dann ist dies hier wirklich der Körper von Virgilius. Hat ihn Nepomuk am Ende doch umgebracht?*

Er stand auf und blickte in das lächelnde Gesicht Pater Benedikts.

»Ihr wusstet, dass die Monstranz schon vor ein paar Tagen gestohlen wurde, nicht wahr?«, fragte der Bibliothekar Simon. »Vermutlich hat es Euch Abt Maurus erzählt, der alte Narr. War es so?« Als Simon schwieg, schüttelte der Mönch den Kopf. »Was hat er sich nur dabei gedacht! Wir wären in Teufels Küche gekommen, wenn sich das herumgesprochen hätte. Nun, letzten Endes fügt sich nun alles zum Guten. Die Monstranz ist wieder da, und das Fest kann morgen beginnen.«

»Glaubt Ihr allen Ernstes, dass Pater Laurentius die Reliquie gestohlen hat?«, fragte Simon.

Pater Benedikt zuckte mit den Schultern. »Wer weiß? Aber ist das nicht eigentlich egal, jetzt, nachdem sie wieder aufgetaucht ist? Wen kümmert es da noch, wer wirklich der Dieb war. Hauptsache, das Volk hat einen Schuldigen.« Er hob streng den Finger. »Davon abgesehen war es unter den Mönchen ein offenes Geheimnis, dass Laurentius ein Sodomit war. Er hat also nur seine gerechte Strafe bekommen.«

Simon sah den alten Mönch argwöhnisch an. Offensichtlich wusste Pater Benedikt wirklich nicht, dass es der Abt selbst gewesen war, der die Monstranz mit den Hostien gestohlen hatte. Und auch von der Entführung von dessen Bruder Virgilius schien Pater Benedikt keine Ahnung zu haben. Oder war das alles hier nur gespielt? War am Ende der Bibliothekar selbst der Hexer, der den Uhrmacher entführt und getötet hatte, um an die Hostien zu gelangen?

Plötzlich hatte Simon eine Idee. Er verfluchte sich, dass er nicht schon vorher darauf gekommen war. Vielleicht ließ sich so in Erfahrung bringen, ob Pater Benedikt mehr wusste, als er zugab.

»Habt Ihr eigentlich in den Behältern der Monstranz nachgesehen, ob die Hostien wirklich drinnen sind?«, fragte der Medicus neugierig.

Pater Benedikt zuckte nicht einmal mit der Wimper. »Wir werden das zu gegebener Zeit selbstverständlich tun«, sagte er tonlos. »Aber geht davon aus, dass sie noch an ihrem Platz sind. Die Dosen sind versiegelt.«

»Siegelwachs lässt sich fälschen«, entgegnete Simon.

Der Bibliothekar schnaubte durch die Nase. »Ihr habt eine

blühende Phantasie, Herr Bader. Und nun entschuldigt mich. Ich habe eine weitere Messe vorzubereiten. Es wird ein großer Dankgottesdienst zu Ehren der Rückkehr unserer Heiligen Drei Hostien werden. Ihr seid recht herzlich dazu eingeladen.«

Er wandte sich ab und ging mit hoch erhobenem Kopf von dannen – ein kleiner Greis, der jedoch eine unnahbare Autorität ausstrahlte, genährt vom jahrzehntelangen Studium der Bücher. Die bislang schweigend am Rand stehenden Mönche hoben das Tuch mit Virgilius' Leiche auf; der verbrannte Körper schien so leicht zu sein wie eine Kindermumie. Leise betend trugen die Benediktiner Virgilius' Überreste hinüber zur Aufbahrungshalle, die am Rande des Friedhofs stand.

Sie würden keinen allzu großen Sarg benötigen.

Weihrauch waberte wie Nebel empor zur Kirchendecke; der Chor der Gläubigen fiel ein in die klagende Melodie der Orgel, und der ganze Raum schien plötzlich zu beben.

Von seinem Platz aus beobachtete der Hexer die vielen Wallfahrer, die wie blökende Schafe ihre Münder immer wieder auf- und zumachten. Auf und zu, auf und zu … Erstaunlich, dass so viel bäurische Tumbheit, so viel engstirniges, einfaches Leben eine derartige Energie erzeugen konnte. Der Hexer spürte förmlich, wie der Glaube wie eine von Blitzen durchzuckte Gewitterwolke durch die Kirche zog. So viel Kraft, die sich bündelte in schlichtem Backwerk, drei uralten, zerbröckelten Oblaten aus Wasser und Mehl.

Die Heiligen Drei Hostien.

Endlich waren sie in seinem Besitz! Sein Plan war aufgegangen, wenn auch nicht ganz so perfekt wie erwartet. Aber all die Toten auf seinem Weg hin zur Vollendung waren notwendig gewesen. Was zählte, war allein das Ergebnis seiner Mühen.

Während die tiefen Bässe der Orgel durch die Kirche dröhnten, sah der Hexer noch einmal das Feuer brennen, hörte wieder die Schreie und das Betteln der Sterbenden. Erstaunt stellte er fest, dass ihr Tod ihn mit Bedauern erfüllte. Vor allem, da sie teils unter großen Schmerzen gestorben waren. Ihr inständiges Flehen hatte beinahe Mitleid in ihm erregt.

Aber eben nur beinahe.

Was waren schon ein paar Tote angesichts dessen, was er vorhatte! Der Mensch konnte Gott sein, alles, was er dazu brauchte, war der Glaube – und der war hier in Andechs so stark wie vermutlich sonst nur in Altötting, im Petersdom zu Rom oder in Santiago de Compostela. Das Zentrum dieses Glaubens hier auf dem Heiligen Berg waren die Hostien.

Gemeinsam mit den vielen Umstehenden sprach der Hexer das Kyrieeleison und spürte, wie er selbst vom Glauben übermannt wurde.

Mea culpa, mea culpa, mea maxima culpa … Kyrie eleison …

Ja, auch er hatte gesündigt. Tränen traten ihm in die Augen, als er an *sie* dachte. So lange war sie schon aus seinem Leben verschwunden, und doch glaubte er an sie – und dieser Glaube würde sie wieder lebendig werden lassen.

Wenn da nur nicht diese verfluchten Schongauer Schnüffler wären!

Der Hexer schloss seine Hand so fest um das Gebetsbuch, dass die Knöchel weiß hervortraten. Sie waren ihm dicht auf den Fersen, er spürte das, und sein Gehilfe versorgte ihn obendrein jeden Tag mit neuen Schreckensmeldungen. Offenbar standen sie kurz davor, das Geheimnis zu lüften! Er hatte seinem Gehilfen einen klaren Auftrag erteilt, doch dieser fand immer neue Ausreden, ihn nicht zu erfüllen. War er zu feige oder einfach zu weichherzig? Nun, er würde sich nach dieser Angelegenheit nach einem verlässlicheren Diener umsehen müssen. Doch bis dahin brauchte er ihn noch.

Nicht mehr lange, er wartete nur noch darauf, dass die Bedingungen günstig waren. Schon einmal war er kurz vor dem Ziel gewesen, aber dann war das Ersehnte nicht eingetreten. Doch er spürte, dass es nicht mehr lange dauern konnte. Bis dahin musste er sich noch gedulden.

Noch einmal schwang sich die Orgel hinauf in die höchsten Höhen, so laut, dass es fast ohrenbetäubend war. Der schrille Klang hielt an, und für einen kurzen Augenblick glaubte der Hexer, die Schreie der Sterbenden darin zu hören. Sie riefen ihn, sie klagten ihn an, sie deuteten mit spitzen Fingern auf ihn.

Doch dann brach der Klang der Orgel abrupt ab, der Weihrauch verzog sich, und die Gläubigen erhoben sich von ihren Bänken, um in den Gaststuben der umliegenden Dörfer zu fressen, zu saufen und zu huren. Der Glaube verpuffte, und übrig blieb nichts weiter als ein leeres steinernes Gebäude. Nur Stein und Fels und Holz, nichts Göttliches war mehr darin zu spüren.

Der Hexer erhob sich, schlug ein Kreuz und trat mit den übrigen Pilgern und Mönchen durch das schmale Kirchenportal.

Noch immer das Bild der verkohlten Leiche vor Augen, machte sich Simon auf den Weg zurück ins Hospital. Lachend und lärmend kamen ihm die Wallfahrer aus der Kirche entgegen, doch er nahm sie nur als Schemen wahr. Die Erlebnisse der letzten Stunden ließen ihn grübeln. Gern hätte er darüber mit seinem Schwiegervater gesprochen, doch der war seit gestern Mittag verschwunden. Nicht dass sich Simon sonderliche Sorgen machte. Es kam öfter vor, dass der Alte über Nacht zum Kräutersammeln im Wald verschwand. Allerdings nicht in einem Wald, in dem möglicherweise ein Wahnsinniger sein Unwesen trieb.

Dass dieser Verrückte noch immer unterwegs war, darüber gab es für Simon keinen Zweifel. Pater Benedikts pathetische Worte von Gottes heiligem Zorn hielt er für blanken Unsinn. Aber wie und wo in aller Welt war Pater Laurentius an die gestohlene Monstranz gekommen? Und was hatte es mit diesem Automaten auf sich? Der Medicus beschleunigte seinen Schritt. Vielleicht war der Novizenmeister ja mittlerweile in einem Zustand, der es ihm erlaubte, wenigstens einige Worte zu sprechen.

Als Simon das Hospital hinter dem Kloster betrat, sah er sich zunächst nach Jakob Schreevogl um. Jetzt, da er selbst sich wohl hauptsächlich um den kranken Grafensohn kümmern musste, war der Patrizier für ihn zu einer nicht mehr wegzudenkenden Hilfe geworden. Doch dann fiel ihm ein, dass Schreevogl beim Grafen war.

Dafür erblickte Simon einen anderen Mann.

Eine riesige Gestalt beugte sich soeben über Laurentius. Sie stand mit dem Rücken zu Simon, und es sah ganz danach aus, als wollte sie den Verletzten mit ihren gewaltigen Pranken erwürgen. Der Medicus rannte auf den Unbekannten zu und riss ihn an der Schulter herum.

»In Gottes Namen, sofort ...«, rief er. Doch dann hielt er sich erschrocken die Hand vor den Mund.

»Um Himmels willen, Kuisl!«, keuchte er. »Ihr seid's! Wo habt Ihr nur die ganze Zeit gesteckt? Ihr habt mir einen Heidenschrecken eingejagt.«

»Du mir auch.« Der Henker funkelte seinen Schwiegersohn zornig an. »Dachte schon, du bist einer der verfluchten Wachleute. Seit wann ist es einem Scharfrichter und Heiler denn verboten, sich einen Verletzten anzusehen?« Er warf einen mitleidigen Blick auf den ohnmächtigen Novizenmeister. »Wobei der hier nicht so ausschaut, als wäre ihm noch groß zu helfen. Nicht mal von mir.«

Erst jetzt bemerkte Simon, dass Jakob Kuisl nicht die Franziskanerkutte trug, sondern sein eigenes Gewand. »Haltet Ihr es nicht für gefährlich, hier so herumzulaufen?«, flüsterte er und deutete in den rückwärtigen Teil des Raums. »Dort hinten liegen auch ein paar Schongauer, die könnten Euch erkennen. Wenn die Kirche erfährt, dass ein ehrloser Henker ...«

Kuisl unterbrach ihn mit einer unwirschen Handbewegung. »Scheiß auf die Kutte«, brummte er. »In der werd ich mittlerweile ohnehin gesucht.«

»Ihr werdet *was*?«

»Vielleicht erzählst du mir lieber zunächst, was der Novizenmeister bei dir macht und warum draußen alle Welt von einem Wunder faselt«, erwiderte der Henker. »Wer weiß, vielleicht ergeben deine und meine Geschichte ja ein Ganzes.«

»Meinetwegen. Aber lasst uns dafür in eine der hinteren Ecken gehen.« Simon senkte die Stimme. »Die meisten der Patienten sind zwar zu schwach, um überhaupt etwas mitzubekommen. Aber man weiß ja nie.«

Sie begaben sich in eine stille Ecke des Gewölbes, wo einige schimmlige Kisten und Fässer gestapelt waren. Während er sich immer wieder nach den dösenden Kranken umsah, berichtete Simon in kurzen geflüsterten Worten von dem Fund des verletzten Novizenmeisters und der Monstranz. Auch dass die verkohlte Leiche von Virgilius in einem klösterlichen Brunnen aufgetaucht war, erzählte er. Der Henker hörte schweigend zu und stopfte sich dabei eine Pfeife. Als er sie endlich mit einem brennenden Kienspan entzündet hatte, deutete er mit dem Stiel auf den ohnmächtigen Laurentius.

»Der hier ist nebenbei auch der Grund, warum ich seit gestern Mittag nicht mehr aufgetaucht bin. Hielt es für das Beste, erst mal im Wald zu verschwinden.« Er nahm einen tiefen Zug und erzählte Simon von dem Gespräch zwischen Pater Benedikt und Laurentius, das er belauscht hatte, und seiner überstürzten Flucht. Dabei erwähnte er auch die Liebesbriefe, die er in der Truhe des Novizenmeisters gefunden hatte, und den alten Plan, den der Bibliothekar seit ein paar Tagen vermisste.

»Was auch immer es damit auf sich hat – in Zukunft wirst du wohl ohne mich herumschnüffeln müssen«, brummte Kuisl schließlich. »Mir ist's nur recht. Die Kutte hat sowieso gestunken wie ein einziger gewaltiger Pfaffenfurz.«

»Verflucht!«, zischte Simon. »Dabei scheinen wir der Lösung so nah zu sein! So wie es aussieht, hat in diesem Kloster wirklich jeder Dreck am Stecken.« Er zählte an den Fingern auf. »Nepomuk und der tote Virgilius gingen irgendwelchen ketzerischen Ideen nach, der Abt stiehlt Hostien, wenn auch aus ehrenhaften Motiven; der Prior ist ein intriganter Ehrgeizling, der Novizenmeister ein Sodomit – und jetzt scheint auch noch der Bibliothekar irgendwas unten in den Klosterkellern zu verstecken.«

»Du vergisst den Cellerar, der ihm offenbar dabei geholfen hat«, warf Kuisl ein.

Simon rieb sich nachdenklich über die schweißnasse Stirn. »Was in Gottes Namen können die zwei dort unten nur versteckt haben? Und vor allem – wo ist das Versteck? Wenn ich Laurentius richtig verstanden habe, dann hat er in den Gängen auch diesen Automaten gesehen.«

»Was auch immer es ist, sie haben den Eingang vermauert. Und die Pläne, wie man dort hingelangt, sind ganz plötzlich auf rätselhafte Weise verschwunden.« Kuisl grinste. »Übrigens – bei der Aufzählung deiner Schurken und Scharlatane hast du diesen Wittelsbacher Grafen vergessen. Wir wissen immer noch nicht, welche Rolle der parfümierte Pudel bei der ganzen Sache spielt.«

Simon seufzte. »Zurzeit spielt Wartenberg jedenfalls recht überzeugend die Rolle des besorgten Vaters. Wenn ich seinen Sohn nicht bald heile, seh ich schwarz für mich.«

»Am wichtigsten ist zunächst, dass wir den hier zum Sprechen bringen.« Der Henker deutete auf Pater Laurentius, der röchelnd und mit flachem Atem auf seiner Bettstatt lag. »Er ist der Schlüssel zu allem. Wenn der gute Laurentius uns erzählen kann, woher die Monstranz stammt und wer ihm das angetan hat, dann ist das Geheimnis vermutlich gelüftet.« Er nahm einen weiteren tiefen Zug von der Pfeife und sah nachdenklich hinauf zur Decke. »Ich fürchte nur, dass gewisse Leute nicht wollen, dass er spricht.«

»Was soll das heißen?«, fragte Simon verwirrt.

»Was das heißen soll?« Kuisl lachte leise. »Wenn du der Mörder wärst und würdest erfahren, dass dein Opfer noch lebt – was würdest du wohl machen, hm?«

»O Gott!« Simons Gesicht wurde noch eine Spur weißer. »Ihr meint …«

»Ich meine, dass Laurentius' Leben keinen Fliegenschiss mehr wert ist, wenn keiner auf ihn aufpasst.« Kuisl stand auf und ging zum Ausgang. »Und ich fürchte, das musst du machen. Meine Verkleidung als Franziskaner kennen die Kirchenoberen jetzt, das wäre zu gefährlich. Und als Schongauer Scharfrichter kann ich mich auch schlecht neben ihn setzen.«

»Ich? Unmöglich!« Simon schüttelte verzweifelt den Kopf. »Ihr vergesst, dass ich mich bereits um den Sohn des Grafen kümmern muss. Und Magdalena schmollt ohnehin schon, weil ich mich bei den Kindern nicht mehr blicken lass!«

»Die kommen schon darüber hinweg. Außerdem …« Der Henker blieb in der Tür stehen und ließ sich die Sonne ins Gesicht scheinen. »Tagsüber wird der Hexer es ohnehin nicht wagen, hier zu erscheinen, dafür sind zu viele der Kranken wach. Wenn, dann schlägt er nachts zu. Du kannst dich also tagsüber ganz gemütlich um deinen kleinen Patienten kümmern und nachts neben dem Bett des Novizenmeisters Wache halten. Schmier seine Wunden mit einer Salbe aus Bärenfett, Ringelblumen und Kamille ein. Das dürfte noch am besten helfen.« Er hob die Hand zum Gruß. »Und nun gehabt Euch wohl, Herr Bader. Ich hab seit gestern Mittag nur ein paar Waldbeeren und Schwammerl gegessen.«

Simon wollte seinem Schwiegervater noch etwas zurufen, doch dieser war bereits hinter der nächsten Ecke verschwunden. Leise stöhnend setzte sich der Medicus auf den Rand des Bettes, in dem Laurentius lag, und blickte den Schwerverletzten müde an.

»Na wunderbar«, murmelte er. »Ringelblumen und Kamille ... So langsam brauche ich auch eine Arznei.«

Müde kramte er in seinem Beutel, ob sich vielleicht doch noch die eine oder andere Kaffeebohne darin befand. Er hatte immer einen kleinen Notvorrat dieser exotischen Früchte bei sich, die ihm halfen, die Müdigkeit zu bekämpfen und nachzudenken. Doch bedauernd musste Simon feststellen, dass er die letzten Bohnen bereits gestern gemahlen hatte. Dafür stieß er am Grunde seines Beutels auf etwas anderes. Es war ein kleiner Tontiegel, den er vor einigen Tagen aus dem Haus des Apothekers mitgenommen und in der Aufregung bislang übersehen hatte.

Das Jesuitenpulver.

Nachdenklich öffnete Simon den Deckel und blickte auf das gelbliche Pulver. Er wusste, dass die aus Übersee stammende Arznei bei Fieber wahre Wunder wirken konnte. Doch leider war die Dosis so gering, dass sie wohl nur für eine Anwendung reichte. Wohl auch deshalb hatte Simon nicht mehr daran gedacht. Nun rieben seine Finger in dem trockenen Staub, während er auf den schwer atmenden Novizenmeister starrte.

Sollte er Laurentius die Medizin verabreichen, damit dieser vor seinem Tod vielleicht noch einmal redete? Oder sollte er die Dosis lieber für den kranken Grafensohn aufheben? Simon dachte an den kleinen Buben, der fast im gleichen Alter war wie einer seiner eigenen Söhne. Er sah ihn vor sich, ein kleines zitterndes Bündel in dem viel zu großen gräflichen Himmelbett, die Wimpern flatternd wie die Flügel eines winzigen Vogels.

Nach einigen Sekunden hatte Simon seine Entscheidung getroffen. Er klappte den Deckel zu und steckte den Tiegel wieder ein.

Im Schatten der Stallmauer stand eine Gestalt und beobachtete, wie der Henker davonstapfte.

Der Mann im Versteck rieb sich nervös über die Knöchel und ließ sie einen nach dem anderen laut knacken. Was er soeben gehört hatte, würde seinen Meister interessieren. Er hatte dessen eigentlichen Auftrag noch immer nicht ausgeführt, etwas in ihm sträubte sich dagegen. Es fühlte sich einfach ... *falsch* an. Nun, vielleicht konnte er ihn mit dieser Nachricht milde stimmen. Doch er wusste, dass der Meister nicht nachgeben würde. Und hatte er nicht immer recht behalten? War er nicht immer um sein Wohlergehen besorgt gewesen? Hatte er ihm nicht versprochen, dass sich alles zum Guten wenden würde?

Der Mann atmete durch und schlug ein Kreuz. Der Meister hatte ihm erzählt, wie wichtig der Glaube war. Dass der Glaube auch ihn heilen könne. Bald schon wäre es so weit. Noch der eine Auftrag, und sie waren am Ziel.

Nach dem, was er gerade eben im Hospital belauscht hatte, glaubte er allerdings, dass es noch einen weiteren Auftrag geben würde. Was hatte der knurrige Riese gerade eben noch gesagt?

Ich meine, dass Laurentius' Leben keinen Fliegenschiss mehr wert ist …

Der Mann schüttelte nachdenklich den Kopf, dann schwang er sich über eine niedrige Mauer und war schon bald hinter den Ställen verschwunden.

Es war Zeit, dem Meister zu berichten.

Am frühen Abend saß Magdalena auf der Stubenbank im Haus des Schinders und sang ihre Kinder mit monotoner, weicher Stimme in den Schlaf.

»Pumpernickels Hänsle saß hinterm Ofen und schlief. Da brannten seine Hosn an, potztausend, wie er lief …«

Vom Heiligen Berg her drang Geschrei und aufgeregtes Rufen herüber, doch weder die Henkerstochter noch die zwei Buben ließen sich davon stören. Die beiden Kleinen lagen wohlig ausgestreckt auf dem Reisig neben dem Ofen und lauschten ihrer Mutter. Der größere Peter hatte zwar noch die Augen auf, doch sein Blick war bereits gläsern; der kleine Paul döste, den Daumen im Mund, an dem er im Traum ausgiebig nuckelte.

Liebevoll sah die Henkerstochter ihre Buben an. Von was mochten sie wohl träumen? Hoffentlich von etwas Schönem, von blühenden Wiesen, Schmetterlingen, vielleicht von dem wunderlichen Klostergarten, den sie gestern gesehen hatten.

Vielleicht von ihrem Vater?

Magdalenas Blick verdüsterte sich, als sie an Simon dachte. Seit gestern hatte sie nur das Notwendigste mit ihm gesprochen. Doch ihm schien das nicht mal aufzufallen! Es war immer das Gleiche – wenn ihr Mann bei seinen Patienten war, war er für sie und die Kinder nicht mehr erreichbar. Dabei verlangte sie gar nicht, dass Simon den ganzen Tag mit ihnen zubrachte, und sie sah auch ein, dass die schwierigen Umstände hier in Andechs ihn über die Maßen forderten. Was ihr fehlte, war wenigstens ein liebevoller Blick, ein kurzes neckisches Wort zu seinen Kindern oder dass er sie einmal kurz in den Arm nahm. Aber Simon war wie in einer anderen Welt, zu der ihr der Schlüssel fehlte.

Also hatte Magdalena den gestrigen und auch den heutigen Tag allein mit den Buben zugebracht, war mit ihnen durch den Ort gestromert und hatte sie Stöckchen in einen nahen Bach werfen lassen – wobei sie immer darauf geachtet hatte, sich nicht zu weit von anderen Menschen zu entfernen. Die Angst vor dem Hexer und diesem Automaten hielt sie nach wie vor im Griff.

Die Tür knarrte, und Matthias betrat den Raum. Draußen konnte Magdalena das Quietschen des Schinderkarrens hören, offenbar hatte Michael Graetz von einem der Bauern einen neuen Kadaver bekommen.

Als der stumme Geselle sie sah, lächelte er und hob schüchtern die Hand zum Gruß. Magdalena lächelte zurück. Sie hatte sich an die Anwesenheit des rotblonden Hünen gewöhnt. Mehr noch – auch wenn er nicht sprach, mochte sie es, ihn um sich zu haben. Er war liebevoll zu den Kindern und brachte sie alle drei mit seinen Grimassen zum Lachen. Leise, um die Buben nicht zu wecken, ging Matthias zum Tisch und schenkte sich aus einem Krug einen Becher Wasser ein, den er in gierigen Zügen austrank.

»Verdammt noch mal, wo hast du Taugenichts nur gesteckt?«

Es war die Stimme von Michael Graetz, der mittlerweile die Stube betreten hatte. Die Arme verschränkt vor einer blutbefleckten Schürze, an der ein Messer baumelte, funkelte der kleingewachsene Schinder wütend seinen Gesellen an, der ihn um fast zwei Köpfe überragte.

»Dem Kinshofer verreckt ein Rind, und ich kann die ganze Drecksarbeit alleine machen, während der vornehme Herr verträumt durch die Wälder spaziert! Wenn ich dich noch einmal ...«

Erst jetzt sah Michael Graetz Magdalena und die beiden schlafenden Kinder. Ein wenig leiser fuhr er fort: »Geh gefälligst raus und verbrenn das Gekröse hinterm Haus! Die Haut hab ich bereits abgezogen. Nun lauf schon, du nichtsnutziger Faulpelz, bevor ich dir selbst das Fell gerbe!«

Matthias machte sich klein, so als erwarte er Schläge. Sein Mund verzog sich zu einem Wimmern.

»Ist schon gut«, brummte der Schinder, nun ein wenig ruhiger. »Mach einfach, was ich dir sag. Und das nächste Mal schreib mir eine Nachricht, wenn du gehst.«

Als der stumme Geselle die Stube verlassen hatte, sah Magdalena den Schinder fragend an.

»Er kann schreiben? Matthias kann schreiben?«

Michael Graetz grinste. »Wer nicht sprechen kann, muss sich eben auf andere Art verständlich machen. Weiß der Teufel, wer ihm das beigebracht hat. Vermutlich die Mönche, mit denen er sich immer herumtreibt.« Mit einem Zipfel seiner blutigen Schürze wischte er sich den Schweiß von der Stirn. »Mein Vater hat mich auch ein wenig das Schreiben gelehrt«, murmelte er. »Aber der Matthias ist verflucht noch mal schlauer, als er ausschaut. Der kann dir die vier Evangelien runterschreiben, als wären's Kochrezepte.«

»Du hast mir mal erzählt, kroatische Söldner hätten ihm als kleinem Bub die Zunge herausgeschnitten. Ist das wirklich wahr?«

Graetz nickte. »So wahr, wie ich hier stehe. Die Mutter haben sie vergewaltigt und getötet, den Vater vor seinen Augen gehängt. Drüben auf dem Erlinger Galgenbichl war das, das halbe Dorf hat zusehen müssen. Das sollte für die anderen Bauern eine Warnung sein. Ein Wunder, dass der Junge nicht den Verstand verloren hat. Er ist seit seinem zwölften Lebensjahr bei mir, kein anderer wollte ihn haben. Durch die Wälder ist er gestromert, bis ich mich seiner angenommen hab.« Er lachte leise. »Ein ehrloser dreckiger Schinder, da passt ein solches stummes Menschenvieh wie er am besten hin!«

Magdalena sah ihn zornig an. »Sag so etwas nicht. Von meinen Kindern soll später jedenfalls keiner behaupten können, dass sie ehrlos und dreckig sind.«

Michael Graetz griff sich einen Kanten Brot, der auf dem Tisch lag, und biss hinein. »Was willst du schon dagegen machen, Henkerstochter?«, sagte er mit vollem Mund. »Bischof wird dein Peter jedenfalls nicht, auch wenn er noch so schöne Augen hat!« Er verschluckte sich kurz vor Lachen. »Vielleicht schickst du ihn ja mal zu mir in die Lehre.«

»Du wirst schon noch sehen, Graetz!«, zischte Magdalena. »Aus meinen Buben wird was. So wahr ich Kuisl heiße!«

»Glaub mir, meine Liebe«, sagte der Schinder spöttisch und zog den Krug Wasser zu sich heran. »Aus den Kuisls und Graetzens wird nichts. Nie. Nicht in dreihundert Jahren.«

In diesem Augenblick klopfte es so laut an der Tür, als würde jemand mit aller Macht dagegentreten.

»Aufmachen!«, erklang eine zornige Stimme, die Magdalena irgendwie vertraut vorkam. »Im Namen des Klosters sofort aufmachen! Bevor ich diesen stinkenden Schweinestall niederreißen lasse.«

»Himmelherrgott, ist ja schon gut!« Der kleine Schinder eilte zur Tür und drückte die Klinke. Sofort stürmten zwei grün gewandete Jäger hinein. Magdalena bemerkte, dass es die Gleichen waren, die vor einigen Tagen den vermeintlichen Hexer Nepomuk in der Käserei bewacht hatten. Sie waren mit Lanzen bewaffnet, an ihren Gürteln hingen kleine Armbrüste. Hinter ihnen betraten ein geckenhaft gekleideter Jüngling und ein schmerbäuchiger älterer Mann die Schinderstube. Beide kannte die Henkerstochter nur allzu gut.

Es waren der Schongauer Bürgermeister Karl Semer und sein Sohn Sebastian.

Mit schmalen Augen sah der alte Semer sich in dem kärglichen Raum um, bevor er endlich das Wort ergriff. »Wo ist er?«

»Wo ist wer?« Magdalena war tatsächlich ratlos. »Ich weiß nicht, von wem Ihr sprecht.«

»Dein Vater, du dumme Gans!« Karl Semer kam jetzt ganz nah an Magdalena heran und musterte sie feindselig. »Meinst du, ich weiß nicht, was hier gespielt wird? Aus dem Kloster ist gestern ein Unbekannter geflohen, der sich als Franziskaner hier eingeschlichen hat. Ein Schnüffler! Vermutlich hat er sogar Unterlagen gestohlen. Der Prior hat mir alles haargenau erzählt.« Er kam noch ein Stück näher, so dass Magdalena seinen säuerlichen Schweiß riechen konnte. »Und weißt du, was der Prior mir noch erzählt hat, hä? Dieser falsche Franziskaner war über sechs Fuß groß, ein Bär mit einer Hakennase, wie es keine zweite im Pfaffenwinkel gibt. Ich weiß ganz genau, dass dein Vater dahintersteckt! Also gib's schon zu!«

Magdalena versuchte nach außen hin ruhig zu erscheinen, doch in ihr brodelte es. Sie hatte ihren Vater seit dem gestrigen Vormittag nicht mehr gesehen. Offenbar war er beim Durchsuchen des Klosters beinahe geschnappt worden! Sie konnte nur hoffen, dass ihm nichts zugestoßen war.

»Schmarren«, erwiderte sie kühl. »Was sollte mein Vater denn hier in Andechs verloren haben. Vielleicht auf Wallfahrt gehen? Ein Scharfrichter?« Sie sah Semer spöttisch an; im gleichen Moment hoffte sie, dass Michael Graetz sie nicht verriet. Doch dieser verharrte nur stumm mit verschränkten Armen in einer Ecke der Stube.

»Ha, Henkerstochter, du lügst, wenn du deine Gosch'n aufmachst!«, zischte der Schongauer Bürgermeister. Sein Sohn daneben lächelte schmal. Magdalena spürte, wie er sie mit seinen Blicken abtastete.

»Dein eigener Mann hat doch den Kuisl angekündigt!«, fuhr Karl Semer fort. »In der Gaststube hat er vor ein paar Tagen damit geprahlt, dass sein Schwiegervater in Andechs nach dem Rechten sehen wird.«

»Dann hat mein Vater es sich eben anders überlegt. Hier ist er jedenfalls nicht. Ihr zwei könnt gern unter der Bank nachschauen.« Magdalena wandte sich ihren Kindern zu, die mittlerweile aufgewacht waren und zu weinen begonnen hatten. »Und nun gehabt Euch wohl. Wie Ihr seht, hab ich Besseres zu tun, als mich mit Gerüchten herumzuschlagen.«

Die beiden Jäger standen noch immer mit ihren Lanzen in der Türöffnung, schauten aber jetzt unsicher. Offenbar hatte ihnen der alte Semer versprochen, sie könnten den gesuchten falschen Mönch im Schinderhaus festnehmen und eine satte Belohnung kassieren. Doch alles, was sie vorgefunden hatten, waren eine vorlaute Frau mit zwei schreienden Bälgern und ein grimmig dreinschauender Schinder in seiner blutigen Schürze.

»Was soll das, Alois?«, knurrte Michael Graetz. Offensichtlich kannte er einen der Jäger. »Ist das eine Art, einfach in das Haus eines braven Mannes einzudringen und wilde Verdächtigungen hinauszuposaunen?«

»Tut mir leid, Michael, aber …«, begann der Angesprochene, doch Karl Semer fuhr dazwischen.

»Das hier ist kein Haus, sondern ein stinkender Schweinestall!«, rief er. »Und von einem schmutzigen Schinder lass ich mir ohnehin keine Vorhaltungen machen. Vor allem dann nicht, wenn er lügt! Der Kuisl war hier, keine Frage! Vermutlich werden wir hier irgendwo auch diese verfluchte Franziskanerkutte finden.«

Der junge Semer war in der Zwischenzeit durch die Stube geschlendert und hatte hier und dort mit spitzen Fingern etwas emporgehoben. Sichtlich angewidert durchstreifte er den

Raum und blieb schließlich vor dem Fensterbrett stehen, auf dem sich ein kleiner lederner Beutel befand, der ihm offensichtlich bekannt vorkam. Er stülpte ihn um. Winzige Reste von Tabak fielen zu Boden.

»Ha, und was ist das hier?«, krähte Sebastian Semer triumphierend. »Ich kenne jedenfalls nur einen, der dieses stinkende Kraut raucht, und das ist der Schongauer Henker!«

»Dann täuscht Ihr Euch aber gewaltig«, erwiderte Magdalena, ohne mit der Wimper zu zucken. »Auch ich lasse mir gern mal ein Pfeifchen schmecken. Ist gut für die Verdauung, junger Ratsherr. Solltet Ihr auch einmal versuchen. Dann würdet Ihr Euch nicht immer so aufblasen.«

»Du? Eine Frau?« Sebastian Semer brauchte eine Weile, um wieder den Faden zu finden. »Das … das ist eine infame Lüge!«

»Ich kann es bezeugen«, erwiderte der Schinder ruhig von seiner Ecke aus. »Sie raucht wie ein säbelrasselnder Sarazene.«

»Dann … dann lügst du ebenso. Ich werde …«

»Ich lüge?« Nun wurde auch Graetzens Stimme lauter. Das war schon deshalb nötig, um sich gegen das immer gellendere Schreien der Kinder Verhör zu verschaffen. Trotz seiner eher zierlichen Gestalt baute der Schinder sich nun vor dem verunsicherten Jüngling auf; seine Hand fuhr zum Messer, das am Schürzenband steckte. »Auch wenn ich ein dreckiger Schinder bin, hab ich trotzdem meinen Anstand!«, krakeelte er. »Ihr nennt mich nicht einen Lügner. Ihr nicht! Wer seid Ihr überhaupt?«

»Äh, das ist der Sohn des Schongauer Bürgermeisters«, versuchte Magdalena ihn zu beruhigen, während sie gleichzeitig die zwei greinenden Buben auf dem Arm schaukelte. »Ich bin sicher, alles wird sich aufklären.«

»Dann soll der Sohn des Schongauer Bürgermeisters dahin

gehen, wo er hergekommen ist«, brummte Graetz, nur wenig besänftigt. »Hier ist er jedenfalls nicht mehr erwünscht.«

Mit offenem Mund und leicht zitternd, wandte sich Sebastian Semer an seinen Vater. »Vater, hast du gehört, was dieser …«

Karl Semer wiegelte mit einer unwirschen Handbewegung ab. Er schien kurz davor zu explodieren, doch er bewahrte die Fassung.

»Nun gut, wir gehen, Henkerstochter«, sagte er leise. »Aber sei dir sicher, wenn ich deinen Vater irgendwo in Andechs finden sollte, dann lass ich ihn festnehmen und verhören. Wegen Verdachts auf Einbruch in ein Kloster und wegen Blasphemie. Und dann wollen wir doch mal sehen, wer störrischer ist – der Schongauer oder der Weilheimer Scharfrichter. Wie ich gehört habe, soll dieser Meister Hans ein harter Hund sein. Er wird sich mit Freuden eines Kollegen annehmen, der als falscher Franziskaner sein Unwesen treibt.« Karl Semers Augen wurden zu schmalen Schlitzen. »Wer weiß, vielleicht hat dein Vater ja sogar etwas mit der Leiche des Uhrmachers zu tun, die man heute früh aus dem Klosterbrunnen gefischt hat.«

Magdalena sah ihn verständnislos an. »Virgilius' Leiche ist aufgetaucht? Aber …«

Der Bürgermeister schmunzelte. Es tat ihm offensichtlich gut, die so selbstbewusste junge Frau vor ihm endlich ein wenig verunsichert zu sehen.

»So ist es. Offenbar hat ihn dieser verruchte Apotheker verbrannt und dort hineingeworfen. Der Prior, der wohl auch bald der neue Abt sein wird, hat es mir soeben selbst erzählt. Der Fall ist also geklärt.« Semer lächelte maliziös. »Dein Vater hat ganz umsonst herumgeschnüffelt. Dieser Apotheker wird als Mörder in Weilheim verbrannt, und wir alle können schon bald wieder unseren Geschäften nachgehen.« Er machte eine angedeutete Verbeugung. »Und nun muss ich mich wirklich verabschieden. Bevor mir von dem Gestank hier drin noch übel wird.« Karl Semer rümpfte die Nase, dann winkte er seinem Sohn, der bebend vor Zorn neben ihm stand. »Komm schon, Sebastian. Das ist kein Ort für unsereins.«

Erhobenen Hauptes verließen die Semers gemeinsam mit den zwei ratlosen Jägern das Schinderhaus. Magdalena und Michael Graetz sahen ihnen schweigend nach.

»Ich fürchte, du bist mir eine Erklärung schuldig«, sagte der Schinder, als die Schritte der Wachen endlich verklungen waren. »Warum ist dein Vater nicht da, wenn er doch da ist? Und was hat es mit diesem falschen Franziskaner auf sich? Ich erinnere mich, dass ich tatsächlich mal eine solche Gestalt bei uns im Haus gesehen hab.« Er zwinkerte Magdalena zu. »Nicht dass ich diese zwei aufgeblasenen Pfeffersäcke ungern angelogen hab, schon allein, weil sie unsere Familie beleidigt haben. Aber ich wüsste doch gern, warum dieser Prahlhans so außer sich war.«

»Das ... das ist eine lange Geschichte«, seufzte Magdalena. »Lass mich erst einmal die Kinder wieder hinlegen. Dann kann ich dir vielleicht das eine oder andere erzählen. So wie es ausschaut, war nun ohnehin alles umsonst. Jetzt, da Virgilius tot ist, können wir auch nicht mehr auf die Hilfe des Abts zählen. Nepomuk wird wohl brennen.«

Nachdem sie die zwei Buben hinüber in die Kammer gebracht und ihnen noch ein Schlaflied vorgesungen hatte, kam sie hinüber in die Stube und setzte sich neben den Schinder an den Tisch.

»Also ...«, begann sie zögernd. »Wo fang ich an?«

»Am besten bei deinem Vater«, sagte Michael Graetz. »Was in aller Welt hat der störrische Hammel denn nun schon wieder ausgeheckt?«

Weder Magdalena noch Graetz bemerkten, dass sie von

draußen belauscht wurden. Als der Mann genug gehört hatte, schlich er leise durch die Weißdornbüsche davon.

Mit klopfendem Herzen betrat Simon die Räume des Fürstentrakts im oberen Stockwerk des Klosters.

Der Patrizier Jakob Schreevogl war vor einer halben Stunde wieder im Hospital aufgetaucht, um Simon mitzuteilen, der Zustand des Wittelsbacher Grafensohns habe sich bedrohlich verschlechtert. Der Medicus hatte noch bei einigen seiner Patienten nach dem Rechten gesehen und war dann davongeeilt – nicht ohne Schreevogl einzuschärfen, dass er den immer noch ohnmächtigen Novizenmeister nicht aus den Augen lassen sollte. Verwundert hatte der Ratsherr genickt und sich dann mit einem feuchten Lappen über Laurentius gebeugt, um dessen Brandwunden zu waschen.

Als Simon nun das Krankenzimmer der gräflichen Familie betrat, merkte er sofort, dass höchste Eile geboten war. Der Junge war leichenblass, stöhnend warf er sich im Schlaf von der einen auf die andere Seite. Simon fühlte nach der Stirn des Vierjährigen, die glutheiß war; sein Pulsschlag raste wie ein zu schnell aufgezogenes Uhrwerk. Auf der Kante des von einem Baldachin überspannten Himmelbetts saßen der Graf und seine junge Gattin, die ganz offensichtlich geweint hatte. Ihre Augen waren gerötet, die Tusche verschmiert. Für den Besuch am Krankenbett trug sie ein enganliegendes Seidenkleid mit Pelzborten, was Simon angesichts ihres todkranken Sohnes als unpassend empfand. Ebenso wie ihr Mann schien sie eine Vorliebe für zu viel Parfum zu haben.

»Himmelherrgott, so tu Er doch etwas!«, rief die Gräfin Simon zu, der noch immer den Puls seines jungen Patienten fühlte. »Gebt ihm Medizin, lasst ihn meinetwegen zur Ader! Die Hand meines Kinds kann ich selbst halten, dafür brauch ich keinen Arzt!«

»Euer Exzellenz, ich fühle nur nach seinem Herzschlag«, versuchte Simon die aufgebrachte Frau zu beruhigen.

»An der Hand? Wie soll das gehen?«

»Josephine, lass den Mann seine Arbeit tun«, mahnte der Graf. »Er ist mir von einem der Schongauer Ratsherren empfohlen worden.«

»Dieser Dicke, mit dem du Geschäfte machst?«

»Nein, ein anderer. Ich habe jedenfalls einen guten Eindruck von ihm. Ich glaube, der Bader versteht etwas von seinem Beruf. Vielleicht mehr als unsere sündteuren Münchner Doktoren.« Der Graf musterte Simon kurz mit drohendem Blick. »Außerdem weiß er, was ihm blüht, sollte er versagen.«

Die Gräfin rieb sich ihre verheulten Augen. »Du ... du hast ja recht, Leopold«, seufzte sie. »Es ist nur ... Dieses tatenlose Warten bringt mich noch um den Verstand.« Simon betrachtete sie aus den Augenwinkeln und bezweifelte, ob sie je viel davon besessen hatte.

»Und?«, fragte Wartenberg befehlsgewohnt. »Gibt es noch Hoffnung, Bader? Sei Er ehrlich, ich bitte Ihn.«

Die Überlebenschancen Eures Sohns sind so gering, dass eine einzelne Wallfahrt vermutlich nicht ausreicht, dachte Simon verzweifelt. *Aber das werd ich Euch kaum auf die Nase binden, weil Ihr dann schon nach dem passenden Strick für mich sucht.*

»Wir müssen jetzt vor allem das Fieber senken«, sagte er stattdessen. »Ich habe in der Klosterapotheke vor ein paar Tagen ein wenig Jesuitenpulver gefunden. Es ist sehr selten und teuer. Ich werde es Eurem Sohn verabreichen.«

»Jesuitenpulver?«, fragte die Gräfin entsetzt. »Was für ein Teufelszeug ist das denn?«

»Es ist die Rinde eines Baumes, der in Westindien wächst, Exzellenz. Es hat dort drüben eine Gräfin vom Fieber geheilt, und es sollte auch bei Eurem Sohn helfen.«

»Eine Gräfin?« Wartenbergs Gemahlin kaute an ihren bemalten Lippen. »Nun gut, dann soll Er mit diesem ... äh, Zeugs fortfahren.«

Simon holte aus seinem Arzneibeutel den Tiegel mit dem unscheinbaren gelben Staub. Vorsichtig schüttete er das Pulver in eine kleine Phiole, vermischte es mit Wein und träufelte es schließlich dem Knaben in den Mund. Insgeheim war er froh, dass er das Pulver während der letzten Tage beinahe vergessen und nicht längst schon verwendet hatte. Nun schien der geeignete Augenblick gekommen. Die winzige Dosis mochte für ein Kind gerade ausreichen.

»Mit Gottes Segen sollte das Fieber heruntergehen«, sagte Simon, nachdem die Phiole endlich leer war. Eilig packte er seinen Arzneibeutel wieder zusammen. »Nun müssen wir abwarten und beten, dass Euer Sohn stark genug ist, die Krankheit selbst zu besiegen.«

»Beten! Immer nur beten!« Die Gräfin hob die Hände zur Decke. »Ein ganzer Ort tut nichts anderes als beten, und trotzdem stirbt mein kleiner Martin!«

»Sei still, Josephine!«, zischte Graf Wartenberg. »Du lästerst Gott!«

»Und wenn schon! Ich hab dir immer gesagt, wir sollen nicht hierher in dieses Dreckloch von Kloster reisen. Den Schlüssel hätte auch jemand anders bringen können. Warum in Gottes Namen hat der Kurfürst nur dich beauftragt, diese ...«

»Himmelherrgott, ich habe gesagt, du sollst den Mund halten!«

Offensichtlich hatte der Graf nicht beabsichtigt, so laut zu werden. Simon spürte deutlich, dass ihm etwas verschwiegen worden war.

Leopold von Wartenberg beäugte ihn argwöhnisch. »Ist noch was?«, fragte er barsch.

»Äh, ja, eine Frage habe ich doch noch«, sagte Simon, um das Gespräch in eine andere Richtung zu lenken. »Hat Euer Sohn irgendetwas getan, was er sonst nicht macht? Hat er vielleicht was Bestimmtes gegessen oder getrunken? Etwas, was der Grund für diese Krankheit sein könnte?«

Der Graf schien sein Misstrauen vergessen zu haben. Er dachte kurz nach. »Eigentlich nicht«, erwiderte er schließlich. »Wir haben unseren eigenen Koch dabei, der in der Klosterküche für die Zubereitung unserer Speisen zuständig ist.« Plötzlich hielt er inne. »Vor drei Tagen allerdings, da haben wir abends in der Andechser Taverne gegessen, weil unser Koch in Herrsching war, um frischen Fisch zu besorgen. Das Essen im Wirtshaus war schlicht, aber kein Fraß. Es gab gebeizte Hirschkeule mit Knödel und geschmorten Rüben. Äußerst wohlschmeckend, wenn auch etwas zäh.«

»Hirschkeule. Ich verstehe.« Simon nickte nachdenklich. Irgendetwas an der Antwort ließ ihn aufhorchen, aber er kam nicht darauf, was es war.

Schließlich fühlte er ein letztes Mal nach dem Puls des kleinen Martin. Er war noch immer hoch, doch wenigstens schien das Kind jetzt ruhiger zu schlafen. Müde stand Simon auf.

»Ich wäre Euch sehr verbunden, Euer Exzellenz, wenn Ihr mir jede Veränderung seines Zustands mitteilen würdet«, sagte er, während er sich tief verbeugte. »Zum Guten wie zum Schlechten. Und nun gehabt Euch wohl. Es warten leider noch andere Patienten auf mich.«

Graf Wartenberg entließ ihn mit einer unwirschen Handbewegung, und Simon ging unter weiteren Verbeugungen aus dem Raum. Draußen auf dem Gang konnte er die Gräfin erneut schluchzen hören.

Erschöpft rieb sich der Medicus die Schläfen und versuchte nicht daran zu denken, dass ihm noch eine lange Nacht am

Bett des Novizenmeisters bevorstand. Vielleicht konnte er Jakob Schreevogl ja bitten, wenigstens den zweiten Teil der Krankenwache zu übernehmen. Er würde dem Ratsherrn einfach erzählen, der Zustand des jungen Mönchs sei so gravierend, dass er einer ständigen Pflege bedurfte.

Während er langsam durch den mit Gobelins behängten Flur Richtung Ausgang schritt, dachte er noch einmal an den merkwürdigen Wortwechsel zwischen dem Grafen und seiner Frau. Offenbar war Wartenberg im Auftrag des Kurfürsten hier. Aber warum? Und was war daran so geheim, dass er nicht vor einem Fremden darüber sprechen wollte?

Simon fiel ein, dass der Graf zudem über eine Woche zu früh hierhergekommen war. Wartenberg hatte den Schlüssel für die Reliquienkammer zu überreichen, aber dafür hätte es auch genügt, wenn er zum morgigen Dreihostienfest erschienen wäre. Warum also war er so früh angereist? Und was für Geschäfte waren das, die der Graf mit dem Schongauer Bürgermeister machte?

Mittlerweile hatte der Medicus das hohe zweiflüglige Portal erreicht, das vom Fürstentrakt in die einfacheren Gemächer führte. Simon blieb stehen. Die Wachen befanden sich auf der anderen Seite des Portals, der Graf und seine Frau saßen noch immer am Bett ihres kranken Sohnes. Nachdenklich betrachtete Simon die einzelnen Türen, die vom Gang abgingen. Sollte er es wagen, sich hier umzusehen?

Mit klopfendem Herzen schlich er auf die erste Tür zu, drückte die Klinke und stellte fest, dass der Raum dahinter nicht abgesperrt war. Zögernd warf er einen Blick hinein. Der offene Kleiderschrank und die auf dem Boden verteilten Kostüme, bunten Tücher und Pelzkappen verrieten ihm, dass es sich um das Zimmer der Gräfin handeln musste. Schnell schloss er die Tür wieder und wandte sich dem nächsten Raum zu.

Das zweite Zimmer war ein Treffer.

Simon erblickte einen gewaltigen Tisch aus poliertem Kirschholz, der beinahe die ganze hintere Front einnahm. Darauf stand ein Tintenfässchen mit Feder, daneben lag ein Stapel mit Pergamenten und Papierrollen. An der rechten Seite des Tisches befanden sich ein bis zur Decke reichendes Bücherregal und ein Lehnstuhl. Ein hohes Fenster ließ das Licht der Nachmittagssonne auf die über den Tisch verstreuten Akten scheinen.

Der Medicus spürte, wie sich ihm die Nackenhaare aufstellten. Dies hier war eindeutig das Arbeitszimmer des Grafen!

Ein letztes Mal sah er sich im Gang um, wo vom Krankenzimmer her noch immer das Schluchzen der Gräfin und das beruhigende Gemurmel ihres Mannes zu hören waren. Nach kurzem Zögern schlüpfte Simon in die Kammer und eilte auf den Tisch zu. Fieberhaft durchforstete er die Akten, die alle in Latein geschrieben waren und sich ganz offensichtlich mit den Reliquien des Klosters befassten. Unwillkürlich stutzte er.

Was in Herrgottsnamen hatte der Graf mit den Reliquien zu schaffen?

Simon entdeckte eine Liste, auf der Dutzende von Gegenständen aus der Heiligen Kapelle verzeichnet waren, darunter das Siegeskreuz Karl des Großen, die Stola des heiligen Nikolaus und ein Schweißtuch vom Ölberg.

Andere alte Pergamentrollen beschäftigten sich mit der Geschichte der Wittelsbacher und mit der des Klosters. Hastig überflog Simon die Zeilen, die von der früheren Burg der Andechs-Meranier kündeten, von ihrer Zerstörung durch die Wittelsbacher und von der Gründung des Klosters Andechs. Simon erfuhr von der wundersamen Wiederentdeckung der Reliquien, die bei der Erstürmung der Burg versteckt worden und erst Jahrhunderte später dank einer Maus wieder ans

Tageslicht gelangt waren. Er las von den größer werdenden Pilgerströmen und davon, dass die Reliquien in Zeiten des Krieges noch mehrmals versteckt oder fortgeschafft worden waren. All dies war für Simon nichts wirklich Neues, er wusste es bereits aus der kleinen Andechser Chronik. Neu war allerdings ein weiteres Pergament, das unter vielen anderen auf dem Tisch lag.

Es war ein Plan.

Die an den Ecken eingerissene und teilweise von Brandflecken zerstörte Karte zeigte ganz deutlich die Umrisse einer Burg. Gänge waren darauf verzeichnet, die sich labyrinthisch verzweigten und an mehreren beschrifteten Ausgängen endeten. Rundum war mit einigen hingekrakelten Bäumen ein Wald angedeutet, weiter unten schien ein See zu liegen. Auch einige skizzierte Felsen waren zu erkennen. Daneben standen ein paar eilig hingekrakelte Worte, die Simon erst nach einer Weile entziffern konnte.

Hic est porta ad loca infera …

»Hier ist das Tor zu den unterirdischen Orten«, murmelte er nachdenklich. »Was in Gottes Namen …«

Eben beugte sich Simon tiefer über den Plan, als ihn ein Geräusch herumfahren ließ. Schritte hallten über den Gang! Panisch sah sich der Medicus nach einer Fluchtmöglichkeit um. Doch alles, was er entdeckte, war das große gläserne Fenster an der Rückwand des Zimmers. Er lief darauf zu, drehte den Knauf in der Mitte und öffnete es. Als er hinunterblickte, spürte Simon, wie seine Beine weich wurden.

O Gott, lass das nicht den einzigen Ausweg sein!

Zwei Stockwerke unter ihm gähnte der Boden des menschenleeren Klosterhofs. Ein schmaler, gerade handbreiter Sims zog sich unterhalb des Fensters an der gesamten Fassade entlang.

Die Schritte im Flur hielten inne, sie verharrten direkt vor der Tür des Arbeitszimmers. Simon bekreuzigte sich ein letztes Mal, dann trat er hinaus auf den Sims, schloss das Fenster und schob sich einen Schritt nach rechts, so dass er vom Arbeitszimmer aus nicht mehr zu sehen war. Es war keine Sekunde zu früh. Gleich darauf hörte er, wie die Klinke heruntergedrückt wurde und jemand den Raum betrat.

Hoffentlich sieht er nicht, dass das Fenster nur angelehnt ist!, fuhr es Simon durch den Kopf. *Wenn der Graf das Fenster schließt, kann ich nur noch springen oder höflich anklopfen und um meine Erhängung bitten.*

Mit einem Mal vernahm er, wie drinnen der Lehnstuhl verschoben wurde.

Er setzt sich! Der Graf setzt sich! Heilige Jungfrau Maria, lass ihn bitte kein Nickerchen machen! So lange halt ich es hier draußen nicht aus!

Simon versuchte nicht nach unten zu schauen, doch aus den Augenwinkeln sah er immer wieder den Boden, der sich zehn Schritt unter ihm befand und sich allmählich zu neigen schien. Er spürte, wie ihm schwarz vor Augen wurde, seine Beine fühlten sich an wie morsches Holz. Eine unsichtbare Kraft schien ihn in den Abgrund zu ziehen.

Endlich, als er die Hoffnung gerade aufgeben wollte, war wieder das Scharren des Lehnstuhls zu hören. Die Tür zum Gang öffnete sich quietschend und schloss sich dann wieder.

Simon wartete noch einige Sekunden, dann schob er sich vorsichtig auf das Fenster zu. Von der Seite warf er einen Blick in den Raum dahinter, schließlich drückte er gegen den Flügel, bis dieser lautlos nach innen schwang. Auf Zehenspitzen stieg er zurück in den Raum und schloss das Fenster wieder. Sein Rock war klatschnass von Schweiß, das Parkett unter ihm kam ihm vor wie ein tiefer Sumpf, durch den er mit weichen Knien watete.

Er atmete dreimal tief durch, dann eilte er lautlos zur Tür, lauschte und huschte endlich hinaus auf den leeren Flur. Nur wenige Augenblicke später stakste Simon an den beiden Wachen am Portal vorbei, wobei er fast die Treppe hinuntergefallen wäre.

»Alles ... alles in Ordnung!«, krächzte er und versuchte einigermaßen normal zu klingen. »Bin nur ein wenig müde. Nun lasst uns alle für den kleinen Grafen beten. Gott zum Gruß!«

»Hast du gesehen, wie kalkweiß der Bader ausgesehen hat?«, brummte der eine, etwas dickliche Wachmann, als Simon im unteren Stockwerk verschwunden war. »Wenn du mich fragst, der hat sich bei dem Kleinen angesteckt.«

»Windiger Quacksalber!«, zischte der andere. »Jede Wette, dass ihn der Graf schon bald hängen lässt. Wenn ihn nicht vorher dieses verfluchte Fieber dahinrafft!« Er seufzte und kratzte sich ausgiebig zwischen den Beinen. »Es wird wirklich Zeit, dass wir dieses Pestloch endlich verlassen.«

Simon taumelte hinaus auf den Klosterhof und blickte hinauf zu dem Fenstersims, auf dem er noch vor ein paar Minuten gestanden hatte. Der Anblick ließ ihn ein weiteres Mal schwindlig werden. Tief in Gedanken durchschritt er die innere Pforte, die vom Hof in die Gassen vor dem Kloster führte, und war sofort wieder umgeben vom nicht abreißenden Strom der lärmenden Pilger.

In Simons Kopf schien sich alles zu drehen, und das hatte nur zum geringen Teil mit seinem Erlebnis auf dem Sims zu tun. Was für eine Karte war das, die er auf dem Tisch des Grafen gefunden hatte? War es etwa die gleiche, die der Bibliothekar so schmerzlich vermisste? Die Karte, die zu dem unterirdischen Versteck der Mönche führte? Und was sollte der merkwürdige Hinweis auf eine Pforte ins Unterirdische?

Je mehr der Medicus darüber nachdachte, desto mehr

gelangte er zu der Überzeugung, dass Leopold von Wartenberg etwas mit den merkwürdigen Vorkommnissen im Kloster zu tun haben musste. Der Graf beschäftigte sich ganz offensichtlich mit den Reliquien und war aus irgendeinem geheimen Grund vom Kurfürsten persönlich hergeschickt worden. Außerdem verfügte er über einen Plan, der vermutlich die Kellergänge der früheren Burg zeigte – eben jene Gänge, durch die ein Golem spukte und wo der weibische Novizenmeister beinahe den Tod gefunden hatte.

Simon drängte sich an den Wallfahrern vorbei, um schneller zurück zum Hospital zu gelangen, wo sich auch die Andechser Chronik befand. In seiner wenigen freien Zeit hatte er immer wieder darin geblättert. Nun musste er das Büchlein unbedingt zu Ende lesen! Vielleicht gab das dünne Werk ja Aufschluss darüber, was der Graf hier suchte. Oder war er am Ende selbst der Hexer?

Als Simon das nach Urin und Unrat stinkende Hospital betrat, kam ihm Jakob Schreevogl mit trauriger Miene entgegen. Sein Rock starrte vor Schweiß und Schmutz, dem Schongauer Ratsherr war die Anstrengung der vergangenen Tage im Hospital deutlich anzumerken.

»Wir haben einen neuen Toten zu beklagen«, sagte der Patrizier leise.

Simons Herz machte einen Sprung. »Doch nicht etwa Pater Laurentius?«

Schreevogl schüttelte den Kopf. »Es ist einer unserer Schongauer Maurer. Der Andre Losch. Gott sei seiner Seele gnädig!« Er seufzte tief. »Ich kann es noch gar nicht glauben. Der Andre war doch ein Bär von einem Mann! Vor drei Tagen hat er noch mit den anderen Maurermeistern fröhlich in der Taverne gezecht und plötzlich …«

»Einen Augenblick!«, unterbrach ihn Simon. »In der Taverne, sagt Ihr?«

Schreevogl nickte. »Ganz recht. Zusammen mit den Twangler-Brüdern. Alle drei sind mit hohem Fieber hierhergebracht worden. Den Andre hatte es allerdings am schlimmsten erwischt.«

Mit einem Mal fiel Simon ein, was ihn schon vorher beim Gespräch mit dem Grafen irritiert hatte. Leopold von Wartenberg hatte davon gesprochen, dass die Familie in der Klostertaverne gespeist hatte.

Erst jetzt erinnerte sich der Medicus, dass auch andere Kranke zuvor dort gegessen hatten, nicht nur Losch, der kleine Martin und die Twangler-Brüder.

Vermutlich waren viele der wohlhabenderen Pilger in der Taverne eingekehrt, und Simon erkannte jetzt auch, dass die Krankheit vor allem jene zu befallen schien, die sich ein Essen in einer Gaststätte überhaupt leisten konnten.

Er nagte nachdenklich an seiner Unterlippe. Konnte es sein, dass das Fieber etwas mit der Taverne zu tun hatte? Aber was?

Plötzlich kam ihm ein schrecklicher Verdacht.

»Meister Schreevogl«, wandte Simon sich an den Ratsherrn. »Könntet Ihr mir einen Gefallen tun?«

»Und der wäre?«

Leise, um keinen der Kranken zu wecken und eine Panik zu vermeiden, sagte Simon es ihm.

Jakob Schreevogl nickte und wandte sich zum Ausgang. Dort drehte er sich noch einmal zum Medicus um. »Wenn Ihr tatsächlich recht habt«, sagte er leise, aber drohend, »dann wird hier mindestens ein Kopf rollen. Und diesmal wird es nicht der dieses armen Apothekers sein.«

*

Nepomuk Volkmar kauerte in der stockdunklen Zelle der Weilheimer Fronveste und starrte auf seine Finger, an denen teilweise die Nägel fehlten. In den blutigen Stumpen pochte der Schmerz wie ein gefangener Dämon.

Im Grunde war der Apotheker froh, dass er in der Finsternis fast nichts sehen konnte. So blieb ihm wenigstens der Anblick seines geschundenen Körpers erspart. Aber immer neue Schmerzwellen pumpten durch Nepomuks Körper, und er wusste, dass solche Qualen von nun an sein ständiger Begleiter sein würden.

Meister Hans hatte gestern ganze Arbeit geleistet. Nachdem er dem Delinquenten, wie vom Gesetz verlangt, zunächst nur die Folterinstrumente gezeigt hatte, hatte er ihn auf den sogenannten Verhörstuhl gesetzt. Dabei handelte es sich um einen mit Dornen gespickten Sessel, bei dem sowohl die Arme wie auch die Beine mit stachligen Eisenschnallen befestigt wurden; selbst die Füße ruhten auf einem Dornenbrett. Die Schmerzen setzten bereits nach kurzer Zeit ein, wer eine Weile in dem Sessel saß, spürte, wie sich die Dornen langsam in sein Fleisch fraßen.

Als Nepomuk nach zwei Stunden Tortur im Verhörstuhl seine zauberischen Umtriebe immer noch nicht gestanden hatte, war Meister Hans dazu übergegangen, dem Apotheker mit einer langen Zange die Fingernägel zu ziehen.

Zu diesem Zeitpunkt hatte man Nepomuks Schreie bis hinaus auf den Hof der Fronveste hören können.

Doch trotz aller Schmerzen war der Mönch stark geblieben. Er hatte die Augen geschlossen und gebetet, er hatte seine Unschuld beteuert und an die Worte seines Freundes Jakob Kuisl gedacht.

Gesteh auf keinen Fall! Wenn du gestehst, ist alles aus!

Doch wie sollte man nicht gestehen, wenn man wusste, dass der gestrige Tag nur der Anfang gewesen war? Dass noch weitaus schlimmere Torturen folgen würden, bis er endlich wimmernd zusammenbrach und sich selbst der Hexerei bezichtigte? Nepomuk Volkmar hatte an der Seite seines Vaters, dem Reutlinger Scharfrichter, einige Folterungen miterlebt. Er wusste, dass die Delinquenten den Tod irgendwann herbeisehnten. Wenn man sie endlich wie Schlachtvieh zum Schafott schleifte, war von ihnen oft nicht viel mehr übrig als ein Sack gebrochener Knochen.

Würde er das Schweigen durchhalten können, wenn er selbst bald nur noch ein wimmerndes Bündel Mensch war, das seinen Tod herbeisehnte? Wie lange noch?

Endlich, nach Stunden der Folter, hatte man ihn wieder zurück in dieses Loch gezerrt und die Falltür über ihm geschlossen. Seitdem wartete er in der Dunkelheit auf das nächste Grauen. An Schlaf war nicht zu denken, und so rannen die Stunden träge dahin, während Nepomuk sich mit Erinnerungen an schönere Tage tröstete. Die Melodie einer Fiedel, das rhythmische Schlagen der Trommeln vor der Schlacht, das Zechen mit den anderen Söldnern, die vielen Übungskämpfe mit seinem einzigen wahren Freund Jakob Kuisl, die Gespräche in den langen Winternächten, in abgebrannten Scheunen oder im Schutz sturmumtoster geschleifter Festungen …

Wo ist denn dein Gott?, fragt Jakob, während Nepomuk den speckigen Rosenkranz zwischen seinen Fingern reibt. Ist er tot? Ich kann ihn nicht sehen, ich kann ihn nicht hören.

Du kannst nur an ihn glauben, antwortet Nepomuk.

Jakob lacht leise und dreht das brutzelnde Kaninchen am Spieß. Fett tropft zischend in die Flammen.

Ich glaube an hartes Eisen, sagt er schließlich. An Gesetze und an den Tod.

Gott ist stärker als der Tod, Jakob.

Der Sohn des Schongauer Scharfrichters sieht seinen

Freund lange an. Dann stapft er schweigend hinaus in die Nacht.

Am nächsten Tag hängen sie gemeinsam ein halbes Dutzend Marodeure. Als die Banditen in den Ästen zappeln, wandert Jakobs Blick plötzlich hinüber zu seinem Freund, so als erwartete er von ihm eine Antwort.

Nepomuk schweigt.

»Gegrüßet seist du, Maria, der Herr ist mit dir …«

Leise murmelte Nepomuk in seiner Kerkerzelle die ewig gleiche Abfolge des Rosenkranzes, um seinen vertrauten Glauben wiederzufinden. Doch ihm war, als würde dieser durch die winzigen Ritzen der Mauern langsam entweichen.

»Du bist gebenedeit unter den Frauen und gebenedeit ist …«

Plötzlich ertönte über ihm das Knarzen der sich öffnenden Luke, und Nepomuks Herz begann zu rasen. Er wusste, dass sie ihn nun zu einem weiteren Verhör holten. Seine Zunge war mit einem Mal so trocken wie ein Kieselstein, er spürte, wie er unvermittelt zu zittern anfing.

Tatsächlich dauerte es nicht lange, bis erneut die Leiter zu ihm herabgelassen wurde. Da er bereits zu schwach war, um selbst hinaufzusteigen, kletterte diesmal einer der Wachmänner zu ihm herunter und band ein Seil um seine Hüfte. Dann wurde er mit vereinten Kräften emporgehievt, wobei er wild wie ein Fisch am Haken zappelte.

»Spar dir deine Kräfte besser für später auf«, ertönte eine bekannte Stimme. »Du wirst sie noch brauchen.«

Es war Meister Hans, der wie ein weißhaariger Racheengel mit verschränkten Armen oben neben der Luke stand. Mit roten Augen musterte der Weilheimer Henker sein Opfer, dann tastete er ihn kurz ab, ob bereits etwas gebrochen war. Nepomuk wusste, dass auch Meister Hans, wie so viele andere Scharfrichter, als erfahrener Heiler galt. Es war seine Aufgabe, zu überprüfen, ob der Delinquent für weitere Verhöre tauglich war.

»Hör mich an«, begann Meister Hans fast fürsorglich, während er Nepomuk wie ein Stück rohes Fleisch befühlte. »Du weißt, ich verdiene mit jedem Tag Tortur gutes Geld an dir. Also sollte ich mich eigentlich freuen, dass du gestern so gut durchgehalten hast. Auf der anderen Seite ...« Interessiert musterte er Nepomuks geschwollene blutige Finger, so als wollte er sein eigenes Werk noch einmal begutachten, »auf der anderen Seite gehört es auch zu meinen Pflichten, dir zu sagen, dass dein Leugnen schlicht keinen Zweck hat. Glaub mir, du wirst gestehen, irgendwann. Alles andere wäre schlecht für meinen Ruf. Also mach es dir selbst nicht so schwer.« Er kam nun ganz nah an Nepomuks Ohr. »Du hast gesagt, dass du selbst aus einer Henkersfamilie stammst. Da müsstest du es eigentlich selbst besser wissen, werter Vetter.«

Lachend gab der Scharfrichter Nepomuk einen freundschaftlichen Klaps auf die Schulter. Dann schloss sich erneut die eiserne, dornenbewehrte Gabel um den Hals des Mönchs, und die Wachen schoben ihn durch die mit Fackeln beleuchteten Gänge.

»Du wirst heute einen besonderen Gast begrüßen dürfen«, sagte Meister Hans, der den Trupp mit einer Laterne anführte. »Graf von Cäsana und Colle ist es leid, das Verhör zu leiten. Er geht lieber auf die Jagd. Würd ich auch gern tun, wenn ich die Zeit und das Geld dafür hätt.« Der Weilheimer Scharfrichter schüttelte abfällig den Kopf. »Sah gestern schon kreideweiß aus, der hohe Herr, als ich dir die Nägel gezogen hab.« Leise fügte er hinzu: »Das ist eben nichts für so einen verwöhnten Weißbrotfresser. War beim letzten Mal auch schon so. Das einzige Blut, das der Graf sehen kann, ist Hirschblut.«

»Und wer kommt an seiner statt?«, krächzte Nepomuk, während ihm die Eisengabel mit ihren Dornen den Hals aufschürfte. Eine leise Hoffnung regte sich in ihm, dass es vielleicht ein gemäßigter Magister aus München war, der sich mehr für die Wahrheit als für Zauberei interessierte. Die beiden Beisitzer waren beflissene Weilheimer Ratsherren, die dem Grafen nur nach dem Mund geredet hatten. Vielleicht ließen sie sich von einem Gelehrten aus der Stadt eines Besseren belehren.

»Du kennst ihn«, erwiderte Meister Hans nach einer Weile. »Der Graf selbst hat ihn für diese Aufgabe ausgewählt. Soll sich wohl so seine Sporen verdienen.«

Mittlerweile hatten sie den Eingang zur Fragstatt erreicht. Der Scharfrichter öffnete die Tür, und die Büttel zerrten Nepomuk in den dunklen Raum, der nur durch ein knisterndes Feuer in einem Eisenkorb erhellt wurde. Wie bereits vorhin in der Zelle überkam den Apotheker ein nicht zu kontrollierendes Zittern. Er ließ seinen Blick schweifen über den von gestern noch blutigen Verhörstuhl, die Streckbank und die Seilwinde, mit der ihn Meister Hans vermutlich heute noch hochziehen würde, bis seine Sehnen wie trockenes Tauwerk zersprangen.

An der rechten Seite des Raumes stand ein breiter Tisch, auf dem neben einem Tintenfass einige Rollen Papier und ein dickes Buch lagen. Hinter dem Tisch saßen drei Männer. Zwei von ihnen waren die behäbigen Weilheimer Ratsherren, die Nepomuk bereits gestern kennengelernt hatte. Die beiden feisten, in teures Tuch gehüllten Männer glotzten ihn mit einer Mischung aus Abscheu, Angst und Neugierde an, so als hätten sie gewettet, ob der Hexer heute noch davonfliegen würde.

Der dritte Mann saß aufrecht auf dem Stuhl in ihrer Mitte. Als Nepomuk ihn im Licht des prasselnden Feuers erkannte, wurde sein Zittern noch stärker. Er fiel auf die Knie und faltete die Hände zum Gebet.

»Bitte, Bruder!«, flehte er. »Du musst mir glauben, das alles ist ein ...«

»Mach dir keine falschen Hoffnungen«, unterbrach ihn der andere. »Ich bin nicht mehr dein Bruder, sondern dein Inquisitor. Der Weilheimer Landrichter hat mir diese leidige Pflicht übertragen, mit der Aussicht, schon bald höhere Aufgaben erfüllen zu dürfen. Unser Kloster braucht dringend einen neuen Abt.«

Die Augen des Andechser Priors leuchteten kalt wie zwei Glasmurmeln, als er sich mit einem Nicken an Meister Hans wendete.

»Scharfrichter«, sagte Pater Jeremias, »wir wollen mit dem Verhör beginnen. Je eher er gesteht, desto besser.«

Kapitel 14

Samstag, der 19. Juni Anno Domini 1666,
abends in Andechs

Simon kauerte auf einem grob gezimmerten Stuhl neben dem Bett von Pater Laurentius und betrachtete mitfühlend den von Verbrennungen entstellten Körper.

Der Zustand des Mönchs war unverändert. Die vielen Brandwunden im Gesicht, am Rücken und den Beinen nässten, so dass immer wieder die Verbände gewechselt werden mussten. Das Antlitz des jungen Mönchs war verhüllt, nur Nase und Augen waren unter den Tüchern noch zu erkennen. Laurentius röchelte, gelegentlich zuckte einer seiner Finger, ansonsten war er leblos – eine mumienhafte Puppe, die kaum noch einem Menschen ähnelte.

Mitfühlend beugte sich Simon über ihn und fasste seine Hand. Pater Laurentius schien den Druck zu spüren, sein Atem ging ruhiger. Plötzlich ertönten unter dem Verband einige gemurmelte, zunächst unverständliche Worte.

»Pater«, sagte Simon leise. »Wenn Ihr mir etwas sagen wollt, dann …«

»Er … lebt …«, kam es gedämpft unter den Tüchern hervor, »unten in den Gängen … ich … ich … habe ihn gesehen …«

»Der Automat lebt?« Simon zuckte zusammen. »Aber wie ist das möglich? Wer steckt dahinter, Laurentius? Sprecht bitte, es ist sehr wichtig!«

»Die ... Hostien. Er ... braucht die Hostien ...« Das Gemurmel des Paters ging über in ein unverständliches Röcheln. Mit seiner rechten Hand griff er Simon am Kragen und zog ihn plötzlich zu sich herunter, so dass der Medicus das verbrannte Fleisch riechen konnte. Angewidert stellte er fest, dass der Pater tatsächlich den Geruch eines gegrillten Spanferkels verströmte.

»Donner und Blitze! Donner und Blitze! Haltet ihn auf, bevor das Feuer vom Himmel kommt ... das Feuer!«

Mit einem letzten Schrei krümmte sich der Pater zusammen, die Hand an Simons Hals löste sich, und der Mönch fiel leblos zurück auf seine Bettstatt.

»Pater Laurentius! Pater Laurentius!«

Simon fühlte nach dem Puls des Novizenmeisters, konnte ihn aber nicht mehr spüren. Aufgeregt zog er aus seiner Arzneitasche eine kleine polierte Kupferscheibe und hielt sie Laurentius unter die Nase. Nach einer Weile beschlug die Scheibe, und der Medicus lehnte sich erleichtert zurück. Der Pater atmete, wenn auch sehr schwach. Es würde vermutlich nicht mehr lange dauern, bis er das Zeitliche segnete. Simon konnte nur hoffen, dass er vorher noch einmal zu Bewusstsein kam und etwas sagte. Was hatte Laurentius bloß mit seinem letzten merkwürdigen Satz gemeint?

Donner und Blitze! Haltet ihn auf, bevor das Feuer vom Himmel kommt ...

Der Medicus atmete tief durch und versuchte zur Ruhe zu kommen. Offenbar hatte Laurentius den Automaten des Uhrmachers unten in den Gängen der ehemaligen Burg gesehen. Seinen wirren Worten zufolge lebte dieser Automat oder Golem tatsächlich, und das hatte irgendetwas mit den Heiligen Drei Hostien zu tun. Der Medicus erinnerte sich, dass zur Beschwörung eines Golems spezielle Zahlenreihen und Beschwörungen vonnöten waren. Etwa auch Hostien?

Widerwillig schüttelte Simon den Kopf. Das konnte doch alles nicht wahr sein! Er war ein Mann der neuen Zeit – jener Zeit nach dem Großen Krieg, in der man an Mechanik und empirisches Wissen glaubte, und nicht mehr an Golems und Zauberformeln. Was aber, wenn die Wissenschaft nicht recht hatte? Wenn es tatsächlich so etwas wie leibhaftige beseelte Teufel gab? Oder hatte Virgilius etwa einen Automaten erschaffen, der sich allein aufgrund von Mechanik bewegen, der denken und der auch töten konnte? Vielleicht hatte dieser Automat ja seinen eigenen Schöpfer umgebracht.

Und danach verbrannt und in einen Brunnen geworfen? Wie sollte so etwas gehen?

Noch einmal prüfte Simon Laurentius' Herzschlag, der nun wieder schwach zu fühlen war. Der Mönch war in einen totenähnlichen Schlaf gefallen. Nicht einmal seine Fingerkuppen unter den Verbänden zuckten noch.

Von den anderen Betten war das Stöhnen einzelner Kranker zu vernehmen. Simon bezweifelte, dass sie von dem unheimlichen Vorfall gerade eben etwas mitbekommen hatten. Ebenso wenig die betenden und singenden Pilger, die draußen vor der Tür zu hören waren. Der Medicus musste an Jakob Kuisls Warnung denken, der Hexer oder vielleicht einer seiner Helfer könnte in den nächsten Stunden ins Hospital kommen, um einen lästigen Mitwisser zu beseitigen.

Wenn er noch ein wenig wartet, wird er sich die Mühe sparen können, dachte Simon. *Dieser Mann hier hat nicht mehr lange zu leben. Es wäre an der Zeit, ihm die Letzte Ölung zu verabreichen.*

Um sich abzulenken, griff Simon nach der Andechser Chronik, die er, eingeschlagen in ein schmutziges Tuch, unter einem der Betten versteckt hatte. Er blätterte in dem kleinen Büchlein, bis er an die Stelle kam, wo die alte Burg beschrieben war. Vielleicht würden ihm die Seiten ja Aufschluss geben über die Gänge, die er zuvor im Plan des Grafen gesehen hatte.

Bislang hatte Simon nur gelesen, dass die Burg durch »feigen schnöden Verrat« gefallen war. In einem weiteren Kapitel wurde nun näher darauf eingegangen. Offenbar waren die Andechs-Meranier vor vielen Hundert Jahren das führende Geschlecht in Bayern gewesen. Doch ganz plötzlich hatten die Wittelsbacher die Herrschaft übernommen.

Gespannt versenkte sich Simon in die winzig gekrakelten Zeilen und erfuhr, dass im Jahre 1208 während einer Hochzeit in Bamberg der Wittelsbacher Herzog Otto den Stauferkönig Philipp ermordet hatte, immerhin ein Sohn des berühmten Kaisers Barbarossa. Die Hintergründe dieses Mordes konnten offenbar nie ganz geklärt werden. Otto wurde für vogelfrei erklärt, in Oberndorf bei Kelheim festgenommen und noch an gleicher Stelle enthauptet.

Nachdenklich blätterte Simon um und stutzte plötzlich. Bei den anschließenden Ermittlungen zum Mord an König Philipp wurden interessanterweise nicht die Wittelsbacher, sondern die Andechser der Verschwörung beschuldigt! Ihre sämtlichen Güter wurden eingezogen und den Wittelsbachern zugesprochen. Darunter auch die Andechser Burg, die nach langen Kämpfen schließlich gestürmt und bis auf die Grundmauern zerstört wurde. Die Eroberung des Stammsitzes wurde in der Chronik in markigen Worten geschildert.

Träumerisch tauchte der Medicus ein in eine Welt, die bereits Hunderte von Jahren zurücklag und durch die kargen lateinischen Worte wieder zu neuem Leben erwachte. Wie so oft, wenn er las, versank Simon in den Bildern, die die Buchstaben in seinem Kopf hervorzauberten. Plötzlich glaubte er, das Funkeln der Rüstungen zu sehen, die Schreie der Angreifer zu hören, er roch die Mischung aus Blut und Pferdeschweiß, die während der Erstürmung der Burg in der Luft lag. Simon saß auf einem Stuhl im Jahre 1666 und war zur gleichen Zeit über vierhundert Jahre zurückgereist. Seine Lippen bewegten sich lautlos, während die Finger über die Zeilen glitten …

Hoch ragen die Zinnen über das Kiental, eine trutzige Festung, auf deren Brüstung die Verteidiger aufgeregt auf und ab laufen. Unten, vor dem Burggraben, sammeln sich unterdessen auf einer gerodeten Fläche die Wittelsbacher Fußsoldaten und Ritter zum letzten Sturm. Wochenlang sind sie gegen die Burg des Feindes angerannt, mit Katapulten haben sie zentnerschwere Felsbrocken geschleudert; sie haben haushohe Belagerungstürme gebaut und sind mit Rammen immer wieder gegen das Burgtor gestürmt. Feuer, Pech und Schwefel sind auf sie heruntergeregnet. Ihre Mineure haben Gänge ausgehoben, die sie bis direkt unter die Burgmauern führten. Viele starben, noch mehr wälzen sich, gepeinigt von Fieber und Wundbrand, in den Zelten, die sich wie rote Pusteln durch den gerodeten Wald ziehen.

Sie wünschen ihren Feinden den Tod, und sie wissen, dass heute der Tag der Rache gekommen ist.

Der Verräter hat sie viel Geld gekostet, doch er hat ihnen gesagt, wo der Fluchttunnel liegt. Er hat ihnen das Versteck gezeigt, durch das die Belagerten immer wieder frisches Fleisch, Mehl und Wein in die Burg geschmuggelt haben. Nicht genug, um die ganze Garnison damit zu versorgen, doch immerhin so viel, dass sie die letzten Monate durchgehalten haben.

Heute wird damit Schluss sein.

Eine kleine Einheit der besten Kämpfer hat sich durch den Tunnel auf den Weg in die Burg gemacht. Sie haben den Wachen lautlos die Kehlen durchgeschnitten, sie haben eine Schneise von Blut und Verderben aus den Tiefen der Burg bis in den Hof geschlagen, und nun hört man sie drinnen hinter den Mauern schreien. Sie werfen sich der Tormannschaft entgegen, sie schieben die drei jeweils balkengroßen Riegel zur Seite, und endlich öffnet sich das schwere Tor und macht den Weg frei für die gut dreihundert Kämpfer, die vor der Burg nur auf diesen Augenblick gewartet haben.

Ein Schrei ertönt aus vielen Kehlen, so laut, als würde die Erde selbst sich auftun und nach Vergeltung rufen.

Und dann beginnt das große Morden.

Die Männer, die ihnen mit erhobenen Schwertern im Burghof entgegentaumeln, sind ebenso wie sie selbst durch Krankheit und Hunger geschwächt. Es sind nur noch wenige, ein paar Dutzend vielleicht, die ausgeharrt haben. Sie lassen sich wie tolle Hunde abstechen und niederhauen.

»Tod allen Andechsern!«, rufen die Angreifer, und ihre Augen sind wie die von wilden Tieren. »Tod, Tod, Tod!«

Blut fließt über die steinernen Treppen und lässt die Männer immer wieder ausrutschen. Doch getrieben von ihrem Hass und ihrer Gier streifen sie von Zimmer zu Zimmer, auf der Suche nach Frauen, Wein, Essen und Schätzen. Man hat ihnen Schätze versprochen, doch wo sind die verfluchten Schätze? Der Wittelsbacher Herzog hat ihnen gesagt, hier lägen mehr Kostbarkeiten als im ganzen Heiligen Land! Das Gold dürften sie behalten, nur die Reliquien, die zahllosen Reliquien, die will der Herzog für sich.

Sie rennen durch den Zwinger, stürmen den Burgfried, durchsuchen die Kemenaten und die brennenden Ställe, bis sie endlich vor der Kapelle im inneren Burghof stehen. Ein Priester stellt sich ihnen händeringend in den Weg, doch sie stoßen ihn zur Seite, durchbohren ihn mit Lanzen und schlagen die Tür zur Kapelle ein. Hier müssen sie sein, die märchenhaften Schätze, von denen ihr Herzog so oft gesprochen hat!

Der Raum dahinter ist leer.

Keine Reliquien, keine Schätze, keine einzige gottverfluchte Münze – alles ist längst fortgeschafft worden! Der Hass der Männer steigert sich ins Unermessliche, sie brennen alles nieder, suchen im Chaos nach Überlebenden, die ihnen verraten, wo sich die kostbaren Reliquien befinden. Doch es gibt keine Überlebenden mehr, sie haben sie alle niedergemetzelt. Und so suchen die Männer immer verzweifelter, drehen jeden Stein um, graben, fluchen, schänden die Leiche des Priesters – es ist zwecklos.

Die Reliquien sind verschwunden.

Als sie endlich abziehen, ist von der stolzen Burg nur noch eine rauchende Ruine übrig. Ein Trümmerfeld, über das schon bald Efeu und Moos wachsen. Die Burg wird wieder das, was sie einst gewesen ist.

Stummer Fels.

Erst Jahrhunderte später wird eine kleine Maus das Versteck der Reliquien preisgeben. Zu diesem Zeitpunkt sind all die Kämpfe, all das Leid, all die Ritter in ihren funkelnden Rüstungen längst vergessen …

Nur der Traum von den Schätzen lebt weiter, bis heute …

Simon legte das Buch zur Seite und spürte, wie sich ihm die Nackenhaare aufstellten.

Plötzlich glaubte er zu wissen, was der Graf in den alten Gängen der Burg suchte. Konnte es sein, dass sich dort unten immer noch die damals versteckten Schätze und Reliquien befanden? Zwar war ein Teil der Heiligtümer ein paar hundert Jahre später wieder aufgetaucht, doch wenn diese Burg wirklich der Stammsitz der Andechs-Meranier war, dann war es gut möglich, dass noch viele weitere Kostbarkeiten in irgendwelchen geheimen Verstecken ihrer Auffindung harrten. Waren etwa auch der Bibliothekar und seine Helfer hinter diesen Schätzen her? Hatten sie sie schon gefunden?

Bevor Simon weiter darüber nachdenken konnte, schreckte ihn ein Jammern von einem der hinteren Betten auf. Einer der Twangler-Brüder hatte Durst. Simon brachte ihm einen Becher Wasser und warf bei dieser Gelegenheit auch noch einen Blick auf die anderen Kranken. Bei einigen mussten die Wickel gewechselt werden, andere brauchten einen Trank, der sie besser schlafen ließ.

Schlafen …

Trotz der Aufregung spürte Simon mit einem Mal, wie müde er war. Die Ereignisse der letzten Tage, der kranke Grafensohn, der Streit mit Magdalena – all das war ganz offensichtlich zu viel für ihn gewesen. Und jetzt sollte er auch noch auf einen schwerverletzten Mönch aufpassen, der die nächsten Stunden vermutlich ohnehin nicht überleben würde!

Simon rieb sich die Schläfen und setzte sich wieder auf den Stuhl neben dem Bett von Laurentius. Er griff erneut zu dem kleinen Buch, spürte aber, wie ihm schon nach wenigen Zeilen immer wieder die Augen zufielen. Mühsam richtete er sich in dem ungemütlichen Sessel auf. Durch die kleinen Fensterlöcher und Ritzen in der Holzwand schien ihm die Abendsonne angenehm warm aufs Gesicht. Sein Kopf sackte nach vorne. Nein, er durfte nicht einschlafen, nicht jetzt! Schließlich hatte er es seinem Schwiegervater versprochen. Wo blieb überhaupt Jakob Schreevogl, der ihn vielleicht für ein paar Stunden ablösen konnte? Für Simon schien es bereits Stunden her zu sein, dass er ihn zur Taverne geschickt hatte. Hatte er herausgefunden, worum er ihn gebeten hatte?

Einmal mehr verfluchte sich der Medicus dafür, dass seine so heißgeliebten Kaffeebohnen zur Neige gegangen waren. Beinahe glaubte er, den Duft des gemahlenen schwarzen Pulvers riechen zu können. Er vermischte sich mit dem Gestank nach schmutzigem Stroh zu einem Geruch, der ihn an zu Hause erinnerte. An Schongau im Sommer, wenn die Ähren hoch auf den Feldern standen … Magdalena, seine Kinder … schliefen sie schon? War Magdalena noch immer böse auf ihn? Er musste sich wirklich mehr um sie kümmern. Plötzlich tat es ihm leid, dass er in den letzten Tagen so wenig Zeit für seine Familie aufgebracht hatte. Was hatte dieser Mordfall, was hatten der Sohn des Grafen und all die anderen Kranken eigentlich mit seinem eigenen Leben zu tun? Manchmal kam es ihm vor, als ob er vor lauter Fürsorge, vor lauter Wissbegierde vergaß, was ihm wirklich teuer war.

Simons Kopf fiel nach vorne, und er träumte von seinen beiden kleinen Söhnen, von einem musizierenden Automaten und von einer Burg, die in Flammen und Rauch aufging. Er hörte Kinderlachen und das Rauschen eines fernen Flusses. Sekunden später schlief er wie ein Stein.

So bemerkte er auch nicht die Gestalt, die lautlos die Tür zum Hospital öffnete und mit ausgebreiteten Armen zum Bett des Novizenmeisters schlich. Der Mann lächelte und blickte auf den zusammengesunkenen Medicus, der friedlich vor sich hin schnarchte. Lange hatte er gewartet, er hatte durch eines der Fenster geschaut und darauf gehofft, dass der Medicus irgendwann einschlief.

Nun endlich konnte er seinen Auftrag erfüllen.

Auch Pater Laurentius träumte, und es waren keine schönen Träume. Erneut sah er die bläulichen Flammen, die um seinen Körper züngelten; er roch sein eigenes verbranntes Fleisch. Er hörte die liebliche Melodie des Automaten, die die Begleitmusik zu seinen eigenen Schreien war.

Leise stöhnend warf sich der Mönch in seinem Bett hin und her. Seitdem das Unfassbare geschehen war, dämmerte er zwischen Schlaf und Wachen. In seinen wachen Minuten brandete der Schmerz wie Säure durch seinen Körper, dann kam die gnädige Ohnmacht zurück, wieder gefolgt von kurzen Augenblicken des Bewusstseins. Wie viele Stunden mochten seit jenem Alptraum vergangen sein? Wie viele Tage? Er wusste es nicht. Menschen an seiner Seite kamen und gingen, sie legten kühle Tücher auf seine Wunden und flößten ihm Wein und Wasser ein. Doch jedes Mal, wenn er den Mund öffnen wollte, kam nur ein Röcheln durch seine verbrannte Kehle.

Bis auf ein Mal.

Doch dieser Schongauer Medicus hatte ihn nicht verstanden, er hatte Laurentius' Worte nicht deuten können. Er erkannte nicht die Gefahr!

Verzweifelt war der Pater gestern durch die Wälder rund um das Kloster gestrichen. Die Angst hatte an ihm genagt, dass ihr gemeinsames Verbrechen nun endlich auffliegen würde. Dieser Golem war wie ein Racheengel, der laut an die Tür seines Gewissens klopfte, immer und immer wieder. Laurentius hatte die Melodie gehört, und er wusste, dass der Automat irgendwo dort unten sein Werk verrichtete. Dieses Wesen würde nicht eher ruhen, als bis jemand nach unten ging, um es in tausend Stücke zu schlagen.

Und dann würde dieser Jemand finden, was sie dort unten so gut verborgen hatten. Das durfte nicht geschehen!

Pater Benedikt hatte ihm zwar versichert, dass der Durchgang zu ihrem Versteck zugemauert war, doch Laurentius wusste, dass es auch andere Zugänge zur Burg gab. Er selbst hatte in der Bibliothek davon gelesen. Es war das reinste Labyrinth! Irgendwann, während die Melodie weiter und weiter spielte, würde man einen dieser Gänge entdecken und hinuntersteigen, um nach dem Rechten zu sehen. Dann drohte ihnen allen das Feuer, wenn nicht sogar das Kochen in siedendem Öl. Laurentius hatte davon gelesen, dass man diese Strafe in früheren Jahrhunderten bei Hochverrat und Geldfälscherei angewandt hatte. Und war ihr Vergehen nicht schlimmer als diese beiden Verbrechen zusammen? Sogar viel schlimmer?

Also musste er dort unten alles heimlich wegschaffen. Nur wie? Bruder Eckhart und Bruder Benedikt beobachteten ihn mit Argusaugen, er konnte ihre Blicke förmlich spüren. Niemals würden sie ihm gestatten, ihr gemeinsames Lebenswerk zu vernichten.

Nach stundenlangem Wandern durch das von Felsen gesäumte Kiental hatte Laurentius schließlich eine Eingebung gehabt und einen weiteren geheimen Einstieg gefunden. Gott selbst schien ihm den Schlüssel in die Hand gegeben zu haben, um sein Verbrechen zu sühnen! Doch dass er auf diese Weise, so unendlich schmerzhaft bezahlen musste, das wäre ihm nie in den Sinn gekommen. Durch sämtliche Ringe von Dantes Inferno war Laurentius gewandert, hatte sämtliche Grade des Schmerzes erlebt. Aber vielleicht würde nun alles wieder gut werden.

Gerade eben war der Pater wieder wach geworden. Ein unvertrautes Geräusch hatte ihn geweckt, ein Geräusch, das er durch die Verbände nur gedämpft vernehmen konnte. Aufmerksam lauschte er, doch nun blieb es still. Da legte sich plötzlich eine Hand auf seinen Mund und seine Nase und drückte ihn sanft, aber unnachgiebig in die Kissen seiner Bettstatt.

»Mmmmmmhhhh …« Laurentius versuchte, mit seinen bandagierten Fingern nach dem Angreifer zu fassen. Aber er war zu schwach, mehr als ein Zucken brachte er nicht zustande. Die starke Hand blieb auf seinem Gesicht ruhen, nahm ihm die Luft, erstickte ihn. Er musste atmen, unbedingt atmen! Doch eingewickelt in Dutzende von Tüchern war er wie gelähmt. Er konnte nicht sprechen, nicht hören, er sah nichts – da war nur diese eine Hand auf seinem Gesicht, die nicht lockerließ. Er zuckte und zappelte. Endlich bekam er mit seinen Fingern ein Stück Stoff zu fassen, zog daran, zerrte, bis der Stoff riss. Seine Finger krallten sich um den Fetzen, hielten ihn fest. Jede einzelne Faser des weichen Tuchs konnte er spüren, es war nachgiebig und fest wie ein gut gewebter Teppich, wie ein frisch aufgeschütteltes Kissen. Erinnerungen an seine Kindheit, an seine Mutter, an seine ersten Tage als Novize huschten durch seinen Kopf.

Endlich wurde Laurentius gewahr, dass dies das Sterben war; dass er langsam in ein weiches schwarzes Bett versank. Der Drang zu atmen ließ nach und machte einem Gefühl unglaublicher Erleichterung Platz.

Diesmal wachte Laurentius nicht wieder auf.

Der Mörder erhob sich, nachdem er dem Pater ein letztes Mal fast liebevoll über das bandagierte Gesicht gestreichelt hatte. Dann wandte er sich dem Medicus zu, der, immer noch auf seinem Stuhl zusammengesunken, irgendeinen schönen Traum träumte. Simons Lippen umspielte ein leichtes Lächeln.

Zögernd strich der Mann über den schmutzigen Rock des Medicus, die Finger wanderten hoch zu dem teuren, wenn auch eingerissenen Spitzenkragen und spielten mit dem akkurat ausgeschnittenen Kinnbart. Ein sanftes Drücken nur, ein kleiner Schnitt mit dem Messer, und er hätte ein weiteres Problem des Meisters aus der Welt geschafft.

Doch er konnte nicht.

Leise seufzend ließ der Mann von dem Medicus ab, als sein Blick plötzlich auf das kleine Büchlein fiel, das vor ihm auf dem Boden lag. Er hob es auf und begann darin zu blättern; schnell erkannte er, worum es sich handelte.

Dies allerdings würde den Meister interessieren.

Er steckte das Buch ein und verschwand so lautlos, wie er gekommen war. Simons Schnarchen begleitete ihn noch bis zur nächsten Ecke.

»Und du weißt wirklich nicht, wo sich dein Vater jetzt rumtreibt?«

Der Schinder Michael Graetz starrte Magdalena fassungslos an. In der letzten halben Stunde hatte sie ihm erzählt, was im Kloster bislang vorgefallen war. Auch von Kuisls Freund Nepomuk hatte sie berichtet und vom Plan ihres Vaters, dessen Unschuld zu beweisen. Graetz hatte mit offenem Mund zugehört und nur gelegentlich den Kopf geschüttelt. Die Kinder schliefen nach wie vor friedlich in der Kammer nebenan.

»Ich habe wirklich keine Ahnung, wo er jetzt ist«, erwiderte Magdalena. »Vielleicht hat er im Kloster etwas herausgefunden, und der Hexer hat ihn sich geschnappt.«

»Deinen Vater?« Der Schinder lachte. »Wenn auch nur die Hälfte der Geschichten stimmt, die ich von ihm kenne, dann kann dieser Hexer froh sein, wenn er den Heiligen Berg in einem Stück verlässt.« Schlagartig wurde er wieder ernst. »Aber auf alle Fälle sollten wir ihn suchen gehen. Außerdem musst du endlich deinem Simon Bescheid geben, bevor der sich auch noch Sorgen macht.«

»Dem Simon?« Magdalena machte ein abfälliges Geräusch. »Der sieht vor lauter Arbeit ja nicht mal, wenn ich direkt vor ihm steh. Und seine Kinder sind ihm offensichtlich auch egal. Der Simon kann mir zurzeit gestohlen bleiben.«

»Du darfst nicht so streng mit ihm sein«, rügte Michael Graetz sie. »Meine Ani, Gott hab sie selig, hat auch immer geschimpft, wenn ich mich ein paar Tage nicht hab sehen lassen. Glaub mir, Mädchen, wir Männer sind so. Kriechen in eine Höhle und finden dann den Ausgang nicht mehr, bis uns einer die Hand reicht.«

Unwillkürlich musste Magdalena lächeln. »Du magst recht haben. Aber einfach macht ihr Mannsbilder es uns damit nicht gerade.«

Ein leises Greinen drang aus der Kammer zu ihnen herüber, verstummte aber schon bald darauf wieder.

»Was ist eigentlich mit deinen eigenen Kindern?«, fragte Magdalena den Schinder in die folgende Stille hinein. »Sind wohl alle schon aus dem Haus?«

Michael Graetz zuckte mit den Schultern. »Die meisten sind gestorben, als sie noch klein waren. Nur der Hans und die Lisl haben den zehnten Sommer erlebt. Doch die Lisl hat vor ein paar Jahren die Pest geholt, und der Hans ist mit einem Haufen Dragoner als Trommler davongezogen.« Er seufzte. »Seit dem Tod meiner Frau ist mir nur der stumme Matthias geblieben. Er ist beinahe so etwas wie ein Sohn für mich.«

»Schimpfen tust du ihn jedenfalls, als wär's dein eigener.« Magdalena grinste. »Ein strammer Bursche. Wenn ich nicht schon verheiratet wär, könnt ich glatt schwach werden.«

»Dann hast du einen Mann, der gar nicht mehr redet.« Michael Graetz stand abrupt auf und wischte sich die Hände an der Schürze ab. »Ich muss jetzt wieder raus zum Matthias und ihm bei der Arbeit helfen. Und du solltest jetzt wirklich zu deinem Simon gehen und diesen leidigen Streit beenden. Heb dir das Schimpfen für später auf, ihr habt gerade Wichtigeres zu bereden. Ich hab solang ein Auge auf deine Kinder.« Er dachte einen Augenblick nach. »Wenn dein Vater heute nicht wieder auftaucht, gib mir Bescheid«, sagte er schließlich. »Der Matthias und ich, wir kennen ein paar Leute im Dorf, denen wir vertrauen können. Dann machen wir uns gemeinsam auf die Suche. Ich mag ein ehrloser Schinder sein, aber meine Familie lass ich nicht im Stich.«

»Das weiß ich, Michael, hab Dank.« Magdalena drückte ihm lächelnd die Hand. Auf einmal kam sie sich schäbig vor, dass sie vorher davon gesprochen hatte, ihre Kinder würden etwas Besseres werden.

Mit einem letzten Nicken wandte sie sich zum Ausgang und eilte den schmalen Dorfweg auf das Kloster zu, das im Licht der untergehenden Sonne wie ein riesiger schwarzer Scherenschnitt aufragte. Noch war es nicht ganz dunkel, und Magdalena beschleunigte ihre Schritte, um vor Anbruch der Nacht im Hospital anzukommen. Dabei sah sie sich immer wieder ängstlich um; die Schatten der Bäume, die den Pfad säumten, schienen nach ihr zu greifen. Sie rannte den Berg hinauf, bis sie schließlich atemlos die äußeren Mauern um das Kloster erreichte.

Hier, zwischen den von der Reise müden Pilgern, die ihren Schlafunterkünften zustrebten, fühlte sie sich wieder einigermaßen sicher. Morgen, am Dreihostienfest, würde auf dem Heiligen Berg so viel los sein wie im gesamten Jahr nicht. Schon jetzt lag eine freudige Erwartung in der Luft. Es roch nach frischgebackenem Brot und Gebratenem, einige der kleineren Händler bauten unten an der Klostermauer noch ihre Stände auf, eine weitere Gruppe Wallfahrer zog mit Fackeln vom Kiental kommend in Andechs ein.

Als Magdalena die offene äußere Pforte passiert hatte und sich nach rechts zum Hospital wandte, spürte sie plötzlich, wie sich ihr jemand von hinten näherte. Sie hatte kein Geräusch gehört, es war mehr eine Ahnung, ein leises Stechen in der Schultergegend. Sie drehte sich in der schmalen Gasse abrupt um. Doch es war bereits zu spät.

Eine haarige Hand legte sich über ihren Mund und zog sie unerbittlich zwischen zwei windschiefe Schuppen. Magdalena zappelte und versuchte zu schreien, aber der Griff des Unbekannten war zu fest. Schließlich gelang es ihr zumindest, ihrem Angreifer kräftig in die Finger zu beißen.

»Autsch!«, erklang eine wohlvertraute tiefe Stimme. »Bist wahnsinnig, dein eigen Fleisch und Blut aufzufressen, du Natter!«

»Himmelherrgott, Vater«, schimpfte Magdalena und entspannte sich, während Jakob Kuisl sie fluchend losließ. »Was musst du mich bloß so erschrecken! Hättest du nicht einfach wie jeder vernünftige Mensch ›Grüß Gott‹ sagen können?«

»Damit du wild rumschreist und die Leute aus den Fenstern schauen? Red keinen Schmarren, immerhin werd ich ...«

»Gesucht«, unterbrach Magdalena ihren Vater. »Ich weiß. Der Semer ist schon ganz heiß drauf, dich in seine Finger zu kriegen.«

»Der Semer?« Jakob Kuisl saugte noch immer an seinem blutenden Finger. »Was hast du denn mit dem Semer zu schaffen?«

Der Henker trug zerschlissene Hosen, einen schlichten schwarzen Rock und den alten Mantel, den Magdalena bereits seit ihrer Kindheit kannte. Lächelnd musste sie daran denken, wie ihr Vater in der zerfransten Franziskanerkutte ausgesehen hatte. Mit seiner breiten Gestalt hatte er wirklich einen guten Mönch abgegeben.

»Karl Semer hat deinem Vetter, dem Graetz, einen Besuch abgestattet«, erwiderte sie schließlich.

»Dem Graetz? Wieso denn das?«

»Wenn du's wissen willst, dann sei endlich still und hör mir zu.«

Nachdem Magdalena ihrem Vater von dem bedrohlichen Auftritt des Schongauer Bürgermeisters erzählt hatte, schlug Kuisl zornig gegen die Schuppenwand.

»Verflucht, das hat mir grad noch gefehlt!«, polterte er. »Jetzt weiß ich auch, warum die Jäger und ein paar andere Büttel hier durch die Klostergassen schleichen. Der Semer hat ihnen vermutlich eine satte Belohnung versprochen, wenn sie mich erwischen. Aber darauf können's warten bis zum Sankt-Nimmerleins-Tag!« Er sah seine Tochter sorgenvoll an. »Hat dir der Simon schon erzählt, was oben im Kloster vorgefallen ist?«

»Gerade wollt ich zu ihm. Offenbar hat man Virgilius tot aufgefunden. Ist das wahr?«

Der Henker nickte. »Lass uns gemeinsam zu deinem Mann gehen. Wir müssen besprechen, was jetzt zu tun ist. Alles Weitere erzähl ich dir auf dem Weg.«

Unterwegs zum Hospital berichtete Kuisl ihr von dem Fund der Monstranz und dem sterbenden Laurentius.

»Wir können nur hoffen, dass der Pater noch einmal den Mund aufmacht«, sagte der Henker tonlos. »Wenn ihn sich nicht vorher dieser vermaledeite Hexer holt. Bet für deinen Mann, dass er ordentlich Wache hält und nicht eingeschlafen ist. Sonst wird er sich wünschen, nie einen Scharfrichter zum Schwiegervater gehabt zu haben.«

Magdalena nickte und versuchte nicht daran zu denken, was ihr Vater mit den letzten Worten gemeint haben mochte. Sie wusste, dass Jakob Kuisl zu cholerischen Ausbrüchen neigte. Gott sei Dank beruhigte er sich genauso schnell wieder, wie er auffahren konnte.

Sie beschleunigte ihre Schritte, bis endlich das Hospital vor ihnen auftauchte. Der notdürftig umgebaute Pferdestall lag bereits vollständig im Dunkeln, kein Licht drang von drinnen heraus.

»Mir schwant Übles«, knurrte Jakob Kuisl. »Entweder der Simon sieht wie eine Katze oder er ist tatsächlich eingeschlafen, der Schafschädel.«

»Vielleicht war doch alles ein wenig viel für ihn in letzter Zeit«, murmelte Magdalena, der ihr Mann plötzlich leidtat. Warum musste ihr Vater auch immer so streng mit ihm sein!

Ohne ein weiteres Wort zog Kuisl unter seinem Mantel eine Fackel hervor und entzündete sie mit einem mitgebrachten

Zunderkästchen. Dann öffnete er lautlos die Tür zum Hospital.

Im Licht der Fackel sah Magdalena schemenhaft die etwa zwei Dutzend Betten, die über den ganzen Raum verteilt waren. In den meisten wälzten sich schlaftrunkene Gestalten, die husteten oder ob der plötzlichen Störung kurz den Kopf hoben, bevor sie wieder auf ihre Schlafstatt zurückfielen. Ziemlich weit vorne erkannte die Henkerstochter ihren Mann. Er kauerte neben einem der Betten auf einem Stuhl; sein Körper war vornübergebeugt, der Brustkorb erzitterte in regelmäßigen Abständen.

Und er schnarchte.

»Hab ich's doch gewusst! Dreifach vernagelter Hundsfott!«

Der Henker eilte auf den friedlich schlafenden Medicus zu und rüttelte ihn wach.

»Hab ich dir nicht gesagt, du sollst Wache halten?«, zischte er. »Und jetzt sägst du hier den ganzen Kientaler Wald zusammen!«

»Wie? Was …« Simon rieb sich die Augen. Es dauerte eine Weile, bis er erkannte, wer vor ihm stand.

»Mein Gott, Kuisl!«, rief er schließlich. »Es … es tut mir leid. Aber die letzten Tage …«

Doch der Henker hatte sich bereits wieder abgewandt und beugte sich nun über den leblosen Novizenmeister. Er hielt sein Ohr an dessen Brust, dann fühlte er den Puls.

»Verflucht!«, flüsterte er. »Der Mann ist tot! Jetzt werden wir nie erfahren, wo er die Monstranz gefunden und wer ihm das angetan hat!«

»Das … das kann nicht sein.« Simon fuhr hoch und tastete nach Laurentius' Herzschlag. Dann riss er die Verbände von dem verbrannten Gesicht des Mönchs und hielt ihm die kleine Kupferscheibe vor die Nase. Als sie nicht beschlug, ließ er sich niedergeschlagen zurück in den Stuhl fallen.

»Es muss in der letzten Stunde passiert sein«, sagte er reumütig. »Ich habe noch ein wenig gelesen, und dann sind mir wohl die Augen zugefallen.«

»Und der Hexer ist gemütlich hier hereinspaziert und hat unserem einzigen Zeugen das Lebenslicht ausgeblasen«, blaffte der Henker. »Viel wird dazu nicht mehr nötig gewesen sein.«

»Wie kommst du darauf, dass es wirklich dieser Hexer war?« Magdalena flüsterte, um die anderen Kranken nicht zu wecken. »Vielleicht ist er einfach so gestorben.« Insgeheim spürte sie, dass sie nach Gründen suchte, um Simon vor dem Zorn ihres Vaters zu bewahren.

»Und was ist das hier?« Mit spitzen Fingern zog der Henker einen Fetzen schwarzen Tuches aus der geballten Faust des Novizenmeisters. »Schaut ganz so aus, als hätte sich Pater Laurentius doch nicht ganz kampflos auf den Weg ins Paradies gemacht.«

Magdalena beugte sich über den winzigen Fetzen. »Das könnte von einer Kutte stammen«, sagte sie nachdenklich. »Oder aber von einem anderen Kleidungsstück. Jedenfalls ist es nicht unbedingt ...« Sie brach ab und sah nach unten, wo Simon am Boden herumkroch und ganz offensichtlich etwas suchte.

»Was in Herrgotts Namen machst du da?«

»Die ... die Andechser Chronik!«, stieß Simon hervor. »Sie ist verschwunden! Ich habe vorhin noch darin gelesen. Als ich eingeschlafen bin, muss sie mir aus der Hand gefallen sein. Und jetzt ist sie weg!«

»Na wunderbar«, knurrte der Henker. »Nicht nur dass dieser Hexer unseren einzigen Zeugen umbringt. Jetzt stiehlt er auch noch deine Bücher, während du ihm was vorschnarchst. Wie saublöd bist du eigentlich?«

»Vater, hör doch auf, ihn zu quälen!«, schimpfte Magdalena. »Du siehst doch, dass es ihm leidtut. Außerdem hättest du dich ebenso gut hersetzen und Wache halten können. Aber nein, du musstest ja wie so oft durch die Wälder streifen.«

»Weil ich gesucht werde, du freches Flitscherl! Wie oft muss ich dir das noch sagen?«

Von den hinteren Betten war erneut Stöhnen zu vernehmen. Ein älterer Bauer mit grauem eingefallenem Gesicht hatte sich aufgerichtet und blickte neugierig zu ihnen herüber.

»Wenn ich einen Vorschlag machen dürfte«, flüsterte Simon, der sich mittlerweile wieder vom Boden erhoben hatte. »Lasst uns dieses Gespräch unten in der kleinen Elisabethkapelle fortsetzen. Dort sind wir ungestört, und ich kann euch besser erzählen, was ich in der Chronik herausgefunden habe.« Er versuchte ein Lächeln. »Vielleicht kann ich damit wieder was gutmachen und lande nicht sofort auf der Streckbank.«

Die Elisabethkapelle befand sich unterhalb der Klosterkirche. Sie war direkt in den Hang hineingebaut, ein unscheinbares Kirchlein, das auch an belebten Tagen ein Hort der Stille und Einkehr war.

Bisweilen besuchten Pilger die Kapelle, weil das Wasser des kleinen Brunnens in der Apsis Augenleiden heilen sollte. Jetzt, gegen zehn Uhr nachts, war es hier jedoch so still wie im Wald dahinter. Kleine Kerzen brannten neben dem Altar und warfen ein flackerndes Licht auf die wenigen Kirchenbänke, in denen die drei Kuisls saßen.

»Und du meinst, der Bibliothekar, der Cellerar und vielleicht auch dieser Hexer suchen die Reliquien und Schätze, die damals während der Eroberung der Andechser Burg versteckt wurden?«, fragte Magdalena ungläubig.

Simon hatte den anderen beiden von seinen Überlegungen

erzählt. Nun wiegte er nachdenklich den Kopf. »In der Andechser Chronik steht, dass die Eroberer nichts fanden, gar nichts«, erwiderte er schließlich. »Erst fast zweihundert Jahre später huschte eine Maus aus einem Loch in der Burgkapelle hervor, in ihrem Maul einen Pergamentfetzen, auf dem einzelne Reliquien verzeichnet waren. So kam man endlich den Heiligtümern auf die Spur.«

»Stimmt«, sagte Magdalena und zog sich fröstelnd ihr Tuch über die Schultern. »Das hat mir auch dieser ekelhafte Pater Eckhart erzählt. Aber warum sollte es noch mehr geben als das, was damals gefunden wurde?«

Simon beugte sich in der Kirchenbank nach vorne. »In der Klosterchronik werden alle Reliquien erwähnt, die in der Heiligen Kapelle aufbewahrt werden«, erklärte er. »Aber auf der Liste des Grafen standen weitaus mehr, darunter auch …«

»Was für eine Liste des Grafen?«, unterbrach ihn Kuisl, der bislang schweigend mit seiner Pfeife im Mund zugehört hatte. »Davon weiß ich ja gar nichts. Hat dir dieser adlige Klugscheißer vielleicht ganz höflich sein Arbeitszimmer gezeigt? Red keinen Schmarren, ich bitt dich!«

»Langsam, langsam. Das Beste hab ich euch ja noch gar nicht erzählt.« Der Medicus hob beschwichtigend die Hände und grinste. Er wusste, dass einer der wesentlichen Charakterzüge des Henkers seine unstillbare Neugierde war. Jetzt war es an Simon, seinen Schwiegervater auf die Folter zu spannen.

»Natürlich hat mir der Graf nicht sein Arbeitszimmer gezeigt«, sagte er schließlich im süffisanten Ton. »Ich hab es mir ohne seine Zustimmung angeschaut. Dabei bin ich eben auf diese Liste und auf einen Plan gestoßen. Einen Plan, der meiner Meinung nach die ehemaligen unterirdischen Gänge und Keller dieser Burg zeigt. Gut möglich, dass es der gleiche Plan ist, der dem Bibliothekar gestohlen wurde. Wir sollten also die Möglichkeit in Betracht ziehen, dass der Graf selbst der Hexer ist und er genau wie ein paar der Mönche die verborgenen Schätze sucht.«

Genüsslich bemerkte Simon, wie ihn Jakob Kuisl und Magdalena fassungslos anstarrten.

»Du hast die Zimmer des Grafen durchsucht?«, fragte Magdalena ungläubig. »Aber wenn dich jemand gesehen hätte ...«

»Es hat mich aber keiner gesehen«, wiegelte Simon ab, wobei er versuchte, nicht an seinen Ausflug auf den Fenstersims zu denken.

»Und? Wo ist dieser Plan jetzt?«, hakte der Henker nach.

Simons klammheimliche Freude über die Verblüffung seines Schwiegervaters bekam einen herben Dämpfer. »Äh, unglücklicherweise war es mir nicht möglich, ihn mitzunehmen«, erwiderte er. »Aber ich habe ihn mir gut eingeprägt. Vor allem ein paar hingekritzelte Worte gehen mir nicht mehr aus dem Kopf.« Er konzentrierte sich. »*Hic est porta ad loca infera*. Das heißt übersetzt ...«

»Hier ist die Pforte zu den unterirdischen Orten«, murmelte Jakob Kuisl. »So viel weiß ich selbst, du Schlaumeier. Genau die suchen wir ja. Aber hast du auch gesehen, wo diese Pforte sein soll?«

Verlegen zuckte Simon mit den Schultern. »Äh, leider nein. Ich hatte nur sehr wenig Zeit, und die Schrift war auch sehr undeutlich.«

Neben ihm seufzte Magdalena und reckte sich auf der harten Kirchenbank.

»Die Sache wächst mir langsam über den Kopf!«, stöhnte sie. »Bislang dachten wir doch, dass es diesem Hexer allein um die heiligen Hostien geht. Deshalb hat er den Uhrmacher Virgilius entführen lassen, um dessen Bruder, den Abt, zu erpressen. Das ist ihm auch gelungen. Was also sollen diese unterirdischen Gänge? Warum hat der Graf eine Karte davon? Und was um Himmels willen verstecken Pater Benedikt und Pater Eckhart dort unten? Das ergibt doch alles keinen Sinn!«

Simon schwieg. Er dachte an das Tüchlein mit der Initiale ›A‹, das sie neben dem Grab des alten Mönchs gefunden hatten. Jakob Kuisl und er hatten diese Entdeckung bislang vor Magdalena geheim gehalten, um sie nicht noch mehr zu ängstigen. Lauerte in den Tiefen des Klosters vielleicht wirklich ein Golem, ein Automat, der durch die Hostien zum Leben erwacht war und sich nun nicht mehr bändigen ließ?

»Ich wette mein Richtschwert, dass die Hostien nicht mehr in der Monstranz sind«, meldete sich nun Jakob Kuisl, der weiter an seiner kalten Pfeife zog. »Dieser Hexer hat sie sich geholt, so viel ist sicher. Morgen am Dreihostienfest werden der Prior und die anderen Mönche einfach ein paar trockene Oblaten in die Höhe halten und den Wallfahrern zeigen. Keiner wird etwas merken.«

»Und deinem Nepomuk kann man getrost die Morde an Virgilius und Coelestin in die Schuhe schieben. Vermutlich hat er schon auf der Streckbank gestanden. Kruzitürken!« Magdalena schlug hastig ein Kreuz, als sie merkte, dass sie in der kleinen Kapelle geflucht hatte. »Jetzt, wo man die Leiche von Virgilius gefunden hat, ist nicht einmal mehr der Abt auf unserer Seite. Es ist zum Verzweifeln!«

Simon biss sich auf die Lippen. »Und die Andechser Chronik ist auch verschwunden«, sagte er leise. »Vielleicht hätte ich darin noch einen Hinweis auf diese Gänge gefunden, aber so ...« Er schüttelte den Kopf, schließlich wandte er sich an seinen Schwiegervater.

»Sieht ganz so aus, als müsstet Ihr Euch mit dem Schicksal Eures Freundes abfinden«, sagte er bedauernd zu Kuisl. »Selbst, wenn wir noch herausbekommen, was es mit diesen

Gängen auf sich hat und wofür dieser Hexer die Hostien braucht – solange wir nicht den wahren Täter finden, können wir Nepomuks Unschuld nicht beweisen.« Simon zuckte ratlos mit den Schultern. »Und ich wüsste nicht, wie uns das in den nächsten Tagen bis zur Hinrichtung gelingen sollte.«

»Ich geb nicht auf! Niemals!« Der Henker erhob sich drohend von der Kirchenbank, sein mächtiger Körper warf im Licht der Kerzen einen langen Schatten an die Wände der Kapelle. »Sakrament! Ich weiß, dass der Nepomuk noch nicht gestanden hat. Ich spür's in jedem Knochen meines Körpers! Dafür kennen wir zwei uns schon zu lange. Aber so was könnt ihr Grünschnäbel nicht verstehen.« Er stapfte auf den Ausgang zu, dann wandte er sich noch einmal um. »Ich sag euch, was ich jetzt machen werde. Ich werd nachdenken. Irgendwas ist mir noch immer eingefallen. Eher wird ein Gevierteilter wieder ganz, als dass ich einen Freund im Stich lasse. Gehabt euch wohl!«

Kuisls Schritte verhallten auf dem Waldpfad unterhalb der Klostermauer, und schon bald umgab Simon und Magdalena wieder die Stille der Kapelle.

Nach einer Weile räusperte sich der Medicus.

»Magdalena ...«, begann er zögernd. »Ich weiß, es war in den letzten Tagen nicht immer leicht für dich und die Kinder ...«

Magdalena drehte sich von ihm weg. Plötzlich schien sie vollauf mit ihrem Tuch und den Haaren beschäftigt zu sein. »Das kannst du laut sagen, du störrischer Hammel!«, murrte sie. »Beinahe hab ich geglaubt, ich hätte keinen Mann mehr. Der stumme Matthias war den Kindern schon näher als ihr eigener Vater.«

Simon fühlte, wie ihm das Herz schwer wurde. »Hör zu, es tut mir leid«, sagte er schließlich. »Vermutlich ist mir alles einfach über den Kopf gewachsen. Diese abscheulichen

Morde, dein ewig grummelnder Vater und dann auch noch der sterbenskranke Sohn des Grafen …«

»Geht es dem Kleinen denn besser?«, fragte Magdalena leise.

Simon zuckte mit den Schultern. »Ich habe ihm das Jesuitenpulver gegeben, das ich im Apothekerhaus gefunden habe. Alles Weitere weiß nur Gott.« Er seufzte. »Wenn er stirbt, ist es wohl auch um mich geschehen. Aber daran will ich gar nicht denken.« Ein kleines Lächeln erschien auf seinen Lippen. »Wenigstens bin ich dieser verfluchten Seuche jetzt endlich auf die Schliche gekommen.«

»Wie meinst du das?«, erkundigte sich Magdalena neugierig.

Simon spürte, wie ihr Groll langsam verschwand, und das erfüllte ihn mit Erleichterung. Alles ließ sich ertragen, wenn nur sie beide zusammenhielten.

»Nun, ich glaube, ich weiß, was die Seuche ausgelöst haben könnte«, sagte er schließlich. »Das macht die Toten zwar auch nicht wieder lebendig. Aber wenigstens kennen wir dann den Ursprung dieser Pestilenz und können etwas dagegen tun. Ich hoffe sehr, dass Jakob Schreevogl mehr darüber herausgefunden hat. »

In geflüsterten Worten erzählte er Magdalena von seinem Verdacht. Die Henkerstochter rückte währenddessen immer näher an ihn heran. Schließlich kuschelte sie sich wie ein kleines Mädchen an seine Schulter.

»Und du glaubst, dadurch sind all die Leute krank geworden?«, fragte sie zögernd.

Simon nickte. »Vieles deutet darauf hin. Ich hab im Buch dieses Italieners Fracastoro davon gelesen. Er berichtet von ähnlichen Symptomen.«

»Dann lass uns nur hoffen, dass wir dem Übeltäter bald auf die Schliche kommen.«

Sie drückte sich ganz nah an ihn, und er spürte, wie sie fröstelte. Obwohl es bereits Mitte Juni war, waren die Nächte noch ungewöhnlich kühl. Fürsorglich nahm er seinen Mantel von der Schulter und legte ihn ihr um.

»Lass uns jetzt zum Graetz gehen und schlafen«, sagte er und half ihr aus der Kirchenbank. »Morgen ist das Dreihostienfest. Ich weiß nicht, warum, aber ich bin mir sicher, dass dieses Fest mit all den merkwürdigen Vorkommnissen zusammenhängt. Als hätte der Hexer allein auf diesen Tag gewartet.«

»Dann ist es bestimmt besser, wenn wir ausgeruht sind.« Magdalena drückte seine Hand, und gemeinsam traten sie hinaus in die kühle Nachtluft vor der Elisabethkapelle.

»Ich werde morgen noch mal mit dem Andechser Abt reden«, sagte sie und blickte hinauf in den sternenlosen Himmel. Wolken hatten sich vor den Mond geschoben, irgendwo krächzte ein Käuzchen. »Ich glaube, er mag mich. Vielleicht hilft uns Pater Maurus doch noch bei der Suche nach dem wahren Täter, auch wenn nun klar ist, dass sein Bruder nicht mehr lebt.« Plötzlich hielt sie inne.

»Hörst du das auch?«, fragte sie ihren Mann. »Dieses klingelnde Geräusch?«

Simon lauschte kurz, dann schüttelte er ungläubig den Kopf. »Da ist nichts, nur der Wind und dein eigenes ängstliches Herzklopfen.« Lachend zog er Magdalena weg von der Kapelle, dem Kloster mit seinen erleuchteten Fenstern zu. »Komm endlich, du siehst ja schon hinter jedem Baum Gespenster!«

Irgendwo tief unter ihnen zog der Automat seine ewig gleichen Bahnen. Wenn Simon weniger laut gelacht hätte, hätte er die Musik vielleicht auch vernommen.

Der Prior duckte sich tief auf dem Rücken des Pferdes und ritt die einsame dunkle Landstraße zurück nach Andechs.

Heulend fuhr ihm eine Böe durch die wenigen Haare seiner Tonsur, jenseits des Sees grollte Donner, und ein Wolf heulte in der Ferne, doch Pater Jeremias hörte nichts von alledem. Zu sehr war er in Gedanken versunken. Die Befragung von Frater Johannes hatte nicht die gewünschte Wirkung erbracht. Der Weilheimer Scharfrichter hatte dem Unglückswurm drei weitere Fingernägel gezogen, die Daumen gequetscht, ihn auf den sogenannten Spanischen Reiter gesetzt und Johannes' Körper schließlich an den nach hinten gebogenen Armen mit einer Seilwinde in die Höhe gezogen. Aber der störrische Mönch hatte nicht gestanden. Er hatte seine Gebete gemurmelt und immer wieder von einem Jakob gefaselt, der ihm helfen würde. Pater Jeremias war sich nicht sicher, wen er damit meinte. Der heilige Jakob war der Schutzpatron der Wallfahrer. Glaubte der einfältige Narr wirklich, von diesem Heiligen Unterstützung zu bekommen?

In den Abendstunden hatten sie die Befragung schließlich abgebrochen. Immerhin war morgen das im ganzen Deutschen Reich bekannte Andechser Dreihostienfest. Die christliche Nächstenliebe verbot es einfach, jemandem an einem solchen Tag die Nägel herauszureißen. Sie würden wohl oder übel übermorgen weitermachen müssen.

Fluchend hieb der Prior dem schwarzen Rappen seine Fersen in die Seite und trieb ihn zur Eile an. Es gab noch jede Menge vorzubereiten! Der Abt hatte ihm gestern früh mitgeteilt, dass er die Messe anlässlich des Festes ihm, Jeremias, überlassen würde. Der Prior lächelte schmal. Offenbar hatte der Alte bereits akzeptiert, dass hier demnächst ein anderer das Sagen hatte. Umso wichtiger war es, dass Frater Johannes endlich gestand! Nicht nur, weil der Weilheimer Landrichter dem Prior deutlich gemacht hatte, dass eine erfolgreiche Befragung Voraussetzung für die Berufung zum Abt war, sondern auch, weil Jeremias einen Sündenbock brauchte. Diese leidige Sache musste so schnell wie möglich aus der Welt geschafft werden! Viel zu viel war schon herumgeschnüffelt worden, dieser Schongauer Bader raubte ihm den letzten Nerv. Zudem hatte Pater Benedikt ihm berichtet, dass ein falscher Mönch die Klosterkammern durchsucht hatte und nun auch der Plan verschwunden war. Der so lange gehütete geheime Plan, der sich seit Jahrhunderten im Besitz des Klosters befand! War ihnen vielleicht schon jemand auf die Spur gekommen? Der Prior hatte einen schrecklichen Verdacht.

Das Wolfsheulen erklang nun näher, und Pater Jeremias begriff erst jetzt, dass er in Gefahr war. So wie es sich anhörte, musste es ein ganzes Rudel sein, das hier in den Wäldern rund um Andechs sein Unwesen trieb. Grimmig fasste der Prior in die Zügel und schlug dem Pferd auf die Hinterbacke. »Hü! Lauf, du alte Mähre, wenn dir dein Leben lieb ist!«

Jeremias beugte sich tiefer über den Sattel, um dem Wind so wenig wie möglich Widerstand zu bieten und schneller voranzukommen. Wenn er erst Abt war, würde er Männer ausschicken, die mit diesen Bestien im Wald endgültig aufräumten! Und auch im Kloster würde einiges anders werden. Jeremias träumte schon lange davon, den alten Bau abzureißen und geschickte Handwerker aus Wessobrunn oder von jenseits der Alpen zu beauftragen, ihm ein neues Kloster zu schaffen – größer, imposanter, so wie es die benachbarten Klöster Steingaden und Rottenbuch vorgemacht hatten. Es durfte nicht sein, dass der Heilige Berg aussah wie eine sturmgeschleifte Ruine aus dem Großen Krieg! Doch dafür brauchte man Geld, viel Geld. Der Prior lächelte.

Geld würde schon bald kein Problem mehr sein. Nur noch ein paar Jahre, dann würde sein Traum endlich in Erfüllung gehen. Wenn nicht irgendetwas Unvorhergesehenes dazwischenkam und man ihr kleines Versteck entdeckte …

Schon allein deshalb musste Johannes gestehen – zum Wohle der Kirche. Damit endlich wieder Ruhe herrschte.

Die Wölfe waren jetzt so nah, dass Pater Jeremias ihre Augen in der Nacht leuchten sah. Er spürte, wie das Pferd unter ihm zitterte, sein Fell troff vor Schweiß. Es lief im schnellsten Galopp, doch schon bald ging es den steilen Berg hinauf durch das Kiental, und der Gaul musste seinen Schritt verlangsamen. Die Wölfe holten auf, immer lauter konnte der Prior sie hinter sich heulen und hecheln hören.

Mit einem wilden Schrei drehte sich Pater Jeremias plötzlich um, zog eine elfenbeinverzierte Steinschlosspistole unter seiner Kutte hervor und drückte ab. Ein Blitz zuckte durch die Dunkelheit, begleitet von einem lauten Krachen und Jaulen. Die Wölfe blieben zurück.

Schwer atmend steckte der Prior die Pistole wieder ein und konzentrierte sich ganz auf den Weg vor sich. Zwischen den Bäumen war es jetzt so dunkel, dass er kaum die heruntergefallenen Äste auf dem Boden sehen konnte. Jeremias zitterte. Der Weilheimer Landrichter hatte ihm die Waffe samt Pulver und Kugeln erst gestern zugesteckt, ein persönliches Geschenk, das das Band zwischen ihnen festigen sollte. Nie hätte der Prior gedacht, dass er die Pistole so schnell benützen würde. Doch nun, da er das kalte Eisen des Laufs wieder unter seiner Kutte spürte, merkte er, dass ihm das Schießen Spaß gemacht hatte.

Er hatte … Lust dabei gespürt. Das kühle Gewicht, der Rückstoß, der gequälte Schrei des Wolfs …

Erneut griff Jeremias nach der Pistole und sah sich um, doch die Wölfe waren verschwunden.

Schade.

Endlich, nach einer halben Ewigkeit, tauchten vor ihm die

Lichter der Häuser unterhalb des Klosters auf. Der Andechser Prior trieb sein Pferd ein letztes Mal an und erreichte schließlich schweißüberströmt die äußere Pforte, wo ihm der Pförtner mit einem ergebenen Nicken öffnete.

Nachdem Jeremias abgestiegen war, wanderten seine Hände noch einmal zu der kühlen Waffe zwischen seinen Beinen. Er lächelte und schlug geistesabwesend ein Kreuz.

Vielleicht würde er die Pistole schon bald wieder gebrauchen können.

Kapitel 15

Sonntag, der 20. Juni Anno Domini 1666,
mittags in Andechs

Kurz vor dem Zwölfuhrläuten versammelten sich die Wallfahrer auf dem Platz vor der Klosterkirche. Viele von ihnen waren schon im Morgengrauen gekommen, zwischen den dichtgedrängten Menschen schimmerten buntgeschmückte Fahnen mit den Wappen von Städten und Dörfern.

Simon stand eingezwängt zwischen einigen blassen, übermüdeten Münchnern und einer Schar Pilger aus Augsburg, die im schwäbischen Dialekt eine schier unendliche Zahl von Vaterunsern und Ave-Marias herunterleierten. Mittlerweile mussten sich über tausend Wallfahrer auf dem kleinen Platz befinden, und von unterhalb des Klosters drängten weitere die schmale Gasse hinauf. Immer wieder schauten die Pilger empor zum Erker der Klosterkirche, wo der Menge gegen Mittag die Heiligen Drei Hostien präsentiert werden sollten.

Neben Simon stand gähnend Jakob Kuisl. Wie so oft hatte er die halbe Nacht mit Nachdenken im Wald verbracht und war erst in den frühen Morgenstunden ins Schinderhaus zurückgekehrt. Der Henker trug seinen schwarzen Mantel und versuchte sich zwischen all den Gläubigen so klein wie möglich zu machen – was angesichts seiner Körpergröße von über sechs Fuß ein ziemlich hoffnungsloses Unterfangen war. Trotzdem hatte Simon ihn nicht davon abhalten können, die sogenannte »Weisung«, also das Vorzeigen der Hostien, zu besuchen. Später wollten sie noch gemeinsam zur Messe und sich dann, wenn Pilger und Mönche gemeinsam mit der Monstranz um die Kirche zogen, der Menge anschließen. Noch immer hofften sowohl Simon wie auch Jakob Kuisl, dass am heutigen Tag des Dreihostienfests irgendetwas geschah, was ihnen vielleicht weiterhelfen konnte.

Verschlafen rieb sich Simon die rotgeäderten Augen. Bereits in den frühen Morgenstunden war er zum Grafen Wartenberg gerufen worden. Der Medicus war sich dabei vorgekommen, als ginge er zu seiner eigenen Hinrichtung, doch seine Befürchtungen hatten sich als grundlos erwiesen. Das Jesuitenpulver schien tatsächlich gewirkt zu haben! Der Junge war fieberfrei und ganz offensichtlich auf dem Weg der Besserung. Ein- oder zweimal hatte der Graf Simon misstrauisch von der Seite angesehen, und der Medicus fürchtete schon, seine gestrige Durchsuchung des Arbeitszimmers wäre doch noch aufgefallen. Aber dann hatte der Graf ihm nur aufmunternd auf die Schulter geklopft. Simon hatte sich beherrschen müssen, um nicht unwillkürlich zusammenzuzucken.

Ein jäher Schmerz brachte den Medicus zurück in die Gegenwart auf dem Klosterplatz. Ein Pilger war ihm versehentlich auf die Füße getreten. Simon unterdrückte einen Fluch und wandte sich flüsternd seinem Schwiegervater zu: »Und wenn Euch nun jemand erkennt?« Seit ihm Magdalena von ihrer unglückseligen Begegnung mit den Semers erzählt hatte, rechnete Simon jede Stunde damit, dass die Tarnung des Henkers aufflog. »Ihr hättet wenigstens einen weniger auffälligen Mantel anziehen können! Habt Ihr nicht selbst gesagt, dass die Klosterbüttel hinter Euch her sind?«

»Schmarren«, knurrte Kuisl und zog seinen Kragen noch ein wenig höher. »Die haben heut wirklich Besseres zu tun, als einen dahergelaufenen Franziskanermönch zu suchen. Schau doch selbst, was hier los ist!« Mit seinem kräftigen Arm deutete er auf die Menge der Pilger, die von Minute zu Minute dichter wurde. Von überall wehten kirchliche Gesänge zu Simon herüber. Es roch so intensiv nach Weihrauch, dass ihm beinahe schwindlig wurde.

»Wir können nur hoffen, dass diese Krankheit, die umgeht, nicht ganz so ansteckend ist, wie ich befürchte«, murmelte der Medicus. »Sonst wird noch ganz Bayern von ihr überrollt.«

Tatsächlich schienen Wallfahrer aus den entferntesten Ecken des Kurfürstentums und noch darüber hinaus gekommen zu sein. Simon hörte die Dialekte von Schwaben, Franken, Pfälzern und Sachsen. Sogar einige ihm fremde Sprachfetzen waren darunter. Der Gedanke, dass die Pilger die Krankheit zurück in ihre Städte und Dörfer tragen könnten, verursachte dem Medicus ein mulmiges Gefühl. In all dem Treiben war es Simon bislang noch nicht möglich gewesen, Jakob Schreevogl zu fragen, was er gestern in der Klostergaststätte herausgefunden hatte.

»Kruzitürken! Ich glaub, es ist gut, dass Magdalena mit den Kindern sich das hier nicht antut«, meldete sich nun erneut sein Schwiegervater. »Die Bälger werden hier nur totgetreten oder gehen verloren.« Unruhig trat er von einem Bein auf das andere, und Simon musste unwillkürlich grinsen. Er wusste, dass Jakob Kuisl von jeher Schwierigkeiten mit großen Menschenansammlungen hatte. Am liebsten waren ihm der stille Wald und ein paar zwitschernde Vögel in den Bäumen.

»Magdalena will noch einmal mit dem Abt sprechen«, erwiderte Simon. »Vielleicht weiß er doch etwas, was uns weiterhelfen kann.«

»Heute? Vergiss es!« Der Henker spuckte aus, wobei er fast

ein altes Weiblein neben ihm getroffen hätte, das ihn daraufhin böse anfunkelte. »Warum sollte der Abt am Dreihostienfest ausgerechnet für die Magdalena Zeit haben?«

»Ich habe gestern Abend noch länger mit ihr geredet«, erwiderte Simon. »Sie hat Pater Maurus vor kurzem im Klostergarten getroffen. Dabei hat er ihr wohl erzählt, dass er die Hostienweisung diesmal dem Prior überlassen will.«

»Ein Abt, der das wichtigste Fest des Jahres versäumt?« Kuisl blinzelte argwöhnisch. »Ist das nicht ein bisserl merkwürdig?«

»Die Sache mit seinem Bruder ist Pater Maurus wohl sehr zu Herzen gegangen. Da ist es doch nur zu verständlich, wenn er sich nicht dazu in der Lage fühlt, eine Messe zu leiten.« Simon zuckte mit den Schultern. »Jedenfalls hofft Magdalena, dass sie den Abt auch heute im Klostergarten antrifft. Er scheint häufiger dort zu sein.«

Kuisl lachte höhnisch. »Und da wird er gerade mit meiner Tochter einen Plausch halten wollen? Träum weiter, Schwiegersohn.«

»Eure Tochter ist, wie Ihr selbst wisst, äußerst durchsetzungsfähig«, sagte Simon grinsend. »Wahrscheinlich wird sie am Jüngsten Tag sogar mit allen Erzengeln reden dürfen. Hauptsache, sie lässt sie nachher in Ruhe.«

Mit einem Mal ging ein Raunen durch die Menge. Simon blickte nach oben und sah, dass der Andechser Prior soeben den Balkon des kleinen Erkers betreten hatte. Im Gegensatz zum noch eingerüsteten Dach war dieser so wichtige Teil des Klosters bereits fertiggestellt.

Mit erhabener Miene hob Pater Jeremias einen silbernen Gegenstand in die Höhe, und die Pilger auf dem Klostervorplatz fielen auf die Knie und senkten demütig ihr Haupt. Aus dem Augenwinkel heraus beobachtete Simon, wie die Alte neben Jakob Kuisl die Augen verdrehte und zur Seite kippte, wo ihr ebenso greiser Mann sie zärtlich auffing. Von anderswo waren spitze Schreie und vereinzelte Rufe zu vernehmen.

»Die Heiligen Hostien! Jesus, Maria, die Heiligen Hostien! Gott segne uns!«

Auch Simon und der Henker sanken auf die Knie. Der Medicus spürte, wie ihn angesichts der betenden Massen ein warmes Kribbeln durchlief. Seine Nackenhaare stellten sich auf, und seine Augen tränten im Dunst des Weihrauchs. Er war nie ein sonderlich gläubiger Mensch gewesen – im Gegensatz zu seiner Frau, die auch die Idee zu dieser Wallfahrt gehabt hatte. Doch nun, zwischen all den jungen und alten Menschen, die von weit her gekommen waren, um drei geweihte Oblaten in einem silbernen Gefäß zu betrachten, überlief auch ihn ein Schauer. Selbst Jakob Kuisl neben ihm schien ergriffen. Mit schmalen Augen sah der Henker hinauf zu dem Balkon, wo der Prior soeben die Worte der Segnung sprach.

»Benedictat vos omnipotens Deus Pater, et Filius, et Spiritus Sanctus … «

Die Menschen sanken noch tiefer in den Staub, manche weinten, andere lachten hysterisch oder schlugen sich wie besessen auf Rücken und Brust.

Nur Jakob Kuisl blickte noch immer wie gebannt hinauf zu dem Balkon.

»Beeindruckend, nicht wahr?«, flüsterte Simon. »So viel Glauben, man könnte fast selbst …«

»Kruzitürken, hör doch auf mit dem Schmarren!«, unterbrach ihn der Henker. »Ich weiß noch gut, wie die Katholischen mit ihren Spießen und Schwertern über die Magdeburger hergefallen sind. Da hatten die auch so ein Leuchten in den Augen, und von ihren Händen tropfte Blut. Wer beten will, soll das im Stillen in der Kirche tun und keinen Zinnober treiben wie auf einem Jahrmarkt.« Er deutete hinauf zur

Monstranz, die der Prior noch immer wie ein göttliches Flammenschwert über sich hielt. »Jede Wette, dass die echten Hostien ohnehin nicht mehr dort drin sind.«

Simon grinste. »Und ich habe schon geglaubt, Ihr seid vom Blitz der Erkenntnis getroffen worden.«

»Was ich und Gott zu bereden haben, das machen wir ganz allein unter uns aus. Das kannst du mir ...«

Plötzlich ertönte aus der Nähe ein Schrei, der anders klang als das übliche fromme Rufen. Simon schreckte auf und sah zwei Männer, die sich durch die Menge drängten und sich ihnen langsam näherten. Flankiert wurden sie von vier Andechser Jägern, bewaffnet mit Spießen und Armbrüsten.

Der fette Mann in ihrer Mitte war kein anderer als der Schongauer Bürgermeister. An seiner Seite ging sein Sohn, der beim Anblick des Henkers triumphierend grinste.

Nun beschleunigten die beiden ihre Schritte, sie waren nur noch wenige Dutzend Meter von Simon und Jakob Kuisl entfernt.

»Ha, Kuisl! Hab ich's doch gewusst!«, rief Karl Semer so laut, dass sich viele der Wallfahrer nach ihm umdrehten. Selbst der Prior oben auf dem Balkon hielt kurz mit der Segnung inne.

»Räudiger Henker!«, tobte der Bürgermeister. »Dein Kopf ragt aus der Menge wie ein Fahnenmast, du entkommst mir nicht. Ergreift den Kirchenschänder und falschen Mönch!«

Entschlossen schoben sich die Büttel durch die protestierende Menge auf Simon und Jakob Kuisl zu.

»Und jetzt?«, zischte der Medicus. »Ich hab Euch noch gewarnt, aber nein, Ihr konntet ja nicht hören!« Er deutete auf einige der Fenster im Nebenbau des Klosters, wo die bessergestellten Pilger untergebracht waren. »Die beiden Schreihälse müssen Euch von dort oben gesehen haben. Was um Himmels willen sollen wir jetzt tun?«

»Was schon?« Der Henker drückte einige der umstehenden Wallfahrer zur Seite, so dass sich eine schmale Gasse bildete. »Wir nehmen die Beine in die Hand. Wollen doch mal sehen, wer hier schneller ist – der Schongauer Scharfrichter oder der fette Semer und sein krummbeiniger Sohn. Schließlich war ich schon Henker, als dieser aufgeblasene junge Pfeffersack noch in die Windeln geschissen hat.«

Unter leisem Fluchen eilte ihm Simon hinterher, während hinter ihnen noch immer die wüsten Schreie der Semers ertönten.

Mit leichtem Herzen wanderte Magdalena mit ihren Kindern durch die duftenden Blumenwiesen hinter dem Kloster. Die Sonne hatte den Zenit erreicht. Nun strahlte sie warm über die Felder und Äcker und ließ das letzte bisschen Tau des Morgens als weichen Dunst zum Himmel steigen.

Magdalena summte leise vor sich hin. Bei ihrem gemeinsamen Frühstück im Schinderhaus hatte sich Simon sichtlich um sie bemüht. Er war aufmerksam gewesen, hatte ihr gelegentlich durch das Haar gestreichelt und ihr so das Gefühl gegeben, dass er sie noch immer liebte. Nach all den gemeinsamen Jahren, nach all dem Zank und den Sorgen, schien er doch noch der Richtige zu sein.

Trotz Simons Warnungen vor einer möglichen Ansteckung hatte Magdalena schließlich mit den Kindern heute früh das Hospital aufgesucht und Jakob Schreevogl bei der Pflege der Kranken geholfen. Eigentlich hatte sie danach gleich die Hostienweisung besuchen wollen, doch als sie der Massen gewahr wurde, hatte sie spontan beschlossen, erst später während der Messe zu Simon und ihrem Vater zu stoßen. Nun wollte sie zunächst sehen, ob sie mit ihrer Vermutung recht hatte und der Andechser Abt tatsächlich auch heute im Klostergarten weilte.

»Wasser! Viel Wasser! Mann spritzt Mama nass!«, krähte Peter. Der dreijährige Bub hüpfte an ihrer Hand aufgeregt auf und ab, als der steinerne Wall am Rande des Waldes endlich vor ihnen auftauchte.

Schmunzelnd musste Magdalena daran denken, wie sie vorgestern aus dem Mund des Fabelwesens ein kalter Strahl getroffen hatte und sie ziemlich undamenhaft auf ihren Allerwertesten gefallen war.

»Oho, diesmal spritzt der Mann aber euch nass!«, sagte sie neckend und drückte die Klinke des Gatters. Insgeheim hatte sie befürchtet, dass die eiserne Pforte diesmal verschlossen war, doch erfreulicherweise öffnete sie sich mit einem leisen Knarren.

Wie bei ihrem letzten Besuch schlugen Magdalena auch diesmal wieder die exotischen Düfte der Kräuter und Blumen entgegen. Die Kinder rannten krakeelend voraus, und schon bald waren sie zwischen den Rankgittern, Mäuerchen und Rabatten verschwunden. Gelegentlich konnte Magdalena sie kieksen und lachen hören. Ein Lächeln huschte über ihr Gesicht. Dieser Platz war wirklich ein verwunschener Ort, wie eine dieser Lichtungen im Wald, wo Feen und gute Geister tanzten – eine Welt weit weg von all dem Schrecken, der draußen vor den Gartenmauern tobte.

Gespannt näherte sie sich der Mitte des Gartens, wo zwischen einigen Steinbänken der Faun stand. Wie beim letzten Mal schien er sie mit seinem frechen Grinsen anzustarren.

Auf einer der Bänke saß der Andechser Abt.

Er wirkte in Gedanken versunken, fast schon glaubte Magdalena, der alte Mann wäre eingeschlafen. Doch dann hob Pater Maurus den Kopf und blickte aufgeschreckt vom Kinderlärm in Magdalenas Richtung. Als er die Henkerstochter erkannte, lächelte der Abt müde.

»Ah, die junge Dame aus Schongau, die sich so für Kräuter

interessiert«, sagte er und bot ihr mit einladender Geste einen Platz neben sich an. Seine Augen strahlten eine dunkle Melancholie aus, die Magdalena bei ihrem letzten Besuch darin noch nicht zu sehen geglaubt hatte. »Setzt Euch und erzählt mir, welche Heilpflanze Ihr gegen die Traurigkeit empfehlen würdet. Bestimmt wisst Ihr irgendein Zauberkräutlein.«

»Nun, gegen Traurigkeit helfen Baldrian, Johanniskraut oder Melisse«, erwiderte Magdalena, während sie sich mit einer leichten Verbeugung neben den Andechser Abt setzte. »Aber am besten sind meines Wissens immer noch Freunde und ein gutes Gespräch.«

Pater Maurus lachte bitter. »Mit Freunden kann ich zurzeit leider nicht dienen. Wir müssen also mit dem Gespräch vorliebnehmen.«

»Hochwürden«, begann Magdalena zögernd. »Das mit Eurem Bruder tut mir unendlich leid. Ich ...«

Pater Maurus winkte ab. »Es ist besser so. Nun hat das Warten und Bangen wenigstens ein Ende. Im Grunde habe ich schon bei unserem letzten Treffen geahnt, dass Markus tot ist.«

»Markus?« Die Henkerstochter runzelte die Stirn.

»Das war sein früherer Name. Erst als Mönch nannte er sich Virgilius, so wie der berühmte Salzburger Bischof und Gelehrte.« Der Abt schlug ein hastiges Kreuz. »Wir beide sind alte Männer. Nun ist er in Gottes unergründlichem Willen vorausgegangen, und ich werde ihm irgendwann folgen.«

»Er stand Euch wohl sehr nahe, Euer Bruder?«, hakte Magdalena vorsichtig nach.

Der Abt nickte. »Markus war der jüngere von uns beiden. Als Bub habe ich mich oft um ihn kümmern müssen. Er hatte immer nur Flausen im Kopf!« Ein schmales Lächeln erschien auf seinen Lippen. »Sein Studium in Salzburg hat der Nichtsnutz einfach abgebrochen und ist auf Wanderschaft gegangen. Rom, Madrid, Paris, Alexandria … Sogar in Westindien war er! Ich dachte, ich würde ihn nie wiedersehen. Doch dann stand er plötzlich hier vor dem Kloster, und ich habe mich, damals noch als einfacher Mönch, für ihn eingesetzt. Er schien …«, Pater Maurus zögerte, »nun, endlich angekommen. Doch ich hatte mich getäuscht.«

Der Abt machte eine lange Pause und starrte ins Leere. »Manchmal glaube ich, dass all dieses Streben nach Wissen uns nicht wirklich glücklich macht«, sagte er schließlich. »Im Gegenteil, es entfernt uns von Gott, vom einfachen kindlichen Glauben. Markus hat diesen Glauben nie besessen, auch nicht als Mönch, er war immer rastlos, nie ruhte er in sich.«

Von weit entfernt erklang Glockenläuten, vermischt mit den Gesängen der Gläubigen.

»Hört Ihr das?«, fragte Pater Maurus. »Die Menschen singen und beten, und sie sind glücklich. Sie brauchen keine Automaten und keine Spieluhren, und sie wollen auch nicht wissen, dass die Erde eine Kugel ist, die sich in den unendlichen Weiten des Universums um die Sonne dreht. Sie wollen essen, trinken, lieben und glauben, mehr nicht.« Seufzend stand er auf. »Aber vielleicht ist das die neue Zeit, dass man immer mehr nach Wissen strebt und sich dabei immer weiter von Gott entfernt.«

Gedankenverloren glättete der Abt seine Kutte und starrte einen Moment lang auf den grinsenden Faun. Mit einem Kopfschütteln wandte er sich von der Statue ab.

»Ich werde diesen Götzen abreißen lassen«, sagte er leise. »Und auch die Statuen der griechischen Götter in der Grotte, die sich so fröhlich musizierend im Kreis drehen. So etwas lenkt uns nur vom wahren Glauben ab. Vielleicht hat der Fluch ja dann ein Ende.«

Noch einmal nickte er Magdalena zu, dann schritt er so langsam wie ein Greis zum Ausgang. »Gehabt Euch wohl,

Henkerstochter«, murmelte er, während er das Gatter öffnete. »Ich werde mich nun als einfacher Gläubiger den anderen auf dem Platz anschließen und beten. Das solltet Ihr auch tun.«

Ein letztes Mal sah er hoch, seine Augen schimmerten feucht. »Bleibt nicht zu lange in diesem Garten«, mahnte er. »Glaubt mir, etwas abgrundtief Böses lauert hier.«

Das Gatter schloss sich knarrend, und schon bald waren die Schritte des Abts verklungen. Von fern ertönten noch immer die Gesänge der Wallfahrer, sie klangen wie ein monotones einstimmiges Summen, das an- und wieder abschwoll.

Magdalena straffte sich und sah den Faun an. Er grinste und schien ihr zuzublinzeln. Fast so, als wollte er ihr etwas Vertrauliches mitteilen.

Vergiss den alten Narren. Bleib hier bei mir! Ich bin nicht böse, ich bin nur fremd. So fremd wie du, Henkerstochter!

Trotz des warmen Junimorgens begann Magdalena plötzlich zu frösteln. Die duftenden Kräuter und Blumen, die kleinen Mäuerchen, die rankenden Erbsen und Bohnen kamen ihr mit einem Mal gar nicht mehr so freundlich und einladend vor wie noch vor ein paar Minuten. Die Kapuzinerkresse schien sich zu winden wie Nattern, die flink über die Steine huschenden Eidechsen sahen sie verschlagen an, ja der ganze Garten wirkte auf einmal fremd und bedrohlich. Und noch etwas anderes irritierte sie.

Sie hörte das Brummen der Hummeln, das Zwitschern der Spatzen in den Büschen, das Rauschen der Bäume im nahen Kiental, das Plätschern eines fernen Brunnens.

Was sie jedoch nicht hörte, waren ihre Kinder.

Mein Gott!, fuhr es ihr durch den Kopf. *Lass das nicht wahr sein!*

»Peter? Paul?«, rief Magdalena ängstlich in das wuchernde Grün hinein. »Wo seid ihr?«

Keine Antwort kam, nur die Hummeln summten friedlich weiter.

»Kinder!« Ihre Stimme wurde nun ein wenig schriller. »Die Mama sucht euch. Sagt doch einen Ton!«

Noch immer war nichts zu hören. Magdalena hob den Saum ihrer Schürze und rannte entlang der Mäuerchen und Rankgitter, die sich labyrinthartig durch den Garten zogen. Sie rutschte aus, schlug sich das Knie auf, doch sie spürte keinen Schmerz. Nur ein einziger Gedanke wirbelte durch ihren Kopf.

Die Kinder sind weg! Der Hexer hat die Kinder!

Immer wieder rief sie nach ihnen, mehrmals glaubte sie hinter einem Busch oder einem bewachsenen Gitter einen huschenden Schatten zu sehen, doch immer, wenn sie durch die Pflanzen griff, war da nichts, nur weitere Gitter und Büsche, bis zu den Mauern am Ende des Gartens. Magdalena rannte hinüber zu der Grotte, wo die Statuen der alten Götter stumm im Kreis standen. Doch auch hier waren ihre Kinder nicht.

Schließlich eilte sie zum Gatter, öffnete es und lief hinaus auf die Blumenwiese. Noch immer tönten vom Kloster her die sanften, einlullenden Gesänge der Gläubigen, nun untermalt von der hohen schrillen Stimme eines einzelnen Mönchs. Die Weisung der Heiligen Drei Hostien näherte sich dem Ende.

»Peter! Paul! Mein Gott, sagt doch was!«

Magdalena blickte wild umher, sie versuchte zwischen den vielen hohen Blumen und wilden Ähren auf der Wiese die kleinen Kinderköpfe auszumachen; sie schrie und tobte, Tränen der Verzweiflung und der Angst rannen ihr übers Gesicht.

Doch ihre Kinder blieben verschwunden.

Endlich, nachdem sie sich ein letztes Mal nach dem verfluchten Garten umgeblickt hatte, lief sie hinüber zum Kloster. Sie musste ihren Mann und ihren Vater finden! Vielleicht konnten sie ihr helfen. Vielleicht waren die beiden Kleinen nur hinüber zur Kirche gelaufen, um ihren Großvater zu suchen. Vielleicht würde doch noch alles gut werden.

Vielleicht.

Doch tief in ihrem Inneren spürte Magdalena, dass ihre Kinder verloren waren.

Simon stolperte über einen Sack Mörtel, den die Handwerker auf dem vor Menschen überquellenden Kirchplatz liegen gelassen hatten; hinter ihm ertönten noch immer die wütenden Rufe Karl Semers.

»Halt, stehen bleiben! Haltet die beiden auf, das sind ehrlose Lügner und Scharlatane!«

Der Medicus hielt den Atem an. Die vielen Pilger um ihn herum wirkten ratlos. Gerade eben noch waren sie ganz bei ihrem Gott gewesen, nun brach die Wirklichkeit in Gestalt zweier Flüchtender über sie herein, die sich mühsam einen Weg durch die Menge bahnten. Ungefähr zwanzig Schritte vor sich konnte Simon zwischen all den Wallfahrern den bärtigen Kopf des Schongauer Scharfrichters ausmachen. Aufgrund seiner Körpergröße kam Jakob Kuisl schneller voran als der schmächtige Medicus. Der Henker schob die verdutzten Umstehenden einfach wie Ähren zur Seite. Simon hörte die Leute erstaunt rufen und schreien, doch keiner machte Anstalten, den Hünen aufzuhalten.

»Kuisl, wartet auf mich! Himmelherrgott, so wartet doch!«

Simon fluchte leise, während er sich aufrichtete und einen stämmigen Gesellen zur Seite drängte, der ihm den Weg versperrte. Neben ihm schrie eine Frau laut auf, weil ihr der Rosenkranz aus der Hand gefallen war.

»Verzeihung, ich wollte nicht …« Simon setzte zu einer

Entschuldigung an, als ihm der Geselle bereits eine Maulschelle verpasste.

»Frecher Wicht, was fällt dir ein, meine Verlobte zu schubsen!«, knurrte der breitschultrige Mann und wollte den Medicus am Kragen zu sich herziehen. Doch Simon wich geschickt aus und fand in der Menge eine schmale Gasse, durch die er hindurchschlüpfen konnte. Entsetzt erkannte er, dass der Abstand zu seinem Schwiegervater noch weiter gewachsen war. Jakob Kuisl hatte mittlerweile den Rand des Kirchplatzes erreicht und war eben im Begriff, durch das kleine Gatter hinunter ins Kiental zu fliehen.

»Kuisl, so wartet doch!«

Atemlos hetzte Simon an einer Gruppe Landshuter Pilger vorüber. Dabei rempelte er den betenden Anführer mit seiner Fahnenlanze um, so dass dieser schreiend zu Boden ging. Die bestimmt dreißig Pfund schwere, reichbestickte Fahne fiel auf zwei alte Weiber und bedeckte sie wie ein großes Bettlaken. Aus dem Augenwinkel sah der Medicus, wie die beiden Frauen jammernd versuchten, sich von dem schweren Tuch zu befreien.

Endlich hatte Simon die Klostermauer erreicht, die den Kirchplatz vom Wald trennte. Er blickte sich um und bemerkte erleichtert, dass auch die beiden Semers Mühe hatten, sich einen Weg durch die dicht stehende Menge zu bahnen. Schon wollte er aufatmen, als er von rechts zwei der Andechser Jäger auf sich zurennen sah. Die Büttel hatten sich gegen den Weg quer über den Platz entschieden und waren an dessen Rand entlanggeeilt, wo die Menschen nicht ganz so zahlreich waren. Nun kamen die Männer Simon grinsend entgegen. Einer hatte bereits seine Armbrust gezückt, der andere hielt den Spieß drohend gesenkt.

»Im Namen des Klosters, auf der Stelle stehen bleiben!«, rief der Wachmann mit der Armbrust.

Simon kümmerte sich nicht darum. Er machte schnell kehrt und lief auf das Gatter zu, durch das eben noch Jakob Kuisl verschwunden war. Ein leises Surren erklang, kurz darauf schlug direkt über ihm ein Bolzen in einem der Bäume ein.

Und das alles nur, weil mein störrischer Schwiegervater mal wieder nicht auf mich hören wollte!, dachte er grimmig. *Jetzt werden wir vermutlich beide als falsche Mönche gesucht! Der Weilheimer Scharfrichter braucht sich zurzeit wirklich nicht über zu wenig Arbeit zu beklagen.*

Simon schlüpfte durch das offene Gatter und wandte sich nach rechts, wo der Pfad unterhalb der Klostermauer entlanglief. Schon bald tauchte vor ihm die kleine Elisabethkapelle auf, links führte ein Abhang steil hinab ins waldige Kiental. Simon sah sich um und erkannte mit Entsetzen, dass ihm die Jäger gefolgt waren. Mittlerweile waren es sogar vier von ihnen, die ihm mit langen Schritten nachsetzten.

Der Pfad verlief immer weiter am Rande der Schlucht, rechts von Simon breiteten sich Äcker und Felder aus. Wo sollte er hin? Wenn er hinaus ins offene Gelände rannte, würden ihn die Jäger wie einen Hasen abschießen, doch der Weg in den Wald war ihm durch die Schlucht versperrt. Sollte er also auf diesem Pfad weiterlaufen? Vermutlich würden ihn die Büttel schon nach kurzer Zeit einholen. Im Gegensatz zum schmächtigen Schongauer Medicus machten sie einen äußerst kräftigen, durchtrainierten Eindruck. Die Jagd schien ihnen sogar Spaß zu machen. Simon hörte sie hinter sich lachen und johlen.

»Schaut, wie er rennt!«, erklang es erschreckend nah. »Wie ein Kaninchen, wie ein kleines ängstliches Kaninchen! He, bleib stehen, du Wicht! Wir kriegen dich sowieso!«

Der Weg machte nun eine Biegung, und für kurze Zeit waren die Jäger aus Simons Blickfeld verschwunden. Verzweifelt sah er sich nach einem Versteck um, als plötzlich eine Hand hinter einem Felsen am Rande der Schlucht hervorschoss und ihn unsanft am Kragen packte. Hilflos mit den Händen rudernd, wurde Simon hinter einen mannshohen Brocken aus Bruchstein gezogen.

»Verflucht, was soll …«, konnte er gerade noch rufen, dann schnürten ihm haarige Finger den Hals zu.

»Halt dein Maul und hör auf, so rumzuzappeln. Du strampelst mehr als ein Ziegenbock!«

Simon entspannte sich, als er die Stimme seines Schwiegervaters erkannte. Der Schongauer Henker kauerte hinter dem schroffen Felsen, der gefährlich nahe am Abgrund stand. Nur ein paar Fingerbreit davon entfernt fiel die steile, von schiefen Bäumen und Gebüsch bewachsene Schlucht gut zwanzig Schritt in die Tiefe. Noch immer hielt Kuisl Simon von hinten umklammert, doch das war diesem angesichts des Abgrunds zu seinen Füßen nur recht.

»Hab ich Euch nicht gesagt, Ihr sollt Euch von der Hostienweisung fernhalten?«, keuchte Simon, während er auf dem schmalen Sims Fuß zu fassen versuchte. »Jetzt werden wir beide gesucht. Ich weiß wirklich nicht, wie ich mich aus dieser Geschichte, mmmhhh …«

Der Henker hielt ihm die Hand vor den Mund, als die Schritte der Büttel plötzlich ganz nahe erklangen. In monotonem Rhythmus tönten sie auf dem Weg, Simon konnte den Atem der Jäger hören, und für einen kurzen Moment fühlte er sich wirklich wie ein gehetztes Wild. Doch dann waren sie vorüber, und schon wenig später war nur noch das Zwitschern der Vögel zu hören.

Jakob Kuisl hatte die Augen geschlossen. Schließlich wandte er sich leise an Simon.

»Das waren nur zwei«, flüsterte er. »Wahrscheinlich suchen uns die anderen beiden hinter den übrigen Felsen am

Wegesrand. Nicht mehr lange, und sie sind hier. Wir müssen also wohl oder übel runter.«

»Runter?« Simon sah den Henker entsetzt an. Dann deutete er auf die Schlucht, die steil in die Tiefe abfiel. »Ihr meint dort runter?«

»Natürlich, du Schafskopf. Wo denn sonst? Es ist nicht so schlimm, wie es aussieht. Überall sind kleine Bäume, an denen man sich festhalten kann.«

Simon musste an seinen gestrigen Aufenthalt auf dem Fenstersims des Grafen denken. Offenbar würde er sein Schicksal noch ein weiteres Mal herausfordern müssen. Der Medicus war zwar ein guter Schwimmer, und auch enge, unterirdische Gänge bereiteten ihm keine allzu großen Schwierigkeiten. Doch große Höhen hatten ihm schon immer Angst eingejagt. Und diese Höhe hier war besonders groß.

»Das ... das sind mindestens sechzig Fuß«, gab er zu bedenken und starrte argwöhnisch hinunter ins Dunkle, wo der Boden nur schemenhaft zwischen den Tannen und Buchen zu erkennen war.

»Jetzt stell dich nicht so an«, fluchte der Henker leise. »Oder soll ich Magdalena erzählen, dass du leider als Angsthase am Galgen geendet bist?«

»Schon ... schon gut.«

Simon drehte sich mit dem Bauch zum Felsen und ließ sich dann langsam in die Tiefe hinabgleiten. Seine Füße suchten nach Halt. Endlich hatte er einen Spalt in der Wand gefunden, links ragte ein kleines Tännchen aus dem Abhang heraus. Er griff danach und angelte mit seinen Füßen nach einem weiteren Felsvorsprung.

»Wenn du so weitermachst, dann bist du erst zu Sankt Martin unten«, sagte Kuisl, der ihn von oben aus beobachtete. »Nun mach schon. Schließlich muss ich auch noch hinterher.«

»Ihr könnt gern als Erster gehen, werter Schwiegervater«, zischte der Medicus.

»Damit du mir dann auf den Kopf fällst? Dank recht schön, aber da halt ich lieber solang hier oben die Stellung.«

Simon atmete tief durch, dann machte er sich erneut daran, die Felswand hinabzusteigen. Mittlerweile bekam er etwas Übung. Tatsächlich war es nicht so schwer, wie er zunächst befürchtet hatte. Es gab genügend Vorsprünge, Büsche und Bäume, die ihm Halt gaben.

Als er etwa die Hälfte des Abhangs hinabgeklettert war, legte Simon eine kleine Pause ein. Er wischte sich den Schweiß von der Stirn und blickte nach oben, wo Jakob Kuisl jetzt nur noch als dunkle kleine Gestalt irgendwo zwischen den Felsen auszumachen war.

Immer noch außer Atem griff Simon nach einem weiteren Tännchen, als plötzlich ein hässliches Knacksen ertönte.

Der Baum über ihm gab nach.

Ein weiteres Knirschen folgte, dann rutschte Simon von dem rettenden Vorsprung ab. Erde bröckelte, Kiesel und kleine Felsstücke fielen polternd nach unten. Über sich sah er das ärgerliche Gesicht seines Schwiegervaters.

»Pass doch auf, du Rindviech!«, zischte Jakob Kuisl. Erst dann schien der Henker zu begreifen, in was für einer verhängnisvollen Lage sich Simon befand. Der Medicus hing nur noch an dem kleinen Tännchen, dessen Wurzelwerk nun Stück für Stück aus der Felswand rutschte. Der Boden war noch über zehn Schritt entfernt.

»Wart, ich werde …«, begann Jakob Kuisl.

Doch in diesem Augenblick riss auch das letzte Stück Wurzel, und Simon fiel schreiend und wild um sich greifend in die Tiefe.

Der Aufprall war weniger schmerzlich, als er befürchtet hatte. Der Waldboden war bedeckt mit altem Laub, außerdem lief der Hang in einer Senke aus, so dass der Sturz nicht allzu abrupt war. Er überschlug sich ein paarmal, rollte wie eine nasse Lawine weiter ins Tal und blieb schließlich an einer breiten Buche liegen.

Vorsichtig klopfte Simon seine Arme und Beine ab. Nichts schien gebrochen, nur der Rock war an ein paar Stellen eingerissen, außerdem hatte er im Gesicht und am Rücken einige Schürfwunden.

Gerade wollte er nach oben rufen, dass alles in Ordnung sei, als plötzlich Schreie aus der Wand erklangen. Der Medicus kniff die Augen zusammen und sah weit über sich, dort wo Jakob Kuisl auf dem Felsvorsprung stehen musste, schattengleiche Bewegungen. Weiteres Rufen war zu hören, Simon glaubte, das Klirren von Waffen zu vernehmen. Offenbar fand dort oben ein Kampf statt.

»Kuisl! Mein Gott, Kuisl!«, schrie er. »Was ist passiert?«

Im nächsten Moment fiel ihm ein, wie dumm diese Frage war. Vermutlich hatten die Jäger ihr gemeinsames Versteck gefunden und lieferten sich nun ein Gefecht mit dem Henker. Und er stand hier unten und konnte nichts tun!

Eine ganze Weile verharrte er ratlos am Rand der Felswand, als ein weiterer Aufschrei ertönte. Kurz darauf fiel ein trudelnder Körper neben ihm zu Boden. Simon zuckte zusammen. Vor ihm lag einer der Andechser Jäger, der Kopf war durch den Sturz merkwürdig verdreht, ein Armbrustbolzen steckte in seiner Schulter. Er erzitterte noch einmal kurz, dann bekamen seine Augen jenen Glanz, den der Medicus schon bei vielen Sterbenden gesehen hatte.

Na wunderbar!, dachte Simon. *Nun werden wir nicht nur als Scharlatane und falsche Mönche, sondern auch als Mörder gesucht. Und dabei wollte ich doch nur auf eine Wallfahrt gehen!*

»Verflucht, Simon, lauf! Renn zur Magdalena!«

Jakob Kuisls dröhnende Stimme drang bis hinunter in die Schlucht und riss ihn aus seinen Gedanken. Noch einmal sah Simon nach oben, doch die Schemen waren verschwunden. Vermutlich hatte sich der Kampf auf den Pfad verlagert. Gut möglich, dass einige der Jäger bereits einen gangbareren Weg zu ihm hinunter suchten.

Simon zögerte. Sollte er seinen Schwiegervater wirklich im Stich lassen? Auf der anderen Seite – eine große Hilfe war er ihm hier unten ohnehin nicht. Außerdem hatte Kuisl recht. Sie mussten unbedingt Magdalena warnen! Nach diesem Vorfall würde man wohl auch bald nach ihr suchen. Vielleicht waren die Semers schon auf dem Weg ins Schinderhaus? Magdalena hatte gesagt, dass sie sich dort alle nach der Messe wieder treffen sollten.

Ein letztes Mal blickte Simon auf den zerschundenen, verkrümmten Körper des Andechser Jägers vor ihm. Er bückte sich, schloss dem Leichnam die Augen und sprach ein kurzes Gebet.

Dann rannte er durch das schattige Tal, vorbei an Tannen, Buchen und steilen Felsen. Er hatte vor, das Kloster in einem weiten Bogen zu umrunden und so über einen Umweg Andechs und das Schinderhaus zu erreichen. Vielleicht war es noch nicht zu spät!

Um seinen Schwiegervater machte sich Simon am wenigsten Sorgen. Das war nicht der erste Kampf des Henkers. Eher war zu befürchten, dass Jakob Kuisl just in diesem Moment noch ein paar weitere Todsünden beging.

Wie ein von der Meute gestellter Bär stand der Henker auf dem mannshohen Felsen und versuchte sich die Jäger mit Fußtritten vom Leib zu halten.

Als Simon den Abhang hinuntergerutscht war, hatte es nur noch Sekunden gedauert, bis die Büttel erschienen waren. Sie mussten bereits irgendwo in der Nähe gewesen sein und Simons Schrei gehört haben. Nun umringten drei von ihnen den Fels und hieben mit ihren Spießen auf Kuisl ein; der vierte Jäger war zurück Richtung Kloster gerannt. Der Henker vermutete, dass er Verstärkung holte.

Während er immer noch um sich trat, sah er aus dem Augenwinkel, wie einer der Jäger seinen Spieß weglegte und zu der kleinen Armbrust an seiner Seite griff. Kuisl fluchte leise. Hier oben auf dem Felsbrocken war er für den Schützen ein leichtes Ziel; der Mann würde ihn wie einen waidwunden Eber niederschießen. Doch der Henker hatte keine Zeit, lange darüber nachzudenken. Bereits im nächsten Augenblick kletterte ein anderer Büttel mit einem Dolch zu ihm empor.

Vorsichtig richtete sich der Mann auf dem mit glitschigem Moos bewachsenen Stein auf und holte mit seinem Hirschfänger aus, um ihn Kuisl in die Seite zu rammen. Der Henker wich aus, packte den Büttel an der Taille und hob ihn schreiend als lebenden Schutzschild in Richtung des Armbrustschützen. Im gleichen Moment rauschte der Bolzen auf ihn zu und traf den wild um sich schlagenden Mann in der Schulter. Der Henker zuckte zusammen, als er ein Reißen in Höhe der Taille spürte. Kurz glaubte er, auch ihn habe ein Bolzen getroffen. Doch dann wurde ihm klar, dass er sich nur verhoben hatte. Wahrscheinlich würde er nach diesem Kampf noch tagelang sein Kreuz spüren.

Verflucht, dachte er, *ich werd langsam zu alt für so einen Schmarren. Sollen sich doch die Jüngeren mit Bütteln, Räubern und wahnsinnigen Mördern herumplagen!*

Kuisl ließ los, der verletzte Wachmann fiel vor ihm zu Boden und rutschte von dort auf den nur einen Schritt entfernten Abgrund zu. Krampfhaft krallten sich seine Finger in den Fels, doch der poröse Bruchstein gab bröckelnd nach. Einen letzten Augenblick noch konnte der Henker das entsetzte Gesicht des Verletzten sehen, dann fiel der Mann mit einem gellenden Schrei in die Tiefe.

Bei Gott, ich schwöre, das habe ich nicht gewollt!, fuhr es Kuisl durch den Kopf. *Nur wird mir das leider keiner glauben.*

Mit lauter Stimme schrie Kuisl Simon unten in der Schlucht zu, auf dem schnellsten Weg zu Magdalena zu laufen, um sie zu warnen. Er hatte keine Ahnung, ob ihn der Medicus überhaupt hörte und ob er nicht vielleicht verletzt oder sogar tot war. Vorhin hatte Simon noch kurz etwas gerufen, seitdem hatte Kuisl nichts mehr vernommen. Doch für weitere Erklärungen war keine Zeit mehr. Der Armbrustschütze unten auf dem Pfad kurbelte bereits erneut an seiner Waffe. Kuisl schätzte, dass er in wenigen Sekunden die Sehne gespannt hatte.

Brüllend sprang der Henker vom Felsen und warf sich den drei Männern entgegen, die instinktiv zurückwichen. Diese kleine Verzögerung verschaffte ihm die nötige Zeit, um die Angreifer hinter sich zu lassen und den Pfad zurück Richtung Kloster zu laufen. Ein weiterer Bolzen zischte knapp über seinem Kopf vorbei, dann hatte Kuisl die Wegbiegung erreicht und war für kurze Zeit außerhalb der Sichtweite seiner Verfolger.

Der Pfad vor ihm war menschenleer, doch nicht weit hinter sich konnte er die Rufe der drei Büttel hören. Es würde nur noch ein paar Sekunden dauern, bis sie wieder in seinem Rücken auftauchten.

Gehetzt sah sich der Henker um und erblickte nicht sehr weit entfernt eine Erle, die auf der anderen Seite der Klostermauer stand. Ein armdicker Ast ragte über den Pfad.

Kuisl beschleunigte seine Schritte, sprang hoch und krallte sich mit den Fingern um den Ast, der ob des plötzlichen Gewichts bedrohlich knarzte. Mit zusammengebissenen Zähnen zog sich der Henker in die Höhe, bis er entlang des Astes über die drei Schritt hohe Klostermauer balancieren konnte. Ohne nach unten zu sehen, sprang er auf der anderen Seite in die Tiefe. Sein schwarzer Mantel blähte sich wie die Flügel einer riesigen Fledermaus.

Es war keinen Augenblick zu früh.

Als Kuisl im taufeuchten Gras abrollte, hörte er von jenseits der Mauer bereits wütende Schreie. Hatten die Männer seinen Sprung bemerkt? Kuisl hielt den Atem an. Doch die Männer liefen weiter, und schon bald kehrte Stille ein.

Als der Henker sich atemlos umsah, bemerkte er, dass er auf dem Gelände des Klosterfriedhofs stand. Gräber mit Holz- und Steinkreuzen breiteten sich über eine weite grüne Fläche bis zum Kloster aus. In der Mitte stand der ringförmige Brunnen, den Kuisl von seinem ersten Besuch her kannte und aus dem die Mönche vor zwei Tagen die verbrannte Leiche des Uhrmachers gefischt hatten.

Geduckt eilte Kuisl an den Gräbern entlang, während aus der Kirche nun Orgelmusik erklang. Offenbar hatte die Dankmesse zu Ehren der Heiligen Drei Hostien begonnen.

Erneut betrachtete der Henker die frischen Gräber der beiden Novizen Coelestin und Vitalis; nicht weit davon entfernt befand sich der Grabhügel des dritten, älteren Mönchs, der schon vor über einem Monat verstorben war. Die Spuren waren verschwunden, doch die Erde war immer noch so frisch, als wäre das Grab erst vor einigen Tagen geschaufelt worden. Kuisl dachte an das Taschentuch mit den Initialen, das er und Simon neben der Grabstätte gefunden hatten.

Konnte es wirklich sein, dass ein blutrünstiger Golem sich hier an Leichen vergangen hatte?

Kopfschüttelnd ging der Henker weiter, vorbei am Brunnen und einigen weiteren Steinkreuzen, und kam schließlich zu den ältesten Gräbern des Friedhofs. Die Kreuze hier waren schief, verwittert und teilweise mit Efeu bewachsen; verblasste römische Ziffern berichteten von Menschen, die vor sehr langer Zeit gestorben waren.

Kuisl erinnerte sich an die Erzählungen Simons von der Zerstörung der Burg. Zweihundert Jahre später hatten zunächst die Augustiner dieses Kloster gegründet; die Benediktiner waren ihnen schließlich gefolgt. Einige der Gräber hier mussten noch aus dieser Zeit sein. Oder gab es vielleicht Gräber, die noch weiter zurückreichten?

Der Blick des Henkers glitt über den Friedhof mit seinen Kreuzen und über den ringförmigen Brunnen. Irgendetwas irritierte ihn. Es war wie so oft, wenn er intuitiv auf eine Verbindung, auf einen fehlenden Mosaikstein gestoßen war. Doch die Erkenntnis schlummerte nur in seinem Unterbewusstsein, sie drang nicht bis an die Oberfläche.

Die Gräber …

Seufzend gab Kuisl schließlich auf. Zu viele andere Dinge gab es zurzeit zu klären. Er konnte nur hoffen, dass Simon die Flucht geglückt war und er Magdalena rechtzeitig hatte warnen können. Er musste unbedingt mit den beiden reden! Vielleicht würde ihm bis dahin auch wieder einfallen, was so heftig in seinem Unterbewusstsein pochte. Doch wie sollte er mit seiner Tochter und seinem Schwiegersohn Kontakt aufnehmen? Zum Schinderhaus konnte er nicht zurückkehren. Sicherlich lauerten ihm dort schon die beiden Semers oder ein paar der Wachen auf. Wo also sollten sie sich treffen?

Kuisl dachte nach, schließlich huschte ein Grinsen über sein Gesicht. Ihm war der perfekte Treffpunkt eingefallen.

Wenn Magdalena wirklich seine Tochter war, dann würde sie wissen, wo sie ihn finden konnte.

Fast blind vor Angst rannte Magdalena über die bunten Blumenwiesen, immer entlang der Schlucht, die ins Kiental führte.

Ihre Kinder waren verschwunden! Vielleicht hatte sie dieser Verrückte in seiner Gewalt! Irgendein Wahnsinniger hatte ihr bereits mehrmals nach dem Leben getrachtet, warum also sollte er es nicht auch auf ihre Kinder abgesehen haben? Noch hegte Magdalena die Hoffnung, dass die beiden Buben einfach aus dem Klostergarten ausgebüxt waren und sich jetzt irgendwo in der Nähe herumtrieben. Die Henkerstochter dachte voller Sorge an die steilen Felsabbrüche ganz in der Nähe und beschloss, nicht sofort Simon und ihren Vater aufzusuchen, sondern sich zunächst am Rande der Schlucht umzusehen.

»Peter, Paul? Könnt ihr mich hören? Seid ihr hier?«

Ihre Stimme hallte hinweg über das menschenleere Kiental. Wo sie hinsah, breiteten sich Felsbrocken aus, schroffe Findlinge, die zwischen den verkrüppelten Tannen und Fichten wie versteinerte Trolle wirkten. Wie Menschenfresser, die der Herrgott vor langer Zeit für ihre Untaten bestraft hatte.

Haben die Trolle auch meine Kinder gefressen?

Magdalena rannte weiter, vorbei an einigen stachligen Weißdornbüschen, die ihr die Sicht auf das Tal versperrten. Plötzlich sah sie unter sich auf einem Pfad, der einige Meter tiefer am Rande der Schlucht verlief, einen der grün gewandeten Andechser Jäger in Richtung des Klosters eilen. Schon wollte sie ihn um Hilfe bitten, als der Mann plötzlich auf zwei weitere Büttel traf, die ihm entgegengelaufen waren. Wild winkend blieb der kleine Wachmann vor den beiden anderen stehen und machte atemlos Meldung. Von ihrem Platz oberhalb des Wegs konnte Magdalena nur einzelne Wortfetzen verstehen.

»Der falsche Mönch … gestellt … flieht mit diesem Bader … brauchen Verstärkung …«

Der falsche Mönch? Bader?

Magdalena spürte, wie sich ihr die Nackenhaare aufstellten. Sie kannte in Andechs nur einen falschen Mönch und einen Bader, und das waren ihr Vater und Simon! Was in Gottes Namen war da passiert? Ganz offensichtlich hatte man ihren Vater enttarnt, und diese Männer waren hinter ihm und Simon her!

Sie kauerte sich tief hinter einen der Weißdornbüsche und wartete, was weiter geschehen würde. Die Männer berieten sich kurz, ohne dass sie etwas verstehen konnte, dann gingen sie alle drei in die Richtung, aus der der erste Büttel gekommen war.

In Magdalenas Kopf wirbelte alles durcheinander. Sollte sie es wagen, weiter nach ihren Kindern zu rufen? Gut möglich, dass die Jäger sie hören und erkennen würden. Man wusste, dass sie die Frau des Schongauer Baders war. So wie es derzeit aussah, war es besser, den Bütteln aus dem Weg zu gehen.

Mit bangem Herzen ließ sie ein letztes Mal ihren Blick über das Tal schweifen. Sie sah Felsen, Bäume, Büsche, totes Holz ...

Keine Kinder.

Ohnmächtig vor Verzweiflung biss Magdalena in ihre Faust. Der Schmerz half ihr, wenigstens für kurze Zeit klar zu denken. Sie brauchte Hilfe, und die einzigen beiden Menschen, die ihr außer Simon und ihrem Vater einfielen, waren der Schinder Graetz und sein stummer Gehilfe Matthias. Magdalena atmete noch einmal tief durch, dann kehrte sie um und lief über die Wiesen und Felder, bis sie auf den staubigen Feldweg stieß, der nach Erling führte. Ihr Herz schlug bis zum Hals, jeder Atemzug tat ihr weh, trotzdem rannte sie weiter, immer weiter. Endlich, nach einer gefühlten Ewigkeit, konnte sie zwischen zwei Bauernhäusern das Schinderhaus am Waldrand sehen.

Abrupt blieb Magdalena stehen.

Was, wenn die Jäger bereits hier gewesen waren? Zumindest die beiden Semers wussten, dass die Kuisl-Familie im Schinderhaus Unterschlupf gesucht hatte. Doch die windschiefe Kate am Rande des Waldes machte einen friedlichen Eindruck. Der kleine Gemüsegarten war menschenleer, nur ein paar Ziegen grasten angepflockt auf der Wiese neben dem Stall. Rauch kräuselte aus dem Kamin, offensichtlich schien jemand zu Hause zu sein.

Magdalena haderte kurz mit sich, dann lief sie auf das Haus zu. Sie hatte keine andere Wahl. Allein würde sie ihre Kinder niemals finden. Vorsichtig klopfte sie an die Tür.

»Graetz, bist du da?«, fragte Magdalena leise.

Sie wollte bereits ein zweites Mal anklopfen, als die Tür aufschwang und der sichtlich aufgeregte Schinder zu sehen war.

»Dem Herrgott sei Dank, Magdalena!«, rief er erleichtert. »Da bist du ja endlich. Komm schnell rein!« Michael Graetz sah sich argwöhnisch nach allen Seiten hin um, dann zog er die Henkerstochter zu sich in die Stube und verrammelte die Tür.

Entsetzt bemerkte Magdalena das Chaos in der kleinen Stube. Tisch, Bank und Stühle waren umgeworfen. Die große schwere Truhe in der Ecke war gewaltsam geöffnet worden, zerrissene Tücher und zerbrochenes Tongeschirr lagen überall in der Stube verteilt.

»Diese beiden Schongauer Pfeffersäcke waren eben mit zwei Bütteln hier«, begann Graetz ohne Umschweife und deutete auf die Zerstörung ringsumher. »Die haben hier jeden Stein umgedreht! Jeden Stein!«

Magdalena sah, dass die Adern an Graetz' Stirn rot angeschwollen waren. Er zitterte am ganzen Leib. »Haben mich gefragt, wo dein Vater und der Simon sind. Aber gesagt hab ich denen nichts! Das sollen die mir erst mal beweisen, dass der Kuisl hier gewohnt hat.« Sein Gesicht war jetzt rot vor Zorn.

Er stellte einen Stuhl auf und setzte sich müde hin. »Mit uns armen Leuten kann man es ja machen!«, jammerte er. »Schau nur, was sie angerichtet haben. Die gesamte Aussteuer meiner verstorbenen Frau ist hinüber. Im Grab würd sie sich umdrehen, wenn sie das wüsste!«

»Graetz«, begann Magdalena, die nach ihrem langen Lauf noch immer um Atem rang. »Ich brauch deine Hilfe. Die ... die Kinder sind weg.«

»Die Kinder?« Der Schinder sah sie fragend an. »Was soll das heißen, sie sind weg?«

Magdalena rang um Fassung, Tränen liefen ihr über das verschwitzte Gesicht. »Ich ... ich war drüben im Klostergarten«, brach es aus ihr heraus. »Eben noch haben sie zwischen den Beeten gespielt. Und plötzlich waren sie verschwunden! Ich glaub, dass sie vielleicht in die Schlucht gefallen sind, oder ... oder dass dieser Verrückte sie in seiner Gewalt hat.«

»Du meinst, dieser Hexer? Warum sollte er so was tun?«

In kurzen, abgehackten Sätzen berichtete Magdalena dem Schinder von den Anschlägen auf sie und von ihren Befürchtungen.

»Ich glaub, der Hexer mag nicht, dass wir hier rumschnüffeln«, erklärte sie aufgeregt. »Er hat schon ein paarmal versucht, mich aus dem Weg zu räumen. Und nun hat er es vielleicht auf die Kinder abgesehen!«

Gerade eben wollte Michael Graetz zu einer Erwiderung ansetzen, als es erneut an der Tür klopfte. Der Schinder zuckte zusammen.

»Himmelherrgott, das werden doch nicht noch mal diese Drecksäcke sein!«, fluchte er. »Sieh dich vor. Wenn die immer noch deinen Vater suchen, kannst du dich auf ein paar unangenehme Fragen gefasst machen. Am besten, die Büttel sehen dich gar nicht erst.«

Er bedeutete Magdalena mit einer Geste, in der Kammer

nebenan zu verschwinden, doch die Henkerstochter schüttelte nur den Kopf.

»Wenn sie es wirklich sind, soll es so sein«, sagte sie leise, aber entschlossen. »Lass sie nur kommen. Die werden mich auch nicht davon abhalten, meine Kinder zu suchen.«

Achselzuckend ging Michael Graetz zur Tür und öffnete sie einen Spaltbreit. Als er sah, wer dahinter stand, atmete er erleichtert aus.

»Ach, du bist's nur, Matthias. Komm herein. Wir haben …«

Doch ganz plötzlich stockte der Schinder. Er sah nach unten, wo Matthias einen gefalteten Zettel in den Fingern hielt. Die Miene des Gesellen war ausdruckslos, nur seine Lippen zitterten leicht.

»Was ist, Matthias?«, fragte Magdalena und kam näher. Sie spürte eine böse Vorahnung in sich aufsteigen. »Was hast du da in der Hand?«

»Mmmm … aaa … eeena.«

Die Henkerstochter blickte den stummen Gesellen ratlos an.

»Was sagst du?«, fragte sie ihn.

»Mmmmm … aaa … eeena, Mmmmm … aaa … eeena!«, wiederholte Matthias monoton und kam zögernd auf sie zu. Er hielt ihr den gefalteten Zettel entgegen. Erst jetzt begriff Magdalena, dass der Geselle ihren Namen ausgesprochen hatte.

»Der … der Brief ist für mich?«, flüsterte sie. Ihr Herz begann wild zu klopfen.

Der stumme Geselle nickte und reichte ihr mit einer leichten Verbeugung den Brief.

Magdalena öffnete ihn. Es waren nur einige wenige hingekrakelte Worte, doch sie reichten aus, um der Henkerstochter den Boden unter den Füßen wegzuziehen. Kalkweiß ließ sie sich auf den Stuhl fallen und starrte auf die Zeilen vor ihr.

Es war ein kleines, böses Gedicht.

Schlaf, Kindlein, schlaf, deine Mutter war nicht brav!
Sie schnüffelt wie ein Gassenhund, das ist fürs Kindlein ungesund.
Schlaf, Kindlein, schlaf!
Spiel, Kindlein, spiel, Großvater weiß zu viel.
Hört er nicht gleich das Schnüffeln auf, hängt mich sehr bald der Hexer auf.
Spiel, Kindlein, spiel!

»Was hast du, Magdalena?«

Michael Graetz war jetzt nahe an sie herangetreten. Über ihre Schulter hinweg entzifferte er mühsam die paar Worte, während die Henkerstochter wie gelähmt auf ihrem Stuhl verharrte.

»Mein Gott!«, hauchte Graetz schließlich. »Du hast recht gehabt. Dieser Wahnsinnige hat sich tatsächlich die Buben geschnappt!«

Zornig wandte er sich an seinen Gesellen. »Wo hast du den Brief her?«, schrie er beinahe. »Sag schon, wer hat dir den gegeben?«

Matthias öffnete den Mund und rang um ein Wort. »Aaaannnn«, kam schließlich hervor.

»Ein Mann?«, fragte Magdalena hoffnungsvoll. »Was für ein Mann, Matthias?«

»Aaaarrrzzzer Aaannn. Aaaaarrrrzzzer Aaaann.«

»Verflucht, so sprich doch deutlich!«, tobte Michael Graetz. »Was für ein Mann war das?«

»Ich fürchte, so kommen wir nicht weiter«, sagte Magdalena und schluckte schwer. Die Sorge um ihre Kinder ließ sie kaum einen vernünftigen Gedanken fassen. Sie blickte erneut auf die schwarzen Zeilen. Die Schrift war verschmiert, einzelne Tintentropfen waren über das Papier geflossen und hatten Flecken hinterlassen, die Magdalena an Blut erinnerten.

Schlaf, Kindlein, schlaf … Deine Mutter war nicht brav …

Plötzlich fiel der Henkerstochter ein, dass Matthias zwar nicht sprechen, dafür aber schreiben konnte. Hektisch suchte sie in dem Chaos auf dem Boden nach Feder und Tintenfass. Als sie endlich beides heil in einer Ecke gefunden hatte, drehte sie den Zettel um und reichte ihn Matthias gemeinsam mit dem Schreibgerät.

»Schreib uns auf die Rückseite, wer dir den Brief gegeben hat«, forderte sie ihn auf.

Matthias nickte und lächelte schief, dann kritzelte er einige Zeilen auf den fleckigen Zettel. Schließlich gab er ihn zurück an Magdalena.

Schnell überflog sie die Worte, die in korrekten, hübsch geschwungenen Lettern verfasst waren.

Ein Mann in schwarzer Kutte und mit Kapuze hat mir den Brief am Klostertor gegeben. Ich sollte ihn gleich der Schongauer Henkerstochter überbringen. Ich weiß nicht, wer der Mann war.

Erwartungsvoll blickte der große stämmige Matthias Magdalena an, wie ein Hündchen, das auf Lob wartet.

»Danke, Matthias«, sagte Magdalena schließlich und faltete den Zettel wieder zusammen. Nachdenklich steckte sie ihn unter ihre Schürze.

»Kann es denn ein Mönch gewesen sein?«, erkundigte sie sich. »Schließlich trug er eine schwarze Kutte. Sag, war es einer der Benediktiner?«

Der Geselle zuckte mit den Schultern und grinste unsicher. »Eichch nich …«

»Du weißt es nicht, du Hornochse?«, hakte Michael Graetz

ungeduldig nach. »Aber die Stimme? Hast du vielleicht die Stimme erkannt?«

Matthias wiegte sein rotblondes Haupt, er schien sich innerlich zu winden. Doch kein weiteres Wort kam über seine Lippen.

»Himmelherrgott!«, fluchte Graetz. Er packte seinen fast zwei Köpfe größeren Gesellen am Kragen. »Wenn du nicht sofort dein Maul …«

»Lass ihn«, fuhr Magdalena dazwischen. »Er weiß es ganz offensichtlich nicht. Und mehr wirst du aus ihm auch nicht rausprügeln. Wir müssen uns wohl oder übel etwas anderes einfallen lassen.« Ihre Lippen wurden schmal, in ihren Augen funkelte eine neue Entschlossenheit. Dieser sogenannte Hexer hatte ihre Kinder entführt, um sie und ihren Vater zum Schweigen zu bringen! Unbewusst ballten sich ihre Hände zu kleinen harten Fäusten. Nun, wenigstens war nun die Unsicherheit weg. Sie wusste, was mit den beiden Kleinen geschehen war – und sie konnte handeln.

»Als Erstes muss ich meinen Vater und den Simon finden«, sagte sie schließlich leise. »Der Vater wird wissen, was zu tun ist. Er hat noch immer einen Ausweg gewusst.«

»Und wenn ihn die Büttel bereits geschnappt haben?«, fragte Michael Graetz.

»Den Vater?« Magdalena lächelte müde. »Da müssten schon andere kommen als so ein paar dahergelaufene Andechser Jäger. Jede Wette, dass er und der Simon ihnen entwischt sind. Fragt sich nur, wo die beiden sich jetzt herumtreiben.« Sie machte ein nachdenkliches Gesicht. »In Andechs werden sie überall gesucht, hierher nach Erling können sie auch nicht gehen. Es müsste also ein Ort sein außerhalb des Dorfes, den sowohl ich wie auch mein Vater kennen …« Plötzlich hellte sich ihre Miene auf. »Natürlich, das wäre möglich!«, rief sie. »Es ist jedenfalls der einzige Ort, der mir einfällt, wo wir in aller Ruhe miteinander sprechen können und wo uns sicher keiner stört. In Schongau hab ich ihn auch gelegentlich dort getroffen.«

Sie wandte sich an den verdutzten Schinder und fragte ihn nach dem Weg.

Michael Graetz nickte zögerlich. »So wie ich deinen Vater kenne, könntest du tatsächlich recht haben. Er war ja schon immer ein wenig ...« Er grinste verlegen. »Nun ja, seltsam.«

In kurzen Worten beschrieb er ihr, wie sie dort hingelangen konnte. Dann klopfte er seinem Gesellen, der traurig und zusammengesunken ein wenig abseits stand, auf die Schulter.

»Nichts für ungut, Matthias«, sagte er aufmunternd. »Ich wollt dich nicht kränken. Du wirst sehen, die Kinder tauchen wieder auf. Und dann kannst du mit ihnen spielen. Alles wird gut.«

Ein Lächeln breitete sich auf Matthias' Gesicht aus. Verlegen wischte er sich die klobigen Hände an seiner Schinderschürze ab, dann ging er unter mehrmaligen, etwas dümmlich wirkenden Verbeugungen wieder nach draußen.

»Ein armer Hund«, seufzte Michael Graetz. »Was hätte nur aus ihm werden können, wenn diese Söldner ihm nicht die Zunge herausgeschnitten hätten!« Er wandte sich wieder Magdalena zu. »Ich werde jetzt zu ein paar Leuten in der Gegend gehen, denen wir vertrauen können«, sagte er verschwörerisch. »Der Totengräber, der Schäfer, der Barbier unten aus Herrsching, der Köhler von Ramsee ... Allesamt Unehrliche!« Er lachte kurz laut auf. »Wir sind mehr, als die meisten wissen. Gemeinsam werden wir deine Familie schon wiederfinden.«

Magdalena drückte ihm die Hand. »Hab Dank, Graetz. Das vergess ich dir nie.« Ein fast bedrohliches Funkeln lag plötzlich in ihren Augen. »Und jetzt geh ich meinen Vater suchen«, sagte sie leise, aber entschlossen. »Glaub mir, dieser verruchte Hexer wird noch wünschen, sich niemals mit den Kuisls angelegt zu haben.«

Magdalena mied die staubige Landstraße. Mit wehendem Rock eilte sie im Schutz von Brombeer- und Weißdornbüschen Richtung Machtlfing, ein kleines Dorf, das etwa zwei Meilen entfernt lag. Mittlerweile war es früher Nachmittag, und die Sonne brannte fast unangenehm heiß vom Himmel. Vom Westen her schoben sich die ersten Wolkentürme heran, es würde heute noch ein Gewitter geben.

Michael Graetz hatte ihr den Hügel genau beschrieben. Er lag hinter dem sogenannten Bäckerbichl, ein wenig versteckt in den Wäldern. Doch selbst wenn ihr der Schinder nur die ungefähre Richtung gewiesen hätte – sie hätte den kleinen Berg nicht verfehlen können. Auf der von niedrigen Sträuchern gesäumten Kuppe befanden sich die verfallenen Überreste eines Holzgerüsts. Einst hatten hier drei im Dreieck angeordnete Steinsäulen gestanden, die mit darübergelegten Balken verbunden gewesen waren. Einer der Balken war bereits vor langer Zeit zu Boden gefallen, wo er seitdem vor sich hin faulte; ein zweiter lehnte schief an einer der verwitterten Säulen. Trotzdem ließ sich noch gut erkennen, was vor langen Jahren der Zweck dieses Hügels gewesen war.

Magdalena stand vor dem Erlinger Galgenberg.

Mühsam bahnte sie sich ihren Weg auf einem von Unkraut und Gesträuch überwachsenen Pfad, der den kleinen Hügel hinaufführte. Michael Graetz hatte der Henkerstochter erzählt, dass hier schon seit Urzeiten Hinrichtungen stattgefunden hatten. Doch mittlerweile hängte man in der nächsten großen Stadt Weilheim, wo auch der Landrichter residierte. Nur während des Großen Krieges waren auf dem Erlinger Galgenbichl noch gelegentlich desertierte Söldner oder aufmüpfige Bauern aufgeknüpft worden. Magdalena musste an den Vater des stummen Matthias denken, der hier vor den Augen seines Sohnes in der Luft gezappelt hatte. »Den Wind reiten«, nannten die Menschen dieses unwürdige Schauspiel. Manchmal dauerte es bis zu einer Viertelstunde, bis endlich der Tod eintrat.

Inständig hoffte Magdalena, dass sie ihren Vater und Simon hier oben treffen würde. Beide wussten von dem Erlinger Galgenhügel, Graetz hatte ihnen mehrmals davon erzählt. Der Galgenberg lag zwar nur wenig abseits der Straße, um Reisenden ein abschreckendes Bild zu vermitteln. Doch mittlerweile waren auf dem Hügel Sträucher und kleine Bäume gewachsen. Das nächste Haus stand viele hundert Schritt entfernt. Da die verwesenden Leichen der Diebe und Straßenräuber oft noch monatelang an den Balken baumelten, war der Gestank früher gerade im Sommer so stark gewesen, dass niemand in der Nähe wohnen wollte. Außerdem galten Galgenhügel von jeher als verfluchte Orte, die man mied – der perfekte Ort also für ein geheimes Treffen. Magdalena betete, dass ihr Vater auf den gleichen Gedanken gekommen war.

Erwartungsvoll stapfte die Henkerstochter die letzten Meter hinauf zur Kuppe. Einige hungrige Krähen saßen auf den morschen Balken und beäugten sie misstrauisch. Schließlich erhoben sich die Vögel krächzend und flogen Richtung Kiental davon. Dornige Brombeersträucher waren über das morsche Holz hinweggewachsen, Bienen summten, ein Kaninchen verschwand hoppelnd im Unterholz. Mit einem Mal konnte Magdalena verstehen, warum ihr Vater solche Orte gern zum Nachdenken aufsuchte.

Alles hektische menschliche Treiben war hier zu einem jähen Ende gekommen. Die gespenstische Ruhe schuf Platz zum Träumen, Grübeln und Sinnieren.

Magdalena sah sich um, konnte aber nichts Auffälliges entdecken. Einige hundert Schritt zur Linken verlief die Feldstraße, auf der gerade ein Fuhrwerk entlangrumpelte; weiter entfernt ragte das Kloster in den weiß-blauen Himmel des frühen Nachmittags. Sollte sie sich doch getäuscht haben?

Plötzlich ertönte ein Rascheln hinter ihr. Als Magdalena sich umwandte, stand neben einem der Weißdornbüsche der Schongauer Henker. Wie ein Geist war er aus dem Nichts aufgetaucht. Beiläufig klopfte er seinen Mantel ab, an dem ein paar Disteln hingen.

»Vater!«, rief Magdalena erleichtert. »Ich hab gewusst, dass ich dich hier treffen werde!«

»Kluges Mädchen.« Jakob Kuisl grinste. »Bist halt doch meine Tochter. Wir müssen reden, ich …« Er stutzte, als er die Angst in ihren Augen sah.

»Was ist geschehen?«, fragte er und kam misstrauisch auf sie zu.

»Der Peter und der Paul … Sie sind verschwunden.« Magdalena hatte Mühe, nicht laut loszuheulen. »Der Hexer hat sie in seiner Gewalt!«

Mit zitternden Fingern zog sie den Brief unter ihrem Rock hervor und reichte ihn ihrem Vater. Als Jakob Kuisl ihn gelesen hatte, krallte sich seine Hand um das Stück Papier, als wollte er Blut daraus pressen. Sein Gesicht war grau wie Fels, die Stimme leise und tonlos.

»Das wird er bereuen«, flüsterte er. »Bei Gott, das wird dieser Drecksack bereuen. Keiner entführt ungestraft die Enkel des Schongauer Scharfrichters.«

Magdalena seufzte, sie hatte sich wieder einigermaßen unter Kontrolle. »Wüste Drohungen bringen uns jetzt auch nicht weiter«, sagte sie entschlossen. »Zunächst müssen wir gemeinsam überlegen, wo die Kinder sein könnten. Ich versteh ohnehin nicht, wie sie so plötzlich verschwinden konnten! Eben waren sie noch im Klostergarten, und dann …« Unvermittelt sah sie sich um. »Wo ist denn eigentlich der Simon?

Und überhaupt, was habt ihr zwei bloß wieder angestellt? Halb Andechs scheint euch mittlerweile zu suchen!«

»Wir haben uns leider aus den Augen verloren«, brummte der Henker. Er schien ein klein wenig verlegen. »Diese verdammten Semers haben mich auf dem Kirchplatz erkannt.«

Er erzählte ihr von der Hostienweisung, der anschließenden Flucht und dem Kampf am Rand des Kientals.

»Aber der Simon lebt«, schloss er beruhigend. »Ich hab ihn selber noch unten in der Schlucht gehört.« Er runzelte die Stirn. »Merkwürdig ist nur, dass er bislang nicht wieder aufgetaucht ist.«

»Vielleicht haben ihn ja die Büttel geschnappt«, murmelte Magdalena. Sie schüttelte den Kopf. »So oder so, wir müssen uns überlegen, was wir tun sollen. Der Hexer hat uns ein Angebot gemacht. Wenn wir aufhören, ihm nachzuspüren, dann ...«

»Und das glaubst du ihm?« Jakob Kuisl spuckte verächtlich zu Boden. »Nach allem, was dieser Wahnsinnige schon angestellt hat? Einen Dreck wird er tun! Der gibt die Kinder niemals frei. Nicht mal, wenn wir versprechen, auf der Stelle wieder nach Schongau zu reisen. Der nimmt sie als Faustpfand, und wenn er hat, was er will, bringt er sie um wie zwei junge Hasen. Dreht ihnen den Kragen um und lacht dabei.«

»Das ... das darfst du nicht sagen!« Magdalena war erneut den Tränen nah. »Wenn das wahr ist, sind meine Buben verloren!«

Der Henker starrte ins Leere und ließ dabei die Knöchel seiner Finger knacken. Magdalena kannte das Geräusch nur allzu gut. Es war ein Ritual, das Kuisl immer vor den Hinrichtungen pflegte.

Oder wenn er sehr angestrengt nachdachte.

»Wenn die Kinder noch leben, dann weinen und greinen sie«, sagte er schließlich leise. »Also muss er mit ihnen irgendwohin, wo sie keiner hört. Ich bin sicher, diese Drecksau ist irgendwo in diesen Gängen unter dem Kloster. Ein hervorragendes Versteck, wenn man zwei schreiende Bälger dabeihat. Und wenn er nicht zu uns kommt und uns die Kinder freiwillig gibt, dann müssen wir eben zu ihm.« Noch einmal knackten die Knöchel. »Wie ein Dachs, der sich in seinem Bau versteckt. Den musst du ausräuchern oder ihm die Hunde auf den Hals hetzen. Ich werd diesen Hexer jagen, bis ihm die Eingeweide aus dem Maul hängen.«

»Selbst wenn die Kinder irgendwo dort unten sind«, gab Magdalena zu bedenken. »Du vergisst, dass wir immer noch nicht wissen, wo sich der Eingang zu diesen Gängen befindet. Auf der Karte, die dieser Graf Wartenberg hat, scheint er ja eingezeichnet zu sein.« Sie fuhr sich verzweifelt durch ihre schwarzen Haare. »Aber leider hat mein Mann diesen Plan nicht mitgenommen! Nur an diese merkwürdigen lateinischen Worte kann er sich noch erinnern. *Hic est porta ad loca inferna …* Was auch immer das bedeuten soll. Es ist zum Aus-der-Haut-Fahren!«

»Was hast du gerade gesagt?« Der Henker starrte Magdalena plötzlich an, als hätte sie sich in ein seltenes Waldtier verwandelt.

»Was meinst du?«, fragte sie verdutzt. »Dass es zum Aus-der-Haut-Fahren ist, weil …«

»Nein, nein. Der lateinische Satz davor!«

»*Hic est porta ad loca inferna*. Warum? Das ist doch der Satz, von dem Simon uns erzählt hat.«

»Nein, das ist er nicht.« Nun grinste der Henker wie ein kleiner Junge, der sich über einen gelungenen Streich freut. »Du hast ihn versehentlich falsch aufgesagt. Simon sprach davon, dass auf der Karte ›Hic est porta ad loca *infera*‹ stand. Das würde tatsächlich bedeuten: ›Das ist die Pforte zu den unterirdischen Orten.‹ Aber du hast gerade eben von den loca *inferna* gesprochen. Gut möglich, dass sich dein schussliger Gatte verlesen hat, schließlich war die Schrift ja ziemlich undeutlich. Warum also sollte dein Satz nicht stimmen?«

Eine leise Vorahnung stieg in Magdalena auf. »Und … was würde dieser Satz bedeuten?«, fragte sie leise.

Der Henker pulte zwischen seinen Zähnen. Er liebte es, seine Gesprächspartner mit seinen Antworten auf die Folter zu spannen. Schon als Magdalena ein Kind war, hatte er sie damit zur Weißglut getrieben.

»Magdalena, Magdalena«, brummte Kuisl schließlich. »Ich dachte wirklich, ich hätt dir ein wenig Latein beigebracht. ›Hic est porta ad loca *inferna*‹ heißt übersetzt: ›Hier ist die Pforte zur Hölle.‹« Noch einmal fuhr er sich genüsslich durch den struppigen Bart, bevor er endlich fortfuhr: »Und wie es der liebe Herrgott so will, glaube ich zu wissen, wo wir diese Pforte zur Hölle finden.« Er lächelte. »Was ist, Henkerstochter? Bist du bereit, mit mir hinab in die Unterwelt zu steigen?«

Zum gefühlt zehnten Mal glitt Simon im feuchten Laub aus und schlitterte einen der unzähligen Abhänge des Kientals hinunter.

Er kam sich vor wie ein Käfer in einer Sandgrube. Wo er auch hinsah, ragten steile Findlinge hinter den Buchen und Tannen hervor, dazwischen versperrte stachliges Dickicht den Weg; zunächst sanft anmutende Hänge verwandelten sich plötzlich in tiefen Morast. Mittlerweile war Simons Rock und auch seine teure Augsburger Rheingrafenhose an mehreren Stellen zerrissen, die Stiefel troffen vor Schlamm. Wahrscheinlich waren sie ebenso wie sein übriges teures Gewand hinüber! Doch das war zurzeit sein geringstes Problem.

Der Medicus hatte sich verlaufen.

Eigentlich hatte er nur ein wenig talabwärts gehen wollen,

um dann in einem weiten Bogen nach Erling zum Schinderhaus zurückzukehren. Doch immer wieder hatten ihm Felsen, steile Hänge oder morastige Bäche den Weg versperrt und er hatte einen Umweg machen müssen. Mittlerweile hatte er in dem dunklen Wald vollständig die Orientierung verloren.

Verzweifelt sah Simon sich um. Irgendwo über ihm läuteten leise Glocken, dort musste das Kloster sein. Aber der direkte Aufstieg dorthin war zu steil. Außerdem wollte Simon vermeiden, den Wachen wieder in die Arme zu laufen. Zu seiner Linken stürzte der Kienbach in ein natürliches Felsbecken und floss von dort weiter ins Tal. Rechts ragten erneut einige Felsen empor. Je länger Simon sie betrachtete, umso mehr erschien es ihm, dass sie von Menschenhand geschaffen sein mussten. Zu gerade verliefen die Wände, und einige der Brocken weiter oben erinnerten an Zinnen, Treppen und Wehrgänge. Die gesamte Formation ließ ihn an ein uraltes Riesenschloss denken – oder eben an die Überreste einer längst verfallenen Burg.

Die Burg der Andechs-Meranier?

Simon schüttelte den Kopf. Im Zwielicht des Waldes hatte ihm die Phantasie bereits einige Streiche gespielt. Manche der Felsen waren ihm in der letzten Stunde wie versteinerte Gnome, Türme oder Drachen erschienen. Müde fuhr er sich mit der Hand über die verdreckte Stirn und setzte dann fluchend seinen Weg fort.

Warum hatte er sich auch nur verirren müssen! Mittlerweile hatten die Büttel sicher schon das Schinderhaus aufgesucht und waren dort auf Magdalena gestoßen. Was würden sie mit der Tochter eines gesuchten Einbrechers und mutmaßlichen Mörders wohl anstellen? Bestimmt hatten die Männer anderes im Sinn, als Magdalena artig zu befragen und dann wieder laufenzulassen. Zumal die beiden Semers ohnehin auf

Rache aus waren wegen ihres letzten Besuchs im Schinderhaus, bei dem sie vom Schinder und der Henkerstochter aus dem Haus gewiesen worden waren.

Simon beschleunigte seine Schritte und orientierte sich südwärts, wo Erling liegen musste. Leider war gerade in dieser Richtung der Weg besonders mühsam, er musste sich oft durch knietiefes Laub, Buschwerk und totes Holz kämpfen. Fast kam es ihm so vor, als würden die stachligen Zweige der Disteln und Brombeeren wie mit Fingern nach ihm greifen und ihn zurückhalten.

Als Simon sich einmal mehr schimpfend von den Dornen losgerissen hatte, blickte er nach oben und sah plötzlich, dass unweit vor ihm ein besonders eindrucksvoller Felsen in die Höhe ragte. Der Koloss mochte sicher acht Schritt hoch sein, eine knorrige Linde wuchs darauf. Nicht weit davon entfernt standen einige Felsen in einem Kreis zusammen, so wie die Überreste eines gewaltigen Bergfrieds. Ganz leicht roch Simon den Rauch eines Feuers.

Der Medicus hielt den Atem an. Feuer bedeutete, dass Menschen in der Nähe waren. Es konnte sich um die Andechser Jäger handeln, aber auch um Straßenräuber, die hier in der Nähe des Klosters auf leichte Beute hofften. Auf beide konnte Simon zurzeit gut verzichten.

Angestrengt lauschte er, konnte aber kein verdächtiges Geräusch hören, nur das Zwitschern der Vögel und das stete Rauschen in den Bäumen.

Gerade eben wollte Simon seinen Weg fortsetzen, als mit einem Mal doch noch Laute zu vernehmen waren. Sie waren weder menschlichen noch tierischen Ursprungs.

Es war die traurige Melodie einer Spieluhr. Ein längst vergessenes Liebeslied, das mitten im Wald von den Felsen unheimlich widerhallte.

Der Medicus hielt erschrocken inne. Es war die gleiche

Melodie, die er vor einer Woche im Haus des Uhrmachers gehört hatte; das gleiche Lied, von dem ihm auch Magdalena berichtet hatte. Sie hatte es gehört, nachdem sie den Waldweg unterhalb des Klosters entlanggegangen und dort angeschossen worden war.

Die Melodie des Automaten.

Eine ganze Weile verharrte Simon auf der Stelle, ehe er es wagte, wieder einen Fuß vor den anderen zu setzen. Das leise Lied schien von der anderen Seite der Felssäule zu kommen. Mit angehaltenem Atem schlich er direkt an der Wand entlang, bis vor ihm schließlich der Eingang zu einer Höhle auftauchte. Davor kokelte ein heruntergebranntes Feuer, ein schmutziger Holznapf und ein Tonbecher standen daneben, ansonsten war nichts zu sehen. Simon lauschte.

Die Melodie kam eindeutig aus dem Inneren der Höhle.

Sein Herz begann zu rasen. Konnte das möglich sein? Hatte er tatsächlich den Eingang zu den unterirdischen Gängen der Burg gefunden? Und was sollte er nun tun? Eigentlich war er ja unterwegs, um Magdalena zu warnen. Doch hier war vermutlich das Versteck, das sie so lange gesucht hatten: das Versteck des Hexers!

Das Versteck, in dem Pater Laurentius in ein verbranntes Stück Fleisch verwandelt worden war, durchfuhr es ihn.

Simon zögerte. Er war allein. Falls ihm etwas zustieß, würde ihm keiner helfen können. Sicher wäre es besser, zunächst nach Erling zu gehen und seinen Schwiegervater zu suchen. Gemeinsam würden sie hierher zurückkehren und …

Und wenn ich das Versteck dann nicht mehr finde?

Nachdenklich betrachtete Simon das heruntergebrannte Feuer. Es schien bereits seit einigen Stunden nicht mehr geschürt worden zu sein. Gut möglich also, dass der Wächter dieser Höhle für einige Zeit fortgegangen war. Ein guter Moment, um wenigstens kurz nach dem Rechten zu sehen.

Mit spitzen Fingern zog Simon einen halb abgebrannten Ast aus der Glut und leuchtete damit ins Innere der Höhle. Sie war nicht groß, gerade mal einige Schritt breit, und leer bis auf einige Haufen schmutzigen, stinkenden Strohs. Der Medicus bückte sich und trat ein, um sich näher umzusehen.

Vorsichtig tappte er durch das feuchte, von Ruß geschwärzte Gewölbe und hielt nach etwas Verdächtigem Ausschau. Eine löchrige Wolldecke lag zusammengeknüllt in einer Ecke, an der rechten Wand hing in Kopfhöhe ein kleines verblichenes Marienbildnis. Auf einem der Strohballen fand Simon schließlich ein aus Zweigen zusammengebundenes Kruzifix und eine Kette mit matt glänzenden Perlen, die an diesem ärmlichen Ort seltsam fehl am Platz wirkte. War diese Höhle etwa eine Art Kapelle? Doch wer war dann ihr Bewohner? Aus der dunklen Tiefe vor ihm erklang weiter die traurige Melodie der Spieluhr, sie kam ihm jetzt viel näher vor als noch vor einigen Minuten.

Als Simon seine provisorische Fackel weiter nach vorne hielt, erkannte er an der rückseitigen Wand den Eingang zu einem Felstunnel.

Von dort kam auch die Melodie.

Mit klopfendem Herzen betrat er den schmalen Gang. Unter seinen Füßen war jetzt kein Stroh mehr, sondern festgetretener Lehm. Der Gang war so niedrig, dass er leicht gebückt gehen musste; schon bald führten ausgetretene Stufen in die Tiefe. Simon beschloss, nur noch wenige Meter weiterzugehen und dann umzukehren und Jakob Kuisl zu suchen. Seine Vermutung war richtig gewesen. Hier schien tatsächlich der Eingang zu den früheren Katakomben der Burg zu sein.

Unwillkürlich musste er lächeln. Was hatte ihn der Henker geschimpft, weil er am Bett des sterbenden Laurentius eingeschlafen war! Jetzt konnte er seinem Schwiegervater beweisen, dass er doch zu etwas taugte. Er würde ihn hier hinunterführen, und gemeinsam würden sie …

Simons Gedankenstrom brach jäh ab. Es dauerte einen Moment, bis er begriff, was sich verändert hatte.

Die Melodie hatte aufgehört.

Stattdessen waren jetzt leise schlurfende Schritte von jenseits der Stufen zu vernehmen. Sie schienen sich Simon zu nähern.

»Ist … da jemand?«, fragte der Medicus zögerlich ins tiefe Dunkel des Ganges hinein.

Eine Zeitlang herrschte Stille, dann ertönte ein heiseres Lachen. Simon kniff die Augen zusammen und versuchte etwas zu erkennen. Viel zu spät beschlich ihn die Erkenntnis, dass er mit der Fackel in der Hand zwar nichts sehen konnte, was weiter als drei Schritt entfernt war – dass er selbst allerdings sehr gut zu erkennen war.

In diesem Moment erklang ein Sirren. Etwas bohrte sich tief in Simons Hals. Entsetzt ließ der Medicus die Fackel fallen und griff danach, als er bereits spürte, wie der Boden unter ihm weich wie Treibsand wurde. Der Gang weitete sich ins Unermessliche, und seine Beine knickten wie dünne, morsche Zweige unter ihm weg.

Dass er mit dem Hinterkopf auf dem harten Lehm aufschlug, fühlte Simon schon gar nicht mehr. Aus dem Augenwinkel heraus sah er zwei schlammbespritzte braune Lederstiefel auf sich zutreten. Einer der Stiefel stieß ihn grob an, so dass Simons rechte Braue aufplatzte und Blut über seine Augen rann. Wie ein roter Vorhang schloss sich langsam die Welt um ihn.

Dahinter war Schwärze.

Der Hexer beugte sich über sein Opfer und fühlte mit dem Finger die Halsschlagader. Als er das ruhige Pumpen spürte, richtete er sich nachdenklich auf. Es war erstaunlich, wie unterschiedlich Menschen auf Gift reagierten. Bei der geringen Körpergröße des Baders hätte er eigentlich erwartet, dass der Mann sofort starb. Doch dieser Schongauer Hänfling hatte eine erstaunliche Konstitution. Immerhin wusste der Fremde nun, dass er für den Henker mindestens die doppelte Dosis brauchen würde.

Doch das war ja nun vielleicht gar nicht mehr nötig.

Der Hexer lächelte. Dass ihm der Bader ins Netz ging, war nicht geplant gewesen. Umso erfreulicher war es, dass er es jetzt nur noch mit dem Scharfrichter und seiner Tochter zu tun hatte. Aber er hatte dafür gesorgt, dass ihm auch diese beiden nicht mehr in die Quere kamen. Endlich hatte sein Helfer den Plan in die Tat umgesetzt.

Der Hexer trat nach draußen vor die Höhle und betrachtete den Himmel. Weit im Westen türmten sich Wolken zu gigantischen Luftschlössern zusammen. Es lag ein gespanntes Flirren in der Luft, das er nur zu gut kannte.

Der Augenblick war perfekt. Nun würde sein Warten endlich ein Ende haben.

Leise summend ging er zurück in die Höhle und warf einen interessierten Blick auf den reglosen Bader, der ihn aus starren Augen anglotzte.

Ob er ihn wohl erkannte?

Gelehrte Männer hatten ihm vor langer Zeit einmal erzählt, dass das von ihm verwendete Gift zum Erstarren des Körpers führte. Man versteinerte, doch das Denken lief weiter. Während das Gesicht nichts weiter als eine gefrorene Grimasse war, schrie und tobte man innerlich.

Immer noch vor sich hin summend, befestigte der Hexer einen Strick an den Füßen des Baders und zog ihn wie ein Stück totes Vieh hinter sich her, über die Stufen hinweg, hinein in die Finsternis des Ganges.

Bestimmt würden die Kinder sich freuen, ihren Vater zu sehen. Auch wenn er in seinem jetzigen Zustand für die Kleinen nichts weiter als eine ausgestopfte Puppe war.

Ein Automat wie der andere.

Der Hexer schmunzelte. Vielleicht sollte er auch mit dem Bader ein kleines Experiment wagen.

Kapitel 16

Sonntag, der 20. Juni Anno Domini 1666,
später Nachmittag

Glaubst du nicht, es ist an der Zeit, mir zu sagen, wo wir hingehen?«, keuchte Magdalena, die atemlos hinter ihrem Vater durch das waldige Kiental hetzte. Über eine Stunde waren sie schon unterwegs, aber noch immer hatte ihr Jakob Kuisl das Ziel nicht verraten. In einem weiten Bogen hatten sie zunächst das Kloster umrundet, waren einen vom nassen Laub rutschigen Abhang nach unten gestiegen und dann weiter durch den Wald gelaufen. Die Angst um ihre Kinder hatte in Magdalena Kräfte freigesetzt, die es ihr erlaubten, wie ein junges Reh ohne Pause durchs Unterholz zu brechen. Ihr Rock war zerrissen, Zweige hatten ihr das Gesicht zerkratzt. Umso zorniger war sie, dass sie immer noch nicht wusste, wohin sie eigentlich unterwegs waren.

»Geduld dich noch ein bisserl«, brummte der Henker, ohne in seinem Lauf innezuhalten. Seinen schwarzen Mantel hatte er beim Schinder liegen lassen, das Hemd war nass von Schweiß. »Es kann nicht mehr weit sein.«

Mit seinen Pranken schob er einen toten Baumstamm wie einen Schilfhalm zur Seite und sprang über einen schmalen Bachlauf. Als Magdalena ihm folgen wollte, sank sie knietief im Morast ein. Kuisl reichte ihr die Hand.

»Hättest ja nicht mitkommen müssen«, sagte er ungeduldig zu ihr. »Ich weiß ohnehin nicht, was ein hilfloses Weib …«

»Dieses hilflose Weib ist ganz nebenbei die Mutter der zwei entführten Kinder«, fauchte Magdalena. »Also fang nicht wieder mit dem Schmarren an. Sag mir lieber, wo wir hingehen.«

Kuisl lächelte schmal, dann zog er sie mit einer einzigen kräftigen Bewegung aus dem Schlamm und eilte schweigend weiter.

Murrend folgte ihm Magdalena. Ihr Vater konnte manchmal so stur sein! Nachdem Jakob Kuisl am Galgenberg seine merkwürdige Andeutung über die »Unterwelt« gemacht hatte, hatten sie kaum ein Dutzend Worte gewechselt. Zunächst waren sie zum Schinderhaus gelaufen, doch Simon war nicht da gewesen. Auch Graetz wusste nicht, wohin der Medicus verschwunden war. Nach einem längeren Gespräch mit dem Schinder in der Kammer nebenan beschloss Kuisl schließlich, ohne Simon nach den Kindern zu suchen.

Zunächst wollte er allein gehen, doch Magdalena hatte ihm schnell klargemacht, dass sie ihre entführten Kinder niemals im Stich lassen würde. Also rannten sie jetzt gemeinsam durch den Wald, Vater und Tochter, auf der Suche nach dem Verrückten, der die Buben in seine Gewalt gebracht hatte. Hinzu kam Magdalenas Angst um Simon. Lag er irgendwo schwer verletzt im Wald? Hatten ihn die Wachmänner geschnappt und nach Weilheim zur Tortur gebracht, damit er ihnen den Aufenthalt des gesuchten Schongauer Henkers verriet?

Schon mehrmals war Magdalena ein fürchterlicher Gedanke durch den Kopf geschossen, schmerzhaft wie ein giftiger Pfeil, der sich langsam, aber unerbittlich in ihr Unterbewusstsein bohrte.

Was ist, wenn die Kinder nicht mehr leben? Wenn der Hexer sie bereits umgebracht hat?

Ihre Kehle schnürte sich zu, und sie rannte noch schneller, um die schlimmen Vorahnungen zu vertreiben.

Plötzlich blieb ihr Vater stehen. Er legte den Finger auf die Lippen und wies auf einen hohen Felsen, der nur einen Steinwurf weit entfernt aus den Bäumen hervorragte.

»Wir sind gleich da«, flüsterte er. »Das ist der Felsen, den ich gesucht habe. Ich hab mich beim Graetz erkundigt. Die Einheimischen nennen ihn seit Urzeiten den ›Teufelsfelsen‹.«

Magdalena sah ihn ratlos an. »Den Teufelsfelsen? Aber …«

»*Porta ad loca inferna!*«, zischte der Henker. »Die Pforte zur Hölle! Verstehst du? Hier an diesem Felsen geht der Satan ein und aus. Aber es war nicht der Name, der mich draufgebracht hat. Es war etwas anderes.« Kuisl senkte seine Stimme, fast glaubte Magdalena, eine Spur Angst darin zu hören.

»Ich war schon mal hier«, sagte der Henker.

»Schon mal hier?« Magdalena sah sich um. Mit einem Mal kam ihr die Gegend seltsam vertraut vor. Die Bäume, die Felsen, weiter hinten schienen einige größere Brocken in einer Art Kreis zusammenzustehen … Auch sie kannte diesen Ort. Doch in ihrer Angst hatte sie nicht weiter darauf geachtet.

Die Überreste eines gemauerten steinernen Rings …

»Natürlich!«, brach es aus ihr heraus. »Der Steinring, auf dem die Kinder vor ein paar Tagen gespielt haben! Ich hab den hohen Felsen von dort aus gesehen!«

Jakob Kuisl schien sie gar nicht gehört zu haben, gedankenverloren blickte er hinauf zur Spitze des steilen Felsturms. »Ich war mit den Kindern hier, als wir nach Andechs gekommen sind«, fuhr er leise fort. »Ich bin eine Abkürzung gegangen, und plötzlich standen wir vor diesem Trumm Fels. Dort war eine Höhle, und davor saß eine alte Frau, die wirres Zeug redete …«

Mit einem Mal spürte Magdalena, wie ihr Mund trocken wurde.

»Die Einsiedlerin!«, stieß sie hervor. »Ich habe diese alte Frau auch getroffen! Mit dem Matthias und den Kindern bin ich bei ihr gewesen. Das Weib war verrückt, hat davon gefaselt, dass meinen Kindern Gefahr droht, und hat gemeint, hier sei …« Die Stimme versagte ihr, als ihr die Worte der Greisin wieder einfielen.

Ich bewache den Eingang zur Hölle …

»Mein Gott«, hauchte sie. »Die Pforte in die Unterwelt. Sie hat davon gesprochen. Sie hat sogar die Kinder gewarnt! Aber ich hab es nicht ernst genommen.«

Der Henker nickte zögerlich. »Auch mir hat sie von der Höllenpforte erzählt. Ebenso wie du hab ich's als Gewäsch einer alten Närrin abgetan und schließlich vergessen. Erst heute auf dem Galgenberg ist es mir wieder eingefallen.«

Er lachte kurz auf, dann griff er in seinen mitgebrachten Beutel und zog ein unterarmlanges Jagdmesser hervor. Mit geübtem Blick suchte der Henker im Unterholz nach einem geeigneten Ast und begann einen Knüppel zu schnitzen.

»Vermutlich kannten die Einheimischen schon viel früher diesen Eingang«, fuhr er nachdenklich fort, während das Messer über das Holz schabte. »Später, lange nachdem die Burg zerstört wurde, hat man seinen eigentlichen Zweck vergessen. Zurück blieben nur Namen. Teufelsfelsen, Pforte zur Hölle. Namen, die heutzutage nur noch auf verblichenen Karten auftauchen …«

Kuisl spuckte verächtlich aus und wog prüfend den fertig geschnitzten Knüppel in seinen Händen. »So sind die Menschen. Was sie nicht kennen, das hat der Teufel gemacht.«

Noch einmal ging sein Blick hinauf zu der unnatürlich anmutenden Felsnadel. Plötzlich schnupperte er, seine großen Nasenflügel blähten sich.

»Riechst du das auch?«, fragte er leise. »Da brennt ein Feuer. Lass uns lieber vorsichtig sein. Wer weiß, ob die Alte nicht gerade ihren Gerstenbrei kocht und mit ihrem Geschrei gleich das halbe Kiental auf uns aufmerksam macht.«

Magdalena atmete ein letztes Mal tief durch. Dann huschten sie durch das trockene Unterholz auf den Felsen zu und rannten die letzten Meter durchs offene Gelände. Schließlich schoben sich Vater und Tochter Schritt für Schritt an dem kühlen Stein entlang, bis endlich der Höhleneingang auftauchte.

Kein Mensch war zu sehen. Ein dünner Rauchfaden kräuselte sich über einem erkalteten Feuer. Aus dem Inneren der Höhle erklang kein Laut.

Magdalena entspannte sich und trat auf die Lichtung vor dem Felsen. »Die Luft ist rein«, sagte sie erleichtert. »Also lass uns jetzt …«

»Wehe euch! WEHE!!!«

Die schrille Stimme war aus den Büschen zur Linken gekommen. Nun erhob sich im dichten Unterholz die hagere Gestalt eben jener Greisin, die Magdalena vor ein paar Tagen nur unweit von hier angetroffen hatte. Ihr löchriges Kleid flatterte an ihr wie Mottenflügel, die Hände reckte sie drohend zum Himmel.

»Der Satan hat sich erhoben!«, kreischte die Alte wie besessen. »Er hat die Unterwelt verlassen und sucht nun mit seinem Beelzebub nach unschuldigen Kindlein, deren Mark er aussaugen kann! Tut Buße, bei Gott, tut Buße!«

Einen kurzen Moment verharrte Magdalena wie gelähmt, dann stürzte sie auf die alte Frau zu und rüttelte sie an den Schultern.

»Du sprichst von Kindern!«, stieß sie hervor. »Meinen Kindern? Sag, hat dieser Verrückte meine Kinder in diese Höhle geschleppt? Jetzt sprich doch endlich!«

Die blinde Alte sah sie mit milchig leeren Augen an. »Das Gute und das Böse. Deine Kinder sind beides«, murmelte sie.

»Himmel und Hölle. Jehova und Luzifer. Nimm dich in Acht, Henkerstochter!«

»Wo … woher weißt du, wer ich bin?« Verdutzt ließ Magdalena die Greisin los und trat einen Schritt zurück. War die Frau vielleicht wirklich eine Prophetin? Es hieß, dass Einsiedler ihre Eingebungen von Gott erhielten. Was aber sollte dann dieser Spruch über ihre Kinder bedeuten?

Das Gute und das Böse. Deine Kinder sind beides …

»Sprich schon, närrisches altes Weib, wer geht hier ein und aus? Was weißt du von den Kindern?« Der Henker war nun hinzugetreten. Argwöhnisch blickte er sich um, ob das Geschrei der Greisin vielleicht schon jemanden auf sie aufmerksam gemacht hatte.

Die Alte lächelte, so dass ihr zahnloser Mund weit offen stand. »Ja, ja, der Teufel hat die Kinder!«, kicherte sie. »Sein treuer Beelzebub hat sie ihm gebracht.«

»Es sind also zwei?«, hakte der Henker nach. Magdalena sah, wie eine steile Sorgenfalte auf seiner Stirn wuchs. Vermutlich rechnete sich ihr Vater gerade aus, welche Chancen er im Kampf gegen zwei ausgewachsene Männer haben würde, die auch vor Mord und Entführung nicht zurückschreckten.

Plötzlich warf sich die Greisin auf den Boden und fing zu wimmern an.

»Hab ihn nicht aufhalten können!«, jammerte sie. »Das Böse stapft durch meine Höhle, es flüstert mir schlimme Dinge ins Ohr, doch meine Gebete werden nicht erhört. Gott strafe mich für meine Angst! Ich bin davongelaufen, doch ich habe das Böse belauscht, und ich habe gesehen, wie der Satan den kleinen Mann gefangen hat. Er kam nicht wieder aus der Höhle.«

»Den … den kleinen Mann?« Magdalena spürte, wie ihre Beine erneut drohten, unter ihr nachzugeben. Es mochte ein

Zufall sein, aber tatsächlich war Simon einer der kleinsten Männer, die sie kannte.

»Wie ... wie sah er denn aus, dieser kleine Mann?«, fragte sie aufgeregt.

Die Greisin legte den Kopf schief zur Seite wie eine alte Eule. »Dem schönen Schein war er verfallen. Trug feine Kleider, unnützer Zierrat! Ha, alles, was von ihm bleiben wird, ist ein stinkender Madensack!«

Simon!, fuhr es Magdalena durch den Kopf. *Bei Gott, das muss mein Simon gewesen sein!*

»Wann war das?«, wollte Jakob Kuisl wissen. Barsch packte er die Alte am Kragen und zog sie zu sich hoch. »Sprich schon, sonst wirst du noch heute deinem Heiland gegenüberstehen!«

Kreischend fing die Alte zu lachen an. »Du drohst mir, Henker?«, schrie sie, während sie mit den Beinen über dem Boden zappelte. »Du, der du Hunderte Menschen abgeschlachtet hast? Am Jüngsten Gericht werden ihre Seelen an deine Tür pochen und nach Vergeltung schreien! Tu Buße, Henker, tu Buße!«

Als hätte er sich die Finger verbrannt, ließ Jakob Kuisl die Alte los. Sie fiel zu Boden und krümmte sich wie ein Wurm.

»Noch keine Stunde ist es her, dass der kleine Mann in der Höhle verschwunden ist!«, zeterte sie schließlich. »Gott sei seiner Seele gnädig! Ich hab den Mönch brennen sehen, und auch ihn wird der Satan durchs Fegefeuer geleiten!«

Aus dem Augenwinkel heraus beobachtete Magdalena verwundert, wie ihr Vater ein Kreuz schlug. Das hatte er noch nie gemacht, höchstens bei einem seiner seltenen Kirchgänge. Besorgt legte sie ihm den Arm um die Schultern.

»Geht es dir gut?«, fragte sie, während die Alte am Boden noch immer undeutliches Zeug jammerte.

Jakob Kuisl nickte zögerlich, dann wischte er ihren Arm zur Seite.

»Komm schon«, forderte er Magdalena auf. »Hier kommen wir nicht weiter. Wenn wir deinen Kindern und nun wohl auch deinem Mann helfen wollen, müssen wir uns beeilen.« Er zog eine Fackel aus seinem Beutel hervor, steckte sie an dem noch glimmenden Feuer an und stapfte auf die Höhle zu. Am Gürtel baumelte neben dem Jagdmesser der frisch geschnitzte Knüppel.

»Satan und Fegefeuer hin oder her«, knurrte der Henker. »Diese Burschen haben meine Enkelkinder entführt. Die werden die echte Hölle erst noch kennenlernen.«

In der Bibliothek im Südflügel des Klosters saßen der Prior und der Bibliothekar und lauschten den aufgeregten Worten des Schongauer Bürgermeisters. Die Geschichte, die er ihnen auftischte, war so unglaubwürdig, dass sie schon fast wieder wahr sein konnte.

»Ihr meint also wirklich, es ist der Schongauer Henker, der als falscher Franziskaner bei uns eingebrochen ist?«, hakte Prior Jeremias stirnrunzelnd nach.

Karl Semer nickte eifrig. »Bei den Gebeinen des heiligen Nikolaus, es ist die Wahrheit, Hochwürden! Als ich hörte, dass Ihr einen über sechs Fuß großen Hünen mit Hakennase sucht, habe ich sofort an ihn gedacht. Dieser kleine windige Bader und seine Frau haben es abgestritten, aber heute Mittag haben ich und mein Sohn« – er deutete auf den jungen Sebastian Semer, der mit wichtigtuerischer Miene neben ihm saß – »den Henker mit eigenen Augen auf dem Kirchplatz gesehen. Er ist geflohen, gemeinsam mit dem Bader. Seitdem sind die beiden wie vom Erdboden verschluckt.«

Der Bibliothekar fuhr sich über die spröden Lippen. »Die Jäger berichten tatsächlich von einem Bär von Mann, der vier von ihnen das Fürchten gelehrt hat«, murmelte er. »Muss gekämpft haben wie ein Berserker. Einen der Jäger hat er wie einen Kiesel in die Schlucht geworfen. Seid Ihr sicher, dass das Euer Mann ist?«

»Ha, das ist er!«, rief Karl Semer. »Kuisl war im Großen Krieg ein Doppelsöldner. Er gehörte zu den besten Soldaten und bekam doppelten Lohn. Der nimmt es zur Not auch mit einem Dutzend Gegnern auf.« Er seufzte. »Ein guter Henker, fürwahr. Leider ist er auch äußerst störrisch und schafft immer wieder Unruhe. Vor allem dann, wenn man es am allerwenigsten brauchen kann. Der Kuisl schnüffelt gern herum und wühlt Dreck auf, der gut hätte liegenbleiben können.« Mit besorgtem Blick tätschelte er die Schulter seines Sohnes. »Natürlich wollen auch wir, dass dieses unselige Kapitel hier in Andechs endlich abgeschlossen wird, nicht wahr, Sebastian? Aber soviel ich weiß, ist der Täter doch bereits gefasst. Alles Weitere schafft nur Verwirrung und ist nicht gut für unsere, äh ...«

»Geschäfte«, brachte Prior Jeremias den Satz lächelnd zu Ende. »Ihr dürft es ruhig aussprechen. Es ist keine Schande, sein Geld zu mehren – zumal es ja zum Wohle der Kirche ist. Auch wir wären froh, wenn so bald als möglich Ruhe einkehren würde.« Mit verschränkten Armen lehnte er sich im Stuhl zurück. »Was ich jedoch nicht verstehe, ist, warum dieser, äh ... Kuisl ausgerechnet hier bei uns schnüffeln muss. Schließlich ist er doch Henker und kein kurfürstlicher Beamter, nicht wahr?« Er lachte nervös und sah hinüber zu Pater Benedikt, der demonstrativ gelassen in einigen Büchern blätterte.

»Dafür haben wir allerdings auch noch keine Erklärung«, sagte Semer und kratzte sich seine Glatze. »Seine Tochter und sein Schwiegersohn sind mit uns auf Wallfahrt gegangen, und Jakob Kuisl war zunächst nicht mit dabei. Warum er später ...«

»Wie heißt der Mann noch mal?«, fuhr der Prior dazwischen.

»Kuisl. Jakob Kuisl. Warum?«

Plötzlich erinnerte sich Pater Jeremias an die gestrige peinliche Befragung des Apothekers in der Weilheimer Fragstatt. Frater Johannes hatte immer wieder von einem Jakob gesprochen, der ihm helfen würde. Der Prior hatte angenommen, dass es sich dabei um den Apostel Jakob handelte, den Johannes unter Schmerzen angerufen hatte. Vielleicht hatte er ja aber genau diesen Jakob Kuisl gemeint. Nur, warum? Der schusslige Andechser Abt hatte irgendwann einmal eine Bemerkung fallenlassen, auch Johannes sei im Großen Krieg Söldner gewesen. Kannten sich die beiden vielleicht?

Nervös trommelte Pater Jeremias auf die Tischplatte. Die Sache wurde immer brenzliger.

»Ist was, Jeremias?«, fragte ihn Pater Benedikt und sah misstrauisch von seinen Büchern auf.

»Nein, nein.« Der Prior lächelte unsicher. »Ich bin nur ein wenig müde. Das Dreihostienfest und seine langwierigen Vorbereitungen setzen einem doch mehr zu, als man sich selbst eingestehen will.«

Er erhob sich und reichte dem fetten Schongauer Bürgermeister und seinem blassen Sohn die Hand.

»Danke für Euren Hinweis«, sagte er in salbungsvollem Ton. »Er wird uns helfen, diesen falschen Franziskaner umso schneller zu arretieren. Wer weiß, vielleicht steckt dieser Kuisl ja sogar mit dem Hexer unter einer Decke.« Mit einer ungeduldigen Handbewegung wies er zum Ausgang. »Und nun lasst uns alleine. Es wartet noch viel Arbeit auf uns alle.«

»Sehr wohl, Hochwürden.« Semer verbeugte sich, und der Prior ärgerte sich einen Moment, dass er noch keinen Abtsring besaß, den sein Gegenüber hätte küssen können.

Plötzlich sah der Bürgermeister noch einmal zu ihm hoch, in seinen Augen glitzerte ein bauernschlaues Funkeln. »Hochwürden?«

Pater Jeremias runzelte die Stirn. »Ja, Bürgermeister?«

»Ihr erinnert Euch sicher, dass ich dem Kloster zu einem fairen Preis bestes Wachs für dreihundert Kerzen verkauft habe. Außerdem Bittbriefe mit den schönsten Drucken aus Augsburg …«

»Auf was wollt Ihr hinaus?«

Karl Semer setzte ein gewinnendes Lächeln auf. »Ich bin sicher, dass auch an Mariä Himmelfahrt wieder viele Pilger kommen werden. Ebenso an Allerheiligen. Habt Ihr bereits einen Lieferanten?«

Der Prior seufzte demonstrativ. Doch innerlich freute es ihn, dass der Bürgermeister mit ihm verhandeln wollte. Der alte Andechser Abt war ganz offensichtlich schon abgeschrieben. »Seid gewiss, dass wir an Euch denken werden«, sagte er wohlwollend. »Wer der Kirche hilft, wandelt auf Gottes Pfaden.«

Unter tiefen Verbeugungen entfernte sich der Bürgermeister mit seinem Sohn, und der Prior und der Bibliothekar blieben in dem großen Saal allein zurück.

»Verflucht!«, zischte Pater Benedikt, als die Schritte der zwei Schongauer endlich verklungen waren. Zornig schlug er das Buch zu, in dem er gerade noch geblättert hatte. »Das hat uns gerade noch gefehlt! Ein Henker, der uns nachschnüffelt! Wahrscheinlich hat dieser ehrlose Hund auch die Karte gestohlen. Jetzt können wir nur hoffen, dass die Wachen ihn so bald als möglich schnappen, bevor er dort unten etwas findet.«

Pater Jeremias biss sich nervös auf die Lippen. »Das wird nicht so einfach sein. Du hast es doch gehört. Dieser Kuisl gibt nicht so leicht auf. Und bevor Johannes nicht gesteht, ist der Fall ohnehin nicht abgeschlossen. Vielleicht kommt der Weilheimer Landrichter ja noch auf dumme Gedanken und lässt hier jeden Stein umdrehen.«

Der alte Bibliothekar blinzelte ihn böse an. »Was heißt das – bevor Johannes nicht gesteht?«, blaffte er. »Du hast doch selbst der Tortur gestern beigewohnt. Was macht ihr dort? Ihn mit Federn streicheln?«

»Ich ... ich weiß auch nicht, warum er noch nicht zusammengebrochen ist!«, klagte Pater Jeremias. »Der Weilheimer Scharfrichter hat alles versucht. Aber wir müssen aufpassen, dass Johannes uns nicht wegstirbt. Deshalb will Meister Hans auch bis morgen warten und ihn zwischendurch ein wenig kurieren.« Der Prior beugte sich über den Tisch, fast flehentlich wandte er sich an den greisen Mönch. »Verdammt, Benedikt, wir brauchen das Geständnis, sonst kommt es zu keiner Verurteilung! Du weißt doch selbst, dass die karolinische Rechtsordnung in dieser Hinsicht äußerst streng ist.«

»Dann sorg gefälligst dafür, dass dieses Geständnis endlich aus ihm rausbricht«, erwiderte Benedikt kühl. »Sonst sind wir die Nächsten, die Meister Hans auf die Streckbank spannt.« Krumm wie eine sturmerprobte Eiche erhob er sich mühsam und starrte den Prior wütend an. »Ich habe in jungen Jahren selbst an der einen oder anderen Befragung teilgenommen. Bei mir haben die Delinquenten immer sofort gestanden. Du bist zu weich, Jeremias.«

Der Prior ballte unter dem Tisch die Fäuste. Seitdem er vor vielen Jahren dem Kloster beigetreten war, hatte ihn der Alte immer wieder mit solchen Sprüchen zur Weißglut getrieben! Jeremias wusste, dass sich Benedikt eigentlich für den besseren Abt hielt. Aber seine Bücher waren ihm wichtiger als jeder Posten, und so hatte er sich für seine geheimen Pläne eben Mitstreiter gesucht.

Nützliche Idioten wie mich!

Dabei waren sie in ihren Zielen meist einig gewesen. Trotzdem hatte Jeremias das Gefühl, dass ihn der alte Bibliothekar nicht immer für voll nahm. Er dachte daran, dass er bald Abt in Andechs sein würde. Vieles würde dann anders werden.

Und einen stolzen alten Narren kann man auch gut im Refektorium zum Schüsselputzen einsetzen. Wir müssen Gott dienen, egal, wo er uns hinstellt …

Dieser Gedanke beruhigte Jeremias. Er dachte an die Pistole, die ihm der Landrichter gestern geschenkt hatte, und an seine Begegnung mit den Wölfen. Es war ein gutes Gefühl gewesen, den Abzug zu drücken.

»Du weißt, dass Laurentius tot ist?«, fragte er unvermittelt den Bibliothekar.

Der Greis nickte. »Die Spatzen pfeifen es von den Dächern. Dazu noch allerhand andere Schauergeschichten über diesen Golem.«

Pater Benedikt schlug ein schnelles Kreuz. »Gott sei Laurentius' Seele gnädig. Aber vielleicht ist es besser so. Er war ein Sodomit, und was noch schlimmer ist – er war ein Angsthase. Wahrscheinlich hätte er schon bald dem Abt von unseren Plänen erzählt. Nun schweigt er für immer.«

Eine Weile sagte keiner von ihnen etwas, die Stille im Raum mit seinen Tausenden von Büchern und Pergamentrollen lastete wie ein schwerer Fels auf Jeremias. Der Prior atmete tief durch. Manchmal, in schlaflosen Nächten, hatte er Zweifel an ihrem Tun, doch letztendlich dienten sie doch nur dem Kloster.

Alles war Gottes Wille.

»Ich sag dir, was wir machen werden«, erklärte Pater Jeremias schließlich mit demonstrativ entschlossener Stimme, um die Führung zurückzuerlangen. »Vielleicht hat Laurentius ja recht gehabt, und es ist wirklich zu gefährlich, die Sachen weiterhin dort unten zu lassen. Wir werden sie zusammen mit Bruder Eckhart rausräumen und bei mir im Priorat verstecken. Dort sollen sie bleiben, bis dieser Henker geschnappt ist oder Johannes endlich gestanden hat. Schließlich wissen wir immer noch nicht, was dort unten lauert.«

»Hast du Angst?« Benedikt lächelte kalt.

»Unsinn! Ich will nur nichts riskieren. Also lass uns das Zeug noch heute wegschaffen.«

Der Bibliothekar wog sein schütteres Haupt. »Nun gut«, sagte er schließlich. »Sicherer ist es allemal. Außerdem können wir zurzeit ohnehin nicht weitermachen. Jetzt, da Laurentius tot ist, fehlt uns ein geschickter Handwerker.«

Er humpelte zur Tür. Noch einmal wandte er sich um und musterte nachdenklich Pater Jeremias.

»Ich möchte wirklich wissen, was den guten Laurentius so zugerichtet hat«, sagte Benedikt düster. »Langsam beginne ich selbst, an dieses Ammenmärchen von einem Golem zu glauben.«

*

Im düsteren Loch des Weilheimer Faulturms dämmerte Nepomuk der nächsten Folter entgegen. Er wusste, dass dies das Ende war. Die nächste Befragung würde die letzte sein, er würde gestehen, und dann wäre dieser Alptraum endlich vorbei.

Vor kurzem oder vor einer Ewigkeit, er wusste es nicht, war Meister Hans mit einigen Salbentiegeln und Verbänden zu ihm gekommen. Der Henker hatte ihm kühlende Tinkturen auf die Arme und Beine gestrichen, er hatte ihm saubere Verbände mit duftendem Balsam umgelegt, doch auch diese Arzneien konnten nicht verhindern, dass Nepomuk mit dem Leben abgeschlossen hatte. Die Schmerzen waren zu groß. Vermutlich würden sie ihn das nächste Mal wieder mit nach hinten gebundenen Armen in die Höhe ziehen oder auf die Streckbank spannen.

Die bisherigen Torturen hatte Nepomuk nur ausgehalten,

indem er die Augen schloss und einmal mehr an die gemeinsamen schönen Tage mit seinem Freund Jakob Kuisl dachte …

Der Duft des gebratenen Kapauns am Spieß; die Lieder der Landser, die durchs Lager tönen; ein Ritt mit den Pferden durch einen nebelverhangenen Morgen; die fetten Marketenderinnen und die dürren geschminkten Huren, zwischen deren Brüsten man einschläft und den Krieg für ein paar Stunden vergisst; ein Schaukampf mit Jakob, die Richtschwerter schlagen krachend aufeinander … Spürst du es?, fragt ihn Jakob und drückt ihn grinsend mit der Klinge gegen eine verrußte Hauswand. Das ist Gott, Nepomuk! Das ganze Leben, das Schreien, das Singen, Fressen, Saufen und Sterben. Ich brauche keine Kirche zum Beten, mir reichen der Wald und das Schlachtfeld …

Plötzlich war Nepomuk Rauch in die Nase gestiegen. Als er die Augen öffnete, merkte er, dass es kein Federvieh war, das dort am Spieß brutzelte. Es war sein eigenes Fleisch, das brannte.

Meister Hans hatte ihm einen glühenden Spieß gegen den rechten Oberarm gepresst.

Jetzt drückte Nepomuk das Kruzifix, das er sich aus Zweigen und Stroh geflochten hatte, an seine bebende Brust und bereitete sich auf das ewige Leben vor. »Der Herr ist mein Hirte, mir wird nichts mangeln. Er weidet mich auf einer grünen Aue …«

Ein Lächeln huschte über sein Gesicht, als er an den Freund dachte. Tief im Inneren spürte er, dass Jakob ihn noch immer nicht im Stich gelassen hatte, dass er noch immer versuchte, Nepomuks Unschuld zu beweisen.

Doch es war zu spät.

Morgen in aller Frühe würde Meister Hans kommen, und

sie würden unter der Führung des Priors weitermachen. Er würde ihnen alles gestehen, was sie hören wollten. Wenn nötig auch den Mord an der eigenen Mutter, die letzten Unwetter und sämtliche toten, zweiköpfigen Kälber im Pfaffenwinkel. Alles – wenn sie nur endlich aufhörten, ihn zu quälen.

»Verzeih, Jakob«, flüsterte Nepomuk und küsste das Kruzifix. »Verzeih, mein Herrgott. Ich bin nicht stark genug.«

Kapitel 17

Sonntag, der 20. Juni Anno Domini 1666,
abends

Das Erste, was Simon vernahm, war das Zwitschern eines Vogels, so lieblich, dass er glaubte, sich in einem wunderschönen Garten zu befinden, wenn nicht gar im Paradies.

Er versuchte die Augen zu öffnen, doch seine Lider waren zugeklebt, als wären sie mit Honig beschmiert. Erschrocken wollte Simon sich erheben, aber etwas zog ihn nach unten. Seine Arme mussten gefesselt sein, er schaffte es nicht, sie auch nur einen Fingerbreit anzuheben. Je mehr er sich bemühte, sich zu bewegen, desto mehr kam es ihm vor, als wären seine Glieder nicht gebunden, sondern eher wie mit hartem Lehm umbacken. Auch die Füße, die Beine, der ganze Oberkörper – alles fühlte sich an wie unter einer Schicht Ton, die er nicht durchbrechen konnte.

Das ist ein Traum!, durchfuhr es ihn. *Nur ein Traum. Gleich wache ich neben Magdalena auf, schweißgebadet, aber gesund. Wir lachen gemeinsam über meine kindischen Schreie in der Nacht, dann schauen wir nach den beiden Kleinen und dann …*

Sein Gedankenfluss unterbrach jäh, als Simon einfiel, was in den Stunden zuvor passiert war. Er hatte mit Kuisl vor den Wachen fliehen müssen, dann war er abgestürzt und hatte schließlich diese Höhle im Wald gefunden, aus der die Musik des Automaten klang. Er hatte die Höhle betreten, und dann ... Was war dann geschehen?

Simon versuchte sich zu erinnern, doch von diesem Zeitpunkt an war sein Hirn wie leergefegt.

Erneut gab er sich alle Mühe, sich zu bewegen, aber noch immer war es ihm nicht möglich, auch nur einen einzigen Finger zu heben. Währenddessen sang der Vogel weiter, sein Zwitschern klang wie das einer Nachtigall, auch wenn mit den Tönen irgendetwas nicht stimmte. Sie klangen seltsam ... blechern?

Simon bemühte sich, ruhig zu atmen. Er hatte solche Traumzustände schon ein paarmal erlebt. Daher wusste er, dass er aufwachen konnte, sobald es ihm nur gelang, sich ein kleines bisschen zu rühren. Also spannte er alle Muskeln an, er fühlte, wie ihm der kalte Schweiß über die Stirn lief – vergeblich. Als er einen letzten verzweifelten Versuch machte, merkte er erleichtert, dass sich wenigstens die Augenlider ein winziges Stück öffneten. Grelles Licht drang durch die schmalen Schlitze und ließ ihn innerlich vor Schmerzen aufheulen. Trotzdem hob er die Lider mit aller Kraft weiter an. Es war, als wollte er zwei Felsen verrücken.

Endlich, nach einer gefühlten Ewigkeit, hatte er die Augen vollständig geöffnet. Es dauerte eine Weile, bis ihn die Helligkeit nicht mehr blendete und er – zunächst schemenhaft, dann immer klarer – den Teil eines Raums wahrnehmen konnte. Simon starrte empor zu einer höhlenartigen Felsdecke, an der ein goldener Käfig hing. In diesem Käfig zwitscherte ein kleiner silberfarbener Vogel munter vor sich hin. Eine leichte Kälte war an Simons Rücken zu spüren, offensichtlich lag er direkt auf Steinboden.

Als der Medicus mit größter Anstrengung die Augäpfel nach unten und zur Seite rollte, konnte er mehr von dem Raum erkennen. Nun sah er eine verwitterte Holztür und rechts und links davon einige Regale, die mit den seltsamsten Gegenständen vollgestellt waren. Einige davon schienen technische Apparate zu sein, andere waren offensichtlich natürlichen Ursprungs. Im Licht einiger an der Wand befestigter Fackeln wirkten sie auf Simon so gespenstisch, als stammten sie direkt aus der Hölle.

Oder ist das hier vielleicht die Hölle?

Ein nur faustgroßer mumifizierter Schädel grinste ihn mit gebleckten Zähnen von einem staubigen Samtkissen aus an. Ein meterlanges gewundenes Horn erinnerte den Medicus an die Geschichten über Einhörner. Daneben lagen seltsame monströse Tierschädel, einer davon hatte eine Art Dorn anstelle der Nase. Es gab ein kindskopfgroßes bräunliches Ei, gedrechselte Muscheln, elfenbeinverzierte Schatullen, einige Kristalle, aber auch ein goldenes Astrolabium und einen jener berühmten Globen, auf dem die Welt in Form einer Kugel dargestellt war.

Gern hätte Simon sich gezwickt, um zu überprüfen, was Wirklichkeit und was Einbildung war, doch dafür hätte er die Hände bewegen müssen. Er versuchte den Mund zu einem Hilfeschrei zu öffnen und spürte, wie er nur krampfhaft die Lippen hochzog – wie ein Wolf, der die Zähne bleckte. Das Gesicht verzerrt zu einer krampfhaften Grimasse, hörte er nun ein weiteres Geräusch, das rasch näher kam.

Es war die mittlerweile so vertraute Melodie des Automaten.

Sie wurde begleitet von einem Quietschen und Rattern. Erst nach einer Weile begriff Simon, dass das Geräusch von kleinen Rädern stammte. Es waren die Räder der Puppe namens Aurora, die noch vor einigen Tagen im Labor des Uhrmachers auf und ab gerollt war. Damals hatte Simon dieses Rollen, und auch die Melodie, bemerkenswert gefunden, ein Wunderwerk der Technik. Jetzt kam ihm das Lied so erschreckend vor, dass sich ihm trotz seiner Lähmung die Nackenhaare aufstellten.

Simon rollte verzweifelt mit den Augen und konnte auf diese Weise beobachten, wie die Tür aufging und der lebensgroße Automat ins Zimmer rumpelte. Noch immer sah Aurora so schön aus wie bei ihrer ersten Begegnung im Haus des Uhrmachers. Das rote Ballkleid flatterte um ihre kupfernen Beine, die Haare waren sorgfältig hochgesteckt, die roten Lippen hatten die Farbe frischen Blutes.

Die menschenähnliche Puppe rollte noch einige Meter, dann hielt sie in der Mitte des Raumes an. Die Melodie wurde langsamer und langsamer, schließlich verstummte sie ganz.

Mit einem steifen Grinsen im Gesicht bewegte Simon seine Augen so weit nach unten, dass er den Automaten auch weiterhin sehen konnte. Einen kurzen Moment schien die Zeit stillzustehen, nur das leise Zwitschern des Vogels war zu hören.

Die Puppe lächelte und schwieg.

Plötzlich ging ein Rucken durch den Automaten, es knackte und ratterte in seinem Inneren, der Oberkörper in dem eng taillierten Kleid wippte wild hin und her. Kurz war es, als würde die Maschine zur Seite kippen, dann klappten plötzlich die Lippen auf wie die Schneiden einer scharfen Schere.

Simon versuchte zu schreien, doch kein Wort drang aus seiner Kehle. Stattdessen musste er mit ansehen, wie seine schlimmsten Vorstellungen Gestalt annahmen.

Aus dem Inneren der Puppe erklang ein Quietschen wie ein Uhrwerk, das lange nicht mehr geölt worden war, dann ertönte eine heisere hohe Stimme.

»Sei gegrüßt, Bader. Ich habe schon lange auf jemanden gewartet, der mir ein wenig die Zeit vertreibt. Du gibst ein hübsches Spielzeug ab, findest du nicht?«

Aurora hatte zu sprechen begonnen.

Zitternd vor Kälte eilte Magdalena mit ihrem Vater den niedrigen Felsgang entlang, der sie immer tiefer in das Innere des Berges führte.

Seit sie die Höhle betreten hatten, war vielleicht eine gute halbe Stunde vergangen – allerdings war sich die Henkerstochter dessen nicht ganz sicher. Die Zeit schien hier unten langsamer zu vergehen. Hinzu kam, dass es stockfinster war. Nur die Fackel ihres Vaters verbreitete einen kleinen warmen Kreis von Licht, dahinter herrschte tiefe Dunkelheit.

Bislang hatten sie nichts Auffälliges entdecken können. An die von der Einsiedlerin bewohnte Höhle hatte sich ein Tunnel angeschlossen, in dem zunächst Treppenstufen in die Tiefe führten. Seit einiger Zeit gingen sie nun geradeaus. Gelegentlich waren die beiden Kuisls auf Nischen gestoßen, in denen morsche Holzstücke, Teile rostigen Eisens und verblichene Knochen lagen. Doch weder Jakob Kuisl noch Magdalena hatten sie sich näher angesehen. Irgendwo hier unten, da war sich Magdalena sicher, waren ihre Kinder – entführt von einem Wahnsinnigen, dem sie auf die Schliche gekommen waren. Und so wie es aussah, hatte der Unbekannte nun auch noch ihren Mann in seine Gewalt gebracht!

Verzweifelt dachte Magdalena daran, dass der Entführer ganz offensichtlich annahm, sie wüssten mehr über ihn. Dabei war das überhaupt nicht der Fall. Noch immer hatten sie keine Ahnung, wer der Hexer von Andechs sein könnte. Der Prior? Der Wittelsbacher Graf? Oder vielleicht jemand anders, den sie noch gar nicht kannten?

Die Angst um ihre Kinder und um Simon schnürte Magdalena die Kehle zu. Sie lief wie in Trance hinter ihrem Vater her. Ein paarmal stieß sie sich an der niedrigen Decke den Kopf an, doch sie spürte kaum einen Schmerz. Auch Jakob Kuisl schien wie von Sinnen, noch nie hatte sie ihn so zornig gesehen.

»Wenn er den zwei Schrazn was angetan hat, dann gnade ihm Gott!«, zischte er, während sie erneut an ein paar fauligen, mit Moos bewachsenen Balken und Knochen vorbeikamen. »Er wird sich wünschen, nie geboren worden zu sein, die Drecksau!«

Magdalena fiel ein, dass die alte Eremitin vor der Höhle von einem Helfer gesprochen hatte. Konnte es ihr Vater auch mit zwei Entführern aufnehmen? Mittlerweile zählte der Schongauer Henker mehr als fünfzig Sommer, und auch wenn er sich nichts anmerken ließ, so waren seine Bewegungen doch nicht mehr so geschmeidig wie früher. Vorhin, als die verrückte Einsiedlerin auf ihn eingeschimpft hatte, war er Magdalena zum ersten Mal alt vorgekommen.

Mit einem Mal blieb Jakob Kuisl stehen. Vor ihnen befand sich eine Abzweigung, von der zwei genau gleich aussehende Gänge wegführten. Aus dem einen wehte ihnen ein leicht modriger Geruch entgegen, der andere brachte frische Luft heran.

»Und jetzt?«, fragte Magdalena und wandte sich an ihren Vater. »Sollen wir uns aufteilen?«

Jakob Kuisl sah sie skeptisch an. »Damit du diesem Hexer allein in die Arme rennst?«, brummte er. »Nichts da! Es reicht schon, wenn ich meine Enkel und meinen hasenfüßigen Schwiegersohn an diesen Halunken verloren hab, nicht auch noch meine Tochter.«

Kuisl überlegte kurz, dann fuhr er fort: »Vermutlich sind das hier vergessene Fluchtwege der alten Andechser Burg.« Er deutete auf einen Menschenschädel mit einer Kerbe in der Stirn, der sie von einem Schutthaufen aus böse angrinste. »Jetzt wissen wir zumindest, wie die Burg am Ende eingenommen wurde. Irgendjemand hat den Angreifern den Fluchttunnel verraten. Bei so vielen Knochen, wie hier herumliegen, war's bestimmt ein gottgefälliges Gemetzel.« Der Henker hielt die Fackel hoch und leuchtete abwechselnd in den linken und in den rechten Gang. »Der Hexer nutzt diese Fluchttunnel wohl als Versteck«, murmelte er. »Für was auch immer. Nun ist jedenfalls klar, warum man den unglücklichen Laurentius mit der Monstranz im Wald gefunden hat. Der Hexer hatte ihn hierher verschleppt, aber der Pater konnte fliehen. Wenigstens ein Stück weit.« Kuisl spuckte verächtlich aus. »Wenn dein Mann nicht eingeschlafen wär, hätt der Mönch vielleicht noch mal sein Maul aufgemacht, und wir hätten schon viel früher gewusst, wo wir suchen müssen!«

»Dein Geschimpfe bringt uns jetzt auch nicht weiter«, erwiderte Magdalena gereizt. »Sag mir lieber, welchen Gang wir nehmen sollen.«

Ihr Vater runzelte die Stirn. »Wir nehmen den rechten«, sagte er schließlich. »Den mit dem modrigen Geruch. Der scheint tiefer in den Berg zu führen, außerdem geht er direkt aufs Kloster zu.«

»Erzähl bloß, du kannst hier unten sagen, wo welche Himmelsrichtung ist?«, fragte Magdalena verblüfft.

Der Henker tippte sich grinsend an seine lange hakenförmige Nase. »Die hier sagt mir immer, wo ich langgehen muss. Ich bin wie ein alter blinder Hund. Der findet auch stets nach Haus zurück.«

Ohne ein weiteres Wort betrat Jakob Kuisl den rechten Gang, und Magdalena folgte ihm achselzuckend. Die Henkerstochter hatte es aufgegeben, ihren Vater durchschauen zu wollen. Meist hatte sie am Ende widerwillig zugeben müssen, dass er mit seinen Marotten recht behalten hatte.

Je weiter sie kamen, desto stärker wurde der modrige Geruch. Mittlerweile glaubte Magdalena zu wissen, wonach es roch: ein alter, nicht geleerter Nachttopf, der lange unter dem Bett gestanden hatte. Jetzt war der Gestank so stark, dass er ihr förmlich in der Kehle brannte.

Naserümpfend eilte sie ihrem Vater nach. Waren sie etwa in der Nähe einer großen Kloake? Unwillkürlich sah sie hinauf zur Decke, als könnte sie jeden Moment eine Ladung Unrat treffen. Der Henker ging derweil entschlossen weiter. Magdalena glaubte, ihn im Dunkeln einige Male grimmig nicken zu sehen.

»Der Eingang zur Hölle«, knurrte Kuisl. »Die Alte aus dem Kiental hat schon recht gehabt. Stinken tut's, als tät gleich der Satan um die nächste Ecke biegen. Nun, wenigstens glaub ich, dass wir bald das erste der vielen Rätsel lösen werden.«

»Was meinst du mit …«, begann Magdalena, als vor ihr plötzlich ein schwaches Leuchten zu sehen war. Es war nicht mehr als ein leichtes Schimmern, das auf der linken Seite aus der Wand kam. In der Finsternis waberte es wie eine giftige Wolke.

»Mein Gott, was ist das?«, hauchte Magdalena.

»Das?« Der Henker grinste. »Das ist eines unserer Rätsel. Auch wenn es bis zum Himmel stinkt.«

Er ging auf das Leuchten zu und schien plötzlich darin zu verschwinden.

»Vater!«, rief Magdalena entsetzt. »Wo bist du?«

Mit klopfendem Herzen rannte sie Jakob Kuisl hinterher und erkannte, dass der Schimmer aus einem Durchgang kam. Als sie durch den niedrigen Torbogen trat, starrte sie in einen kreisrunden, brunnenförmigen Raum, der grünlich zu leuchten schien. Erst auf den zweiten Blick erkannte Magdalena, dass es nicht der Raum war, der leuchtete, sondern lediglich einige Gegenstände darin. Zur Linken stand ein grober hölzerner Tisch, auf dem ein aufgeschlagenes Buch lag, daneben befanden sich einige Schüsseln, Destillierkolben und Tiegel, die alle jenen seltsamen Glanz ausstrahlten. Weitere Bücher mit schweren Ledereinbänden lehnten dort. Überall auf dem Tisch waren zudem kleine Krümel verstreut, die ebenfalls zu leuchten schienen.

Das stärkste Licht ging jedoch von der gegenüberliegenden Seite des Raumes aus, wo ein mannshoher Haufen Schutt gespenstisch glimmte, so als kröchen Hunderte von Glühwürmchen über ihn. Der Gestank in dem Raum war so beißend, dass Magdalena kurz würgen musste.

»Prost Mahlzeit!«, brummte Kuisl. »Wir haben das Scheißhaus der alten Burg gefunden.«

Magdalena war von dem Glimmen so gebannt, dass sie eine Weile brauchte, um zu erfassen, was ihr Vater gerade eben gesagt hatte. »Das was?«, fragte sie perplex.

»Das Scheißhaus. Oder vielmehr die Kloake darunter.« Der Henker schritt auf den Haufen zu und begann darin herumzuwühlen. Schwärzliche Brocken rieselten zwischen seinen Fingern hindurch. Prüfend sah Kuisl nach oben, wo sich ein kreisrundes verkrustetes Loch in der Decke befand.

»Vermutlich war dort oben irgendwann einmal ein heimliches Gemach für Ihre Exzellenzen.« Kuisl grinste. »Auf dem Donnerbalken sind wir alle gleich, nicht wahr? Egal, ob Edelmann, Mönch oder Schinder.«

Magdalena blickte ihn verständnislos an. »Aber warum leuchtet hier alles? Der Tisch, die Schüsseln, diese Brocken …«

»Weil der Hexer hier sein Höllenfeuer hergestellt hat«, erwiderte Kuisl. »Sowohl der Gehilfe Vitalis wie auch Pater Laurentius, beide sind mit Phosphor übergossen worden. Erinner dich, was der Simon gesehen hat, als er im Bierkeller die Leichen untersuchen wollte.«

»Das Leuchten!«, rief Magdalena. »Natürlich! Du hast von diesem Phosphor erzählt. Er schimmert grünlich, und er brennt wie Zunder. Aber wozu braucht man dafür eine Kloake?«

»Weil man Phosphor nun mal aus eingedampftem Urin herstellt.« Angewidert ließ Jakob Kuisl die versteinerten Kotklumpen fallen. »Aus viel Urin. Vermutlich ist das hier die Pisse von mindestens einem Dutzend Generationen hoher Herrschaften. Der Hexer muss diese Kloake gefunden und für seine Zwecke genutzt haben.«

Neugierig kam Magdalena mit ihrer Fackel näher, doch ihr Vater hielt sie am Arm zurück.

»Pass bloß auf«, knurrte er. »Dieses Zeug fängt schneller Feuer, als du amen sagen kannst. Und bei der Menge, die hier rumliegt, kannst du damit den ganzen Berg in die Luft fliegen lassen.«

Kuisl wandte sich dem Tisch zu. Prüfend glitt sein Blick über die Mörser, Destillierkolben und Tiegel und blieb schließlich an den Büchern hängen. Wahllos griff der Henker nach einem besonders verwitterten Exemplar.

»Das hier ist in Hieroglyphen geschrieben«, murmelte er. »Scheint sehr alt zu sein. Merkwürdig, so etwas hab ich noch nie gesehen …« Er legte es zur Seite und griff nach einem weiteren Buch. Auch dieses war in einer Magdalena unbekannten Sprache verfasst. Schließlich wandte sich Kuisl dem aufgeschlagenen Buch direkt vor ihm zu. Als er in dem mit Kalbsleder eingeschlagenen Band zu blättern begann, pfiff er leise durch die Zähne.

»Wenn ich nicht wüsste, dass dieses Werk von einem Mörder und Verrückten ist, würd ich mich vor dem Mann verneigen. Schau selbst.«

Neugierig näherte sich Magdalena und betrachtete die kunstvoll beschriebenen Seiten. Sie sah lateinische Notizen mit blutroten Lettern und schwungvollen Initialen, Zeichnungen von Puppen, einzelnen menschlichen Extremitäten und rätselhaften Apparaten, deren Funktion ihr unklar blieb. Auf anderen Seiten standen seltsame Formeln, Rechnungen oder Mengenangaben. Das Ganze wirkte auf Magdalena, als hätte Satan persönlich seine eigene Bibel geschrieben.

»Bemerkenswert«, flüsterte Jakob Kuisl beinahe ehrfurchtsvoll. »Das hier ist ein Sammelsurium von jeder Art von geheimem Wissen. Ein wenig wie das ›De occulta philosophia‹ von Agrippa, nur viel rätselhafter. So etwas hab ich noch nie gesehen. Wer immer das geschrieben hat …«

Er hielt inne und deutete aufgeregt mit dem Finger auf eine der hinteren Seiten, auf der einige Blitze abgebildet waren, die in ein Hausdach einschlugen. Eine Art Seil oder Draht führte an der Wand entlang bis zu der Skizze eines Menschen. Darunter standen drei lateinische Worte: *Tornitrua et fulgura.*

Blitz und Donner.

»Nepomuks Idee von den Blitzbannern!«, stieß der Henker hervor. »Er hat mir im Kerker davon erzählt, erinnerst du dich? Genauso hatte er mir die Banner damals beschrieben, und von ihm stammen auch diese lateinischen Worte. Das kann eigentlich nur heißen …« Aufgeregt kramte er zwischen den Büchern, schließlich hielt er triumphierend ein weiteres Notizbuch in den Händen.

»Ha, dacht ich mir's doch!«, rief er. »Nepomuks Notizbuch. Ich erkenn es an der Schrift.«

Magdalena runzelte die Stirn, der beißende Gestank machte es ihr schwer, klar zu denken. »Nepomuks Notizbuch?«, fragte sie. »Aber Nepomuk sitzt in der Weilheimer Fronveste. Wie kommt dieses Büchlein also hierher?«

»Der gute Nepomuk hat mir damals erzählt, dass der Uhrmacher Virgilius sich sehr für die Blitzbanner interessierte«, erwiderte Kuisl nachdenklich. »Es kam sogar zum Streit, weil Nepomuk nichts verraten wollte. Virgilius meinte, er kenne jemanden, der mehr darüber wissen will. Offenbar hat dieser Jemand auch das Notizbuch gestohlen.«

»Der Hexer!« Magdalena spürte, wie die kalte muffige

Luft sie frösteln ließ. »Meinst du, er hat Virgilius und die zwei Gehilfen umgebracht und dafür gesorgt, dass Nepomuk auf dem Scheiterhaufen landet, nur weil er hinter diesen Blitzbannern her war?«

Der Henker wiegte den Kopf. »Ich weiß nicht. Bislang hat unser Unbekannter doch alles getan, um an die Heiligen Drei Hostien zu kommen. Wie passt das alles zusammen?« Er seufzte. »Schad, dass der entführte Uhrmacher nun tatsächlich tot im Brunnen gefunden wurde. Ich bin sicher, er hätte uns einiges darüber erzählen können.«

Magdalena wollte gerade etwas erwidern, als von fern plötzlich ein Rumsen und Schaben zu hören war. Das Geräusch schien aus der Richtung zu kommen, in der der Gang weiterführte.

»Schaut ganz so aus, als ob wir Besuch bekommen«, brummte Kuisl und griff nach dem frisch geschnitzten Knüppel, der neben dem Jagdmesser noch immer an seinem Gürtel hing. »Nun, dann wollen wir die Gäste auch standesgemäß begrüßen.«

Zu Stein erstarrt, blickte Simon auf die lebensgroße Puppe, die in der Mitte des Raums stand und ihre roten Lippen öffnete. Es klackte und ratterte, während die Worte wie bei einem Menschen aus ihr herausflossen.

»Dieses Gift ist erstaunlich, nicht wahr?«, sagte Aurora. Ihre hohe Stimme klang seltsam heiser, beinahe kieksend. Simon war sich sicher, sie schon einmal gehört zu haben. Aber in seiner Angst konnte er sich nicht erinnern, wann das gewesen war.

»Ich habe es von einer meiner vielen Reisen mitgebracht«, fuhr die Puppe fort. »Das Gift stammt aus Westindien. Die Eingeborenen dort benutzen es zur Jagd, auch auf Menschen. Eigentlich führt es sofort zum Tod, aber offensichtlich hat es die lange Fahrt nicht unbeschadet überstanden. Wobei es so natürlich viel interessanter ist.«

Auroras Mund klappte auf und zu, so als würde sie nach Luft schnappen. »Ich überlege wirklich, ob ich meine Experimente nicht zuerst an Euch durchführen soll«, sagte der Automat mit heiserer Stimme. »Schließlich seid Ihr in Eurem jetzigen Zustand auch so etwas wie eine leblose Puppe. Es wäre interessant zu sehen, ob es mir gelingt, Euch Leben einzuhauchen. Aber vermutlich würde mir dazu die Zeit fehlen. Der Augenblick, in dem Natur und Glauben diese einzigartige Synthese eingehen, ist einfach zu kurz.«

Einmal mehr versuchte Simon, seine Glieder von dem kalten, harten Steinboden zu erheben oder wenigstens den Kopf zu drehen. Doch es war unmöglich. Sein ganzer Körper war gelähmt, den Automaten konnte er nur aus dem Augenwinkel sehen. Hinzu kam das Grauen, das es ihm fast unmöglich machte, einen vernünftigen Gedanken zu fassen.

Das kann nicht sein!, hämmerte er sich immer wieder verzweifelt ein. *Ein Automat kann nicht denken und sprechen. Oder etwa doch? Ist dies vielleicht wirklich der berüchtigte Golem? Beschworen von seinem Meister Virgilius, der dem Wesen dann selbst zum Opfer gefallen ist?*

Simon starrte an die Decke, wo noch immer der Vogel zwitscherte. Endlich war ihm eingefallen, was ihn die ganze Zeit schon irritiert hatte. Die Melodie des Vogels war nichts weiter als eine Abfolge ewig gleicher Töne, die silberfarbene Nachtigall kein Lebewesen, sondern nur ein hübsches Spielzeug. Die leblosen Schädel von namenlosen Monstren glotzten den Medicus von den Regalen aus an, die technischen Apparate dazwischen wirkten kalt und feindselig wie von einem anderen Stern.

Plötzlich konnte Simon von irgendwoher ein leises Wimmern hören. Es war ein Weinen und Jammern, das ihm nur allzu vertraut war. Sein Herz machte einen Sprung, als er erkannte, wer dort weinte.

Peter und Paul! Mein Gott, da drüben sind meine Kinder!

Simon wollte ihren Namen rufen, doch sie blieben ihm buchstäblich in der Kehle stecken. Nicht einmal ein Krächzen brachte er heraus.

»Oh, offensichtlich sind die beiden Kleinen aus ihrem tiefen Schlaf erwacht«, meldete sich erneut die lächelnde Aurora. »Keine Angst, mein treuer Gehilfe hat ihnen nur ein wenig Gebäck mit Mohn verabreicht. Ich brauche die Kinder schließlich noch. Man kann nie wissen, was ihrem störrischen Großvater noch so alles einfällt, nicht wahr?« Die Stimme wurde jetzt noch schriller, der Hass darin schien so gar nicht zu der zerbrechlichen Puppe zu passen. »Ihr habt Euch das alles selbst zuzuschreiben!«, schrie sie. »Was müsst Ihr auch Eure Nasen in Dinge stecken, die Euch nichts angehen? Alles, was ich brauchte, waren die Hostien. Aber nein, Ihr musstet ja unbedingt den guten Maurus dazu überreden, Euch weiter schnüffeln zu lassen!«

Das Wimmern der Kinder wurde nun stärker, es kam offensichtlich aus einem Raum gleich nebenan. Simon hörte, wie Peter laut zu weinen anfing. Der kleine Paul schrie nach seiner Mutter. Der Medicus glaubte, sein Brustkorb müsste zerspringen. Seine Kinder hatten schreckliche Angst, sie waren ganz in seiner Nähe, und er konnte ihnen nicht helfen!

»Die Armen!« Auroras Stimme war jetzt voller Mitgefühl, auch wenn ihr Mund weiter lächelte. »Die Kleinen rufen nach ihrer Mutter, dem Miststück. Ein paarmal hätte mein Helfer sie fast erwischt. Einmal oben auf dem Turm, dann mit der Windbüchse und schließlich mit dem Kalksack. Warum hat sie meine Warnungen nicht verstanden? Aber offensichtlich ist sie ebenso stur wie ihr Vater.«

Zum ersten Mal fiel Simon etwas auf. Bisher war Auroras

Gesicht, das er nur aus den Augenwinkeln wahrnahm, kaum mehr als ein unscharfer Schatten gewesen. Doch nun war es ihm gelungen, den Kopf um ein paar Millimeter zu drehen, so dass er Aurora besser betrachten konnte. Die Erkenntnis traf ihn wie ein Schlag.

Der Mund der Puppe bewegte sich auch dann, wenn sie nicht redete.

»Ich glaube, wir sollten den zwei Kleinen jetzt erlauben, ihren Vater zu sehen«, erklang die heisere Stimme aus der Richtung des Automaten. »Was meinst du, Aurora? Du bleibst hübsch hier, und ich lasse die Kinder aus ihrem Käfig. Was werden sie wohl zu einem Vater sagen, der nichts weiter als eine steife Puppe ist?«

Schritte erklangen, während der Mund des Automaten weiter auf und zu klappte. Ganz am Rande seines Blickfeldes sah Simon den Schatten eines Mannes im Nebenraum verschwinden.

Aurora knackte, quietschte und ratterte. Ihre Lippen bewegten sich stetig. Doch sie sprach nicht.

Es war der Hexer, der die ganze Zeit gesprochen hatte.

Magdalena hielt den Atem an und lauschte, als einmal mehr das Rumsen und Schleifen erklang. Noch immer stand sie mit ihrem Vater in der ehemaligen Kloake der Andechser Burg. Jakob Kuisl hatte noch schnell Nepomuks Notizbüchlein und das Buch mit den merkwürdigen Zeichnungen in seinen Beutel gesteckt und horchte nun aufmerksam auf das Geräusch.

»Das kommt nicht näher«, brummte er. »Hört sich eher so an, als würde irgendjemand ein paar schwere Kisten verschieben.« Der Henker wandte sich dem torförmigen Ausgang zu. »Komm, das schauen wir uns an. Vielleicht will der Hexer ja samt seinem Teufelslabor das Weite suchen.«

Hintereinander eilten sie den niedrigen Felsengang entlang. Mittlerweile hatte Magdalena das Gefühl, dass sie bereits das halbe Kiental durchquert hatten. Wo mochten sie sich derzeit befinden? Unter dem Kloster? Irgendwo tief unter dem Wald? Es war ihr unerklärlich, wieso ihr Vater in dieser Umgebung nicht die Orientierung verlor. Der Henker war für die engen, niedrigen Gänge eindeutig zu groß. Immer wieder schrammte sein mächtiger Körper an den Felsen entlang, so dass sein Hemd und auch die Hose mittlerweile die Farbe von Kalk, Schmutz und Stein angenommen hatten.

Das Schleifen wurde lauter und lauter, schließlich schien es direkt über ihnen zu sein. Sie bogen um eine weitere Ecke und prallten jäh zurück.

Vor ihnen lag das Ende des Ganges.

Die Henkerstochter starrte auf eine Wand aus hartem Granit. Ein kleines Rinnsal tröpfelte aus dem Stein vor ihnen und floss zu einer schmutzigen Pfütze zusammen; winzige Kiesbrocken rieselten zu Boden.

»Na wunderbar!«, keuchte sie. »Wir sind in eine Sackgasse gelaufen. Am besten, wir kehren um und …«

Magdalena stockte, als sie sah, wie ihr Vater den Finger vor den Mund legte und bedeutungsvoll nach oben zeigte. Als sie den Kopf nach hinten beugte, konnte sie direkt über sich eine Steinplatte im Fels erkennen. Im Gegensatz zu dem Gestein daneben wirkte die Platte merkwürdig hell, so als wäre sie erst vor kurzem dort eingesetzt worden. Von der anderen Seite her erklang das Schleifen.

»Ich glaub, ich weiß, wo wir sind«, flüsterte der Henker und deutete auf den festen Granit um sie herum. »Wenn das hier früher mal der Fluchttunnel der Burg war, dann stehen wir jetzt wahrscheinlich direkt unter dem ehemaligen Keller des Bergfrieds.« Sein Blick ging kurz ins Leere. »Im Krieg haben wir oben im Sächsischen mal selber eine Burg ausgeräuchert«, fuhr er leise fort. »Das war ein Schreien und Hauen! Die letzten Burgbewohner waren störrisch wie Maulesel und haben sich in den felsharten Hauptturm zurückgezogen. Als wir den Bergfried dann endlich nach zwei Wochen gestürmt haben, war kein Mensch mehr drin. Alle sind sie durch einen solchen Tunnel geflohen.«

»Und was schlägst du nun vor?«, fragte Magdalena ungeduldig. Sie mochte es nicht, wenn ihr Vater mit den alten Kriegsgeschichten anfing. »Wir können ja schlecht wie euresgleichen damals brüllend und säbelrasselnd dort oben einfallen. Zumal die Platte über uns ziemlich dick aussieht.«

Der Henker zuckte mit den Schultern. »Dein Vater ist zwar nicht mehr der Jüngste«, knurrte er. »Aber solang ich noch mein Richtschwert heben kann, heb ich dir auch eine solche vermaledeite Platte. Geh du nur solang zur Seite.«

Kuisl steckte die Fackel in eine Felsritze und sah sich nach einigen größeren Steinen um. Dann begann er das Geröll auf einen Haufen zu schichten, wobei er sich noch mehr beschmutzte. Als der Schuttberg eine gewisse Höhe erreicht hatte, stieg er vorsichtig hinauf und stemmte beide Hände gegen die Platte. Mit einer Mischung aus Spannung und Entsetzen sah Magdalena ihm dabei zu. Immer wieder horchte sie, ob zwischen dem Schleifen und Rumsen auch Kinderweinen zu vernehmen war, doch dafür waren die anderen Geräusche zu laut.

»Und was, wenn der Hexer oder wer auch immer sieht, wie du die Platte zur Seite schiebst?«, fragte sie ängstlich ihren Vater.

»Neunmalkluge Dirn!«, ächzte Kuisl, während die Adern auf seinen Oberarmen wie dünne Seile hervortraten. Schweißperlen rannen ihm über die lehmverschmierte Stirn. »Weißt du was Besseres? Also sei jetzt still!«

Nach einer Weile hob sich knirschend die Steinplatte, und

der Henker schob sie einen Spaltbreit zur Seite. Herrisch winkte er Magdalena zu sich heran.

»Schnell! Kletter auf meine Schultern, und sag mir, was du siehst!«, flüsterte er.

Magdalena zögerte kurz, dann stieg sie auf den Rücken ihres Vaters, so wie sie es als Kind immer gern getan hatte. Noch immer waren Kuisls Schultern so breit und stark wie das Joch eines Ochsen. Die Henkerstochter schwankte ein wenig, dann hatte sie Halt gefunden. Vorsichtig schob sie ihren Kopf durch den Spalt.

»Und?«, zischte Jakob Kuisl unter ihr. »Siehst du die Kinder?«

Magdalena brauchte eine Weile, bis sie sich nach der Dunkelheit des Tunnels an die Helligkeit oben gewöhnt hatte. Schließlich erkannte sie einen gewaltigen kreisförmigen Raum, dessen Wände aus grobgehauenen Granitsteinen bestanden. Auch die kuppelförmige Decke, die sich etwa drei Meter darüber wölbte, war aus massivem Stein gefertigt. Mindestens ein Dutzend Fackeln erhellten ein Chaos aus Kisten, Truhen und Tischen, auf denen sich einige nicht genau erkennbare Gegenstände befanden. Zwischen den Kästen huschten drei Männer in schwarzen Kutten hin und her. Ganz offensichtlich waren es Mönche des Klosters.

Zwei von ihnen vernagelten gerade einen der Behälter und schleppten ihn dann ächzend eine kreisförmige Steintreppe hinauf, die in den Granit geschlagen war und zu einem Durchgang unterhalb der Decke führte. Ein weiterer Mann inspizierte den Inhalt der noch offenen Kisten. Alle drei hatten ihre Gesichter abgewendet, so dass Magdalena sie nicht erkennen konnte. Von der verschobenen, hinter den Kisten halb verborgenen Steinplatte in der Mitte des Raumes hatten die Mönche noch nichts bemerkt.

»Beeilt euch gefälligst!«, ertönte nun die schrille Stimme

desjenigen, der am nächsten bei Magdalena stand. Er hielt sich keuchend an einer der Kisten fest, offensichtlich hatte ihn die Arbeit sehr angestrengt. »Wird Zeit, dass wir hier rauskommen. Die Abendmesse fängt bald an.«

»Wenn du beim Tragen mitgeholfen hättest, wären wir schon längst fertig«, meldete sich einer der beiden Mönche von der Treppe aus. »Außerdem hab ich dir schon ein Dutzend Mal gesagt, dass ich es leid bin, von dir Befehle entgegenzunehmen!«

»Ach, wer hatte denn die Idee, das Zeug hier fortzuschaffen?«, keifte der Erste. »Das warst doch du, du Hasenfuß!« Er lachte hysterisch und gab seiner Stimme einen mädchenhaften Klang. »Uh, ich kann den Golem schon hören. Er kommt, um uns zu holen!«

»Lass das!«, meldete sich nun der zweite Mönch auf der Treppe. Er klang weinerlich, wie ein ängstliches Kind. Magdalena meinte, die Stimme schon einmal gehört zu haben. »Das … das macht mir Angst. Irgendetwas ist dort unten, ich spüre es. Wir … wir sollten es nicht unnötig wecken.« Unvermittelt ließ er die Truhe los und fiel auf die Knie. Der Mönch ihm gegenüber hatte Mühe, die schwere Kiste allein zu halten.

»Jesus, Maria, vielleicht stimmen die Gerüchte von diesem Golem ja doch!«, wimmerte der Kniende. »Wie heißt es in den alten Geschichten? Ein Wesen aus Lehm und Ton, dem ein verfluchter jüdischer Rabbi Leben eingehaucht hat! Bestimmt fühlt der Golem sich in diesen unterirdischen Felsgängen wie zu Hause. Lasst uns beten, dass …«

Im nächsten Augenblick ließ der andere Mönch auf der Treppe fluchend die schwere Truhe fallen. Sie stürzte die Treppe hinab, überschlug sich ein paarmal, bevor sie schließlich, nur wenige Schritte von der Steinplatte entfernt, in ihre Einzelteile zersprang. Ein Regen aus Knochen, Glassplittern und Tuchfetzen ergoss sich über den Boden.

Direkt vor Magdalena landete ein goldenes Kruzifix. Der Sturz hatte es beschädigt, das Kreuz war verbeult, an einigen Stellen war die Oberfläche abgeblättert.

Darunter schimmerte grünlich angelaufenes Kupfer.

»Die Reliquien!«, schrie der Mann unten im Bergfried. »Die schönen Reliquien! Du abergläubischer Narr, nun war die ganze Arbeit umsonst!«

Die Henkerstochter rieb sich den Staub aus den Augen, während unter ihr ihr Vater wie ein störrischer Haflinger hin und her schwankte.

»Verflucht!«, schimpfte Jakob Kuisl leise. »Was ist dort oben los? Red schon!«

»Ich ... ich bin mir nicht sicher, ob einer von den dreien hier wirklich der Hexer ist«, flüsterte Magdalena. »Aber zumindest sind wir einem weiteren Rätsel im Kloster auf die Spur gekommen. Die Reliquien ...«

Sie erstarrte, als sie bemerkte, dass der Mann neben ihr ihre Stimme gehört hatte.

»Was zum Teufel ...«, zischte der Mönch.

Auch die beiden anderen Männer starrten nun zu ihr herunter. Sie glotzten Magdalena an, so als wäre sie ein Wesen aus der Unterwelt. Endlich konnte sie im Licht der Fackeln ihre Gesichter erkennen. Entsetzt stieß sie einen leisen Schrei aus.

Es waren Bruder Eckhart, der Prior Jeremias und der alte, gebeugte Bibliothekar.

»Das ... das ist doch diese Henkersdirn!«, stieß der Prior nach einer Schrecksekunde hervor. »Was macht die denn hier?«

»Ganz egal, sie hat uns gesehen«, sagte der alte Bibliothekar drohend. »Und das ist schlecht. Sehr schlecht.« Er zögerte kurz, dann winkte er den fetten Pater Eckhart zu sich heran.

»Schau selbst, Bruder. Dort ist kein Golem, sondern nur ein dreckiges Weib. Hol sie dir, so wie du es auch mit den anderen Dirnen getan hast.« Seine Stimme wurde leise und einschmeichelnd. »Lass deinen teuflischen Trieben freien Lauf, Eckhart. Sie hat es verdient. Der Prior selbst erteilt dir seine Absolution. Wir werden dafür sorgen, dass man das sündige Weibsstück niemals wiederfindet.«

Das Entsetzen in Eckharts Augen verschwand und machte einem dreckigen Grinsen Platz.

»Ganz wie du meinst, Benedikt«, erwiderte er leise und leckte sich die fleischigen Lippen. »Ich hab dem liederlichen Ding schon einmal gesagt, dass sie an gewissen Orten nichts verloren hat. Nun, wer nicht hören will, muss fühlen.«

Starr vor Angst beobachtete Magdalena, wie der fette Mönch langsam die Treppe herunterkam. Die groben Pranken hatte er weit von sich gestreckt, sein Mund murmelte ein leises Gebet.

In diesem Augenblick spürte die Henkerstochter, wie ihr Körper langsam angehoben wurde. Es war ihr Vater, der sich mit ihr auf den Schultern an den Rändern der Öffnung emporzog. Für die drei Mönche in dem verschütteten Keller des Bergfrieds musste es so aussehen, als schwebte sie wie ein Engel langsam empor.

»Was in aller Welt ...«, begann Bruder Eckhart. Doch dann sah er den mit Kalk und Dreck beschmutzten Oberkörper des Henkers aus dem Loch auftauchen. Kuisl ächzte und knurrte wie ein angeschossener Bär.

»Mein Gott, der Golem!«, kiekste der fette Mönch und taumelte einige Schritte zurück. »Es ist tatsächlich der Golem, der aus der Unterwelt zu uns emporsteigt!«

Endlich hatte sich Kuisl so weit hochgehievt, dass Magdalena von seinen Schultern springen konnte. Ihr Vater stemmte sich gänzlich aus der Öffnung und richtete sich vor den Mönchen zu seiner ganzen Größe auf. Es waren über sechs Fuß, beschmiert mit Schlamm und Lehm. Selbst in Kuisls Gesicht klebten braune Schlieren.

Der Henker sah aus wie ein Wesen, das direkt der Hölle entstieg.

Die lebensgroße steife Puppe starrte herab auf Simon, der sich noch immer verzweifelt bemühte, sich zu bewegen.

Mittlerweile hatte er es geschafft, den Kopf auf dem Steinboden so weit zu drehen, dass er nun direkt auf die gegenüberliegende Tür blicken konnte. Seine offenstehenden Augen waren so ausgetrocknet, dass sie wie Feuer brannten. Trotzdem starrte er weiter auf den Eingang, hinter dem leise trappelnde Schritte ertönten. Kurz darauf tauchten seine beiden Kinder auf. Sie hatten rote, verheulte Gesichter, ihre Hemden waren zerrissen und schmutzig, doch ansonsten schienen sie unversehrt.

»Papa!«, rief der ältere Peter und stolperte auf Simon zu. Die kleinen Händchen hatte er ausgestreckt, so als erwartete er, sein Vater würde jeden Moment aufspringen und ihn in die Arme schließen. Doch Simon blieb liegen, das Gesicht zu einer grinsenden Grimasse verzerrt.

»Papa?« Peter stand nun vor ihm, seine Finger fuhren über Simons schweißverklebte Stirn. Die Augen des Medicus waren noch immer weit aufgerissen. »Papa, schläfst du?«

Auch der kleine Paul hatte nun seinen Vater erreicht. Er krabbelte auf Simons Brust und presste seinen Kopf zärtlich dagegen. Sonst hatte Simon ihn dann immer so lange gestreichelt, bis er eingeschlafen war. Doch nun lag er unter seinem Sohn wie ein totes Stück Fleisch. Paul fing an zu weinen.

»Seid nicht traurig, Kinder«, ertönte von jenseits des Durchgangs die heisere Stimme. »Ihr müsst noch viel lernen in eurem Leben. Jeder muss einmal sterben, auch euer Vater.

Aber wenigstens könnt ihr ihn noch einmal ausgiebig betrachten und in Erinnerung behalten. Auch ich habe meine Liebste noch einmal lange angesehen, bevor Gott sie mir schließlich nahm. Doch diesmal werde ich Gott ein Schnippchen schlagen. Sagt ihm adieu, Kinder. Es wird Zeit für euch zu gehen.«

Die Stimme war nun lauter geworden, weil der Unbekannte in den Raum getreten war. Er näherte sich seitlich, so dass Simon erst im letzten Moment sein Gesicht erkannte.

Als der Medicus diesmal schreien wollte, entwich seiner Kehle ein leises Pfeifen. Der Schrecken war so gewaltig, dass die Lähmung tatsächlich für einen kurzen Moment aussetzte.

Der Mann über ihm stammte tatsächlich aus der Unterwelt.

Mit einer Mischung aus Ehrfurcht und Entsetzen beobachtete Magdalena, wie ihr mit Lehm und Kalk beschmierter Vater den Knüppel zog und drohend auf Pater Eckhart zuschritt.

»Wo sind die Kinder?«, brummte er. »Red schon, du fetter Schwarzkittel, bevor ich dich und die anderen Haderlumpen in die Hölle schick.«

»Welche … welche Kinder?« Bruder Eckhart war sichtlich verwirrt. Bislang war er felsenfest überzeugt gewesen, vor ihm stehe der leibhaftige Golem. Doch nun fragte ihn dieser Golem merkwürdige Dinge, noch dazu in breitestem Bayerisch. Magdalena konnte förmlich sehen, wie es in Eckharts kleinem Mönchshirn arbeitete.

Der greise Bibliothekar war in der Zwischenzeit die Treppe hinaufgelaufen, wo er nun neben Pater Jeremias stand und ungläubig auf die Szenerie zu seinen Füßen starrte. Schließlich fing er an, hysterisch zu lachen.

»Verflucht, Eckhart!«, rief er. »Das ist kein Golem. Das ist der gleiche Mann, den ich in Laurentius' Zelle beim Schnüffeln ertappt habe. Dieser sturschädlige Schongauer Henker, ein Wesen aus Fleisch und Blut! Beinahe hätte ich selber an diesen Blödsinn von einem Golem geglaubt.«

Auch der Andechser Prior schien sich mittlerweile gefasst zu haben. Nervös blickte er hinüber zum Ausgang, so als überlegte er, einfach davonzulaufen. Doch dann fasste er offensichtlich einen Entschluss. Er nestelte an seiner Kutte und zog plötzlich eine Pistole darunter hervor.

»Bleib, wo du bist, Henker!«, schrie er hinunter in den Bergfried. »Wir haben nicht jahrelang geschuftet, um uns nun alles von einem schmutzigen Bauerntölpel kaputtmachen zu lassen. Nur einen Schritt näher, und ich schieß dich nieder wie einen tollen Hund!«

Der alte Bibliothekar an Jeremias' Seite schien einen Moment verdutzt über den Auftritt seines Mitbruders, doch dann zog sich ein feines Lächeln über seine Lippen.

»Schau an, Jeremias«, schnurrte er, »so viel Tatkraft hätte ich dir gar nicht zugetraut. Vielleicht habe ich dich doch all die Jahre unterschätzt. Wo hast du als bettelarmer Mönch denn diese schöne Waffe her?«

»Das spielt jetzt keine Rolle«, blaffte der Prior. »Entscheidend ist ganz allein, dass diese Dirne und ihr Vater uns nicht verraten. Also nimm schon deinen Knüppel runter, Henker.«

Jakob Kuisl hatte den beiden Benediktinern bislang schweigend zugehört. Nun senkte er den Prügel und trat einen Schritt zurück.

»Ein hübsches Spielzeug hast du da, Mönchlein«, knurrte er. »Eine echte flandrische Steinschlosspistole, wenn mich nicht alles täuscht. Muss ein Heidengeld gekostet haben. Leider gibt sie nur einen Schuss ab. Und wir sind zu zweit.«

»Mit der Dirne wird Bruder Eckhart schon alleine fertig«, zischte der Prior und deutete auf den fetten Cellerar, der noch immer unentschlossen am Grund des Bergfrieds stand. »Er hat sich doch schon so auf das Mädchen gefreut. Da wollen wir ihn nicht enttäuschen, nicht wahr?«

Magdalena hatte bislang hinter einer der vernagelten Kisten gestanden und die drei Benediktiner beobachtet. Nun trat sie zornig hervor.

»Ein paar schöne Mönche seid ihr mir!«, rief sie zum Prior auf der Treppe empor. »Ist es das, was unser Heiland unter Nächstenliebe verstanden hat? Dass ihr andere einfach vergewaltigt und niederschießt?«

»Schweig, Weib!«, meldete sich nun Pater Benedikt. »Du verstehst das nicht.«

»Ich *versteh* das nicht?« Magdalena deutete auf all die Kisten um sie herum. Im Licht der Fackeln konnte sie nun rostige Kruzifixe, Kieferknochen, bunte Glassteine und Kelche aus billigem dünnen Blech auf den Tischen liegen sehen. »Ich sag euch, was ich verstehe. Ihr fälscht hier Reliquien! Keine Ahnung, was ihr mit dem Zeug anstellt, aber bestimmt schafft ihr die nachgemachten Kelche nicht in eure eigene Kapelle.«

Der Bibliothekar lachte erneut auf. »Hab ich es nicht gesagt, dumme Henkerstochter? Du verstehst es eben nicht.«

Magdalena sah ihn ungläubig an. »Soll das heißen …«

»Das heißt, dass die drei hier vermutlich die *echten* Reliquien verkaufen und die Fälschungen in die Heilige Kapelle stellen«, unterbrach sie ihr Vater und schwang prüfend seinen Knüppel. »Ist es nicht so? Ihr macht all die schönen Kelche, Monstranzen und Kruzifixe zu Geld, und die Leute beten in Andechs nichts weiter als dünnes Blech an.«

Magdalenas Blick glitt über die Tische mit den Glassteinen und Stofffetzen und blieb schließlich an einem Kohlebecken hängen. Rechts davon stand ein kleiner Blasebalg, und daneben lagen ein paar steinerne Formen, in denen es golden funkelte.

»Ihr … ihr schmelzt die Kelche und Kruzifixe einfach ein?«, rief sie entsetzt aus. »Ihr zerstört den Andechser Heiltumsschatz und verkauft ihn als Barren weiter? Alles dort oben sind nichts weiter als billige Fälschungen?«

»Dumme Göre.« Der Prior rollte genervt mit den Augen. »Natürlich nicht alles. Weißt du überhaupt, wie viele Reliquien sich mittlerweile dort oben angesammelt haben? Hunderte! Da fällt es gar nicht auf, wenn der eine oder andere Schrein durch billiges Metall ersetzt wird. Und die Knochen und Tüchlein kommen ja wieder hinein. Wenn man so will, verändern wir nur die Behälter, der Inhalt bleibt der gleiche.«

Er lächelte breit, während er die Pistole weiter auf Jakob Kuisl gerichtet hielt. Magdalena konnte förmlich spüren, wie der Prior die Szene genoss. Die Waffe in der Hand schien ihm enorme Selbstsicherheit zu geben.

»Glaubt uns, wir hatten das nicht geplant«, fuhr Jeremias fast entschuldigend fort. »Benedikt und ich mussten im Großen Krieg so oft die Reliquien des Klosters verstecken. Immer wieder kamen Horden von Söldnern, die es auf unsere Heiltümer abgesehen hatten. Wir lagerten die Schätze tief unten im Kloster, und dabei stießen wir eines Tages im Bierkeller auf einen vermauerten Durchgang. Wir brachen ihn auf, und er führte uns direkt hierher.«

»In den verschütteten Bergfried der Andechser Burg«, murmelte Magdalena. »Wie viele dieser unterirdischen alten Gänge mag es hier noch geben?«

»Wir haben nie nachgesehen«, sagte der Bibliothekar und rieb sich die müden kleinen Augen. »Es hat uns nicht gekümmert. Wir waren froh, in Zeiten des Krieges ein gutes Versteck gefunden zu haben.« Seine Stimme bekam plötzlich einen schrillen Ton, Hass glomm in seinen Augen. »Schlimmer als die feindlichen Söldner waren ohnehin die eigenen Soldaten! Der Kurfürst hat immer wieder Geld für seine teuren

Heerzüge gefordert. Woher hätten wir das nehmen sollen, hä? Also haben wir einige der Heiltümer eingeschmolzen und durch billiges Blech und Glassteine ersetzt. Keiner hat je etwas bemerkt, im Gegenteil! Je schrecklicher der Krieg wurde, desto mehr pilgerten die Leute hierher. Es war ihnen egal, was sie anbeteten. Ob Blech oder Gold, allein der Glaube zählte!«

»Und da habt ihr nach dem Krieg einfach damit weitergemacht und das Geld in eure eigene Tasche gesteckt«, schnaubte der Henker. »Gieriges Mönchspack! Es ist doch immer das Gleiche mit euch.« Misstrauisch beobachtete er den Lauf der Pistole, doch Pater Jeremias ließ ihn keine Sekunde aus den Augen.

Der alte Bibliothekar lächelte milde. »Es war mir klar, dass ein tumber ehrloser Henker so denken würde«, erwiderte er schließlich. »Aber falls du es wirklich wissen willst – nein, wir stecken das Geld nicht in unsere eigene Tasche. Wir kaufen Bücher dafür, wertvolles Wissen, das sonst verlorengehen würde. Und wir sparen, um dieses Kloster zu etwas wirklich Großem zu machen. Schon bald können wir mit dem Umbau beginnen. Nicht wahr, Bruder Jeremias?«

Der Prior nickte. »Der Krieg hat uns gelehrt, dass Glaube nichts kosten muss. Was soll all der Plunder, der doch nur in den Truhen der Heiligen Kapelle verstaubt? Ein paarmal im Jahr zeigen wir ein wenig davon vom Erker der Kirche aus. Die Leute freuen sich daran, sie beten inbrünstig, auch wenn es sich nur um Glassteine und Blech handelt. Und sie werden sich noch mehr freuen, wenn dieses Kloster in neuem Glanz erstrahlt. Unser Tun ist Gottes Werk.«

Jakob Kuisl lachte laut auf. »Verflucht, ihr glaubt wirklich, dass ihr das Richtige tut, nicht wahr?«, rief er amüsiert. »Ihr seid so vernagelt, dass ihr gar nicht merkt, wie sehr ihr euch von eurem Heiland wegbewegt habt. Ihr steht mit einem Fuß in der Hölle und meint wirklich, ihr arbeitet fürs Paradies.« Kuisl nickte grimmig. »Das waren mir auf dem Schafott immer die schlimmsten Galgenvögel. Diejenigen, die bis zum Ende glaubten, sie hätten Gutes getan.«

»Es ist mir ganz egal, was du meinst, Henker!«, schrie der Prior jetzt. »Wir sind kurz vor dem Ziel! So lange habe ich darauf gewartet, Abt zu werden. Alles schien für mich zu sprechen, und dann schicken sie Pater Maurus von der Salzburger Universität zurück ins Kloster. Was für ein Skandal! Doch unter meiner Führung wird dieses Kloster in einem neuen Glanz erstrahlen. Und nun, Eckhart, schnapp dir endlich das Weibsbild und …«

In diesem Moment warf sich Jakob Kuisl nach vorne und rammte den fetten Cellerar mit der Schulter. Der Mönch gab ein überraschtes Grunzen von sich und taumelte nach hinten, wo er gegen einen Tisch prallte, der samt Glassteinen und Knöchelchen umstürzte.

»Eckhart, schnapp ihn dir«, kreischte der Bibliothekar. »Er darf uns nicht entkommen!«

Der schwarz gewandete Mönch richtete sich wieder auf, in seinen Augen glomm ein unheimliches Feuer. Es war, als hätte der Stoß in ihm längst vergessene Erinnerungen an Wirtshausschlägereien und Prügelorgien geweckt. Überhaupt machte Eckhart auf Magdalena den Eindruck, als wäre sein Leben vor der Weihe zum Benediktiner ein ganz und gar unchristliches gewesen. Mit seiner Glatze, dem Stiernacken und den schwabbligen, aber muskulösen Oberarmen sah er weniger wie ein Mönch aus, sondern eher wie ein erfahrener Hafenschläger. Knurrend warf er sich auf Kuisl, der geschickt auswich. Trotzdem erwischte ihn Eckharts Schwinger von der Seite. Entsetzt sah Magdalena, wie ihr Vater stolperte und sich gerade noch an einer Truhe festhalten konnte.

Er ist wirklich nicht mehr der Jüngste, dachte sie. *Noch vor ein paar Jahren hätte er den fetten Mönch quer durch den Bergfried geschleift.*

Als hätte Jakob Kuisl ihre Gedanken erraten, richtete er sich trotzig auf. Er umklammerte seinen Knüppel und näherte sich wie ein schnaubender Ochse dem Cellerar.

»Sprich deine Gebete, Bruder«, knurrte er. »Brauchst dich für deine Sünden später nicht mehr zu geißeln. Das übernehm jetzt ich.«

Bruder Eckhart sah Kuisl aus seinen kleinen Schweinsäuglein hasserfüllt an. Suchend griff er hinter sich, tappte prüfend mit seinen fetten Pranken über einen zweiten Tisch und ergriff schließlich ein goldenes Kruzifix. Schützend hielt er es vor seine Brust.

»Wenn du auch kein Golem bist, so kommst du doch aus der Hölle!«, zischte er. »*Vade, Satanas, vade!* Stirb, du Teufel!«

Schreiend holte der Mönch mit dem Kruzifix aus und ließ es auf Kuisls Schädel niedersausen. Doch dieser tauchte im letzten Augenblick weg, hob den Knüppel und schmetterte ihn mit aller Kraft auf Eckharts Glatze.

Der Mönch fiel in sich zusammen wie ein Ochse, dem man einen Eisenkolben zwischen die Augen geschlagen hatte. Blut sickerte in den staubigen Boden des Bergfrieds; Bruder Eckhart zuckte noch einmal, dann brachen seine Augen. Der Henker wischte sich den Schweiß von der Stirn.

»Sei froh, dass du's hinter dir hast, Schwarzkittel«, keuchte Kuisl. »Auf Reliquienfälschung steht ein weitaus schmerzvollerer Tod.«

Magdalena hatte während des Kampfes hinter einer der Kisten gestanden. Gerade wollte sie ihrem Vater zu Hilfe eilen, als sich plötzlich von hinten eine Hand um ihren Hals legte. Etwas Kaltes, Spitzes presste sich gegen ihre rechte Schläfe.

»Lass sofort den Knüppel fallen, Henker!«, zischte der Prior. Er war in der Zwischenzeit die Treppe heruntergeschlichen und hielt nun Magdalena den kühlen Lauf der Pistole an den Kopf. »Oder deine Tochter wird noch vor dir in der Hölle schmoren!«

Jakob Kuisl wandte sich zu Magdalena um. Als der Schongauer Scharfrichter die Waffe in der Hand des Priors sah, ließ er sofort den Prügel sinken. In seinen Augen konnte die Henkerstochter jetzt tatsächlich Angst blitzen sehen.

»Hör zu, Mönch«, begann Kuisl, der seinen Zorn nur mühsam zügeln konnte. »Was du mit mir anstellst, ist mir egal. Ich hab mein Leben gelebt. Aber meine Tochter lass aus dem Spiel!«

»Mitgehangen, mitgefangen!«, höhnte Pater Benedikt, der mittlerweile wie eine hungrige alte Krähe hinter dem Prior aufgetaucht war. Sein Blick fiel auf den toten Eckhart. »Um ihn ist es nicht schade, den fetten Dirnenschänder!«, fauchte er. »Er war böse und krank, aber wir brauchten ihn, um die schweren Kisten zu schleppen. Genauso wie Laurentius. Der Novizenmeister war der Einzige, der mit seinen feinen Fingern die Steine und das Blech zu täuschend echten Heiltümern zusammensetzen konnte.« Benedikt seufzte. »Ein wahrer Künstler! Wirklich schade, dass er von uns gegangen ist.«

»Tut doch nicht so scheinheilig!«, keuchte Magdalena. Der Prior bohrte ihr die Mündung so fest an die Schläfe, dass ein feines Rinnsal Blut über ihre Wange lief. Unbeirrt fuhr sie fort: »Wahrscheinlich habt ihr Laurentius selbst auf dem Gewissen, weil er Angst bekommen hatte und euch verraten wollte.«

»Da täuschst du dich, Mädchen«, erwiderte Pater Benedikt kühl. »Wir wissen selbst nicht, wer dem guten Laurentius das angetan hat.« Er deutete auf das Loch im Boden. »Irgendetwas lauert dort unten. Wir haben die Öffnung mit einer Platte versperrt, aber ihr musstet sie ja wieder entfernen. Ihr kommt doch selbst von dort her. Also sagt schon, was habt ihr in den Gängen gesehen?«

»Jedenfalls keinen Golem und auch keinen Hexer«, ertönte der brummige Bass des Henkers. »Wir suchen meine Enkel, das ist alles.«

»Deine ... *Enkel*?« Der Bibliothekar stutzte kurz, dann fing er an zu gackern wie ein Huhn. »Ha, sag nicht, das alles hier ist nur geschehen, weil der tölpelhaften Dirne ihre Bälger weggelaufen sind!«

»Der Hexer hat sie entführt, du alter Narr!«, schrie Magdalena zornig. Tränen der Wut rannen ihr übers Gesicht. »Wenn keiner von euch der Hexer ist, wer ist es dann? Sprecht schon! Wer weiß, was dieser Verrückte meinen Kindern gerade antut!«

Doch Pater Benedikt lachte hysterisch weiter, sein höhnisches Gemecker hallte laut durch den Keller des Bergfrieds. Endlich hielt er inne und wischte sich über das Gesicht.

»Das ist zu gut«, erwiderte er atemlos. »Ihr glaubt also wirklich, dass einer von uns der Hexer ist – und wir haben geglaubt, dass es einer von euch ist! Und während wir uns hier gegenseitig abschlachten, pfeift der wahre Hexer irgendwo sein Liedchen. Nein, das ist wirklich zu gut.«

Magdalena zögerte. Es sah nicht danach aus, als würde ihr Pater Benedikt etwas vormachen.

»Und ... und mit den gestohlenen und wiederaufgetauchten Hostien habt ihr auch nichts zu schaffen?«, fragte sie unsicher.

»O Gott, nein!« Der Bibliothekar zuckte mit den Schultern. »Was für ein Interesse sollten wir schon an ein paar staubigen Oblaten haben? Die kann man ja nicht mal einschmelzen. Allerdings muss ich euch enttäuschen. Wieder aufgetaucht sind die Hostien immer noch nicht. Die Monstranz, die der unglückselige Laurentius aus dem Wald mitbrachte, war leer.«

»Hab ich's mir doch gedacht!«, schimpfte Kuisl. »Der Hexer hatte die Hostien bereits rausgenommen. Bloß was, in drei Teufels Namen, will er damit anfangen?«

»Das, mein Guter, wirst du leider nicht mehr erfahren«, zischte Prior Jeremias und zielte jetzt mit der Steinschlosspistole direkt auf Kuisls Gesicht. »Du hast recht, in der Waffe ist nur ein Schuss. Aber mit deiner Tochter werden wir auch noch nach deinem Ableben fertig. Merkwürdig, aber das alles hier beginnt mir so langsam richtig ... Spaß zu machen.« Blitzschnell ergriff er ein dünnes Stilett von einem der Tische und hielt es Magdalena an die Kehle. »Vielleicht lassen wir uns mit der Dirne noch ein bisschen Zeit. Aber du fährst schon jetzt zur Hölle, Henker. Und nun leb wohl.«

Ein Klicken ertönte. In Erwartung des tödlichen Schusses warf sich Kuisl zur Seite, doch der Schuss kam nicht.

Stattdessen starrte der Andechser Prior entsetzt auf einen Armbrustbolzen, der in seinem rechten Oberarm steckte. Seine Finger öffneten sich kraftlos, und die Pistole fiel klirrend zu Boden. Das Gesicht des alten Bibliothekars neben ihm war plötzlich kalkweiß. Sein Blick war wie gebannt auf die Stufen gerichtet, die zum oberen Zugang führten.

»Bringt sie nicht um. Ich will sie lebend.«

Die Stimme kam von der Treppe her. Als Magdalena sich umdrehte, bemerkte sie vier Soldaten in einer Tracht, die sie noch nie zuvor gesehen hatte. Auf den ledernen Kürassen prangten Wappen mit einem goldenen Löwen auf schwarzem Feld. Zwei der Männer hielten Armbrüste in der Hand, die auf die beiden Benediktiner gerichtet waren.

Zwischen den Soldaten stand Graf Leopold von Wartenberg.

»Sieh an, da haben wir ja endlich das Nest der Reliquienschänder gefunden«, sagte er kalt. »Der Weilheimer Scharfrichter kann sich über seinen Verdienst dieses Jahr wirklich freuen. Für dieses abscheuliche Verbrechen werden zwei billige Scheiterhaufen jedenfalls nicht ausreichen.«

Kapitel 18

Sonntag, der 20. Juni Anno Domini 1666,
kurz nach Einbruch der Nacht

Simon zuckte zusammen, als sich der Mann aus dem Totenreich beinahe fürsorglich zu ihm herunterbeugte. Unter der schwarzen Benediktinerkutte wölbte sich wie ein eigenes kleines Wesen der unförmige Buckel, die rechte Hand umklammerte den silbernen Knauf seines Spazierstocks.

Das kann nicht sein!, dachte Simon verzweifelt. *Du bist tot! Ich habe dich mit eigenen Augen im Friedhofsgarten gesehen, zu einem Stück Kohle verbrannt!*

Doch statt der schwärzlich verschrumpelten Leiche, die der Medicus vor zwei Tagen erst untersucht hatte, war dieser Virgilius ein äußerst lebendiger Zeitgenosse. In seinem Gesicht zuckte ein irres Grinsen, den Kopf hatte er schief gelegt, so als beobachte er mit großem Interesse die Lähmungserscheinungen seines Patienten.

»Täusche ich mich, oder habe ich gerade wirklich eine winzige Regung gesehen?«, sagte der Uhrmacher mit heiserer Stimme. »Es wäre interessant zu beobachten, ob das Gift mit der Zeit nachlässt. Leider werden wir dieses Experiment nicht mehr durchführen können. Schade, schade.«

»Nnnhh …« Zum ersten Mal war es Simon unter Aufbietung aller seiner Kräfte gelungen, einen Laut von sich zu geben. Vor Anstrengung wurde ihm beinahe schwarz vor Augen.

»Papa?«, fragte der kleine Peter ängstlich. Er und sein Bruder knieten neben ihrem Vater auf dem Steinboden und betatschten mit ihren kleinen Fingern sein Gesicht. »Papa krank?«

»Euer Vater ist nicht krank. Euer Vater ruht sich nur aus, bevor er auf eine sehr lange Reise geht.«

Virgilius erhob sich und humpelte, gestützt auf seinen Spazierstock, hinüber zu der Puppe, die noch immer in der Mitte des Raums verharrte. Ihr Mund stand mittlerweile still, und auch das Rattern und Knacksen hatte aufgehört. Sie war nichts weiter als ein lebloser Automat, dessen Uhrwerk stillstand.

»Ich dachte eigentlich, der kleine Bader würde für immer steif bleiben«, sagte Virgilius bedauernd. Er wandte sich an Aurora. »Ich dachte, ich könnte dir einen Spielkameraden erschaffen. Eine Puppe, wenn du selbst bald keine Puppe mehr bist. Was sagst du?« Mit gespielt verdutzter Miene beugte er sich hinüber zu Auroras Mund, so als würde sie ihm etwas ins Ohr flüstern. »Du meinst, ich bin unhöflich? Ich hätte dich noch gar nicht vorgestellt? Verzeihung, da hast du natürlich recht.«

Virgilius machte eine leichte Verbeugung in Richtung von Simon und deutete auf den grinsenden Automaten. »Werter Bader, dies hier ist Elisabeth. Das schönste und liebreizendste Geschöpf, dem ich in meinem ganzen Leben begegnen durfte. Ich nenne sie Aurora, die Morgenröte. Ein passender Name, findet Ihr nicht?« Er lächelte, doch Simon konnte sehen, dass seine Augen feucht waren.

»Ich soll von uns beiden erzählen, Elisabeth?«, fuhr Virgilius fort. »Wirklich? Nun gut, wie du meinst ...« Er stockte kurz, bevor er schließlich zu sprechen begann.

»Ich lernte meine geliebte Morgenröte kennen, als ich ein junger Student in Salzburg war, an der Benediktineruniversität, wo auch mein älterer Bruder Maurus studierte. Er hat mich immer gescholten, weil ich das Studieren vernachlässigt habe und nur mit Elisabeth zusammen war. Der dumme Kerl! Er hat bis heute nicht verstanden, was sie mir bedeutet. Sie war, nein, sie *ist* ... mein Leben.«

Virgilius machte eine lange Pause und starrte mit leerem Blick auf die toten Schädel, die Edelsteine, das Astrolabium und die Spieluhren in den Regalen. Seine Stimme klang so brüchig, als hätte ein heißer Wind seine Kehle verbrannt. Erst nach einer Weile schien der Uhrmacher wie aus einem Traum zu erwachen. Wieder beugte er sich hinab zu der Puppe.

»Was sagst du?«, tat er erstaunt. »Ich soll diesem netten aufgeschlossenen Bader wirklich unser kleines Geheimnis erzählen? Aber ... du weißt doch, wie weh mir das tut!« Er nickte entschlossen. »Nun gut, wenn du meinst. Ich habe tatsächlich schon viel zu lange geschwiegen. Es macht die Seele taub, wenn man zu lange schweigt, nicht wahr?«

Virgilius' Blick wurde mit einem Mal so düster, als würden dunkle Wolken hinter seinen Augen hinwegziehen.

»Elisabeth starb«, sagte er leise. »Einfach so, wie eine Rose im Winter. Es war die Pest, die sie mir vor nunmehr dreißig Jahren nahm. Ich ... ich habe damals alles versucht. Doch all mein Wissen, all meine Klugheit, auf die ich mir so viel einbildete – das alles hat nicht ausgereicht, sie zu kurieren.«

Mit einer weit ausholenden Handbewegung wischte Virgilius plötzlich mit seinem Gehstock das Astrolabium und einige andere technische Apparate von den Regalen, klirrend zersprangen sie am Boden. Das Scheppern dröhnte wie Hammerschläge durch die unterirdischen Gänge.

»Was bringt uns die ganze verfluchte Wissenschaft, wenn wir doch nicht das eine Leben retten können, das uns etwas bedeutet!«, schrie er so laut, dass die Kinder sich wimmernd an Simon schmiegten. Tränen rollten wie kleine Perlen über das Gesicht des Uhrmachers. »Welchen Streich hat Gott uns nur gespielt, dass er uns denken lässt, aber nicht lenken! Nach Elisabeths Tod bin ich durch die ganze Welt gereist. Ich war in Afrika, in Arabien, im fernen Westindien, überall habe ich nach dem einen Mittel gesucht, das Leben schenkt. Aber alles, was ich von dort zurückbrachte, war dieser … dieser Plunder!«

Angewidert nahm der Uhrmacher das lange spitze Horn aus dem Regal, und Simon glaubte schon, er wollte ihn damit erdolchen. Stattdessen warf er es achtlos zur Seite. Dann schlug Virgilius mit seinem Stock wie von Sinnen auf die restlichen Regale ein.

»Nichts als Plunder, mit dem ich meine eigene kleine Wunderkammer gefüllt habe!«, keifte er. »Nichts als Dreck! Dinge, an denen wir uns ergötzen! Aber wir sind nicht in der Lage, das Natürliche selbst zu erschaffen. Alles ist nur billige Nachahmung von Gottes Werken! Alles …«

Er brach ab und ließ unvermittelt den Gehstock fallen. In der plötzlichen Stille erklang jetzt laut das Weinen der Kinder. Sie klammerten sich an ihren Vater und starrten angsterfüllt auf den kleinen zornigen Mann mit dem Buckel.

»Es … es tut mir leid, Elisabeth«, sagte Virgilius nun wieder ganz leise. »Ich … ich wollte die Kleinen nicht erschrecken. Kannst du sie wieder trösten? Ich weiß, dass du es kannst.«

Er ging hinüber zu der Puppe und drehte ein paar Rädchen in ihrem Rücken. Sofort begann Aurora ihre bekannte traurige Melodie zu spielen, während sie scheppernd einen kleinen Kreis fuhr. Es sah aus, als würde sie tanzen. Tatsächlich beruhigten sich die Kinder nach einer Weile wieder; der kleine Paul kiekste sogar vor Freude, als die Puppe einmal mehr mit ihren blechernen Augendeckeln klapperte.

»Bei Gott, ich schwöre, ich habe versucht, Elisabeth zu

vergessen!«, murmelte Virgilius. Mittlerweile lehnte er neben Simon an der Wand und blickte starr geradeaus. »All die langen Sommer und Winter! Aber es gelang mir nicht. Nach außen hin wurde ich ruhig und vernünftig, doch darunter brodelte es weiter. Nach vielen Jahren des Reisens hat mir dann mein Bruder diese Stelle im Kloster verschafft. Als närrischer Uhrmacher! Maurus dachte wohl, ich wäre von meinem Seelenleiden endlich geheilt!« Er lachte leise. »Ich begann Automaten zu bauen für diese tumben Mönche, Spielzeug für ihre Gärten, damit sie sich daran ergötzten. Ich erschuf dieses höllisch brennende Pulver, schmiedete lautlose Musketen, die allein mit der Kraft der Luft ihre Kugeln verschossen, zwitschernde Vögel aus Metall ... Alles nur, um nicht an *sie* denken zu müssen. Und endlich, als mich der Wahnsinn schon beinahe ausgehöhlt hatte, hatte ich den rettenden Einfall! Ich schuf mir eine neue Aurora! Aus den Tiefen meiner Erinnerungen baute ich einen Automaten, der ihr aufs Haar glich!«

Langsam begann Virgilius im Takt der Musik den Kopf zu wiegen, dann bewegten sich auch seine Beine. Der kleine bucklige Mann tanzte humpelnd durch den Raum, er fasste die Puppe bei den Armen und vollführte mit ihr kleine Drehungen wie bei einem höfischen Reigen.

»Eins und zwei, eins und zwei ...«, sang er im Takt mit.

Simon spürte währenddessen, dass die Lähmung tatsächlich ein klein wenig nachgelassen hatte. Wenn er sich anstrengte, konnte er sogar wieder ein paar seiner Finger bewegen. Heimlich bog er seine Glieder und hoffte, dass der verrückte Uhrmacher nichts davon mitbekam.

Als die Bewegungen und die Melodie des Automaten endlich langsamer wurden und schließlich ganz aufhörten, machte Virgilius vor Aurora eine höfische Verbeugung und seufzte traurig.

»Ja, ich weiß, Elisabeth«, sagte er mit einer wegwerfenden Handbewegung. »Das ist nichts weiter als Mummenschanz. Du sagst, du lebst nicht, und dieser schlaue Bader weiß das natürlich auch. Aber soll ich dir sagen, was er nicht weiß?« Er zwinkerte Simon zu, der mittlerweile auch seinen rechten Arm wieder ein bisschen bewegen konnte.

»Was er nicht weiß, ist, dass wir ein Mittel gefunden haben, dich zum Leben zu erwecken!«, flüsterte Virgilius verschwörerisch. »Dieser hässliche Apotheker hat mich darauf gebracht. Es sind die Blitze! Ja, die Blitze! Schon in den alten Büchern steht geschrieben, dass sie der Finger Gottes sind. Lange habe ich nach einer Kraft gesucht, die dir Leben einhauchen kann! Und endlich, endlich hatte ich sie gefunden!« Virgilius schloss die Augen und faltete die Hände wie zum Gebet.

»Was sagst du, Elisabeth?«, stieß er plötzlich hervor. »Dieser dumme Apotheker hat nicht weit genug gedacht? Es fehlt noch etwas, um dir Leben einzuhauchen?« Virgilius legte den Kopf schräg, als lausche er andächtig den Worten seiner Geliebten. »Ich soll diesem Bader wirklich unser größtes Geheimnis verraten?« Ein kurzes hysterisches Kichern brach aus ihm heraus. »Weil er es ja ohnehin nicht weitersagen kann? Da hast du natürlich recht.«

Mit respektheischender Miene hinkte Virgilius nun hinüber zur linken Seite des Raumes. Mittlerweile konnte Simon seinen Kopf so weit drehen, dass er dort in der Ecke eine Art kleinen steinernen Altar erkennen konnte. Auf ihm stand nichts weiter als ein einzelnes Trinkglas mit einem Goldrand, in dem sich drei winzige bräunliche Scheiben befanden.

Die Heiligen Drei Hostien!, durchfuhr es Simon. *Er hat sie tatsächlich aus der Monstranz gestohlen und hierhergebracht!*

»Ich habe die Wolken beobachtet, liebste Aurora«, sagte

Virgilius und pflückte mit spitzen Fingern die harten Oblaten aus dem Glas. »Das Wetter ist heute mehr als günstig für uns. So kurz nach dem Dreihostienfest, das ist ein gutes Zeichen! In dieser Nacht endlich wird sich der Glaube mit der Wissenschaft vereinigen.« Virgilius warf seiner steif grinsenden Geliebten einen schmachtenden und zugleich tieftraurigen Blick zu. »Und dann kehrst du zurück zu den Lebenden. Das Warten hat ein Ende.«

Die Finger des Uhrmachers zerkrümelten die Hostien zu Pulver, das als feiner Staub in das Glas rieselte.

Über dem Ammersee ballten sich Gewitterwolken zu großen schwarzen Klumpen. Sie schoben sich vom Westen her über das Wasser, schon griffen die ersten wie mit langen dunklen Fingern nach dem Kloster. Obwohl es erst sechs Uhr abends war, lag eine Düsternis über dem Berg, die alles Leben verstummen ließ. Die Vögel hatten sich tief unter die Zweige verkrochen, die Füchse und Dachse kauerten in ihren Höhlen, selbst die Wölfe zogen die Schwänze ein und pressten sich ängstlich aneinander, so als könnten sie im Rudel das Unheil besser überstehen.

Hoch oben am Himmel zuckten erste Blitze. Sie brachten die Wolken zum Leuchten, die mittlerweile zu hohen Türmen angewachsen waren. Das Wasser des Sees lag still, doch dann schwappten kleine Wellen ans Ufer, die rasch größer und größer wurden. Ein Wind brauste vom Hohenpeißenberg her über das Land. Er brachte eine kühle Luft mit sich, die so ganz anders schmeckte als die bisherige Schwüle dieses Junitags. Die Bäume bogen sich, sie ächzten und knarrten. Die mächtigen Stämme hatten schon viele Gewitter erlebt, doch dieses schien ein besonders heftiges zu werden.

Eines, an das die Menschen sich noch lange erinnern würden.

In der Stille kurz vor dem Sturm dröhnte der erste Donner so laut, als würde die Welt in Stücke zerbersten. Er rollte über das Land, fuhr durch die Bäume und schlug gegen die Mauern des Klosters.

Dann rauschte der Regen heran.

Mit erhobenem Haupt stand Graf Leopold von Wartenberg auf der Treppe des verschütteten Bergfrieds und beobachtete, wie seine Soldaten die beiden vor Schreck erstarrten Mönche fesselten. Als sich die Büttel schließlich Kuisl und seiner Tochter zuwandten, hob der Graf die Hand. Argwöhnisch starrte er hinab auf den Schongauer Henker.

»Im ersten Augenblick dachte ich, die Schurken hätten zwei willige Helfer für ihre Fälschereien gefunden«, sagte er leise, wie zu sich selbst. »Aber jetzt erinnere ich mich, dass dieser Schongauer Bürgermeister erst heute früh darüber gejammert hat, wie lästig sein eigener Henker sei. Dieser Mann soll sich, trotz seines ehrlosen Standes, hier auf dem Heiligen Berg aufhalten. Er ist offensichtlich beim Schnüffeln im Kloster ertappt worden und hat heute Mittag auf der Flucht einen der Jäger in die Schlucht geworfen.« Der Graf hob die rechte Augenbraue und maß Jakob Kuisl langsam von Kopf bis Fuß. »Der Beschreibung nach könnte Er dieser Henker sein. Ist es so?«

Kuisl verschränkte trotzig die Arme vor der breiten Brust. »Der bin ich. Aber mit den Machenschaften dieser Scharlatane hab ich nichts zu tun. Ich such nur meine Enkel.«

Schmunzelnd wandte sich der Graf an seine Soldaten. »Hört ihr? Er sucht nur seine Enkel. Leider haben sich die süßen Kleinen in den unterirdischen Gängen verlaufen, in denen ganz zufällig auch die gesuchten Reliquienfälscher ihr Unwesen treiben.« Die Wachen grölten, doch Graf Wartenberg schnitt ihr Gelächter mit einer unwirschen Bewegung ab. »Was für ein Unsinn! Glaubt Er wirklich, dass ich Ihm diese Lügen abkaufe, *Henker*?«

»Aber es ist die Wahrheit!«, mischte sich nun Magdalena ein. »Meine Kinder sind entführt worden, von diesem Hexer! Wahrscheinlich sind sie noch irgendwo dort unten und ...«

»Augenblick!« Der Graf hob erneut die Hand. »Was soll dieses ständige Gerede von einem Hexer? Wenn es wirklich einen gibt, dann ist das doch dieser Apotheker, der mittlerweile in Weilheim auf den Scheiterhaufen wartet. Wer bist du überhaupt, Weibsbild?«

Zornig richtete sich Magdalena auf und reckte ihr Kinn. »Ich bin die Magdalena aus Schongau!«, erwiderte sie kühl. »Tochter des Henkers Jakob Kuisl und Ehefrau des Baders Simon Fronwieser. Man nennt uns ehrlos, aber wir haben doch einen Namen.«

»Fronwieser?« Zum ersten Mal schwang echtes Erstaunen in der Stimme des Grafen mit. »*Der* Fronwieser etwa, der meinen Sohn kuriert hat?«

Magdalena lächelte schmal. »Es freut mich zu hören, dass es dem Kleinen bessergeht.«

»Nun, er ist noch nicht über den Berg, aber das Fieber geht tatsächlich zurück. Leider habe ich sein Krankenbett wegen dieser Galgenvögel vor einigen Stunden verlassen müssen.« Wartenberg schritt langsam die Stufen herunter. Die beiden Benediktiner lagen mittlerweile gefesselt auf dem Boden, die Stiefel der Wachen drückten ihre Gesichter in den Dreck, so dass sie kaum atmen konnten. Im Oberarm von Pater Jeremias steckte noch immer der Armbrustbolzen.

»Seit Jahren schon wussten wir, dass mit den Andechser Reliquien irgendein Schindluder getrieben wird«, fuhr der Graf fort, während er einen prüfenden Blick über die mit billigem Blech beladenen Tische und den verkrusteten Schmelztiegel schweifen ließ. »Es gab Gerüchte, Erzählungen, aber nichts wirklich Beweisbares. Trotzdem – wir Wittelsbacher konnten nicht zulassen, dass der größte Schatz des Kurfürstentums, ein Schatz, der ohnehin eigentlich uns gehört, in irgendwelchen Kanälen versickert. Also bat mich der Kurfürst, nach dem Rechten zu sehen. In der Heiligen Kapelle wurde ich nicht fündig, auch nicht, als ich bat, ein weiteres Mal eingelassen zu werden. Aber dann entdeckte ich in der Zelle des Bibliothekars diese Karte …«

Der Kopf Pater Benedikts schnellte nach oben. Seine Wangen waren dreckverschmiert, Blut lief ihm über das rechte Auge, doch darunter funkelte es wild.

»Ihr habt mir also die Karte gestohlen!«, zischte er. »Ich dachte, es wäre dieser Hexer gewesen. Aber es war nur einer von euch Wittelsbacher Schnüfflern!«

»Schweig, Mönch!« Der Graf trat dem alten Mann in die Seite, so dass dieser würgte und sich krümmte. »Denk lieber daran, was der Weilheimer Scharfrichter schon bald mit dir anstellen wird. Auf Reliquienfälschung steht das Rad. Aber wenn du noch weiter Gift verspritzt, werde ich dafür sorgen, dass dir Meister Hans vorher noch die Eingeweide herauszerrt.« Er deutete auf den toten Pater Eckhart, dessen Kopf in einer Blutlache lag. »Dein Freund hier kann von Glück reden, dass er es schon hinter sich hat.«

Pater Benedikt hustete, doch er schwieg. Der gefesselte Prior neben ihm schien sich bereits in sein Schicksal ergeben zu haben. Er hielt die Augen fest geschlossen, so als wäre er schon in einer anderen Welt. Leise murmelte er ein lateinisches Gebet, während das Blut aus seiner Wunde sich in dunklen Flecken auf der Benediktinerkutte ausbreitete.

»Ich gebe zu, die Karte hat mich neugierig gemacht«, fuhr Wartenberg fort, ohne die Mönche eines weiteren Blickes zu würdigen. »Also machte ich mich auf die Suche, bis ich schließlich mit Hilfe des Plans diesen unterirdischen Gang fand, der vom Bierkeller hierher führt. Und auf was stoße ich an seinem Ende? Auf eine imposante Fälscherwerkstatt! Ich brauchte die Strolche nur noch auf frischer Tat zu ertappen. Als sie vorhin nach unten geschlichen sind, sind wir ihnen einfach nach. Dass allerdings noch zwei weitere Personen ...«

Nun wandte er sich wieder Magdalena und ihrem Vater zu. »Dein Mann, dieser kleine Bader, hat gute Dienste geleistet, Henkerstochter«, sagte der Graf. »Ich bin deshalb bereit, dich anzuhören. Auch weil ich wissen will, wie ihr an diesen Ort gelangt seid, ohne dass wir es bemerkt haben. Aber fasse dich kurz und überlege dir genau, was du sagst.«

»Verflucht, schon allein wegen meiner Kinder werd ich das tun, du aufgeblasener Popanz«, murmelte Magdalena so leise, dass es nur ihr Vater neben ihr hören konnte. Dann fuhr sie wesentlich lauter fort: »Der Apotheker Frater Johannes ist unschuldig. Der wahre Hexer ist irgendwo dort unten.«

In kurzen hastigen Worten berichtete sie von dem Erpresserbrief, den sie von dem Unbekannten bekommen hatte, und von der Suche in den unterirdischen Gängen.

»Dieser Mann hat meine Kinder entführt, weil er Angst hat, wir kommen ihm auf die Spur«, endete sie schließlich. »Wahrscheinlich ist er mit ihnen noch irgendwo dort unten! Ihr müsst uns helfen, bitte!«

Leopold von Wartenberg sah sie neugierig an, es war kein Funken Mitgefühl in seinen Augen. »Ein geheimnisvoller Hexer also, der in diesen Gängen sein Unwesen treibt«, sagte er schließlich in süffisantem Ton. »Und was in aller Welt soll dieser große Unbekannte mit seinen Morden bezwecken wollen?«

»Er verfolgt irgendeinen Plan, den wir bislang noch nicht kennen«, erwiderte Magdalena. »Und seine Opfer waren ihm im Weg. Sie alle wussten etwas, das nicht ans Licht kommen darf.« Sie trat auf den Grafen zu und blickte ihn flehend an.

»Bitte gebt uns Eure Männer mit und lasst uns noch einmal nach unten gehen! Es geht um das Wohl meiner Kinder. Ihr habt doch selber eines!«

Dieser Einwand schien Leopold von Wartenberg tatsächlich nachdenklich zu machen. Er schloss die Augen und rieb sich ausgiebig die Nasenflügel. »Das ist nicht so einfach«, wandte er schließlich ein. »Ich brauche meine Soldaten, um dieses Lumpenpack abzuführen. Außerdem tobt dort oben zurzeit ein gewaltiges Gewitter, bei dem ich jeden Mann benötige, um bei möglichen Bränden sofort handeln zu können. Man könnte wirklich meinen, die Hölle selbst hätte ihre Pforten …«

»Kreuzhimmelsakrament, ein *Gewitter*?«

Es war Jakob Kuisl, der den Grafen so rüde unterbrochen hatte. Leopold von Wartenberg sah den Henker indigniert an. Doch dieser ließ sich nicht beeindrucken. »Ihr habt von einem Gewitter geredet«, fuhr der Henker barsch fort. »Ist es ein besonders heftiges? Sprecht schon!«

»Es ist eines der stärksten, das ich seit vielen Jahren erlebt habe«, sagte der Graf und musterte Kuisl wie ein seltenes, schmutziges Tier. »Die Blitze schlagen wie Kanonenkugeln rund um das Kloster ein. Wir können nur beten, dass sie in keines der Dächer fahren. Warum fragt Er?«

»Die Blitze!«, stieß Kuisl aufgeregt hervor. »Es hat etwas mit den Blitzen zu tun! Dieser Verrückte hat von Nepomuk mehr über Blitze erfahren wollen, er hat ihm seine Aufzeichnungen gestohlen, und unten in den Gängen haben wir wieder von Blitzen gelesen!«

Er holte aus seinem Ranzen das abgegriffene Notizbuch des Hexers hervor und begann wild darin zu blättern. Schließlich stieß er ein heiseres Gelächter aus. »Wir waren so blöd!«, rief er. »So gottverflucht vernagelt! Wieso haben wir das nicht früher erkannt!«

»Von was redest du?«, fragte Magdalena verdutzt. Doch ihr Vater hielt ihr nur das aufgeschlagene Buch hin. Sie erkannte einen menschenähnlichen Automaten, von dem Seile wegführten. Sie endeten in Zickzackstrichen, die an Blitze erinnerten. Darunter stand ein lateinischer Spruch.

Credo, ergo sum.

»Ich glaube, also bin ich«, murmelte Magdalena.

»Erinnere dich«, sagte ihr Vater leise. »Als du zum ersten Mal oben auf dem Kirchturm warst. Diese merkwürdige Apparatur. Hat sie nicht in etwa so ausgesehen wie diese Zeichnung?«

»Du hast recht.« Magdalena fuhr nachdenklich die Linien der Zeichnung nach. »So sah sie aus. Aber warum ...«

»Was soll das?«, unterbrach sie der Graf ungeduldig. »Was ist das für ein Buch, und wovon sprichst du, Henker?«

»Virgilius!«, rief Kuisl. »Der Automatenbauer. Er will seiner verfluchten Puppe mit den Blitzen Leben einhauchen!«

»Wieso ... welche Puppe?«, fragte Wartenberg verwirrt.

»Himmelherrgott, sind denn alle hier so schwer von Begriff? Dieser Automat natürlich, der mit ihm verschwunden ist! Virgilius hat ihn mitgenommen und glaubt nun wohl, dass er ihn beleben kann. Es muss irgendetwas mit diesen verfluchten Hostien zu tun haben. Offenbar braucht er sie, um sein Experiment zu vollenden!«

Der Henker deutete aufgeregt auf die aufgeschlagene Seite des Buchs. »*Credo, ergo sum.* Ich glaube, also bin ich! Virgilius denkt vermutlich, dass der Glaube an die Hostien in Verbindung mit den Blitzen seinem ratternden, quietschenden Automaten Leben einhauchen kann. Was für ein gottverfluchter Wahnsinn!«

»Aber Vater, das ... das kann nicht sein«, warf Magdalena unsicher ein. »Virgilius ist tot. Simon hat seine Leiche doch selbst neben dem Friedhofsbrunnen gesehen.«

»Dein Mann hat einen verbrannten Körper gesehen und daneben den Gehstock dieses ach so armen Opfers. Aber war das wirklich Virgilius? Denk nach, Kind!«

Kuisl schüttelte grimmig lachend den Kopf, und Magdalena spürte, wie sie die plötzliche Erkenntnis schwindlig werden ließ.

»Du meinst, er … er wollte, dass wir *glauben*, dass er tot ist?«, stieß sie hervor. »Ebenso, wie er wollte, dass wir glauben, er wäre entführt worden?«

Kuisl nickte. »Er hat sich selbst entführt, um an diese vermaledeiten Hostien zu kommen! Er wusste, dass sein Bruder ihm die Hostien nur geben würde, wenn er ihm etwas vorgaukelt. Vermutlich stammt der abgeschnittene Finger von einem Toten, vielleicht sogar von Vitalis, nur um dem guten Maurus ein wenig Angst einzujagen. Alles war von Anfang an geplant! Als Virgilius merkte, dass wir ihm langsam auf die Spur kamen, hat er sich kurzerhand selbst umgebracht, um den Verdacht von sich abzulenken.« Nachdenklich rieb sich der Henker die große Nase. »Das frische Grab, das Simon und ich auf dem Friedhof gefunden haben, die Spuren in der Erde, alles passt. Virgilius selbst hat diesen toten Mönch ausgegraben, ihn mit Phosphor bis zur Unkenntlichkeit verbrannt und in den Brunnen geworfen. Die Fußabdrücke neben dem Grab stammten von ihm. Wobei …« Er zögerte und gab dem Grafen damit Gelegenheit, dazwischenzugehen.

»Verstehe ich recht? Dieser Uhrmacher hat nur so *getan*, als wäre er entführt worden?«, fragte Wartenberg und zog erneut die rechte Augenbraue hoch. »Und nun treibt er sich irgendwo in diesen unterirdischen Gängen herum?«

»Der verfluchte Virgilius!«, krächzte plötzlich der Bibliothekar, der noch immer gefesselt am Boden lag. »Ich wusste immer, dass er Unglück über dieses Kloster bringen würde! Wenn wir eher die Herrschaft übernommen hätten, hätten wir diesen Burschen schon viel früher hinausgeworfen. Nur der Abt hat noch an ihm festgehalten.«

»Eure Meinung ist hier nicht von Belang!«, blaffte der Graf und gab den Wachen ein Zeichen. »Bringt die beiden in den Karzer, in dem auch dieser Apotheker war. Sie sollen bis morgen darüber nachdenken, welche Schmerzen sie erwarten werden. Ich komme gleich nach.«

Die Büttel packten die Mönche unter den Armen und schleiften sie wie Mehlsäcke die Treppe empor.

»Bitte, Euer Exzellenz!«, rief Magdalena. »Gebt uns wenigstens zwei Eurer Männer mit, um dort unten nach meinen Kindern zu suchen! Ich weiß, dass sie irgendwo dort sind!«

»Magdalena, denk daran, was der Graf vorher gesagt hat!«, fuhr ihr Vater dazwischen. »Über uns tobt genau das Gewitter, das Virgilius in seinem Buch beschworen hat. Er hat die Hostien, er hat den Automaten. Glaub mir, er ist irgendwo dort draußen! Und wenn ich er wäre, würde ich die Kinder mitnehmen. Ein besseres Faustpfand gibt es nicht, um seinen Plan in die Tat umzusetzen.«

»Und ... was ist mit meinem Mann?« Magdalena spürte, wie ihr die Tränen in die Augen traten. »O Gott, ich weiß einfach nicht, was ich tun soll!«

Zwei der Wachen waren in der Zwischenzeit mit dem schimpfenden Bibliothekar und dem leise betenden Prior im Gang verschwunden. Von den Übrigen sagte eine ganze Weile keiner etwas, schließlich räusperte sich der Henker.

»Euer Ehren«, begann er, und Magdalena konnte förmlich sehen, wie schwer ihm diese Worte fielen. »Ich bitte Euch nicht wegen mir, sondern um meiner Familie willen. Schickt Eure verbliebenen Männer dort hinunter, um nach dem Rechten zu sehen. Ich selbst und meine Tochter werden mit Eurer Erlaubnis nach oben gehen, wo dieses Gewitter tobt.«

»Kruzitürken!«, fauchte Magdalena. »Wie oft muss ich dir

noch sagen, dass du nicht über mich zu bestimmen hast. Ich gehe dort hinunter! Ich weiß, dass der Simon und die Kinder dort sind.«

»Und ich sage dir, du kommst mit mir, und zwar sofort!«

Der Graf hob die Hände. »Um Himmels willen, hört gefälligst auf zu streiten! Schon gut, ich willige ein. Ihr sollt zwei meiner Männer haben. Sie werden sich dort unten einmal umschauen. Auch wenn ich nicht glaube, dass an euren Spukgeschichten irgendetwas dran ist.«

»Danke, danke, Euer Gnaden!« Magdalena verbeugte sich kurz und eilte zurück zu dem Loch, das in die Tiefe führte. »Dann lasst uns keine Zeit verlieren.«

»Verdammt, ich habe gesagt, du gehst mit mir!«, brüllte der Henker. »Ich bin immer noch dein Vater, also widersprich mir nicht ständig!«

Doch Magdalena war bereits in den Untergrund hinabgestiegen. Die beiden übrigen Wachen standen ratlos auf der Treppe und blickten den Wittelsbacher Grafen an.

»Was ist mit euch?«, fragte Wartenberg. »Seid ihr festgewachsen? Folgt gefälligst diesem Teufelsweib!« Er wandte sich schmunzelnd an Jakob Kuisl. »Du hättest deine Tochter in der Kindheit mehr züchtigen sollen. Doch dafür ist es jetzt wohl zu spät. Ein verflucht stures Mädchen ist das.«

»Liegt in der Familie«, knurrte Kuisl und stieg achselzuckend die Treppe des verschütteten Bergfrieds hinauf. »Wenn sie dort unten wieder herauskommt, werde ich ihr gehörig den Arsch versohlen. Und jetzt lasst uns nach oben gehen. Bevor dieser Virgilius noch auf Nimmerwiedersehen auf einem Blitz davonreitet.«

Allmählich spürte Simon, wie seine Muskeln sich wieder zu regen begannen.

Arme und Beine kribbelten, als würden Tausende von

Ameisen darüberlaufen, und sein Herz raste, trotzdem versuchte der Medicus, sich nicht zu bewegen. Es war nicht abzusehen, was Virgilius mit ihm anstellen würde, wenn er erkannte, dass sein Opfer nicht so wehrlos war, wie er angenommen hatte. Simons Kinder schmiegten sich derweil an den leblosen, steifen Leib ihres Vaters und starrten mit großen Augen auf den merkwürdigen Buckligen vor ihnen.

Noch immer rätselte Simon, wie er sich so täuschen lassen konnte. Der verbrannte Mönch am Friedhofsbrunnen war nicht Virgilius gewesen, sondern der Mönch aus dem dritten frischen Grab! Der Uhrmacher hatte ihnen einen Köder hingeworfen, und sie hatten ihn dankbar geschluckt.

Das Taschentuch mit dem Monogramm Auroras! Virgilius selbst musste es dort verloren haben. Die Spuren waren von ihm! Aber er abergläubischer Trottel hatte ja an Golems und Hexerei glauben müssen!

Der Uhrmacher hatte unterdessen die Hostien in dem Glas aufgelöst und das trübe Wasser in ein kleines Fläschlein gefüllt. Nun betrachtete er es gedankenverloren.

»Voilà! Dies nenne ich das wahre *Aqua vitae*, das Wasser des Lebens«, murmelte er. »Eine Tinktur, stark wie die Träume, Ängste und Wünsche Abertausender Wallfahrer! Die heiligen Hostien sind über viele Jahrhunderte verehrt worden, Generationen von Pilgern haben ihren Glauben in sie einfließen lassen. Diese zerriebenen Oblaten sind der Mittelpunkt einer der größten Pilgerstätten Europas!«

Virgilius lachte leise und schüttelte die Flasche, so dass die winzigen Krümel in dem Wasser zu tanzen begannen. »Ist es nicht erstaunlich? Eigentlich ist es nur gebackenes Mehl. Ebenso wie auch alle anderen Reliquien nur leblose Gegenstände sind. Rostiger Tand, wertlose Knochen und alte fleckige Tücher, die beinahe zu Staub zerfallen. Aber wir Menschen haben ihnen Leben eingehaucht, weil wir an sie *glauben*!« Sehnsuchtsvoll richtete er seinen Blick zur Decke. »Wie lange habe ich verzweifelt nach einer Möglichkeit gesucht, meine Aurora zurückzuholen. Erst hier in Andechs stieß ich in der klösterlichen Bibliothek auf ein altes Buch, das sich der Beschwörung von Golems und der Erschaffung von Leben widmet. Ich machte mir Abschriften, studierte die jüdische Zahlenmystik, den Talmud, und endlich *begriff* ich!«

Virgilius beugte sich hinunter zu Simon, dessen Lippen und Gesichtszüge unkontrolliert zu zittern begonnen hatten. Unvermittelt musste der Medicus an jenes jüdische Buch denken, das er erst vor einigen Tagen auf dem Tisch des Abts gesehen hatte. Es musste eben jenes Werk gewesen sein, von dem Virgilius so feierlich sprach.

»Wisst Ihr, wie die Rabbis ihre tumben Lehmdiener zum Leben erweckten?«, flüsterte der Mönch, nun ganz nah über dem zuckenden Gesicht Simons. »Sie legten ihnen einen Zettel in den Mund, auf dem der Name Gottes stand. Und dann beschworen sie den letzten Satz aus der Schöpfungsgeschichte.« Der Mönch schloss die Augen wie zum Gebet. »Und Gott blies ihm den lebendigen Atem in die Nase, und der Mensch erwachte zum Leben«, zitierte er leise.

Kichernd richtete Virgilius sich wieder auf. »Versteht Ihr? Nur Gott, nicht der Mensch vollbringt dieses Wunder! Aber wir können ihm dabei helfen. Die Juden haben das viel früher verstanden als wir Christen. Ich habe die Schriften studiert und mein eigenes Buch geschrieben. Nun endlich weiß ich, was zu tun ist.«

Summend ging er zu einer verschlossenen Truhe, öffnete sie und zog daraus ein seidenes Cape und eine mit Stoffblumen verzierte Haube hervor. Liebevoll legte er den Umhang um Auroras Schultern, und befestigte dann die Haube auf ihrer Perücke.

»Der große Tag ist gekommen, Aurora!«, hauchte Virgilius feierlich. »Wie lange habe ich darauf gewartet! Glaube und Wissenschaft, die Blitze und die Hostien. Gemeinsam schaffen sie neues Leben!« Er zog einen Kamm hervor und begann die Haare seines Automaten sorgfältig zu bürsten. Die Puppe lächelte steif unter ihrer Haube und ließ die Prozedur klaglos über sich ergehen.

»Dieser störrische Apotheker wollte nicht hören«, murmelte Virgilius wie zu sich selbst. »Wollte mir nichts mehr über seine Blitzexperimente erzählen. Da beschloss ich, seine Schriften zu stehlen, um sie in Ruhe studieren zu können. Ich weihte Vitalis in meine Pläne ein, doch leider hat der dumme Gehilfe des Apothekers, dieser Coelestin, uns oben auf dem Turm beobachtet. Kleines neugieriges Wiesel! Hat gesehen, wie wir mit Drähten und einer toten Ziege experimentiert haben.« Die hektischen Bewegungen des Uhrmachers wurden heftiger, der Puppe fielen nun einzelne Strähnen aus.

»Sag selbst, Aurora«, zischte Virgilius. »War es nicht mein gutes Recht, ihn aus dem Weg zu räumen? Zu viel stand auf dem Spiel! Und als dann dieser Weichling von Vitalis zum Abt gehen wollte, musste ich ihn da nicht ebenso entfernen? Für dich! Ich habe das alles doch nur für dich getan! Sag selbst, wie kann man mich einen Mörder nennen, wenn ich doch nur aus Liebe gehandelt habe?«

Virgilius' Stimme überschlug sich, außer sich vor Zorn warf er den Kamm zu Boden und atmete schwer. Erst nach einer Weile beruhigte er sich wieder, und ein feines Lächeln erschien auf seinen Lippen.

»Nachdem ich Vitalis erschlagen hatte, kam mir endlich der rettende Gedanke«, fuhr er kichernd fort. »Die Idee, wie ich mich all meiner Sorgen gleichzeitig entledigen konnte! Ich übergoss Vitalis mit Phosphor, entführte mich selbst und schob dem Apotheker die Schuld in die Schuhe. Sein Okular lag direkt neben den Schriften. Ich musste es nur neben Vitalis' verbrannte Leiche legen.« Virgilius nickte, als hätte sein Automat etwas erwidert. »Du hast recht, Aurora. Johannes hat es verdient, der hässliche Bastard! Genau wie Laurentius. Was musste der neugierige Novizenmeister mir auch hinterherschnüffeln und diese Gänge entdecken? Beinahe wäre es ihm gelungen, mit der Monstranz zu fliehen, aber im letzten Moment hab ich ihn doch noch erwischt. Ewig brennen soll dieser nichtsnutzige Sodomit!«

Mit einer leichten Verbeugung wandte sich Virgilius an Simon. »Ich muss mich wirklich bei Euch bedanken, Bader. Ohne Euch wären mir diese dummen Mönche vermutlich nicht auf den Leim gegangen. Aber mit Eurer Hilfe war der Apotheker schnell aus dem Weg geschafft. Mein Respekt! Ihr wärt mir ein guter neuer Gehilfe, doch leider habe ich dafür keine Zeit mehr.« Er fasste Aurora an ihren steifen Händen und drückte sie fest. »Unser neues gemeinsames Leben beginnt. Und Eures endet.«

Seufzend wandte sich Virgilius zur hinteren Wand, wo ein Seil von der Decke hing. Er zog daran, und von irgendwoher ertönte ein leises Läuten.

»Glaubt mir, ich will Euren Tod nicht«, sagte der Uhrmacher. »Ebenso wenig, wie ich den Tod der anderen wollte, aber es war jedes Mal unvermeidlich. Sagt selbst, wie sollte ich einen Gelähmten von hier wegbringen lassen? Mein Diener hat schon alle Hände voll damit zu tun, meine geliebte Aurora zu tragen.«

Leise summend nahm er eine kleine Truhe aus einem der noch intakten Regale und streute überall auf dem Boden ein weißes Pulver aus.

»Ihr habt sicher Verständnis dafür, dass ich diese Gänge zerstören muss«, fuhr Virgilius fort. »Mein Wissen darf nicht in falsche Hände geraten. Schon gar nicht in die dieses dummen, engstirnigen Priors, von dem es heißt, dass er meinen Bruder schon bald als Abt ablösen wird. Ich habe dieses Phosphorpulver immer mit dem Hintergedanken hergestellt, dass es dereinst als reinigendes Feuer hier aufräumt.«

Verzweifelt versuchte Simon, sich aufzurichten. Mittlerweile war es ihm egal, ob Virgilius misstrauisch wurde oder nicht. Wenn der Medicus sich nicht bald bewegen konnte, würde er hier samt seiner Kinder in einem wahrhaft apokalyptischen Flammenmeer verbrennen. Simon hatte gesehen, was der Phosphor bei Vitalis, Laurentius und der Leiche des Mönchs vom Friedhof angerichtet hatte. Das bereits verstreute Pulver würde ausreichen, den Raum in einen einzigen Feuerball zu verwandeln. Verzweifelt sah Simon hinüber zu Peter und Paul, die wieder zu weinen begonnen hatten. Virgilius bemerkte Simons Blick und fuhr sich nachdenklich durch sein schütteres Haar.

»Ach ja, die Kinder«, sagte er betrübt. »Mmmhh, was machen wir mit den Kindern? Ich bin ein alter buckliger Mann. Beide kann ich nicht durch die Gänge tragen, das versteht Ihr sicherlich. Aber vielleicht eines von ihnen?« Er lächelte verschmitzt. »Sagt selbst, welchen der Buben soll ich mit nach oben nehmen? Den Kleinen oder den Großen?«

Noch einmal versuchte Simon krächzend etwas zu erwidern, doch Virgilius unterbrach ihn mit einer unwirschen Handbewegung. »Ich habe für Euer Gestammel keine Zeit mehr. Ich nehme den Kleinen mit, er ist leichter. Der Ältere soll seinen Vater auf seiner letzten Reise begleiten.«

Unter seiner Kutte zog der Mönch ein Stückchen Gebäck hervor und lockte Paul damit zu sich her. Sorglos tappte der Zweijährige auf Virgilius zu, griff nach dem Plätzchen und ließ sich von dem buckligen Mann hochheben. »So ist es gut«, schnurrte Virgilius und streichelte Paul über die strubbligen

Haare, während dieser sich das süße Gebäck in den Mund stopfte. »Bleib bei mir. Der Onkel hat noch mehr Leckereien. Wollen wir die Frau noch einmal singen lassen, ja?«

Entsetzt musste Simon zusehen, wie sein jüngerer Sohn sich von Virgilius schaukeln ließ und verzückt den Klängen des Automaten lauschte, den der Uhrmacher erneut aufgezogen hatte. Erst nach einer Weile erklangen vom Gang her plötzlich schwere Schritte.

»Ah, mein Diener«, sagte Virgilius erleichtert und brachte mit einem Hebel am Rücken die Puppe abrupt zum Verstummen. »Schluss mit dem Tanz! Ich dachte schon, wir würden niemals aufbrechen.« Mahnend erhob er den Finger und wandte sich an den älteren Peter. »Du bleibst schön bei deinem Vater, ja? Er braucht dich jetzt. Hast du verstanden? Du gehst nicht weg.«

Der dreijährige Knabe nickte ernst und hielt die klammen, kalten Finger seines Vaters mit seinen kleinen Händchen ganz fest.

»Wunderbar. Dann lasst uns jetzt gehen. Doch zuvor müssen ich und mein Helfer noch ein paar letzte Vorbereitungen treffen.«

Virgilius drehte sich zum Ausgang um, wo soeben eine vom Regen klatschnasse Gestalt erschienen war. Die Kleider des Mannes dampften in der Schwüle der Höhle, mit seinem breiten behaarten Handrücken wischte er sich die Tropfen aus dem Gesicht. Als Simon ihn schließlich erkannte, zappelte der Medicus wie ein Fisch auf dem Trockenen, doch es war aussichtslos. Hilflos musste er mit ansehen, wie seine Söhne ihre Arme nach dem Neuankömmling ausstreckten und ihn laut juchzend willkommen hießen.

»Schau an, ich wusste immer, mein Diener hat ein Herz aus Gold«, sagte Virgilius. »Manchmal ist es eben von Vorteil, keine Zunge zum Schimpfen zu haben.«

Krächzend streckte Simon die Hand nach dem Mann aus, doch sie fiel kraftlos zu Boden.

Im Dunkel der Höhle stand der stumme Matthias.

Vorsichtig ließ sich Magdalena in das dunkle Loch hinabgleiten, während die beiden Wachen ihr maulend hinterherkletterten.

Den Männern war anzusehen, dass sie sich schönere Dinge vorstellen konnten, als in die namenlose Finsternis unter der ehemaligen Andechser Burg zu steigen. Fluchend sprangen sie auf den Schutthügel, den der Schongauer Henker erst vor einer halben Stunde dort angehäuft hatte. Mit ihren Fackeln leuchteten sie das Ende des Ganges ab und starrten dabei ängstlich in die Dunkelheit vor ihnen.

»Wir müssen ein ganzes Stück zurück«, sagte Magdalena und klopfte sich den Staub aus den Haaren. »Weiter vorne zweigt ein weiterer Gang ab, den ich noch nicht kenne. Schnell jetzt, wir haben keine Zeit zu verlieren!«

»Glaub ja nicht, dass wir von einer ehrlosen Henkerstochter Befehle annehmen«, knurrte der ältere der beiden Soldaten. Er trug einen abgeschabten Helm und einen ebenso zerkratzten Brustpanzer, unter dem er gehörig zu schwitzen schien.

»Genau, Hans«, stimmte ihm der Jüngere zu. »So weit kommt's noch. Ist sowieso ein ausgemachter Schmarren, hier wie die Ratten herumzukriechen. Bloß weil du Weib den Rock vorm Grafen hebst, müssen wir uns jetzt durch den Dreck wühlen.«

»Soll ich das Seiner Exzellenz ausrichten, oder willst du es ihr lieber selbst sagen?«, erwiderte Magdalena kühl.

»Gott bewahre! Ich … ich …«, stammelte der Wachmann.

»Wunderbar. Dann können wir ja jetzt endlich los.« Magdalena nahm dem verdutzten Soldaten die Fackel ab und stapfte voran. Leise schimpfend folgten ihr die beiden Wachleute, während die Henkerstochter versuchte, ihre Tränen und ihre Wut zu zügeln.

Es fiel Magdalena schwer, so beherrscht aufzutreten. Das Herz schlug ihr fast bis zum Hals, wenn sie daran dachte, was dieser Hexer ihren Kindern und ihrem Mann angetan haben konnte. Doch sie hatte von ihrem Vater gelernt, dass man Gefühle manchmal verbergen musste, um ans Ziel zu gelangen. Wenn sie hier weinte und klagte, würden ihr die Männer nicht folgen. Sie würden vielleicht einige Schritte weit in den Gang hineingehen, um dem Befehl ihres Vorgesetzten Folge zu leisten, nur um dann schleunigst wieder an die Oberfläche zurückzukehren. Also musste sie sich wohl oder übel zusammenreißen.

Nachdem sie einige Minuten durch die Finsternis getappt waren, begann der Geruch nach Fäulnis und Urin wieder stärker zu werden. Der ältere Wachmann rümpfte angeekelt die Nase.

»Das stinkt ja hier wie im Scheißhaus des Teufels«, brummte er. »Bei Gott, was ist das?«

»Es *ist* das Scheißhaus des Teufels«, erklärte Magdalena. »Aber das hat uns nicht zu kümmern. Wir müssen nur …«

»Jesus, Maria!« Der junge Wachmann blieb plötzlich mit offenem Mund stehen und deutete auf das schwache grüne Leuchten vor ihnen. »Schaut selbst! Spukgestalten! Sie locken uns mit Lichtern in die Irre. Bei allen Heiligen, lasst uns sofort umkehren!«

Magdalena schloss die Augen und schalt sich selbst dafür, dass sie das Leuchten des Phosphors in der alten Kloake vergessen hatte. Sie hätte die Männer darauf vorbereiten müssen! Nun schienen sie drauf und dran, Hals über Kopf davonzulaufen.

»Äh, das ist ein wenig schwierig zu erklären«, begann sie. »Aber es sind keine Spukgestalten. Es sind nur …«

»Tote, die keine Ruhe finden!«, jammerte Hans und schlug auf seinem Brustpanzer laut pochend ein Kreuz. »In welches Höllenloch hast du uns hier nur gelockt, Henkerstochter?«

»Verflucht, hört mir doch mal zu! Mein Vater hat es mir erklärt. Es ist ein Pulver, das …«

»Da, es kommt aus dem Raum dort drüben!«, wimmerte der junge Wachmann und zeigte auf den Durchgang, der zur Kloake führte. »Und hört ihr das? Diese Musik? Bei Gott, die Toten spielen zum Tanz auf!«

Tatsächlich erklang nun aus weiter Ferne die vertraute Melodie des Automaten. Magdalenas Herz schlug schneller. Offenbar war Virgilius mit seiner Puppe noch immer hier unten! Waren dann auch ihre Kinder und ihr Mann bei ihm? Sie spitzte die Ohren und versuchte auszumachen, aus welcher Richtung sie die Musik hörte. Die Töne schienen nicht aus der Kloake nebenan zu kommen, sondern von irgendwo vor ihnen, aus einem der anderen Gänge. Ganz leise glaubte Magdalena, nun noch ein weiteres Geräusch wahrzunehmen.

Es war leises Kinderwimmern.

Mit bebender Stimme wandte sie sich zu den Wachen um. »Hört ihr das? Es kann nicht mehr weit sein! Lasst uns also schnell …«

Doch der Gang hinter ihr war leer. Die Wachen hatten bereits kehrtgemacht und waren zurück Richtung Bergfried gerannt. Nur noch ihre Schritte hallten durch die Dunkelheit.

»Das werd ich dem Grafen erzählen, ihr abergläubischen Hosenscheißer!«, schrie Magdalena ihnen hinterher. »Mein Vater wird euch dafür mit der Rute peitschen! Prügeln wird er euch, bis ihr Lichter in allen Farben seht! Er wird euch …«

Seufzend brach sie ab und stapfte allein den Gang weiter, wobei sie ständig auf die leise, kaum noch hörbare Musik und das Wimmern lauschte. Mehr als einmal verfluchte sie die beiden Wachleute, die sie so schmählich im Stich gelassen hatten. So wie es aussah, war sie nun ganz auf sich allein gestellt. Allein der Gedanke daran ließ sie frösteln. Mit Virgilius wäre sie vermutlich noch fertig geworden. Aber was war mit diesem Helfer, von dem die verrückte Alte gesprochen hatte? War er auch irgendwo hier unten?

Magdalena schlang sich ihr Tuch um den Hals und versuchte nicht zu zittern. Wenigstens hatte sie noch die Fackel des einen Soldaten. Sie schätzte, dass sie ihr noch mindestens eine halbe Stunde Licht spenden würde. Was danach kam, wollte sie sich nicht ausmalen. Es war allein die Angst um ihre Kinder und ihren Mann, die sie weitertrieb.

Kurz blieb sie stehen und lauschte angestrengt. Hatte sie sich das Weinen vielleicht nur eingebildet? Ihre Schritte wurden wieder schneller, sie lief, stolperte mehrmals, rappelte sich auf und tappte keuchend den Gang entlang, der übersät war von Geröll, morschen Balken und vereinzelten Knochen.

Mit der Zeit fiel ihr auf, dass auch auf dem Boden des Tunnels gelegentlich ein grünes Leuchten zu sehen war. Dort befanden sich Spuren des weißen Pulvers, das sie und ihr Vater bislang nur in der ehemaligen Kloake gefunden hatten. Magdalena konnte sich nicht erinnern, es zuvor bereits im Gang gesehen zu haben. Doch sie war zu sehr in Eile, um dieser Entdeckung größere Bedeutung beizumessen.

Nach einer gefühlten Ewigkeit tauchte vor ihr endlich die Abzweigung auf, bei der sie sich damals für den rechten Weg entschieden hatten. Sie schloss die Augen und versuchte sich auf den leisen Klang der Musik und das Wimmern zu konzentrieren. Doch voller Verzweiflung musste sie feststellen, dass nun nichts mehr zu hören war.

Um sie herum herrschte eine fast greifbare Stille, die nur vom Platschen vereinzelter, von der Decke fallender Tropfen unterbrochen wurde.

Magdalena schluckte schwer, dann beschloss sie, alle Vorsicht fahrenzulassen und laut zu rufen.

»Peter? Paul? Seid ihr hier irgendwo? Könnt ihr mich hören?«

Noch immer war nichts zu vernehmen außer dem leisen Tropfen. Doch plötzlich kam aus dem zweiten Gang ein Laut, den Magdalena zunächst nicht einordnen konnte. Er klang wie das ferne Brummen eines Bären. Es dauerte eine Weile, bis sie erkannte, dass es sich um das Stöhnen eines Mannes handelte. Nur einen Augenblick später erklang eine Stimme, die ihr die Tränen in die Augen trieb.

»Mama? Mama, wo bist du?«

»Mein Gott, Peter!« Panisch hastete Magdalena den Gang entlang, als mit einem Mal irgendwo vor ihr in der Dunkelheit schnelle Schritte erklangen. In weiter Ferne glaubte sie einige Schemen wahrzunehmen, die jedoch ebenso schnell wieder verschwunden waren.

»Peter!«, schrie sie. »Bist du das?«

»Mama, hier! Hier bin ich!«

Die Stimme ihres älteren Sohnes kam nicht von dort, wo die Schemen gewesen waren, sondern irgendwo aus der Wand. Als Magdalena um eine weitere Kurve bog, tauchte zu ihrer Linken ein aus groben Felsblöcken gemauerter, runder Durchgang auf. Ganz nah konnte sie jetzt das Stöhnen hören, immer wieder unterbrochen vom Wimmern ihres Kindes. Sie stolperte durch das Portal und betrat ein niedriges Gewölbe, in dem ein prunkvolles Himmelbett, eine mit Rosen und Ornamenten verzierte Truhe und eine Frisierkommode standen; allesamt Möbelstücke, wie sie die vornehmen Frauenzimmer in Augsburg oder München besaßen. Der von Fackelruß und Staub verdreckte, höhlenartige Raum kam Magdalena vor wie die Perversion einer burgfräulichen Kemenate.

Wo um Himmels willen bin ich hier hineingeraten?, dachte sie. *In das Schlafzimmer des Automaten? Virgilius muss diese Puppe mehr geliebt haben, als irgendeiner auch nur ahnen konnte!*

Hektisch blickte sie sich um. Auf der gegenüberliegenden Seite führte ein zweiter Durchgang in einen weiteren Raum, aus dem nun ganz laut das Weinen und Stöhnen zu hören war.

»Peter! Simon, Paul! Wo seid ihr?«

Mit klopfendem Herzen betrat Magdalena das dahinterliegende Gewölbe – und stieß einen lauten Schrei aus.

Der Raum sah aus, als hätte ihm ein zorniger Beelzebub einen Besuch abgestattet.

Regale waren umgeworfen; rätselhafte Apparate, zerbrochene Hörner, Steine und Knochenteile lagen überall auf dem Boden verteilt. An einigen Stellen leuchteten im Licht der Fackel Spuren grünlichen Phosphors, an manchen Stellen waren sogar ganze Haufen davon zu erkennen. Auf einer Art schwarzen Altar stand der winzige Stumpf einer flackernden Kerze, die tanzende Schatten an die Wand dahinter zauberte.

Doch das alles nahm Magdalena nur am Rande wahr. In der rechten hinteren Ecke kauerte ihr Mann leblos am Boden; der einst so modisch geschnittene Rock in Fetzen zerrissen, das Gesicht leichenblass und verzerrt. Neben ihm stand der kleine Peter, der seiner Mutter nun mit offenen Armen entgegenlief. Seine Kleider waren verdreckt, aber sonst schien er unversehrt.

»O Gott, Peter!«, rief Magdalena und schloss ihren Jungen in die Arme. »Ich … ich hatte solche Angst um euch! Wo ist dein Bruder? Und was hat dieser Verrückte mit eurem Vater angestellt?«

Sie ließ den Buben hinunter und wandte sich Simon zu, der in merkwürdig verrenkter Haltung auf dem nackten Steinboden lag. Sein ganzer Körper zuckte und zitterte, den Kopf hatte er ihr zugewandt. Seine Lippen bildeten mühsam Laute, doch Magdalena konnte ihn nicht verstehen.

»Ääärrze«, murmelte er immer wieder. »Äääärze ...«

Sie beugte sich zu ihm hinab und streichelte ihm über die schweißnasse Stirn. Seine Augen rollten wild, und seine Finger spreizten sich wie die Klauen einer Katze, er schien am ganzen Körper gelähmt.

Magdalena musste bei Simons Anblick an einen jungen Schongauer Bauernburschen denken, den ihr Vater vor vielen Jahren kurieren sollte. Der stämmige Kerl hatte sich an einem rostigen Nagel verletzt und war immer mehr in eine merkwürdige Starre verfallen. Am Ende hatte er ausgesehen wie Simon jetzt. Kurz darauf war er unter heftigen Krämpfen gestorben; Magdalenas Vater hatte ihm nicht mehr helfen können. Drohte ihrem Gatten etwa das gleiche Schicksal?

»Mein Gott, Simon!«, flehte sie. »Was hat dieser Wahnsinnige mit dir gemacht? Und wo ist der Paul? Red doch bitte! Ich weiß nicht mehr, was ich tun soll!«

»Äääärze ... Äääärze«, kam es wieder aus Simons Mund. Noch immer hatte Magdalena keine Ahnung, was er damit meinen konnte. Verzweifelt wandte sie sich schließlich an ihren dreijährigen Sohn.

»Peter, weißt du vielleicht, was mit dem Paul ist?«

Der Junge nickte eifrig. »Paul spielt mit Matthias«, erklärte er fröhlich.

»Mit dem ... Matthias?« Magdalena blieb vor Entsetzen der Mund offen stehen. »Aber ... aber, das heißt ja ...«

»Matthias und der Paul sind mit dem bösen Mann mitgegangen!«, krähte der Dreijährige. »Der Mann hat gesagt, ich muss hier auf Papa aufpassen.«

»Das ... das ist gut«, stammelte Magdalena. »Bist ein braver Bub, ein ... wirklich braver Bub.«

Magdalenas Gedanken überschlugen sich. Noch immer konnte sie nicht glauben, was sie gerade gehört hatte. Konnte es wirklich sein, dass der gutmütige Matthias, der Mann, dem sie so oft ihre Kinder anvertraut hatte, mit Virgilius unter einer Decke steckte? Dass er dessen Helfer war?

»Weißt du denn, wohin der Paul mit dem … mit dem Matthias gegangen ist?«, fragte sie leise.

»Der böse Mann hat gesagt, er zeigt ihnen beiden den Garten!«, frohlockte Peter, dessen Angst seit der Ankunft seiner Mutter wie weggeblasen war. »Ich will auch wieder in den Garten! Ich will mit der Puppe spielen!«

»Wir … wir gehen in den Garten. Das verspreche ich dir. Aber zuerst müssen wir hier raus, verstehst du?«

Magdalena versuchte ein Lächeln, doch sie spürte, wie ihr dicke Tränen über das Gesicht liefen. Ihr jüngerer Sohn war verschollen, entführt von Virgilius und einem Mann, dem sie blind vertraut hatte. Und ihr Simon schien irgendein Gift geschluckt zu haben, von dem sie nicht wusste, ob es ihm den Tod bringen würde. Sie fühlte sich so traurig und verlassen wie noch nie zuvor in ihrem Leben.

»Äääärzze …«

Aufgeschreckt aus ihrer bleiernen Einsamkeit wandte Magdalena sich wieder ihrem Mann zu. Erleichtert stellte sie fest, dass Simon mittlerweile die rechte Hand gehoben hatte. Die Lähmung schien vielleicht nicht so gravierend zu sein! Doch dann fiel ihr auf, dass Simon seinen Zeigefinger ausgestreckt hatte, ganz so, als wollte er auf etwas Bestimmtes deuten. Magdalenas Augen folgten der Richtung des Fingers, bis ihr Blick schließlich an dem kleinen Altar endete.

Dort stand der winzige Stumpen der Kerze. Er schwamm in einer Lache aus Wachs, der Docht neigte sich bedrohlich zur Seite, schon bald würde er die Oberfläche des Altars erreicht haben, und die Kerze würde endgültig erlöschen.

»Äääärze«, keuchte Simon, und Magdalena zuckte zusammen.

Kerze.

Jetzt erst sah sie, dass sich am Rand der Wachslache weiße Körnchen befanden. Sie bildeten eine Spur, die vom Altar bis hinunter zum Boden und von dort zu etlichen größeren Haufen des grünlich leuchtenden Pulvers führten.

Mein Gott, der Phosphor!, durchfuhr es Magdalena. *Wir werden alle miteinander in die Luft fliegen!*

»Äääärze ... Äääärze!«

Die Flamme züngelte, als sie ein leichter Windzug ergriff, einen Augenblick lang schien sie verlöschen zu wollen.

Dann berührte der brennende Docht den mit Pulver bestreuten Altar.

Kapitel 19

Sonntag, der 20. Juni Anno Domini 1666,
spätabends

Draußen vor den Toren des Klosters tobte das schlimmste Gewitter, das Jakob Kuisl seit vielen Jahren erlebt hatte. Er konnte sich noch daran erinnern, wie er als Kind in ein ähnliches Unwetter geraten war. Damals hatte der Wind ganze Bäume davongetragen, und die Blitze waren wie Musketenfeuer übers Land gezogen. Auch diesmal war der Himmel grell erleuchtet von unzähligen gleißenden Lichtstrahlen, die Wolken waberten schwarz und violett wie am Tag des Jüngsten Gerichts.

Direkt über dem Henker donnerte es so heftig, dass Kuisl kurz glaubte, Gott selbst schlage mit einem Hammer gegen die Klostermauern. Gleich darauf flammte ein heller Blitz auf, und das Donnern wiederholte sich. Hagelkörner, groß wie Wachteleier, prasselten auf die Dächer ein. Das Gewitter musste nun genau über dem Heiligen Berg sein.

Eine Zeitlang blieb der Henker unentschlossen im Torbogen des Klosters stehen und blickte auf die undurchdringliche Regenwand vor ihm. Von dem verschütteten Bergfried aus war Kuisl zunächst mit dem Grafen in den klösterlichen Bierkeller gelangt. Der Eingang zu den Katakomben der Burg war nur notdürftig hinter einigen Fässern verborgen gewesen, die Reliquienfälscher hatten sich keine große Mühe gemacht, das Loch in der Wand zu tarnen. Da Bruder Eckhart der Cellerar und damit auch Verwalter der klösterlichen Biervorräte gewesen war, hatte außer ihm nur selten jemand diesen Keller aufgesucht.

Nun stand Kuisl am Eingang zum Kloster und fragte sich, ob er mit seiner Idee vielleicht doch falschlag. Regen und Wind waren so stark, dass es eigentlich an Selbstmord grenzte, bei diesem Wetter einen Blitz anzulocken – zumal Kuisl noch nicht wusste, wo er eigentlich genau suchen sollte. War Virgilius irgendwo im Wald, in seinem Uhrmacherhaus, auf einem Hügel? Kuisl wusste aus Erfahrung, dass Blitze immer an den höchsten Stellen einschlugen, und die höchste Stelle hier war …

Der Kirchturm!

Kuisl schlug sich gegen die Stirn, weil er nicht eher darauf gekommen war. Die Angst um seine Enkel musste ihm das Hirn ausgetrocknet haben. Virgilius war bestimmt oben im Kirchturm! Hier hatte Nepomuk seine Blitzbanner aufgehängt, und hier hatte der verrückte Uhrmacher offensichtlich auch danach noch experimentiert. Virgilius musste dort oben sein!

Gerade wollte Kuisl das Portal verlassen, als er vor sich in der Dämmerung plötzlich hastige Schritte hörte. Eine Gruppe Männer war schemenhaft im strömenden Regen zu sehen und eilte auf das Brauhaus zu. Es war der Graf, der mit seinen Soldaten zurückkam. Allesamt waren sie klatschnass, das Wasser floss ihnen in Bächen aus Ärmeln und Hosenbeinen. Doch trotz des Unwetters versuchte Leopold von Wartenberg Haltung zu bewahren, er ging zügig, aber er rannte nicht. Endlich unter dem Torbogen angekommen, musterte er den Henker argwöhnisch, so als wüsste er noch nicht, wie er mit ihm verfahren sollte.

»Ich habe mich soeben selbst davon überzeugt, dass die zwei Lumpen gut im Karzer des Klosters verwahrt sind«, sagte der Wittelsbacher schließlich. »Der Fall ist abgeschlossen, und der Kurfürst kann zufrieden sein. Was dich angeht …« Er wrang sich das lange schwarze Haar und den Bart aus. »Sag mir einen Grund, Henker, warum ich dich nicht ebenso einsperren sollte. Einen.«

Jakob Kuisl grinste. »Vielleicht weil Euer Exzellenz schon bald einen guten Scharfrichter brauchen?«

»Dafür hab ich den Meister Hans aus Weilheim. Ein ausgezeichneter Mann. Der rädert auch seine eigene Mutter, wenn sie schuldig ist und er für die Hinrichtung viel Geld kassiert.« Der Graf lächelte schmal. »Vielleicht sollte ich ihn bitten, sich auch deiner anzunehmen. Schließlich hast du ganz offensichtlich eine der Andechser Klosterwachen auf dem Gewissen. Bis jetzt war ich gnädig, weil du der Schwiegervater dieses Baders bist, der sich um meinen Sohn kümmert. Und weil deine Tochter ein echtes Teufelsweib zu sein scheint. Aber meine Geduld hat auch ihre Grenzen.«

Der Henker nickte. »Meine auch«, knurrte er. »Hört her, dort draußen ist irgendwo noch der wahre Hexer, zusammen mit meinen Enkeln. Ich muss sie finden, und zwar jetzt. Danach entscheidet ganz so, wie Ihr es für richtig findet. Gehabt Euch wohl.« Ohne ein weiteres Wort wandte er sich zum Gehen.

Leopold von Wartenberg blieb verdutzt unter dem Torbogen stehen. Schließlich straffte er sich, er warf seinen Soldaten einen bösen Blick zu, doch diese hielten wohlweislich den Kopf gesenkt.

»Eine Stunde, Kuisl!«, rief der Graf gegen den tosenden Wind an. Der Henker war nur noch eine phantomgleiche Gestalt in der Dunkelheit. »Ich gebe dir eine Stunde, mir diesen wahren Hexer zu bringen! Und glaub nur nicht, dass du mit meiner Hilfe rechnen kannst! Eine Minute länger, und ich handel mit Meister Hans einen hübschen Lohn für deinen Kopf aus. Hast du verstanden?«

Doch Kuisl hörte ihn schon nicht mehr. Während erneut Hagelkörner vom Himmel prasselten, eilte er nach rechts, über den Kirchplatz, auf dem heute Mittag noch Hunderte Pilger gestanden hatten. Nun war das Gelände gähnend leer, Pfützen groß wie kleine Weiher hatten sich auf der festgetrampelten Erde gebildet; ein paar liegengebliebene Kalksäcke ragten wie kleine Felsinseln daraus hervor. Die Pilger hatten sich in den Bauernhäusern und Scheunen der Gegend verkrochen, wo sie das Unwetter abwarteten und zu allen Heiligen beteten, dass nicht direkt über ihnen der Blitz einschlug.

Kuisl stapfte durch das knöcheltiefe Wasser und warf gelegentlich einen Blick hinauf zum Kirchturm, doch er konnte hinter der Regenwand nichts Verdächtiges erkennen. Hatte er sich getäuscht? War Virgilius doch noch unten in den Katakomben und lauerte gerade eben Magdalena auf? Was musste seine Tochter auch immer so stur sein und ihren Kopf durchsetzen! Wie so oft war Jakob Kuisl, was Magdalena betraf, hin- und hergerissen zwischen Angst und Zorn. Wenn das alles hier vorbei war, würde er seiner Tochter jedenfalls gehörig den Arsch versohlen.

Wenn sie dann noch lebte.

Der Henker versuchte, die düsteren Gedanken zu verdrängen, und widmete seine Aufmerksamkeit wieder ganz der Turmspitze, in der der Glockenstuhl untergebracht war. Die Zimmerleute hatten mittlerweile ein neues Dach eingezogen und das poröse, vom Blitz zerstörte Mauerwerk ausgebessert. Nur an einer Seite war noch keine neue Wand errichtet, so dass an dieser Stelle ein kniehohes Gerüst als Befestigung dienen musste.

Plötzlich sah Kuisl knapp oberhalb dieses Gerüsts jemanden vorüberhuschen, nur für einen Moment war dort ein Schatten aufgetaucht. Doch dieser Moment hatte ausgereicht, um den Henker von der Richtigkeit seiner Idee zu überzeugen.

Jemand war oben auf dem Turm.

Atemlos rannte Kuisl die letzten Meter durch die spritzenden Pfützen, bis er den Eingang zur Kirche erreicht hatte. Das zweiflüglige Portal stand weit offen, so dass Regen, Blätter und Dreck bis zu den Kirchenbänken wehten. Der Wind hatte das notdürftige Leinendach teilweise zerrissen, einzelne Fetzen flatterten wie Fahnen im Sturm. Prasselnd ergossen sich Unmengen von Wasser auf Altäre, Heiligenfiguren und verwitterte Grabplatten im mittleren Kirchenschiff.

Verdutzt sah sich der Henker um. Er hatte damit gerechnet, dass wenigstens ein paar der Benediktiner hier Ordnung schaffen würden. Doch die Kirche war menschenleer. Hatten die Mönche etwa zu viel Angst vor dem Unwetter? Oder hatten sie vielleicht schon davon erfahren, dass drei ihrer führenden Mitglieder als Reliquienfälscher überführt worden waren? In diesem Fall war es gut möglich, dass die Fratres sich in ihre Zellen verkrochen hatten, aus Furcht, selbst noch befragt und verhaftet zu werden.

Nach kurzem Zögern eilte Kuisl vorbei an den nassen, schlammbespritzten Kirchenbänken, während über ihm der Wind tobte und heulte. Er hatte keine Zeit für Grübeleien. Wenn seine Mutmaßungen zutrafen, dann befanden sich dort oben – Hagel, Blitz und Regen hilflos ausgeliefert – seine zwei geliebten Enkel! Dieser Virgilius würde sich noch wünschen, nie geboren worden zu sein.

Kuisl rannte die Treppe zum Chor hinauf und von dort weiter über eine Stiege in das Innere des Kirchturms. Auch jetzt, nach gut zwei Wochen, waren die Arbeiten darin noch lange nicht abgeschlossen. Der Sturm pfiff durch die nackten Fensterlöcher, die schmale, frisch gezimmerte Treppe war glitschig und ächzte im Wind. Steil führten die Stufen hinauf zur Plattform, und je höher Kuisl stieg, desto mehr schien sich der gesamte Turm im Wind hin und her zu wiegen. Die Treppe quietschte und wimmerte wie ein altes Weib.

Als Kuisl nur noch wenige Meter unterhalb des Glockenstuhls war, hielt er inne und lauschte. Es donnerte und blitzte, doch gleich darauf glaubte er, im Rauschen des Regens eine schrille Stimme zu hören. Sobald er ein wenig höher kam, konnte er sie deutlich vernehmen.

»Mach schon!«, kreischte direkt über ihm ein Mann. »Bevor das Gewitter weiterzieht! Hab ich dir nicht bereits gestern gesagt, du sollst den Apparat festnageln? Jetzt hat der Sturm ihn umgeweht, und alles verzögert sich!«

Als Antwort erklang ein tiefes Brummen, dann waren Hammerschläge zu hören. Dazwischen ertönte das leise Weinen eines Kindes.

Kuisl zuckte zusammen. Dort oben schienen tatsächlich seine Enkel zu sein! Bei dem zweiten Mann handelte es sich ganz offensichtlich um Virgilius' Helfer. Vorsichtig schlich der Henker die letzten Stufen hinauf und steckte seinen Kopf durch die Öffnung, die zur Plattform führte.

Zunächst konnte er vor sich nur die drei Bronzeglocken erkennen, die in der Mitte des Dachstuhls zwischen eisenummantelten Balken aufgehängt waren. Der Boden aus frischen Fichtenbrettern schien neu zu sein, doch an den Wänden klebte immer noch der Ruß, den das verheerende Feuer vor einigen Wochen hinterlassen hatte. An der Ostseite gähnte hinter dem nur kniehohen Gerüst der Abgrund, Regenschauer wehten von dort in den Raum hinein.

Als Jakob Kuisl sich schließlich ganz durch die Öffnung gestemmt hatte, sah er hinter den Glocken undeutlich den Rücken eines breitschultrigen Manns, der soeben den Hammer hob und eine Art Bahre hochkant an die Wand nagelte. An dem Holzbrett befanden sich Metallklammern, wie sie

Kuisl von Streckbänken her kannte; von der Decke baumelte ein dicker Draht, von dem weitere dünne Drähte wegführten, die mit den Klammern verbunden waren.

Links von der Bahre standen drei Menschen, die im tosenden Wind wie das Zerrbild einer Familie wirkten. Es waren der bucklige Virgilius und eine vornehm wirkende Frau mit rotem Umhang und schiefer Haube, unter der ihre blonden Haare im Wind wehten. Die Gestalt wirkte seltsam steif, Kuisl brauchte einen Moment, um zu erkennen, dass es sich um eine lebensgroße Puppe handelte.

Auf den Armen des Uhrmachers wand sich weinend der kleine Paul.

Im ersten Augenblick wollte Kuisl sich brüllend auf die Plattform stürzen, doch dann hielt er inne und überlegte. Die Gefahr war einfach zu groß, dass Virgilius dem Kind etwas antat oder es am Ende gar vom Turm warf. Der Henker beschloss deshalb, sich näher an die Gruppe heranzuschleichen und auf eine günstigere Gelegenheit zu warten. Vorsichtig kroch er hinter den Glockenstuhl und beobachtete von dort aus das weitere Geschehen.

Nachdem der breitschultrige Mann seine Arbeit beendet hatte, steckte er den Hammer in seinen Gürtel und wandte sich Virgilius zu. Kuisl biss sich auf die Lippen, als er endlich das Gesicht des Helfers erkannte.

Es war der stumme Schindergeselle Matthias.

Was für ein Kuckucksei hat man dir da bloß ins Nest gelegt, lieber Vetter!, dachte der Henker grimmig. *Hätten die kroatischen Söldner den Sauhund damals besser umgebracht! Dann müsste ich das jetzt nicht tun.*

Doch als Kuisl Matthias' Gesicht sah, stutzte er. Die Augen des Gesellen waren seltsam leer und rot. Beinahe machte es den Anschein, als wären das, was ihm über die Wangen rann, nicht Regentropfen, sondern Tränen.

»Was zögerst du noch?«, schrie Virgilius jetzt gegen den Sturm an. »Bette meine Aurora auf die Bahre, so wie wir es besprochen haben!« Er senkte seine Stimme und versuchte ein Lächeln. »Du willst doch deine Zunge wieder, nicht wahr? Ich kann sie dir beschaffen! So, wie ich dieser Puppe Leben einhauche, kann ich dir auch deine Stimme zurückgeben. Glaub mir! Du darfst so kurz vor dem Ziel nicht zu zweifeln beginnen, sonst war alles umsonst!«

Zögernd schritt Matthias hinüber zu dem Automaten, wobei er immer wieder zu dem kleinen Paul hinübersah. Der Bub streckte seine Ärmchen nach dem stummen Gesellen aus, sein Weinen steigerte sich zu einem Schreien, das sogar die Donnerschläge übertönte.

»Verflucht, dem Jungen wird nichts passieren!«, rief Virgilius, als er Matthias' besorgten Blick sah. Er wiegte mechanisch das Kind, das sich dadurch aber nicht beruhigen ließ. »Er ist nur mein Faustpfand. Sobald das hier zu Ende ist, kannst du das Balg wiederhaben. Versprochen! Und jetzt mach endlich, bevor der Blitz noch zu früh einschlägt.«

Matthias nickte brummend, dann packte er die Puppe mit seinen kräftigen Armen und lehnte sie an die Bahre. Schnappend schlossen sich die Metallbänder um ihre steifen Beine und Arme; die dünnen Drähte befestigte der Geselle an den jeweiligen Klammern, einen weiteren wickelte er wie eine Henkersschlinge um Auroras Porzellanhals.

Offensichtlich hatte Virgilius den Automaten für seinen letzten großen Auftritt geschminkt, denn über das wächserne Gesicht der Puppe liefen schwarze und rote Bahnen nasser Tusche. Grinsend bot sie sich dem Unwetter dar, das nun noch einmal mit ganzer Macht über dem Kirchturm tobte.

»Jetzt müssen wir nur noch auf den richtigen Augenblick warten!«, schrie Virgilius gegen den Lärm an und tanzte auf der Stelle wie ein wild gewordener Derwisch. »Der Blitz wird in den Draht am Dach einfahren, von dort in meine geliebte Aurora, und dann …«

Ein Bersten ertönte, gefolgt von einem ohrenbetäubenden Knall. Irgendwo in der Nähe musste es eingeschlagen haben. Der Krach war so gewaltig, dass Jakob Kuisl unwillkürlich zusammenzuckte und sich zur Seite rollte. Aus dem Augenwinkel heraus sah er, dass Virgilius ihn hinter den Glocken entdeckt hatte. Hasserfüllt starrte der Uhrmacher seinen Feind an.

»Ha! Siehst du nun, warum ich das Kind als Faustpfand brauche?«, wandte er sich kreischend an Matthias. »Dieser Henker und seine ganze verfluchte Familie! Schon als du mir das erste Mal von ihnen erzählt hast, wusste ich, dass sie Schwierigkeiten machen würden. Habe ich dir nicht ein Dutzend Mal gesagt, du sollst wenigstens dieses neugierige Weib aus dem Weg räumen?«

Auch Matthias hatte den Henker mittlerweile gesehen. Unschlüssig stand er in der Mitte der Plattform wie ein Fels im Meer, umtost von Sturm und Hagel. Er schien zu keiner Regung mehr fähig.

»Schnapp ihn dir, Matthias!«, brüllte Virgilius. »Er will unseren Plan zunichtemachen. Verstehst du nicht? Denk an deine Stimme!«

Jakob Kuisl richtete sich hinter dem Glockenstuhl auf. Ruhig blickte er in die rotgeweinten Augen des Schindergesellen, die Hände hielt er in einer Geste des Friedens nach oben.

»Du weißt, dass dies hier nicht richtig ist, nicht wahr, Matthias?«, brummte Kuisl. »Du kannst mir nichts vormachen. Ich bin ein Henker, ich hab viele Mörder gesehen. Du bist keiner, jedenfalls kein Kindermörder.« Vorsichtig trat er einen Schritt auf den stummen Gesellen zu, der sich noch immer nicht von der Stelle gerührt hatte. »Wenn du mich im Kampf besiegst, wird dieser Verrückte mit dem Buben kurzen

Prozess machen. Er wird ihn vom Turm werfen. Der Junge bedeutet ihm nur so lange etwas, wie er mich damit erpressen kann. Genauso wenig, wie du ihm etwas bedeutest.«

»Das … das ist nicht wahr, Matthias!«, ging Virgilius dazwischen. »Denk daran, wie ich mich um dich gekümmert habe, als du noch klein warst. Habe ich dich nicht alles gelehrt? All die Schriften, die Experimente und Apparaturen! Hab ich dir nicht eine Sprache gegeben, mit der man sich auch ohne Zunge verständlich machen kann?«

Der Uhrmacher drückte den schreienden und zappelnden Paul ganz fest an sich. »Nun gut, er weint jetzt«, fuhr er mit schmeichlerischer Stimme fort. »Er hat Angst, das ist verständlich. Aber auch du hast Angst gehabt, als du das erste Mal in mein Labor kamst, erinnerst du dich? Ein kleiner stummer Junge warst du, ohne Eltern, verstoßen und verlacht von den anderen. Ich erst habe dir etwas gegeben, was dich über diese ganzen Bauerntölpel erhebt. Gelehrsamkeit! Und wenn du nur ein kleines bisschen Geduld hast, nur noch ein klein wenig, dann werde ich dir auch deine Stimme wiedergeben! Aurora, du und ich, wir werden eine Familie sein. Wir werden diesen Jungen hier aufnehmen, und …«

»Wo ist mein zweiter Enkel, du Ungeheuer?«, brüllte der Henker nun und kam drohend auf Virgilius zu. Der kleine Paul hatte mittlerweile seinen Großvater entdeckt und versuchte sich dem Griff des buckligen Uhrmachers zu entwinden, doch dieser hielt ihn wie mit Schraubzwingen fest.

»Red schon, was hast du verkrüppelte Drecksau mit ihm gemacht?«, schrie Kuisl noch einmal.

Matthias sah zu Virgilius hinüber, als erwartete auch er von ihm eine Antwort.

»Er … er ist bei seinem Vater«, stammelte der Uhrmacher. »Es geht ihm gut …«

Ein Knurren ertönte, wie von einem sehr zornigen Bären.

Matthias schüttelte wild den Kopf. Kuisl konnte förmlich sehen, wie in der Brust des Gesellen zwei Seelen miteinander rangen. Auch Virgilius schien dies zu merken. Mit dem sich windenden Buben auf dem Arm ging er langsam auf Matthias zu, wobei er immer wieder argwöhnisch zu Kuisl hinüberblickte. Kurz erwog der Henker, einfach nach vorne zu springen und nach dem Jungen zu greifen. Doch die Gefahr, dass Paul etwas passierte, war einfach zu groß – zumal Kuisl noch immer nicht wusste, wie sich Matthias verhalten würde.

»Sieh mal«, sagte Virgilius und legte seinem Diener die Hand auf die breite Schulter. Fürsorglich führte er ihn hinüber zu dem nur kniehohen Gerüst, hinter dem der Abgrund gähnte. »Kannst du Erling dort drüben erkennen?«, fragte der Uhrmacher und deutete hinaus in das Unwetter. »Den kleinen Friedhof am Rande des Dorfes? Dort sind auch deine Eltern begraben. Erinnerst du dich, wie oft du in den ersten Jahren geweint hast, weil sie tot waren? Dieser lausige Schinder Graetz hat dir vielleicht Lohn und Brot gegeben, aber ein schlauer Bursche wie du, der ist zu Höherem geboren! Du sollst Zeuge werden, wie der Mensch Leben erschafft. Sieh dir den Friedhof genau an!«

Virgilius schob Matthias noch näher an das Gerüst heran. Der Geselle ließ es widerwillig mit sich geschehen, irgendetwas an der Stimme des Uhrmachers schien ihn zu besänftigen. Er beugte sich über den Rand und starrte hinüber zu dem kleinen Friedhof, der im peitschenden Regen jedoch kaum zu sehen war.

»All die Toten, die dort liegen«, fuhr Virgilius mit sanfter Stimme fort. »Wir könnten sie zurückholen. Auch deine Eltern. Wie wäre das? Oder weißt du, was noch besser wäre? Wenn du sie einfach jetzt … *besuchen* würdest. Leb wohl.«

Unvermittelt gab der Bucklige Matthias einen Schubs, und der kräftige Geselle begann wild mit den Armen zu rudern.

Er schwankte wie eine mächtige Eiche im Sturm. Im Dunkel des Gewitters konnte Kuisl die Augen des Uhrmachers hasserfüllt leuchten sehen. Bevor der Henker reagieren konnte, hatte Virgilius seinem Diener einen weiteren Stoß gegeben. Matthias grunzte und wandte den Kopf noch einmal kurz seinem Meister zu, beinahe erstaunt, so als erwarte er eine letzte Antwort. Dann brach er durch die dünne hölzerne Balustrade und stürzte ohne einen weiteren Laut auf das Dach der Kirche, dort, wo es mit Leintüchern notdürftig abgedeckt war. Matthias' Körper wurde für einen winzigen Moment von den Tüchern aufgefangen, bevor diese endgültig zerrissen und der Geselle krachend im darunterliegenden Kirchenschiff aufschlug.

Oben im Glockenstuhl war für eine Weile nur Kinderwimmern und das Rauschen des Regens zu hören. Mit müdem Gesichtsausdruck starrte Virgilius hinab auf das zerstörte Dach, während der kleine Paul noch immer in seinen Armen zappelte.

»Schade, wirklich schade«, sagte Virgilius schließlich und trat von der zersplitterten Balustrade weg. »Er war ein gelehrsamer Schüler. Und so … verschwiegen.« Er lächelte leise und blickte hinauf zum schwarzen Himmel, an dem einzelne Blitze zuckten. »Doch du hattest recht, Henker. Am Ende hat er mir nichts mehr bedeutet. Er war ein Hindernis. So, wie auch all die anderen Menschen nur Hindernisse waren.« Plötzlich blickte er Kuisl direkt an, seine Augen waren kleine schmale Schlitze. »Und wenn du dich nur einen Schritt rührst, wird auch dein Enkel ein solches Hindernis sein. Hast du mich verstanden?«

Der Henker nickte grimmig und hob erneut die Hände. »Ich hab verstanden«, sagte er leise. »Und was hast du nun vor? Willst du bis zum Sankt-Nimmerleins-Tag auf einen Blitz warten? Nur weil mein Freund Nepomuk hier oben ein

Stückerl Draht aufgehängt hat, heißt das noch lange nicht, dass der Blitz hier auch einschlägt. Es kann heute passieren, beim nächsten Gewitter oder erst in ein paar Jahren. Dein Automat wird hier oben festrosten, weiter nichts.«

»Ha! Du verstehst nichts!«, fauchte Virgilius. »Glaubst du, ich würde all diese … diese Beschwernisse auf mich nehmen, wenn ich nicht gesehen hätte, dass es funktioniert?« Er zog unter seinem Rock ein Fläschchen hervor und näherte sich damit der lächelnden Puppe, die an die aufrechte Bahre geschnallt war.

»Dein einfältiger Nepomuk hat mir von seinen Blitzexperimenten erzählt!«, fuhr Virgilius lachend fort. »Ich war der Einzige, der wusste, dass er im Turm einen seiner sogenannten Banner aufgehängt hatte. Und dann schlug der Blitz tatsächlich hier ein! *Quod erat demonstrandum!* Von diesem Zeitpunkt an wusste ich, dass ich auf dem richtigen Weg war. Es fehlte nur noch das *Aqua vitae* …« Er zog mit den Zähnen den Korken aus der Flasche und begann die Flüssigkeit sorgfältig in ein Loch im Rücken der Puppe zu träufeln.

»Wie Blut wird dieses Lebenswasser durch ihre künstlichen Adern pulsieren«, murmelte er. »Wie Blut! Der Blitz wird einschlagen, und meine Aurora wird endlich wieder bei mir sein. Das Warten hat ein Ende!«

Als die Flasche schließlich leer war, warf Virgilius sie mit einem Schrei in die Tiefe. Dann ging er mit dem Jungen auf dem Arm in die andere Ecke des Turms, lehnte sich an die Mauer und wartete, während seine Lippen sich leise bewegten wie bei einem Gebet.

»Blitze, Lebenswasser! Das ist der größte Schmarren, den ich je gehört habe!«, blaffte der Henker. »Dagegen waren Nepomuks Versuche ja die reinste Wissenschaft. Nun gib mir endlich meinen Buben und sag, was du mit dem Peter und meinem Schwiegersohn angestellt hast! Ich hoffe für dich, dass sie noch leben. Sonst wird dieses Gewitter nur ein Vorspiel sein zu dem Sturm, wenn ich über dich komme.«

Noch immer wagte Kuisl nicht, sich Virgilius und dem Jungen zu nähern. Der Mord an Matthias hatte ihm gezeigt, dass der Uhrmacher zu allem fähig war. Seine Drohungen sollten nur dazu dienen, Zeit zu schinden, während er hoffte, dass Virgilius irgendeinen Fehler machte. Doch der Mönch packte den schreienden Knaben nur umso fester.

»Wage nicht, dich mir zu nähern«, zischte Virgilius. »Viele Menschen sind bereits gestorben für die Erfüllung meines Traums. Auf dieses winzige Leben da kommt es nun auch nicht mehr an.« Sehnsuchtsvoll blickte er hinüber zu dem Automaten, während ein weiterer Donner über das Land rollte. »Und jetzt wollen wir gemeinsam warten.«

In diesem Augenblick erklang auf der Treppe unter ihnen ein leises, regelmäßiges Tappen, das trotz des rauschenden Regens gut zu hören war. Es waren Schritte, langsam und bedächtig.

Jemand kam den Turm herauf.

In den Katakomben der Burg starrte Magdalena wie gelähmt auf den Altar, auf dem sich in Windeseile blaue Flammen ausbreiteten. In Sekundenschnelle war der gesamte steinerne Block von einem brennenden Teppich umhüllt. Das Feuer wanderte vom Sockel zum Boden und lief dort in schmalen Bahnen zu den vielen Haufen weißen Pulvers, die sich überall auf dem Boden befanden.

»Raus hier!«, schrie Magdalena und packte ihren Sohn. »Auf der Stelle!«

Mit Entsetzen fiel ihr ein, dass Simon ja nicht weglaufen konnte. Einen kurzen Moment zögerte sie, dann gab sie Peter einen Klaps und deutete auf den Ausgang. »Renn weg, Peter! Schnell! Ich muss mich um deinen Vater kümmern!«

Der Junge schien zu begreifen. Ohne weiter auf das blau züngelnde Flammenmeer um ihn herum zu achten, lief er auf das Portal zu und war schon bald darauf verschwunden. Magdalena beugte sich derweil zu ihrem Mann herunter und fing an, ihn zu schütteln.

»Simon, du musst aufstehen!«, rief sie. »Bitte, bitte, steh doch auf!«

Simon ächzte, ganz langsam hob er die Arme, doch seine Beine schienen noch immer wie mit Seilen an den nackten Felsboden gefesselt. Schließlich musste Magdalena einsehen, dass Simon es ohne ihre Hilfe nicht schaffen würde. Sie packte ihn unter den Achseln und zog ihn keuchend zu sich empor, bis er endlich mit kreidebleichem Gesicht vor ihr an der Wand lehnte. Um sie herum knisterte das Feuer, die bläulichen Flammen fraßen sich jetzt durch die umgestürzten Regale und zerborstenen Apparaturen, nur eine schmale Bahn führte noch zwischen den Brandherden hindurch zum Ausgang.

»Du musst dich an mir festhalten!«, rief Magdalena gegen das Prasseln des Feuers an. »Verstehst du mich, Simon? Halt dich an mir fest!«

Sie drehte ihm den Rücken zu, bückte sich und zog seine Arme über ihre Schultern. Schließlich richtete sie sich keuchend auf und schleppte ihren Mann wie einen Sack Mehl durch das Flammenmeer.

Mit gerade mal fünf Fuß war Simon in Schongau einer der zierlichsten Männer; oft hatte seine Größe bei den anderen groben Mannsbildern für Spott gesorgt, zumal Magdalena ihren Gatten tatsächlich um einige Fingerbreit überragte. Doch nun zeigte sich, dass seine grazile Statur dem Medicus wohl das Leben retten würde. Magdalena kam sich vor wie ein Packesel, aber wenigstens gelang es ihr auf diese Weise, Simon Schritt für Schritt aus dem brennenden Raum zu zerren.

Sie taumelte durch die zweite Kammer mit dem Himmelbett und der Frisierkommode, auch hier leckten die Flammen bereits an dem wertvollen Nussfurnier. Endlich erreichte Magdalena keuchend das runde Portal, während irgendwo hinter ihr ein weiteres Regal mit lautem Bersten umstürzte und das elfenbeinerne Horn, den Globus und das bronzeschimmernde Astrolabium unter sich begrub. Erleichtert spürte die Henkerstochter, dass Simon sich mittlerweile aus eigener Kraft an ihr festhalten konnte. Auch seine Beine bewegten sich leicht hin und her. Die Lähmung schien tatsächlich nachzulassen!

Hustend blickte Magdalena in den rauchverhangenen Gang, durch den sie vor einigen Minuten erst gekommen war. Ihre Fackel hatte sie aus dem brennenden Raum nicht mitnehmen können, doch das war auch nicht nötig. Entsetzt stellte sie fest, dass auch auf dem Tunnelboden kleine Feuer brannten. Virgilius musste das Phosphorpulver überall in den Katakomben verstreut haben. Im gleichen Moment wurde Magdalena klar, was das bedeutete: Sobald die Flammen die Kloake mit dem Labor erreichten, flog hier alles in die Luft!

Verzweifelt sah sie sich nach ihrem Sohn um, konnte ihn aber zwischen den Rauchschwaden nicht finden. Was mit ihrem zweiten Kind war, mochte sich Magdalena gar nicht vorstellen. Sie konnte nur hoffen, dass Peter die Wahrheit gesagt hatte und der kleine Paul mit dem verräterischen Matthias irgendwo dort draußen in Sicherheit war.

»Peter!«, schrie sie, während ihr Mann noch immer zentnerschwer auf ihren Schultern lastete. »Peter, wo bist du?«

Ein Weinen war zu hören, schließlich ein leiser Ruf. »Mama, Mama, hier bin ich!«

Magdalena lauschte. Der Schrei war nicht von rechts gekommen, dort wo der Gang zur Höhle der Eremitin führte, sondern von links! Peter war in die falsche Richtung gelaufen, sie musste ihn schnellstmöglich zurückholen! Wenn sie sich zu lange hier unten aufhielten, waren sie alle zusammen rettungslos verloren. Entweder sie verbrannten, oder der Rauch würde sie unweigerlich ersticken!

Fluchend und um Atem ringend, taumelte Magdalena in die grauen, stinkenden Schwaden hinein, ihre Augen tränten vom Rauch, und Simons Gewicht drückte sie schier zu Boden. Trotzdem ging sie langsam, Meter für Meter, weiter, während sie immer wieder nach ihrem verschwundenen Sohn rief: »Peter! Peter, hier bin ich!«

Der feuchte, niedrige Gang führte schon bald leicht aufwärts; schon nach kurzer Zeit stellte Magdalena erleichtert fest, dass die brennenden Phosphorhaufen weniger wurden und schließlich ganz ausblieben. Hinter ihr ertönte ein Krachen und Bersten, als das Feuer eine weiter entfernte Wand zum Einsturz brachte. Die Rauchschwaden griffen wie mit langen Fingern nach ihr, doch Magdalena hatte das Gefühl, dass auch sie hier weniger dicht waren. Von irgendwo vor ihr wehte ein frischer Luftzug. Offensichtlich hatte Peter intuitiv den richtigen Weg gewählt.

Als sie um eine weitere Biegung getappt war, sah sie endlich ihren Sohn. Magdalena schrie auf vor Erleichterung, doch dann stockte ihr der Atem. Peter stand am Ende des Ganges, der nicht mehr weiterzuführen schien. Erst auf den zweiten Blick bemerkte die Henkerstochter die schwere Holztür ohne Klinke, an die Peter nun verzweifelt pochte.

»Mama! Der Garten, ich will den Garten sehen!«

»Der ... Garten?« Magdalena starrte Peter verständnislos an. Sein Gesicht war schwarz wie das eines Köhlers, er hustete, doch sie konnte keine Verbrennungen an ihm feststellen. Im Gegenteil, der Dreijährige machte einen beinahe fröhlichen Eindruck. Vorsichtig ließ Magdalena ihren Mann zu Boden gleiten und betrachtete die verschlossene Tür.

»Welcher Garten?«, hakte sie nach.

»Der Garten mit dem lustigen Steinmann, der Wasser spuckt!«, erklärte Peter eifrig. »Er ist hinter der Tür.«

»Du meinst den ... den Klostergarten?« Mit einem Mal wurde Magdalena klar, wie die Jungen entführt worden waren. Virgilius musste die beiden aus dem Garten in einen dort verborgenen Gang gelockt haben. Aufgeregt untersuchte sie das verwitterte Holz. Sie konnte aber weder eine Klinke noch ein Schlüsselloch daran finden, die eisernen Angeln machten einen massiven Eindruck.

»Verdammt!«, zischte sie. »Das ist wieder irgend so ein Teufelsding von diesem verrückten Uhrmacher!« Sie trat gegen die Tür, doch es war, als würde sie gegen Stein schlagen. Nervös blickte sie den abschüssigen, schlüpfrigen Gang zurück, von wo weitere Rauchschwaden zu ihnen hochstiegen.

»Wenn uns nicht bald etwas einfällt, dann werden wir hier ersticken wie die Füchse im Bau«, murmelte sie. Vergeblich suchte sie die Felswände nach versteckten Ritzen und Löchern ab. Schließlich wandte sie sich ratlos an Simon, der neben ihr auf dem Boden lag.

»Simon, hörst du mich? Wir werden ersticken! Wach auf, ich brauche deine Hilfe!«

Simon röchelte, er bäumte sich auf, so als hätte er starke Schmerzen. Endlich gelang es ihm, sich zur Seite zu drehen und sich ein wenig aufzurichten. Er keuchte heftig, offenbar hatte ihn allein diese eine Bewegung unglaubliche Anstrengung gekostet.

Zwischen Hoffnung und Verzweiflung blickte Magdalena ihren Mann an, dessen Lähmung ganz allmählich nachließ. Würde es schnell genug gehen, damit er ihr helfen konnte? Sie bezweifelte das. Überhaupt wusste Magdalena nicht, was sie sich von Simon eigentlich erwartete. Dass er mit den Fingern schnippte und sich die Tür einfach öffnete? Doch der kleine Medicus hatte schon so oft den einen rettenden Gedanken gehabt. Daher betete Magdalena auch jetzt, dass er so bald als möglich wieder gehen und sprechen konnte. Tränen stiegen ihr in die Augen, als sie an ihr gemeinsames, wohl unausweichliches Schicksal dachte.

Erstickt vor einer Tür, die in einen duftenden Garten führte.

»Mutter, wann können wir endlich gehen?«

Magdalena schreckte aus ihren Grübeleien hoch und sah ihren Sohn müde lächelnd an. »Wir ... wir können leider nicht gehen, Peter. Der Vater ist krank, und ich weiß nicht, wie man diese Tür aufmacht.«

»Aber du musst doch nur den Stein drücken.«

»Was?«

Magdalena fuhr hoch. Sie hatte beinahe vergessen, dass Peter mit seinem Bruder schon einmal hier gewesen war. Gut möglich, dass der Junge beobachtet hatte, wie man die Tür öffnete!

»Welchen Stein, Peter?« Sie fasste ihren dreijährigen Sohn ganz fest an den Armen und sah ihn eindringlich an. »Hör zu, das ist jetzt sehr wichtig. Welchen Stein muss man drücken?«

Schweigend deutete Peter auf einen etwa faustgroßen quadratischen Pflasterstein, der rechts nur einen Fingerbreit aus der Wand ragte. Magdalena hatte ihn zwischen all den anderen schiefen Quadern vorher nicht gesehen, doch jetzt sprang er sie förmlich an. Auf seiner Oberfläche war schemenhaft ein lachender Mund eingeritzt, der sie zu verhöhnen schien.

»*Den* Stein?«, fragte sie vorsichtig.

Peter nickte, und Magdalena drückte gegen den Würfel.

Lautlos glitt der Stein in die Lücke dahinter.

Ein Klicken ertönte, dann schwang die schwere Holztür ein Stück weit auf. Mit einem Mal war von der anderen Seite her das stete Rauschen von Regen zu hören. Es donnerte, und das zuckende Licht eines Blitzes erhellte kurz den Gang.

»Du ... du bist wunderbar, Peter!«, lachte Magdalena. »Dafür bekommst du Honigkuchen, so viel du essen kannst! Aber zuerst muss ich deinen Vater hier raustragen. Komm, die frische Luft wird ihm bestimmt guttun.«

Als sie sich beide Simon zuwandten, bemerkte Magdalena erleichtert, dass Simon bereits kniete. Er schwankte wie ein Schilfrohr im Wind, doch immerhin fiel er nicht um. Schwer atmend streckte der Medicus die Hände nach seiner Frau aus.

»Kkkkannn ... selber ... laaauuufen«, brachte er krächzend hervor. »Kkkkaaan selber ...« Doch Magdalena griff ihm energisch unter die Arme.

»Das glaubst auch nur du«, erwiderte sie, zog ihn hoch und brachte ihn fürsorglich bis zur Tür.

Als sie sie vollständig öffnete, starrte sie in eine weitere Höhle.

Magdalena schrie enttäuscht auf. Kurz glaubte sie, sie hätten nur einen weiteren unterirdischen Gang erreicht, doch dann spürte sie den Wind auf ihrem Gesicht, sie hörte erneut das Rauschen des Regens und roch die Blumen aus dem Garten. Nun begriff sie, dass sie in der künstlichen Grotte standen, die ihr der Abt erst vor zwei Tagen gezeigt hatte. In der Mitte befand sich das Becken mit den Statuetten der griechischen Götter; die Tür, durch die sie die Höhle betreten hatten, war mit grauem Gips überzogen, so dass sie von dem Fels um sie herum nicht zu unterscheiden war.

Peter war bereits in den Garten gelaufen und kletterte nun jauchzend auf eines der kleinen Mäuerchen, während der Regen auf ihn herabprasselte und den Ruß aus seinem Gesicht wusch. Fröhlich winkte er seiner Mutter zu, die Schrecken der vergangenen Stunden schien er gut überstanden zu haben.

Magdalena spürte einen Stich in der Brust, als sie an ihren

jüngeren Sohn dachte. Wohin mochte Matthias den kleinen Paul gebracht haben? War er überhaupt noch am Leben?

Ein plötzlicher Druck auf ihrer Schulter ließ sie aufschrecken. Es war Simon, der sich an ihr aufstützte.

»Kkkkaaann ... selber ... laaauuufen«, stammelte er noch einmal.

Simon löste sich von ihr und stakste wie eine Puppe hinaus in den Garten. Er wirkte wie ein Untoter auf der Suche nach seinem Grab.

Als der Medicus erst einige Meter gegangen war, ertönte plötzlich ein gewaltiges Krachen. Zunächst glaubte Magdalena an Donnerschläge, doch dann begann die Erde unter ihr mit einem Mal zu zittern, Felsbrocken lösten sich und fielen um sie herum auf die Erde. Ein besonders schwerer Stein stürzte direkt vor ihr auf das Becken mit den griechischen Statuetten und begrub es knirschend unter sich.

Hinter Magdalena ertönte aus der Tiefe des Ganges ein Brausen und Tosen, als hätte die Hölle nun tatsächlich ihre Pforten geöffnet. Instinktiv warf sich die Henkerstochter nach vorne in die nasse Wiese des Gartens und beobachtete von dort, wie die kleine Grotte hinter ihr vollständig in sich zusammenstürzte.

Hic est porta ad loca inferna ...

Das grüne Feuer hatte die unterirdische Kloake erreicht.

Sowohl Jakob Kuisl als auch Virgilius hielten den Atem an, als die Schritte auf der knarzenden Treppe sich dem Glockenstuhl näherten. Es waren langsame, gemächliche Schritte; der Mensch, der dort unten die Stufen heraufta ppte, hatte offensichtlich Zeit. Oder er war zu müde und alt, um die steile Stiege hochzuhasten.

Endlich zeigte sich in der Öffnung eine schwarze Kapuze, die Gestalt darunter wuchs empor, bis sie schließlich ganz zu sehen war. Sie hielt eine brennende Fackel in der Hand, die den Glockenstuhl in flackerndes Licht tauchte. Dünne, gichtige Finger zogen das grobe Tuch, das bislang das Gesicht des Mannes verbarg, nach hinten.

Virgilius schrie überrascht auf. Vor ihnen stand der Andechser Abt.

Sein Gesicht war zerfurcht wie trockene Erde, die dünne Mönchstonsur darüber schlohweiß. Maurus Rambeck schien in der letzten Woche um Jahre gealtert zu sein.

»Maurus!«, zischte Virgilius, als er seinen älteren Bruder erkannte. »Was tust du hier?«

»Dich vor noch Schlimmerem bewahren«, erwiderte der Abt mit fester Stimme. »Wenn das überhaupt noch möglich ist. Lass sofort das Kind los.« Er deutete auf den kleinen, leise wimmernden Paul und kam langsam auf den Uhrmacher zu.

»Niemals!«, schrie Virgilius. Er wich zurück und hielt den zappelnden Buben über das sturmumtoste Gerüst. »Bleib, wo du bist, Maurus! Auch du wirst mich nicht daran hindern können, meine Aurora zurückzuholen!«

»Du bist krank, Virgilius«, sagte Pater Maurus leise. »Sehr krank. Sieh ein, dass es zu Ende ist. Überantworte dich Gott und lade nicht noch mehr Sünden auf dich und dieses Kloster.«

»Aber … aber du hast mir doch geholfen!«, flehte Virgilius. »Du selbst wolltest doch, dass Aurora zu mir zurückkommt.«

»Das wollte ich nie!« Die Stimme des Abts schwoll drohend an. »Ich wollte, dass dieser ganze Wahnsinn ein Ende hat. Ja, auch um dich zu retten, aber vor allem zum Wohle des Klosters! Das war ein Fehler, wie ich jetzt einsehen muss.«

Jakob Kuisl trat aus dem Dunkel hervor, und der Abt sah ihn nun zum ersten Mal. Erstaunt hob Bruder Maurus die schmalen Brauen, darunter blitzten müde, aber kluge Augen.

»Ihr hier?«, fragte er leicht erstaunt. Doch sofort hatte der Mönch sich wieder unter Kontrolle, ein feines Lächeln erschien auf seinem verwitterten Gesicht. »Das hätte ich mir denken können. Euer Bürgermeister hat recht, Ihr seid wirklich ein lästiger Schnüffler. Aber was soll's! Nun hat dies alles ohnehin ein Ende.«

»Ihr habt es die ganze Zeit gewusst, nicht wahr?«, hakte der Henker nach. »Ihr wusstet, dass Euer Bruder hinter all dem steckte.«

Maurus Rambeck schüttelte müde den Kopf. »Nicht von Anfang an. Doch ich gebe zu, ich hatte meine Vermutungen. Seit Wochen lag mir Virgilius wegen der Hostien in den Ohren. Ich sollte sie ihm besorgen, nur für kurze Zeit. Er würde sie mir dann wieder zurückbringen. Natürlich habe ich mich nicht darauf eingelassen.«

»Sei verflucht, Maurus!«, keifte der Uhrmacher. Mittlerweile war er mit dem greinenden Jungen auf dem Arm einige Schritte weit auf seinen Bruder zugegangen. »All diese ... diese Hindernisse hätten nicht sein müssen, wenn du mir nur die Hostien gegeben hättest! Ich hätte sie gegen andere Oblaten ausgetauscht, niemand hätte etwas gemerkt. Und Elisabeth könnte schon jetzt wieder bei mir sein.«

»Vergiss deine Elisabeth!«, schrie Maurus. »Sieh endlich ein, dass du sie nicht zurückholen kannst, Virgilius. Sie ist tot, seit nun über dreißig Jahren!« Drohend kam der alte Mann auf seinen jüngeren Bruder zu. »Elisabeths Gebeine vermodern auf irgendeinem Friedhof in Augsburg, ihr Fleisch, ihre roten Lippen, ihre weichen Brüste, die du so begehrt hast, all das ist längst zu Staub zerfallen! Nur ihre Seele lebt noch, doch auch diese wirst du nicht zurückholen können, denn das kann nur Gott!«

»Nein! Das ... das darf nicht sein! Sie ... sie muss zurück zu mir, sie muss einfach!« Virgilius stampfte mit den Füßen auf wie ein Kind. Dabei schüttelte er den kleinen Paul so wild, dass dieser wie am Spieß zu schreien anfing. Als der Henker auf die beiden zueilte, rannte Virgilius wieder zum Gerüst zurück und hielt den zappelnden Buben über den Abgrund.

»Weg! Alle weg!«, kreischte er. »Wir werden jetzt warten, dass der Blitz vom Himmel fährt und mir mein Mädchen zurückbringt!« Er hielt den Kopf hinaus in den Regen und öffnete den Mund, so als wollte er die Tropfen dort draußen trinken. Mit geschlossenen Augen ließ er das Wasser an sich abperlen.

»Elisabeth war Virgilius' große Liebe«, versuchte Pater Maurus zu erklären, während er traurig zu seinem irren Bruder hinübersah. »Damals hieß er noch Markus. Er war klug, belesen und äußerst feinfühlig. Als Elisabeth starb, brach es ihm das Herz. Unsere Eltern und ich, wir dachten, es würde vorübergehen, doch im Gegenteil, es wurde immer schlimmer. Schließlich stand mein Bruder nicht mehr vom Bett auf, er trank kaum, er aß nichts mehr. Ein Arzt meinte schließlich, man müsse ihn in die Ferne schicken, damit er dort vergessen kann.« Er seufzte. »Also gab ihm mein vermögender Vater Geld, und mein Bruder ging auf Reisen. Tatsächlich schien es ihm schon bald besserzugehen. Uns erreichten zuversichtliche Nachrichten aus Afrika und Westindien, sie klangen voller Hoffnung. Wir hätten ahnen müssen, dass der Wahnsinn weiter in ihm schlummerte!«

Virgilius hatte mittlerweile angefangen, ein leises Lied zu summen. Es war die Melodie seines Automaten, darüber tönte wie ein zweites, schief gestimmtes Instrument das Weinen des Kindes. Erneut überlegte Kuisl, wie er den Uhrmacher überwältigen könnte, doch der kleine Paul baumelte noch immer über dem Abgrund.

»Als mein Bruder nach Andechs kam und hier als Uhrmacher anfing, da dachte ich, er wäre geheilt«, fuhr der Abt kopfschüttelnd fort. »Doch dann baute er dieses ... dieses Monstrum!« Er deutete angewidert auf die grinsende Puppe. »Er kleidete sie wie Elisabeth, er gab ihr sogar ihren Kosenamen! Es muss dieses verfluchte Buch über Golems gewesen sein, das den Wahnsinn in ihm schließlich zum Ausbruch brachte. Von da an war er auch für mich nicht mehr ansprechbar. Er antwortete nicht mehr auf meine Briefe. Als ich dann von Salzburg zurückkehrte und die Stelle als Abt antrat, sah ich erst, wie schlimm es wirklich um ihn stand. Doch es war zu spät. Er wollte nur noch die heiligen Hostien.«

»Und als er sie nicht bekam, entführte er sich einfach selbst, um Euch zu erpressen«, erwiderte der Henker barsch. »Gebt zu, Ihr wusstet, dass er dahintersteckte.«

»Ich ... ich ahnte es. Ich fand in unserer Bibliothek dieses Buch über Golems, ich las darin, und so langsam dämmerte mir, was Virgilius vorhatte.« Der Abt schüttelte bedauernd den Kopf. »Ich wusste, dass ich ihn nicht mehr aufhalten konnte, aber ich wollte auch nicht die Wachen auf ihn hetzen. Er war doch immerhin noch mein Bruder! Sie hätten ihn gefoltert und verbrannt!«

»Statt seiner musste mein Freund Nepomuk dran glauben«, knurrte Jakob Kuisl.

Pater Maurus zuckte entschuldigend mit den Schultern. »Es war wie ein Rinnsal, das größer und größer wird, bis der Fluss einen schließlich wegreißt. Ich war wie von Sinnen! Als Ihr mich in Virgilius' Haus ertapptet, war ich kurz davor, alles zu gestehen. Doch dann hoffte ich, dass Ihr vielleicht meinen Bruder aufhalten könntet. Dass ich erfahren würde, wo er sich versteckte.«

Noch immer summte Virgilius die Melodie des Automaten, Kuisl sah vorsichtig zu ihm hinüber, doch Paul hing weiterhin wimmernd über dem Gerüst.

»Nicht Virgilius, sondern Ihr habt auf dem Friedhof den

toten Mönch ausgegraben, verbrannt und in den Brunnen geworfen!«, sagte Kuisl nun in drohendem Ton zu dem Abt. »Ihr hattet Angst, dass wir Eurem Bruder auf die Schliche kommen. Gebt es zu!«

»Das ist wahr.« Maurus lächelte. »Auf einmal erschien es mir doch zu gefährlich, dass Ihr meinen Bruder an den Weilheimer Landrichter ausliefern könntet. Also hab ich den guten alten, an Schwindsucht verschiedenen Bruder Quirin den Flammen überantwortet und einen von Virgilius' Gehstöcken danebengelegt. Sogar den Ringfinger hab ich Quirin abgeschnitten, damit er ganz wie der tote Virgilius aussieht! Eine Leiche kann schließlich keine Morde begehen, nicht wahr?« Der Abt blinzelte dem Henker zu. »Sagt, wie habt Ihr das herausgefunden?«

»Ihr selbst wart es, der den Toten verdächtig schnell im Brunnen gefunden hat«, erwiderte Jakob Kuisl. »Außerdem – wie hätte ein Buckliger mit Gehstock das Grab ausheben sollen? Ich fand auch keine Abdrücke des Stocks. Das Einzige, was ich nicht verstanden hab, war dieses Tuch.«

Der Abt sah ihn verwundert an. »Welches Tuch?«

»Am Grab lag ein Spitzentaschentuch mit der Initiale ›A‹. Mein abergläubischer Schwiegersohn dachte schon, es sei ein Tuch von dieser Aurora.«

»Ach, das?« Maurus Rambeck lachte leise. »Ich muss das Tüchlein wohl beim Graben verloren haben.« Er schüttelte erneut den Kopf. »›A‹ steht für ›Abt‹. Es sind Tücher, wie sie jeder Vorgesetzte dieses Klosters erhält, zusammen mit Handschuhen, Servietten und etlichem anderen Tand. Alle tragen dieses Insignium.«

Das Summen hatte plötzlich aufgehört. Als Jakob Kuisl erneut hinüber zu Virgilius sah, bemerkte er, dass dessen Augen noch immer geschlossen waren. Der bucklige Uhrmacher hielt den Buben wie eine Opfergabe hinaus in den Regen.

»Ich … ich verstehe«, murmelte Virgilius plötzlich wie in Trance. »Nun erst verstehe ich. Es kann kein neues Leben geben, ohne dass ein altes stirbt. Alles ergibt einen Sinn! Du hier, Maurus, als Bote Christi, dieser Henker als Abgesandter der Hölle und dann der Junge. Vor allem der Junge. Gott hat ihn mir gesandt.«

Ein weiterer Blitz zuckte am Himmel, und Virgilius trat noch einen winzigen Schritt näher an das Geländer. Feierlich hob er den weinenden Buben den schwarzen Wolken entgegen.

»O du zorniger Gott, nimm dieses lebende Geschenk von mir an und gib mir meine Aurora wieder!«, flehte er.

Dann ließ Virgilius den Jungen fallen.

Wie zwei Tote lagen Magdalena und Simon im prasselnden Regen auf dem Boden des Klostergartens, während der kleine Peter immer noch auf den efeuumrankten Mauern balancierte. Hinter ihnen fielen die letzten Reste der künstlichen Grotte in sich zusammen. Der Eingang in die Unterwelt war für immer versperrt.

Simon hustete und spuckte Schleim und Wasser, doch der kühle Regen hatte zumindest dafür gesorgt, dass die Lähmung noch etwas mehr nachgelassen hatte. Mittlerweile konnte er sogar wieder sprechen, wenn auch die Worte immer noch seltsam gedehnt über seine Lippen kamen. In stockenden Sätzen berichtete er Magdalena, was ihm in den Gängen widerfahren war.

»Er … er hat unseren Paul mitgenommen«, brachte er keuchend hervor. »Gemeinsam mit diesem gottverfluchten Matthias! Ich … ich wusste gleich, dass man diesem Burschen nicht trauen kann!«

Magdalena zuckte traurig mit den Schultern. »Du hast recht, aber das bringt unseren Buben auch nicht wieder zurück. Falls er überhaupt noch lebt, ist er bei dem Gewitter irgendwo dort draußen. Wenn ich nur wüsste …« Plötzlich sprang sie auf.

»Natürlich, wie konnte ich das nur vergessen!«, rief sie lachend. »Diese verfluchte Angst macht mich noch ganz deppert. Sie sind bestimmt auf den Glockenturm gegangen!«

Simon sah sie stirnrunzelnd an. »Auf den Glockenturm?«

Magdalena nickte eifrig. »Erinner dich, Simon! Es muss Matthias gewesen sein, der mich damals von dort oben beinahe hinuntergeworfen hat. Vermutlich hatte er damals bereits alles für das große Experiment seines Meisters aufgebaut, und ich habe ihn dabei gestört. Diesmal wollen sie es zu Ende bringen! Der Blitz soll dort oben im Glockenturm einschlagen, ganz sicher!«

Sie stand hastig auf und rief Peter zu sich, der sofort angerannt kam. Besorgt blickte sie hinunter auf den noch immer am Boden liegenden Simon.

»Kannst du laufen oder willst du lieber …«

»Ob ich hierbleiben will, während mein jüngster Sohn in den Händen eines Wahnsinnigen ist?«, krächzte Simon und richtete sich mühsam auf. »Machst du Witze? Eher krieche ich auf allen vieren zu diesem verfluchten Glockenturm.«

»Dann los!« Magdalena zog ihren Mann zu sich hoch, nahm Peter bei der Hand und führte die beiden zügig über die Felder und Wiesen, immer auf das Kloster zu. Simon stolperte und taumelte, doch mit Magdalenas Hilfe schaffte er es tatsächlich, aus eigener Kraft zu gehen. Sie kamen schneller voran als erwartet.

»Du könntest recht haben«, keuchte Simon und zeigte auf den dunklen Glockenturm in der Ferne, der im Sturm beinahe ein wenig zu schwanken schien. »Wenn hier irgendwo der Blitz einschlägt, dann dort oben.«

Magdalena schlug hastig ein Kreuz. »Möge Gott verhüten, dass es so weit kommt.«

Noch immer hingen die Gewitterwolken schwarz und schwer über dem Heiligen Berg. Regen rauschte, der Sturm tobte wie ein irres Rind; die Getreidefelder waren vom Hagel niedergemäht.

Auf ihrem Weg stießen die drei immer wieder auf zersplitterte Äste von Obstbäumen, die der Sturm abgerissen hatte. Schon jetzt war klar, dass die Ernte dieses Jahr verheerend ausfallen würde, die Leute würden wieder einmal hungern müssen.

Nach wenigen Minuten kamen sie an die äußere Klostermauer. Das Gatter stand mit schiefen Angeln offen, der Wind hatte es einfach zur Seite geweht. Schweigend liefen sie durch menschenleere Gassen, in denen der Schlamm knöcheltief war. In den Fenstern der Wirtschaftsgebäude und des Klosters brannte teilweise Licht; mehrmals glaubte Magdalena ein ängstliches Gesicht hinter dem Schlitz einer Fensterluke zu sehen, doch sie eilte weiter.

Kurz hatte sie überlegt, den Abt oder einige der anderen Mönche um Hilfe zu bitten. Aber zum einen wurde Simon noch immer von den Andechser Bütteln gesucht, und außerdem hoffte sie, dass Jakob Kuisl ohnehin mit einigen von Wartenbergs Soldaten unterwegs zum Kirchturm war. Vermutlich hatte auch ihr Vater begriffen, dass Virgilius dort oben sein Experiment durchführen wollte.

Nachdem sie die letzten steilen Meter zurückgelegt hatten, standen sie endlich auf dem schlammigen Vorplatz der Kirche und starrten hinauf zum Turm. Regentropfen rannen ihnen in die Augen, und obwohl es erst auf sieben Uhr abends zuging, war es fast so dunkel wie in der Nacht.

»Da!«, schrie Simon plötzlich und deutete auf einen winzigen Punkt im Glockenstuhl, der sich zu bewegen schien. »Du hattest recht, da ist jemand! Aber ich kann, zum Teufel noch mal, nicht erkennen, wer es ist.«

Magdalena kniff die Augen zusammen und schirmte ihr Gesicht gegen den strömenden Regen ab, doch auch sie konnte nicht mehr ausmachen als eine Gestalt, die eine Art Bündel über das Gerüst hielt. Von ihrem Vater und den gräflichen Soldaten war nichts zu sehen.

»Wer auch immer dort oben ist, wir sollten uns beeilen«, erwiderte sie. »Zur Not geh ich eben alleine. Du bleibst mit dem Peter unten, und ich …«

Sie hielt inne, als ein leises Stöhnen zu vernehmen war. Es schien aus dem Inneren der Kirche zu kommen. Magdalena lauschte kurz, dann raffte sie ihren schlammbespritzten Rock und rannte auf das Portal zu, während Simon und Peter ihr langsam folgten.

Im Inneren des Kirchenschiffs war es so düster, dass nur Umrisse der Einrichtung zu erkennen waren. Blätter und kleine Zweige wehten durch das zerstörte Dach; Säulen, Altäre und Beichtstühle ragten wie schwarze Felsblöcke vom nassen Boden auf. Ein paar der kunstvoll gefertigten Kirchenfenster hatte der Sturm zerstört, so dass die Kirchenbänke mit bunten Splittern bedeckt waren.

In der Mitte der Kirche, umgeben von einer Blutlache, lag eine Gestalt.

Arme und Beine waren seltsam verdreht wie bei einer kaputten Puppe, der Mann stöhnte und zuckte leicht, sonst ging keinerlei Regung von ihm aus. Plötzlich drehte er ganz langsam den Kopf in Magdalenas Richtung, bis die Henkerstochter endlich sein Gesicht erkennen konnte.

Es war Matthias.

Magdalena starrte nach oben, wo ein gähnendes Loch im Dach klaffte; die notdürftig aufgespannten Leintücher waren zerrissen. Der Schindergeselle musste vom Glockenturm direkt durch diese Öffnung gefallen sein. Es war ein Wunder, dass er überhaupt noch lebte.

»Du ... du Monster!«, schrie Magdalena und rannte auf Matthias zu. »Was hast du mit meinen Kindern gemacht? Ich habe dir vertraut, ich habe ...«

Doch als sie das lächelnde Antlitz des stummen Gesellen sah, stockte sie. Selbst jetzt, da sie wusste, dass Matthias ihre Kinder entführt hatte, sah er freundlich und hilfsbereit aus. Konnte dieser Mann wirklich mit Virgilius unter einer Decke stecken?

Matthias stöhnte wieder, dann streckte er die Hand aus und schien damit über den Steinboden zu wischen. Erst nach einer Weile erkannte Magdalena, dass er etwas auf die schlamm- und blutbespritzte Fläche schrieb. Sie kniete nieder, um es zu entziffern, bevor der Regen die Buchstaben wieder wegwusch.

Es tut mir leid.

»Pah, als wenn das irgendetwas ändert!«, schimpfte Simon, der mittlerweile hinzugetreten war. »Es tut ihm leid! Dieser Sauhund hat uns die ganze Zeit getäuscht und mit Virgilius zusammengearbeitet. Er ist ein Verbrecher und Entführer, vermutlich hat er auch Pater Laurentius auf dem Gewissen! Und auf dich hatte er es auch abgesehen!«

Doch auch Simon konnte nicht verhindern, dass sein eigener Sohn sich zu Matthias niederbeugte und ihm über das blutbespritzte rötliche Haar strich.

»Matthias krank?«, fragte Peter besorgt.

Magdalena nickte. »Dein Matthias ist sehr krank«, sagte sie leise. »Er wird wohl sterben müssen.« Ängstlich blickte sie hinüber zum Chorgerüst, von wo aus die Treppe zum Glockenturm führte. »Aber vielleicht kann er uns vorher noch sagen, was dort oben vor sich geht. Hörst du mich, Matthias?« Sie wandte sich wieder dem schwerverletzten Gesellen zu. »Wer ist dort oben? Wenn du irgendetwas wiedergutmachen willst, dann jetzt!«

Matthias brummte, dann tastete er nach seinem schmutzigen zerrissenen Rock und zog darunter eine Wachstafel und einen Griffel hervor. Umständlich begann er eine Nachricht darauf zu kritzeln.

»Das dauert!«, stöhnte Simon. »In der Zwischenzeit hat Virgilius den Kleinen vielleicht schon umgebracht!«

»Warte!« Magdalena hob beruhigend die Hand, doch auch sie starrte immer wieder nervös durch das Loch im Kirchendach, wo der Turm zu sehen war. »Noch einen Moment! Es könnte wichtig sein.«

Endlich war Matthias mit dem Schreiben fertig. Ächzend reichte er Magdalena die Tafel, und sie begann hastig zu lesen.

Virgilius und der Junge sind im Glockenstuhl. Auch dein Vater und der Abt. Dem Jungen wird kein Leid geschehen. Lass bitte die Buben später nicht schlecht von mir sprechen. Nur Gott kennt die ganze Wahrheit.

Traurig blickte Magdalena auf die wie mit Kinderhand gekritzelten Zeilen.

Nur Gott kennt die ganze Wahrheit ...

Als sie wieder zu Matthias hinüberblickte, sah Magdalena, dass sein Kopf zur Seite gekippt war. Die Augen blickten starr nach oben, wo einige grünrote Buchenblätter durch das Loch auf ihn herabsegelten.

»Matthias tot?«, fragte Peter ängstlich.

Magdalena nickte. Sie konnte nicht vermeiden, dass ihr ein paar Tränen aus den Augenwinkeln flossen. »Er ... er ist jetzt oben beim lieben Herrgott. Wir werden wohl nie erfahren, warum er mit diesem Verrückten gemeinsame Sache gemacht hat. Doch ganz tief in mir weiß ich, dass er kein schlechter Mensch gewesen ist.«

»Kein schlechter Mensch?« Simon schüttelte empört den Kopf. »Magdalena, er hat unsere Kinder entführt! Er ist ein Mörder und Verbrecher!«

»Wie viele Mörder hat mein Vater hingerichtet, die in einem anderen Leben vielleicht Heilige gewesen wären?«, sagte Magdalena leise. »Und wie viele Schurken laufen in teuren Gewändern frei herum?«

Sie schlug ein Kreuz, stand von dem Toten auf und straffte sich.

»Bleib du hier unten mit Peter!«, befahl sie barsch ihrem Mann. »Ich werde jetzt nach oben gehen und mir meinen Sohn zurückholen. Wenn mein Vater und der Abt das nicht schaffen, muss ich es eben alleine tun. Diesen Virgilius soll der Teufel holen!«

Ohne ein weiteres Wort rannte sie auf den in der Dunkelheit liegenden Kirchenchor zu.

Es war etwas im Blick des Uhrmachers, was Jakob Kuisl einen Sekundenbruchteil vorher verriet, was Virgilius vorhatte.

Dieser Augenblick hatte ausgereicht, um nach vorn zum Gerüst zu hechten. Ganz langsam, so als hielte Gott die Zeit an, sah der Henker seinen Enkel nach unten fallen. Kuisl streckte die Hand aus und erwischte den brüllenden Buben gerade noch am Kragen seines Hemds. Ein hässliches Ratschen ertönte, als das Kleidungsstück einriss, doch der Stoff hielt. Mit zappelnden Armen und Beinen baumelte Paul wie eine Marionette am ausgestreckten Arm seines Großvaters.

Mit einem lauten Schrei zog Kuisl den Knaben zurück auf das Gerüst, als ihm Virgilius von hinten plötzlich einen Stoß versetzte. Einen unendlich langen Moment schwankte der Henker an der kniehohen Balustrade, während die Stimme des Uhrmachers hinter ihm in einer beinahe unmenschlich hohen Tonlage kreischte: »Das Opfer! Du hast mir mein Opfer genommen! Ich brauche diesen Jungen, damit meine Aurora leben kann!«

Eine heftige Böe traf den Henker von vorne und half ihm,

das Gleichgewicht wiederzufinden. Noch einmal blickte er hinab in den Abgrund, dann warf er sich mit aller Kraft zurück auf die Plattform des Glockenstuhls. Der Bub landete wohlbehalten neben ihm und klammerte sich fest an seinen Großvater.

»Es ist vorbei, Virgilius!«, rief der Abt gegen den Sturm an. »Gib auf und kehre zurück zu Gott. Noch ist es nicht zu spät!«

»Niemals!« In den Augen des Uhrmachers war nur noch das Weiß seiner Augäpfel zu sehen. Sie leuchteten geisterhaft in der Dunkelheit, er lachte höhnisch.

»Gott hat mir meine Liebste genommen, wie kann ich da zu ihm zurückkehren? Er hat mich verhöhnt und fallengelassen!« Ein heftiger Donner dröhnte, doch Virgilius' Stimme war so laut, dass sie selbst das Krachen übertönte. »Ich kann selber Gott sein, ich brauche ihn nicht! Verstehst du denn nicht, Maurus? Nur der Glaube macht diesen christlichen Moloch so stark! Ich habe den Glauben benutzt, um meine Aurora zurückzuholen!«

»Nur Gott schafft Leben!«, mahnte der Abt und kam mit erhobenen Händen auf seinen Bruder zu. »Tu Buße, Virgilius. Lass dir von mir die Absolution erteilen.«

»Ich spucke auf deine Absolution! Ich spucke auf Gott!«

Virgilius lief hinüber zu seinem Automaten, packte ihn an den steifen Armen und blickte hoch zum dunklen Himmel.

»Alles, was ich brauche, ist nur ein einziger Blitz!«, schrie er in die Wolken hinein. »Es wird der Tag kommen, an dem wir erkennen, dass auch diese Blitze nichts Göttliches sind, sondern nur natürliche Phänomene, die wir für unsere Zwecke nutzen können.« Er griff nach dem dicken Draht, der von der Decke hinab zur Bahre lief und sich dort in weitere dünnere Drähte verästelte. Sorgfältig überprüfte Virgilius die Verbindungsstellen. »Es … es muss ein menschlicher Fehler sein, dass der Blitz bislang nicht im Dach eingeschlagen hat«, murmelte er. »Genau, das wird es sein. Wir müssen eben sorgfältiger arbeiten, wenn wir Gott abschaffen wollen. Wie ein Uhrmacher. Wir müssen …«

Plötzlich waren erneut knarrende Schritte auf den Treppenstufen zu hören. Virgilius drehte sich um und starrte auf die Frauengestalt, die soeben in der Öffnung auftauchte, in der Finsternis jedoch nicht gut zu erkennen war. Ihre Haare waren nass vom Regen, den Kopf hielt sie aufrecht, das Kinn entschlossen nach vorn gestreckt wie eine zornige Rachegöttin. Sie atmete schwer vom Aufstieg auf der steilen Stiege, mit ihren Fingern deutete sie auf den Uhrmacher, der verzückt aufschrie.

»Aurora, bist … bist du es?«, fragte er zögernd. »Bist du endlich zu mir zurückgekehrt, nach all den Jahren? Aber …« Sein Blick wanderte von der Frauengestalt zum Automaten und wieder zurück zu der Frau in der Öffnung. »Wie … wie ist das möglich? Der Blitz …«

»Fahr zur Hölle, Virgilius!«, zischte Magdalena.

In diesem Augenblick ertönte ein so lautes Krachen, dass Jakob Kuisl glaubte, der Turm würde in der Mitte entzweigerissen. Nur einen Sekundenbruchteil später fuhr ein armdicker blauer Strahl von der Decke direkt in die Puppe. Virgilius, der noch immer einen Teil des Drahts umklammert hielt, war plötzlich von einer bläulichen Aura umgeben, sie umstrahlte ihn wie ein gigantischer Heiligenschein. Aus Virgilius' Haaren, aus den Ärmeln, ja sogar aus seinen Ohren züngelten Flammen. Er öffnete den Mund zu einem schrillen, unmenschlichen Schrei, doch gleich einem pfingstlichen Feuer leckten auch dort winzige Flammen hervor.

Virgilius zuckte und zappelte, er bebte am ganzen Leib, während seine Hand noch immer den Draht hielt. Dann brannte sein ganzer Körper wie eine einzige riesige Fackel.

Die Wucht der Detonation hatte Jakob Kuisl an den Rand des Turmzimmers geworfen, während um ihn herum alles in Flammen aufzugehen schien. Ein feines Pfeifen ertönte schrill in seinen Ohren, sonst hörte er nichts weiter als das Blut, das durch seinen Kopf rauschte. Er sah, wie der Andechser Abt hustend und mit brennender Kutte auf die Luke zukroch. In einer Ecke gegenüber kauerte Magdalena, die ihren Jungen fest umklammert hielt. Sie hatte die Augen weit geöffnet, den Mund zum Schrei aufgerissen, doch Kuisl vernahm noch immer nichts.

Er sprang auf, stürzte auf Magdalena zu, packte sie und das Kind und schob die beiden auf die Luke zu. Um sie herum fielen nun die ersten brennenden Balken von der Decke. Kuisl spürte, wie Funken seinen Bart versengten, doch er hielt nicht inne, sondern achtete darauf, dass seine Tochter und sein Enkel wohlbehalten die Stiege erreichten. Erst dann kletterte er selbst hinterher.

Als der Henker sich ein letztes Mal umwandte, sah er, dass Virgilius noch immer brannte. Wie eine lodernde Vogelscheuche stand er neben seiner geliebten Aurora, eine von Flammen umgebene, verklumpte schwärzliche Gestalt, die mit bleckenden Zähnen auf den von ihm geschaffenen Automaten starrte. Das wächserne Gesicht der Puppe zerlief wie Honig, und dahinter kamen Eisen und Drähte zum Vorschein.

Auroras tote mechanische Augen glühten, und für einen winzigen Moment schien es Kuisl, dass nicht Virgilius seinen Automaten, sondern der Automat seinen Erschaffer festhielt.

Dann fielen weitere brennende Balken von der Decke und begruben die beiden unter sich.

Der Henker hastete die Stufen hinunter, während über ihm das Chaos tobte. Magdalena und Paul waren nur wenige Meter vor ihm. Kuisl hörte, wie der Wind durch den hohlen Turm brauste und das Feuer immer weiter anfachte, eine brüllende Flammenhölle, der sie entkommen mussten. Sie stolperten und taumelten die steilen Stufen hinunter, strauchelten etliche Male und konnten sich erst im letzten Moment wieder am Geländer festhalten.

Als sie endlich atemlos unten im Kirchenchor angekommen waren, warteten dort bereits Simon und Peter. Kuisl spürte eine unendliche Erleichterung, als er seinen zweiten Enkel und seinen Schwiegersohn unversehrt vor sich sah. Der Andechser Abt stand hustend neben ihnen. Seine Kutte war bis zu den Knien versengt, das Gesicht schwarz von Ruß, doch ansonsten schien er unversehrt.

»Das … das war die Strafe Gottes«, keuchte Pater Maurus mit leeren Augen. »Wir haben Gott gesehen.«

»Wenn wir uns nicht beeilen, werden wir ihn gleich noch mal sehen«, erwiderte Kuisl und schob die anderen Richtung Ausgang. »Dieses Feuer wird noch das ganze Kloster verheeren.«

Draußen vor der Kirche sahen sie, dass der brennende Turm gleich einer riesigen Fackel die Finsternis erhellte. Glühende Balken und Schindeln fielen auf das darunterliegende Kirchendach. In kürzester Zeit stand die ganze Kirche in Flammen, und das Feuer drohte auf die benachbarten Klostergebäude überzugreifen.

Immer mehr Mönche, aber auch Pilger und einfache Dorfbewohner versammelten sich nun auf dem Vorplatz. Fassungslos starrten sie auf das brüllende Flammenmeer, das sich auch von dem allmählich nachlassenden Regen nicht eindämmen ließ.

»Das ist das Ende des Klosters«, flüsterte der Abt, der neben Jakob Kuisl stand.

»Oder sein Anfang«, entgegnete der Henker. »Wolltet Ihr nicht ohnehin ein neues, schöneres bauen? Wenn nicht jetzt, wann dann?«

Plötzlich waren aus der Menge Rufe und Schreien zu hören. Es waren der Graf und seine Soldaten, die die Leute in einzelne Löschkommandos einteilten. Mit Eimern bewaffnet, liefen die Menschen wie aufgeschreckte Ameisen in alle Richtungen davon. Pilger, Einheimische und Benediktiner – alle versuchten sie Seite an Seite, das Feuer unter Kontrolle zu bringen. Kuisl erkannte seinen Vetter Michael Graetz, der gemeinsam mit einigen anderen Ehrlosen in vorderster Reihe stand. Doch der Henker ahnte, dass der Kampf aussichtslos war. Der Wind wehte die Flammen immer weiter hinüber zum Kloster und den Wirtschaftsgebäuden. Sogar auf die entfernte Brauerei waren mittlerweile einige glühende Dachschindeln gefallen.

»Verflucht, Henker!«, schrie Leopold von Wartenberg, der sich mittlerweile zu den Kuisls durchgekämpft hatte. »Was hast du dort oben nur angestellt? Dafür lass ich dich von Meister Hans persönlich rösten!«

Im Gegensatz zu den schlammbespritzten, mit Asche und Ruß beschmierten Gestalten um ihn herum war der Graf noch immer wie aus dem Ei gepellt. Sein Rock zeigte nicht die winzigste Spur von Schmutz, ein leichter Geruch von Parfum ging von ihm aus. Offensichtlich war Leopold von Wartenberg besser im Befehlen als im eigenhändigen Löschen. Gerade hob er die Hand, um dem ehrlosen Henker eine Maulschelle zu verpassen, als der Andechser Abt dazwischentrat.

»Euer Exzellenz, dieser Mann ist unschuldig«, sagte Maurus Rambeck mit fester Stimme. Der Abt schien seine alte Arroganz zurückgewonnen zu haben. »Es war ein Blitz, der dort oben eingeschlagen hat. Er hat auch meinen Bruder und dessen Automaten verbrannt.«

»Euren bereits toten Bruder?« Der Graf lächelte höhnisch. »Dann ist es also wahr, was dieser bauernschlaue Scharfrichter vermutet hat? Dieser Virgilius steckt hinter all dem?«

Maurus Rambeck nickte. »Ich werde bereits morgen einen Bericht verfassen, auch um meine Seele reinzuwaschen. Aber nun lasst uns alle mit anpacken. Wenigstens die Bibliothek müssen wir retten.«

»Mein Gott, die Bibliothek!« Simon humpelte händeringend auf das brennende Kloster zu. »All die schönen Bücher! Wir müssen sie dort rausholen!«

»Verflucht, Simon, bleib stehen!«, rief ihm Magdalena hinterher, an deren angekokelten Rockzipfeln beide Kinder hingen. »Du kannst noch nicht so schnell laufen! Kümmer dich lieber um deine beiden Buben!«

Doch Simon war bereits mit einem der Löschtrupps verschwunden.

Magdalena seufzte. »Vielleicht hätte dieses komische Gift doch noch ein wenig länger wirken sollen«, murmelte sie. »Dann könnte er mir wenigstens nicht immer wieder ausbüxen.«

»Wann werdet ihr Weibsbilder endlich begreifen, dass ihr uns Männer nicht ändern könnt?«, ertönte hinter ihr die brummige Stimme ihres Vaters.

Der Henker lächelte seine Tochter an. Sein schwarzer Bart war zur Hälfte verbrannt, noch immer befanden sich winzige Glutfunken darin. »Dein Mann liebt seine Kinder, Magdalena«, fuhr er mit gespielter Strenge fort. »Aber sie sind gerettet. Jetzt muss er sich eben um seine anderen Lieblinge kümmern.«

»Solange er dabei noch an seine Familie denkt«, seufzte Magdalena. »Bücher, Bücher, nichts als Bücher hat dieser Träumer im Kopf! Besser ich erzähl ihm gar nicht, dass unten in den Katakomben ein paar besonders wertvolle Exemplare in Rauch und Flammen aufgegangen sind. Sonst …« Plötzlich packte sie ihren Vater am Arm. »Mein Gott, die Notizbücher von Nepomuk und Virgilius! Sie sind doch nicht etwa …?«

Der Henker nickte grimmig. »Sie sind oben im Turm verbrannt. Müssen mir in dem ganzen Trubel wohl aus der Tasche gefallen sein. Ein Jammer.« Er sah seine Tochter ernst an, doch in seinen Augen bemerkte Magdalena ein leichtes Flackern. Nur sie oder ihre Mutter konnten darin das Zeichen einer Lüge erkennen.

»Glaub mir, es ist besser so«, fuhr Kuisl fort. »Wissen wie dieses lässt sich immer sowohl zum Bösen als auch zum Guten verwenden. Nepomuk war dem Guten verpflichtet, aber solange es Menschen wie Virgilius gibt, sollten solche Bücher nicht in irgendwelchen Bibliotheken stehen. Ihre Zeit wird ohnehin früh genug kommen.«

Ohne ein weiteres Wort wandte er sich zum Gehen.

»Wo … wo gehst du hin?«, schrie Magdalena. »Verflucht, könnt ihr Männer mal nicht einfach nur wortlos verschwinden, sondern sagen, was ihr vorhabt!«

Kuisl drehte sich noch einmal zu ihr um. »Was schon? Ins Hospital geh ich. Wenn's der Simon nicht macht, muss ich es wohl tun. Oder willst du die Kranken dort verbrennen lassen?«

Magdalena schwieg trotzig, doch schließlich lächelte sie.

»Wisst ihr«, sagte sie und drückte fest die Hände ihrer Kinder, während Kuisl auf das Hospital zuhinkte, »euer Großvater ist zwar ein sturer, ehrloser, eigenbrötlerischer Sauhund. Aber ich glaube, der liebe Herrgott mag ihn trotzdem.«

Kapitel 20

Montag, der 21. Juni Anno Domini 1666,
zehn Uhr vormittags

Als Simon am späten Vormittag mühsam versuchte, die Augen zu öffnen, kam es ihm vor, als wäre er noch immer gelähmt. Doch dann merkte er, dass ihm nur Dreck und Ruß die Wimpern verklebten. Bis spät in die Nacht hatte er mit einigen anderen Benediktinern noch versucht, die Bücher aus der Bibliothek zu retten. Simon war einer der Letzten gewesen, die sich in das brennende Gebäude gewagt hatten. Als er gegen zwei Uhr früh mit einem besonders schweren Bündel Bücher herausgetaumelt war, war hinter ihm die bereits glühende Decke heruntergebrochen. Aber auf diese Weise hatte er wenigstens Athanasius Kirchers »Ars magna sciendi« vor den Flammen retten können. Die Andechser Chronik, die ihm Matthias im Hospital gestohlen hatte, blieb allerdings verschollen.

Simon lag auf der Bettstatt in der Kammer des Schinderhauses und starrte durch das kleine Fenster hinaus in den blauen Vormittagshimmel. Vögel zwitscherten, ein Sonnenstrahl fiel direkt auf sein Gesicht. Noch immer konnte der Medicus nicht glauben, dass das Kloster gestern beinahe vollständig abgebrannt war. Nur die Taverne und ein paar der Wirtschaftsgebäude waren verschont geblieben, von der Kirche standen nur noch die Grundmauern. Als Simon letzte Nacht schließlich vor Erschöpfung zusammengebrochen war, war das Feuer immer noch nicht ganz gelöscht gewesen.

Er reckte sich und bemerkte erleichtert, dass sich seine Muskeln wieder bewegen ließen. Sie taten zwar weh, so als hätte er nächtelang auf kalten Steinböden gelegen, aber wenigstens war die Lähmung verschwunden. Was für ein teuflisches Gift war das nur gewesen, das ihm Virgilius gestern verabreicht hatte?

Virgilius …

Fröstelnd dachte Simon an die düsteren letzten Tage, die er wohl sein Leben lang nicht mehr vergessen würde. Erst das Lachen seiner Kinder brachte ihn wieder zurück in die Gegenwart. Peter und Paul standen feixend mit Magdalena in der Tür zur Kammer. Als sie sahen, dass er wach war, warfen sie sich lärmend auf das Bett und begannen auf ihm herumzuhüpfen. Die schrecklichen Erlebnisse der vergangenen Nacht schienen die Buben erstaunlich gut verkraftet zu haben, vermutlich waren sie noch zu klein, um sich länger daran zu erinnern.

»Aufhören, aufhören!«, stöhnte Simon und versuchte die Buben wieder aus dem Bett zu werfen. »Habt Mitleid! Euer Vater ist krank!«

»Euer Vater braucht vor allem ein Bad«, erwiderte Magdalena lächelnd. »Du schaust aus wie der leibhaftige Beelzebub.« Lachend zog sie ihrem Mann die Decke weg. »Komm schon, der Graetz hat dir eine frische Waschschüssel auf den Tisch drüben in der Stube gestellt. Er lässt sich entschuldigen, aber er ist zum Pfarrer, um das Begräbnis vom Matthias zu besprechen.« Ihr Gesicht verdüsterte sich plötzlich. »Er kann es immer noch nicht fassen, dass sein Geselle mit Virgilius gemeinsame Sache gemacht haben soll. Und ich, ehrlich gesagt, auch nicht. Graetz wird bereits morgen für Matthias in der Erlinger Pfarrkirche eine Messe lesen lassen.«

Sie schüttelte sich, um die bösen Gedanken zu vertreiben. Dann gab sie ihrem Mann einen sanften Tritt. »Und jetzt raus, hab ich gesagt! Der ganze Ort ist schon seit Stunden auf den Beinen, nur du liegst hier noch faul rum!«

»Gnade, ich komm ja!« Simon stand gähnend auf und rieb sich die Augen. »Immerhin haben wir gestern Nacht fast alle Bücher retten können. Da wird man wohl ein wenig länger schlafen dürfen.« Mit ernster Miene wandte er sich an seine Frau. »Die Kirchenschätze sind wohl zum Großteil verbrannt, vermute ich?«

Magdalena schüttelte den Kopf. »Im Gegenteil, die Reliquien sind allesamt unversehrt. Das Feuer hat direkt vor der Tür zur Heiligen Kapelle haltgemacht. Nur die hölzernen Riegel sind verkohlt.«

»Bei allen Heiligen, das ist wirklich ein Wunder!«

»Das sagen die Leute auch.« Magdalena grinste. »In Zukunft werden wohl noch mehr Pilger auf den Heiligen Berg strömen. Der Abt hat sich heute früh bereits an die Wallfahrer gewandt. Er hat ihnen ein neues, noch schöneres Kloster versprochen. Für die Handwerker aus Wessobrunn, aber auch für die unsrigen aus Schongau wird's einiges zu tun geben. Der Zimmermann Hemerle und ein paar andere wollen gleich hierbleiben.«

Simon ging hinüber in die Stube, beugte sich über die Waschschüssel und rieb sich den gröbsten Schmutz aus dem Gesicht, während Peter und Paul sich zu seinen Füßen um einen Holzkreisel balgten.

»Im Grunde ist es doch genau das, was der Prior immer gewollt hat«, sagte er schließlich und schüttelte das Wasser aus seinen Haaren. »Ein neues Kloster. Dafür haben er und der Bibliothekar doch all die Monstranzen, goldenen Kelche und Silberschreine eingeschmolzen – um das Geld für einen solchen Bau zusammenzusparen.«

»Davon werden sie aber nichts mehr haben. Wartenbergs Soldaten haben die beiden noch vor dem Morgengrauen nach Weilheim gekarrt. Dort wird ihnen schon bald der Prozess gemacht.« Magdalenas Lippen wurden schmal. »So wie mir der Vater diesen Meister Hans beschrieben hat, werden sie sich schon bald wünschen, tot zu sein.«

»Und Nepomuk?«, warf Simon nachdenklich ein.

Magdalena reichte ihm ein frisches Leintuch, um sich abzutrocknen. »Der Abt hat versprochen, sich um seine Freilassung zu bemühen. Die Folter wird solange ausgesetzt«, erwiderte sie mit einem Augenzwinkern. »Mein Vater ist bereits auf dem Weg nach Weilheim, um Nepomuk die Nachricht selbst zu überbringen. Der schlaue Hund hat das Chaos hier genutzt und sich aus dem Staub gemacht. Schließlich wird er immer noch gesucht.« Sie lächelte. »Pater Maurus will sich jedoch dafür einsetzen, dass er wegen des toten Jägers nicht weiter belangt wird. Die anderen Büttel haben offenbar zugegeben, dass sie ihren eigenen Kameraden mit der Armbrust getroffen haben.«

»Dann bleibt Maurus nun doch der Abt des Klosters?«, fragte Simon.

»Nun, der Prior wird es sicher nicht. Und sonst gibt es keinen, der ihm das Amt streitig machen würde.«

»So oder so, wir werden wohl auch nicht mehr lange hierbleiben.« Simon zog sich seinen alten, vom gestrigen Regen noch feuchten Rock an und schlüpfte in die Stulpenstiefel, die an den Spitzen leicht verbrannt waren. »Aber eines gibt es noch, das ich erledigen muss«, sagte er. »Ich hätte es schon viel früher tun sollen, aber dann kam dies alles hier dazwischen. Ich bin bald wieder da. Versprochen.«

Mit einem letzten Lächeln verschwand er in der Tür.

»Simon!« Magdalena schürzte ihren Rock und lief ihm hinterher in den Garten. Doch sie sah nur noch, wie ihr Mann den nassen, in der Sonne dampfenden Pfad Richtung Kloster ging. »Warte, ich wollte dir noch etwas sagen! Wir …«

Seufzend winkte sie ab und schaute ihre Kinder an, die sich von der Balgerei müde die Augen rieben. »Euer Vater wird sich wohl nie ändern«, sagte sie und strich den Buben über den Kopf. »Seine Schuld. Dann erfährt er es eben nicht. Wir können das Geheimnis auch gut noch eine Weile für uns behalten, nicht wahr?«

Die Kinder drückten sich an ihre Beine, und Magdalena spürte einen heißen Knoten, der in ihrem Magen brannte. Mit einem leisen Lächeln im Gesicht ging sie zurück in die Stube.

Auch wenn die Kirche abgebrannt war – sie würde noch heute der heiligen Walburga eine Kerze stiften.

Auf wackligen Beinen eilte Simon auf den Heiligen Berg zu, der unter dem strahlend blauen Himmel wie ein gigantischer Kohlenmeiler aussah.

Die Brände waren zwar alle gelöscht worden, doch noch immer stiegen vom Klostergelände etliche Rauchsäulen empor; viele der Gebäude waren nur noch schwarze Skelette. Dazwischen wühlten Mönche und Einheimische nach den wenigen Dingen, die noch brauchbar waren. Auch die Apotheke und das Haus des Uhrmachers waren ein Raub der Flammen geworden. Vor manchen Gebäuden konnte Simon Handwerker sehen, die den Schaden begutachteten und sich offenbar ausrechneten, wie viel Holz, Stein, Nägel und Stuck es benötigte, um das alles hier wieder aufzubauen. So schlimm der Brand für das Kloster auch war, für die vom Krieg verarmten Leute aus der Gegend war der Wiederaufbau ein Füllhorn. Geld würde reichlich fließen; wen kümmerte es da, dass dieses Geld mit Hilfe von eingeschmolzenen Reliquien angehäuft worden war.

Auch eine Art Wunder, dachte Simon grimmig. *Vielleicht hat der liebe Herrgott ja gewollt, dass die Kirchenschätze auf diese Weise wieder unter die Leute kommen.*

Endlich hatte der Medicus sein Ziel erreicht. Vor ihm lag das Hospital, das noch vor gut einer Woche ein stinkender Pferdestall gewesen war. Erleichtert konnte Simon feststellen, dass hier die Schäden eher gering waren. Einige der Dachschindeln waren angesengt, auf dem Vorplatz rauchten noch ein paar Aschehaufen, doch offensichtlich lagen die Kranken bereits wieder in ihren Betten.

Als Simon auf die Tür zuschritt, wurde sie plötzlich von innen geöffnet, und Jakob Schreevogl schaute ihn überrascht an.

»Ihr hier?«, sagte der Patrizier lächelnd. »Man hat mir erzählt, Ihr wärt gestern Nacht ohnmächtig zusammengebrochen. Ich hätte nicht gedacht, Euch so bald wiederzusehen.«

»So wie es den Anschein hat, werde ich hier ja auch nicht mehr gebraucht.« Simon trat mit einem anerkennenden Nicken in den großen, gut durchlüfteten Raum. Er war frisch gefegt, duftendes Binsenkraut lag auf dem Boden aus. Die etwa zwei Dutzend Kranken lagen dösend in ihren Betten und machten allesamt einen gepflegten Eindruck. Verbände und Wickel waren offenbar frisch gewechselt worden.

»Seid Ihr sicher, dass Ihr Eure Ziegelbrennerei nicht verkaufen und Euer Glück als Medicus versuchen wollt?«, fragte Simon sichtlich erstaunt. »Ihr scheint wirklich Talent für die Heilkunde zu besitzen.«

Jakob Schreevogl winkte ab. »Einige der Mönche helfen mir mittlerweile, sonst würde ich das nicht schaffen. Außerdem haben wir, Gott sei's gedankt, das Schlimmste hinter uns. Die Kranken werden weniger. Aber ich gebe zu, dass ich an der Arbeit Gefallen gefunden habe – wenn sie auch nicht halb so einträglich ist wie mein Posten als Schongauer Patrizier.« Er zwinkerte Simon zu. »Aber Ihr seid bestimmt nicht gekommen, um mir hübsche Komplimente zu machen, sondern weil Ihr eine Auskunft von mir haben wollt, nicht wahr? Ich kann mir sogar schon denken, um was es sich handelt. Und ich glaube, ich habe eine Überraschung für Euch.«

Simon nickte aufgeregt. »Ich bat Euch gestern, in der Taverne nachzufragen, woher das Gasthaus sein Essen bezieht. Diese verfluchte Seuche *muss* etwas mit der Taverne zu tun haben! Zu viele der Kranken sind vorher dort eingekehrt. Und, was habt Ihr rausgefunden?«

»Ihr hattet recht.«

Simon sah den Patrizier verdutzt an. »Was meint Ihr damit? Himmelherrgott, lasst Euch doch nicht alles aus der Nase ziehen. Soll das heißen …«

»Die Lebensmittel aus der Taverne stammten tatsächlich alle von einem einzigen Lieferanten«, unterbrach ihn Schreevogl grinsend. »Ich habe das Fleisch, die Eier und das Gemüse in Augenschein genommen. Vieles davon war nicht mehr frisch, auf einigen Fleischstücken krochen bereits Maden. Ziemlich sicher hat die Krankheit dort ihren Ursprung gehabt.«

»Aber … aber warum hat sich die Taverne denn einen solchen Fraß andrehen lassen?«, erkundigte sich Simon erstaunt.

»Es geschah auf Weisung des Priors. Der Lieferant hatte mächtige Fürsprecher im Klosterrat. Der gleiche Mann hat übrigens dem Kloster auch mit Fett gestrecktes Bienenwachs und billig bedruckte Heiligenbildchen zu überhöhten Preisen verkauft. Offenbar flossen hohe Bestechungsgelder.«

Simon hielt den Atem an, sein Herz klopfte wild. »Kann es sein, dass ich diesen Lieferanten kenne?«, flüsterte er.

Jakob Schreevogl nickte grinsend. »Das kann man wohl sagen.«

»O Gott, es ist nicht …«

»Karl Semer. Der Schongauer Bürgermeister. Der Abt hat heute früh alle Lieferungen von ihm storniert. Semer wird dem Kloster nie wieder etwas verkaufen können.« Der Patrizier lächelte verschmitzt. »Und der Auftrag des Wittelsbacher Grafen ist ihm auch durch die Lappen gegangen. Ich selbst habe dafür gesorgt, dass Seine Exzellenz davon erfährt.«

Simon lachte so laut, dass einige der Kranken erschrocken aufwachten.

»Der fette Geldsack!«, rief er und schüttelte dabei immer wieder den Kopf. »Das haben er und sein Sohn nun davon, dass sie mauscheln und die Preise kaputtmachen! Semer wird in Zukunft wohl kleinere Brötchen backen müssen.« Er wurde plötzlich wieder ernst. »Nun, das macht ihn hoffentlich auch wieder etwas gefügiger im Schongauer Rat. Er hat mir und Magdalena bereits die schlimmsten Drohungen an den Kopf geworfen.«

Schreevogl zuckte mit den Schultern und begab sich zu einem der Patienten, um dessen Wadenwickel zu wechseln. »Darüber macht Euch keine Sorgen. Ich kann mir nicht vorstellen, dass der Schongauer Rat ihn unter diesen Umständen noch mal zum Bürgermeister wählt. Eher wird …«

Krachend flog die Tür auf, und herein kam naserümpfend der Wittelsbacher Graf. Wie gestern trug er einen steifen roten Rock, der Bart war sorgfältig gezwirbelt, und wie so oft roch er nach Seife und Parfum. Nur seine Augen wirkten müde, so als habe er in der vergangenen Nacht nicht viel geschlafen.

»Ah, da bist du ja, Bader«, begann er ungeduldig, ohne Jakob Schreevogl eines Blickes zu würdigen. »Ich hatte mich bereits gefragt, wo du steckst. Hast du deinen Schwiegervater gesehen?«

Simon blickte ihn treuherzig an. »Ich dachte, er hätte sich

bei Euch gemeldet, wegen der Vorkommnisse gestern. Hat er nicht?«

»Nein, verflucht, das hat er nicht.« Leopold von Wartenberg winkte seufzend ab. »Aber im Grunde ist es mir auch egal, was dieser Henker treibt. Sollen sich die Schwarzkittel um ihn kümmern. Die Eingänge zu diesen vermaledeiten Katakomben habe ich zuschütten lassen, die Reliquienfälscher sind abgeführt. Damit ist meine Aufgabe hier erledigt.« Er zögerte kurz. »Eigentlich bin ich ohnehin nicht wegen dieses Henkers, sondern wegen meines Sohnes hier.«

»Geht es ihm denn besser?«, fragte Simon mit klopfendem Herzen. »Hat das Jesuitenpulver gewirkt?«

Leopold von Wartenberg nickte. »Ja, er scheint tatsächlich über den Berg zu sein. Das Fieber ist weg. Ich … ich habe dir zu danken.« Er straffte sich. »Deshalb will ich dir auch ein Angebot machen.«

Simon runzelte die Stirn. »Und das wäre?«

»Wir reisen noch heute zurück nach München«, erklärte der Graf mit jovialer Stimme. »Meine Familie könnte einen Arzt wie dich gut gebrauchen. In unserem Palais sind noch ein paar Zimmer frei, und die Bezahlung würde dein jetziges Gehalt bestimmt um ein Zehnfaches übersteigen. Du könntest dich um meinen Sohn kümmern, ein paar reiche Patienten übernehmen und ansonsten ein angenehmes Leben führen. Na, wie wäre das?«

In Simons Kopf rauschte das Blut. War das möglich? Konnte er, der sein Ingolstädter Medizinstudium abgebrochen hatte und mittlerweile als ehrloser Bader arbeitete, sich wirklich als Arzt in München niederlassen? Dies war genau der Posten, den sein verstorbener Vater sich immer für ihn gewünscht hatte! Und der Graf kannte bestimmt Mittel und Wege, ihm die nötige Approbation zu besorgen.

»Du zögerst?«, fragte Leopold von Wartenberg.

»Nein, nein, es ist nur …« Simon schüttelte lachend den Kopf, doch dann sah er den Grafen plötzlich besorgt an.

»Und meine Frau und meine Kinder?«, fragte er leise. »Was ist mit denen?«

»Diese Henkerstochter?« Leopold von Wartenberg zog seine buschigen Augenbrauen nach oben. »Ein ehrloses Weibsbild und zwei ebenso ehrlose Bälger, in meinem Haus? Wie stellst du dir das vor?« Kurz überlegte er. »Nun gut, ich könnte mich dazu hinreißen lassen, dass du sie gelegentlich besuchen dürftest. Sie könnten vielleicht im Münchner Gerberviertel hausen, und du würdest ihnen die erste Zeit ein wenig Geld zukommen lassen.« Der Graf schmunzelte. »Aber Liebe kommt, Liebe geht. Ich bin sicher, du findest schon bald eine andere Frau, eine aus besseren Kreisen.«

Simon wiegte den Kopf, so als würde er nachdenken. »Nun …«

Leopold von Wartenberg zwinkerte ihm schelmisch zu. »Unsere Kutsche fährt mittags vom Kloster ab«, sagte er. »Du könntest mit unserem Tross fahren. Na, was ist?«

»Das … ist wirklich sehr großzügig von Euch«, begann der kleine Medicus zögernd. »Aber … äh, ich fürchte, München wird ohne mich auskommen müssen.« Er straffte sich plötzlich und rümpfte die Nase, beinahe ebenso wie der Graf, als er das Hospital betreten hatte. »Tut mir leid, doch es stinkt mir in Eurer Stadt eindeutig zu sehr nach Parfum. Gehabt Euch also wohl.«

Simon machte eine kleine Verbeugung, dann tänzelte er zum Ausgang. Aus dem Augenwinkel heraus sah er den Grafen, der mit offenem Mund, wie ein nach Luft schnappender Karpfen, in der Mitte des Hospitals stand. Er brachte keinen Ton hervor.

»Wir sehen uns in Schongau!«, rief Jakob Schreevogl dem Medicus nach. »Und grüßt mir Eure Magdalena. Sie ist bei

Gott das schönste und eigenwilligste Weibsbild im ganzen Pfaffenwinkel!«

Simon lächelte, dann atmete er tief die Andechser Luft ein, die noch nach dem Feuer der vergangenen Nacht roch. Darunter lag ein feines Aroma von gekochtem Kohl, Schweiß, Biermaische und einem Hauch Weihrauch.

Es war der Geruch von Menschen, und Simon liebte ihn.

*

Nepomuk zuckte zusammen, als sich die Tür zu seinem Kerker einen Spaltbreit öffnete. Licht blendete ihn, so dass er die Augen zusammenkneifen musste. Sie hatten ihn heute früh aus seinem Loch geholt und in diese geräumigere Zelle gesperrt. Zwar gab es immer noch kein Fenster, und das Stroh roch, als wäre es seit Jahren nicht mehr gewechselt worden. Aber dafür hatte er Platz genug, sich auszustrecken, er hatte frisches Wasser und einen Kanten Brot bekommen, und es gab längst nicht so viele Ratten. Nach der Hölle der vergangenen Tage war das für Nepomuk beinahe wie im Paradies.

Eigentlich hatten sie heute früh mit der Folter fortfahren wollen, und der Mönch hatte sich die ganze Nacht mit Gebeten auf die große Reise vorbereitet. Nepomuk wusste, dass er einen weiteren Tag mit Torturen nicht überstehen würde. Sechs seiner Finger waren mittlerweile gebrochen, bei den anderen hatte ihm Meister Hans einzeln die Nägel gezogen. Die rechte Schulter war ausgekugelt und pumpte Schmerzen bis hinauf zu seiner Schädeldecke; Arme und Beine waren mit Brandwunden übersät.

Nepomuk war sich sicher – der heutige Tag würde die Torturen beenden. Entweder er würde unter der Folter sterben oder schreiend und halb wahnsinnig alles gestehen, was sie von ihm verlangten. Den anschließenden Scheiterhaufen würde er nur noch als Erlösung empfinden.

Die Tür öffnete sich nun ganz, und Nepomuk sah, dass Meister Hans auf der Schwelle stand.

»Bist du doch noch gekommen, um mich zu holen?«, krächzte er dem weißhaarigen Mann mit den roten Augen zu, der ihn in seinen Alpträumen wieder und wieder heimgesucht hatte. »Hab schon gedacht, ihr hättet mich vergessen.«

Meister Hans schüttelte den Kopf, seine Lippen waren schmal, die rattengleichen Augen schienen im Dunkeln zu glühen. »Die Tortur wird ausgesetzt«, knurrte der Weilheimer Scharfrichter. »Weiß der Kuckuck, wer das wieder angeordnet hat! Du scheinst mächtige Fürsprecher zu haben, Mönch.«

»Die Tortur … wird ausgesetzt?« Nepomuk versuchte sich aufzurappeln, doch er war zu schwach. Stöhnend fiel er zurück auf den Boden und glotzte sein Gegenüber an wie ein geprügelter Ochse. »Aber … aber wieso?«

»Frag mich nicht. Die Wege der hohen Herren sind unergründlich.« Meister Hans pulte ein Stück Fleisch zwischen den Zähnen hervor und schnippte es in das stinkende Stroh.

Dann begann er lauthals zu schimpfen: »Die ganze Arbeit war umsonst! Dabei hatte ich dich doch schon fast so weit. Aber die werden mir jeden Heller zahlen, jeden Heller!« Er grinste. »Was soll's! Dafür hab ich heute früh zwei neue hübsche Galgenvögel geliefert bekommen. Und für dich hab ich Besuch.«

Er trat zur Seite, und neben ihm tauchte ein Mann auf, von dem Nepomuk zunächst glaubte, auch er stamme aus seinen Träumen. Er war über sechs Fuß groß, mit zottigen schwarzen Haaren, einem fleckigen Mantel und einer Hakennase. Und er rauchte.

»Teufel auch«, brummte Jakob Kuisl und zog an seiner

Pfeife, während er seinen verletzten Freund prüfend musterte. »Da hat Meister Hans wirklich gute Arbeit geleistet. Es wird bestimmt Wochen brauchen, um dich Madensack wieder herzurichten.«

»Nicht wahr?« Der Weilheimer Scharfrichter an seiner Seite lächelte. »Ein Meisterstück. Aber leider war dein Freund zu störrisch. Hätte sich vieles ersparen können, wenn er nur eher gestanden hätte. Wenn du willst, kann ich ihn dir auch wieder kurieren. Kostet allerdings ein wenig.«

Kuisl winkte ab. »Lass gut sein, Hans. Du bist vielleicht der Bessere beim Torquieren, aber das Heilen übernehm dann doch ich. Dafür braucht es nämlich etwas, das dir der Herrgott leider nicht mitgegeben hat.«

»Und das wäre?«

»Ein Herz.«

Jakob Kuisl drückte dem verdutzten Scharfrichter ein paar Münzen in die Hand. »Hier, damit du uns einen Moment alleine lässt. Und jetzt geh mir endlich aus den Augen.«

Achselzuckend schlurfte Meister Hans hinaus auf den Gang, wo er die Münzen hochwarf und geschickt wieder auffing.

»Du warst immer schon zu weich für diese Arbeit, Kuisl!«, rief er noch in den Kerker hinein. »Wer zu viel fühlt, der träumt nur schlecht. Was ist, Kuisl? Träumst du schlecht?«

Jakob Kuisl würdigte ihn keiner Antwort. Er schritt auf seinen Freund zu, der vor ihm auf dem harten Lehmboden kauerte. Dann zog der Henker Nepomuk wie ein Kind zu sich hoch und umarmte ihn.

»Es ist vorbei, Nepomuk«, flüsterte er. »Es ist vorbei.«

»Vor... vorbei?« Der dicke Mönch starrte sein Gegenüber ungläubig an. Seine Augen waren von den Schlägen der Andechser Jäger noch immer zugeschwollen, Fliegen umkreisten die schorfige Lippe. »Du meinst, ich bin ... frei?«

»Ich kann dich nicht selbst mitnehmen«, erwiderte der Henker tonlos. »Das steht nicht in meiner Macht. Aber der Andechser Abt hat mir bei allen Heiligen versprochen, dass er dich schon bald hier rausholt.« Kuisl grinste. »Der hohe Herr ist mir noch einen Gefallen schuldig. Ohne mich wäre er jetzt kein Abt mehr, ein anderer hätte seinen Platz eingenommen.«

Von irgendwoher ertönte ein langgezogener, schriller Schmerzensschrei. Nepomuk zuckte zusammen.

»Mein Gott, wer war das?«, hauchte er.

»Oh, ich fürchte, das war dieser andere. Pater Jeremias und Pater Benedikt haben zwar bereits alles gestanden, doch Meister Hans hofft, ihnen doch noch ein paar Kleinigkeiten entlocken zu können. Schließlich wird er ja nach Leistung bezahlt.«

Nepomuk blieb einen Moment lang der Mund offen stehen. Er musste sich kneifen, um sich zu überzeugen, dass dies wirklich kein Traum war.

»Du meinst, der ... der Andechser Prior ist dort drüben und ...«, begann er stockend.

Jakob Kuisl drückte ihn sanft wieder zu Boden. »Das ist eine lange Geschichte. Ich werd dir alles erzählen, doch zunächst wollen wir es uns in dieser stinkenden Kemenate wenigstens ein bisserl gemütlich machen.« Augenzwinkernd zog der Henker eine zweite lange Stielpfeife und einen Schlauch Wein unter seinem Mantel hervor.

»Ich dachte, wir könnten vielleicht ein wenig über die alten Zeiten plaudern«, schlug er leutselig vor. »Das hatte ich dir bei unserer letzten Begegnung im Andechser Kerker schließlich versprochen. Erinnerst du dich?« Er bot Nepomuk die Pfeife an und hob den prall gefüllten Weinsack.

»Auf die Freundschaft!«, prostete er dem Apotheker zu.

»Auf ... die Freundschaft.«

Müde lächelte Nepomuk den Henker an. Aus seinen verquollenen Augen rannen plötzlich Tränen, und sie hatten nichts mit dem dichten Tabakrauch zu tun.

Epilog

Dienstag, der 22. Juni Anno Domini 1666,
irgendwo bei Schongau

An einem Dienstag gegen acht Uhr morgens kniete Jakob Kuisl vor einem kleinen unscheinbaren Marterl unweit seiner Heimatstadt. Das Kreuz war mit Efeu überwachsen und stand ein wenig abseits des Weges, so dass der Henker nicht befürchten musste, von jemandem entdeckt zu werden. Kuisl hatte schon lange nicht mehr gebetet, die Worte fielen wie sperrige Brocken aus seinem Mund. »Vater unser, der du bist im Himmel, geheiligt werde dein Name ...«

Kuisl dachte an die verrückte Alte im Kiental, die ihn aufgefordert hatte, Buße zu tun. So viel war in den letzten Jahrzehnten geschehen, so viel Schuld hatte er auf sich geladen, dass ein simples Gebet dafür sicher nicht ausreichte.

Aber es war immerhin ein Anfang.

»Denn dein ist das Reich und die Kraft und die Herrlichkeit in Ewigkeit. Amen.«

Der Henker schlug ein Kreuz, erhob sich ächzend und folgte dann weiter der Straße, die von Peiting nach Schongau führte.

Er war den ganzen gestrigen Tag bei seinem Freund Nepomuk in Weilheim geblieben; sie hatten gemeinsam getrunken, geraucht und sich vor allem viel von ihrer Zeit im Großen Krieg erzählt. Kuisl hatte Nepomuks Wunden gereinigt, mit Salbe bestrichen und mit Verbänden umwickelt. Der Henker wusste aus langjähriger Erfahrung: Die Verletzungen würden in ein paar Wochen verheilt sein, doch die seelischen Wunden würden bleiben. In seinen Träumen würde Nepomuk ein Leben lang von der Folter heimgesucht werden.

Schließlich hatte der Henker seinem Freund versprochen, ihn schon bald wieder zu besuchen, und war dann im Schatten des Hohenpeißenbergs gemächlich Richtung Schongau gewandert. Magdalena, Simon und die Kinder hatten sich direkt von Andechs aus auf den Weg gemacht, Kuisl vermutete, dass sie schon vor ihm zu Hause angekommen waren.

Als der Henker nun die in der Morgensonne schimmernde Silhouette der Stadt vor sich sah, durchfuhr ihn ein seltsames Gefühl von Vertrautheit. Dieses Schongau dort auf der anderen Seite des Flusses hatte ihn nie leiden können. Die Bürger wichen Kuisls Blick aus; wer von ihm kuriert werden wollte, tat dies meist in aller Heimlichkeit. Nach dem Kauf eines magischen Talismans, eines Liebestranks, eines Stücks Galgenstrick schlugen sie hinterher ein Kreuz und gingen zum Beichten in die Kirche. Doch trotz alledem war diese kleine schmutzige, gehässige Stadt seine Heimat.

Er hatte keine andere.

Nachdenklich schritt Kuisl über die Brücke und ging dann auf schmalen, schattigen Pfaden unterhalb der Stadtmauer entlang. Das Gebet zuvor im Wald hatte ihn mit einem angenehmen, unvertrauten Gefühl der Geborgenheit erfüllt. Doch dann fielen ihm seine zwei jüngeren Kinder ein, die Zwillinge Georg und Barbara. Hatten sie diese räudigen Berchtholdt-Buben in der Zwischenzeit in die Schranken weisen können? Hatten sie sich um den Dreck in der Stadt gekümmert und ihn, wie es Aufgabe des Scharfrichters war, vor den Mauern abgeladen?

Vor allem aber dachte Jakob Kuisl an seine kranke Frau

Anna-Maria. Ob das Fieber sie immer noch schüttelte? Er erinnerte sich, dass ihr Husten bei seiner Abreise schon ein wenig abgeklungen war. Oft war ihm Anna-Maria in den letzten Tagen in den Sinn gekommen. Immer dann, wenn er wieder einmal von Jähzorn und Ungeduld gepackt wurde, hatte er sich gefragt, was sie wohl an seiner statt tun würde. Anna-Maria Kuisl konnte zwar ebenso aufbrausend sein wie ihr Mann, doch in den wichtigen Momenten bewahrte sie einen kühlen Kopf. Auch bei den Hinrichtungen, die Jakob Kuisl oft schlaflose Nächte bereiteten, war sie ihm immer eine Stütze und hielt ihn vom Saufen ab.

Der Henker beschleunigte seine Schritte. Mittlerweile passierte er die ersten Schuppen und Häuser des Gerberviertels, das sich zwischen dem Lech und der Stadtmauer drängte. Jetzt am frühen Vormittag waren viele der Männer draußen in den Gassen unterwegs, um die stinkenden Lederhäute zum Trocknen auf Stangen und Gerüste zu hängen. Die Frauen standen am Fluss, wuschen die Wäsche und tratschten. Als sie Kuisl sahen, wendeten sie ihren Blick ab und begannen leise zu tuscheln. Der Henker war dieses Verhalten gewöhnt, doch diesmal kam ihm irgendetwas daran eigenartig vor. Fast war es, als ob die Menschen so etwas wie Mitgefühl für ihn zeigten.

Was zum Teufel …

Endlich hatte Jakob Kuisl das Henkershaus erreicht. Es stand etwas abseits in der Nähe eines größeren Weihers. Ein Schuppen für den Schinderkarren befand sich daneben, ein hübscher Vorgarten mit Blumen, Obstbäumen und Gemüse breitete sich vor der Eingangstür aus.

Es war der Garten, an dem Jakob Kuisl merkte, dass etwas nicht stimmen konnte.

Seine Frau pflegte ihn täglich, doch heute sah der Garten aus, als wäre schon länger kein Unkraut mehr gejätet worden. Giersch und Ackerwinde wucherten über die Beete, Nacktschnecken krochen über welke, teils braune Salatköpfe. Eines der Rankgitter war in einem der letzten Gewitter umgeweht und seitdem nicht wieder aufgestellt worden.

»Anna?«, rief der Henker zögerlich. »Ich bin wieder da! Hörst du mich?« Doch aus dem Haus kam keine Antwort.

Erst nach einer Weile öffnete sich knarrend die Tür. Die Hebamme Martha Stechlin stand im Flur. Als Jakob Kuisl ihr blasses, von Sorgenfalten gezeichnetes Gesicht sah, wusste er sofort Bescheid.

»Nein!«, brüllte er und rannte auf die Tür zu. »Nein! Sag, dass das nicht wahr ist!«

»Ich … ich konnte nichts tun«, sagte die Hebamme leise. »Das Fieber war zu stark. Wir haben sie …«

»NEIN!!!«

Jakob Kuisl drängte die Stechlin zur Seite und stolperte in die Stube. An dem großen, verwitterten Tisch unter dem Herrgottswinkel saß mit leeren verweinten Augen seine Familie, zwischen ihnen stand eine große unberührte Schüssel mit dampfendem Mus. Der Henker sah seine beiden jüngeren Kinder Barbara und Georg, dem mittlerweile ein kleiner Flaum gewachsen war; er sah Magdalena und Simon, die Enkel Peter und Paul auf dem Schoß. Die Buben nuckelten am Daumen und waren seltsam still.

Alle waren sie da, nur seine Frau Anna-Maria nicht. Der abgewetzte Schemel, auf dem sie immer gesessen hatte, wo sie geschimpft, liebkost, Strümpfe gestopft und Lieder gesungen hatte, er war leer.

Ein Stich fuhr Jakob Kuisl ins Herz, so heftig, als würde ein Söldner ihn mit einer Klinge durchbohren.

Das darf nicht sein! O großer Gott, wenn es dich wirklich gibt, sag, dass das nicht wahr ist! Das ist ein böser Streich! Ich bete zu dir, und du schlägst mir ins Gesicht …

»Es ist erst gestern geschehen«, flüsterte Magdalena tonlos. »Das Fieber hat in Schongau vielen das Leben gekostet. Sie war eine der Letzten.«

»Ich … ich hätte dableiben sollen! Ich hätte ihr helfen können.« Die breiten Schultern des Henkers sackten nach unten, plötzlich sah er sehr alt aus.

»Schmarren, Vater!« Magdalena schüttelte heftig den Kopf. »Meinst du, die Stechlin hätte nicht alles versucht? Gott gibt uns das Leben, und er nimmt es auch wieder. Der Tod war einfach zu stark, wir können nur beten und …«

Sie brach ab, Tränen liefen ihr über das Gesicht. Simon drückte ihr die Hand.

»Wollt Ihr sie sehen?«, fragte der Medicus seinen Schwiegervater vorsichtig. »Sie liegt drüben in der Kammer.«

Kuisl nickte, dann wandte er sich schweigend ab und betrat den Nebenraum. Keiner folgte ihm.

Anna-Maria Kuisl lag mit geschlossenen Augen in dem breiten Ehebett, ganz so, als würde sie schlafen. Noch immer waren ihre Haare schwarz und voll, mit nur wenigen grauen Strähnen durchzogen. Jemand hatte sie gekämmt und ihr ein weißes spitzenbesetztes Nachthemd angezogen. Ein paar Fliegen surrten durch den Raum und setzten sich auf ihr wächsernes Gesicht. Kuisl scheuchte sie weg, dann kniete er sich neben seine Frau und fasste ihre Hand.

»Meine Anna«, murmelte er. Sanft strich er ihr über die Wangen. »Was soll ich denn jetzt machen, wo du nicht mehr da bist? Wer wird mich schimpfen, wenn ich mal wieder zu viel gesoffen hab? Wer betet für mich in der Kirche? Wer …«

Er brach ab und biss sich auf die Lippen. Über dreißig Jahre waren sie ein Paar gewesen. Als Söldner hatte er Anna von einem Feldzug mit nach Hause gebracht, gemeinsam waren sie alt geworden. Tränen rannen ihm über das vernarbte Gesicht, es waren die ersten seit vielen, vielen Jahren.

Erneut musste er daran denken, was die verrückte Alte im Andechser Kiental vor einer Woche zu ihm gesagt hatte.

Tu Buße, Henker! Schon bald wird dich das Unglück wie ein Blitz treffen!

War dies das Unglück, das ihn treffen sollte? War das die Strafe für all die Toten, die seinen Weg bislang gepflastert hatten? Konnte Gott so grausam sein?

Plötzlich ertönte von der Stube her ein leises Geräusch. Magdalena war hinter ihn getreten und legte ihm nun eine Hand auf die Schulter.

»Ich … muss dir etwas sagen«, begann sie zögerlich. »Ich weiß nicht, ob dies der richtige Augenblick ist. Aber ich bin sicher, die Mutter hätte es so gewollt.«

Jakob Kuisl schwieg, nur der aufgerichtete Kopf verriet, dass er zuhörte.

»Es ist nur …«, fuhr Magdalena fort. »Also … Der Peter und der Paul werden sich die kleine Kammer oben bald mit jemandem teilen müssen. Ich … ich bekomme nämlich noch ein Kind.«

Noch immer sagte der Henker kein Wort, aber Magdalena spürte, wie plötzlich ein Zittern durch seinen mächtigen Körper ging.

»Die Stechlin hat mich untersucht, und sie ist sich ganz sicher«, erzählte sie lächelnd. »Ich hab mich doch vor ein paar Tagen so unwohl gefühlt, weißt du noch? Und diese ständige Übelkeit, jetzt wissen wir endlich, was es damit auf sich hatte.«

Jetzt, da es endlich raus war, flossen die Wörter aus ihr heraus wie ein warmer Sommerregen.

»Außerdem glaubt die Stechlin, dass es diesmal ein Mädchen wird«, fuhr sie fort. »Was meinst du? Hättest du gern eine kleine Enkelin? Eine kleine Henkerstochter?«

Kuisl schnaubte, und Magdalena kam es so vor, als wüsste er nicht, ob er lachen oder weinen sollte.

»Als wenn eine von deiner Sorte nicht genug wär«, brummte er schließlich.

Der Henker drückte die Hand seiner Frau ein letztes Mal, dann drehte er sich zu Magdalena um und umarmte sie so fest, dass sie kaum noch atmen konnte.

Nachwort

Dies ist das vierte Buch aus der Henkerstochter-Saga und das erste, das in meiner Heimat spielt. Vielleicht ist es mir deshalb besonders ans Herz gewachsen. Ich habe meine Kindheit und Jugend an den bayerischen Seen südwestlich von München verbracht – am Wörthsee, Pilsensee, am Weßlinger See und eben auch am Ammersee. Das Kloster Andechs war für uns immer ein Orientierungspunkt, eine Nadel, die aus der bergigen Landschaft herausstach und die Mitte unserer kleinen Welt bildete.

In den Wäldern und auf den Uferwegen dieser Gegend sind viele meiner ersten Geschichten entstanden, und oft habe ich die alten Sagen und Legenden meiner Heimat darin verwoben. Von dem Weiler Ellwang heißt es zum Beispiel, er sei so versteckt gewesen, dass er als einziges Dorf im Dreißigjährigen Krieg verschont wurde – die Schweden hatten den Ort einfach nicht gefunden. Und das verlassene Ramsee, dessen Ruinen in den Wäldern unterhalb von Andechs liegen, diente mir als Vorlage für das von Söldnern zerstörte Dorf in meinem dritten Henkerstochter-Roman.

Ich weiß gar nicht, wie oft ich in meinem Leben schon zum Kloster hinaufgegangen bin. Zuerst als Kind zum Minigolfspielen, als Jugendlicher dann zum Saufen, als Erwachsener schließlich zum Beten und zur inneren Einkehr. Das Letztere ist dort oben nicht immer einfach, denn die Touristenströme sind vor allem an den Wochenenden gewaltig. Es riecht nach Schweinsbraten, Biermaische und Steckerlfisch, die eigenen Kinder zerren an den Händen und wollen ihr versprochenes Eis, und immer wieder taumeln einem grölende Amerikaner oder kichernde kleine Japaner entgegen, die das starke Bier nicht vertragen. Nicht umsonst schenkt man in Andechs den dunklen Doppelbock mit seinen über sieben Prozent nicht mehr in Maßkrügen aus. Aus eigener Erfahrung weiß ich, dass ab drei Maß das Paradies beginnt – dicht gefolgt von einer Hölle aus Kopfweh, Schweißausbrüchen und übersäuertem Magen.

Doch wer an einem ruhigen Tag unter der Woche kommt, brav seine Halbe Bier bestellt und gedankenverloren den Blick von der Kirche bis hinüber zu den Alpen schweifen lässt, der versteht, warum der liebe Gott sich genau diesen Ort für sein Kloster ausgesucht hat.

Als ich während meiner Recherche einmal an einem Dienstag bei schönstem Wetter oben im Klosterbiergarten hockte, las neben mir ein älterer Herr in Trachtenjanker seine Zeitung. Plötzlich blickte er auf, grinste mich mit seinen drei Zähnen an und prostete mir zu. Es folgte der universell einsetzbare bayerische Segen.

»Mei, grad schee is.«

Ich lächelte, nickte, und wir schwiegen wieder. Kurz darauf bestellte ich ein zweites Bier und holte mein Notizbuch hervor.

An diesem Tag hatte ich meine besten Einfälle.

Wenn Sie diesen Roman gelesen haben und daraufhin voller Erwartung nach Andechs pilgern, dann dürfen Sie sich nicht wundern. Seit dem 17. Jahrhundert hat sich auf dem Heiligen Berg einiges verändert. Da war zum einen die Säkularisation, die Anfang des 19. Jahrhunderts auch diesem Kloster schwer zu schaffen machte. Es liegt vor allem aber daran, dass ein Brand am 3. Mai 1669 fast alle Gebäude zerstörte. Erst danach entstand jenes barocke Andechs, dessen Motiv heute viele bayerische Postkarten ziert. Ich konnte mir also diesmal bei den Beschreibungen mehr Freiheiten herausnehmen als bei den vorherigen Romanen.

Damit Sie sehen, dass trotzdem vieles auf historischen Tatsachen beruht, habe ich im Anhang einen kleinen Klosteralmanach verfasst, der Ihnen den nötigen Überblick gibt, um an den Tischen im Klosterbiergarten mitreden zu können.

Aber Vorsicht! Lesen Sie den Almanach erst, wenn Sie den Roman beendet haben!!!

Darin wird nämlich schon einiges von der Auflösung der spannenden Geschichte verraten. Oder gehören Sie etwa zu den Menschen, die ein Buch ohnehin von hinten nach vorne lesen? Na? Dann nur zu! Hauptsache, Sie lernen dieses wunderschöne Kloster mit seiner langen Vergangenheit kennen – und trinken das eine oder andere Bier auf meine Heimat. Aber hüten Sie sich vor dem Doppelbock!

Wieder einmal haben viele Menschen dazu beigetragen, dass dieser Roman zustande kam. An erster Stelle möchte ich mich bei Elfride Kordwig bedanken, deren Klosterführungen und Bücherleihgaben mir einen grandiosen Überblick verschafft haben. (Und noch mal Verzeihung für den verpassten Termin, ich hatte die schlimmsten Zahnschmerzen meines Lebens …)

Danken möchte ich auch dem Andechser Mönch, der seinen Namen nicht nennen will, der mir jedoch einige wichtige Details über das Klosterleben verriet. Außerdem dem Erlinger Heimatforscher Karl Strauß, Joachim Heberlein vom Heimat- und Museumsverein Weilheim, Helmut Schmidbauer aus Schongau (vor allem für den Tipp mit der Heiligen Vorhaut!), meinen Brüdern Marian und Florian sowie meinem Vater für die medizinische Beratung, meiner Mutter für die Wandertipps und für die Bücher über die Gegend, meiner Lektorin Uta Rupprecht für die gewinnbringenden Wortgefechte, meinem Agenten Gerd Rumler fürs gute Zureden und meiner Frau Katrin, die diesmal kein einziges Mal über den Manuskriptseiten eingeschlafen ist und einige wertvolle Anregungen beigetragen hat.

Und natürlich meinen Kindern, die meist ohne Murren den steilen Weg nach Andechs hinaufgelaufen sind, wenn ihr Vater wieder irgendein unwichtiges Detail überprüfen musste. Es gibt Eis bis zum Abwinken, versprochen!

Andechser Klosteralmanach

Andechs: Leitet sich entweder vom romanischen Wort »daksia« für Eibe ab oder vom keltischen Wort »aks« für »schroffen, steilen Felsen«. Die ersten Überlieferungen stammen aus dem 11. Jahrhundert.

Andechs-Meranier: Mächtiges Adelsgeschlecht, das durch den Bamberger Königsmord *(siehe dort)* seine einstige Vormachtstellung in Bayern an die Wittelsbacher verlor und Mitte des 13. Jahrhunderts ausstarb.

Apotheke des Klosters: 1763 gegenüber der Andechser Kirche erbaut, wurde während der Säkularisation aufgelöst und dient heute als Pfarramt. Von den ehemaligen Einrichtungsgegenständen ist fast nichts mehr erhalten. Ob und wo im 17. Jahrhundert eine Apotheke in Andechs stand, ist unbekannt.

Automaten: Gab es bereits seit der Antike, in der frühen Neuzeit waren sie unter Adligen der letzte Schrei. Meist waren es kunstvolle Uhren oder Musikautomaten, aber auch menschenähnliche Puppen – wie zum Beispiel der Bremer Complimentarius aus dem 17. Jahrhundert, ein eiserner Wächter, der sein Visier öffnen und vor den Rathausbesuchern salutieren konnte.

Bamberger Königsmord: Am 21. Juni 1208 ermordete Otto VIII. von Wittelsbach den deutschen Stauferkönig Philipp von Schwaben. Am gleichen Tag fand die Hochzeit zwischen Philipps Nichte Beatrix und Herzog Otto von Andechs-Meranien statt. Merkwürdigerweise wurden nicht die Wittelsbacher, sondern die Andechs-Meranier des Komplotts bezichtigt. Die Hintergründe sind bis heute ungeklärt.

Blitze: Gab und gibt es in Andechs zuhauf. Am 3. Mai 1669 schlug während eines gewaltigen Gewitters der Blitz in die Andechser Kirchturmspitze ein. Der darauffolgende Brand zerstörte fast das gesamte Kloster, es musste neu aufgebaut werden. Aus dramaturgischen Gründen habe ich dieses Ereignis in das Jahr 1666 gelegt.

Burg: Burg Andechs war Stammsitz der Andechs-Meranier *(siehe dort)*. Die Festung stand seit dem 11. Jahrhundert unweit des Klosters und wurde von den Wittelsbachern in der ersten Hälfte des 13. Jahrhunderts fast vollständig geschleift. Ob die Burg, wie in meinem Roman, durch Verrat erobert oder kampflos übergeben wurde, ist nicht bekannt.

Chronik: Das kleine Büchlein »Andechser Chronik« von Willibald Mathäser (erschienen in der Sammlung Bavarica im Süddeutschen Verlag) diente mir als Vorlage für die im Roman verwendete Chronik. Es bietet bis heute den besten Überblick über die Geschichte des Klosters.

Dreihostienfest: Bekanntes Andechser Pilgerfest. Bis heute werden am vierten Sonntag nach Pfingsten die Heiligen Drei Hostien *(siehe dort)* den Gläubigen gezeigt.

Dreißigjähriger Krieg: Von 1618 bis 1648, wütete in Bayern besonders schlimm. Hinzu kamen Pest, Missernten, Hunger, Unwetter, Räuber und Wolfsplagen. In manchen Gegenden kam über die Hälfte der Bevölkerung ums Leben, ganze Landstriche wurden von den Bewohnern verlassen und verödeten.

Einsiedlerin: Ende des 17. Jahrhunderts soll in einer Höhle im oberen Teil des Kientals die sogenannte »Kuttenmiedl« gelebt haben – eine fromme Eremitin, die später als Kinderschreck immer wieder in Erzählungen auftauchte. Sie diente mir als Vorlage für die blinde Alte im Roman.

Elisabethbrunnen: Heilquelle unterhalb der Kirche nahe der Klostermauer. Die einstige Kapelle wurde 1805 abgebrochen. Früher machten die Wallfahrer hier Rast, um sich die Augen auszuwaschen.

Friesenegger, Maurus (1590–1655): Andechser Abt, der eines der bekanntesten Tagebücher über den Dreißigjährigen Krieg schrieb. Kein anderes Werk vermittelt einen besseren Eindruck von den Schrecken dieser Zeit. Ein Muss für alle Hobby-Historiker! Neu verlegt im Allitera Verlag, edition monacensia.

Fürstenzimmer: Erstmals 1530 erwähnte Räume im zweiten Stock des Klostergevierts, die allein den Wittelsbachern vorbehalten waren.

Gaststätte: Die Andechser Klostergaststätte geht auf Herzog Albrecht III. zurück, der im 15. Jahrhundert das Benediktinerkloster gründete. Das köstliche Bier wird seit 1455 gebraut. Wer zu viel davon trinkt, sollte beim Abstieg durch das Kiental aufpassen. Es sind schon einige Betrunkene abgestürzt.

Golem: Hebräisches Wort für »Ungeformtes«, aber auch für »Embryo«. Ein aus Lehm und Ton geformtes Wesen, das jüdischen Legenden zufolge von einem Rabbi zum Leben erweckt werden kann und dann den Befehlen seines Meisters folgt.

Graf von Cäsana und Colle: Weilheimer Landrichter von 1656 bis 1688, war in Andechs für die Hohe Gerichtsbarkeit zuständig – also für alle Strafen, die mit Verstümmlung, Folter oder dem Tod einhergingen.

Heilige Drei Hostien: Andechs' kostbarste Reliquien. Auf den drei Hostien sollen göttliche Zeichen erschienen sein. Auf Umwegen gelangten sie nach Andechs und werden dort noch immer in einer 18 Pfund schweren silbernen Monstranz verwahrt, die in der Heiligen Kapelle *(siehe dort)* steht.

Heilige Kapelle: Reliquienkapelle im ersten Stock der Andechser Kirche, in der die Heiligen Drei Hostien und der übrige Heiltumsschatz *(siehe dort)* verwahrt werden. Die Kapelle ist mit drei Eisenriegeln verschlossen, die in früheren Zeiten nur durch drei unterschiedliche Schlüssel geöffnet werden konnten. Beim Großen Brand von 1669 machte das Feuer wundersamerweise direkt vor der Kapelle halt. Der Raum kann heutzutage nur im Rahmen einer speziellen Führung besucht werden.

Heiltumsschatz: Andechser Reliquienschatz, der nach der Eroberung der Andechser Burg *(siehe dort)* zunächst verschollen war. Erst 1388 tauchte er wieder auf, als ein Priester während der Messe eine Maus mit einem Pergamentfetzen im Maul davonhuschen sah. In der Nähe des Altars entdeckte man schließlich unter Steinplatten eine eisenbeschlagene

Kiste, in der sich unter anderem das Siegeskreuz Karls des Großen, Teile der Dornenkrone Christi und die Heiligen Drei Hostien befanden.

Jesuitenpulver: Ein fiebersenkendes Mittel, auch Chinarinde oder Fieberrinde genannt. Das Pulver aus der Rinde des Chinarindenbaums ist heute als Chinin bekannt. Die botanische Bezeichnung Cinchona geht angeblich auf die Heilung der Gräfin von Cinchon zurück, die 1639 an Malaria erkrankte und von einem Jesuitenpater geheilt wurde.

Kiental: Waldiges Tal, durch das der Wander- und Wallfahrtsweg hinauf zum Kloster verläuft. Die bekanntesten Routen führen von Herrsching am Kienbach entlang oder am Waldrand über das sogenannte Hörndl. Gehzeit zum Kloster: etwa eineinhalb Stunden.

Klostergarten: Der echte Kräutergarten des Klosters befindet sich westlich hinter der Kirche und ist nicht öffentlich zugänglich. Wer den Klostergarten aus meinem Roman sucht, den muss ich enttäuschen. Es gibt ihn nur in meiner Phantasie.

Macer Floridus: Standardwerk der mittelalterlichen Kräuterheilkunde, im 11. Jahrhundert von dem Benediktinermönch Odo Magdunensis verfasst. Es beschreibt die Heilwirkungen von rund 80 Pflanzen.

Ochsengraben: Graben, der sich einst von der Klosterökonomie bis hinunter ins Kiental erstreckte und vor allem im Dreißigjährigen Krieg als Fluchtweg für Mensch und Tier diente.

Phosphor: Chemisches Element, benannt nach griechisch »phosphoros« für lichttragend. Wurde 1669 durch den deutschen Apotheker und Alchemisten Hennig Brand entdeckt, als dieser bei der Suche nach dem Stein der Weisen Urin eindampfte. Weißer Phosphor leuchtet im Dunkeln und ist sehr leicht entzündlich. Für meinen Roman habe ich die Entdeckung um ein paar Jahre vorverlegt.

Rambeck, Maurus: Andechser Abt von 1666–1686. Sein Bild hängt unter den Porträts der anderen Äbte im Bibliothekssaal des Klosters. Zeitzeugen bezeichneten Rambeck als »lebendige Bibliothek«. Seine Liebe galt der Philosophie, vor allem aber den Sprachen des Orients. Hebräisch war sein Spezialgebiet.

Salzburger Benediktineruniversität: 1622 gegründet, mit der Angliederung an Bayern im Jahr 1810 aufgelassen, 1962 als moderne Universität wiedergegründet. Schon sehr früh wurden hier neben theologischen und philosophischen auch juristische und medizinische Vorlesungen gehalten.

Teufelsfelsen: Ein eigenartig geformter Nagelfluhfelsen im Kiental, im Roman Vorbild für den Eingang zur Höhle der Einsiedlerin *(siehe dort)*. Das Original heißt im Volksmund »Teufelskanzel«. Es gibt Vermutungen, dass sich dort tatsächlich eine Einsiedlerhöhle befunden hat.

Typhus: Von griechisch »typhos« (Rauch, Nebel). Fieberhafte Infektionskrankheit, hervorgerufen durch verunreinigte Lebensmittel und schlechte hygienische Verhältnisse. Typische Symptome sind eine graugelb belegte Zunge und rötliche Flecken auf Brust und Bauch. Beschrieben erstmals im 16. Jahrhundert von dem italienischen Arzt Girolamo Fracastoro, der als Wegbereiter der modernen Mikrobiologie gilt.

Unterirdische Gänge: Laut einem Heimatforscher gab es in den achtziger Jahren des letzten Jahrhunderts diverse Grabungen, bei denen nahe dem Kloster ein Tunneleingang in zehn Meter Tiefe freigelegt wurde. Darüber hinaus halten sich bis heute Gerüchte über die unterirdischen Gänge der alten Andechser Burg *(siehe dort)*. Ein Fluchttunnel soll sogar bis zum mehrere Kilometer entfernten Schloss Seefeld geführt haben.

Virgilius: So heißt ein sagenumwobener Zauberer, der in mittelalterlichen Dichtungen immer wieder als Erbauer von Automaten auftaucht. Geht vermutlich zurück auf den römischen Dichter Vergil.

Vorhaut Jesu Christi: Soll laut unbestätigten Gerüchten eine der vielen Andechser Reliquien sein, wird aber auch an anderen Orten der Christenheit vermutet. Glaubt man dem griechischen Gelehrten Leo Allatius (gest. 1661), dann stieg die Heilige Vorhaut mit Jesus zum Himmel empor, wo sie sich in die Saturnringe verwandelte.

Wallfahrten: Nach dem Dreißigjährigen Krieg erlebten Wallfahrten in Deutschland eine neue Blüte. Ziele waren Rom, Santiago de Compostela, aber auch das bayerische Andechs. Allein von 1622 bis 1626 pilgerte eine halbe Million Menschen zum Heiligen Berg. Heute kommen zum Andechser Dreihostienfest *(siehe dort)* nur noch einige Hundert Wallfahrer.

Wittelsbacher: Eines der ältesten deutschen Adelsgeschlechter, das nach dem Niedergang der Andechs-Meranier *(siehe dort)* zum führenden bayerischen Adelshaus aufstieg. Die Wartenbergs aus meinem Roman entstammen einer Seitenlinie der Wittelsbacher.

Wunderkammer: In der Renaissance und im Barock bei Adligen beliebte Sammlung wunderlicher Dinge, die meist von Entdeckungsfahrten stammten. Aus den Wunderkammern entwickelten sich später unsere öffentlichen Museen. Ein gutes Beispiel findet sich noch heute auf der Burg Trausnitz in Landshut.

Der Henker und das Erbe der Templer

Oliver Pötzsch

DIE HENKERSTOCHTER UND DER SCHWARZE MÖNCH

Historischer Roman

ISBN 978-3-548-26853-8
www.ullstein-buchverlage.de

Schongau 1660: Der Pfarrer der Lorenzkirche wurde vergiftet. Mit letzter Kraft konnte er noch ein Zeichen geben, das zu einem uralten Templergrab in der Krypta führt. Dort entdecken der Henker Jakob Kuisl, seine Tochter Magdalena und der Medicus Simon rätselhafte Hinweise auf einen Templerschatz. Der Mörder des Pfarrers ist dem Geheimnis längst auf der Spur, aber auch eine brutale Räuberbande hat davon erfahren. Ein gnadenloser Wettlauf beginnt.

»Ein unglaublich spannendes Buch«
Bayerischer Rundfunk

»Ein historischer Roman, wie man ihn sich wünscht, gut recherchiert und mit viel Leidenschaft geschrieben.« *Filter*

UB622

ullstein

Der Henker unter Verdacht

Oliver Pötzsch

DIE HENKERSTOCHTER UND DER KÖNIG DER BETTLER

Historischer Roman

ISBN 978-3-548-28114-8
www.ullstein-buchverlage.de

Der Schongauer Henker Jakob Kuisl ist in eine Falle getappt: Bei einem Besuch in Regensburg findet er seine Schwester und den Schwager tot in der Badestube. Die Stadtwache verhaftet Kuisl und wirft ihn in den Kerker. Nun drohen ihm, dem Henker, selbst Folter und Hinrichtung.
Fieberhaft suchen seine Tochter Magdalena und der Medicus Simon Fronwieser nach dem wahren Täter und stoßen dabei auf ein Komplott, bei dem die Zukunft des Kaiserreichs auf dem Spiel steht.

»Die historisch authentischen Details bilden die Würze in seiner phantasiereichen, aber stringent konstruierten Kriminalgeschichte.«
Süddeutsche Zeitung

UB623

ullstein

Deutschlands
größte Testleser
Community
Jede Woche
präsentieren wir
Bestseller, noch bevor Du
sie in der Buchhandlung
kaufen kannst.
Finde Dein nächstes
Lieblingsbuch
vorablesen.de
Neue Bücher online vorab lesen & rezensieren
Freu Dich auf viele Leseratten in der Community,
bewerte und kommentiere die vorgestellten Bücher
und gewinne wöchentlich eins von 100 exklusiven
Vorab-Exemplaren.
© PIKSEL · istockphoto